绿野形踪

张永智作品集 |上|

张永智 著

作家出版社

张永智

出生于 1955 年，中共党员，国家能源集团退休员工。先后在乡村、政府、企业担任主要领导职务。1977 年开始业余文学艺术创作。曾在全国 20 多家报纸杂志、网站上发表游记、散文、随笔、诗歌、歌词 200 多篇（首）。2013 年主持策划编导了大型文献纪录片《神东之路》，在央视和省级电视台播出。

自 序

十几年前，我与几个朋友闲聊时，他们建议我把已经发表和尚未发表的作品编印成集，给平淡的生活添些染色剂，对自己也大有裨益。于是乎，在朋友和同志的督迫下，我拿起了疏懒的笔，一边创作新篇，一边整理旧作，开始记录我的人生经历。

说实在的，我在浑浑噩噩中已经度过了生命的68个年头，再过400多天就进入了古稀之年。一路走来，我感受过生活的艰辛，也享受过职业生涯带来的快乐。

1975年3月，我当选为伊春霞沟镇新南公社满来梁大队党支部书记，平常走村串户，为全村群众服务。因为我出生在农村，能为广大村民朋友服务，我感到特别自豪与幸福。尽管当时还是初出茅庐，知识浅薄，经验不足，也没有报酬，但我觉得找到了自己的人生方向，寻觅到了人生的真正价值，找到了

手稿

警官大学伊盟学员合影

全国总工会领导考察神东

研究矿区环境建设规划

主持政治工作汇报会

调研榆家梁煤矿班组建设

| 验收政治本安体系研究成果

| 神华援藏希望小学

清华学习小组合影

台湾中正广场

长白山天池

| 统万城遗址公园

| 宁夏影视城

统万城遗址公园

世界地质公园

中国·云南·石林之旅

| 云南石林

桂林

甘肃嘉峪关

2004. 04. 11

湖北黄鹤楼

青海日月山

| 西夏王陵

| 婺源油菜花

香港

黄果树瀑布

贵州西江千户苗寨留影2016.4.27

贵州苗寨

西藏那根拉山口

山东孔庙

| 开封

满洲里国门

安徽宏村

新疆百岁村

敦煌

法国埃菲尔铁塔

俄罗斯夏宫

俄罗斯红场

悉尼大剧院

意大利威尼斯广场

丨 印尼广场

在科罗拉多大峡谷

观看德甲联赛

序

四十年前，我在鄂尔多斯报上读过一篇叫《乡音》的散文，作者是张永智。2009 年鄂尔多斯专家联谊会专门为植物学专家吴剑雄先生编著的《鄂尔多斯植物志》系列丛书举办了一次学术研讨会，张永智应邀参加了会议，并做了鞭辟入里的简短发言，精准地评价了吴老先生的大作。那一次，我认知了张永智的颜值与水平。

之后的 2012 年，神东煤炭集团要举办神东矿区开发建设三十周年庆典活动，张永智以集团领导的身份邀请我为神东的发展与贡献写一篇《神东赋》。因我当时对神东了解并不多，故有推辞之意，但在他三番五次的鼓励下，还提供了大量参考资料，我把《神东赋》交稿了。可以说，《神东赋》是我俩的合力之作，铭刻在心。

2013 年年初，应张永智邀请，我又参与了由他主持策划的十六集大型文献纪录片《神东之路》的启动仪式、脚本审定和首发式。作为电视人，我深知这部纪录片的编制难度。但在张永智的精心策划编导下，这部片子成为记录神东创造世界煤炭奇迹的历史文献，先后在中央电视台经济频道、陕西台、内蒙古台播出。他还给我赠送由他主编的《神东模式研究》《神东煤炭集团党建史》和他的回忆录《岁月有痕》三本专著。读了这些大气厚重的力作，我更进一步了解了这位央企领导的风范以及他在企业文化建设和文学艺术方面的修为和造诣。

从此，我和张永智的交道多了起来。最近，他的《绿野形踪》将由作家出版社出版，便邀请我为他的文集作序。盛情难却，却之不恭，恭敬不如从命了。

永智退休前就职于国家能源集团神东煤炭集团公司，在文学艺术圈子里遨游旋转，集经验与文采，化行为与精神，不断充实人生的厚重。在我的记忆中，他从一个村干部做起，一步一步走上央企领导岗位，他坚持用业余时间写出了鲜为人知的好作品。他无论走到哪里，无论在什么岗位上，总会留下有影有形的故事和踪迹，说他是一位处处留心皆文章的作家也不为过。

这部文集书名叫《绿野形踪》。问他何以想出《绿野形踪》的书名？他说是在绿色的田野上留下有形的踪迹吧。我想也是，这个书名高度概括了他在这个世界的绿野上留下的人生经历和心路历程。正如他的处女作《乡音》，弥漫着春天的绿色气息一样。

这部文集以游记散文为主。虽然作者的本意并非专门从事文学创作，但他对异国风情和神州山川的热恋之情、高雅的审美情趣、厚实的写作功底，就自然而然地在这些作品中鲜明地体现出来。不论是展现山川形势和自然景观，还是追寻历史的印迹，或是描写自己的行程经历和心理所得，总是表现得层次清晰，有条不紊。散文是讲究形散而神不散的。所谓形散，大到海外列国，小到花鸟鱼虫，无不可以涉猎笔下，任其挥洒自如。所谓神不散，是指每篇文章都要有个主题，集中一个亮点来描述。永智完全做到了这一点，每篇文章洋洋洒洒写来，最终集中到主题上来，令人顿悟。散文是美文，美就美在语言文字上。他的文字自然简洁、舒卷灵动、趣味盎然。如《莫斯科散记》中描写夏宫花园："园中步步有泉，处处见水，水珠在阳光下尽情飞舞，呈现出彩虹般绚丽的光华。漫步在下花园，到处是养眼的绿色，畅游其间，犹如置身童话般的绿野仙踪，感受鸟语花香，泉沁虫鸣。在这天然的大氧吧里，心绪归于宁静。"不论是景物描写还是人物活动、心理描写，都三言两语，却涉笔成趣。又如《万古流芳卦台山》："伫立卦台山之巅，但见渭水蜿蜒，山峦起伏，透过厚重的时空隧道，我仿佛看到渭河两岸莽莽苍苍的原始森林；看到洪荒土地上羲皇的子民在狩猎捕鱼、耕耘播种；看到身着兽皮衣裳的原始村落在迎亲嫁娶；看到刀耕火种的乡民在种桑养蚕、纺纱织布……"这段描写用排比的句式，将卦台山的历史沧桑和人物活动以及相互间的映衬烘托表现得极为丰富多彩，让人感受到一种十分强烈的沧桑美感，再现了劳动人民创造历史的场景。

散文是情景交融的文体。他在《家乡的那条小河》里这样写道："这条小河究竟形成于哪个年代，我无法考证，但她像一部记录家乡历史的典籍，在这里万古流淌，从洪荒的岁月流淌到今天，又要从今天流向我们无法预测的明天。她翔实地记载了老家一草一木的变迁，一朝一夕的生活。她对村民生活的变迁了如指掌，她一定明白，这一带最初是怎样的荒芜凄凉，村民们如何披荆斩棘，挥汗垦荒，终于变成了现在的沃土肥乡。"他抚今追昔，融情于景，即景抒情。在这些生动的描写中，都包含了作者对美丽乡村的眷恋和由衷的激赏赞颂之情。

散文是情理相通的文体。作者在神东煤炭集团公司供职近三十年，作为企业高管，他最关心关注的是煤矿的安全生产。在《安全与生命同在》一文中这样描写安全生产的重要性："安全是一种美，安全的美体现于维系安全的行为过程之中；安全是一种情，安全的情是一种美好的感觉状态；安全是一种理，安全的理是一个社会、一个国家、一个民族用安全文化对生活方式的理性表达；安全是一种法，安全的法是文明的体现，责任的体现；安全，就像空气，与我们的生活、工作息息相关；安全，犹如阳光，我们无法承受失去它的痛苦。"寥寥几句，从安全生产的情、理、法、美不同视角给人以启迪，不仅丰富安全生产的内涵，而且浅显易懂地描绘出安全生产与每一个鲜活生命的息息相关。又如《安全托起最美矿山》："是谁把矿山装扮得如此美丽，如此生机盎然而又不单调？杨树说是自然，松树说是雨水，但草说是矿上安全生产的每一吨煤，是每一个安全作业的工人……"作者用拟人隐喻的修辞手法，通过树与草的对话，把神东人亲手打造的绿色矿山与安全生产有机结合，充分表达了"安全在神东无处不在""是安全成就了神东这美丽矿山"的神话。

除了写游记散文随笔外，作者还写了很多脍炙人口的诗歌、歌词。如《伟大的呼唤》全篇五千多字，表达了对伟大领袖毛主席的无限崇敬热爱之情。"您从大地的怀抱里悄悄走来，／大地留下了您质朴的伟岸身影；／您向人民的心海中慢慢走去，／人民铭记着您永垂不朽的伟绩丰功。／当神圣的光环随着风雨渐渐散去，／人们看见了一个更真实的伟大魂灵。／当理性的思考终于战胜了偏执毁誉，／谁敢否认您对人民的满腔痴情……／／那打满补丁的件件衬衣回忆着，／回忆起多少让人心颤的崇敬；／那一碗红烧肉的最高奢望诉说着，／诉说了多少催人泪下的感动。／／失去爱子强忍悲痛人前未曾落泪，／口嚼糠饼自责不安时竟然老泪纵横！／这就是功高盖世的毛泽东，／这就是叱咤风云的毛——泽——东！／我终于明白了，／为何蒋介石的八百万军队不堪一击；／我终于懂得了，／善良的人民为何愿为您入死出生……"这醇厚而悠长的精神涵泳，沁人心脾，激荡胸怀。读完全篇，他把一代伟人毛泽东的人生意向、领袖气质、奋斗精神、革命豪情、坦荡胸怀、阅世眼界、高尚情操表达得淋漓尽致，字字珠玑，无一处不是动人情怀。

永智在企业工作了好多年，他还在业余时间试着歌词创作，并以企业行业歌词和情歌创作见长。如《神东伴我走》歌词："浓浓一页春，淡淡几行秋／神东矿山翠，乌金似水流／千年地火今日采，神东伴我走／心悠悠，情悠悠／莺歌燕舞遍绿洲／家国情怀心间驻／低吟浅唱再无忧／神东伴我走，煤海自风流／神东煤炭人，享誉满神州。／／人间几多情，风雨几多留／井下天地阔，笑对苦和忧……"这首歌词充满了作者对神东的热爱，同时表达了煤矿工人"家国情怀心间驻，低吟浅唱再无忧"的乐观主义精神。他们再也不为脏乱差的工作环境所恐惧，而是有了"井下天地阔，笑对苦和忧"的幸福感和安全感。

2020 年突如其来的新冠疫情肆虐，作为重灾区的湖北武汉得到了全国驰援。他为赞扬逆行者——白衣天使的无私奉献精神，写了歌词《天使柔情》："这里没有弥漫的硝烟／也听不到隆隆的炮声／处处都是无常的寂静／你的柔情在与死神作生命的抗争／／这里闪着天使的眼睛／只听到飒飒的脚步声／你用针药武器陷阵冲锋／你可知道这是抗击疫情的人民战争／／急救输液是生的希望／你的脸上露出无畏的坚定／死神又一次失败／天使的热血让生命再次葱茏"。

永智也是一个多情善感的人，他创作的情歌，感情色彩浓烈、思想深邃、沁人心脾。如为爱人六十五岁生日写的歌词《一路相随》："时光匆匆一去不回／亲爱的你可曾体会／春去秋来年年岁岁／对你的爱仍坚不可摧／／雁来燕去花谢花飞／爱让我们此生无悔／风里雨里相依相偎／天荒地老也痴心不改／／雁来燕去花谢花飞／此生有你如此完美／爱的旅途为爱干杯／海角天涯也一路相随"。又如《夕阳恋》："海日生残夜／夕阳将天地点燃／潮起潮落里／流淌着曾经的誓言／如今我们虽然已是风霜满面／而岁月留下的却是七彩斑斓／虽然青春已逝／美丽化作云烟／朋友啊，朋友／不要有遗憾／只要我们拥有一份深情的眷恋／就会舞动出浪漫无限／／江春入旧年／辉映出奇妙画卷／风云变幻中／溢满了生活的苦甜／如今我们虽然已经逝去容颜／而生命谱出的却是华彩连篇／虽然时光如梭／人生旅途短暂／朋友啊，朋友／不要有遗憾／只要我们拥有一份温馨的依恋／就会弹奏出落霞满天"。歌词引用唐代诗人王湾的《次北固山下》"海日生残夜，江春入旧年"两句起兴，从炼意着眼，把"日"与"春"作为美好事物的象征，并且用"生"与"入"使之拟人化，赋予老年人全新的意志和情思，表现出具有普遍意义的生活哲理，给人以乐观积极向上的艺术感染力量。

为了全面实施乡村振兴战略，打造"工业重镇、经济强镇、文明新镇、旅游小镇"品牌，应纳林陶亥镇政府邀请，为家乡创作了《纳林陶亥好地方》："走进纳林陶亥那条沟掌／看见朱开沟文化几千年沧桑／爬上束会川那道圪梁／瞭见战国秦长城蜿蜒巍峨／来到佛教圣地陶亥召／几百年香火不断普度佛光／蒙医藏药惠济千家万户／民族团结的歌谣世代传唱／／这里有三川一河十六条沟／这里有能源化工遍地宝藏／这里炒米豆面瓜果飘香／这里生态富民幸福安康／／万般情思回到故乡／乡亲们贴心话儿语重心长／你们远在他乡路途漫漫／不要忘记那河那川那沟那道梁／啊，纳林陶亥好地方／我要深情地把你歌唱"。歌词以宣传朱开沟文化、战国秦长城文化、陶亥召佛教文化等文化旅游资源为基点，向世人推介家乡厚重的历史文化和自然景观，把工业经济、绿色发展、乡村振兴、民族团结融为一体，表达了作者歌唱家乡，赞美家乡的家国情怀。

永智这部文集作品，具有非常高的辨识度，充满了平和、自然、质朴、客观、简练的风格。他既是一个内心柔软、细腻的诗人，也是一位看重人情的作家。在他的笔下，我们可以看见那么多人心和情感的风吹草动。他的作品的外部风格，是由他的内心生发出来的，细软的草有着茂密的根须，那些草的茎须汲取着永智内心的养源，他的心如平凡的发暄的土地，是作品安详的后盾。选择近乎"绿野"的作品风貌，并非他心中没有沙漠，而是在这浅浅的绿野上留下自己深深的印迹。我以对美学原则的取舍观之，觉得是永智的一种选择，他选择了细弱、平易、家常，没有选择伟岸、强健、宏达。这也是他，一个坚持文学创作的人的可爱之处。

再则，永智的这些游记散文随笔诗歌，是一种修炼，达一番境界。一篇篇妙语如斯，都是他对世间的介入、心灵的觉解、生活的收获，是他生命智慧的高度浓缩、灵魂勃发的沉吟，蕴含着丰厚的文化底蕴和人文情怀，读来如饮甘醴，收获颇丰。

诚然，虚名可以浪得，但实名是需要付出努力的。作品自有心血在，张永智默默地写他的多体裁作品，没有刻意去学文人大家将自身弄得艺术化，也不刻意去做另类，写作只是他人生的一种爱好，是淡泊之心绪的释放，只有潜心吸收借鉴各种文学体裁的优秀成果，才能写出朴实无华、情感充沛、富有哲理和极具正能量的作品来。

我并不是说张永智已修炼成文学上的大家，但最起码，他在这些方面真是比很多的人更加超脱。尤其后来的作品中，愈来愈多地写出了人生的一些况味，而一个作家一生中又能说出几句使人不忘的话语呢？正因此，他这部书稿不断增删续写了好多年，一开始就要我写个序来，我迟迟未写，正是一直慢慢地琢磨着他这个人，慢慢地咀嚼他的文。现在我向他说这些话，也是在提醒我自己，从他的身上、文中我知道了我的长处和更多的短处。

总之，张永智的《绿野形踪》的艺术特征是多方面的，文学成就是丰硕的。以上所述，实难概全，恳请方家学者诸君不吝指教。

是为序。

2022 年暮秋于北京

全秉荣，内蒙古鄂尔多斯人，著名散文作家，享受国务院特殊津贴专家。中国电视艺术家协会、中国散文学会、中华诗词学会会员，个人传略收入《中国专家人才库》《中国文艺家辞典》。

目 录

... 上 册 ...

第一辑

异国风情

旅行是什么？大概是从一个地方去往另一个陌生的地方，探索一方陌生的风土人情。而旅行的意义何在？迄今没有一个统一的答案。便是自己，不同时期不同地方的旅游，总会生出不同的感慨来，所以旅行在我，是一场未竟的探索与思考，每一次都有新的惊喜与领悟。

几十年来，有借机公务出差旅游，有约几个好友出境旅游，有与家人子女郊外旅游。在这些旅游活动中，有计划周密的，有自由散漫的，在国外走了四十多个国家，包括欧洲的英国、法国、德国、瑞士、荷兰、意大利、西班牙、匈牙利、卢森堡、希腊、芬兰、俄罗斯、比利时、列支敦士登、梵蒂冈；美洲的美国、加拿大、哥伦比亚、巴西、古巴、智利、阿根廷；亚洲的蒙古、朝鲜、韩国、日本、越南、柬埔寨、缅甸、泰国、马来西亚、新加坡、印度尼西亚、斯里兰卡、马尔代夫、哈萨克斯坦、塔吉克斯坦、卡塔尔、阿联酋、土耳其；大洋洲的澳大利亚、新西兰。在大大小小的城市和小镇游览了不少，有的走马观花，有的感慨良多。

退休以后，萌生了把异国他乡游记整理成册的念头，无论是欧洲、美洲、亚洲、大洋洲，去过的地方还太少，趁着记忆还算明晰，赶紧写下来，希望以后能踏足更多的地方。由于时间延绵太长，地点太分散，细节遗忘多，疏漏也会多，一步步一点点积攒，看自己的足迹在地图上缓缓蜿蜒，也是一种收获、一种满足。

走读西欧

2006 年 4 月 15 日至 28 日，我随中外文化交流促进会的中欧文化艺术考察团到西欧诸国进行了为期十二天的考察活动。所到之处，无不为古老的欧洲文明和生机盎然的现代文化气息所吸引和震撼。

我是第一次去欧洲国家。这次随文化艺术考察团出访欧洲，对我这样一个文化浅薄、艺术贫乏的人来说，无疑是一次绝好的学习机会。可惜偌大的欧洲，我们的访问时间只安排了寥寥几天，只能是走马观花式的。但所到之处，都能引发我对欧洲古老文明发展历史追溯和对现代欧洲文明的思考。十几天的时间，使我感受颇深的是，要了解异国的古老文化和现代文明，绝非一件容易的事，即使是身临其境，在各种纷呈的现象面前，要想分辨其真善美与假丑恶，要想撷取可以攻玉的"他山之石"，要想把所见所闻升华为睿智的思考，确也是要一定时间和下一番苦功夫的。而我作为神东人，有机会出访西欧，在匆匆之旅中，记录了自己亲身感受的点点滴滴，整理成几篇零散的札记，为那些想去西欧而又一时不能实现夙愿的朋友们和工友们提供一份了解西欧、认识西欧，开阔视野，增长见识的素材，也算我在西欧没白走一回。

飞往欧洲

4月15日下午2时30分，随着巨大的发动机轰鸣声，飞往荷兰阿姆斯特丹的波音777客机呼啸着从北京首都国际机场冲上了蓝天。

对我来说，横跨欧亚大陆出国学习考察在过去恐怕只是一种梦想。如今改革开放，国门大开。随着全球经济一体化的到来，东西方的国际合作与交流自然是不断增多，通往异国他乡的路平坦而顺畅。近些年来，初步富裕的中国人走进欧洲，考察访问，观光旅游，仿佛东半球的中国与西半球的欧洲突然变成了一个地球村的两户人家，似乎没有什么障碍在中间阻隔。在不少人看来，似乎欧洲已是十分熟悉，一谈论起来便是欧洲风格、欧洲情调、欧洲建筑、欧洲气派，甚至香榭丽舍的时尚靓女、阿姆斯特丹的橱窗女郎……

地球真小，从北京到阿姆斯特丹，波音777仅仅飞行了十个小时。在现代科技条件下，无须空中小姐介绍，你自己随时也会知道飞机飞到了什么地理位置上。因为，在每个机舱座位的左右两侧，都配置一个彩色荧屏，只要按动电钮，屏幕便随时向你显示飞机飞行高度、路线、经过的国家和主要城市。锡林浩特（中国）、乌兰巴托（蒙古）、圣彼得堡（俄罗斯）、爱沙尼亚、拉脱维亚……

飞机在云海与蓝天的变幻中穿行。透过舷窗俯望，你眼前的景色既像重峦叠嶂的险峰，又像波涛汹涌的汪洋大海，在太阳的照耀下，时而橘黄，时而瓦蓝，时而橙红，透明亮丽，十分诱人。

这个时候，你的视野非常开阔，心情也特别舒畅，仿佛在自己身体的周围再也没有了平日人世间的一切嘈杂和烦恼。再也不会因为一些鸡毛蒜皮的小事跟别人较真，再也不会去看别人的眼色行事。这个时候，你平日绷紧的那一根根神经才可以彻底地松弛下来，随情畅想，用充足的时间去回忆自己走过的路，去总结和反思人生的成败与得失，去发现和嘲笑自己那些可笑的地方。此时此刻，你不禁会想到，事业也好，情感也罢，人来到这个世界上实在是一种幸运。纵然时间再长，总有流逝的时候，与浩渺的宇宙长河相比，所谓的永恒只不过是一瞬间，我们应该懂得珍惜。人生在世，红尘滚滚，来去匆匆，所有的繁华与喧嚣都将成为明日黄花，稍纵即逝，永不再来。长久地留在人世间的唯有正义和美德。

阳光和空气交融，宇宙和大地呼应，呈现出五彩缤纷、光怪陆离的胜景。中华文明博大精深，源远流长，为人类文明进步做出了巨大贡献。我们中国人早就懂得兼取众长，以为己善的道理。汉唐时期，既是经济繁荣的盛世，也是中外交流的时代。张骞出使西域，开拓举世闻名的"丝绸之路"。玄奘万里取经，带回南亚地区的古老文化。明代郑和"七下西洋"，把中华文明传向远方的国度。鸦片战争以来，一代又一代的中国人，为了振兴中华，努力向西方国家学习先进科学思想和文明成果，同中国的实际相结合，推动了中国社会的变革发展。今天，正在为现代化建设奋斗的中国人民，把扩大对外开放作为一项基本国策，同世界各国进行广泛交流与合作，开创了中国历史崭新的局面。我们伟大的祖国以她那特有的雄姿屹立在了世界东方，海内外炎黄子孙无不为之自豪。我们每一个中国人的前途和命运总是处于时代发展的大潮之中，维系在国家和民族的巨轮之上。

光阴似箭，岁月无情。人生旅途匆匆，转眼已年过半百，我虽累月长年忙忙碌碌，却仍是平平庸庸，至今在终日奋斗的事业上没有多大建树，倒是心安理得地过着平常人幸福的日子。

就在我随情畅想的时候，飞机已经飞临荷兰王国首都阿姆斯特丹上空。

啊，荷兰到了，西欧之行的第一站到了。

科隆——德国的活力古城

飞机在荷兰首都阿姆斯特丹机场缓缓降落，向导将我们接到豪华大巴旅行车上。由于行程改变的原因，向导等我们考察团一行入座后，用中文对我们说："热烈欢迎中国文化考察团到欧洲传经送宝。今晚我们住在德国科隆，走进大家首次考察活动的第一站。"听似简单的一句话，却一下子就把我们的距离拉近了。

阿姆斯特丹距离德国名城科隆约四十公里的路程。坐落在莱茵河西岸的科隆既是一个历史名城，又是一个重工业城市。德国谚语中就有"没到过科隆即没到过德国"的说法。科隆的地理位置十分优越，二战时，科隆遭受了战争的摧残，许许多多的古老建筑在战火中摧毁，但战后，科隆进行了大规模的修整重建，所以现在的科隆看起来依然是古色古香，富有古典韵味，教堂、世俗建筑以及各类纪念碑博物馆遍布市区，交相呼应，十分壮观。科隆是世界上最早研制成功人工合成香精的地方，香水举世闻名，这就是香水被有的人称为科隆的来由。科隆这个城市在国人中的知名度是很高的，因为有一款游戏叫作"科隆"。关于这游戏的攻略充斥着网络，年轻人几乎无人不知，无人不晓。也因为科隆香水的鼎鼎大名，在小说故事影视媒介之中，它作为一种带着神秘的洋味儿的道具经常出现。在现实生活中，香水作为从国外带回来的礼物，尤显贵重和稀罕。尤其是在女性中，香水成为魅力无穷的时尚追求。不过，在我看来，最使科隆出名的，还是它的大教堂。

大巴行驶了两个多小时，我们终于到达住宿地，是科隆郊外的一个私人宾馆。虽说不够气派，倒也别致。由于时差关系和一路颠簸，大家早已睡意蒙眬。一觉醒来，已经是欧洲时间的第二天早晨。早餐过后，大巴车就径直驶向科隆教堂广场。

坐落在德国科隆市中心的科隆大教堂是德国最大的教堂，也是世界最高的教堂之一，更是科隆市毫无争议的标志性建筑。将近160米高的钟楼，使它成为德国第二、世界第三高的教堂。是中世纪欧洲哥特式建筑的代表作，位于科隆市中心，莱茵河畔。科隆大教堂巍峨挺拔，高耸峻峭，雕刻细腻古朴，教堂外观看上去饱经沧桑，显得深沉典雅。科隆大教堂又称圣彼得大教堂，始建于1248年，1880年建成。占地8000平方米，建筑面积6000多平方米。内有礼拜堂10个。中央大礼堂穹顶高达43.35米，中央双尖塔高161米，直插云霄。当你拾级攀登509级台阶来到钟楼塔顶，极目远眺，科隆市貌和风光尽收眼底。视野所及，旖旎的乡村田园风光，使人心神俱爽。而流淌的莱茵河犹如一条白色绸缎带从旁飘过，给人难得的视觉享受。可以想象，在过去的时代，人们或者从遥远的莱茵河上游乘船平缓地驶向科隆，或者从四面八方蜿蜒曲折的小路上骑马、步行慢慢地走近科隆。高大的科隆大教堂作为一个视觉上已经接近而实际上还相当遥远的存在使人不畏艰难险阻。它会给每一位参观者留下辽阔的想象空间。在现代社会，人们到达科隆的方式多种多样，就是我们这些东方来客，也不过就是一会儿飞机、一会儿汽车的交替，似乎还没有什么思想准备，就已经置身于熙熙攘攘的人流中，感受到了古老文明的浓重气息，也为强烈的现代文明而震撼不已。特别强烈的感受，是雄伟壮丽的科隆大教堂在视觉上和心理上的瞬间冲击力，久久难忘。科隆确实是一个很有人气的地方，风情古朴，方言特点鲜明。作为德国第四大城市，许多消费行业的国际性博览会每年都在此举行。主要有国际食品博览会、世界影像博览会、园艺博览会、国际家具展览会，等等。其中世界影像博览会经常有来自五十多个国家一千五百多家公司参展，使科隆成为世界同行业中无可争议的佼佼者。这个世界级影像博览会，不仅介绍传统照相技术、录像、数码照相的最新发展，而且还交流专业照相、照片的加工及输出等问题的解决办法以及最新的音像发展趋势。特别是每年举行的家具展，可以让业内人士提前了解来年世界家具新潮流。举办的"室内创意大奖"的评选，可谓是来年家具的潮流风向标。这些博览会吸引着世界各国客商的到来，它已成为科隆走向世界的重要窗口。

拜谒莫扎特

到了西欧，每个城市都有它的标志，或者是城市建筑，或者是人文景观，抑或是一种浓郁的文化氛围。在访问奥地利的萨尔茨堡时我了解到，萨尔茨堡是莫扎特的故乡。我无法想象一个城市会把一个人的灵魂寄托得如此深重。你视线所至，到处都是他的痕迹与影响。莫扎特广场、莫扎特铜像、莫扎特剧院、莫扎特学校，甚至是莫扎特巧克力……走在大街上，到处都是关于莫扎特的演出海报、音乐会、歌剧等。

萨尔茨堡是奥地利西部著名的边城。德语"萨尔茨"的意思是盐很多，所以这座城市又叫"盐城"，纵贯城中的河流也叫盐河。城市不大，人口约14万，建城距今已达1300多年，从保存下来的古城图上看，现在的城市几乎与古城没有多大的变化。虽然将近一半的建筑在二战中毁于战火，可经过60多年的修复新建，城市面貌还是保留了原有的特色。萨尔茨堡早在上世纪90年代初就被联合国列为世界文化遗产，这与不赶时髦、不求"政绩"，精心呵护历史文化的做法是分不开的。

萨尔茨堡的主要景点在旧城。清澈的河流穿城而过，缓缓西去，向南岸望去，一片旧城大屋以及众多的教堂尖顶簇拥着蒙彻斯，位于山顶上的赫恩萨尔茨堡白色耀眼，神秘诱人。这座白色的城堡，就是萨尔茨堡市的标志性建筑。

到萨尔茨堡就不能不去拜谒莫扎特。莫扎特的纪念地有两处，一处在大教堂西侧，是他的旧居；另一处位于粮食胡同，是他的出生地。旧居已无旧物，参观者只能在外边看看，不必入内，珍贵的东西全在粮食胡同。

粮食胡同是一条别具特色的街道，街道较窄，地面一律为青砖石板铺就。两边都是古色古香的店面，仍保留着中世纪的风格，庄重典雅，古朴大方。有意思的是，这里所有的店面都有一个制作精美的铁艺招牌。据说远古时代这里很少有人识字，所以店铺都以所出售物品的形状用铸铁工艺制成店名，卖什么就挂个什么形状的招牌。现在这些招牌上全都镶有莫扎特的头像。踏进粮食胡同，你会立刻感到这里是属于莫扎特的世界。

莫扎特的出生地是一幢六层小楼，位于粮食胡同中段。门口侧上方的铁艺招牌是一条鱼的形状，估计当时是一个卖鱼的店铺，现在牌子中间镶上了"莫扎特纪念馆"的字样。

走进莫扎特故居，我心中蒙着一层淡淡的忧伤，一如窗外淅淅沥沥的小雨。对于这位世界顶级音乐大师，我以前只知道他音乐的辉煌，陶醉于他的美妙旋律。直到登上那狭窄的楼梯，听着耳边导游细致入微的解说，目睹眼前一件件珍贵的文物，我才恍然感叹起大师的非凡人生来。

说莫扎特是神童当之无愧。他四岁就通晓乐理，六岁能作曲，并能演奏钢琴。当父母为他买来一把小提琴时，从未摸过小提琴的他竟能一上手就拉出美妙的旋律，令全家人大吃一惊。此后，他在音乐创作的道路上一发而不可收。在他短暂的一生中，创作了大量的乐曲、歌剧，仅留存下来的就有六百二十六首之多。

但是，纵观古今中外，才华出众的人往往不屑于权贵。我国著名的浪漫主义大诗人李白曾言："安能摧眉折腰事权贵，使我不得开心颜。"气节高贵的莫扎特也是如此。他的家境并不宽裕，在他六岁的时候，奥匈帝国有名的玛利亚王后就把他召进维也纳的美泉宫演奏，并高兴地送给了他一套上等礼服。在好长一段时间里，那套礼服就是莫扎特唯一的演出服。当时的教皇也很器重他，常常让他去写作品或者演奏，但莫扎特不愿意为权贵效劳。教皇要他写宗教方面的曲目，他偏偏作些诸如山水爱情之类的曲子，以致多次触怒教皇。成年后的莫扎特生活相当拮据，常常举债度日，辛勤创作的作品只能用来卖钱还债，他和太太及两个儿子的生活常常处于危机之中。即使这样，他还是不愿意向权贵低头。正因为有着一颗纯洁而高贵的心，他才创作出了诸如《费加罗的婚礼》《唐璜》《小夜曲》等反映劳动人民生活和情感的传世之作。而且他的作品没有消沉，没有颓废，总是那么执着地讴歌生活，追求光明，催人奋进。

我徜徉在小楼上，默默地注视着莫扎特的第一部音乐剧手稿，第一把小提琴，第一架钢琴……它们似乎在告诉人们，艺术家的辉煌其实饱含着许多辛酸，而辛酸里又渗透不可侵犯的尊严。一个人格缺失的人是断难成大器的，古今中外概莫能外。

我不禁从莫扎特联想到了贝多芬、聂耳、施光南……当我畅游在艺术家们的音乐海洋中，尽情陶醉于那些不朽的旋律时，仿佛他们那历经磨难的灵魂正在向我们微笑呢？

莫扎特贫穷得让人心酸，他死的时候连买棺材的钱都没有，只能与几个贫民一起草草合葬。可莫扎特又是幸运的，他死后五十年，妻子和好友们一起为他选择了墓地，演奏着他临终时为自己创作的《安魂曲》，举行了隆重的第二次葬礼。还为他铸造了一尊铜像，至今仍在萨尔茨堡的广场上深情地注视着世人。他的不朽作品不仅成了他身后的巨大财富，更成了他奉献给全人类的珍贵遗产。纵贯几百年，横跨五大洲，哪里有音乐，哪里就有莫扎特留下的永恒旋律。

莫扎特说过："我把欢乐铸入音乐，是为了使全世界都感到欢乐。"他的这个心愿早已实现，全世界都深切地感受到了他带来的欢乐。

莫扎特——一颗伟大的爱国之心发出的声音，永远激励着人们去为自由和真理而斗争。

梦幻妖娆威尼斯

大巴车还未进站，但我已从玻璃窗看到那屹立在海中的城市。而从大巴车一下来，台阶的下面就是大运河，意大利水城威尼斯便这样惊艳地呈现在游客的面前了。对于大部分人而言，威尼斯给人的感觉像海市蜃楼，一个仿佛童话般不真实的存在，轻盈洒脱，阴柔婉转。

威尼斯这座城市相传始建于公元453年。当时的威尼斯只是亚德里亚海的一个小岛屿，是一些邻近的农民和渔民为逃避酷嗜刀兵的游牧民族而逃往这个小岛来的。他们充分利用当地肥沃的冲击土质和就地取材的石块，并利用邻近内陆的木头造的小船往来其间，在淤泥中，在碧波荡漾的水面上，那些拓荒者用勤劳的双手建起了威尼斯。

威尼斯四面临海，由一百二十个小岛组成，四百多座桥梁是小岛间唯一的连接。城内几乎没有马路，唯一的交通工具就是船，是世界上建筑精美的水上城市之一。它的妙处是建筑在看似最不可能建造城市的地方——意大利最大的一片潟湖之上，城市的建筑物是建在打入到潟湖湖底的无数木桩之上的。

我们一行乘坐贡多拉小游艇，摇摇晃晃向碧波深处进发。小艇灵巧轻盈地穿梭于水上，一望无际的海面变成了纵横交错、密密麻麻的水道，两边的建筑物似乎伸手可及。我看到，运河两边的老屋似乎都有几百年的历史，红砖的墙面斑斑驳驳，底部厚重而苍绿的青苔也在无言地诉说着久远的历史。生锈的铁门浸在水里，一楼的窗户早已用砖石封上，想必废弃已久。静静的运河水淘尽多少风流人物。马可·波罗的故居、莫扎特的故居、歌德故居……一幢幢红色小楼与贡多拉擦肩而过，那些叱咤风云的名字和所有其他老屋一样，矜持而古朴，典雅而风韵无限。

威尼斯最著名的景点圣马可广场被称为"威尼斯的心脏"，也是每个观光者的必到之处。广场依水而建，四周是高大的建筑群，只有一条宽阔的街道通往海边的港口，从那儿可以看到湛蓝的海面。两根石柱矗立在街道中央，其中一根顶端有一只双翼的狮子。据说，这是威尼斯的权势象征。然而，广场上另一道亮丽的风景就是那些悠闲自在的鸽子，成百上千的和平鸽在这里栖息漫步。也许有人会想到喂鸽子的主意不错，可是，我们手上那点小食品简直是太微乎其微了，不忍心厚此薄彼，只好打消了这种想法。

在广场四周的建筑中，最著名的是圣马可大教堂。它始建于 832 年，是为了保存在 829 年从亚历山大偷来的圣马可遗体而修建的，后毁于一场火灾。现存的教堂建筑是在 1063 年至 1073 年重建的。建筑风格深受中世纪拜占庭文化的影响。教堂正面主扇拱门内的壁画以连环画的形式表现了威尼斯人如何将圣马可的遗体从拜占庭偷出来，再运到威尼斯城，受到当地政界和宗教界隆重欢迎的故事。圣马可教堂的哥特式顶饰则完成于 14 世纪，大大小小有着各种姿态的雕像站立在弦月窗的上部和空旷的塔楼中，把教堂点缀得极其繁华美丽。

进入教堂里面，虽然是已有千年的老建筑，但满目仍是金光闪闪。听说是用了四十公斤的金箔。凡是有壁画的地方，都布满了用马赛克镶嵌而成的精美图画。镶嵌画是君士坦丁时代开创的教堂装饰艺术之一。门廊的圆顶装饰画《创世纪》，约完成于 1220 年，是圣马可教堂中年代最早的壁画，围绕圆顶中心，以同心圆向外扩展三圈，表现了上帝创造天地万物和人类、亚当和夏娃以及他们的后代、该隐与亚伯、诺亚与洪水等故事，精美绝伦，令人眼花缭乱。

圣马可大教堂是一座保存中世纪艺术最好的建筑物，在建筑、壁画、雕塑等方面为后人保留了一大批最真实、最珍贵的文物，使今天的人们能够幸运地欣赏到从拜占庭到哥特式时期的中世纪艺术珍品。而且一些镶嵌壁画还得到意大利文艺复兴早期的大师提香·丁托列托的亲手修复。因此，可以毫不夸张地说，圣马可大教堂是一件威尼斯全盛时期的艺术杰作。

走出广场，站在似乎一不小心就会坠入的大海岸边，蔚蓝的天空下，大海蓝得令人晕眩，耀眼的波光伴着涩涩的海风使人心神俱爽。几只海鸥悠闲地漂浮在海面上，丝毫也不在意来往的船只。这里的海滨没有一粒沙子，沿着长长的海岸线，只有一长溜的步行街，货摊、饭馆、咖啡馆鳞次栉比。威尼斯的大歌剧院曾毁于一场大火，新建的歌剧院由此被命名为"凤凰歌剧院"。传说中，凤凰五百年一死，转瞬在大火中复生，象征着一些事物是永远不会消亡的，比如文化、艺术和一切人们珍爱的事物。保持传统，坚信永恒，这也是威尼斯人一以贯之的信念和力量。

在威尼斯，我们还看到了我国近代诗人徐志摩笔下忧伤的太息桥。此桥依旧，伊人远逝，只有那伟大的文艺复兴艺术品和拜占庭式建筑，精美的回廊，美得令人窒息。《威尼斯商人》电影中最美的段落有一些就是在这儿拍摄。这儿是文艺复兴的一个重镇，产生过历史上最重要的画派之一——威尼斯画派。德国音乐大师理查德、瓦格纳在这里与世长辞。这座城市有着太多美轮美奂的精彩，它昔日的光荣与梦想能够保存得如此完好，一直延续到今天甚至更久远的未来，将永远是一个迷人的故事。她独特的文化底蕴与厚重的历史沉淀如此令人痴迷，使游客们恋恋难舍，乐而忘返。

佛罗伦萨：一幅读不完的历史长卷

从威尼斯来到佛罗伦萨，就是从一个水上城市来到了一个充满艺术和文化的博物馆。如果说威尼斯像海市蜃楼，那么，佛罗伦萨则是一个伟大的艺术殿堂。

佛罗伦萨是意大利托斯卡尼省的首府，是意大利的文化名城，也是文艺复兴的发源地。1870 年，意大利王国军队攻占罗马，意大利统一事业完成。1871 年，意大利首都由佛罗伦萨迁回罗马。佛罗伦萨是一个较小的城市，几乎保持了文艺复兴时期的城貌。从车站步行去任意一个景点，仅用三四十分钟即可。整个城市的房屋大部分为五六层高，红的砖墙，狭窄的街道，显得悠长而神秘。街道两边的店铺里都摆满艺术品，不禁让人感到，这座充满浓郁文化气息城市的市民都是艺术家。

漫步于有着七百年历史的维其奥古桥，这座人们把它称为"爱情之桥"的浪漫之地，我了解到这样一种说法：在这座桥上相遇的情侣将会相守一辈子。相传著名诗人但丁与他热恋一生的女子就是在这座桥上相遇的。美丽宁静的阿诺河倒映着维其奥桥和河岸的红色房子，就像是一幅浓浓的油彩画。

来到佛罗伦萨，不能不探究文艺复兴的历史。文艺复兴是14 世纪在意大利城市兴起，16 世纪在欧洲盛行的一次思想文化运动。它掀起了一场科学与艺术的革命风暴，揭开了现代欧洲历史的序幕，被认为是中古时代与现代的分界。马克思主义史学家认为，它是封建主义时代与资本主义时代的分界。西方史学界认为，它是古希腊、罗马帝国文化艺术的复兴。

14 世纪时，随着工场手工业和商品经济的发展，资本主义关系已在欧洲封建制度内部逐渐形成。在政治上，封建割据已引起人民的普遍不满，民族意识开始觉醒，欧洲各国大众产生要求民族统一的强烈愿望，从而在文化艺术上也开始出现了反映新型资本主义势力的利益和要求的新时期。新兴资产阶级认为，中世纪文化是一种倒退，而希腊、罗马古典文化则是光明发达的典范，他们力图复兴古典文化。"复兴"其实是一次对知识和精神的空前解放与创造。

当时的意大利处于城邦林立的状态，各城市都是一个一个独立或者半独立的国家。14 世纪后期，各城市逐渐从共和走向独裁。独裁者耽于享乐，信奉新柏拉图主义，希望摆脱宗教禁欲主义的束缚，大力保护艺术家对世俗生活的描绘。与此同时，宗教激进主义力图摒弃正统宗教的经院哲学。13 世纪，托马斯·阿奎那利用亚里士多德的学说解释宗教教义，建立了烦琐和庞大的经院哲学。经院哲学中的"经"就是"圣经"，"院"就是"神学院"之意。因为中世纪的欧洲教会几乎是欧洲唯一有文化的场所，教士是唯一有知识的人群，基督教的《圣经》则被视为思想和知识唯一的总根源，所以作为人类思想的核心内容的哲学也主要发生于教会中。经院哲学的特点是：以古希腊的亚里士多德和中世纪的圣奥古斯丁等古代哲学权威以及辩证方法为基督教服务，在文艺复兴时期遭到了人文主义的强烈挑战。因此，艺术转而歌颂自然和美以及人的精神价值，哲学、科学都逐渐地在比较宽松的气氛中发展，也酝酿着宗教改革的到来。

文艺复兴的另一个重要原因是 1453 年奥斯曼土耳其帝国攻陷君士坦丁堡，东罗马帝国灭亡，大批受到东方文化影响、还保留着古罗马帝国精神的人才逃往意大利，带回很多新思想和艺术，在罗马开办教授希腊语的学校，促使了文艺复兴运动的形成。

佛罗伦萨作为文艺复兴的发源地，在诗歌、绘画、雕刻、建筑、音乐等各方面均取得了突出的成绩。著名的文艺复兴巨匠但丁、彼得拉克、薄伽丘、达·芬奇、米开朗基罗、拉斐尔、拉索等的作品一直被人们视为古典美术精神最完美的体现。他们以自己对艺术的热爱和卓越的才能，为人类留下了大量不朽的艺术佳作。这一时期的作品，集中体现了人文主义思想，主张个性解放，反对中世纪的禁欲主义、摆脱教会对人们思想的束缚，肯定人权，反对神权，摒弃作为神学和经院哲学基础的一切权威和传统教条。文艺复兴时期的艺术，歌颂了人体的美，主张人体比例是世界上最和谐的比例。并把它应用到建筑上，肯定"人"是现实生活的创造者和享受者，要求文学艺术表现人的思想感情，科学为人谋福利，教育要发展人的个性，把人的思想感情和智慧从神学的束缚中解放出来。因此，文艺复兴在世界历史的发展进程中起到了推波助澜的巨大作用。

离开佛罗伦萨，我的心情还久久沉浸在一种对文艺的无限崇敬之中。

佛罗伦萨，你是一幅永远读不完的历史长卷。

佛罗伦萨，你是世界文明与进步的永恒里程碑。

佛罗伦萨，你是一樽陈年佳酿，醇香绵长……

袖珍小国——梵蒂冈

> 我爱圣彼得大教堂，它是地球最美的装饰品。——爱默生

我们中间大部分人每天都重复过着日子。工作一成不变，生活没有激情。也许会有这么一天，忽然之间一切都不一样了，变化的原因可能有千百种，但是其中必有一种是因为你到了梵蒂冈。

梵蒂冈，拉丁语意为"先知之地"，是世界上最小的国家，面积仅为 0.44 平方公里，总人口 1400 人，常住人口仅 540 人。

地处意大利首都罗马西北角的梵蒂冈高地上，台伯河右岸，是典型的地中海气候。梵蒂冈是世界天主教中心，也是特殊的政教合一的国家。梵蒂冈城早在公元8世纪已成为教皇国的中心，1870年意大利王国吞并教皇国，教皇退居梵蒂冈。1929年，意大利与教皇签署协议，梵蒂冈成为独立的主权国家。

几乎没有人能抗拒梵蒂冈的魅力。这个世界上最小的国家，却是全球八亿多天主教徒的信仰中心。除去本身的辉煌史迹，这里陈列了太多的艺术巨作，令人心驰神往。

圣彼得广场，被称为世界上最壮丽、最对称的广场，是17世纪著名建筑大师贝尔尼尼花了11年时间建成的杰作。广场呈椭圆形，长340米，宽240米，两侧由半圆形大理石柱廊环抱，284根圆柱和88根方柱分排四列，形成三条走廊。朝向广场的每根石柱顶端的平台上，各有一尊3.2米高的大理石圣徒像，面向教堂。整个建筑恢宏雄伟，气势磅礴。教堂右边的圆柱就是与意大利的国界了。广场中央矗立着一座高26米的方尖石碑，碑尖上是受难的耶稣十字架造型。建造石碑的石料是当年专门从埃及运来的，广场两侧各有一个银花飞溅、设计精美的喷泉。

圣彼得大教堂从始建到完成，历时100多年。外观是个十字架造型建筑。大教堂长187米，南北宽137米，能同时容纳5万人参观。屋顶和四壁都装饰有以《圣经》为题材的绘画。乍然进入这座艺术宝库的一瞬间，你仿佛感觉到时光倒转到中古世纪，米开朗基罗、拉斐尔、贝尔尼尼、罗丹、康丁斯基、达利、蒙克……这一个个平时我们只能在脑海中无限怀想的名字，忽然成了眼前真实的存在，在你身边构成了一道艺术风景线，锁定了你的眼睛和心灵。任你是个泰山崩于眼前而不变色的人，也难免失神。面对着一幅幅巨作，惊讶得目瞪口呆，眼睛不够用，思维也似乎在瞬间凝固了。

罗丹说过，艺术是心灵深入大自然，发现它蕴含灵性而感到的欢娱。而梵蒂冈的气质是艺术与历史的长河中经过无数次洗礼、无数次沉淀才成就的。每个人都可以把梵蒂冈当作一本书来读，当作一本超越政治、经济等人类文明艺术史的教科书来读。这里的每一件艺术品都洗去了几百年人世沉浮的伤痕，洗去了俗世荣辱的尘嚣。在其中走上一遭，宛如经历了一次纯美的朝圣之旅。单是直面艺术本身，品味隐含其中的历史情绪时，无论是谁都会浮想联翩的。

而当你登上圣彼得大教堂圆顶，美丽的罗马街景尽收眼底的刹那间，犹如在你心中投下了一枚石子，激起涟漪朵朵，一种享受的幸福和感动，如浪花般在心间扩散开去。我第一次情不自禁为万物之灵的人类而深感骄傲。

忽然间，导游提及中梵关系。我追问后，他简单做了介绍。1949年中国大陆与梵蒂冈断绝了外交关系后，多年来，中梵关系一直磕磕绊绊。原因是梵蒂冈与台湾地区建立了官方关系。2006年元月，梵蒂冈天主教廷发表声明，表示希望与中国大陆进行相互尊重及建设性的对话，消除过去的误解，继续寻求努力改善中梵关系的方式。中国外交部对这一声明表示谨慎的欢迎，并坚持梵蒂冈必须先与台湾地区断交。一个时期以来，中梵围绕主权和教皇对中国天主教的权威问题争执不下，相持一段时间之后，梵方眼见无法改变中方的坚定态度，首先求变，分析大陆天主教形势，召开中梵关系特别会议，主动向中方示好，从而为教会带来益处。

依我看，"为教会带来益处"，是梵蒂冈这个小国领袖人物实实在在的心里话。梵蒂冈作为世界上最小的国家，却是世界八亿天主教徒的宗主，是天主教最高权力机构，是罗马教廷的延续而地位独特。而中国人口占世界人口的五分之一，天主教信徒已超过千万人以上，并且随着宗教政策的逐渐放开，近年来教徒呈激增之势，发展潜力巨大，梵蒂冈不得不为之动心。况且中国的国际地位与日俱增，梵蒂冈领袖人物也明白，与一个世界大国长期对抗是不明智之举。对于中国来说，在锁定一定条件后与梵蒂冈建交显然也符合中国利益，可以进一步改善中国现代化、民主化大国的形象。因此，中梵关系升温迹象明显。

梵蒂冈地理面积狭小，境内没有田野，没有工农业生产，也没有军队，自来水、电力、食品、燃料、煤气等由意大利供给。但梵蒂冈在许多国家有大量的投资，特别是金融资本在意大利有相当的势力。全球天主教徒的捐款是梵蒂冈国家的主要经济来源。

梵蒂冈，世界上最小的国家，却是世界上人均收入最高的国家。作为欧洲著名的游览胜地，梵蒂冈每年接待数以百万计的国外游客和天主教徒。全世界最大的天主教堂——圣彼得大教堂，珍藏着欧洲艺术史上的许多无价之宝，其中两位艺术大师的杰作是一定要仔细欣赏的，一位是被称为"巴洛克艺术之父"的天才雕塑家贝尔尼尼，另一位当然就是米开朗基罗。

卢森堡风情

从比利时到卢森堡，乘车不到两小时，便感受到世界"钢铁之都"浓郁的田园气息。

卢森堡大公国位于欧洲西部，地处德国、比利时和法国之间，是欧洲最小的内陆国之一。面积两千六百平方公里，人口约四十万。因为地理位置极为重要的缘故，历史上有不少欧洲强国都曾经占领过此地。

对一般游客来说，卢森堡并不是很有个性的国家。它有一点法国味，又有一点西班牙味，甚至还有一点德国味。但卢森堡绝对是一个可以让旅行者享受到旅游乐趣的宁静国家。"一条峡谷，流淌着美丽的河流，簇拥着古旧的宅院，点缀着森森的树木，横陈着坚劲的古桥。"我们考察团的一位作家这样描绘卢森堡风貌。

卢森堡人几乎都是语言天才，他们自己的常用语言是卢森堡语，而银行、学校等许多场合则用英语，报纸、广播又大都是法语，很多时候又用德语，所以，卢森堡人基本上都会四种语言。卢森堡的珍藏十分丰富，钢材的质量更是享誉世界。据说，当年建造埃菲尔铁塔用的就是卢森堡的钢材。而瑞士手表也大都用卢森堡的钢材。卢森堡的瓷器也比较有名，其中有瓷盘、可吹响的小瓷鸟和各式各样图案的瓷杯等，制作精美，而且价格便宜，已成为旅游者争相购买的纪念品。

卢森堡的首都也叫卢森堡，整个城市围绕大峡谷而建，市区被佩特罗斯河和阿尔泽斯河分为两部分，中间由一百多座大小桥梁连接，是全国最大的城市和政治、经济、文化、交通中心。全市人口八万人，约占全国人口的五分之一。虽然卢森堡市是一个现代化的国际都市，但田园风光旖旎。站在高处望去，只见四周峰峦起伏，绿树成荫，典雅的农舍掩映在青山翠冈之中，显得非常漂亮。据导游介绍，卢森堡全境都处于这样景色迷人、环境优美的丘陵之中。全国仅森林就有九百多平方公里，将近占领土面积的三分之一。因此，卢森堡又被人们称为欧洲的"绿色心脏"。

卢森堡大峡谷是世界著名的风景区之一，峡谷东西走向，宽约一百米，深约六十米。为了把峡谷两岸连成一个整体，卢森堡人在大峡谷上修建了风格各异的多座大桥。而其中最引人注目的是建于1966年的女大公夏洛特桥和1930年建成的阿尔道夫桥。远远望去，只见两桥相对而立，雄伟壮观。夏洛特桥又称彩虹桥，它红色的桥身像一道彩虹跨越大峡谷，电气火车穿桥而过，工业时代的气息扑面而来。阿尔道夫桥边，一些可以追溯到9世纪的古建筑矗立两旁，形成了鲜明的对比，不得不让人对卢森堡的历史产生浓厚的兴趣。

卢森堡的历史可以称得上是一部被侵略与反侵略的历史。卢森堡人民在反侵略、反占领、反抗外来统治斗争中写下了一页页光辉的篇章。导游告诉我们，在我们所站立的宪法广场脚下，就有一条17世纪修建的地下廊道。这个迷宫般的廊道长达二十一公里，迂回曲折，机关密布，分隔有许多暗室，廊道的墙壁上布满了枪眼和弹孔。地下廊道可以直通到卢森堡著名的布克要塞。当年，卢森堡人就是凭借着这些坚固的城堡和迷宫般的通道来抵御和抗击外来侵略者的。卢森堡人民不屈不挠的民族精神由此可见一斑。

卢森堡绝对是个放松和休闲的好地方，坐在峡谷边的石椅上小憩，实在是不愿离去。因为这里古墙深巷十分僻静，绿树青藤缠绕，鸟语花香，幽静恬淡，是一个让人精神和灵魂完全放松的绝妙去处。顺着宪法广场两边的石阶，我们下到并不很深的大峡谷，领略这个著名谷地的春日景象。穿行于谷底，阳光从庞大的树冠倾泻下来，地上一派斑驳的光影，真有"人在画中游"的感觉。抬头看去，连接两个市区的大桥巍峨壮观，在春暖花开的时节显得格外峭拔。

卢森堡虽然小，但它的经济却很发达，是欧洲各国国民收入最高的国家之一，购买力位居世界第一位。在街头，不论是从行人的服饰和橱窗的设计，还是路边停放的汽车上，都可以感受到这个国家的富庶。城市中的街道非常干净，每个窗台前总有鲜艳芬芳的盆花，把整个城市点缀得犹如一个大花园。

卢森堡的金融业世界闻名，共有二百多家银行，实行的是银行保密制度，金融业十分发达。视野所及之处，人们西装革履，整洁大方，谈吐优雅。我深深感觉到，这也可能是一部分人从事金融业养成严谨认真、一丝不苟性格的缘故。

"一个卢森堡人一个玫瑰花园，两个卢森堡人一次咖啡集会，三个卢森堡人一个小型乐队。"导游告诉我们，这是一句在卢森堡广为流传的谚语。从中也可以看出，卢森堡人民不仅坚忍不拔，顽强不屈，他们更是懂得享受生活的美好，把音乐作为热爱生活，赞美生活的调味品。我还听说，卢森堡的每个村庄都有乐队，人们一见面，常常是吹吹打打，引吭高歌，热闹异常。而且每年夏末秋初时节，民间都要举行传统的音乐比赛。

在卢森堡逗留的那天晚上，我们漫步在市区街头，看到不少人围坐在一起，自拉自唱，神情惬意而悠闲自在。整个城市仿佛都笼罩在一种浓郁的音乐气氛之中。晚风拂面，乐声阵阵，虽然是身在异国他乡，却又是那样温馨甜美，令人陶醉。

从协和广场到凯旋门

法国巴黎是我们这次访问西欧最重要的驿站，由于中法关系源远流长，加之老一辈无产阶级革命家在法国勤工俭学的不朽记忆，更加平添了我们对全面了解法国文化的浓厚兴趣。

我们一行在巴黎逗留了三天，重点参观和了解了巴黎市区内的古代建筑和文化艺术。

在文化艺术上，从17世纪开始，法国的古典文学迎来了自己的辉煌时期，相继出现了莫里哀、司汤达、巴尔扎克、大仲马、雨果、福楼拜、莫泊桑、罗曼·罗兰等一大批文学巨匠，他们的许多作品成为世界文学的瑰宝。其中的《红与黑》《高老头》《巴黎圣母院》《悲惨世界》和《约翰·克里斯朵夫》等名篇巨著，已被翻译成多国文字，在世界广为流传。与此同时，法国在工业设计、艺术设计领域的世界领先地位早已举世闻名。有关实用艺术、建筑、时装设计、工业设计专业的学校也早已凭借"法国制造"的商业硕果而闻名于世。法国人喜爱体育运动，比较流行的体育运动项目有足球、网球、帆船、游泳、滑雪、环法自行车赛，等等。戛纳国际电影节是世界五大电影节之一，每年5月在法国南部的海滨小城戛纳举行，它也是世界上最早、最大的国际电影节。

在古代建筑上，埃菲尔铁塔、凯旋门、卢浮宫、巴黎圣母院、巴士底监狱、协和广场、香榭丽舍大道等别致景观不胜枚举。但最使我心驰神往的还是漫步在协和广场到凯旋门的香榭丽舍大道上。

巴黎协和广场建于1757年。是由当时君临天下的法国国王路易十五下令营建的，1763年取名"路易十五广场"，广场中心曾塑有路易十五骑像。大革命时期被称为"革命广场"，1795年改称"协和广场"。后经建筑师希托弗主持整修了四年，于1840年最后定型。广场非常漂亮，虽然没有天安门广场那么宽阔，但非常华丽。精美的雕塑、动感的喷泉把广场装点得分外亮丽。

广场呈长方形，南北长247米，东西宽172米。在广场的中央，矗立着那座有3300年历史的埃及方尖碑，那是由埃及总督赠送给查理五世的。方尖碑高 23 米，重 230 吨，塔身是由整块的粉红色花岗岩雕出来的，上面刻满了埃及象形文字，主要内容是赞颂埃及法老拉美西斯二世的丰功伟绩。方尖碑的底座基石上记载着将之运到这里和树立起来的艰难过程。

广场的四周有八座雕像，它象征着法国的八大城市。这里还有花圃、喷泉和阅兵台，如今成了巴黎市民休息、游览的地方。东北方位是歌剧院，是拿破仑三世时期修建的豪华建筑。

从协和广场至凯旋门一直延伸的香榭丽舍大街是尽人皆知的巴黎的象征和标志。香榭丽舍大道全长一千八百米，街道最宽处约一百二十米，是横贯巴黎且最具特色、最繁华的街道之一。香榭丽舍大道在法文中是"田园乐土"的意思。过去这里曾经是一片低洼潮湿的空地。17 世纪路易十四在位时，曾在这里植树造林，使它成为专供宫廷贵族游乐的禁区。后来，图格里公园的东西轴线向西延伸，在这里建成了近一公里长的林荫道，1709 年才将其命名为香榭丽舍大道。大街以南北走向的隆布万街为界，分成风格迥异的东西两段。幽静的东段体现了田园风光，长约七百米，一排排梧桐树苍翠欲滴，街心花园夹在万木丛中时隐时现。西端的星形广场中央矗立着巍峨雄伟、闻名遐迩的凯旋门。法国的一些重大节日，如 7 月 14 日国庆阅兵式、新年联欢会都在这里举行。

一条城市大道得到人们的普遍赞美，不仅因为它是一个完美的市政工程，还因为它是历史文化的积淀和与民族命运相连的历史见证。香榭丽舍大道、方尖碑、凯旋门，有多少关于征服与被征服、光荣与屈辱的故事。香榭丽舍大道的一侧，大宫小宫见证了万国博览会时期法国曾经有过的荣华富贵，与香榭丽舍大道一街之隔的爱丽舍宫，记载着权力的兴衰交替。经过三百多年的演变，香榭丽舍大道成为法国最具景观效应和人文内涵的大道，法国人毫不谦虚地称之为"世界上最美丽的散步大道"。

顺着香榭丽舍大道望去，就可以清楚地看到凯旋门。巴黎凯旋门，这座高 50 米、宽 45 米的地标性历史建筑，是拿破仑 1806 年 2 月 18 日谕令兴建。受命负责设计建造工程的是法国建筑大师夏尔格兰，工程历时三十年，于 1836 年竣工。凯旋门是为庆祝拿破仑的军事胜利而修建的，宏伟厚重，给人一种历史的凝重感。

在凯旋门的四大支柱上，装饰有著名的浮雕作品《马赛曲》，并镌刻着法兰西帝国和共和国时期获胜的著名战役名单和 588 位将军的名字。

我在浮雕前久久驻足，有一篇介绍"马赛曲"的短文使我对其梗概有所了解。《马赛曲》分为两个部分：上部是一位象征自由、正义、胜利的自由女神，她右手持剑，左手高举，凌空飞腾，表现出奔放的革命热情，两腿大步向前迈进，更增强了浮雕形象的前进和引领感，号召人民向她指引的方向冲去。自由女神占据整个浮雕的上半部，正从人们头顶上疾驰而过。浮雕的下半部是一群志愿军战士，在女神的热情号召下奋勇前进。其中的一个人物是一名留着大胡子的战士，他带领自己年轻的儿子一起参加战斗，少年依傍着父亲，父子目光炯炯，步伐坚定有力。和这个跃跃欲试的激动少年相对应的，是在其身后沉着刚毅的老人，他仿佛已多次为自由而战，今天为了保卫祖国又从容奔赴疆场。走在队伍最前面的号手正在吹响进军号，其余人物中有持盾牌和宝剑的战士，有弯腰系结兵器的弓箭手，这些细节预示着战斗即将开始。整个画面不过七个人物，却展现出千军万马、一往无前的气势，洋溢着法兰西人民的爱国主义精神和争取自由的热情。看着如此气势磅礴的作品，耳畔似乎又响起嘹亮的《马赛曲》，那为自由和正义而战顽强不屈的歌声……

荷兰——美丽富饶的国度

在荷兰，是我们这次出访西欧最后逗留的两天。也许是依依惜别的缘故，总想把欧洲风情看个够，总想把美丽富饶、充满奇迹的荷兰王国记忆长留心底。

荷兰，一个出乎我想象的国家；阿姆斯特丹，一个出乎我想象的城市。大巴车一进荷兰，你就能感觉到视野开阔，空气清新。早就听说荷兰的空气质量与瑞士、加拿大齐名，位居世界前三位。身临其境，感同身受，果然名实相副。

一提起荷兰，人们往往想到的是荷兰围海造田、著名的风车和那芳香扑鼻的郁金香。也许你还不知道，荷兰是个充满奇迹的国度，也是个善于创造奇迹的民族。虽然仅有一千五百万人口，但荷兰人从狂嚣的大海中，通过围海造田，艰辛地夺得一寸寸土地，并在贫瘠的土地上创造了足以令全世界许多国家为之汗颜的巨大物质财富和精神财富。

荷兰也是发生资产阶级革命最早的国家，16 世纪前荷兰长期处于封建割据状态，第一次世界大战中，荷兰保持中立；第二次世界大战中遭德国法西斯的践踏。其政治制度经过长期的历史演变，形成了当今具有特色的君主立宪民主制国家。

荷兰王国位于欧洲西部的莱茵河、马斯河和斯凯尔特三大河流的入海口，四万多平方公里的国土面积，有四分之三的土地低于海平面。海岸线长达 1075 公里，沿海有 1800 多公里长的海坝和岸堤。围海造地面积占全国陆地面积的五分之一。荷兰又是欧洲各国对外贸易极其重要的枢纽，是欧洲各国直达海洋的桥梁。

　　首都阿姆斯特丹有欧洲北部"威尼斯"美誉，市区内人工运河纵横交错，四通八达，有大小河道一百六十五条。花十欧元乘坐玻璃船在阿姆斯特丹运河上浏览景观真是一种美的享受：运河时而宽阔，时而狭窄，时而笔直，时而迂曲；游船一会儿劈波远离岸边，一会儿过桥穿行人间，一会儿突突突地往前开，一会儿打回舵再继续行。船移景换，一条条宁静的老街，一辆辆花哨的电车，一拨拨流动的俊男靓女，各种各样的景致使你目不暇接，看不胜看。此时的你坐在船上，心潮随着碧波荡漾，情不自禁地涌出一种真切的赞叹：美哉，阿姆斯特丹真是一座名副其实的水城，水穿城，城生景，景悦人啊！

　　阿姆斯特丹运河蜿蜒七十五公里，把整座城分割成数以千计的街巷小岛，在网状般的河道上停泊着船屋。这是一道世界上独一无二的景观。阿姆斯特丹的街面很低，几乎和运河的水面齐平，一艘艘精心制作、风格各异的船屋贴岸而泊，与街上一幢幢古朴精巧的小楼相映成趣。此时置身其中，你会产生一种幻觉，是坐在船上还是走在街上？船屋的设施一应俱全，毫不逊色于岸上人家，不少船屋主人在洁净的甲板上种植各色鲜花，花儿们在阳光下绚丽夺目，引蜂诱蝶。船屋并非穷困者所居，大多为艺术家、作家和一些浪漫的年轻人居住。此外，运河上还有一些香飘四溢的水上餐厅、水上酒吧、水上咖啡馆。到处都充满了高贵典雅的气息和勃勃朝气。我惊叹于荷兰人的聪明睿智，数万艘船屋泊居水面既节约了大量珍贵的土地，又打造了数百条亮丽的风景线，这不是于国于民得益无穷的好事吗？

　　如果把阿姆斯特丹城比作一个人，那么运河就是她身上的经络血脉。导游说，坐直升机俯视城市水网，用这个比喻十分贴切。运河不仅给人带来了鲜活灵动的惬意，而且满足了市民面水而居的习俗。早几年笔者到澳大利亚布里斯班的黄金海岸游览，看到海岸边一条条人工开凿的内河，沿河两边都是漂亮的居所，富裕者住在这些河景房里，那是彼国人民的习俗。中国已故领袖毛泽东的韶山冲故居前和刘少奇的花明楼故居前都有相当规模的池塘。看来面水而居是地球人共有的信念和习俗，而阿姆斯特丹运河畔的小楼房却别有一番情趣。小楼房一般只有三四层高，造型别致，很少雷同；色彩缤纷，赏心悦目。导游卖着关子考量游客，让大家说说小楼房还有什么特色。游客们睁大眼睛却一无所获，都摇头说除了好看别无特色了。导游一边笑眯眯的一边跟着摇头，用鄙夷的眼光扫射着游客，似乎在说，太没用了，笨蛋！游客逼急了，非要导游说出个一二。半天，导游才指指小楼房的门和窗户。小楼房的门特别狭窄，仅供一人出入；窗户却特别宽大，什么东西都装得下；门和窗户的比例严重失调，而且楼檐伸出几个钩子。导游说，古代荷兰有一条奇怪的法律，按门面的大小纳税，门越宽交税就越多，于是人们只好将门尽量做小，把窗户做大，大件的东西都从窗口用吊钩和绳索吊运进出。所以我们看到很多古色古香的小楼房屋檐都装有数个铁钩子。可见荷兰人的经济头脑古已有之，家家户户都在合理避税。这种古怪的法律绝非荷兰一国有之。当下越南政府规定，建筑民居门面不得超过五米，深度不限，故我们在河内郊区看到的民居是五米的门面，几十米长的进深，这也是民众巧用政策的范例。

阿姆斯特丹运河上的桥可谓星罗棋布，大小桥梁共有1292座。我们信步在桥上，见到桥上停着一辆辆自行车，用链条锁将自行车固定在桥栏上，每座桥似乎都是一个小型停车场。阿姆斯特丹号称是座自行车上的城市。全市七十一万人口，拥有六十万辆自行车，几乎人手一辆。荷兰人对自行车情有独钟，不管是大人还是小孩，无论警察抑或嬉皮士，人们都把自行车当作最便捷的交通工具。所以，阿姆斯特丹的城管部门允许骑手在桥上合理停车，以解决停车难问题。

乘坐大巴从比利时到荷兰，沿途满眼皆绿色。据说在荷兰，一年三百六十五天，会有三百天下雨，充沛的雨水，滋润了这里的广袤草场。大片的草场上，每隔二三十米的地方就会有一道水沟，那绝不是浇地的水，而是地里的水太多，用它来存水、排水。雨量充沛的草场异常肥沃，各种动物的排泄物很快就转化成了肥料，加入了良性循环。

这是怎样的一片草地哟，纤纤细草，毛茸茸的，齐刷刷的，像是刚用剪刀修过一样。我诧异大自然鬼斧神工的神奇力量，我也由衷赞叹辛勤劳作的荷兰人民，使整个荷兰的地表植被永远都是那么碧绿，那么鲜嫩，那么油光闪亮。仿佛不是太阳照亮了它，倒像是阳光从一根根的草上长出来的。那些成群的牛儿、羊儿似乎并不在意阳光的多寡，只是悠闲地在草丛中吃草、栖息，它们就是那绿得望不到边的牧场草地的主人，享受着舒适自然和天堂般宁静安谧的生活。此时此刻，我忽然想到，若要寻找梦中的绿色，就到荷兰来吧。那浓得化不开的绿色世界，会时时刻刻萦绕在你心头眼底，让你沉醉，让你流连忘返。

风车是荷兰的标志。世界上第一台风车是荷兰人发明的，荷兰也是世界上风车最多的国家。据说这里风车始建于 17 世纪。数百年来，这些风车日夜不停地把水排到北面的马斯河支流，使这片沼泽成为良田。过去荷兰人用风车排水排涝，碾米磨面；而今，荷兰风车又派上了新用场，人们用风车带动涡轮机发展风力发电，用风力车传递各种信息。为了保持河水清洁，他们每周坚持换水两次。因此，不论是在历史上还是现实中，风车都为荷兰立下了汗马功劳。

当然，这也显示了荷兰人是勤劳智慧的民族，荷兰人民有着吃苦耐劳、坚强勇敢的优良品质。也正是因为具有这种吃苦耐劳的精神，荷兰才一步步走上强国之路，成为令世人瞩目的发达资本主义国家。在这个自古就通过贸易向全世界开放的国度里访问，到处都能感受到人们的热情。

在风车村，我们参观了闻名世界的木鞋厂。在那里，我亲眼目睹了一位年轻师傅制作木鞋的全过程。看着看着，我不由得发问："为什么荷兰人喜欢穿木鞋？"得到的回答是，因为荷兰地处低洼潮湿的"低地国土"，为了避免这种环境给生产生活带来的不便，几百年前荷兰人发明了这种木鞋。鞋形似船，中空底厚，内填稻草既可御寒，亦可防潮，所以颇受当地人的喜欢。这里的木鞋制作十分精美，鞋面画有不同的色彩和图案，美观大方，经济实用，十分好看。

荷兰又是一个花的国度，养花植草是荷兰人的嗜好。荷兰是世界上最大的花卉出口国，占世界花卉出口总量的三分之二。由于交通运输发达，荷兰每天都要通过航空运输把鲜花运往世界一百二十多个国家和地区，在比利时、卢森堡、德国的花店里，随时可以买到荷兰当天运送过来的鲜花。因此，荷兰有"鲜花之国"的美誉。

我们在荷兰最大的花卉市场——阿斯米参观时，如同来到花的世界、花的海洋。世界上的奇花异卉在这里应有尽有，真让你眼花缭乱，目不暇接。

花市的参观，使我心境大开。过去我也从事过养花种草的职业，那时候，总感觉到神东的两座园艺大棚花草已经是最美丽的了，而当我置身于荷兰的花市，徜徉在花海中，不禁诧异万分，世界上竟有那么多千姿百态、争奇斗艳的花卉，给我们的生活增添了无尽的美丽与欢乐。

至于胸襟宽广的阿姆斯特丹，总是洋溢着一种异国情调。我相邀几个同行的朋友，散步在运河岸边，到处是小桥流水，四周的建筑物和闪烁迷离的霓虹灯映入水中的倒影，给运河两岸增添了一层淡蓝色的荧光。橱窗里，一个个来自世界各地、穿着三点式泳装的妙龄女郎，正含情脉脉地向游客推销着自己。骑着高头大马的巡警随意地走来走去，给我们这些外国游客平添了几分安全的感觉。

"暖风熏得游人醉，直把他乡作故乡。"不知何时，我已沉醉在这和谐美好的情境里。我衷心祝愿我们伟大的祖国在不远的将来能与荷兰媲美，大地美丽富饶，人民幸福安康。

寂静的泰晤士河

> 如果生活中没有某些无限的、某些深刻的、某些真实的东西，我就不会留恋生活。——梵·高

我站在这里，脚下是寂静的泰晤士河。

正午的阳光耀眼而明亮，泰晤士河的周边看不到任何杂物。4月的风，夹带着细碎的潮湿，拂过我裸露的手臂和脸庞，钻进我的袖口。脚下的土地，也被太阳照得有点热，那一丝丝的暖流徐徐上升，透过泰晤士河，充满了我的全身。我感觉此时自己的每一次呼吸，都是热烈的，跟泰晤士河有关。

我是第一次来这里，我爱它。或许，没有人相信，一个在

他国长大的人，会爱上泰晤士河，但我真实地爱它。因为泰晤士河的粗犷与阳刚、博大和辽远，跟穿过我家门口的黄河支流一样。在这里，我就想拿起笔，涂满颜料，画、描。一笔笔、一线线、一条条，那横七竖八的色彩躺在我的画板上，一会儿是黄河，一会儿是泰晤士河，无论是哪一条河流都经过我的人生。我常常能感觉自己走进冰冷的河水，在五颜六色的线条外观望，在它的怀抱中一点一点地沉没，而我的思绪在这里变成一首首诗。

我在它的伦敦塔桥上游走，湿湿的风将我散开的头发吹乱。鱼儿从清冽的水中探出头来，摇着细碎零星的水泡。几艘快艇匍匐在河面上，从身边呼啸而过。一浪推卷着另一浪的余波，没有间歇地急骤地擂在我的眼帘上。一声浪涛里挟卷着漫天的飞雨碎沫，凉凉地溅了我一头一脸。在轰鸣的刹那，岸在轻轻战栗，那声音仿佛是从大地深腹沉闷地反弹了回来，在我的耳膜里飞奔，足足有半个钟头。泰晤士河让我领略了它的恣肆和狂放、恢宏和雄浑。我从此才真的知道泰晤士河是富有灵性的，就像一个胸怀坦荡的人，他让你认识的不仅是他的阳光面，而且还有他不灿烂的另一面。面对它，我感到自己是那么的渺小。

我的家乡在黄河的支流，无论白天还是黑夜，都能听见从黄河激流传来的低沉的吼叫，像远方隐隐滚来的奔雷，像一万面小鼓被纷纷沓沓地一起擂响。每当周末，我和伙伴们便迫不及待地迎着那涛声奔去。那喧嚣，也急切切朝我的耳鼓汹涌而来。站在那动人心魄的涛声里，我和浪花玩捉迷藏，等着浪花跳起来咬我的脚指头，等着被浪冲到沙滩上的野生鱼向我眨巴大眼睛，等着看河面上水形随着风儿变化的图形，一会儿像飘过小雨后的云层，若隐若现；一会儿像画家笔下的梯田，高高低低；一会儿又是爷爷种植的小白杨，手舞足蹈，玩累了就安然躺在沙滩上睡去。就连暖暖的沙子和柔柔的柳树都打着盹儿，花丛中飞翔的小蝴蝶也藏起来了，似怕吵醒我和小伙伴。天空里的太阳，和洒在岸上的笑声，都十二分迷蒙。许是风儿把惊涛骇浪的飞沫远远地吹洒过来了，温馨了风缕，温馨了午后，温馨了我的呼吸。

我惊喜。画布里，低低的云层下，雁儿的身影擦着河面。深浓浅淡的线条，似是千万条藤蔓缠绕着我的血脉和躯体，任凭我的思绪牵着英伦的季节奔跑。每一个画面，都有黄河，那堆积着浪花的故事，不断勾起我儿时的梦境，窗外传来歌谣，母亲轻轻哼着花儿，那声音一点一点穿透我疲倦的步履，欢快与忧伤挤满我的心房。十月的足迹在我的文字里思索。寂静的河边，古老的音符，在我耳畔跳跃。恍惚间，我看清了自己写满喜悦的脸和喜悦背后隐藏的淡淡伤感……

太阳越来越暖和。湛蓝湛蓝的天空上，几只大鸟在盘旋。泰晤士河，在很久以前，也是大海吧，要不，在经历了沧桑以后，它又怎能保持这一成不变的博大胸怀呢？它的两旁是有着上百年、甚至三四百年历史的建筑。那象征胜利意义的纳尔逊海军统帅雕像，栩栩如生；威斯敏斯特大教堂葬着众多伟人；圣保罗大教堂里是文艺复兴时期的宝贝；还有那曾经见证过英国历史上黑暗时期的伦敦塔和桥面可以起降的伦敦塔桥等，每一幢建筑都是艺术的杰作。它们跟泰晤士河一样历经沧桑，乃至经历第二次世界大战那样的战争洗礼，但仍然保持着固有的模样。泰晤士河流经之处，都是英国文化精华所在。泰晤士河哺育了灿烂的英格兰文明。它穿过伦敦的市中心，使伦敦成为世界上不可多得的一大良港。它的入海口隔北海与欧洲大陆的莱茵河口遥遥相对，向欧洲最富饶的地区打开了一条直接航运的通道。难怪英国政治家约翰·伯恩斯曾说:"泰晤士河是一部流动的历史。"

小时候,我从涛声里倾听黄河;今天,我从声韵里聆听泰晤士河。我从一支雄浑而清丽的音乐里看到了黄河,看见了泰晤士河。此时,有一双行走在音符上的脚,踏碎了平日的梦,柔软的思念在四面八方泛滥。4月的伦敦,一个声音在心底流淌——我是土地,浑厚朴实;我是天空,晴朗明蓝;我是河流,我是一个做梦并生产梦的人。我阅读黄河,阅读泰晤士河,用色彩诠释我喜爱河流的誓言。

天堂般的国度——瑞士

都说欧洲一步一景,我在国内时,只是向往,未曾深信。从法国向瑞士进发,一路的乡村与城市……原野与山丘清雅自然,净洁天成,就像一张张的明信片,才确信其然。当进入瑞士后,更为其景色折服,内心庆幸,是上天给我一个机会,有幸亲近这天堂般的国度。

传说上帝创造万物,将财富分给世人,然而在西欧中部,有一小块土地特别贫瘠,什么矿藏都没有,上帝于心不忍,于是给了它巍峨的高峰、皑皑的雪山、壮美的瀑布、明镜似的湖泊、茂密的林木和幽深的峡谷作为补偿。所以当地人深感其德,遵从上帝的旨意,远离战争,专心于农林和精密机械的研究与生产,这样反而吸引了世界百分之七十的存款,它那独特的地理环境又吸引着全世界的游客趋之若鹜,造成了今天富足而慵懒的生活方式,这就是瑞士。

坐在观光小火车上,两边是静谧的雪山和湛蓝的湖水,郁茂的树林和青青的草地，现代化城市与古朴典雅的欧式小镇。天空也像是在放一部旖旎风光片，有时太阳钻出云层，蓝色的湖水波光粼粼，远处高高的雪山披上了一层金辉，好像是一位文质彬彬的主人，带领着雪松、湖泊、溪流、草地等自己的家人，盛装欢迎我们这些远道而来的客人。有时又阴云密布，随即大片的雪花飞满天空，与路边的绿草和鲜艳的不知名的野花相映成趣，形成一道道美艳的风景。远眺是一幅幅中国的水墨山水画，近看则是一版版西式油画，就连我这艺术细胞不多的人也由衷赞叹：我们在欣赏一帧帧大自然画作时，自己也已在画中。

　　如果把雪山湖泊比作欧洲的水库，那么，阿尔卑斯山脉就是欧洲的脊梁。所以，接下来，登上雪山就是我们期待满怀的最大的愿望。虽然徒步登雪山是欣赏沿途美景的最佳方式，但我们这些凡夫俗子只有望山兴叹了，还好，有索道缆车的选项，也使我们不虚此行了。

　　缆车车厢是四人乘坐的，我们与导游美眉同乘一厢。缆车开始升高，坐在车厢里望着大玻璃窗外的景色。雪花随车子的升高也越来越大，纷纷扬扬，使沿途雪山上青翠的柏树更加朦胧，再加上沿途松柏间不时闪现的红瓦黄墙（或青墙）的乡间别墅，使整个雪山景色就是一幅巨大的油画，坐在对面的导游看来也是首次经历这个旅游线路，竟然惊喜地叫起来："太美了！多想飞到下面去。"为了助兴，我欣喜地说："咱们中国的老祖宗为让我们的英雄飞起来，就像孙悟空一样，扯一片云彩放到脚下。西方人的祖先为了梦中的先知能飞到天上，就给他们的背上插了两片翅膀。这样，我也给你出个主意，你拉开门跳下去，踩上两朵巨大的雪花，飞到下面，也算满足了我们大家共同的心愿。"于是，整个雪山行程中充满了我们的欢笑和对雪山景色的赞美。

瑞士的行程结束得太快，心中一直回味着，无论是蒙特勒、格施塔德、因特拉肯，还是琉森小镇，它们虽没有日内瓦和苏黎世这些大城市有名，但走在这些村镇的大街上、胡同里、乡间小道上，终于明白，瑞士的美不只在于那些景点，其实一村、一湖、一草、一木、一缕阳光、一个微笑都是那么美好、清纯而自然。在这里，发达的工业与环境优美的村镇共存，多种语言文化相得益彰，中立的国策与对世界事务的热情同在，使这里人们的生活显得毫无世俗的纷扰，恬淡闲适，怡然自得。再加上这天然的美艳景色，使我心中的瑞士就是一个梦境中的童话世界。它将永远留在每一位游客的脑海里，形成一种超脱现实的向往与思念。

大英博物馆的反思

一

大英博物馆是英国最大的综合性博物馆，也是全世界第一个对公众开放的博物馆，藏品达 700 多万件，很多藏品价值连城。在众多展馆中，埃及艺术馆、希腊艺术馆、罗马艺术馆和东方艺术馆最引人注目。

走进大英博物馆，珍贵藏品、艺术品琳琅满目。博物馆33 号展厅是专门陈列中国文物的，据介绍，该馆收藏中国文物的历史可追溯到 1753 年建馆时期，目前收藏的中国文物多达 2.3 万件，长期陈列的约有 2000 件。这些藏品跨越了整个中国历史长河，包括刻本、书画、玉器、青铜器、陶器、饰品。我看到了远古时期的石器，6000 多年前半坡村红陶碗及尖足罐，新石器时代的玉琮、玉斧，商周时期的青铜尊、鼎，秦汉时期的铜镜、陶器、漆器、铁剑，六朝时代的金铜佛，隋代白色大理石佛像，唐三彩瓷器，宋、元、明、清各代的瓷器和各种金玉制品，甲骨文、竹简、刻本古书和地图、敦煌壁画、铜币、丝绸、刺绣、书画、珐琅雕塑、景泰蓝、漆器、竹编等等，让人目不暇接。令我印象最深的是真武大帝的铜像、八仙过海的雕像、唐三彩的佛像和观音像，真是不可思议。

这里如此丰富的展品，铁证如山地体现了英国作为老牌资本主义国家两百多年来掠夺各国宝藏的历史事实，也折射出了昔日日不落帝国的辉煌，可我仿佛听到了这些国宝在默默诉说着屈辱的历史，国耻始终萦绕心头。记得希腊也曾多次跟英国谈判要求归还希腊神像无果，迫于无奈在联合国会议上提案表决，只有中国敢于投了赞成票，在弱肉强食的时代，弱国无外交。衷心希望我们日益强大的祖国在不久的将来，可以通过和平谈判的方式使这些流失的国宝早日回家。

余秋雨先生在他的散文《道士塔》里说到，有一个叫王圆箓的道士，把敦煌石窟的宝贝让外国人斯坦因用银元换走，一车车、一箱箱运到伦敦，让人心里很难过。一位参观过大英博物馆的中国人曾写道，参观这里"使人想起圆明园那场浩劫的大火、莫高窟前英国'冒险家'劫掠的车辙和两百年来中华瑰宝流失海外的沉浮跌宕"。

看完大英博物馆，我的心情是复杂的，既为我们中华民族古老的文明自豪，也为中国文物被抢掠感到耻辱。但最让我难以释怀的是，我们古代的这些宝贵的文化遗产，在历次浩劫中四散流失，"破四旧，立四新""无产阶级文化大革命"等历次运动把我们祖先留下来的民族瑰宝破坏得差不多了，难道我们不需要反思吗？也许我们还要感谢湖北麻城籍的道士王圆箓！

二

在伦敦的大路小道，令我叹为观止的是风格各异、庄严神圣的教堂、寺庙和修道院。几乎是三五百米就有一个教堂或寺庙，像伦敦大学、曼城大学、剑桥大学是每一个学院就有一座教堂，学生每个星期都要去教堂诵经礼拜。英国是一个多民族的国家，尽管他们肤色不同，但他们都有共同的信仰。在英国，每个人都享有宗教信仰自由，形成了多种不同的宗教信仰共存的局面，但绝大多数人还是信奉基督教，另有部分居民信奉天主教、伊斯兰教、犹太教和佛教等。

在这些古老的教堂中，最让世人瞩目的是被列入世界非物质文化遗产的伦敦威斯敏斯特教堂，又称为西敏寺，它不仅是英国君主安葬或加冕登基的地点，也曾是威廉王子和凯特结婚的地方。

威斯敏斯特大教堂坐落在伦敦泰晤士河北岸，原是一座本笃会隐修院，始建于公元 960 年，1045 年进行扩建，至 1065 年建成，1220 年至 1517 年进行了重建。在 1540 年英国国教与罗马教廷决裂前，它一直是天主教本笃会即天主教的隐修院修会之一，1540 年之后，成为伦敦国家级圣公会教堂，是英国皇家教院，是欧洲最美丽的教堂之一。

西敏寺的前身是 7 世纪时，在泰晤士河一个叫托内的小岛上建起的祭祀圣彼得的小教堂。从创建起，寺院就称作威斯敏斯特寺（意为"西寺"，以区别于位于城东伦敦塔外的一个西都会寺院——"东寺"）。1050 年，英格兰国王"笃信者"爱德华（1003—1066）下令进行扩建，以作为自己的墓地，1065 年竣工，正式启用。此后历代英王陆续改建、增建。18 世纪上半叶，英国建筑家尼古拉斯·霍克斯穆尔建造了教堂西端的双塔。1875年起，教堂正面由英国建筑师、哥特复兴式建筑风格运动的领袖人物乔治·吉尔伯特·斯科特整修。

作为英国中世纪建筑的主要代表，西敏寺的建筑风格和特点主要是哥特式，历经700多年的修葺而犹能保持原貌。西敏寺的柱廊恢宏凝重，拱门镂刻优美，屏饰装潢精致，玻璃色彩绚丽，双塔嵯峨高耸，整座建筑既金碧辉煌，又静谧肃穆，被认为是英国哥特式建筑中的杰作。

当然它的闻名于世不光是独特的建筑风格，更主要是英国王室成员、政治家、军事家、宗教界名人以及著名科学家、文学家都葬在此处。1727年牛顿以85岁的高龄过世时，英国人将他葬于西敏寺。诗人亚历山大·波普为牛顿写下了"自然与自然的定律，都隐藏在黑暗之中；上帝说让牛顿来！于是，一切变为光明"的墓志铭。之后达尔文、狄更斯、布朗宁、丘吉尔等都葬于此处。我们是中午去的，教堂略显阴森，微弱的灯光下，看到教堂中间摆着一排排木椅子，两边都是一块块镶嵌着碑的墓。女儿怕我踩到墓碑，招呼我不要走两边，在中间找个椅子坐下，没想到我与这些世界巨人的见面，竟然是这种方式。

我坐下一会儿，有位穿着白色长袍的牧师走到讲台上，开始布道，大家起立，牧师是个肥胖的中年男人，声音浑厚，他开始用英语讲《圣经》，四座一片肃静。我当然听不懂，是女儿转述的。在这里还矗立着一块世界著名的墓碑，说它著名是因为碑上面刻着一段著名的话，据说是一位英国主教的墓志铭。墓碑上这样写着："当我年轻的时候，我梦想改变这个世界；当我成熟以后，我发现我不能够改变这个世界，我将目光缩短了些，决定只改变我的国家；当我进入暮年以后，我发现我不能够改变我们的国家，我的最后愿望仅仅是改变一下我的家庭，但是，这也不可能。当我现在躺在床上，行将就木时，我突然意识到：如果一开始我仅仅去改变我自己，然后，我可能改变我的家庭；在家人的帮助和鼓励下，我可能为国家做一些事情；然后，谁知道呢？我甚至可能改变这个世界。"

多么深刻的话语，多么至理的名言！一个人不要把眼光放得太高，一个人的力量很渺小，无力改变世界，只能努力改变自己。要想撬起世界，它的最佳支点不是地球，不是一个国家，一个民族，更不是别人，而是自己的心灵。也就应了佛教的那句：世间的一切都唯心造！

作别西天的云彩

"你无法把美好的东西永远占有，而最美好的也许就是时间……"这是旅程结束时的自然感伤吗？抑或是生活本身不被我们所轻易察觉的真相？如果你也是一位时不时带领着"先富阶层"游逛在欧洲的"领衔"，当你从凯旋门出发，马不停蹄地览胜之余，是否也会产生上述思考？在这几页或许令你感到有趣易读的欧洲漫记里，我以自己的亲身感受记录了所见所闻和行走在西欧大地上的种种妙趣横生。朋友们，我是多么愿意与你共同分享人生的美好感受，因为我们都有一颗感知的心。你也许会在我的漫记里感受到，只有漂泊在异国他乡的人才能真正体味到的那种无法逃避的脆弱。透过这些味道驳杂的"什锦菜"，相信我们每个人都会发现，生活除了真实的残酷之外，还依然保有那么一丝摆脱不掉的感动。

4月28日，我结束了欧洲之行。傍晚时分，我们从阿姆斯特丹国际机场离开了西欧。

不一会儿，机舱里的灯光便昏暗下来，荷兰在夕阳中缓缓退出了我的视线。环顾前后左右，只见不少乘客已放低座椅靠背悄然入睡，也有一些人戴上耳机，一声不响地欣赏着电视上播放的外国电影。

天空中深红的光线如水般泻进机舱，染红了我并排乘客的头发。透过我左边的飞机舷窗，只见蔚蓝色的天幕纤尘不染，上面涂抹着几笔晶明的玫瑰色，玫瑰色下卷起一条金边，极像一幅展开的巨大的写意画，映红白云的落日雍容华贵地在金边下滑出，缓缓垂落中完全露出了它那轮巨大的猩红圆脸。那种瑰丽烂漫的色彩，那种瞬息变幻的线条，很难用语言来表达和捕捉，我只能把它奇特鲜明的印象存储心底。

此刻，我猛然间想起了 20 世纪初在欧洲留学的中国诗人徐志摩曾经写下的不朽诗句："轻轻的我走了／正如我轻轻的来／我轻轻的挥手／作别西天的云彩"。

我的这次西欧之旅来去匆匆，是走马观花式的。由于语言的障碍，活动范围的局限和时间的仓促，未能深入到西欧许多国家的实际生活中去，加上对欧洲的历史、文化、政治、经济等知识的一知半解，十几天的学习考察只是粗略地走读而已。

尽管如此，我仍感觉到不虚此行。这次西欧之行给我的启示自然是多方面的，不仅使我开阔了视野，增长了知识，而且通过对欧洲各方面的了解和接触，使我对西方资本主义国家的社会制度有了一个比较大概的了解。既看到了他们的发达和先进，又看到了这些国家存在的问题，也发现了我们自己发展的差距，进而对做好我们自己的事情有了一个比较清醒的认识。我想，不管实行哪种社会制度，还是小平那句话说得好：发展才是硬道理。只要符合国情，能够发展经济、增加综合国力、提高人民群众生活水平，借鉴别国制度中的有益东西未尝不可。

如果有人问我此次西欧之行印象最深的是什么，我会说，文明的社会，优美的环境。在我看来，西欧诸国就是座美丽的大花园。社会的文明无处不在，无论是公路上、公园里、咖啡馆、餐厅、商店，还是大街上，处处都鲜明地展示着欧洲人文明的风采。噪声、唾沫、烟头、废纸，这些中国司空见惯的不文明现象，在西欧却荡然无存。所到之处，除了精美的欧式建筑、宽阔的道路、众多的广场、古老的城堡、幽静的小巷，再就是大面积绿油油的草地和莽莽苍苍的森林，大小湖泊镶嵌在山巅和林中，恰似一个未曾被污染的洁净世界。

欧洲人强烈的环保意识，引发了我无限的感慨。我以为，绿色是我们永远不变的希望，是我们世界延续的生机，也是我们最本质的财富。她会让养育数亿生命的耕地不会因为雨水和干旱而荒芜流失，她会保护蕴藏着现代文明的城市和乡村不再遭受野蛮风沙的侵袭，她会尽可能地保证我们健康的肌体渐渐远离病痛的伤害，她会让孩子们打开家门就能看到梦中的花园和草地。

我觉得，把大自然比作人类的母亲实在是人类的一厢情愿。我们敬畏森林树木以及地球上的一切生命，不仅仅是因为人类有怜悯之心，更因为地球的命运就是人类的命运。当它们被人为地破坏时，人类就会像是最后一块多米诺骨牌，接着倒下的也便是自己了。正如我们国内常见的一句广告词：人类最后的一滴水，是自己的眼泪！因此，所有珍惜生命的人，所有对我们生存的世界怀有热忱的人，所有关注人类未来命运的人，都要善待那些与人类共同享有自然的生灵，要尊重那些为了让我们的生活充满绿色而付出劳动和代价的人们，要珍惜每一滴水，每一株树，每一块草坪，每一片土地。而且，每时每刻，要让它成为我们最朴实的生活理念和自觉行动。

学习借鉴别人的经验是为了办好我们自己的事情。我觉得，中国与欧洲国家走过了不同的历史道路。在社会制度、意识形态、文化传统和价值观念等方面存在很大差异，这是客观存在的事实。我们知道，当今世界各大文明体系都有不同的危机感。欧洲人也在为他们自己的前途和命运呐喊、探索。在我们国家，也有无数的有识之士做着甘于寂寞的可贵努力。我们走出国门，不是游山玩水，而是要博采众长，补己之短。中国的发展，是对世界的和平与发展的贡献。开放的中国已经启程扬帆。它的舞台，叫新世纪；它的轨道，叫有中国特色的社会主义；它的目标，是中华民族的伟大复兴；它的动力，来源于亿万人民群众；它的火车头，是伟大的中国共产党。现在的关键是，在新的世纪里，我们要着眼于世界科学文化发展前沿，抓住机遇，迎接挑战，加快发展步伐，共同创造我们的幸福生活和美好未来。我们只有迎接挑战，开拓前进，才能在世界的大舞台上再领风骚。这也是我此次西欧之行的一点收获……

在飞机一阵剧烈的晃动中，我恍如梦中醒来。透过舷窗，欧洲暗绿色的大地已在机翼下无声地消逝。我遥望着东方，东方正升腾起一轮热烈而耀眼的太阳！

爱琴海上的古文明

在一个繁星点点的晚上，诗人余光中写下了这样的诗句："今夜的天空很希腊"。

在世人的心目中，希腊是欧洲文明的发源地，而雅典则是希腊文化的摇篮。每提起雅典，就不能不让人联想到水天一色的爱琴海、欧洲古代神话及奥林匹克运动会，还有被称为世界七大奇迹之一的帕特农神庙。两千七百多年以前，众神之父宙斯借智慧女神雅典娜的神火，点燃了雅典这颗夜明珠，淌不尽的爱琴文明给予了它丰厚的底蕴，使这座历史名城孕育了灿烂的古希腊文化。苏格拉底、柏拉图、亚里士多德等许多名垂千古的大师在雅典诞生或居住。这些光辉的名字照耀着人类文明的黎明。城内令人目不暇接的历史文化遗迹，更是雅典人引为自豪的财富。

希腊是个飘动的神话，是尘世间每一个旅行者精神与物质理想的栖息地。缀满果实的橄榄树，淡淡的香味飘过，从宙斯的奥林匹斯山到米诺斯迷宫再到伯利克里执政的殿堂，整个希腊沉浸在橄榄树的精神包围之中。边行边唱的荷马或许曾经在这样的香味中尽情地享用过自己敏锐的嗅觉，他在陶醉于一片宁静与恬淡之前为奥德修斯找到了回归之路。

或许从一开始，希腊就成为了经典与辉煌的代名词。绝大多数的希腊神话故事，都将主旨指向了人类的灵魂深处。而希腊的三分之一人口住在雅典。在一笔丰厚的遗产面前，雅典人不露半点骄横之态，他们默默地精心守护着自己的家园，他们在现代与传统之间果断地做着抉择。卫城的雅典娜风姿绰约，熠熠生发着智慧的光芒，夜半时分，还会有猫头鹰掠翅而过，落下几滴哲理的泪珠；帕特农神庙像个沧桑的老者，目光深邃地谛听着爱琴海的涛声依旧；奥林匹斯山上的众神早已没了踪影，他们随着时光融入了雅典和希腊的一尘一土，融入了希腊的整个精神内涵之中。

生活在雅典是幸福而奢侈的事。大街小巷可以听到悠扬的琴声与深情的吟唱，好像歌者是在与一位先人做着心灵的交流。热情好客的雅典人个个都是历史学家和哲学家。他们不仅会为你奉上一份独特的佳肴，还会向你讲述遥远的梦想和这座城市的一切。或者他们也会告诉你，在雅典这座现代化的城市里古老与现代之间的碰撞。几乎每一段市政工程的进行，都不可避免地会开发出一个残缺的宫殿或其他文物古迹。雅典人小心呵护着自己的财富，他们可以为了将二百棵橄榄树原封不动地保留下来而改变城市建设的计划。在他们眼里，一片小小的橄榄树林也代表着一种文化。你不得不佩服，走过数千里，他们依然是苏格拉底、柏拉图的后裔，他们以雅典娜的名义在自己的理想国度经营着自由的心、睿智的精神、丰满的文化，与爱琴海的山水相接。以雅典娜的名义，雅典人守护着过去，拥有着现在和未来。

德国考察见闻

2015 年 10 月，我有幸参加了由国家煤炭安全监督管理局组织的职业健康管理德国培训班。培训期间，我们不仅接受课堂教学，还参观考察了德国煤矿事故救援培训基地和世界上最大的化学工业公司巴斯夫集团总部。利用两天的时间参观了德国历史文化遗产。经过半个月的培训学习使我更多更深层次地了解了德国教育培训事业的国际化水平。

柏林短墙

乌云压顶，落叶满地。

我们是冒着秋日细雨赶到柏林墙边的，确切地说，如果不是当地人的指点，一时半会儿很难找到它的具体位置，即使到了很近，也不能判断出无任何标识的短墙就是著名的柏林墙。据当地人介绍，在两德统一之后，大部分墙被推倒，后来为了纪念历史，留下了这一段不足一公里的墙壁。游人无法看出这是原墙还是后来重修的，墙不算高，有两米五左右，更不很厚，也就是二四墙，墙的西边是一条不太大的河，与墙的走势一致，东面与大片空旷的草坪相连，如此这般普通的一堵矮墙，根本不能与那段震惊世界的历史事件相提并论。墙壁已看不出原样和颜色了，全被胡乱涂鸦的文字和画面所掩盖，德文不认识，只好猜想了，可能是呐喊、谩骂，也许是不理解以及彷徨。总的来说，可能是对那段历史的怀念，或反思。

墙的倒塌已成为历史，德国走向了统一。

我们行走在墙壁西侧的长道上，从道路的走势和两边的景物来看，脚下的这条大道可能与两德时期的分界线有关，路面宽广畅通，但设施陈旧，还能看到毁坏的痕迹，花木与草坪的看护管理也很差，路边的行道灌木因长期没有修剪，胡乱生长的枝叶上落满了灰尘。更耐人寻味的是两侧差别巨大的建筑物，西德一侧高楼林立，样式新潮，而东德一侧则以老式建筑为主，样式陈旧，而且高大烟囱、黑乎乎的工厂厂房点缀其间，这与德国其他城市形成鲜明的对比。

我们从长期在这里工作的华人所述中，得到一些有关过去两德统一后的情况：尽管两德统一已过二十多年，但两面仍然存在很大的差别，西边经济发达，东面发展相对缓慢。我们前后去了莱比锡、德累斯顿等前东德城市，也去了法兰克福、慕尼黑等西德城市，都展示着两种社会制度留下的痕迹。我们驻留最长的城市是德累斯顿，多次行走于市区，市内各地东德时期的景象随处可见，这里的很多楼房墙壁脱落，门窗毁坏，人去楼空，大段大段的道路年久失修，坑凹遍布。

表面背后是一些难言的社会矛盾和问题，这只有德国人自己晓得，外人无法品头论足。

我们离开柏林市已近黄昏，大西洋上空飞来的云团被西斜的阳光染成了血红色，市中心的天主教堂敲响的钟声回响在城市上空。我们乘坐大巴离开柏林返回住地，在夜幕的五彩灯光下，柏林这一大都市仍然车水马龙，一片繁忙。

历史名城德累斯顿

纵观世界各地，名城大都位于河畔，依水而建，德国的文化历史名城德累斯顿也不例外，这座有一千多年历史的古城，就坐落在德国著名的易北河上游。我们利用双休日的时间，乘坐公共交通大巴用整整一天的时间，亲眼目睹了历史名城的风采，感受它厚重的文化内涵和底蕴。

我从导游册的第一页上看到了一幅油画，这是1721—1780年间由当时的著名画家卡纳莱托创作的作品，是一幅易北河岸、奥古斯图斯桥下德累斯顿市的剪影——蓝天白云下，易北河缓缓流去，河岸高楼、教堂错落有致，向下游延伸，桥上人流斑斓。画作古朴凝重，景物清晰自然，把当时易北河两岸的风土人情描画得栩栩如生，生动真实。我们走过奥古斯图斯桥来到河南岸，将图片与现实进行了一番比较，不难看出，油画上所表现的景物原封未动，圣母教堂、布吕尔平台、天主教宫廷教堂、森珀歌剧院以及跨河而建的石孔桥等著名建筑都在。只是在周边增加了一些新建筑，但所有新建筑的高度均低于老建筑，或隐藏于古建筑背后，不难看出，德国现代人有意识地保留了油画所描绘的情景。我被美妙无比的风景和高超建筑艺术所迷住外，惊叹于世代居住于这里的人民如此热爱艺术以及有意留下这已过三百年的历史文物的精神境界。更感谢那位名叫卡纳莱托的画家，它给我们留下了一个现代人与历史对话的载体。乘兴奋从小摊上特意选购了一尊镶嵌在方块玻璃上的卡纳莱托这幅版画的仿制品，以作纪念。

我们徜徉于各个建筑群中，置身于建筑、雕塑、壁画等艺术世界里，拍照品味，尽管对这些艺术知之甚少，也因时间短，无法深入了解，但感受很深，同样受到了感染，兴奋之情难以言表。德累斯顿现在是著名的旅游城市，旅客很多，操着各种语言的各色人混杂在一起，漫步在市区各处，比划着，拍摄着，谈论着，尽情享受着。当地人也用不同的方式表达着这座城市的艺术内涵，有弹奏乐器的少女，即兴作画的男人，摆摊销售艺术品的老人。我靠近一位面朝易北河埋头作画的男子，观看他的作品，他挥笔画的仍然是易北河桥下的景色，构图、技法与卡纳莱托的经典之作一模一样。我不了解画者的用意，但至少，读懂了眼前这些经典遗产的价值和内涵及其在现代人心目中的地位。

一天的游览即将结束，我们来到了一处靠近风景区的大广场——实际为向游客提供的休息场所，游人在这里吃饭、休息、消遣。我断定大多数游人即将从这广场离开这座城市，这广场是最后的一站，每个人在此记下一段短暂而深刻的美好回忆。

文化德国

欧洲是西方文化的发祥地，而无论古代还是近代或现代，德国文化引领着代表着欧洲文化。如何欣赏一地文化，途径是多种多样的，可从书本上品读，从画册上欣赏，在博物馆观看。而深入现场，零距离体验则是最好的办法。这次德国之行，是我了解西方文化的最佳机会。

机会难得，我用我的所有感官系统观赏、体味，也作了一定的比较。行程很短，也就半月，了解是走马观花式的，但也总结出了一些东西。

文化是文明的体现，而文明又是进步的精炼，这一观点以欧洲历史和实物为证。

17世纪之前欧洲地区十分落后，中世纪是欧洲最黑暗的时期。此后，以绘画、雕塑为代表的文艺复兴运动兴起，开启了欧洲的新文化。这一时期大量明显以个性解放、自由和开放为主题的文化作品涌现，席卷欧洲大地。这些文化作品内涵丰富、构思精巧、做工精细，堪称世界一流，可以说这些艺术作品叩开了欧洲历史的新篇章。这次游览了德国三个城市，个个都有文艺复兴时期的建筑、雕塑、绘画的精品大作，可见当时新文化兴起的猛烈与广泛。

优秀文艺带来了人类观念的改变，推动了人的精神世界的改变，改变了思维方式，随之而来的是现代科学。从欧洲产生的大量科学技术，改变了整个人类，几百年来一直引领着世界科学技术的前沿。欧洲人把文化贯穿于日常生活中，用优秀的文化装扮着工作、生活和交际环境。行走在街上或饭店、商场，看到的是他们把精妙绝伦的雕塑作品放置在高高建筑顶上，叫人只能仰视；把大部头的文学名著放在旅馆前厅休息间的茶几上，叫人随时翻看阅读；把一些失去光泽而凝重古朴的油画作品悬挂于店堂、客房，以供长期观赏。在我们学习的培训学校门厅，一本宽幅很大的古色古香的油画集，就放在前厅茶几上，进出的人可随意翻看欣赏，门厅的四周墙上挂满了或印象派或抽象派的油画作品，走廊里播放着古典音乐，文化无处不在，无孔不入。

我们的宿舍走廊墙上悬挂着一幅画框，起初根本没有看出来表现的是什么，不仅没有看出来，更觉察不到有什么艺术性，后来索性一天看几遍，最终看出了一点什么：它是一幅古人写的曲谱的底稿，字迹潦草不说，很模糊，如同胡乱扔下的柴草。他们把这种看似不是文化的东西或文化的最早期的"习作"也当作了文化或艺术。

这就是欧洲文化，也是德国文化。

永远的德国

蓝天白云，蜿蜒的海岸线，碧绿的陆地，森林覆盖的山脉，星罗棋布的城乡，这是德国带给进入德国国境的人的最初印象。

我们乘坐的飞机由波罗的海从东北面进入德国，由于飞机落地的城市法兰克福位于德国西南，飞机可以说越过了大半个德国。黄昏时分落地法兰克福，法兰克福是欧洲航空中心之一，著名的航空巨头汉莎航空枢纽就在这里。机场上停泊和起降的飞机很多，巨大的轰鸣声不时响彻天空，一道道红光划过天空，我们乘坐的飞机在巨大的机场跑道上，滑行了足足二十分钟，才停在泊位上。

从法兰克福乘飞机向反方向去学习地德累斯顿，这等于在地面上又进行了一次东西向的横穿。如此而来，对德国从高空到地面，从北到南，又从东到西，进行了立体的观赏。

德国是世界上最发达的国家之一，曾一度成为世界第二大经济强国。在历史、哲学、艺术、文学、科学技术方面对世界做出过巨大贡献。德国也曾给人类带来过灾难，一手挑起第二次世界大战，后来以惊人的勇气承认罪行，得到了世界的尊重。

我们穿梭于几个城市间，行走于不同城市的大街小巷，无论在繁华的闹市区、饭店、商场、车站、单位、宾馆，还是在火车、公共汽车、飞机上都能感受到德国人特有的礼貌、气质和风格。高文化有修养是其中之一，体现在礼貌上：两人相见，不管认识还是不认识，主动打招呼；问路请教，无论男女老少有问必答。

平静的工作生活又是德国人的另一面。不管在单位，还是在别的场所，德国人显得很平静，在行走、做事时面部表情自然，很少见到急躁的表情和夸张的动作。我们每天早上在培训中心的餐厅就餐，本土学员三三两两走进，个个轻轻进来，轻轻坐下，说话不多，餐毕悄无声息地离去。

做事低调又是德国人的美德之一。德国科学技术发达，为人类做出过巨大贡献，窃以为应有高傲自大的心态，但待人接物上不曾看出过。在我们学习的培训中心里，每天看到的是所有人都在自己的岗位上认真地做事，看不出谁跟谁有什么区别，但一了解很可能是在某一方面很有建树的大学者，却做着很普通的工作。给我们讲课的×先生就是典型，他的工作就是设置各种可能发生安全事故的场景，以及避免发生人为灾害。他十分认真细致，如你请教问题，他会从原理上用图表来系统地讲解，努力阐述，直到让我们听懂为止。

遇事不慌，保持自身的风格和特点，遇险不惊，也是德国人的特点之一。我们在德国感受最明显的是德国人坚持着德国自身的特点和民族风格，街上跑的大多为德国车，商店里的商品基本为德国的。据说，日常的生活工作都保持着传统，不被外界所干扰，这在全球化的今天，十分难能可贵。

一个伟大民族和国家的形成，必有其自身的优点和轨迹。德国成为这样的一个国家，我认为，除了优越的地理位置、风调雨顺的气候外，还与礼貌待人、谨慎做事的高素质修养不无关系。

莫斯科散记

俯瞰俄罗斯

我们是从符拉迪沃斯托克机场出发的，经过六个小时飞行，领略了横跨欧亚大陆的俄罗斯风光。

俄罗斯大部分地区属于平原，山脉多集中在南部边境，那里人烟更为稀少。而在中国的西部，只要有生存的可能，都会有人的影子，他们成为世界上最伟大的人。看到一个消息，说今天的俄罗斯境内，中国人已经是一个庞大的数字。他们就是将中国的物品和俄罗斯的物品交换，形成两国人民传统友谊的经营大军。中国人很会适应环境，发展生存。当两国贸易开始时，中国的轻工业品，包括羽绒服、运动衫，还有万金油等不断地进入俄罗斯，如一股可怕的潮水。如果不是有些中国人急功近利，拿一些劣质品糊弄人家，中国的信誉好着呢。后来俄罗斯人开始抵制中国货，但最终没能奏效。倒是俄罗斯的汽车——伏尔加、拉达一度在中国大地上盛极一时，但不久即被中国自己产的汽车淘汰了。也就十年光景，就完成了一个景象的转换。而今在俄罗斯街头，再看到那笨拙老旧的车型，很多中国人会不屑一顾。中国人也有挺着腰板走路的一天，在通往俄罗斯的飞机上，一群群的中国人是去旅游、观光的，就像在日本、韩国、新加坡、泰国等地，一时间出现的观光客都是来自一个曾被叫作"东亚病夫"的国家，这个"东亚病夫"再也没有人喊叫了，连在心里悄悄地喊叫都不会了。力量，这就是力量，当中国将导弹射向大海，将飞船送上天空，中国就不再低头走路了。

又飞行了半个小时，仍然能看到像圆盘一样的湖水，那绝非人工做出来的，它的边缘很是整齐，像上帝的杰作。在这广袤的大地上，这湖水太好看了，成为一种协调剂，一种艺术构成。

飞机开始下降，在这些湖水的远处，终于出现了人的聚居地，开始是一小片，后来是大片大片的，这就是俄罗斯人的主要聚居区。它的北部和东部都不大适宜聚居，只适宜冒险和流放。沙俄时期，会有大批的沙皇的反对者被流放至西伯利亚。还有像上世纪40年代发生的迁移十余万的卡尔梅克人到新西伯利亚州、鄂木斯克州、克拉斯诺亚尔斯克等边疆地区。

据历史记载，17世纪20年代末，为寻求新的牧地和摆脱因牧地紧张而引起的各部纷争，土尔扈特部首领鄂尔勒克率领其部族越过哈萨克草原，渡过乌拉尔河，来到当时尚未被俄国占领的伏尔加河下游——里海之滨，创立起游牧民族的封建汗廷，在这里他们开拓建置、劳动生息长达一个半世纪。由于俄国势力迅速扩张，土尔扈特部冲破俄军的追击围堵，长途跋涉返回祖国。但是还是有少量土尔扈特与和硕特牧民未能返回。他们的后裔被称为卡尔梅克人。在沙皇俄国统治下卡尔梅克人作为"异族人"备受欺凌，后来也一直受到政府的怀疑和抵制，最终将他们迁往不大适宜居住的地方。列宁也曾被流放到西伯利亚东部，那是一个荒僻的村庄，距离铁路有六百多公里。俄罗斯前首富——尤科斯石油公司前总裁米哈伊尔·霍多尔科夫斯基就被送往遥远的西伯利亚地区服刑。

飞机越来越低了，到了云彩下面才知道正在下雨。从空中看下去，一大片一大片湿润的绿，一群群的别墅掩映在绿色中，可以看出俄罗斯人很会生活，他们把大片的森林留住了，城市显得异常之大，可能还是人少的缘故。莫斯科河进入了视线，河两边也都是各式各样的建筑，楼与楼之间的距离疏朗有致。

雨顺着窗户散落着，一个异样的地域，雨不是异样的。

从外边看，俄罗斯航站楼有点土，实在是不大敢恭维，同中国的机场航站楼相比，说不上壮观，也说不上气派，更说不上现代。飞机停稳后，舱内响起了掌声，倒是新颖，没有谁带头，没有谁答谢，一切顺理成章。

莫斯科随想

飞机降落在莫斯科机场，已是夜幕降临了。接我们的大巴车驶离机场后，就一直在眼前这条笔直宽敞的高速路上奔驰，窗外不断闪过高大树木的影子，这幽深的旷野似乎没有边际，一小时过了仍不见都市璀璨的灯光。

大巴车终于停在一家豪华的星级宾馆前。

翌日，一大早，我推开窗户，眼前茫茫林海，天边道道云霞，像条条红红的绸缎在天地间纷飞飘舞，绿海中显露出来城堡、教堂的金顶，煞是壮观美哉！

不多一会儿，太阳出来了，红彤彤的，辉映大地。"嚯！这轮红日，莫非是俄罗斯馈赠给我们的见面礼物？"

莫斯科地处俄罗斯平原中部，伏尔加河与奥卡河之间一片天然混合林中，拥有十一个天然森林区，市内有逾百个公园、四百个小公园和一百多个街心花园，绿化面积占这个城市面积的百分之四十七。

汽车驰过美丽的莫斯科河以后，穿过基辅车站广场，顺着河岸行进。花岗石砌起的莫斯科河岸旖旎的风光让人啧啧称羡，岸边的高层建筑造型优美、色调柔和、布局协调，住户窗台上都摆着盆花或盆景，在各种色调的纱窗衬托下，显得格外妩媚。

倏地，我想起为中国现代建筑事业建立了奠基之功的梁思成。上世纪 50 年代初，他也造访过这里。这位中国近代资产阶级改良派的著名代表人物梁启超的儿子，曾经是人民英雄纪念碑和中南海怀仁堂改建工程的设计者。他认为，苏联建筑最成功之处是莫斯科和列宁格勒，1935 年以后设计的新建筑物都与原有的俄罗斯古典式的风格配合和谐，鲜明凸显出了这两个俄罗斯城市面貌由历史发展而来的独特个性。

美轮美奂的艺术殿堂——冬宫

来俄罗斯之前，我曾想象冬宫像中国的故宫，那丰富的稀世珍宝，是国家文化和艺术的精华汇聚，是不容错过的必去之地，我对此充满了期待……

每周一，是冬宫的闭馆日，我们的行程需要根据冬宫的开放时间来定。根据俄罗斯的规定，团队参观冬宫，需要提前三四天预约，还要在预订场次前一小时到达冬宫的入口处排队等候。

我们预约到上午十点的场次，于是导游安排我们上午八点游览涅瓦大街。因为涅瓦大街与冬宫广场相接，这样可以踩着点向冬宫报到，做到万无一失。

涅瓦大街，是圣彼得堡的主街道，长4.5公里，从海军军部一直到涅夫斯基修道院，贯穿城市的中心。它聚集了该市最大的书店、食品店、最大的百货商店，在这里还可以欣赏到各种教堂、名人故居以及历史遗迹。

游览涅瓦大街，看到有卖油画的，正好完成帮朋友买油画的任务。当我选好油画，要付钱时，发现卢布不够，就想用美元付余款。没想到，卖画老板告诉我，可以用人民币，他提出的换汇比例也合理。结果，我用卢布和人民币买下了油画。看来不断升值的人民币在俄罗斯受到欢迎。

我们离开涅瓦大街，来到冬宫广场。在冬宫广场上看冬宫，天蓝色的外墙和白色古典的圆柱，好一座高贵、典雅的艺术殿堂。

被称为世界四大博物馆之一的冬宫，也叫艾尔米塔什博物馆，它占有五座大楼，内存从古到今世界文化的270万件艺术品，包括1.5万幅绘画，1.2万件雕塑，60万幅线条画，100多万枚硬币、奖章和纪念章，以及22.4万件实用艺术品，美不胜收，令人目不暇接。

据说，若在每件艺术品上停留注目一分钟的话，没个十年八年是逛不完的。我们只游览了一个半小时，跑马观宝所见只是沧海一粟。时间过得太快了，走出冬宫大门，大家意犹未尽，目光里满是依依不舍。西安旅友提议，等到冬天，旅游淡季时，我们专程再来冬宫一趟，泡上几天来个深度赏玩。真有那一天，我一定要仔细欣赏这浩瀚的艺术珍藏，弥补这次不尽兴的遗憾，这个期待又何时能实现呢？

俄罗斯人的日常生活

我们在圣彼得堡一家餐馆的午餐是这样的：两片酸面包、两个小甜面包、一个烤鸡腿，还有一小碗碎面汤。实在谈不上味道和品位，但可以看到俄罗斯人经久形成的饮食习惯。由于地域的寒冷，俄罗斯蔬菜稀少且价格很高，制作方法简单，主要食品就是面包、肉类和奶制品。当然，有钱人或可享用俄式大餐，感受一道一道的程序礼仪，就像沙俄贵族那样。而普通百姓每天的饮食是很简单的，像对面那两个俄罗斯中年男子，吃得很自然，没什么满意不满意，习惯了。

莫斯科引进的国外大型超市不多，常见的是自己开办的中小型超市。金融业也不发达，并非每个超市都有刷卡机，俄罗斯人喜欢现金交易，并不热衷刷卡消费。中国的金融业是很发达了，各式各样的银行卡，花样翻新的理财产品，一个个的推荐电话，搅得你烦躁不堪又无可奈何。一位同行的新华社退休的老者向我介绍超市里的一种面包圈，说是比他们老家哈尔滨的要更纯正，只二十卢布一包。面包圈挺有弹性，轻轻一掰就开，放到口中，浓郁的麦香洋溢开来。

俄罗斯人穿衣总是选择最适合自己的。在气温十七八度的6月，穿羽绒衣的、穿大衣短衫的都有。服装以单色为主，很少见绣染出各种花色的外衣，也不见奇异的款式，面料不一定很讲究，但搭配很协调、得体，由于深色居多，很有庄重之感，这和他们的冷面风格很协调，颇能体现一种整体的民族气质。

服装是社会文化的组成部分，不适合自己年龄、文化、职业地乱穿一气，恐怕是一种社会心理的浮躁。

俄罗斯的女孩非常漂亮，金发飘逸，身材颀长，点缀着城市的文雅和朝气。无论怎么着装，都有着青春的魅力。俄罗斯人崇尚艺术，每周都能拿出不少时间参与文化活动，在这个时候，他们会用精细得体讲究的着装表达他们对艺术的尊重。在公众场合见不到穿拖鞋、背心以至光着膀子逛超市的闲人。

说到居住，联盟解体后虽然政府拿出了不少补贴，实现了住房私有化，但是二战后，原苏联50年代建造的大批老式楼房，面积小，格局不合理，也已陈旧不堪，新的居住要求仍是面临的一个难题。在莫斯科，新建的高层楼房社区不少，但并非大部分俄罗斯城市人能实现自己的新房梦，同样他们也不会像中国大城市的百姓那样为了住房付出半辈子或一辈子的心血。

在莫斯科郊区，有不少尖顶小屋，是政府鼓励私人投资建房后兴起的。房屋的样式由主人自行设计，建造的成本并不高。我见到一处在建的小别墅，竖起了七八根水泥桩，四围用塑料板一包，再加个顶子，算是完成了基本结构。为了"居者有其屋"，政府也并不打算在住房上获取更大的利益。

彼得大帝夏宫

夏宫，依傍波罗的海，坐落在芬兰湾南岸的森林中，占地近千顷，距圣彼得堡市区约三十公里，是俄罗斯历代沙皇的郊外行宫。

夏宫，又称彼得宫。英文单词恰和北京的"颐和园"相同，所以有人称它为俄罗斯的"颐和园"。18世纪初，彼得大帝为了犒赏自己战胜瑞典，下令修建夏宫，开始由瑞士建筑师多梅尼克·特列吉尼设计，后又邀请法国建筑师以巴黎凡尔赛宫为蓝本参与设计。因此，夏宫又被称作俄罗斯的"凡尔赛"。

夏宫规模宏大，环境绝佳，风景如画。因此成为历代沙皇消暑纳凉的绝好去处。把它和"奢华贵气""奇观胜景""世外桃源"这些赞美之词联系在一起一点都不过分。

夏宫由上花园、下花园两部分构成。

上花园由大宫殿、礼宴厅堂和皇家宫室组成。走进上花园，门口是洁白漂亮的圣保罗信使教堂。走进花园就能看到双头鹰的徽章楼，特别是楼顶的双头鹰是俄罗斯的国徽标志，它能像风向标一样自由转动。这个鹰由互成一定角度的三个鹰头组成，无论它怎样转动，也无论你站在花园的哪个位置，你看到的永远都是"双头鹰"，一个细节，足以看出这件豪华艺术品的精雕细琢与独具匠心。

透过密密匝匝的绿叶，可以看到教堂金黄色的穹顶和上面金色的十字架，在湛蓝的天幕下，在夏日骄阳的照耀下，尤为壮观。崭新的外观给人一种新修建的感觉，但是导游告诉我们，它始建于1714年，距今天整整有三百年的历史。花园里由修剪整齐的树木、草坪、藤蔓围成的花墙甬道以及池塘内外的雕像和喷泉，是为主景，具有18世纪上半叶欧洲宫廷花园的典型特征。万木葱茏，百花争妍，避暑修心，这是一处不可多得的隐世秘境！

夏宫最引人入胜的地方是下花园！

沿着上花园的台阶信步而下，眼前就是精彩绝伦的下花园。展现在眼前的是黄金雕塑、喷泉景观，与优美的海景交织成一幅集奢华与高雅、艺术与悠然于一体的华丽景观。

大瀑布喷泉群是夏宫最大的亮点，最好的观景位置是在大宫殿露台。驻足露台俯瞰，放眼望去，远处是蔚蓝的海天，中间一条水道直通大海，将下花园一分为二。水道两边的阶梯自上而下排列着一座座形态各异的雕像，金碧辉煌，栩栩如生。每天上午十一点钟，雕塑周围的喷泉准时华丽盛放，水雾缥缈，如梦似幻，伴着游人的惊呼，伴着动听的音乐，来自各国的游客纷纷端起相机，等待着泉水喷发的那一刻，拍摄下这精彩的景观。

这个号称"世界上最宏大的阶梯式喷泉群"共由 37 座塑像、29 座浅浮雕、150 座小雕像和 200 多组喷泉组成。金色雕像体态优美，英俊潇洒，在阳光的照射下金光闪闪，美轮美奂。大小喷泉交错更替，从金色雕像边激荡而起，组成这幅有 16 米落差的梯形大瀑布，从七层台阶上喷流而下，汇入下面一个巨大的半圆形水池。构成了夏宫最为精彩别致的景观。

水池中央，矗立着一座引人注目的金色铜像，铜像讲述的是《圣经》中有名的故事"参孙搏狮"。铜像高 3 米，重 5 吨。古代的大英雄参孙用强有力的双手把狮子的嘴掰开，"愤怒"的泉水从狮子口中喷涌而出，形成 22 米高的水柱，势如长虹，直冲云霄。伴着大小喷泉的同时绽放，水柱交织，水花四溅，千姿百态，层出不穷，鸣奏出一段段精彩的交响乐。

蔚为壮观的喷泉令彼得夏宫在世界园林艺术中举世无双，大大小小的喷泉数不胜数，享有"喷泉王国"的美誉。眼前的宫殿、雕塑、瀑布、喷泉、森林、草地、蓝天、大海组成了一幅精美绝伦的立体风景画，叫人流连忘返，叹为观止。

园中步步有泉，处处见水，水珠在阳光下尽情飞舞，呈现出彩虹般绚丽的光华。漫步在下花园，到处是养眼的绿色，畅游其间，犹如置身童话般的绿野仙踪，感受鸟语花香，泉沁虫鸣。在这天然的大氧吧里，心绪归于宁静。

如此美丽的夏宫，近三百年来几经战火的摧残，为什么看不到硝烟的痕迹？战争是无情的，再美好的建筑也在劫难逃呀！导游说，1941年，希特勒法西斯进攻苏联，占领列宁格勒郊区后，包围了这座城市，狂轰滥炸，当然也毁坏了夏宫。但是，后来的工匠艺人们居然又将它从废墟状态恢复到今天这样壮丽的景观！

夏宫，我走进了你，我记住了你，记住了你的神奇与美丽。

芬兰湾一隅

沿着喷泉群雕往下走，再沿着大瀑布和喷泉汇聚成的运河前行，十几分钟后我们就来到了波罗的海芬兰湾。

"波罗的海芬兰湾"，其名美丽而动听。在没到过俄罗斯及北欧四国之前，我无论如何不会相信：地球上竟然会有这种只有白天、没有黑夜的城市；更不会相信还有只有黑夜、没有白天的城市。这次到过俄罗斯的圣彼得堡及芬兰、瑞典、挪威的首都，亲身经历了这些城市的白昼节后，才不得不相信这是千真万确的自然现象。俄罗斯的圣彼得堡，就是这样的城市之一。

导游告诉我们，圣彼得堡至今已有三百多年的历史，是俄罗斯第二大城市，坐落在波罗的海芬兰湾东岸，涅瓦河河口。这是一座风光秀丽的水城，境内河流纵横，鬼斧神工般把大地分割成近百个小岛，而人们又巧妙地用四百多座桥，将整个城市紧密相连，因此，它也拥有了"北方威尼斯"的美誉。沙俄时期，这座城市一直是俄国首都。昔日帝都留下的俄罗斯古典建筑群和名胜古迹比比皆是，冬宫与皇宫广场、夏宫及喷泉花园、圣伊萨克大教堂等著名宫廷建筑，都还完整地保留着，向世人展示着昔日的非凡气派与豪华。每年的 6 月 21 日，圣彼得堡的夏至日，是这个城市没有黑夜的白昼节；12 月 23 日冬至日，是这个城市没有白天的"光明节"。

每年的 6 月 21 日，是地球上最接近北极圈的大都市之一的圣彼得堡的"夏至"，也就是世界闻名的圣彼得堡"白昼节"，是当地除了圣诞节之外的最大节日，无论是官员们还是居民们，都会因此得到一个七天的假期。在这个假期里，圣彼得堡每天都会有长达二十多个小时的白昼，只有半夜，才会有两三个小时左右呈现近似黄昏霞光的景色，但依然可以在露天阅读报刊，丝毫不会影响散步观景。然后不等天色完全变黑，马上就是日出，简直就是昼夜相连。得天独厚的圣彼得堡，就是用这样一个完全不像黑夜的"白夜"奇观，每年都吸引了世界各地纷至沓来的大批游客。要说今年与往年稍有不同的是，我也兴致勃勃地成了其中的一员。

我们这次的旅游，正好赶上圣彼得堡的白昼节，白昼节的头一天晚上，市民们都集中到广场看烟火、跳舞，热闹非凡。白昼节开始的一周内都是假期，街上当地的行人很少，各种商店都关门。据导游说，市民们和业主们绝大多数都外出旅游或到乡下别墅度假去了。白昼节的晚上，当地时间十一点（北京时间晚上四点），我们特意上街去体验了一下黑夜的感受。我们走在圣彼得堡的街头，觉得只有宁静，没有黑暗，犹如我们当地的黄昏，依然能看清一切。我们原想再坚持等到当地时间凌晨三点钟，真切地感受一下"白夜"中太阳重新升起的奇观，但因旅途劳累，睡意阵阵袭来，只能作罢，回宾馆休息去了。

次日出门，走在大街上，只见圣彼得堡整个城市完全保留了几百年前的城市风貌，古老而气派。虽说马路两边没有绿化树木，但街头巷尾，大小公园随处可见。古城，在黄色的骄傲中，并不缺少绿色的淡定。我放眼大街和路两边的老建筑，心中暗叹，真不愧是古国帝都呀，这城市早期规划就有几百年不落后的超前意识，即使放在私家车盛行的今日，大白天去看城市交通也从来不会显得拥挤。不过，任何十全十美的事物都是不存在的。圣彼得堡的白昼现象再长也只有二十来天，以后就慢慢缩短白天的时间，而且你只有在仲夏时节来才有可能亲身体验。如果你冬天来，就会发现圣彼得堡就没有那么可亲了。大雪封城至少四个月，零下十几度的寒冷是不用多说了，而且在冬至日前后，还会有和白昼现象差不多的一段时间，这个城市只有黑夜，没有白天。

圣彼得堡，这个夏季没有黑夜的城市；圣彼得堡，这个冬季没有白天的城市；这是一个让人远离黑暗，亲近光明的城市。我想，它之所以"舍不得天黑"，是为了向世人更多地展示自己的自信和美丽。

吴哥窟——雕刻出来的王城

　　柬埔寨这个在近代饱受战火蹂躏的国家，曾几何时以高棉王朝的名字叱咤于亚洲的历史舞台上。她的都城吴哥则是高棉人的精神中心和宗教中心。记载了一个王朝的昌盛与没落，而那雕栏玉砌的宫殿曾在世上消失了五百年，直到19世纪中叶才重见天日。

　　吴哥古迹分为小吴哥和大吴哥两大部分。其中的小吴哥系俗称"太阳王"苏利亚瓦尔曼二世即位时着手所建的都城，亦即一般人所称的"吴哥窟"，历时三十七年才完工，整座建筑用大石一块一块砌成，无论从建筑技巧还是艺术成就上都堪称世界奇迹。

　　在电影《花样年华》的最后一幕中，梁朝伟饰演的男主角在一个荒凉得有点悲壮的废墟中，抚摸着一个荒芜的小洞，诉说着内心的隐秘，那个令人震撼的地方就是柬埔寨吴哥窟。而根据同名电脑游戏改编的好莱坞大片《古墓丽影》中，安吉丽娜·朱莉担纲的女主角身手矫健地在一古迹群里飞檐走壁的背景也是吴哥窟。经过千余年岁月的冲刷、战争的洗礼，吴哥窟内许多记载着高棉人宗教、生活场景的精美石刻浮雕和四面佛像已是风吹雨蚀，斑驳漫漶，久远前的奢华盛世与现状形成了强烈的反差，给人以难以言喻的心灵上和精神上的震撼，使人对历史和生命的感悟得到洗礼和升华。

从 12 世纪开始，吴哥古迹里的笑脸便一直屹立在高棉的大地上。悠悠岁月中，它见证过一个个王朝的兴盛与没落，也俯瞰着雕栏玉砌渐渐被人们遗忘，然后被重重的树林逐渐吞噬的宫殿，吴哥的笑脸逐渐暗淡……

19 世纪时，在探险家的多方努力下，经过洗礼后的吴哥古迹才一一出土，并在世界文物史上备受各方瞩目。这时，重见天日的吴哥终于又笑了。

吴哥窟离暹粒六公里，是柬埔寨人最大的骄傲。占地约二百零八公顷的吴哥窟是世界上最大的宗教建筑物，与其他世界奇观如泰姬陵或金字塔等齐名；不同的是它并非陵墓，而是一个提供心灵慰藉的宗教中心。

建立这座伟大寺庙的高棉国王是神勇善战的苏利亚瓦尔曼二世。他于 1113 年即位后便积极开拓疆土，兴兵占领邻国国土，领地跨越马来半岛东海岸等地。但他最伟大的贡献还是造就了吴哥窟。

苏利亚瓦尔曼建立吴哥窟是为了供奉兴都教的维西奴神。由于维西奴神的代表方向是西方，所以吴哥窟是吴哥古迹里少数大门朝西的建筑。由于西面也代表死亡，高棉人也把吴哥窟称为葬庙。

吴哥窟建造期间，苏利亚瓦尔曼二世调动了全国最好的工匠、彩绘师、建筑师及雕刻家，历时三十七年才完工。整座建筑用大石一块一块砌成，没有石灰水泥，更没有钉子梁柱，充分展示出古人的建筑巧思。

吴哥窟的建筑可分为东西南北四廊，每廊都各有城门。从西参道进去，经一段长达六百米的石板路后，才是正门。伫立在吴哥窟的外墙外往里头看，有一种因为震撼所带来的木然的感觉，虽然已成废墟，但是这座建筑还是很壮观，很难想象其全盛时期的磅礴气势。

神秘的微笑

吴哥窟外墙内侧保留尚好的天女浮雕墙是吴哥窟最扣人心弦的景点之一。这些呈现舞蹈形态的天女雕像都裸露上身，头戴华丽的头冠，显得雍容华贵。浮雕造型各异，有的拈花微笑，有的翩翩起舞，姿态之优美、雕工之精巧实在令人惊叹。最特别的是呈现在天女雕像脸上神秘的微笑，比起让西方人迷醉的蒙娜丽莎的微笑，真是有过之而无不及。细细浏览着这些艺术品，只觉得四处的浮雕仿佛都舞动了起来，周边仿佛弥漫着花香、笑语……

继续沿着石道走去，可见到石道两旁建有两座设计对称的长方形建筑，这便是被称为"高棉艺术的珠宝盒"的图书馆了。图书馆不远处是两个人造池塘，池塘中种了许多莲花。这个莲花塘是捕捉吴哥窟及其倒影的最佳之处。

除了天女浮雕，吴哥窟最引人瞩目的是其建有五座宝塔的主殿。此主殿建在吴哥窟的中心，被三重层层的石砌回廊团团环绕。从石道尽头的石阶进入回廊后便算进入吴哥窟的主要建筑。石砌回廊的墙壁上刻满了充满印度艺术色彩的精致浮雕，刻画的都是印度神话里的故事及苏利亚瓦尔曼的生平事迹，精细的雕工令人叹为观止。

重重回廊

　　吴哥窟主殿前是一座田字形的走廊，要从这重重叠叠的走廊登堂入室进去主殿还真不是一件容易的事。首先你得手脚并用地爬上斜度达七十度、阶面狭窄、梯级又高的石阶。就算没有畏高症的人爬起来恐怕也得心惊肉跳。其实东西南北任何一座石阶都可以爬上吴哥窟主殿，但是这些石阶中只有向西的石阶上有细细的扶手，若不想一失足成千古恨，还是走此石阶为妙。

　　吴哥窟依据兴都教的世界观而建。据说，世界的中心是一座位于大海的高山，这座高山就叫须弥山，是众神仙居住的地方。须弥山周围有四岳，日与月在山腰间运行。此外，高山也被七重山、七重海一层层地围绕。最外层的山是铁围山，是世界的边缘，这里指的便是环绕着主殿而建的重重回廊和护城河了。

　　吴哥窟是吴哥古迹里最负盛名的一座古迹，是每一位到柬埔寨旅行的游客都不容错过的地方。

　　面对吴哥窟，我在想，那是一种崩坏的美感，在黄土中耸立的城池，仿佛沉默地望着她不肖的子民，用她的陈旧、破败与不堪，做最严正的抗议。

湄南河上的明珠——曼谷

"天使之城，宏伟之城，快乐之城，永恒的宝石之城，坚不可摧的城市，被赋予九枚宝石的宏伟首都，天宫般巍峨皇宫……"在泰国的小学课本中，有这样一段专门的文字让孩子们背诵，而这段文字并非课文或者经文，而是曼谷的泰文全名，也是世界上最长的城市名称，共有一百六十七个字母。这里的华人用"泰京"这样一个简单的词语来称呼她。

曼谷目前注册人口超过八百万，占泰国全国人口的八分之一，其中有华人血统的人口占近四分之一。此外，曼谷还与中国的许多城市建立有友好关系，如北京、上海、昆明等，跨国城际间的各种交往长年不断。

这个东南亚第二大城市，并非最优美，也不是最具现代化，但数不清有多少次，曼谷被评为"亚洲最佳旅游城市""全球十大最受欢迎旅游城市"。不论什么时候，欧美游客和国内出游的大军都如潮水般涌向这里。

曼谷究竟有怎样的魔力？

曼谷之于泰国，正如巴黎之于法国，或伦敦之于英国一般，代表着这个国家的精神和文化。曼谷是金色的，无论怀着宁静的心穿行在大王宫和玉佛寺中，还是舒缓地乘舟漂浮在夜晚美丽的湄南河上，随处可见耀眼的金光，仿佛迷离了璀璨而漫长的历史。

走在曼谷的大街小巷，不时见到金顶、飞檐、琉璃瓦……屋宇亭榭、高塔长廊、大小雕塑，或金玉璀璨、玲珑剔透，或高耸挺拔、宏伟壮观……常常就这样，在不经意间触碰着深沉的静谧与神圣。

即使你没到过泰国，也一定耳闻过曼谷东方风情的魅力；即使曼谷现代化的脚步从未停滞，她仍保持着让人探索不尽的神秘风情。在大厦夹缝间充斥着大小庙宇的城市，居民随时会以双手合十求平安，对观光客而言，却是俯拾皆是惊喜的宝地。历史的影响与社会活动的长期脉络，不仅表现于静态的文物，人们平常的生活更有古典与现代的缩影。与其他任何地方相比，曼谷更能显出泰国人在蓬勃现代化发展中，仍然保留着敬重传统的诚意。置身于古老的曼谷，历经百年的建筑依然金碧辉煌，悠悠地刻画着历史的年轮。晚上，漫步在湄南河畔，金色的晚霞映衬着两岸的寺院，感受阵阵凉风的轻抚，有一种说不出的舒适与惬意。漫步曼谷的河岸区，妇女摇着满载着水莲花的舢板，寺庙里的风铃在沉静的空气中回响着。黄昏的夕阳染红了皇宫的黄金尖顶，美丽的景致尽在举手投足之间，而这种耐人寻味的感觉，也只有亲身体验才可以感受得到。

看过浪漫的泰剧，很多人会对泰国产生好奇和憧憬，如果你看惯了乡村小镇的景色，看腻了大山瀑布的倩影，那不妨来曼谷一游吧。这里有滋润着全城的温柔湄南河，有人气火爆热闹喧哗的街市，有神秘肃穆的宗教文化，有吸引眼球琳琅满目的周末市场。这里仿佛天生有一股神奇的气场，一踏入其中，一直以来因忙碌的工作和生活而紧绷着的神经就会自然地放松下来，取而代之的是上翘的嘴角和一颗想要到处找寻新鲜和美好的心。

东南亚著名的湄南河纵贯泰国首都曼谷市，把整个曼谷辟为东、西两个部分。湄南河就像一条彩带，给这座城市增添了不少的色彩。而这条河流的水上交通，也成为曼谷的重要枢纽，并且产生了水上市场，运河岸边并排的水上人家，满载着蔬菜和大小船只，因而让曼谷赢得了"东方威尼斯"的美誉。

即便在雨季，曼谷的阳光依然直接而坦白，配合着泰国人喜爱的鲜艳色彩，使整个城市散发出无比的活力：凌乱中保持着秩序，稳健中展现着生机……曼谷是一个活着的城市，真实而诱人。

曼谷的河水并不清澈，有着远古历史的沉淀，河面平静如镜，倒影中的天空也显得深沉。乘着游轮徜徉在夜晚的湄南河上，是窥见曼谷的另一种方式，也是夜晚最吸引人的活动。

湄南河贯穿曼谷市区，在城市交通运输及岸边居民生活中扮演着重要角色。待天色渐暗，沿岸的灯光纷纷亮起，穿梭在河面上的观光游船陆续出航，湄南河又展现出另一种风情。与香港维多利亚湾游轮不同，在曼谷游轮上看风景，好像穿梭于幽深的时光隧道，现代与古代碰撞且融合……

巡航于梦一般的城市，这里有瑰丽的风景，有古老的信仰，有美丽与丑陋共生的繁华，还有生死相依的恋情……这里，或大气，或精致，透过你的眼睛，展示着独一无二的高贵与王者之气，孕育出数不尽的幻想与缠绵……在时空的绝境人们找到自己的归宿，随着流淌的湄南河水，在一夜之间心灵幻化得苍翠而清醇。

人们害怕时间的流逝，时间却在这里定格。每走完一段路，总是恋恋不舍地怀念；每写完一段故事，总是计较春与夏的片段。曼谷，总能在最宁静的时候拨弄你的心弦，让你不得不爱她。

大皇宫，这里是曼谷的标志性建筑之一，地位相当于国内的故宫。进入参观所穿的衣服是有讲究的，不能光着脚，需要穿长衣服长裤子，如果去的话穿的衣服不合适也不要担心，可以在外面买，门口有很多特意出租和卖衣服的商铺，进入殿内参观的时候还需要把鞋子脱掉以示尊敬。宫内的装饰非常精美，长廊上有很多关于当地神话故事的壁画，色彩古朴又特别，细细观赏，感觉每一点都有丰富的含意，引人入胜。整个皇宫由很多庙宇组成，看上去肃穆又辉煌，在阳光的映衬下，金黄色的大殿看上去格外璀璨。

卧佛寺，距皇宫很近，寺庙历史悠久，有很多大大小小的佛塔，也有专门的佛堂和僧人居住的地方。佛塔周身很独特，细看会发现上面布满了彩色的瓷片，随着阳光的照射，瓷片的颜色也变得多姿多彩，既古朴又有着特别的韵味，另类得让人移不开眼睛。在宝殿外面，还有讲述神话故事的浮雕，大殿中有世上最大的卧佛，每个人走进来的时候，都会被它庄严高大的形象所震撼，感觉整个殿宇都是卧佛的身姿。晚上的时候卧佛是不对外开放的，但寺庙依旧可以参观。

四面佛，在市中心的路口处，金光闪闪，也是超火热的景点之一，人头攒动，非常显眼。很多人会专程过来朝拜，也有很多游客过来参观，泰国其实很多地方都设有四面佛像，但这里的最为特别，灵验度从周围人气的火爆程度上就可以看得出来。佛像本身是由四面相同的脸孔组成，依次代表着平安、姻缘、事业和财富。参拜没有时间限制，但据说有专门的步骤。周围有很多售卖的香火，如果愿望实现的话还要来向佛像还愿，表示感谢。

考山路夜市，一到夜晚，这里就变成游客的天堂。劲爆的音乐、亮眼的美女、年轻的陌生面孔，各种语言在这里汇聚，玩得兴奋了还有人会在街头就跳起舞来，迷幻的灯光变身成炫丽背景，点缀着他们的梦。也有很多本地人推着车在街边卖特色小吃，点一份冰淇淋边走边吃，欣赏着舞蹈和热闹，也是一种别样的享受。

美国纪行

2008 年，神东煤炭集团公司安排我带队去美国考察 JOY 公司设备，在北京顺利通过了美国大使馆的面签。正在等待半个月后赴美成行的时候，起源于美国的次贷金融危机爆发了，不久波及整个世界。神华集团通知，出国考察团组行程全部取消，一场想去美国的梦破灭了。

两年过后，全球经济逐渐复苏，神华集团的发展态势越发强劲。世界上第一个七米大采高生产工作面在补连塔煤矿试车成功。与之配套的支架搬运车由比赛洛斯公司设计制造完成。为保证设备制造的安全可靠性，公司派我们七位同志到比赛洛斯的美国制造厂进行中检。

说来也巧，原来飞机票定在 3 月 27 日下午一点离京出境。我们上午十一点到机场办理登记手续时，柜台前工作人员告诉我们，今天的飞机座位已满，只能推后一天再走。哇！当时准备同机赴美的人员一片哗然。我沉思了片刻，想起了李宁广告语："一切皆有可能。"我们几人只好悻悻然返回住地，等待第二天的命运安排。

回到宾馆后，几乎一夜无眠。总想着，我去美国的旅程怎么如此曲折？

经过一夜休整后，首都机场总算给了我们按时办理登机手续的机会。于是，2011 年 3 月 28 日下午一点整，我们乘坐中国国际航空公司的 CA985 次航班踏上了去美国的旅程。

飞越北冰洋

飞机从北京首都国际机场出发，经内蒙古呼伦贝尔大草原，进入蒙古国。我没有去过蒙古国，但我去过呼伦贝尔。给我的感受，那是一方造化神奇的净土，是幻想中的天上人间，是现代人不经意撒手失去而又千方百计觅回的理想家园。该草原被《中国国家地理》"选美中国"活动评选为"中国最美的六大草原"第一名。

呼伦贝尔草原总面积约十万平方千米，天然草场面积占百分之八十，是世界著名的三大草原之一，这里地域辽阔，风光旖旎，水草丰美，三千多条纵横交错的河流，五百多个星罗棋布的湖泊，组成了一幅绚丽的画卷，一直延伸至松涛激荡的大兴安岭。

在飞机上俯瞰，真的是辽阔宽广，望不到边际，仿佛可以装得下全中国的牛羊。说她美丽，因为她有许多传说，而每一个传说都能让人百听不厌。因此，呼伦贝尔是一个充满云水柔情的名字。

呼伦贝尔，是中国人为之骄傲的地方。她以辽阔、宽广、美丽、动人而令人向往。

从八千米高空中看到美丽的呼伦贝尔草原，你会感到果然如歌词中所描绘的那样：我的心爱在天边，天边有一片辽阔的大草原。草原茫茫天地间，洁白的蒙古包散落在河边……

呼伦贝尔草原是中国目前保存最完好的草原。呼伦贝尔的那份广袤、那份茂盛、那份浓重是其他众多草原无法比拟的。当你在飞机上看到美丽、富饶、神奇的呼伦贝尔大草原，才能真正感受到什么是"蓝天绿地"，什么是"绿色净土"。

经过两个小时的飞行，飞机越过了中国边境，于万里云海中翱翔在俄罗斯远东地区和北冰洋上空。瞬间，云开雾散。透过飞机舷窗向下俯瞰，一片白茫茫的世界里找不到任何可参考的第二种颜色，凄凉的北冰洋不知道究竟是一种雄壮还是一种惨淡？在这个冰天雪地的白色世界里，寻找一种希望的光芒几乎是一种极为奢侈的梦想。

记得小时候在家乡的那个同样是一眼望不到边的毛乌素沙地上，冬天厚厚的一场冰雪就会把整个沙丘淹没，除了远处房屋的墙壁，其他什么也看不清楚，整个世界被无边的白色笼罩着。有人说这是洁白的美，有人说这是大地的被，有人说这是来年的喜，也有人说这是恐怖的脸……只有老师用另一种比喻形象地告诉我：这里有生命的孕育，这里有生命的无穷力量！

老师告诉了我许多关于气候变化的差异，关于节气和环境的关系，她说：这个白色的世界一旦因气候变化咆哮，那带来的灾难不知道将会有多么恐怖。那个冬天，我做了好多梦，一种是平静的，一种是恐怖的，好像都是围绕着这个白色世界的故事。

从那时起，我产生了一种坚定的信念：立志为捍卫这个白色的世界而努力。

飞机已经在北冰洋上空又飞行了两个多小时了，距加拿大还有不到一个小时的飞行时间。突然我的眼前一亮，发现了许多与之前不一样的景象，脚下的北冰洋开始出现许多裂缝，并且清晰可见。我向空姐问询，她告诉我，这是北冰洋冰雪融化的真实写照，这种从空中看着很壮观的景象她们已经见惯不怪了。

北冰洋在融化，从空中看融化的地方已经形成了一条巨大的河流，这是人类温室气体给它带来的变化。未来，这条巨大的河流会否越来越宽广，或许只有天知道了。但有一点不可否认，那就是控制气候变暖已经刻不容缓。

有一次我的一位朋友说，我是一个自由的骑士，又是一个恋家的孩子。我完全认可了他的说法。我说：活着就是为了要改变世界，如果有一天我的脚能够亲自踏到北冰洋上，不知道那里将是多么的雄壮。无论是发达国家，还是发展中国家，"保护人类共同的家园，发展低碳经济"已成为各国新的共识。在这场低碳经济的革命浪潮中，中国和其他许多负责任的国家一样，主动担负起了这个关乎地球未来命运、关乎人类生存的大国责任。更加令人尊敬和叹服的是，一大批极具国际责任、国家责任和社会责任的公民们也已主动并自愿投身于这一伟大而具有历史意义的行动之中。这无疑是中国对世界和人类和平贡献与影响的最好彰显。

车轮上的国家

飞机经过十二个小时的飞行，在美国当地时间下午一点左右降落在纽约肯尼迪国际机场。向导在面包车上说，我们入住的酒店在新泽西州西南郊区，距离纽约市中心大约四十公里的车程。

我们毕竟经受了乘坐飞机的郁闷和颠簸，加之时差的变化，导致浑身的倦意。但是，想到第一次登上美国大陆的机缘，一切倦意随之消逝，面包车朝着驻地箭也似的奔去。

一路上只见宽阔的高速公路上车流滚滚，我仔细数了一下，那条路最宽处单向有八车道。我们的车一直在最里边贴着隔离栏的车道内行驶，而且这条车道内的车也不多，很通畅。向导告诉我们，这条道专供双人及双人以上乘坐的车通行。看看旁边车道拥挤无比，这条道相对通畅的情状，真正体会到什么叫"车轮上的国家"。

即便全世界都质疑美国是一个没有根的文明国度，但却永远无法否认一个真实生动、特立独行的"美国梦"。无论从社会学、文学，还是美国二百多年的历史来看，它都具有一种永不改变的内涵：不断追求美好生活并为之奋斗，不达目的绝不罢休！而汽车，则当仁不让地成为了这个文明的承载者。因此，一个美国社会学家斩钉截铁地说：没有汽车的出现，就不会有现代的美国。

人们常说，美国是一个生活在车轮上的国家。到过美国的人，会对这话有深切的体会。美国人出行使用公共交通的比例在全球范围内是非常低的。没有如欧洲和日本那样密集而先进的高速铁路网，铁路仅限于服务一部分的货运。很多美国人一辈子没坐过火车出行。除了一些大城市之外，很多城市没有地铁和公共汽车，即使有公共汽车，一天只有早晚各一班，也没什么人坐。在欧洲和亚洲如雨后春笋般崛起的短途低价航空，在美国还不见踪影。美国人一般是短途乃至中途出行都开车，实在太远的旅行才会坐飞机。在美国很多地方，没有车或者不会开车，简直是寸步难行。因此，美国的公路网极其发达，路况大都不错，而且由于人口密度小，道路一般比较宽阔，很少拥堵。

如此强的对于汽车的依赖，幅员辽阔的国土，超过三亿的人口，发达的经济，极强的购买力，使得美国的汽车消费能力位居全球之最。和欧洲相同的是，美国一个家庭也普遍拥有多辆汽车，但是车型的偏好上有很大的差异。由于地理环境的不同，油价的明显偏低，美国人对于车的爱好可以总结为"大"和"奢华"。对于能源利用率比较高的车型，如紧凑型两厢车、旅行轿车、紧凑型 MPV 这些，在美国不受欢迎。柴油车和混合动力车更是难觅踪影。美国人更喜欢的是中大型三厢轿车、中大型 MPV、各种尺寸的 SUV、皮卡、跑车等等这些气派但是浪费能源的车型。我们能在街上看到那种排量 5 升、6 升的巨大的皮卡，里头只坐了驾驶员一人，车斗里头空空如也啥也没拉，去干啥？去三条街之外的便利店买一瓶矿泉水。这并不夸张。宝马 X5 和大众途锐这样的车在欧洲的街头是绝对的大个子了，但是很多时候，在美国的车流中，被悍马和福特 500 皮卡们包围着，你会觉得它们显得很"小巧"。

有着这样的本土市场，可以说是把福特、通用、克莱斯勒这三大车厂"惯坏"了。不用在技术创新、节能降耗上费什么功夫，只要把车造得够大，奢侈的装备往上一堆，就不愁没人要。美国的发动机能源利用率普遍低于欧洲和日本，技术上也落后很多。像欧日车厂耗费巨资做风洞实验，优化车身外形，就为了把风阻系数降低个 0.01，这种事美国车厂是不会干的。费那事干吗？不就为了降低油耗吗？我们美国有的是石油，不在乎这个。所以，美国车大多设计得不仅大，而且方头方脑，风阻大，安装大排量发动机。美国的 3 升的发动机马力不如欧洲和日本的 3 升发动机？不怕，还有 5 升的。在安全装备的创新上，美国车厂更是远远落后于欧洲和日本，什么气囊啊、主动式头枕啊，费那事干吗？装备得再全，也不如我这个大皮卡抗撞。别以为我夸张，这是很多美国人的一个思维定式：车越大，越安全。其实这也不能说不对，但是这是用一种浪费的方式实现的安全。

没有汽车之前，西部牛仔骑着骏马奔驰在中西部草原的英雄气概征服了世界；有了汽车之后，一个人和一辆车，成就了"轮子上的国家"，进而傲视全球。这是一个事实，也是一个共识，"当今世界上，几乎没有一个国家没有汽车，但是没有一个国家形成了像美国那样的汽车文化"。对美国人而言，汽车与水和面包同等重要。汽车在塑造美国总体特色方面，举足轻重，汽车文化也理所当然地演变成美国文明特色的醒目色彩。

走进纽约

纽约对于我来说一直是个谜。

她该是怎样的一副面孔？她该是怎样的一身尊荣？当年一部《北京人在纽约》，点燃了多少国人对纽约的向往和情怀？

因为纽约，承载着那么多的荣耀与辉煌，寄托着那么多的梦想与希望；囊括着那么多世界的第一与奇迹，创造着那么多的历史与典藏。

我知道，很多人来到美国，一定要到纽约观光。所以我也未能免俗，在向导的带领下，我开始走进纽约的世界。

纽约有近八百万人口，来自世界各地近百个民族，其中中国人有六十多万，黑人有二百万左右。纽约曾经是美国的第一个首都，也是美国和美洲最大的城市。19世纪开始，纽约向世界性大城市发展。至20世纪初，纽约已成为世界最大的城市之一，与巴黎、伦敦齐名。

早就听说纽约有个唐人街，在我的想象的世界里，唐人街是被我赋予了生机和想象的霓虹般皇帝的新装的。然而当我走进唐人街时，却多少感到有些默然。除了唐人街那十分熟悉的汉字能让我感到兴奋外，至于那建筑和市容却使我感到有些意外。也许是中国突飞猛进的发展使得这些显得落伍吧，但总之，当我走进唐人街以及非常著名的所在——华人居住区的法拉盛时，有几分怅然若失之慨。

然而，当我走进繁华的曼哈顿，却不得不感受到它的大气磅礴和厚重的历史。不论是漫步在世界金融中心华尔街，还是漫步在纽约时代广场；不论是徘徊在挂满世界各地国旗的洛克菲勒广场，还是信步走在世界第一商业街纽约第五大道；无论是漫步纽约联合国总部大厦，还是眺望有一百三十多年历史的哈德逊河的布鲁克林大桥，我都沉浸在一种辉煌与梦想、伟大与勤劳之乡的震撼中。我简直难以用语言来描述那种激动与不安。

联合国总部设在一组建筑师花了六年时间设计构建的五百五十英尺高的联合国大楼里。联合国总部是免费进入，只需排队领票即可。一楼大厅悬挂着各届秘书长的大幅照片，各层楼的走廊陈列着各成员国捐助的精美的艺术品。大楼外是广场，正面一排旗杆飘扬着各成员国的国旗，周围还有许多雕塑，也是各成员国捐助的。一把被扭折了的枪的雕塑很幽默，它象征着和平，吸引了很多人留影。中国捐助的青铜大鼎，四平八稳，昂扬大气，给人一种中国文明历史悠久源远流长，中华民族稳健地屹立于世界民族之林的感觉。

当我们乘坐着游船徜徉在纽约州的母亲河——哈德逊河上时，曼哈顿和新泽西州，便在河的两岸一一向你展开它们那华丽秀美的风光。两岸一座座摩天大楼会在你的眼前形成一幅幅精美的构图，让你惊讶这样美轮美奂的场景，让你受用这承载着几代美国人的智慧与勤劳的杰作。布鲁克林大桥、曼哈顿大桥、威廉姆斯堡大桥，一一向游人行注目礼。

游船再向下游驶去，一座座摩天大厦渐渐远去，然而自由女神的铜像却越来越近。这时坐在船里的来自各个国家的游客便开始骚动起来，纷纷拿起相机到船的外面去拍照。这座由法国在1876年赠给美国独立100周年的礼物，已经成为纽约最为著名的城市标志和雕塑，这座像正式名称为"照耀世界的自由女神铜像"，在一定程度上，已经成了美国和美利坚民族的象征。1984年，纽约这座"自由女神铜像国家纪念碑"被联合国教科文组织列入世界文化遗产。

如果说你走在北京能够见到全中国各地的人的话，那么你走在纽约的街头，会遇见来自世界各地的人。这确实是一个世界之都。全世界最优秀的人才全部集中在华尔街。每天有着八十多亿美元的交易额度的华尔街，是全世界的财富中心。据导游介绍，华尔街打个喷嚏，全世界的经济都要感冒。全世界的黄金储存之地华尔街，有着很多的传奇神话。

美国人眼中的骄傲——洛克菲勒中心

这次去美国，在北京出发的时候就有了亲眼目睹坐落在纽约中心的帝国大厦和洛克菲勒中心的想法。到了纽约之后，导游首先把我们带到了这个令美国人骄傲了近百年的现代建筑群地标——洛克菲勒中心。哇——在全世界的大都会中，这样巨大、丰富的高层建筑群实属少见。

到过纽约的人，一定会对洛克菲勒中心的宏大气势留下深刻印象。该中心位于纽约最繁华的曼哈顿中城第五大道和第七大道，以及四十九街到五十二街之间，由大小十九座商业楼宇组成，其中十座以上是摩天大楼，最高的是七十层的洛克菲勒中心 30 号大楼。这里商贾云集、寸土寸金。通用电气、NBC 电视网和美联社的总部均设在洛克菲勒中心。

从 1931 年开始，这里就成为纽约圣诞节欢庆的中心。每年的 12 月 1 日开始，洛克菲勒大厦门口都会放置一棵巨大的圣诞树，树上挂满了无数的彩灯和饰物，每年都吸引几十万人前来观赏。洛克菲勒中心迷人的圣诞树伴着一代代的美国人长大。

洛克菲勒中心命名，是纪念洛克菲勒的老板小约翰·洛克菲勒的。他在 1928 年把这片属于家族所有的土地出租给纽约的哥伦比亚大学，1930 年，他开始筹划在这里建造一栋大楼，当初是准备为大都会歌剧院建造一栋歌剧院建筑。但是，由于 30 年代的经济大危机和股市崩溃，小约翰·洛克菲勒改变了初衷，不再投资给歌剧院，而开始投资建造这个建筑群。他决定在这里建一个新的商业中心、一座"城中之城"，以创造大量的就业机会，帮助人们渡过难关，鼓励人们增强信心。

1934 年，中心建成完工的时候，"罗斯福新政"开始发挥作用，美国经济真的开始恢复了。伴随着美国经济的复苏，美国人体会到了小约翰·洛克菲勒的一番苦心，那一座座摩天大楼已成为美国人心中长久的骄傲，成为世人心中美国资本发达与商业繁荣的象征。

这个建筑在 1987 年被美国政府定为"国家历史地标"，这是全世界最大的私人拥有的建筑群，也是标志着现代主义建筑、标志资本主义的地标物，其意义的重大，早就超过建筑本身了。

讲到洛克菲勒中心，不得不讲讲它的主要建筑师哈里逊，他是美国建筑家，也是美国国际主义风格建筑的重要代表人物之一。他于 1895 年 9 月 28 日出生于马萨诸塞州的沃斯特，

1981 年 12 月 2 日在纽约去世。哈里逊从小喜欢美术和建筑，一生与相当多的艺术大师和建筑大师有密切的交往，与立体主义绘画大师费迪南·列比、芬兰建筑大师阿尔瓦·阿尔托都是关系很密切的朋友。他于 1921 年通过严格的考试，进入巴黎的美术学院学习建筑，并且因为成绩优秀而得到在欧洲和中东旅游的奖学金，在旅游中他反复深入地考察了欧洲和中东地区的传统建筑和正在出现的现代主义建筑，这给他留下了非常深刻的印象。

哈里逊在完成欧洲的正式学业之后回到美国，参加纽约的一些建筑公司的设计工作，其中最早的项目是参与设计宾夕法尼亚电力公司大楼的高层建筑设计，这个建筑为二十三层，是他一生中第一个高层建筑项目。在此期间，他与另外几个建筑师在纽约开设了自己的建筑设计公司——赫尔姆 – 科伯特 – 哈里逊公司。1929 年这个公司中标，得到为美国最大的集团公司——洛克菲勒集团公司设计在纽约的总部大楼的项目。哈里逊在这个设计中与主要负责建筑的建筑师雷蒙德·胡德紧密配合。胡德是当时美国鼎鼎大名的建筑大师，曾经在 1913 年设计了美国著名的"伍尔沃斯百货公司总部大楼"，1933 年设计了举世闻名的纽约"帝国大厦"。在接受了"洛克菲勒总部大楼"的设计任务后，比较倾向"装饰艺术"风格的胡德，在哈里逊的影响下接受了比较简单明快的现代主义建筑形式，在他们的紧密合作之下，终于完成了具有典型"装饰艺术"风格和现代主义风格的大型高层建筑"洛克菲勒中心"的设计。这项设计工作从 1929 年开始，延续了许多年，而整个建筑到 1940 年才完成。以巨大的体量、"装饰艺术"和现代主义相结合的风格，以及在纽约市中心的地理位置，成为具有地标意义的重要建筑。而哈里逊从整个过程中学习到很多解决具体问题的方法，也深刻地了解了现代建筑的构造和"装饰艺术"风格的精神和风格特征。这栋建筑虽然具有最精致的"装饰艺术"风格立面、室内、环境艺术特征，但是整体结构则是现代的，采用钢筋混凝土结构，立面非常简单，如果从渊源来看，它与路易斯·沙利文的芝加哥学派的风格是一脉相承的。

哈里逊成了洛克菲勒家族的首席建筑师，洛克菲勒中心这个项目直接由洛克菲勒集团的尼尔逊·洛克菲勒管理。

洛克菲勒中心在开发的时候还没有定下名称，洛克菲勒家族的首席公共关系总经理埃维·李建议用"洛克菲勒中心"来命名这个建筑群。这个建筑群第一批十四栋楼做起来之后，第二次世界大战爆发了，这里就进驻了美国和英国合作的情报机关，叫作英国安全协调局（简称 BSC），之后又成为艾伦·杜勒斯组建的美国中央情报局总部，直到战后中央情报局搬迁到弗吉尼亚州为止。

今日的洛克菲勒中心，其实部分是日本人拥有的，日本在80 年代收购了部分洛克菲勒中心，建成了"洛克菲勒集团"。这件事情当时弄得美国人很不高兴，曾经出现过一阵子反日浪潮。日本人低调处理，现在已经是既成事实了。

一个城市有这样一个巨大的包含了商业、艺术、文化内容的高层建筑群中心，是这个城市的幸运。因为有了洛克菲勒中心，纽约的心脏才跳动得更加有力。

华盛顿印象

我们这次考察的比赛洛斯设备厂家坐落在弗吉尼亚州东南部一个叫罗阿诺克的小镇上。要去这个地方，必须经华盛顿转机方可到达。于是，华盛顿也就成了我们的必经之地了。汽车从纽约出发，经过五个多小时的疾驰，于下午一点多钟进入华盛顿特区。

华盛顿特区位于美国东北部。说它是特区，是说跟华盛顿州不是一回事。自 1800 年起，华盛顿特区就充任了美国联邦政府的首都，它是以美国的开国元勋、第一任总统乔治·华盛顿的名字命名的，也是全美政治中心。全区面积一百七十六平方公里，北、东、东南部都濒临马里兰州，只有西南部临弗吉尼亚州。

华盛顿特区不能算是大城市，跟纽约、洛杉矶等大城市根本不可同日而语。据说，美国早先曾定都在纽约和费城。1861年，美国南北战争爆发了。经过四年鏖战，北方战胜了以种植园经济为主的南方，实现了南北统一。为了折中，经过多次争论和商讨，把首都南迁，定在了今天的华盛顿特区。

乔治·华盛顿为美国独立立下了汗马功劳。华盛顿纪念碑，是美国华府的地标，为纪念美国首任总统乔治·华盛顿而建造。1833 年美国国会通过提案，建造费用由全民乐捐，每人捐款上限为一美元，蓝图由米尔斯设计。始建于 1848 年，1854 年其间因南北战争爆发，停摆了二十二年，1876 年又重新复工，由美国陆军负责，经费由政府负担。整个工程于 1884 年 12 月 6 日竣工。石碑是以白色大理石建成方尖型，高度是 169.3 米，东面是国会大厦，西部是林肯纪念堂，北面是白宫，南面是杰弗逊纪念馆。美国政府于 1899 年宣布：华盛顿特区任何建筑物的高度都不可以超过华盛顿纪念碑！

1853 年北美长老会驻中国的传教士丁韪良曾赠一碑文予美国华盛顿纪念馆，由福建巡抚徐继畬撰碑文文字：华盛顿，异人也。起事勇于胜广，割据雄于曹刘，既已提三尺剑，开疆万里，乃不僭位号，不传子孙，而创为推举之法，几于天下为公，骎骎乎三代之遗意。其治国崇让善俗，不尚武功，亦迥与诸国异。余尝见其画像，气貌雄毅绝伦，呜呼，可不谓人杰矣哉！米利坚合众国以为国，幅员万里，不设王侯之号，不循世袭之规，公器付之公论，创古今未有之局，一何奇也！泰西古今人物，能不以华盛顿为称首哉！

向导介绍说，也许因为地理位置和历史的原因，这里的人口黑人较多。街上的行人中，黑人随处可见，而且占的比率还挺大。即使是世界上最富有的国家的首都，这里同样居住着一部分还在受贫困困扰的生灵，犯罪现象也并不鲜见。在公园里，随处可以看到长椅上过夜的无家可归的人。他们随身带着所有的家当，旁若无人地躺在长椅上。我听了之后觉得，每个国家都是一样的，再富有的国家也有穷人，再贫穷的国家也有富人，这应该是世界通用的规则吧。

华盛顿特区给人的印象是小巧、整洁，毕竟是一国首府，多少代表了一个国家的形象。整个城市绿化很好，目力所及尽是绿树成荫、草坪遍地。更令人陶醉的是随处可见的广玉兰。仲春时节，正是广玉兰的花季。一朵朵碗口大的玉兰花开得那么无拘无束，开得那么潇洒自如，正像正当豆蔻年华的少女，清丽而纯朴。

华盛顿特区不夹杂一丝工业和商业的气息，是一个清静的真正的首都。

人类飞行的理想时空

走进华盛顿特区，我能看到的都是纪念馆、纪念碑、博物馆。在不到三个钟头的时间里，究竟参观哪个馆呢？经过一番考虑后，还是选择到航空航天博物馆看一看。

美国国家航空航天史专业博物馆，位于华盛顿独立路，隶属于史密森学会。前身是美国国会街1946年建立的美国国家航空博物馆，1966年改今名。建筑面积6.3万平方米，陈列面积2万平方米。

该馆主要收藏反映美国航空航天史的飞机、发动机、火箭、登月车及著名航空员与宇航员用过的器物。展出各种飞机300多架、太空飞行器100多种、火箭和导弹50种、发动机400多台、螺旋桨350副及大量模型。

展品中有1783年孟特戈尔菲兄弟乘坐飞越巴黎上空的气球复制品，1896年成功起飞的第一架无人驾驶研究机，1903年由莱特兄弟用金属线木料手工特制的第一架飞机，1927年第一次横渡大西洋的航空家查尔斯·林白驾驶的"圣路易斯精神号"飞机，第二次世界大战中德国制造的第一枚V-2火箭，1957年苏联第一枚人造卫星备用星，1963年创飞行高度纪录以火箭发动机为动力的X-15型飞机，美国第一艘载人宇宙飞船"友谊-7"，飞近金星的"水手-2"，1969年美国发射的"阿波罗-11"飞船登月舱和三名宇航员乘坐的哥伦比亚指令舱以及自月球带回的岩石标本，1976年"维京-1"宇宙飞船拍摄的火星特写镜头。还展出了第一、第二两次世界大战中使用过的各种型号的军用战斗机、侦察机、轰炸机，以及民用航空飞机、直升机、小型私人飞机等。

整个博物馆长209米，宽69米，高26米，可同时容纳8000名左右的观众。博物馆的正面和两边均为玻璃大厅，显得晶莹剔透，轻巧明快。悬在大厅中的飞行器就如同正在空中飞行一般栩栩如生。

火箭和宇宙飞行厅从介绍航天史开始，展出了 19 世纪英国人造出的火箭的样品。有凡尔纳的科幻小说中的主人公周游月球时乘坐的炮弹——"哥伦比亚"的模型。陈列着不同类型的火箭发动机，从最简单的飞机起飞用的火药发动机到离子发动机。宇航服是航天飞行必不可少的装备。展示了从潜水服到科幻影片《2001 年太空游记》中的航天服装的历史。

　　飞行里程碑大厅展示了人类如何一步步实现飞行的理想。这里展出了航空航天史上各阶段的飞机和宇航设备。观众们排着队耐心地等上半个小时，甚至更长的时间，以便摸一下大厅的一块真正的月球石。它是从宁静海采来的、三角形的四十克火山玄武岩片。

　　在宇宙厅，展出了最大的火箭和宇航技术装置的样品，像一座多层楼房一样巨大的"天空实验室"。还有对接成一体的"阿波罗号"宇宙飞船和"联盟号"宇宙飞船。美国航天飞机的模型和安放在航天飞机货舱中的欧洲轨道实验室"太空实验室"的部分装置也陈列在此厅中。没有机会到基地去的人在此可以看见真正的火箭，其中有"婚神星号"和把美国第一个人造地球卫星送上太空的"先锋号"。

　　和宇宙厅相连接的，是位于玻璃大厅楼顶头的研究月球的飞行器及设备厅，这里展出了 20 世纪 60 年代用于研究月球的无人驾驶的宇宙飞船"游骑兵""测量员"和"月球轨道站"的样品。和它们并排放置的是"阿波罗"飞船的月球舱。

　　在这个博物馆，不仅能真正了解登月航行的过程，还可以看到"从神话走向科学，漫游星际"的宇宙概念形成的过程和宇航员在认识宇宙过程中的作用。既可以看到各种天文仪器，从古老的到现代的，以及在太空实验室中使用的天文望远镜，也可以通过计算机技术亲眼看到银河系的产生过程。

走出博物馆，给我留下的印象是，以高科技著称的美国，在这里让我们看到了人类飞行的理想时空。它告诉我们，任何一个国家和民族，只有不断地发现、研究和运用现代科学技术，才能真正屹立于世界民族之林。

世界影都——好莱坞

旧时中国戏院常挂一副对联：谁为袖手旁观客，我也逢场作戏人。说的是座上客与戏中人原为一体，寓意十分深刻。可是，实际上难以落到实处。这次在洛杉矶参观好莱坞影城，我才觉得：全无袖手旁观者，都是逢场作戏人。比如，我们通过参观实地经历了一场大地震，使所有观众都毫无例外地受了一次惊吓。2008 年汶川大地震那种惊心动魄的情景，至今萦绕我脑海。可是，即使我这个"曾经沧海"的人，当乘坐影城的旅游车徐徐驶入地铁车站，车身尚未停稳，突然间猛烈摇晃起来，车窗外面，地动山摇，烈焰冲天，房倒屋塌，地下水汩涌奔流，眼看把铁道淹没……尽管是模拟，但我还是惊恐万状。

好莱坞，人类的造梦机器，世界电影的中心。好莱坞的电影人制作的大片中，不乏震撼人心的宏大场面，在好莱坞环球影城，就可走入电影，亲身感受这一切。

好莱坞环球影城位于洛杉矶市区，建在依山傍海的山湾上，是一处环境非常清静的场所。一百多年前一个叫威尔克的富商在这里修建了乡村别墅，给这个地方起名为HOLLYWOOD，意为"常青的橡树林"，音译为"好莱坞"。上世纪初一个电影摄制组来这里拍外景，发现这里风光秀丽，阳光明媚，气候适宜，具备优越的地理条件，是进行电影创作的理想之地，便吸引了不少电影制片商陆续集中到此，使这一块土地逐渐成为世界闻名的影城。1908 年好莱坞拍出了最早的故事片之一《基督山恩仇记》。1912 年起相继建立制片公司，到 1928 年已形成了以派拉蒙等八大影片公司为首的电影企业阵容。三四十年代是好莱坞的鼎盛时期，摄制了大量成为电影史上代表作的优秀影片，并使美国电影的影响遍及世界。同时好莱坞亦发展为美国一个文化中心，众多的作家、音乐家、影星及其他人士汇聚于此。第二次世界大战后，制片厂陆续迁出，许多拍片设施闲置或转手电视片制作商。60 年代初，好莱坞成为美国电视节目的主要生产基地。

因为电视行业的兴盛，摄制的电影也就相对减少。不过，哥伦比亚、派拉蒙等著名电影公司仍在继续拍片。在环球影城，我们可以参观电影的制作，解开特技镜头之谜，回顾经典影片中的精彩片段。踏入影城，会使人流连忘返。影城内分三个区，分别是电车之旅、影城中心、娱乐中心。可以到售票厅旁的服务中心索取游览指南与表演时间表。影城出入口旁有一个 50 年代风格的购物区——宇宙城。

好莱坞环球影城是一个再现电影场景的主题游乐园，其内以多部大制作电影为主题的景点最受欢迎。史瑞克 4D 影院是我们在好莱坞环球影城遇到的第一个游乐项目，在此可以真正地走入电影，体验全方位立体效果的震撼感。在侏罗纪公园，形态生动的恐龙、危险奇异的侏罗纪丛林、游船从高空俯冲入水的刺激感，都让人兴奋不已。

好莱坞的历史实际上就是一部美国电影的发展史。好莱坞生产的影片不仅在美国独步青云，而且营销到世界各地，为美国电影业带来了丰厚的利润，同时也潜移默化传播了美国文化，为推广美国价值观和生活方式提供了绝好的艺术平台。今天的好莱坞已经成为美国重要的文化中心和世界电影之都，是美国软实力的组成部分。

我们去的那天虽然不是星期天，但游客仍然很多，来自世界各地不同肤色、衣着的游客，摩肩接踵，熙熙攘攘，在这个世界影都悠闲地寻找着各自的开心。

印第安人的守护神——约苏娅树

美国西部的莫哈比沙漠是印第安人的绿色家园。在这片印第安人保留地，生长着一种已经注册商标的树木，叫约苏娅树。约苏娅树之名乃由摩门教拓荒者所取，因它们的枝丫向上伸长，远观俨然为一株株"祈祷的树"。它以其顽强的生命力和不屈的精神被誉为"印第安人的救星"，成为大地生命的礼赞和永恒的象征。在这苍茫无垠的瀚海深处，她用苍绿的颜色和迷人的微笑年复一年地绽放着亮丽风采，给人间带来美好和希望。

从遥远的落基山起源的科罗拉多河，蜿蜒地流淌在这世世代代的苍莽土地上。葱葱茏茏的约苏娅树林绵延无边地点缀着从历史深处流过来的科罗拉多河两岸，阻挡着肆虐的狂风与沙尘，抗争着寒冷和酷暑，从 15 世纪挺立到今天。约苏娅树林里穿梭着四季的景色，洋溢着大自然永不枯竭的生命力，赐给人类无尽的遐想和艺术的灵感。

第一次来到莫哈比沙漠的我，觉得此地除了荒凉外，再无别的生气。假如我能开车快速穿越，那就真的只是走马看花，辜负了这大自然的瑰宝。好在我们乘坐的大巴车中速行驶，使我尽享了莫哈比赐予的美景。只要仔细观察，其实在莫哈比沙漠中不只有丰富的动物和植物，还有悠久的文化历史及特殊的地质特征。位于南加州的这块沙漠于1936年设立国家纪念地，并于1994年10月31日升格为约苏娅树国家公园。这里为游客们提供了探索和发现沙漠的无穷机会，只要有兴趣和精力，这里一定是一片获益良多的圣地。

"心中无私天地宽，眼中有情山河美"，唯有把爱融入大自然，才能捕捉到那美好的景色中透出来的生命永恒的守望。我用我的镜头复制和扩大了象征着勤劳勇敢的印第安人奉献精神的约苏娅树林，它令我们感到耳目一新。在莫哈比沙漠，用心灵去品味印第安人古朴生活，用思想去感悟岁月不可抹去的沧桑，用一颗虔诚的心，顶礼膜拜这吸吮着雪山圣水，穿越遥远的历史时空的大地神灵——约苏娅树，不仅仅是从视觉的欣赏，更是从生态环保的理念和对生命和谐的认知去感悟、诠释这博大的自然界文化。

据说，约苏娅树的生存已经有二百五十万多年的历史。所以，美国人把具有顽强生命力的约苏娅树比喻为"植物界的活化石"是不无道理的。初春的时候以绿色朦胧装扮人间，在盛夏时节以土黄色的根部轻吻大地，晚秋的时候在阳光之下发出黄绿相间的色泽，数九寒冬她又银装素裹地傲立于生长的故土，是干旱的大漠戈壁一道迷人的风景和令人叹为观止的自然奇迹。

走进约苏娅树林，每一棵树木仿佛在向我们诉说和回忆着几百年来这里发生的一切。让我们犹如身临其境，和栩栩如生的大自然亲切地对话。古人曰："仁者乐山，智者乐水。"印第安人以祭祀供奉的方式守护着救星——约苏娅树。现在，我把古老的印第安人比喻为风中的约苏娅，是一点也不过分的。约苏娅树赋予了美国时代的精神以及新的内涵，为美国人民奉献了新的价值理念，为生态环保、旅游文化、摄影艺术等诸多方面增添了新的风采，这何尝不是印第安人文化之繁荣与延续呢！

NBA 的文化魅力

在洛杉矶，最大的收获是在斯台普斯球馆亲眼目睹了 NBA 赛事。

斯台普斯球馆是洛杉矶湖人队和洛杉矶快船队的主场。比赛时，他们两个球队使用的是同一个球馆，只是一场比赛结束后立即换地毯，两个队哪个是主场就换上哪个队的地毯，特色设计。

我们观看的是雷霆 VS 快船。这两支球队在 NBA 联盟属于最年轻的后起之秀，大多数球员比较陌生。虽然我们的座位距篮球场只有十五米左右，但还是认不出球员的名字，只能从球衣上印制的编号识别。整场比赛气氛热烈，汹涌澎湃，充分彰显了 NBA 的无穷魅力。

我在现场观看比赛时，随即萌生了探究美国 NBA 魅力的想法。那么，NBA 的奥秘究竟何在？

从 1946 年至今，NBA 已经走过了五十多个年头。在五十多年历史中，NBA 用前三十年做联赛水平的培养和商业运作的内部基础；后二十多年将其推向市场，推向世界，并逐渐发展成为现在世界上最富有商业价值、最知名、最有发展前途的职业联赛之一。NBA 开始的时候，就像是一个自娱自乐的业余联赛，没有观众，没有好球队，没有电视转播。直到 1958—1964 年赛季，一家电视台才第一次转播 NBA 的比赛。但在这之后近二十年里，虽然一直有 NBC 和 ABC 两家电视台转播 NBA 的比赛，但两家都没有付给过 NBA 一分钱。一度使 NBA 的市值跌到了 1550 万美元，23 支球队中有 17 支濒临破产，美国著名体育记者唐纳德·卡茨当时写道："在这个国家所拥有的四大职业联赛中，我们很可能最先跟 NBA 说拜拜，因为已经没什么人对它感兴趣，从事这项运动的都是一些名誉扫地的家伙，他们吸毒、斗殴，简直无恶不作。"也是在这一年，律师出身的纽约人大卫·斯特恩临危受命，出任 NBA 第四任主席——"他扭转了一切……"

斯特恩 1984 年接手 NBA 的时候，NBA 的总收入只有 1.92 亿美元。而到了今天，NBA 一年仅靠出售授权产品的收入就远远超过了 30 亿美元。由于对篮球运动规律和奥秘的了解和精通以及在法律和公共关系方面的过人才华，斯特恩成功地维护和宣传了 NBA 在社会和公众中的形象。斯特恩深知，NBA 要想赚钱，没有球星是不行的。但光有球星，光有精彩的比赛，而没有电视的转播，同样也不会有什么太大的发展。因此，NBA 在它的发展历程中，培育了自己的特色文化。

——品牌文化。愚者在两败中俱伤，智者在双赢中受益。NBA 组织从各个方面实现双赢，建立了一个完整篮球品牌。NBA 的双赢机制带给自己的不仅仅是利润的增长、知名度的提高，它还给球员们带来了空前的发展空间，给社会带来了巨大的效益。NBA 把无形利益与有形利益有机地结合起来，创造了一个品牌征服世界的神话。

——营销文化。目前 NBA 的发展方向就是想尽一切办法取悦观众。本来 NBA 在发展初期，经营者是想通过篮球比赛，来达到销售运动服装、运动鞋的目的，但是他们万万没想到 NBA 在球赛中门票收入大大超过了其他收入，于是 NBA 经营者们就有了"一切为了观众"的经营方向。如今，NBA 的主要收入来源是门票，还兼营其他业务，诸如广告收入和销售服装、鞋等运动产品。

——宣传文化。对于任何一个企业来说，要想走向世界，首先离不开宣传，只有宣传才能让世界了解你的企业，了解你的产品，了解你的经营模式……而宣传，在今天来说，就离不开传媒了，传媒（电视、广播、报刊、互联网等）的影响力是巨大的，范围也是广泛的。这就是 NBA 对宣传炒作情有独钟的原因。

——快乐文化。就大多数人而言，不如意的事常有。人们在竞争的高速公路上你追我赶，结果发现自己得到的远不如失去的多而痛心疾首。NBA 作为一种商业模式，不仅生产了令人快乐的产品，还更多地生产了令世人快乐的精神文化，这就是 NBA 备受世界欢迎的秘密所在。如果我们的每个企业都朝着这一方向构筑自身文化，那么人们就不用为假、冒、伪、劣产品或横蛮的服务而闹心，不用为一些矛盾纠纷而生气，不用为个人的生存危机而恐慌。如果作为社会基本细胞的企事业单位都来创造和推动"快乐文化"，那么整个世界都会变得美好起来。

我认为，一种文化的形成，必须要有众多接受者。如果一种文化不能被众多的人接受，那么这种文化就不能成为时代的潮流，也必将被时代所遗弃。NBA 文化的精髓就是在赢得观众的同时，不断提升了文化的内涵，从而真正实现了观众与文化的共赢。这种共赢模式对 NBA 迅速在全世界传播起着至关重要的作用。

NBA 是美国社会的一个缩影，它以金钱为圆心，充分吸纳社会资源和社会关注，并达到实现经济利益最大化和提升社会生活品质的双重目的。NBA 的文化智慧，是 NBA 的生存之道，是 NBA 精神发扬光大的动力源泉。

世界地质教科书——科罗拉多大峡谷

赴美前，一位朋友问我美国之行中，有没有安排游览科罗拉多大峡谷这个行程。我连忙说有啊，好像有一天的时间。朋友说，不管安排多长时间，那儿，你一定得去看看！难得一见的悬空玻璃廊桥，深不可测的峡谷奇观，世界上独一无二、纵横千里、无限宽广的自然景观……都是不可错过的噢！

好一个科罗拉多大峡谷，还没去看，已被朋友解说词的气势震撼了。

一上大巴车，自称来自香港的华裔导游小姐向我们介绍说，科罗拉多大峡谷是科罗拉多河的杰作。"科罗拉多"意为"红河"，这是由于河水中夹带着大量泥沙，河水常显红色而得名。这条古老的河流发源于科罗拉多州的落基山，估算着也有一亿多年了。因水流不舍昼夜地冲刷又冲刷，不停地奔流，无形之中就刻凿出了各种峡谷。这条河最后流经亚利桑那州多岩的凯巴布高原时气势可能是非常磅礴的，从而形成了举世闻名的"峡谷之王"，这就是科罗拉多大峡谷。峡谷的景观太奇妙了，而每一位游客的欣赏角度和视觉感受又是不一样的，还是尊重自然，留些余地让大家自由体味吧。但我可以推荐三种方式供大家选择：步行峡谷边，登上玻璃桥，乘坐直升机穿越。

同行的几位同志出于安全考虑，建议还是选择前两种比较合适。但对我这个一向愿意挑战自我的人来说，执意要乘坐直升机穿越大峡谷，想一睹世界第七大奇观的芳容。

下车以后，"震撼"两字是我的第一感受。壮观无比的大峡谷让我一时杵在那儿，竟挪不开步。面对大自然的鬼斧神工，在平平坦坦的峡谷顶部，我不知道先看哪里，当看到人流都朝峡谷边缘走去时才紧紧跟上。

我们看完老鹰峡景区，便登上直升机，开始了真正的峡谷之旅。

　　当直升机穿越大峡谷时，正午的阳光正向谷底直直地洒了下来，岩层嶙峋、重峦叠嶂的断层岩夹着一条深不见底的巨谷，显得非常神奇。更让人惊奇的是峡谷岩壁的水平岩层清晰明了，形状千姿百态、气魄浩瀚慑人。当它沐浴在金色的阳光中时，随着太阳光线的不同而变幻出不同的色彩，蓝、棕、紫、红……大自然斑斓壮丽的画面尽显其中，宛若仙境。山崖高高低低、错落有致地布满了整个高原，有平台形的大山，也有堡垒状的小山。正所谓"横看成岭侧成峰，远近高低各不同"。飞机贴着崖壁而过，可以看到不同的地层，据说这地层里有亿万年的地质沉积物，是从寒武纪到新生代各个时期的。我们都是外行，还真看不出地层表面有什么不同，但不管怎样，这一大峡谷还是被公认为活的地质教科书。

　　这个大峡谷全长 440 多公里，宽 20 公里，平均深度有1500 米。我们穿越的仅仅是 20 公里的一段。为了让游客亲自感受谷底风情，直升机特意降落在了谷底的人工平台上。真的下到谷底，才会发现这里又是另一方天地。

　　下了飞机，我们又踏上了河谷游艇，倾听着具有丰富地质知识的美籍华人司机的解说……

　　大峡谷岩石是一幅地质画卷，反映了不同的地质时期千姿百态的奇峰异石和峭壁石柱。伴随着天气变化，水光山色变幻多端，天然奇景蔚为壮观。由于人们从谷壁可以观察到从古生代至新生代的各个时期的地层，因而被誉为一部"活的地质教科书"。

　　科罗拉多河的长期冲刷，不舍昼夜地向前奔流，有时开山劈道，有时让路回流，在主流与支流的上游就已刻凿出黑峡谷、峡谷地、格伦峡谷、布鲁斯峡谷等十九个峡谷，而最后流经亚利桑那州多岩的凯巴布高原时，更出现惊人之笔，形成了这个大峡谷奇观，而成为这条水系所有峡谷中的"峡谷之王"。

科罗拉多河在谷底汹涌向前，形成两山壁立、一水中流的壮观景象，其雄伟的地貌、浩瀚的气魄、慑人的神态、奇突的景色，世无其匹。1903年美国总统罗斯福来此游览时，曾感叹地说："大峡谷使我充满了敬畏，它无可比拟，无法形容，在这辽阔的世界上，绝无仅有。"有人说，在太空唯一可用肉眼看到的自然景观就是科罗拉多大峡谷。

走下游艇，我站在岸边一边张望一边思索，谷底深处的科罗拉多河的涓涓细流，几乎遥不可见，难以想象这细小黄水是这大峡谷的主要创造者。不过，滴水尚可穿石，足见此河年代的久远。峡壁上的岩石分层完整清晰，是研究地壳形成的活标本，是了解地质知识乃至了解地球的生动课堂。美国人充分利用这个优势，在大峡谷公园内介绍景点的解说牌和旅游手册中，着重传播科学知识，还画出游人所站地点所看到的岩层的剖面图，一一标出不同岩层的名称、特点和形成年代以及为什么会出现这些特定的形状和颜色。而我国以奇岩取胜的风景区，很少有对景图形的解说牌，如果能像美国这样深入挖掘有关的自然科学知识，使游人每到一处都能够增长见识，一定会带来更加盎然的游兴，增加更多的旅游收入。

美国作家约翰·缪尔在1890年游历了大峡谷后写道："不管你走过多少路，看过多少名山大川，你都会觉得大峡谷仿佛只能存在于另一个世界，另一个星球。"这话实实在在地写出了我当时的心情。当我拿着相机拍了一张又一张这洪荒奇崛之景时，感觉自己似真的不在地球上。从小生长在北方沙漠一隅的我怎么也想象不出世上还有这样的奇观。到了这里，你才会意识到自己的渺小，抑或是人类在大自然面前的渺小。站在峡谷边缘，你会惊异这片土地怎么就被鬼斧神工地掰开在你面前，露出里面斑斓的层层断面。峭壁下的深渊深不可测，尽管有护栏围着，但是来自那深渊的魔力仍然让人胆寒，不敢正视。你会疑心自己到了地狱门口，而冥王正笑着端详下一个猎物。或者你会觉得自己已经走到了世界的尽头，孤单单地把整个世界抛在了身后。它带给你一种难以名状的震慑，所谓人类的历史、时间的流逝，在这道鸿沟面前似乎也只能归于一粒沙尘。

沙漠中的不夜城

在美国的内华达州南端的沙漠中，伫立着一座霓虹闪烁的城市，它就是世界闻名的赌城拉斯维加斯。由洛杉矶沿着 15 号州际公路，往北直行四百多公里便可抵达这座沙漠中的不夜城。

拉斯维加斯开埠于 1905 年，曾是一个兵站。内华达州发现金银矿后，大量淘金者拥入后开始繁荣起来。1931 年内华达州斥资兴建胡佛水坝，解决了这个沙漠城市发展所遇到的水电问题，这年还通过了赌博合法化及六周简易离婚条款。赌场就像新的淘金碗，吸引美国各地的大亨纷纷到此落户，就连日本的富豪、阿拉伯的王子、著名演员也均来此投资兴建赌场。1990 年这里还落户了中国城，并很快成为亚裔美国人的聚集地。

而今，这个曾经被内华达人讽刺为"赌掉工资"的罪恶之城，已经逐步形成了以博彩业为中心，集赌博、旅游、娱乐、购物、度假等相关产业一体化发展的，庞大的、世界级的度假产业集团所在地，著名的度假旅游胜地，每年旅客总数不少于四千万。快乐的人们不再是专程来此赌博，而来购物、娱乐和享受美食的占了大多数。拉斯维加斯也成了一个真正的城市，一个美国发展最迅速的城市，仅 1990 年到 2000 年十年间，人口就增加了百分之八十，达到近二百万。

拉斯维加斯以其博彩业和夜总会著称于世，这里有二百多家豪华赌场和六万多个"吃角子老虎机"，二十四小时日夜通宵达旦地营业。博彩业的繁荣带动了酒店业的兴旺，这里有世界最大最豪华的酒店，这些酒店高档、服务质量好且价格相对便宜，每间酒店都是赌场，游客一下楼即可加入博彩行列，另外还有世界上设备最高级的会议场所。赌博业还带动舞台表演等其他娱乐行业，拉斯维加斯的赌博业成为内华达州财政税收的一大支柱。

在这个被沙漠环绕的地方，所有的注意力都被集中到热闹非凡的拉斯维加斯大道上。道路的两侧，大型豪华酒店鳞次栉比，据说，世界上十家最大的度假旅馆有九家是在这里，最大的就是拥有五千个客房的米高梅饭店。无论住进哪一家酒店，楼下就会有灯火通明、"角子机"喧闹、昼夜不停工的赌场在等待着你；酒店外面的街旁矗立着诸如自由女神、埃菲尔铁塔、沙漠绿洲、摩天大楼、众神雕塑等巨大模型，色彩鲜艳，雕工精细，时刻在彰显着耀眼的富贵豪华；百乐宫酒店前的大型音乐喷泉令人赞叹，酒店大厅里甚至装饰出大型的室内鲜花园。每到夜晚，伴随着各种各样的艺术表演，整个拉斯维加斯欢声笑语，霓虹闪烁，美轮美奂。

威尼斯大酒店将威尼斯水城的经典搬到拉斯维加斯。这里有圣马可广场、里亚托桥、叹息桥，一些具有意大利特点的名雕塑也重现于此。更具特色的是威尼斯著名的大运河也移来此处，河里荡漾着别具威尼斯风情的冈朵拉小船。游客还可登上小船悠闲地聆听船夫唱意大利情歌，欣赏沿岸的景色，让你犹如置身具有古典欧风的威尼斯。

凯撒宫大酒店是以古罗马时代为主题，模仿古罗马时代的建筑及雕塑。这里的男服务员装扮成古罗马战士的模样，女服务员则穿着古罗马式的短裙，使你仿佛穿越时空生活于古罗马时代了。让人感到心旷神怡的是仿真的天顶，蓝天白云栩栩如生，并随着时间的晨昏变化，微风拂过面颊，使人以为行进在室外，使你忘记真实的时空。

拉斯维加斯的夜景让人感到这是一个灯红酒绿的世界，引诱芸芸众生来此抛金撒银。白天城市没有了霓虹高照，似乎回到了真实的世界，觉不出这座城市有什么美感，路上也没有多少行人，好像毫无生气，听说这时人们大多在休养生息，准备华灯高照时出来活动。另据了解，自 1998 年以来，拉斯维加斯每年平均有 282—292 人自杀，高居美国城市自杀率的榜首。自杀者中大多数是当地人，其中以男性为多，外地游客约占自杀人数的百分之十。自杀者大多选择开枪的方式，也有一些输得倾家荡产的赌徒选择从赌场高楼纵身跳下。不少有心理问题的人，曾抱着些许希望和幻想到这里进行最后一搏，可是，铁面无私的拉斯维加斯容不下这些失败者，他们最后只好带着绝望去见上帝。

在离开的路上，看着滚滚的车轮，我想，赌城拉斯维加斯，这个现实中的罪恶之城，放出了无穷的祸患，也带来了畸形的繁荣、恶性的发展。如果这种繁荣与发展有什么启示的话，那就是，它使我们从一个侧面看到了美国社会的本质特征。

金门大桥面面观

我们到达美国西海岸旧金山的第一站便是游览金门大桥。

因为她太著名了，简直成了旧金山的标志和代名词，而在我看来，她更是美国文化和建筑史的一个缩影。

先来听听导游关于金门大桥的介绍。

金门大桥是跨越在金门海峡之上的一座举世闻名的桥梁，也是近代桥梁工程的一项奇迹。大桥建造于上世纪30年代，大桥主跨度达到4200英尺，全桥长度是2737米，由27572根细小的钢索组成，是世界上第一座跨距超过1000米的悬索桥。桥塔高度227米，位列世界第四。桥面宽度超过27米，可以容纳双向共6条车道。整个建造过程历时四年多，消耗钢材10万多吨，耗资达到了3550万美元，1937年4月完工，5月正式开放使用。从此，金门大桥不仅为金门海峡两边的居民提供了最便捷的公路交通，同时其朱红色的桥身和雄伟身姿也成为了旧金山的象征。

带着如此的背景知识，我们来到了金门大桥。桥身依旧呈现于碧水蓝天之间，看上去绛红色的桥身更像是一条蜿蜒的巨龙。最令人佩服的是，这是在上世纪30年代，全球桥梁施工技术还都不发达的情况下，建造出来的，足以反映老美的桥梁建筑工艺的高超以及长远规划方面的能力。

金门大桥横跨旧金山湾，北连北加利福尼亚，南接旧金山半岛。建桥之初，居民担心会破坏旧金山湾的景观，没想到建成后大桥与海湾景色融为一体，成为世界知名度最高的桥。每年有大批的游客慕名来到这里，瞻仰大桥那饱含人类智慧的雄姿和周围那美不胜收的自然景色。

走进桥头堡旁边的小公园，阳光明媚、鲜花盛开，映衬着那红色的大桥显得格外美丽。小公园内竖立着一尊雕塑，那是大桥的设计者德国工程师约瑟夫·施特劳斯的塑像，据说他是在大桥落成三年后去世的。他的身旁还摆放着大桥主钢缆的一段，供游人参观。

金门大桥在桥梁建筑学上也是一个创举。它只有两大支柱，因此它不是利用桥墩支撑桥身，而是利用桥两侧的弧形吊带产生的巨大拉力，把沉重的桥身高高吊起。

七十年后，建桥的功臣得到了迟来的肯定。神秘的传奇并不影响每天十万通勤族，跨桥往来旧金山与北边半岛。金门大桥的形象成为旧金山最佳的代言，根据统计，每个月约有一百万游客来到此地。现有两百个人"伺候"金门大桥，包括收过桥费、维修和油漆钢索等工作。

然而与那美不胜收的自然景色颇不合拍的是，有一些人来到这里并不是欣赏大桥以及与大桥和谐相衬的自然景观。他们到这里只是怀着一个目的：自杀！据说自旧金山金门大桥开通以来，已有一千七百多人在这座桥上结束生命，因为桥面离海水有七十多米高，至今没有一人生还。尽管如此，仿效的人仍络绎不绝，基本每几周就有人纵身一跳，死在这美丽的地方大概也算是美国人的一个浪漫结局！

回到车上，导游给我们讲了一个黑色幽默故事，说自杀人数一直有人统计，当数据达到一些整数的时候，比如 100、500、1000，这段时间的自杀率会高很多，这些自杀者估计觉得拿一个不错的顺位也算是一种成就，就好像世博美国馆前几天迎来第 100 万位游客一样。最可笑的是当即将达到 1000 的时候，比如 998，有几个自杀爱好者已经蓄谋已久，但是相互制约，都不想做第 999 个，而是要成为 1000 个。于是他们就只好在桥面上干耗着。正僵持的时候，旁边却忽地跳下去好几个，顿时等待已久的计划成为泡影，而那同时跳下去的几个也没能争到谁是真正的第 1000 人。

这就是金门大桥，通往自杀天堂的伟大桥梁；这就是美国，一个意念自由的国度。

在码头与大桥之间的岸边驻足而立，极目远眺，那绛红大桥与远山、近树和碧海、蓝天、白云相映生辉，空中时时掠过飞鸟，桥下缓缓驶过船只，美不胜收，真令人心旷神怡，流连忘返……金门大桥经过几十年的风风雨雨，仍然巍然屹立，这座绛红色的桥鲜艳夺目，矫健地横跨在青山碧水之间。

反战人士的心愿

在参观美国白宫的那天，我们走在白宫前的马路上，遇到一位据说是印第安人的反战人士。他蜷缩在一顶自制的梯形帐篷下面，目不转睛，怒视白宫。他衣着褴褛，很似乞丐一般。在帐篷的两侧列着几块牌板，上面用英文写着"为什么在作战任务结束后，驻伊拉克的美国士兵仍在不断死亡呢""我们不要利比亚战争""要求美国立刻撤军，将军费用于救助国内饱受经济衰退之苦的民众""伊拉克战争已证明，军事干预给利比亚民众带来的不会是美国所许诺的'解放'"等反战口号。

一个普通的市民，竟有如此强烈的反战意识，那么，战争究竟给人类带来了什么？先看一组数字：

第一次世界大战，波及30多个国家和地区，花了1863亿美元，15亿人口卷入战乱，战场上双方伤亡人数达3000多万。

第二次世界大战，波及61个国家和地区，花了40000亿美元，20多亿人口被卷入其中，参战兵力超过1亿人，大约9000万士兵和平民伤亡，3000多万人流离失所。

伊拉克战争，有8个国家参与，战争开支7630亿美元，美方有4419名军人死亡，3.2万名军人受伤，战后需500亿美元重建。伊方8000名士兵死亡，100万平民死亡，480万难民无家可归。

在人类历史长河中，战争始终蔓延不断，并构成人类历史的一个独特的篇章。据统计，从地球上出现文明以来的5000多年中，人类先后发生了15000多次战争，有几十亿人在战争中丧生。

在当今和未来，引发战争的因素是多种多样的，但是帝国主义、霸权主义历来是现代战争的根源。其中主要有争夺势力范围、领土争端、边界纠纷、掠夺战略资源、争夺市场、意识形态斗争、宗教矛盾、民族矛盾，等等。

综观当今世界，美国作为唯一的超级大国，它的强大与膨胀欲望是显而易见的！而伊拉克呢，或许算得上区域性强国，但放眼世界尤其与美国相较，无疑是处于弱国地位的，而萨达姆的刚愎自用、冒天下之大不韪也是举世共睹的。1991年萨达姆公然入侵主权国家科威特，之后挑战联合国权威，将联合国决议视如废纸，拒绝履行，一意孤行地进行备战，最终遭到以美国为首的联合国军队沉重的、迅猛的军事打击，不得不举旗投降并撤出科威特，并因此遭到联合国的全面制裁！萨达姆的冒险及狂妄的性格致使伊拉克人民付出了惨重的代价！

无数历史事实表明，战争，使生命充满了无奈；战争，使生命充满了悲哀；战争，使生命只剩下生死一线间的徘徊；战争，使生命格外宝贵又格外脆弱。不管哪个国家，不管什么肤色的人民，不管是谁挑起了争端，不管谁的理由更充分，战争与伤害总是密不可分的。

我不知该如何形容自己的心情，我生在和平年代，我无法体会战争给人类带来的诸多伤害。但我想，美国白宫前的反战人士的确在呼唤着战争的灭亡和人性的回归。

毛泽东曾经指出，国家的统一，人民的团结，国内各民族的团结，这是我们战胜一切强大敌人的根本保证。历史上，在国内统一战争中，国共两党逐鹿中原，双方力量对比的改变，关键在于民心的向背。新中国成立前，在历次反侵略战争中，之所以取得战争胜利，很重要的因素也在于举国团结一致，同仇敌忾，再强大的敌人也没有压倒我们。中国是社会主义国家，在处理对外关系方面有两个基本原则：一是不干涉别国内政，二是不主张用武力解决国家间争端。这些原则反映了中国社会主义制度的本质属性，体现了中国决心走和平发展道路的要求，即使中国强大起来了，仍然会继续坚持这种基本国策。在今天的利比亚，我们可以清楚地看到，所谓的"军事干预"一旦发动，那就会按照自己的逻辑走下去，首先是要达成军事目的，其次才是实现政治目标。当初"阿盟"提议要建"禁飞区"，但何曾料到事态发展已经完全改变了原来的预期，变成一场"让导弹飞"的局部战争，它现在后悔也晚了。西方国家历史上是如此，几百年后也同样不会改变。

　　人类渴望和平，因为和平是一段美好的时光，是一朵娇嫩的鲜花，是一张可爱的笑脸，是一幅美丽的图画，是万物的生命。一旦失去和平，就等于人失去了新鲜的空气，植物失去了灿烂的阳光。所以，维护和平，制止战争吧！我们生活在现代，应该珍惜和平，维护和平，不要战争。如果没有战争，这个世界将会变得更加美好。

　　或许，那位反战人士在感叹：我很庆幸我活在今天，我却为自己不珍爱自己的生命而汗颜。因为不必惧怕生命的长度被战争改变，所以我活得很散漫；因为不必担心生命的宽度被时间改变，所以我活得很有限。或许，那位反战人士在祈求：亲爱的上帝，你在生命的长河彼岸，总是为我们以泪洗面，谁能爱惜自己的生命，珍惜每一个今天？

珍珠港的记忆

珍珠港似乎是整个夏威夷油画中一块掉了又重新勉强粘上的拼板，她所诠释的是战争的无情和饱受耻辱的伤痛，这似乎与夏威夷的柔美格格不入。珍珠港由于以前富产黑珍珠而闻名，但是现在黑珍珠已经濒临绝迹。而她的价值却奇怪地因1941 年 12 月份的那场灾难性事件而重生。

到了珍珠港，让我们又重温了一下第二次世界大战的壮烈，感到和平的可贵和美好。夏威夷有许多日本的移民，据说他们不愿去珍珠港，大概是历史不堪回首吧。因为珍珠港事件给世界历史巨人前进的脚步留下了太多的影响，甚至可以说是改变了历史的进程。日本人偷袭珍珠港，是第二次世界大战的转折点。如果没有珍珠港事件迫使美国对日宣战，中国的抗战可能就不仅是十四年，世界大战的格局可能会是完全不同的模样。

珍珠港位于夏威夷州瓦胡岛南岸，东距火奴鲁鲁约十公里，由三个深入陆地的海湾组成，仅一窄口与大洋相通，港区掩蔽条件好，水域回旋余地大，是世界著名天然良港。因水域内曾盛产珍珠而得名珍珠港。这里的景色非常秀美，四季如春，林木茂盛，各种热带植物争奇斗艳，岛上到处都是树木和草坪，即使是路边也种满了各种鲜花，很难相信当年这里曾是惨烈的战场。

然而这里就是历史事件的确切发生地，第二次世界大战爆发后的 1941 年 12 月 7 日，日本不宣而战，以大量海空军突袭美国在太平洋的主要海军基地珍珠港，致使停泊在港内的美国太平洋舰队主力几乎全军覆没，史称"珍珠港事件"。当时正值周末，美军放假休息，对袭击毫无戒备，在历时两个多小时的空袭中，日本轰炸机炸死、炸伤3581名美国公民，炸沉6艘舰船，炸毁347架飞机。当时停泊在珍珠港的"亚利桑那号"战列舰被击中沉没，弹药库爆炸，1177名将士遇难。珍珠港在美国人心目中有着特殊的意义，因为发生在这里的珍珠港事件导致太平洋战争爆发，使美国加入了第二次世界大战，唤起过几代美国人的爱国之情。本来对参战与否意见颇有分歧的美国民众因此而群情激愤，团结起来一致抗日，并推动第二次世界大战的早日结束。

从珍珠港战争纪念馆到"亚利桑那号"遗迹纪念馆，美国海军专门安排了交通艇接送游客往返参观，由美国海军水兵驾驶。美国以独特的方式来纪念阵亡海军将士，在沉没洋底无法打捞的"亚利桑那号"遗骸的水面上盖起一座纪念堂来纪念永远躺在水下的将士们。这是1958年由艾森豪威尔总统批准在沉船处建造的纪念馆，与沉船组成一个巨大的十字架，以表示对阵亡壮士的哀悼。"亚利桑那号"纪念馆不仅仅是一个战争纪念馆，它更是一个军人公墓，因为直至现今，残骸中仍然有1102具阵亡将士的遗体。

登上这个通体白色的纪念馆俯视水底，沉船残骸模糊可见，战舰上的机油仍在缓缓渗出，不时在海面上形成一个个油斑，人们将它称之为"亚利桑那号的眼泪"。此情此景使我仿佛嗅到了当年殉难者的血的气息，仿佛看到了珍珠港燃烧的硝烟和军舰沉没的惨烈情景。在纪念馆中白色大理石纪念墙上，镌刻着1941年12月7日在"亚利桑那号"战舰上阵亡的1177名海军将士的姓名和出生年月，他们虽不是同年同月同日生，却是同年同月同日死。不时有人前来献花和吊唁，有的还在抚摸碑上的名字，那或许就是死者的亲人，手上一定有了抚摸亲人脸庞的肌肤相亲的感觉。使我都不免感到眼眶潮湿，心底油然涌上虔诚的祈祷：唯愿这种历史惨剧永不重演！

在珍珠港参观，确实引发许多感慨，当年日本偷袭成功后，举国欢腾，只有这场战争的指挥者山本五十六却说：我们把一个巨人唤醒了。1941 年 12 月 8 日，美国国会以只有一票反对通过了对日本宣战的决议。罗斯福总统立刻签署了宣战书，他称 12 月 7 日为"国耻日"。珍珠港事件立刻将一个本来意见不齐的国家动员起来了。它将美国团结起来，一起战胜日本。在珍珠港会使人感到那种非常严肃的民族和历史承载：由总统批准在沉船处建造的纪念馆；经过珍珠港的军舰，都要鸣笛、敬礼，表示对牺牲者的敬意；凭吊的美国人悲戚的面孔……使人为"亚利桑那号"战舰牺牲的千余海军将士感到生于这样的国家和民族，死而无憾。

中国应以怎样的方式纪念先烈和让国人记住历史上曾经有过的耻辱？我感到，这确实是值得中国人认真思考的问题，牢记过去才能开创未来。

因此，我不禁感慨，感慨美国在长达半个多世纪的悠悠岁月里并没有冲淡战争的遗迹，感慨我们却没有了那场惊心动魄的对越自卫反击战的记载，反之越南官方传媒上连篇累牍地发表报道，号召越南人世世代代永远不要忘记。我想起在抗日战场上一个老兵的回忆："我突然明白为什么鬼子兵能那么视死如归。因为他们感到自己是受到全日本人民的嘱托，他们的死会被全体日本人感谢和永远纪念。我希望我们的人民也能对自己的为国战死的英魂年年表示一下敬意。"这是何等发人深省的感慨！美国的强大与它对历史的珍重是分不开的。我们永远不要忘记曾经有千千万万个年轻人为了民族利益，为了身边的战友，献出了鲜血和生命！我们永远不要忘记所有为民族独立、解放共和国做出了贡献的英烈忠魂！

每天到访珍珠港的各国游客络绎不绝，这里在人们的脑海中铭刻下了一个愿望：记住历史上难忘的一刻，珍惜今日和平生活的来之不易。如今珍珠港虽然已是景色秀美，鸟语花香，但历史事件的那份厚实分量和直面历史时的深刻反思，似警钟长鸣，也在提醒现在的美国人他们的前辈也感受过战争的罪恶。希望美国当局记住六十八年前的历史教训，记住这次军国主义、法西斯主义恐怖主义袭击。对于世界人民来说，需要永远警惕那些具有侵略野心的狂人，时刻准备着，粉碎他们对爱好和平的人们发动的突然袭击。希望世人珍视今天生活的幸福，企盼世界和平的永存！

别了，夏威夷

4月初的夏威夷，让你感觉到的是风和日丽。这个小岛就像一个世外桃源，风很轻，天很蓝，整个夏威夷纯净得让你无法设防。

在夏威夷，树影斑驳着星星点点的阳光，铺着整齐的鹅卵石的小路，光着脚在路上走，痒痒的，有点烫。穿着碎花纱裙，遮一顶宽沿草帽，仰头朝着蓝天，闭上眼，深呼吸，有着海洋的味道。路边一句热情的"Aloha"把我从思绪中拉回来，耳边还有海浪轻轻拍打岸边岩石的声音，夏威夷正在向我们走来。

夏威夷地处北太平洋，由132个小岛组成，呈弧形横贯北太平洋，长度达到1500英里。它紧靠北回归线，构成了波利尼西亚群岛的北方前锋。夏威夷有 100 多万人口，华人占 10%，波利尼西亚土著人只有 3 万，80% 的人口聚集在州政府所在地的第三大岛。

夏威夷是世界上难找的令人全身心放松的热带海滩，休闲场所里没有工业污染，蓝色的天空与海洋融为一体，来自澳大利亚的银色细腻的优质沙子给美丽的海滩锦上添花，翠绿的菠萝树、棕榈树点缀着崎岖、蜿蜒的海岸。特别是到傍晚时分，绚丽的夕阳笼罩着温暖清澈的海面，快艇、帆船、帆板、冲浪板星星点点，给无垠的大海以生气，散布在沙滩上色彩缤纷的遮阳伞以及在伞下日光浴的窈窕美女和阳刚小伙飘洒出异国情调。

夏威夷没有衣着整齐的上班人群，满街都是泳衣、短裤、拖鞋的悠闲漫步，旅馆大多是有厨房的供一家人休假煮饭之用。天黑下来，各大酒店门前有免费的夏威夷草裙舞等民族风情表演及各种风格的音乐会，还给游人提供椅子坐着观看；路上有民间艺人扮雕塑，有的全身涂成白色扮成古罗马及希腊的雕像，有的涂成黑色或铜色，像金属的雕刻作品，如果不是艺人偶尔换姿势和眨眨眼，你一定会误认为是一尊真的雕塑。

夏威夷最宝贵的东西莫过于阳光、空气和海水。当地政府为了保护这里的自然资源，禁止当地渔民打鱼，因此看似平静的海面下，鲨鱼、鲸鱼优哉游哉地统治着它们的王国，经营着它们的乐园。

夏威夷的气候很湿润，呼吸中带着湿润的水汽，不冷也不热，舒服得让你想恣情高歌，恣情舞蹈。而当地的土著居民也奢侈地享受着大自然带给他们的快乐，把所有张扬的颜色都表现在服装头饰上，别一朵盛开的鲜花，挂一串美丽的贝壳，穿着迷人的比基尼，还有那神秘的草裙，全身上下都闪耀着土著人的活力。政府为了保护土著居民，鼓励他们多生育子女，给予了他们很丰厚的奖励：生的孩子越多，得到的政府补贴也就越多。因此土著人都过着懒散的生活，什么工作都不做，全身心地组建他们的大家庭。

夏威夷的夜有些喧闹，像从白日的小睡中慢慢醒来的婴儿，只会一味地笑闹。如果说白天的夏威夷像一见钟情香水，迷人而不扰人，那么夜间的夏威夷就像是艳丽而奔放的毒药一号香水，狂野而诱人。

走过夏威夷的每一条街道，你会看到一些艺术家随意选择一个角落表演他们彰显个性的行为艺术。有的把身体绘成黑白两色，手拿一张报纸，当你怀疑那是雕塑还是真人时，他就会捻一捻手中的报纸，来解开你的谜团；还有的斜倚在一棵树下面，半裸着身子，把身体涂成金色；有的是一个迷你乐队，站在广场前击打着架子鼓。有的小餐馆也很特别，屋檐下点着很多火把，模仿古代夏威夷人的聚会场面。路边的小商店都点着颜色鲜艳的灯，灯光下晃动着夏威夷特有的低胸长裙和头饰花。走过一些小商铺，还有一些中国餐馆，供应品种齐全的自助餐，里面有夏威夷特产的水果木瓜，是女士们的最爱。一些ABC商店里也卖夏威夷的特产夏果夹心巧克力。价格不贵，三美元就能买得到，如果买一盒送给友人，那真的也是一份很别致的礼品。

这次的美国之行，由于时间仓促，不可能了解它的全部，只能是走马观花而已。在夏威夷停留一两天，也绝不会深入她的美，只有停留几个月，才会初步了解她。很可惜，我所能带走的，只有她向我娓娓道来的这些所见所闻和永恒在照片中的苍莽土地、世界奇观、商业气息、畸形社会，以及那片澄澈蔚蓝的海面。对，还有，镌刻在我脑海中的不灭的美国印象。

别了，夏威夷；再见了，美国。

亚马孙河纪行

在南美洲安第斯山脉中段罗普纳山的东侧，有一股涓涓细流，顺着山脉东部古老岩石的表面向北流，在秘鲁伊基托斯市以北转而向东，一路上它汇聚了成千上万条支流，最终形成一股势不可当的滚滚洪流，日夜不息地倾入大西洋。它就是世界第一大河——亚马孙河。

亚马孙河全长 6751 公里，它是拉丁美洲人民的骄傲。它浩浩荡荡，千回万转，蜿蜒流经南美洲的八个国家和一个地区，其中大部分位于巴西境内。

那一年，我随旅游团去亚马孙河边的巴西。亚马孙河流域地处赤道附近，气候炎热潮湿，雨量充沛，两岸多热带雨林、橡胶林和我们不认识的大量植物。毒蚊、害虫滋生。长长的主流又分出许多支流，更有数不清的岔流如蜘蛛网般向四周延伸，目前尚有许多地区是尚未开化的"蛮荒之地"，那里充满了神秘和惊险。从每年的 12 月中旬雨季开始，主、支流河水上涨，沼泽之地均被河水淹没，草木之类的漂浮物很多。船入河口引水站，当地两名引水员即上船轮流工作，他们经验丰富，白天不看海图只观树木、岛屿、河水颜色就可知船的位置。船入主流途中，经常遇到河面漂浮大量的浮草、树枝。靠着很近的岸边行驶，有时近得几乎听得到岸上的树枝刮着船舷的声音。有些我们不认识的树种据说有巴西果、蚁巢木、三叶胶、黄檀树、可可树和各种棕榈科树种。沿岸树木种类繁多，据说无名植物就有两万多种，植物生长期接连不断，没有固定的落叶季节，人们在这里看到的永远是一片青葱，根本感觉不到有季节的交替。

船越向上游行驶，航道相对越狭窄，每每见到两岸居民划着原始的小木船或独木舟不顾危险地接近我们正在行驶的大船，高喊着要东西。那些半裸的少女不知是不是当地古老的印第安民族，她们最喜欢衣服和方便面等食物。亚马孙河也如同一个乡村少女清新秀丽毫无掩饰的自然美，所见的是野草和一望无际的原始森林，往往行驶数小时不见人烟，偶尔见到一些红砖农舍和茅草小屋点缀岸边，小木舟荡漾在河心，男欢女笑的原始生活倒是让人浮想联翩。船在九曲十八弯的河面上航行，就像在重重的树林原野包围之中，往往是"山重水复疑无路，柳暗花明又一村"，不是神仙境，胜似神仙境。几天下来，原来野蛮的食人部落阴影已在心底荡然无存。登高望远，河水中不时掩映着无数的艳丽光华，一些茅草屋袅袅炊烟冒起，谁说当地人不食人间烟火，土人的招手欢呼，尤其是亭亭玉立的害羞少女仰望着船只倚门而立，那种带着微笑的眼神令人难忘。牛、马、羊在岸边悠闲地吃草，狗在草坪上互相追逐，猴子树上跳上跃下，野鹿在河旁饮水，还有茅屋前的草地、草地上的吊床、盛开的野花、压弯枝头的果树和树下的茅草搭成的凉棚，这里无处不是村野之美的图画。如果不是亲眼目睹，你无法感受到这里如诗如画的纯朴悠闲的生活及与世无争的宁静。

亚马孙河流域是淡水鱼的天堂，在滔滔的亚马孙河及其支流中，有两千多种鱼类，其中就有令人"谈鱼色变"的食人鱼。我们是早晨到达食人鱼区域的，按照入河前的规定，在这一特定的区域航行，水手们都停止了室外作业，无特殊情况也不得到甲板上散步。食人鱼身长仅二十至四十厘米，但它牙齿锋利，嗅觉灵敏，非常嗜血，一旦有人或动物被一条食人鱼咬出血，成百上千条食人鱼就会扑过来抢食。据说它们袭击牛、马需要十五分钟，吃人仅需五分钟就仅剩下一堆白骨。据有关资料说，一匹要过河的马，两只前腿落水，随之一跃跃到对岸，上来时马的后半部只剩下一堆白骨，听后让人不寒而栗。此行我们倒没有遇到这惊险的镜头，不过有些船员想弄一条食人鱼的想法也成了泡影。进入亚马孙河林区，人烟稀少，到处都突兀着奇形怪状的树根，高处藤葛攀缘纠缠。有的地方是无边无际的原始荒原，一丛丛灌木林，几尺高的杂草，天空中不见飞鸟，草丛中不见走兽，静得可怕。有的地方则是野兽飞鸟出没，发出各种怪叫声，使人毛骨悚然，心悸不已。心想，人要是一旦误入其中，那将是险象环生，后果不堪设想。亚马孙河之旅，给人一种大自然的享受，又给人一种莫名的神秘感。

从亚马孙河中部的支流内格罗河东岸的莽莽密林深入，有一座闻名遐迩的港口城市，这就是亚马孙州首府马瑙斯。马瑙斯既是一座新兴的工业城市，又是一处著名的旅游胜地。它虽远离大海，但海拔只有 37 米。由于临近赤道，因而气候炎热，雨量充沛，草木葱茏，一片绿色。整个市区清洁如洗，花团锦簇，到处可见悬于空中的附生兰科植物，使马瑙斯赢得"热带雨林中的空中花园"之美誉。

我们的亚马孙河之行只是亚马孙河全部航程的一小部分，据说，亚马孙河包括支流在内可供航行的流域为 7.3738 万海里，大港口有 14 个，小港口有 318 个。除此之外，滔滔河水、莽莽林原，还有待人们进一步探索。辽阔富饶、神秘而又美丽的亚马孙河，就像一首诗，也像一幅画，令人欣赏不够。

初识椰城雅加达

　　春节刚过，我组织了八人旅行团赴澳大利亚、新西兰自助游，由李占东夫妇、贾文清夫妇和我的侄子张进云夫妇，加上我们老两口组成。

　　2018年3月1日上午八点二十分乘坐印尼鹰航公司的航班从上海浦东机场直飞印度尼西亚，当天下午北京时间两点三十分抵达雅加达。机上包括机组人员有近二百人，但是在乘客中几乎看不到印尼人和中国人所称呼的外国人，满眼看去都是华人的面孔，听到的声音也是汉语在交流。如果不是空姐在皮肤和语言上与我们的差异，任谁都会认为这是一架在中国国内飞行的航班。

　　雅加达又名椰城，是印度尼西亚的首都和最大的城市，位于爪哇岛的西北海岸，东南亚第一大城市，世界著名的海港。雅加达是一座历史悠久的名城。几百年以前，就已经是输出胡椒和香料的著名海港，称为巽达加拉巴，意思是"椰林密布之地"或"椰子林的世界"。1527年，穆斯林首领领导印尼人民打败了葡萄牙殖民者的舰队，收复了巽达加拉巴，把这里改名为雅加尔达，意思是"胜利之城""光荣的堡垒"，雅加达的名称就由此演变而来。1945年印度尼西亚宣布独立以后，定雅加达为首都。

雅加达无疑是一个传统与现代、富有与贫穷对比强烈的城市。一眼看去，它犹如一个由钢筋水泥组成的杂乱丛林。从飞机上俯瞰，随处可见低矮的瓦屋夹杂在林立的高楼大厦之间，柏油大道与青石小巷交叉纵横，而金碧辉煌的高级酒店与高科技中心就坐落在嘈杂拥挤的村庄不远处。这一切都使人感到雅加达在致力发展其经济时也需要一个更好的城市远景规划。

第二天上午，我们来到印尼国家博物馆，这是寻找印度尼西亚历史踪迹的绝佳去处，展示了印尼史前到当代的长久历史。博物馆始建于 1868 年，是由荷兰东印度公司大班及一班荷兰知识分子合作的成果。整座博物馆沉淀着浓浓的古老欧洲色彩。面积和藏品数量虽不及世界其他大型博物馆，但收藏的文物覆盖了印度尼西亚领土的考古、历史、宗教、民族及地理等各方面珍贵的文化遗产。

博物馆前的草坪中央，伫立着一座青铜的大象雕塑。青铜象尊命名为加冬佳也，是 1871 年暹罗王拉玛五世来访雅加达时馈赠的礼物。也因此，当地民众昵称这间博物馆为"大象博物馆"。

印尼是海上丝绸之路的重要枢纽。早在西汉时期，约公元前 205 年至前 220 年，中国的海上丝绸之路其中一条就是经过印度尼西亚，再通往印度、中东及欧洲各国。宋、元时期航海业发展，对外贸易加速，中国陶瓷的外销情况呈现空前的局面。明、清时期更达到历史高峰。

据荷兰东印度公司的记载，印度尼西亚国家博物馆收藏及展示的中国古瓷，可以说是中国境外收集最完整的，说明了千多年来印度尼西亚在海上贸易路线的重要地位，是中国与欧洲之间一个重要的瓷器转运驿站。展示的瓷器不少都是从海底打捞上来的沉船物品，长满了珊瑚，成了一部展示中国海上贸易的活教材，也说明了自古以来中国与印度尼西亚友好的交往。

游走在地球另一端

　　澳大利亚地处南半球，这个被称为"地球另一端的国家"是一个孤独的大陆岛，也是世界上唯一一块由单独一个国家占据的大陆。从世界地图上看，澳大利亚像一片巨大的树叶，孤零零地漂泊在烟波浩渺的印度洋和太平洋的下方，给人以远离尘世、静谧逍遥的感觉。

　　3月3日，我们乘坐国际航班五个半小时，从雅加达飞往澳大利亚第一大城市悉尼。

澳大利亚第一城——悉尼

　　悉尼濒临南太平洋，是离赤道最近的城市之一。是澳大利亚乃至大洋洲最大的城市和港口，也是全球最大、最繁华的国际大都市之一。面积2400平方公里，人口450万。

　　悉尼是全澳的经济、金融、交通中心，也是亚太地区最重要的金融中心和航运中心。悉尼在澳大利亚国民经济中的地位是举足轻重的，总产值约占全澳的百分之三十。绝大部分世界知名跨国企业在悉尼都设有分公司和办事机构。

　　我们在悉尼停留了两天，第一印象是街道干净、整洁，高层建筑不多。街道两旁的林荫中隐隐约约露出红色的屋顶，给人一种神秘感。

悉尼歌剧院是悉尼20世纪最具特色的建筑之一，也是世界最著名的表演艺术中心。该剧院1973年正式落成，设计者是丹麦设计师约恩·乌松。1957年约恩在歌剧院设计方案竞标中意外获选，但由于其设计理念大胆超前，加上费用严重超出预算，而受到当局多方质疑。他被迫于1966年辞去总设计师的职位，由澳大利亚的设计师接任，其继任人依然延续了约恩的设计风格。其特有的十片帆造型加上海湾大桥与周围景物相映，构成一幅无与伦比的美景，每天都有成千上万的游客前来观赏。

我们乘坐豪华游船畅游悉尼著名的情人港，欣赏两岸的夜景。夕阳西下了，船离港越来越远，远眺悉尼歌剧院和海湾大桥两大建筑的雄伟壮丽，深深感受到悉尼港浪漫怡然的独特魅力。在游船上，我们集体享用三道式的西式晚餐，在异国他乡过了一个西式而又愉快的元宵节。

位于悉尼以西一百公里，有一个被封为世界文化遗产的蓝山国家公园。早在一百多年前，就成为悉尼人避暑消夏、欢度周末的好地方。这里有回音谷和享誉世界的三姐妹峰，有很多传奇的美丽故事。

艳阳之都——布里斯班

3月6日一早，从悉尼机场乘飞机到达布里斯班。

布里斯班是澳大利亚昆士兰州的首府，也是澳大利亚第三大州会城市，人口240万。这里过去是囚犯的流放地，现在已变成畜牧业发达的大都市。为便于放牧，这里建有很多白色可移动的房子，一楼住牛、羊，二楼住人，设计新颖、独特。

布里斯班有着舒适的亚热带气候，阳光明媚，四季繁花盛开。被称为艳阳之都。处处风景，令人一见倾心。在城内，可以沿着蜿蜒的布里斯班河漫步，观赏沿途动人的风景。出城去可以到热闹的摩顿岛玩个尽兴。南岸公园是布里斯班市区的必游之地，1988 年世博会在这里举办。沿着布里斯班河的南岸蜿蜒伸展两公里，沿途可观看各类展览会的遗迹。

袋鼠是澳大利亚的象征，布里斯班有一个叫"袋鼠角"的地方，是布里斯班河的一个转弯的河流地带，自然形成了一个狭长的高达几十米的悬崖断壁。这个海湾很像袋鼠的尾巴，当地人称其为"袋鼠角"，这就是"袋鼠角里无袋鼠"的来历。

海上明珠——绿岛大堡礁

举世闻名的海上明珠绿岛大堡礁，位于澳大利亚东北部珊瑚海，目前已被列入世界保护遗产名录。绿岛大堡礁属于海洋性气候，气候湿润，四季皆适宜旅游。绿岛大堡礁迄今为止已有六千年历史，是珊瑚礁和热带雨林共存的岛屿。绿岛大堡礁绵延 2000 多公里，栖息着 400 多种海洋软体动物、1500 多种鱼类，其中很多是世界濒危物种。"大猫"号轮船载着我们来到了观赏珊瑚礁的最佳海域，这里有大片的成群珊瑚礁，被称为"大堡礁"。我们坐上了船底是玻璃的小船，观赏大堡礁。透过玻璃船底，我看到了千姿百态的珊瑚丛，有的像水草，"胡须"顺着水流的方向飘；有的像精美的石雕，在水下亭亭玉立；还有的像大喇叭似的花卉，吹着喇叭，仿佛在欢迎我们的到来……水中各色的鱼儿穿梭在珊瑚丛中，给珊瑚丛更增添了几分活力。鱼儿的大小不一，有一种小鱼儿，身上覆盖着蓝色、绿色、银色的鳞片，而且都是成群地游着，格外耀眼。同时也目睹其中许多奇特的海底世界景观，体会在海里与鱼虾共舞的乐趣。 在大堡礁美得炫目的珊瑚丛中，其实存在着争夺食物和空间的生物界永恒的生存竞争，令人感叹生物进化之复杂性，感慨天地造物之奥妙，由此可以窥其一斑。

还没看够这美丽的珊瑚礁，我们就该下船到绿岛了。这个在海洋中的岛屿真不愧叫"绿岛"，岛上都是高大的绿色植物，遮住了刺眼的阳光，穿梭在这些树木之下，完全感受不到暑热，尽情呼吸着植物清新的气味。耳边除了能听见大海波浪翻滚的声音，还有脚下清晰的木板声。我低头看看脚下，这条小路设计得别出心裁，因为地上都是一些低矮的小草和野花，在修建道路时，人们并没有修建压死这些生命的石板路，而是在这些生命的上方，支起一定的高度，然后再铺上一块一块的木板，而木板下的草儿仍然自由地生长着。这样的道路既美观又很好地保护花草不受伤害。在绿岛的海边，我踩着发热的海水，捡了好多漂亮的贝壳和已经干了的珊瑚，想带回去留个纪念，可惜这里有规定：不能带走岛上的任何一样东西。

冲浪者的天堂——黄金海岸

位于澳大利亚的东部沿海，有一处绵延四十二公里、由数十个美丽的沙滩组成的度假胜地，这就是著名的昆士兰黄金海岸。黄金海岸没有黄金，却因其盛景而得其名。这里有美丽的风光、充足的阳光、旺盛的人气和丰富多彩的水上运动。

这里有三十五个海滩，沙是白色的，很细很细，赤脚踩上去非常舒服。在太阳光的照耀下，沙滩闪着金黄色的光芒。

夏天的海滩，朝气蓬勃、风情万千。海面稍远处，汽艇、帆船点点，飞来驶去，拖出条条长长的水尾巴。浪花在蓝色的海水中翻滚，煞是好看。近处海水里，男男女女、老老少少，甚至不满周岁的婴儿，在水上游泳、嬉水、玩耍，水花四溅，不时传来欢声笑语。白色的海滩上，人们在太阳伞下喝着啤酒，躺着看书、休闲或闭目养神，为沙滩增添了一份情趣。

傍晚，我们漫步在美丽的海岸线上，看见还有很多家庭一家大小带着滑板拥入海中，怎不叫人羡慕澳大利亚人如此浪漫的悠闲生活！

黄金海岸有一天堂牧场，这里有国内没见过的珍稀动物考拉、鸸鹋和袋鼠。考拉温顺可爱，不少游客排队等候与它合影留念。我们与这些可爱的小动物都有过亲密接触，特别是孩子们一点也不害怕，一个个高兴地抱着考拉照相，抢着给袋鼠喂食。

墨尔本的微笑

3月5日当地时间清晨七点，我们到达墨尔本。

墨尔本是一座微笑的城市，这里的每个人都洋溢着欢乐的微笑，以及非常浓厚的风土人情。这里有举世闻名的网球公开赛，也有非常美丽的建筑，来这里乘坐电车也是非常不错的选择，更有美丽的时装、可口的美食，以及令人赞叹的戏剧供大家欣赏。并且它也被评为最适合人类居住的地方，这里缓慢而又宁静的生活节奏，是每个人都为之羡慕的。可以说，在这里不仅能感受到现代生活的便利，更能感受到自然以及古典风格的存在。

无论走到哪里，满目都是沁人心脾的绿色。而且，墨尔本的绿色特别浓郁。全市公园、花园共四百多处，到处都是高大粗壮、枝繁叶茂、树冠奇特的绿树，居民的住宅楼都掩映在绿树花丛之中。

墨尔本皇家植物园，可谓是全世界最好的植物园之一了。设计得非常完美，令人赞叹，这里的美实在让人心动。园中有许许多多来自全世界的美丽花草，各种你看过的、没看过的，知道名字的、不知道名字的应有尽有。并且这个植物园的历史也是十分悠久，大概已经二百年了。在这里不仅有专门为儿童准备的花园，更有各种各样的标本，你可以让孩子与大自然进行更亲密的接触，有各种各样的设施来进行互动。让人比较感兴趣的是，这里还有许多有名的人亲手种植的树木，例如某国的国王抑或著名的作家。

环城有轨电车是墨尔本一大特色，也是文化的象征。市内交通非常方便。

墨尔本的气候被当地人称为"一年无季节，一天有四季"，早晚温差大。一会儿出太阳，一会儿下雨，出门需备雨具和外衣。但是，没有冷的寒意，也没有热的感觉，气候十分宜人，非常舒适。因而，连续八年被世界组织评为最适合人类居住的城市。

这个城市的每个角落弥漫的是一种温馨的氛围、一种悠闲的情调，具有古典与现代结合的气质，一种随处可见的渗透着浓浓人情味的微笑。

踏上最后一块被人类定居的土地

新西兰是一个志向远大的小国。从雄伟壮丽的南阿尔卑斯山到郁郁葱葱的天然灌木林及肥沃的牧草地，以其无与伦比、风格迥异的景观吸引着来自世界各地众多的游客。

从地理学角度而言，人类涉足这个遍布岛屿的国家只是瞬间之事，它是地球最后一块被人类定居的土地。许多动植物仍保持着远古侏罗纪的风貌，这种异乎寻常的现象使新西兰在科学研究领域占有独特且宝贵的地位。

新西兰是约一千年以前被来自太平洋的毛利族人所发现的。被称为"大地之子"的毛利人从太平洋地区出发，在寻找新大陆的航程中，他们以星光导航，最后来到了这块陆地定居。他们看到森林覆盖的山上云雾缭绕，因此，把这块陆地命名为"长白云之乡"。

随后，欧洲探险家在17世纪和18世纪相继来到这块土地，竞相开发本地蕴藏的丰富资源。在1840年，毛利酋长签署了由英国女王保证为毛利人提供保护并保证他们的土地、森林和捕鱼权不受侵犯的协议。按照这个里程碑式的条约——《怀唐伊条约》的规定，新西兰建国，成为英国的殖民地。

在我们的印象中，新西兰是遥远大洋里的一个符号，在和同行人多次讨论去新西兰的行程计划的过程中，我才对这个美丽的岛国有了一个初步的印象。

新西兰分为南北两岛，政治和经济的中心在北岛的惠灵顿和奥克兰，而风景最美的地区则在南岛的西南部，这里被联合国教科文组织列为世界自然遗产保护区。

风帆之都奥克兰

奥克兰是新西兰第一大城市，面积1086平方公里，拥有56个小岛。一半是内陆城镇，一半是海边城镇的特点，使之成为一个多元化的水上世界。水上风帆无数，扬帆起航的景象在在可见。

这里三分之一的家庭都拥有帆船和游艇，王子码头上停满了各式各样大大小小奇形怪状的帆船和游艇。这里有游艇俱乐部，游艇、帆船比赛经常在这儿举行，被称为"风帆之都"。置身于此，你能感受到奥克兰与现代完美相融的美丽与繁华。

在怀特玛塔港中部，回首可望到奥克兰的城市天际，从地面拔地而起、高耸入云的南半球最高建筑——天空塔。

天空塔建于1996年，塔高328米，塔上有多层观景台，备有高倍望远镜供游客观赏奥克兰的全景，一种居高临下、乐在其中的感觉瞬间油然而生。

奥克兰是新西兰的经济首都，全球最重要的跨国公司都在这里设有办事处，是新西兰对外贸易、旅游的门户，也是重要的公路、铁路和航空的交通枢纽。又是新西兰最大最繁忙的商业金融中心，新西兰的股票交易所和多家大银行的总部都设在这里。

奥克兰是新西兰人口最多的居民点，它位于两大港湾之间，一些死火山点缀着美丽的海湾和岛屿。现代大都市加上波利尼西亚的毛利人文化、地热文化和牧场文化，铸就了奥克兰高质量的生活方式，使之享誉世界，有着无穷的魅力，被列为世界最佳居住城市第五位。

新西兰依山傍海，空气清新，蓝天白云似乎触手可及。人口密度非常之低。皇后街上看不到拥挤的人群和过多的高层建筑。伴随着清脆的鸟鸣声，各种鸟类如国宝奇异鸟、海鸥、水鸟与人类亲密接触、和睦共处，真是鸟语花香人欢笑，可谓人间仙境、鸟之天堂。人们在这里享受充分的宁静与安闲。

火山上的罗托鲁阿

罗托鲁阿位于新西兰的北岛，在奥克兰以南二百多公里处。罗托鲁阿市有约七万人口，是新西兰著名的旅游胜地，有着独特的自然风光和深厚的文化传统。在新西兰流传着一句名言："没到过罗托鲁阿，就不算到过新西兰。"

罗托鲁阿的自然风光更为奇特。这里的地下在剧烈地活动着，上百万年来，始终处在火山的活跃期。罗托鲁阿被喻为"火山上的城市"。1886年6月10日，这里发生过一次火山喷发，有三个毛利村落化为废墟。1917年，这里又一次火山爆发，摧毁了所有的城市建筑。火山不断地喷发，形成了山脉、湖泊和巨大的地热资源。今天在罗托鲁阿可以看到巨大的红色火山口，之所以是红色，是因为火山不停喷发并流出岩浆。这些构成了罗托鲁阿别致的景观、壮美的风光、独具的资源。

在罗托鲁阿，有三大自然奇观，即地热温泉、红杉树林、奇异鸟。

罗托鲁阿遍布沸腾的地表、炽热的地表。由于火山运动的缘故，这里的地下水是沸腾的热水。喷涌而出的滚烫的地下水无休无止地翻腾着，整个城市笼罩在白色蒸汽之中，空气中弥漫着硫黄的味道。在地热区，人们可近处目睹间歇式热喷泉，最大一处，每天喷发十次至二十五次，高度通常达十六米至二十米，最高可达三十多米。在这里，地下涌出的热水从高处倾泻而下，形成壮观的热水瀑布，这种热水瀑布构成南半球独一无二的奇特的自然景观。当年，爱尔兰作家萧伯纳到了这里，看到这种令人震撼的景象，称之为"地狱之门"。在地热区，到处是沸腾的潭水，水温都在100℃以上。毛利人用这种沸水做饭，将海鲜、肉类、甘薯、玉米、鸡蛋等用树叶包好，用绳子拴紧树叶包成的食包，放入沸腾的水中，泡上一会儿，食物即熟，取出后食用，别有一番味道。

在罗托鲁阿最大的休眠火山，可欣赏扑朔迷离的奇特景观。

罗托鲁阿是观看间歇泉、地热温泉以及泥浆池沸腾的最佳地点。能让你充分感受地热景观和体察特殊的地热现象。这里的热泉和泥浆池数不胜数，到处蒸气弥漫、泥浆跳跃，硫黄味十足。往里走烟雾袅袅，不断传来扑哧冒泡的响声，空气中臭鸡蛋般的硫黄味愈渐浓烈。岩浆的温度达到80℃，鸡蛋立等可熟。岩浆大坑的周围是一大片大大小小的白色石块，坐上去觉得很烫。不少外国人干脆就地躺下，既可消除疲劳，又松弛身心，非常舒适，还可治腰腿痛。

新西兰是个岛国，位于众火山之上。罗托鲁阿正好坐落在一条绵延二百公里的火山裂缝上。我们沿着清澈见底的罗托鲁阿湖，经过美丽的市政府花园，信步来到红树林。

第二天一早，前往新西兰最有名气的牧场——爱歌顿农庄，这是个面积达三百五十英亩的牧场。绿油油的草地上，到处可见红鹿、梅花鹿、鸵鸟、羊驼，还有可爱的小绵羊。我们坐在牧场的专车上，随时可以下来亲手喂它们，并一起合影。在农庄的奇异果园里，品尝到了美味的奇异果汁和牧场酿制的百分之百纯天然蜂蜜。奇异果其实就是我们中国所说的猕猴桃，不同的是，它一摘下来就可以吃，而且很甜，水分多。

澳大利亚之行使我感受最深的是，无论是新西兰还是澳大利亚，都是一个高福利、高税收、高回报的国家。这两个国家医疗条件特别好，公民住院期间吃、住、护理、治疗国家全包，自己不用花一分钱。孩子从出生到十八岁，都由国家负担，不管是生病还是上学，一切免费，每个孩子每年每月均可领到五百澳币的生活费。房产是永久产权，祖祖辈辈可以继承下去。房子周围三米之内，还有地下三米，都是自己可以支配的，三米之外才是国家的。新西兰和澳大利亚都把环保放在一切工作的首位。街道干净整洁，一尘不染，看不到乱打广告、乱贴广告的现象。对乱吸烟者处罚很重，宾馆酒店的房间里都装有吸烟报警器。只要有人在房间吸烟，哪怕在阳台上只吸一口，报警器就会响起来，立刻会有警车、消防车、环保车出动，三车的一切费用由吸烟者承担。

按规定，吸过烟的房间三天之内是不能接待客人的，这三天宾馆住房损失也由肇事者承担。所以，公民都会自觉地遵守，不会随便吸烟，只有在蓝天下而且是非公众场合才能吸烟。他们的自来水是可以直接饮用的。不管到哪里，都备有净水龙头让游客饮用。超市卖的水果可买来即食，无须再洗。他们的水果、蔬菜都是不打农药的。我们在牧场看见挤牛奶、羊奶，牧民们一边挤，一边喝，不用加工。

多彩皇后镇

皇后镇位于南岛的南部，这里是一个人口仅 2.8 万的度假胜地。早在 1862 年，两个牧羊人偶然在皇后镇河边捡到了一块黄金，从而一夜暴富。当这条新闻被传开之后，一批批来自世界各地试图改变自己命运的淘金者纷纷聚集于此"碰运气"。后来，一些商贩也来到这里经商，为早期的淘金者提供服务，随着人口慢慢增多，小镇也就形成了。

新西兰大部分地名都是毛利名，而"皇后镇"是个例外。相传一百多年前，英国人首次来到皇后镇，他们发现，这里的风景，仿佛一年四季都流淌着优美的旋律，呈现出童话般的绚烂色彩，于是他们认为这里是上天赐予维多利亚女王的地方——此地美得适合维多利亚女王居住，因此被命名为"皇后镇"。

天然的湖泊与充足的阳光令皇后镇成为一个享受阳光、享受垂钓、享受远足与休闲乐趣的理想之地。我们正赶上 3 月的皇后镇，天高云淡，秋高气爽，多彩的树叶将山峰映衬得格外美丽优雅、绚丽缤纷，在湖水的倒影中如神话里的仙境。周围的山水就像随身保镖保护着它不受任何伤害，它的高贵，只有去了才能被震撼到。皇后镇将新西兰纯净如新的自然美景展现得淋漓尽致。

进入皇后镇市区，一路上都是高耸参天的白杨树，树两旁的山脉，可以清楚地看到由片岩所组成，驱车行驶其间，有如置身世外桃源。而走在皇后镇充满异国风情的街道上，会发现每个来到皇后镇的游客随时都是活力充沛、准备出发的模样。

在皇后镇，搭乘"厄恩斯劳号"蒸汽船，感受一个世纪之前的遗风。"厄恩斯劳号"蒸汽船是皇后镇的标志性轮船，于 1912 年投入营运，是瓦卡提普湖最大豪华游船。"厄恩斯劳号"

蒸汽船据说是南半球唯一一艘还在航行的燃煤蒸汽游船。每天在瓦卡提普湖上来回航行几次，抵达西岸的瓦尔特峰高原牧场。参观体验剪羊毛的传统文化，登上船之后，静静地欣赏着蒸汽船外的美丽海岸风景。

大约一小时之后我们到达农庄码头，有一个当地的农庄负责人接待我们，为我们讲解这个农庄的故事。农庄很大，这里面饲养着很多可爱的小动物，有山鹿、羊、大角牛以及羊驼，除了山鹿，基本上我在自驾新西兰的旅途中早已为它们停留数十次之多。尽管如此，心中依然对小动物们充满无限好奇，那傻傻憨憨的样子实在是太讨人喜爱了。农庄主人也为我们游客准备了很多饲料供我们喂它们。

庄主的两只贴身小狗十分厉害，是纯种的新西兰牧羊犬，只要庄主一个口哨，它们就能跑上山把羊群赶下山，得到了游客们的阵阵掌声。最后庄主亲自上阵为我们表演了剪羊毛"真人秀"，说实话此时的羊我感觉似乎已经知道要被剪毛了，所以已经吓得呆呆的。庄主登场后将羊四脚一抓放倒后，仅五分钟时间就把这毛茸茸的成年大羊给剃得干干净净。

第二辑

神州剪影

随着经济的发展、生活水平的提高，旅游已经成为人们生活中的重要组成部分。壮游祖国名山大川，游览名胜古迹，吟咏名篇佳章，对于开阔眼界，拓展胸襟，增进知识，提高文学素养和生活质量，都是有益的。

我们的祖国幅员辽阔，江山多娇。中国是历史悠久的文明古国，在人们旅行壮美山河时，常常会游历一些名胜古迹。《神州剪影》的每一篇章都会带给读者美的享受。

孟子曰：独乐乐，与人乐乐，孰乐？曰：不若与人。我将以《神州剪影》展示我所涉足的旅游景点的概貌，愿旅游爱好者可以从中受益。

古之学者向以"读万卷书，行万里路"为毕生追求的一种境界，不才如我，不敢妄攀前贤。只是书既读有万卷，路且行有万里，锦绣江山，璀璨文化，眼中胜景，心底波澜，岂能止于自乐？作为写游记的人，提笔千斤重，文字只反映着此时此刻的心灵感悟，难求练达，遑论文采。无奈雪泥鸿爪，片瓦碎玉，淘金拾贝，敝帚自珍，但愿能留下一些真相实录，记下若干杂忆随笔，奉乐者于当今，求知已于后世。从中感受祖国山川形胜之壮丽，自然景色之谐美，传统文化之丰厚，先民创造之机巧。

未来的路还很长，好看未看的风景太多，身体和灵魂总有一个在路上。生命不息，游玩不止。

万古流芳卦台山

沿陇海铁路线西行，出天水，沿渭河峡谷而上，便会有一处平坦富饶的山谷川道映入眼帘。它东端渭峡北岸有导流山，西端有卦台山。相传为伏羲画卦之处，故名卦台。

卦台山地处渭河南岸，一峰孤立，形如龙头，突兀雄伟，景致幽美宜人。明胡缵宗《卦台记》云："朝阳启明，其台光荧；太阳中天，其台宣朗；夕阳返照，其台腾射。"由此成为天水名景"三阳开泰"。与卦台山隔河相望处，有一龙马洞，洞深泉淙，幽幽泠泠，每逢大雾，云雾封洞，给人以似有龙马出没之感。卦台山东麓渭河中心，有滩地数处，形似太极图样。滩河交界处，有一大石，宽约丈有五尺，高约丈有八尺，傍实中虚，非圆非方，似柱似笋，宛如龙马真图，又如太极本图。每遇水涨，急流冲石，石隐迹匿，水花漩溅，哗哗作响；水降之际，渭水缓缓，石浮河面，夕阳斜照，五彩光现，这就是著名的"分心石"奇观。

远远望去，卦台山如一巨龙从群峦中腾空而来，顿时有一种摄人心魄的力量油然而生。拾级而上，山门砖砌拱门的顶上，磨砖雕刻着古朴端庄的"卦台山"三个大字。进得山门，依次是午门、钟楼、鼓楼、侧殿，还有伏羲庙的主体建筑——太昊宫。正殿太昊宫坐北朝南，飞檐斗拱、盘龙绕柱、透花雕门、彩绘梁柱，洋溢着既富丽堂皇又庄严肃穆之氛围。殿内供奉着一尊手拿太极八卦图的羲皇坐像。全身贴金，身着树叶，大像座下还有一尊两百多年前的伏羲铸铁小像；右侧塑一振翼欲飞、造型奇特的龙马；左侧有一木架，架上悬一圆形八卦盘，光亮照人，犹如古代铜镜。殿柱塑有金龙两盘，张牙舞爪，飞腾盘旋，栩栩如生。据说，这里原有伏羲当年赠送给大禹的玉质圆盘八卦，可惜随着庙宇的拆毁，玉卦也无处寻找了。但令人感到欣慰的是，"文革"之前存放于卦台山伏羲庙的另一个木质八卦盘，近年从一个农民家里发现。虽已被人截为两半，难成完璧，但总算找回来了！该盘八卦系明代复制品，直径三尺，厚三寸，紫红色，上面除了八卦以外，还刻有日月星辰天体图、二十八星宿、二十四节气及六十四卦方位等；造型美观，雕工精巧，真品藏于天水博物馆，是国家级的珍贵文物。只有在每年卦台山举办庙会时，游人香客才得以在此亲睹八卦盘的芳容。殿内西侧供奉着羲皇的坐骑，长角生翅的龙马。大书法家赵朴初、舒同题写的匾额"人文初祖""开天明道"悬挂于正面墙壁。太昊宫楹联由天水市著名的书法家霍松林先生撰书："纳皮兴嫁娶，结网教畋渔，渭河犹奏立基乐；设象契神明，布爻穷变化，陇坂长留画卦台。"这副对联刻在门框上，概括性总结了伏羲为开创人类文明所做的伟大贡献

太昊宫两侧是东西朝房，与午门构成一座四合院，朝房内分别陈列着字画和壁画。最有名的是明代诗人孙永思的《别卦台》："羲皇遗台天下奇，四山环合耸独危。冠裳此日劳登远，风雨他年幻梦思。渭水有声留听处，夕阳无意送归时。河村羸马重回首，古木颓垣乱鸟随。"壁画有"神农尝百草""大禹治水""嫘祖养蚕""人文初祖黄帝居轩辕""伏羲画卦""女娲补天""燧人氏取火"等内容，从而让我感受到了卦台山深厚

的人文底蕴。

伫立卦台山之巅，但见渭水蜿蜒，山峦起伏，透过厚重的时空隧道，我仿佛看到渭河两岸莽莽苍苍的原始森林；看到洪荒土地上羲皇的子民在狩猎捕鱼、耕耘播种；看到身着兽皮衣裳的原始村落在迎亲嫁娶；看到刀耕火种的乡民在种桑养蚕、纺纱织布……

风流总被雨打风吹去。我的思绪浮游在伏羲智慧的光芒里。卦台山因伏羲开辟鸿蒙、肇启华夏文明之门而万古流芳，历来是龙的传人寻根访古、朝圣祭祖的地方。每当清明前后，当您来到卦台山时，山下到处山花烂漫，油菜花、桃花、李子花、梨花、苹果花争奇斗艳，站在卦台山上俯瞰三阳川，您就会深切体会到远古时期"伏羲望晨阳，群景拜卦台"的奇特景观。卦台山深厚的历史、旖旎的风光，一定会让你陶醉。

拜谒孔庙

　　孔庙是我国历代封建王朝祭祀春秋时期思想家、政治家、教育家孔子的庙宇，位于山东曲阜城中央。它是一组具有东方建筑特色、规模宏大、气势雄伟的古代建筑群。

　　孔庙始建于孔子死后的第二年（前478）。弟子们将其生前"故所居堂"立为庙，"岁时奉祀"。当时只有"庙屋三间"，内藏孔子生前所用的"衣、冠、琴、车、书"。其后，历代王朝不断加以扩建。东汉永兴元年（153），桓帝令修孔庙，并派孔和为守庙官，"立碑于庙"。自魏黄初二年（221），文帝曹丕又下诏在鲁郡"修起旧庙"，到宋真宗天禧二年（1018），"扩大旧制……凡增广殿堂廊庑三百一十六间"，历史上孔庙先后共大修十五次、中修三十一次、小修数百次，终于形成了目前这样的宏大规模。

　　现在的孔庙规模是明、清两代完成的。建筑仿皇宫之制，共分九进庭院，贯穿在一条南北中轴线上，左右作对称排列。整个建筑群包括五殿、一阁、一坛、两庑、两堂、十七座碑亭，共四百六十六间，分别建于金、元、明、清和民国时期。孔庙占地约二百亩，南北长达一公里多。四周围以高墙，配以门坊、角楼。黄瓦红垣，雕梁画栋，碑碣如林，古木参天。宋朝吕蒙正有文赞道："缭垣云亘，飞檐翼张，重门呀其洞开，层阙郁其特起……"这一具有东方建筑特色的庞大建筑群，面积之广大，气魄之宏伟，时间之久远，保存之完整，被古建筑学家称为世界建筑史上"唯一的孤例"。它凝聚着历代万千劳动者的血汗，是我国劳动人民智慧的结晶。

来到孔庙，你就可以看到那雄伟壮观的东大门。大门的两旁有着古式花纹的两个圆形窗户，门前立着两只威风凛凛的石狮子，它们张着血盆大口，好像在展示自己的威风，在保护共同的家园。在大门的上方，有四个金光闪闪的大字"道冠古今"，在大字的下面，有八个小字"以文会友，以友辅仁"；字两旁，还有许多画，有的是风景山水，有的是小鱼、小虾……画得栩栩如生，画的两旁，还有许多古建筑图案，十分漂亮。

孔庙的西大门，也有着和东大门对称的条幅"德配天地"。在条幅下面，有着八个小字"己所不欲，勿施于人"。在孔庙的北边，有一潭清澈的湖水，它的名字叫"鸢飞鱼跃池"，水池里有许多小鱼儿，它们色彩鲜艳，自由自在地游来游去，有的成群游弋，有的为我们表演精彩的节目，还有的排成一个个神奇的图案，十分壮观。在水池的周围，有着九个喷水的龙头，在龙头前面，还有许多荷叶，它们舒展着叶子，盛开出一朵朵淡粉色的荷花。

在孔庙的正中央，有一座用青铜雕刻的塑像，题目是《孔子弦诵》。在塑像的中间是孔子在弹琴，旁边是孔子的三个得意门徒，他们分别是子路、子贡、颜回。他们在仔细地倾听着老师弹琴，但表情却是那么忧愁，只有孔子从容不迫，他仿佛沉醉在这优美的旋律当中。看着这座雕像，我仿佛也听到了那动人心弦的琴声。在雕像的周围，摆着几盆山茶花，它们舒展着新叶，摆着许多美丽的姿势，仿佛也被孔子那美妙的琴声吸引了。

上了一层阶梯，我们看到了许多漂亮的红花、白花、黄花竞相开放，白的如雪、黄的赛金、粉的似霞，时不时还散发出一股淡淡的幽香，沁人心脾。在两旁有着"诗礼堂"和"学而堂"，古色古香的建筑让人感到一种庄严肃穆的气氛。

我们沿着石道往上走，来到大成殿，殿内坐着三名金光闪闪的塑像菩萨，十分端庄而又稳重。在大成殿的右边是圣诲馆，圣诲馆里绘有许多精美的壁画，这些壁画的主要内容是孔子在教育他的学生。在壁画的下面，还有孔子的名言，令我印象最深的一句是：敏而好学，不耻下问。意思是说："天资聪明而又好学的人，不以向地位比自己低、学识比自己差的人请教为耻。"

漫步在孔庙，在我眼前铺开了一幅壮美的历史文化画卷。我看到这里碑碣如林，古木参天，雕梁画栋，气势恢宏。我感受到这里的一草一木都散发着一种崇高的神韵，凝聚着一种伟大的人格力量。

漫步在孔庙，我在寻找孔子让天下人崇拜的深邃奥秘，也追随着孔子生命价值的至圣境界；继而，也似乎明白了从古至今国家与民族兴衰的深刻哲理。

走出孔庙那一刻，仿佛孔圣人也来到我身旁，他深情地对我说：思想的贫穷，乃是今日之中国最大的败笔；道德的丧失，乃是今日百姓心头最大的不安。我还想向孔圣人请教什么，刹那间，他已化作一缕祥云飘向远方……

赵长城的故事

骑射胡服捍北疆，英雄不愧武灵王。
邯郸歌舞终消歇，河曲风光旧莽苍。
望断云中无鹄起，飞来天外有鹰扬，
两千几百年前事，只剩蓬蒿伴土墙。

——翦伯赞

在中国历史文化名城呼和浩特市区北的大青山上，两千多年前的秦汉长城遗迹至今犹存。而在这段长城后面的山坡上，还有一段长城的历史则更为久远。

这段看似不起眼的长城残高三米左右，尽管它毫不起眼，然而史家认为它是"古代北方民族的苑囿，亦是南进中原的跳板"。这段残存的长城就是历史上有名的赵北长城。

据史料记载，这段长城属于赵长城的中段，长城为沙土质，大部分是用土夯筑而成，而修筑这段长城的就是中国历史上一位很有名气的君王——赵武灵王。当时，赵武灵王为了巩固新占领土地，防止北方胡人的侵袭，就开始修筑长城。这条长城从河北省宣化附近起始，向西而行，沿阴山山脉，一直修到河套狼山山脉的高阙塞。如今，时光荏苒，几千年的时间过去了，可赵长城的烽燧、遗址依然时断时续绵亘于大青山、乌拉山、狼山的山头上。而说到赵武灵王的时候，大家就会一下子想起那个妇孺皆知的典故——"胡服骑射"。

要知道，中国历史上的战国时期（前475—前221）是一个诸侯雄起，战乱不断的时代。当时，面对险恶的生存环境，各个诸侯国之间都是彼此尔虞我诈，都想吞并对方。而赵国的国君赵武灵王敏锐地意识到，要想发展壮大，不被敌人消灭，就必须学习其他民族和诸侯国的长处，逐渐将自己强大起来。据司马迁《史记》记载，有一天，赵武灵王对他的臣子楼缓说："咱们东边有齐国、中山（古国名），北边有燕国、东胡，西边有秦国、韩国和楼烦（古部落名）。我们要不发愤图强，随时会被人家灭了。要发愤图强的话，就得好好来一番改革。我觉得咱们穿的服装长袍大褂，干活打仗都不方便，不如胡人（这里的'胡人'泛指当时北方的所有少数民族）短衣窄袖脚上穿皮靴灵活得多。我打算仿照胡人的风俗，把服装改一改，你们看怎么样？"楼缓听了，赞成说："咱们仿照胡人的穿着，也能学习他们打仗的本领了，是不是？"赵武灵王说："对啊！咱们打仗全靠步兵，或者用马拉车，但是不会骑马打仗。我打算学胡人的穿着，就是要学胡人那样骑马射箭。"这个议论一传开去，就有不少大臣反对。赵武灵王又跟另一个大臣肥义商量："我想用胡服骑射来改革咱们国家的风俗，可是大家反对，怎么办？"肥义说："要办大事不能犹豫，犹豫就办不成大事。大王既然认为这样做对国家有利，何必怕大家讥笑？"赵武灵王听了很高兴地说："我看讥笑我的是些蠢人，明理的人都会赞成我。"第二天上朝的时候，赵武灵王首先穿着胡人的服装出来。大臣们见到他短衣窄袖的穿着，都吓了一跳。赵武灵王把改胡服的事向大家讲了，可是大臣们总觉得这件事太丢脸，不愿这样办。赵武灵王有个叔叔名叫公子成，是赵国一个很有影响的老臣，头脑十分顽固。他听到赵武灵王要改服装，就干脆装病不上朝。赵武灵王下了决心，非实行改革不可。他知道要推行这个新办法，首先要做通他叔叔的思想工作，就亲自上门找公子成，跟公子成反复地讲穿胡服、学骑射的好处。公子成终于被说服了，赵武灵王立即赏给公子成一套胡服。大臣们一见公子成也穿起胡服来了，没有话说，只好跟着改了。赵武灵王看到条件成熟，就正式下了一道改革服装的命令。过了没多久，赵国人不分贫富贵贱，都穿起胡服来了。有的人开始时觉得有点不习惯，后来穿惯了胡服，觉得实在方便得多。赵武灵王接着又号令大家学习骑马射箭。不到一年，赵国就训练出了一支强大的骑兵队伍。也就是从胡服骑射的第二年起，赵国的国力逐渐强大。先后击败了经常侵扰赵国的中山国，而且夺取了林胡、楼烦的大片土地，向北方开辟了上千里的疆域，并设置了云中、雁门、代郡行政区，管辖范围到达今天的河套地区。呼和浩特地区的这段赵长城，也就是在这个时候修建的。

对于赵武灵王，历史上对他的评价一直很高。1961 年，著名历史学家翦伯赞先生应邀来到内蒙古考察时，认为敢于实行"胡服骑射"的赵武灵王是个真正的英雄。翦伯赞先生赞叹说："以小小的赵国，在当时的物质和技术条件下，竟能完成赵长城这样巨大的国防工程，而没有挨骂，不能不令人惊叹。"

的确，战国时期的赵国真是一个极富传奇特色的国家，赵国的国土与其他六国几乎都有接壤，可以说是征战不断，生存环境险恶。但就是这么一个本来毫不起眼的小国家，就连后来雄起的秦国也不能奈何它。西战秦，东讨齐，南征楚，向北赶走了匈奴，造就了令人惊叹不已的赵国。而赵国一些杰出的将领与谋士也在英雄辈出、豪杰多如牛毛的中国历史上留下了不朽的英名。像我们熟知的知错就改的一代名将廉颇、"完璧归赵"的蔺相如、平原君赵胜、"毛遂自荐"的毛遂，等等。不过，令人感叹的是，就是这位对外征战所向披靡的一代英主赵武灵王，最终却未跳出封建王权你死我活的争斗漩涡，于公元前295年在父子兄弟相残的宫廷政变中被困沙丘宫活活地饿死了。对于这一悲剧性结局，梁启超先生曾带着叹息设想道："使主父而永其年，则一统之业，其将不在秦而在赵。"但，这就是真实的历史。

历经两千多年的风雨侵蚀和人为破坏，赵国北部长城只保存下局部遗迹。置身于这片遗迹之上，很难想象古人筑起这宏伟的建筑只为阻断与别的族群的纷争，这里的每一寸土地都洒有将士们的鲜血，每一个石块、每一抔黄土都见证了那一段历史。现在我们看来，这一道道残垣怎么能阻断每个民族之间的融合？那些陈旧狭隘的思想已随岁月的洗礼慢慢消逝，今天我们需要发展壮大，不是通过战争，而是需要团结统一共同发展。

都江堰的涛声

在这个世上，有一些事物，仿佛总是在冥冥中召唤着你，比如蓦然回首的爱情，又或是魂牵梦萦的故土。

一

关于都江堰，本以为是无缘与其相会了，因为通常游客们都只会将她作为游览青城山和乐山的一个附带行程，鲜有人会专程安排去都江堰游玩的。而碰巧的是，前面提及的两个景点，我都已经去过了，肃穆的山，庄严的佛，神圣中，却似乎缺少了一些什么，我始终无法说清，只是心中隐隐地，总感觉错过了些什么。后来，数次与人提起到成都的憾事，却听到熟悉川地的对方大笑道：都江堰，不就是个水利工程么，有什么好看的？闻言，我便也为自己的浅薄而感到羞愧，再不敢讲了。许是，这世上，总有些东西，是注定要失之交臂的吧。

不过，都江堰却终于没有令我遗憾。某年的国庆节假期，约了几个朋友到天府之国，都江堰成为我们第一站的选择。

都江堰城区，崭新而冷清，不多的几辆车在震后新修的道路上悠闲地跑着。导游开车拉着我们，并没有径直到景区入口，而是绕了几条街，穿过城区，沿着都汶公路走了一段，在一个不起眼的岔口停了下来，指着前面一个牌坊模样的石柱说，前方便是都江堰了。我心中虽然有些疑惑，但还是跟着导游走了进去。牌坊的后面，是一截平整的石头地面，像是一条路，却又比两边的土地高出许多悬在半空。原来，这便是解放初期苏联援建的都江堰大坝，人们企图将岷江引到这儿来。后来因为中苏交恶，一夜之间，苏联撤离了所有的专家，也带走了图纸，于是这座堤坝便成为那个时代的弃儿，悄然无声地蜷缩在了这里。想来，这也算是那个不幸的年代中不多的幸事之一吧，若不是这段变故，都江堰也许只能永远留存于美丽的传说之中了。

走过堤坝，前方是一条小路，杂草丛生，路的两侧，却堆着无数巨大的鹅卵石，整整齐齐，仿佛两排守卫的士兵，绵延出很远。这些全是汛期乡民们用来装筐堵截洪水的石头。经过千百年的冲刷，原本坚硬的棱角早已经被打磨得圆滑，却唯有内心依旧不改坚实的质地，年复一年地守在这里，等待着召唤，与洪水搏斗。走到近旁，似乎还能听到从深处传来的洪水声、冲击声、呐喊声和欢呼声。我不知道它们在这里已经坚守了多长时间，也许从都江堰诞生的那刻起，它们就与之并肩战斗了吧。守堰的人，早不知换过了多少代，却唯有这些石子穿越了时空，历经人间沧桑。

就这样，边走边看，眼前的路，却逐渐地清润了起来，而路边的草木也越来越显得有了生气。再朝前走一点，居然隐隐地传来了大水的轰鸣声，空气中顿时充满了湿漉漉的气息。抬头朝远处望去，满目都是茂盛的树木，见不到半分江水的模样，跟着导游，一脚深一脚浅地踏下几级石阶，转一个弯，毫无征兆地，一条大江霍然咆哮着出现在了眼前。而我却似乎还没有为这么突然的遇见做好准备，不由得打了个激灵，呆呆地望着那江水呼啸而过，浩浩汤汤地以席卷一切的气势扑向前方，继而撞在了横亘于半路的分水堰上。虽然有些不情愿，但又不得不乖乖地听从指令，一路涌向外江，直到下游汇入长江，化为我们民族的图腾；另一支则拐入内江，犹如一支神奇的笔，陡然一挥，写出成都平原千年的丰饶与富庶。

二

其实，早在都江堰建成之前，蜀地远非今日的天府之国，作为秦帝国刚刚夺来的一片土地，四川只不过起到了稳定后方的作用。但这一切却在一个人的到来之后发生了翻天覆地的变化。

公元前256年，李冰任蜀郡太守，在鼓励耕战的秦国，这一任命并不令人关注，但其产生的影响，却是极其深远的。四川在古代素有赤盆、泽国之称，非旱即涝，因此自古以来，在四川的古国大都国力衰弱，无法与中原的大国抗衡，而中原诸国也很少将四川作为重要的战略目标，因为一则交通不便，二则物产匮乏。我想，当李冰接任蜀地，面对着滔滔岷江的时候，他也一定在困扰，如何才能将这条狂猛的野蟒制服，使其成为承载帝国腾飞的巨龙。

诚然，李冰的前任们也并非没有思考过类似的问题，但岷江上游水量充裕，而且山高谷深，到了中游灌县附近，突然没有了屏障，一马平川的大地，正可任凭大水肆虐，洪水期往往水势浩大，冲垮堤坝；而到了枯水期，从上游携带大量泥沙淤积起来，抬高河床，加剧下游溃坝的危险，因而历代治水往往无功而返。

看着咆哮的大水，李冰沉默了，但他并没有退缩，而是经过长时间的观察和积累，最终定下了治理岷江的方案。他并没有继续堆高两岸的堤坝，也没有用童男童女去乞求河神的庇护，而是先后修筑了一系列的引水工程，劈玉垒山，筑宝瓶口，分内外江，通灌溉渠，有效地起到了洪季分涝、旱季引水的功用。从此，蜀地发生了翻天覆地的变化，原本的赤地也变成了天然的粮仓。正是因为有了都江堰，好战勇斗的秦国才真正具备了足够的实力与老牌的东方强国叫板，进而在那位雄才大略君主的带领下实现了中国的统一。

秦尚水德。每一次，当黑色的秦军如潮水般汹涌而至的时候，相信即便是再无畏的勇士也会从内心深处感到战栗。但六国的君主们，又可曾想到过，秦人真正的强大，不在于秦军的战斗力，而在于供养战争的强大国力，在于大后方那片有着丰富物产的土地。

虽然貌似强大的秦帝国在极短的时间内就分崩离析了，但都江堰却始终默默地发挥着自己的伟大功用，哺育着那片大地上的人民。都江堰从建成的那一刻起，就默默肩负起了守卫成都平原的责任，使这片曾经灾害频发的土地成为了风调雨顺的天府之国，进而供养起了这个伟大却又苦难深重的民族。

很多人都会奇怪，为什么是都江堰，为什么是李冰，将前人无法企及的梦想变成了现实？今天的我们，已经无法揣测李冰拥有着怎样的智慧，但或许，在他看来，治理水患的道理其实很简单。先民的经验早已告诉我们，对于大水，我们只能是疏导，而不能围堵。同样的，治国思想又何尝与治水不一样呢？

三

为了抵御"残暴"的秦国，东方六国或多或少地都修筑了用于防御的城墙，但依旧无法阻挡秦军马蹄前行的脚步，最终都匍匐在秦人的黑色大旗之下。而当始皇帝志得意满地宣称六合之内、皇帝之土的时候，他似乎也忘记了秦国的成功根本。于是乎，原本用于抵挡秦军，还有北方游牧民族的各国城墙被连接延伸，成为了宏伟的长城，而原本在田间耕作的农民也被召集起来，为帝国的各项工程劳作，以成就万世的伟业。偶尔有些小的反抗，强大的秦军总能在最短的时间内将其平息，似乎这千秋的帝国已然可以高枕无忧了。但历史总会证明，民心也如同那滔滔的江水，堵是无法永远堵住的，于是过了短短的十数年，表面强大的帝国便土崩瓦解了。不知那位在千年灯烛不灭的皇陵中冷眼淡看世界的始皇帝，可曾醒悟过来：再坚固的城墙，也终有垮塌的时候，民心恰如流水，只有顺应疏导，才能成就千古伟业，一味围堵，势必被洪水冲垮。

李冰和他的都江堰，跨越了时空，无须声名赫赫，无须战功累累，李冰不言，都江堰无语，但他却真正实现了千古帝王们的梦想，让自己的事业千秋万代。

站在都江堰的堤坝上，看着江水浩荡而过，不由得想起了杨慎的名句：滚滚长江东逝水，浪花淘尽英雄。是非成败转头空。青山依旧在，几度夕阳红。

此刻的景致，与这千古的名篇何其相似，任你金戈铁马的英雄，末了也只能变成寻常百姓闲暇时口中的谈资，而他们丰功伟绩的象征，终究也将化为尘土，唯有真正造福民众，顺应民心的，才能成为人民心中永远歌颂的神祇。时至今日，不论朝代如何更迭，李冰都始终被尊为"川主"，而也唯有在四川，李冰取代了传说中的河神，成为人民供奉和敬仰的对象。他给人间留下的，不是严酷的条令，也并非冰冷的枷锁，而是一座泽及后代的水利工程。更重要的，是他伟大的治水思想，真正诠释了中华民族的智慧。

被遗忘的废都——统万城

　　清晨，从睡梦中被叫醒，草草地洗漱一下，就坐车上路。清冷的空气拥着大雾裹挟住四周，散发着灰暗的蓝色，昏暗的横山县城的街头，已经有早起的孩子和几个行人在笼着双手行走。车开着大灯穿行在浓郁的大雾之中，直达今天的目的地，匈奴大夏王朝赫赫有名的都城——统万城。

　　史书记载，当年统万城所在的鄂尔多斯南缘地区是一个草丰水美，农业发达，交通便捷的风水宝地，更是军事战略要地。具有军事天才和帝王之资的赫连勃勃，在第一次来此时就由衷地发出"美哉！斯皋，临广泽而带清流，吾行地多矣，未有若斯之美！"的感叹。于是选为修建都城之地，可见当时的统万城周围的环境及其气候等是适宜于生活和发展的。

　　统万城位于陕西省靖边县境内，南靠无定河，北临毛乌素沙漠。由于年代久远，地处偏僻，加之史书记载有限，这个大约在东晋末年兴起的，曾经繁荣显赫了近五百年的大夏国都城，几经毁废，最终沉寂于历史的长河，并鲜为人知。

　　4世纪至5世纪间，随着晋王朝日益衰落，中国进入史称"五胡十六国"的大分裂时代。

　　匈奴末代单于赫连勃勃指挥他的"铁弗"骑兵，东征西杀，夺取大片土地，创立大夏国。他的疆域包括今陕西秦岭以北、内蒙古河套地区、山西太原、临汾西南及甘肃东南部，俨然北方强国。它的国都就是统万城。统万城意为：一统天下，君临万邦。据《太平御览》记载，当时赫连勃勃北游契吴山，面对这一片形胜之地，不禁失声赞叹。遂征数十万民夫，耗时五年修筑了这座盛极一时的都城——统万城。

寻访统万城的路是艰难的。从靖边县城所在地张家畔出发，向地处陕蒙交界的毛乌素沙漠腹地统万城遗址驶去。车子过海子滩乡后就驶入一条土路，汽车如老迈的黄牛一般摇摇晃晃地向前爬行，大约九十公里路，走了三个多钟头。道路两旁黄沙弥漫，车过后烟尘滚滚，这一带人烟稀少，沿途长满了沙柳、沙蒿、沙棘、沙竹、沙打旺等名目繁多的沙生植被。

车到红墩界乡后就不再有路了，去统万城遗址还有两三里地。我们下车沿一条沙土小路走了不到四十分钟，进入一片沙柳林围着的小村庄。在村口向一位放羊的老人问路，他告诉我们出了村往前走百米左右就是白城子（统万城）。穿过村后的一条小河，桥上的水泥桩刻有"统万城桥"几个字，顿时心情格外激动，一口气爬上一个小土峁，在茫茫沙海中沉寂了近一千五百年的大夏国都——统万城遗址赫然于眼前。

在统万城遗址所在地，靖边的红墩界乡白城子村，一位看守遗址的文管所老人对我讲起有关统万城的传说。当年筑城的土，是用米汤和羊血搅拌且用锅熬过。监造城池的大将军比干阿利是赫连勃勃的亲信大臣，每筑一段城墙，必用铁钉锥之，锥进一寸即杀工匠，当即拆除重筑并连人筑进城墙里，唯锥进不到一寸者，人头方幸免落地。据史料记载，当时"其城土色白而坚固，硬可砺斧"。

《统万城铭》是这样描绘当时城池之胜景的："崇台霄峙，秀阙云亭。千榭连隅，万阁接屏。晃若晨曦，昭若列星。离宫既作，别宇云施。爰构崇明，仰准乾仪。悬甍风阅，飞轩云垂。温室嵯峨，层城参差。楹雕虬兽，节镂龙螭。莹以宝璞，饰以珍奇。称因褒著，名由实扬。伟哉皇室，盛矣厥章！"足见其豪奢。

北魏时，拓跋焘率兵攻破统万城，曾试图毁废此城，却因其城池坚固无比，只好作罢，不久改其名为统万镇，后称为夏州。

唐朝末年，世居夏州的党项首领拓跋思恭助唐镇压黄巢农民起义军有功，被封为夏州定难军节度使，以统万城为治所。至五代、宋初，党项首领李氏家族世居夏州百余年，后迁河西建立西夏王朝。

统万城曾是党项族的摇篮和西夏王朝的发祥地。为扼制党项，宋太宗曾于淳化五年（994）下诏毁废统万城，迁民于绥、银二州（今陕西绥德、榆林）。但因统万城遗址地处大漠，自唐代起连连不断受到沙害侵袭，于宋、元以后就逐渐被漫漫黄沙所淹没了。直到清道光年间，著名的西北史学家徐松任榆林知府时，才寻访到夏州统万城遗址。从那时起，在浩瀚的毛乌素沙漠中沉睡了近千年的曾经显赫一时的大夏国古都又被重新发现。

统万城虽历经千年风沙剥蚀，但其城郭仍依稀可辨。西南城墙虽已残缺，但较完整。墙高出地面两三米，城垣内还能看见残存的"马面"和角楼。而东北方的城墙早已被黄沙掩埋，仅剩下一座被风化的角楼兀立在沙海中。

统万城四周的墙垣，多已被黄沙掩埋，只剩下西南颓废的城墙断断续续，犹显当年之神韵。

踩着没踝的黄沙，沿着残破的城垣，我登上一座高高的墩台，那是大夏国"崇基万仞"的宫殿遗址。伫立高耸的墩台，环顾四野，浩瀚无垠的毛乌素沙漠阒无人迹，过往的奢华与金戈铁马的悲壮早已如眼前的黄沙将一切湮灭在无边无际的寻常岁月中。然万里长风拂来，仍使人体味到唐诗中描述的"寒城猎猎戍旗风，独倚危楼怅望中。万里山河唐土地，千年魂魄晋英雄。离心不忍听边马，往事应须问塞鸿。好脱儒冠从校尉，一枝长戟六钧弓"之历史苍凉与悲壮。

这时远处传来了汽车的喇叭声，我告别了文管所老人，向停车的地方走去。回头望时，统万城这座巨大的白色城子和历史一样慢慢被淹没在茫茫戈壁之中，这座曾经充满梦幻与记忆的苍老古城，留在我心头的是匈奴与党项两个马背上民族悲怆而低吟的历史回音。

沧桑嘉峪关

落日灼红了整个戈壁滩，天净得像一块蓝布，没有一丝云彩。夕阳下，嘉峪关一身古铜色，生生摆出一副威武刚猛铁壁铜关的气势。

我平生第一次直面这大漠落日，第一次真切体验这塞外风光。当我踩着夕阳登上嘉峪关城楼，一种前无古人、后无来者，天地悠悠、怆然涕下的感慨油然而生。嘉峪关头，内城外墙勾连环接，箭楼角楼相倚相望。万里黄沙间汉长城似游龙浮动，烽燧遗墩、断壁残垣若隐若现，犹如一幅凝聚着边塞沧桑的历史画卷。

戈壁一阵热风扑面，牵起我悠悠情思。

打开中国地图，历史上有两条横跨东西的生命线，以其无与伦比的重要性深深嵌入中华民族的身躯：一条自西向东直达于海的是守护中华民族的万里长城；一条由东向西深入大漠的是拓展华夏文明的丝绸之路。这两条紧系着中华民族生存与发展的命脉，在历史的长河中飘移、延伸。终于在六百年前，在祁连山下、河西走廊的咽喉之地交会缠绕，扎扎实实地打了一个结，这个结就是嘉峪关。

六百多年前，飓风般的起义风暴摧垮了元朝对中原地区九十余年的统治，大明王朝借着如虹气势一举收复了唐王朝五分之四的版图。天下初定，新王朝还没有完全摆脱面对异族入侵的战栗，一位叫冯胜的征虏大将军来到祁连山和黑山脚下，这位大明王朝的第三功臣，以其独有的战略家、军事家的慧眼，在河西走廊的要冲之地为中国历史上最雄伟的关隘奠立了第一块基石。

嘉峪关前后修了一百六十八年，从洪武五年动工，到明嘉靖年间最终形成完整的军事防御体系。修关筑城是件大费钱粮之事，嘉峪关能在嘉靖皇帝手里完工多少有点出人意料。这位痴迷于炼丹修道，二十余年不临朝事的荒唐皇帝竟会舍得将银两花在边塞关防上，看来他还是知道丢了江山社稷，其道骨仙体亦是无所依附。

我沿着关城通道缓缓信步，细细品赏着雄关的一砖一瓦。

据说，嘉峪关是明代长城沿线九镇所辖千余关隘中最雄险的一座，其规模为全国之最。实地目睹，此言非虚。当年林则徐被贬谪新疆，路经嘉峪关，曾赋诗感叹："谁道崤函千古险，回看只见一泥丸。"意思是说，别人都讲崤山的函谷关是千古雄关，可与嘉峪关一比，不过一小小泥丸罢了。看来文忠公对嘉峪关的雄险推崇备至。我细细凝望嘉峪关，夕阳下，古铜色的城墙露出肃杀与坚毅。抬头仰望，关城的箭楼上悬一大匾，上刻一代鸿儒的手书"天下第一雄关"，字体俊秀飘逸。

我忽然想起一个人，一位与嘉峪关大有渊源、功盖山河的英雄——晚清重臣左宗棠。左公一介书生，却多谋善断，智勇双全，晚年曾在肃州驻军，以六十二岁高龄做钦差大臣督办新疆军务。我眼前浮出一幅画面：一百二十年前的一天，一位老人骑着劣马，神情决然，身后士兵抬着一副棺材，旌旗猎猎，金鼓铿锵，车辚辚马萧萧，从嘉峪关走出一队视死如归的威武之师。两年后，这位老人西征班师，身后是一片一百六十多万平方公里、脱离祖国怀抱十余年的回归疆土，和记录他西征足迹、一路逶迤蜿蜒春意盎然的左公柳！

这等大英雄大气概，嘉峪关城楼的匾额岂是寻常书生题得？相传左公曾亲手书匾，然历经"文革"浩劫，手迹已不知流湮于何方。历史总是以伤痛回报曾轻慢待它的人。我抚摸着嘉峪关历经沧桑的砖墙，极力搜寻着那耀眼的历史瞬间：若无左公伟业，哪有新疆回归和西北边陲的安定？！

左公伟哉！正是伟大人物的伟大业绩，才赋予了这巍峨雄关以灵魂。

看到嘉峪关自然想起了山海关。林公则徐曾发问："除是卢龙山海险，东南谁比此关雄？"言下之意，除了长城最东端的山海关，没有什么关隘可以和嘉峪关比肩了。

山海关在历史上发生了太多的故事：清军入关、奉军入关、日军入关、东野入关……一系列改变中华民族命运的重大事件似乎都与山海关有关。从这个意义上讲，山海关在中国历史上的分量更重一些。

然而，嘉峪关有自己的独特性。对嘉峪关，或许应该更多地从文明冲突与融合的视角去认识。长城与丝路的交会，才凝结出了嘉峪关；长城与丝路的相互作用，才形成了西北地区社会经济文化的发展与繁荣。一座嘉峪关，实际就是文明冲突与融合的象征。

大西北从地理上离我们更远一些，西域的故事好像早就被尘沙给湮没了，脑海里恍恍惚惚只留下沙漠、驼铃、羌笛、红柳……其实嘉峪关是内地与大漠、中原与西域之间纷争与融合的见证，同样写满了悲壮与辉煌。

我走下城楼，走出关门之外，西望一片无垠无际的戈壁大漠。我不能确定我的脚下是否为两千年来丝路商旅及征战将士走过的古道，只能放飞思绪去想象去捕捉：金戈铁马醉里挑灯看剑的肃杀、塞外丝路商旅的驼铃以及羌笛胡笳无尽的哀怨。眼前，古道夕阳、大漠孤烟、落日黄沙，诉说着无尽的历史沧桑。

我顺着历史的指点，尽可能去理清那文明绵延的脉络。

嘉峪关仅仅是一座边关吗？是，也不是。它更是一座熔炉。各色的民族、各色的文化都在这熔炉里冶炼。数千年来，边塞内外，打了和，和了打，这边汉、晋、唐、宋、明，那边匈奴、鲜卑、契丹、蒙古。和平与杀戮、征服与被征服、迁徙与聚居、繁荣与衰败，一次次地轮回。最终，风息了，剑折了，汉人与胡人在这片土地上共同生活下来。数千年的冶炼，他们的后裔已不分彼此。几百年的融合，最终炼成了中华民族这个共同体。

多元文明总是会用最独特的方式实现最初的梦想。

我豁然开朗：如果山海关的历史地位表现的是冲突，那么处在两条民族生命线交会点的嘉峪关，民族文化融合不正是它最重要最独特的历史亮色吗？

我穿越关城，信步走出光华门外，放眼望去：祁连山脉绵绵不绝，落日为终年不化的雪峰抹上了一缕淡淡的玫红，散发出一种意味悠长难以言表的柔和。几千年的烽火狼烟、几千年的世事沧桑，都融进了这梦幻般的玫红之中。

山脚下，嘉峪关市—— 一座繁花似锦、充满青春活力的新兴城市蓬勃而起。它是各族兄弟共同走向明天的生命摇篮。我仿佛看到：汉、蒙、维、回各族兄弟簇拥着寄托和谐之梦的圣火，去共同开启古老雄关新世纪的文明。

故宫神游

一

我挟着北方冰冽的寒风投入了你的怀抱，故宫，你以不动声色的静默注目着我的到来。记得 1990 年的那个冬天，我也曾匆匆地与你晤过一面，但一面太短，怎能尽聆你五百多年的沧桑？更何况，这五百多年中，多少沸腾热辣的血溅过，多少豪迈悲昂的歌唱过，多少无情烈焰的火烧过，更有多少屈辱难申的泪流过啊！

我与我的爱人这次路过你的身边，原也只在匆匆间，但我对她说："到了北京，如果你不去故宫，会遗憾终生的。"于是，我们来了，带着对你的景仰，带着一种近乡情怯的忐忑，我们来了。

走过金水桥，站在你宽阔的胸膛上，北京灰蒙蒙的天空显得有些郁黯。游人蜂拥的中轴道，原来是历代帝王龙足款行的特区，但现今你已放下了尊贵，被来自五洲四海的普通游客踩踏着，曾经光洁如镜的汉白玉，斑驳若土，曾经平滑似水的青砖地，风化成泥。我们远道而来，是想真切地感受你、欣赏你、赞慕你的一切。哪怕昔日的金碧已经黯淡，哪怕曾经的森严尽付笑谈，哪怕逝去的故事都已烟消云散，但我们相信，只要你立在这儿，立在这朗朗乾坤下，就会以一种傲视天下的王者风范，无声地向世界宣示你的尊严。因为你已不仅仅是一座城，一座掩着重重神秘的紫禁城，你已成为中华文明的象征，代表了勤劳的中国人民特有的才智。你怀中还藏有数以百万计的珍宝，那是历代能工巧匠呕心沥血，费尽无穷磨难创造的无价之宝。我们来此，不光是看你，还要看那一条时光长河中泛起的粼粼波光。

我对爱人说，看来我们得避开众人，从不为人留意的边缘去体味你的过去。

所以我们贴着你的侧翼前行，长廊寂静，灰败的砖瓦苍凉地袒露着岁月的无情。从这一侧望去，太和殿层层高耸的基座，犹如一朵洁白盛放的莲花，托起整个飞檐叠脊的殿宇。大殿之外宽阔的广场，以不置一物的虚白直示那肃穆的庄严。我忽然有种强烈的触动，在这昭昭白日之下，游人喧杂，尘嚣浮动。倘若遇大雨倾盆的日子，一人置身于这样的环境，又会有些怎样的不同？眼前巍峨的大殿是人力所及的建筑奇观，但仰头间，大滴大滴的雨珠从深邃的高空砸落，打在脸上身上切肤地痛，又会时刻提醒你大自然不可抗拒的变化：所有的辉煌都将由极盛走向凋残，所有的激烈必将无可挽回地迎来平静。历史有时很遥远，有时只在一念之间。遥想数百年前，是否也有人立在这大雨倾盆的广场中央，面对上苍放声疾呼，是否会想到今天的我来此凭吊，不为逝去的辉煌，只为人心共存的那份对自身创造力的赞美，对上苍无所违逆的喟叹？！

正这么想着，忽见阶前仁着一块不大的牌匾，上面写道："此处渐近天廷地，静心可闻风雷声。"新时代的风雷已在辛亥革命的炮声中奏响，百年来历史的脚步又向前迈进了大大的一步。此刻，我们站在千年交替的秒针上，听嘀嗒嘀嗒的钟声如从天而降的雨声，声声入耳，敲打着你我互通的心房。

我们走进了青铜器馆，这里展出的是灿烂的青铜文明。我感觉，在所有的艺术品中，青铜器最能代表中国人文理念中天人合一的哲学观了。在繁复的线条下，最简约的概括变形，抽象地突出了古人心目中"协上下、承天休"的理想蕴含，大纳细入，糅粹出狞厉神秘、庄重古朴的原始之美，使人类精神与自然万物极佳地契合一体。禹铸九鼎，铸成的竟是国家权势的象征。那精妙绝伦的构造，虽青锈斑斓却溢显时光的风采，犹如你，虽蜷缩于北京四围的高楼大厦间，却永远不会失色。

古老的传说中，你有9999间房屋，而我们一日的游览只在你的一角掠过。故宫，你太博大了，究竟何时才能让我真正领略你的全部？今天的游人中，很多是高鼻金发的洋人，他们不远万里来到这里是为了探寻东方的神秘，还是为了验证你远播的声名？朋友常常不知不觉地跟随在他们身后，说有一种异常的气氛让他感动。是一群有着不同肤色、不同语言的人却有着相同的兴趣使他惊异了吧？故宫，你已经以更宽广的胸怀走出了国门，走向了世界。

暮色渐沉，红红的夕阳在你长长的城堞上投下最后一抹斜晖，又一天将尽，我们又将惜别了，愿今后的岁月中，我能更深地体味到你的一切，永不磨灭。

二

随着熙熙攘攘的人群，我再一次走进你——故宫。

当脚踩在那灰色嶙峋的地砖上时，我知道我脚底下是中华五千年的历史正在无声地奔涌。

高大的城墙、庄严的圣殿、厚重的城门……已然让我感受到了封建帝王时期的森严统治，争权夺位时的勾心斗角。

在太和殿，人们挤在一起，争先恐后从那唯一的一个小门往里望去，因为那里是当年中国皇帝的宝座。

自己也在人流之中悠来晃去的时候，突然心里就有了悲哀感。这可是中国人的奴性所在？当那些个皇帝们活着的时候，人们对他们卑躬屈膝，而今，就在他们作古百年后，他们当年的一个宝座也让现世的人们如此急切地瞻仰。

不知为何，故宫的上空有许多只可爱的燕子飞来飞去，许是它们在这些庄严的大殿做了窝？无意间却令这死气沉沉的故宫有了鲜活之气。

在眼睛随着燕子飞翔的当儿，目光就随之落到了大殿的屋檐上，落在了那浸淫了无数年风雨的砖瓦上，然后，就看到了砖石缝隙下生长着的小草，这些小草皆以一种寂寞的姿势生长，寥落地努力挺立在风雨阳光下的宫殿的屋脊上。

就这样有了些许的感叹：一株草的生命会有多长？如果这株株草儿真的就在这帝王的城府中经历了百转千回的流年，它是否目睹了旧时王侯的变迁？如果真的是这样，当年那些享尽荣华富贵梦想着长生不老的帝王们是否会在地下感慨自己的命数终究敌不过他们头上的一棵小草。

经过了一个又一个巍峨冰冷的宫殿，终于来到了御花园。乍听到这个名字，会以为眼前出现的一定是百花齐放争奇斗艳、莺歌燕舞的一派美景，走进后才发现几乎满庭院全是嶙峋的松柏和为数不多的芍药花。

松树有长生不老、延年益寿之寓，看到故宫中有如此多的松树，晓得了世人对永生的渴望是千百年来就有的。

是不经意间看到墙头有一丛开得很静美的花儿，让我停下脚步，恰巧盛开在灰色的瓦檐罅隙中，绿色的枝叶托起的是镶着宽宽白边有着紫色花蕊的花朵。想来这会是当年那倚靠在长廊下遥望皇帝身影却苦苦等不来而落泪的妃子的化身吗？不然，她怎会这般凄美动人？

我是一个对历史感兴趣的人，但游人如织中只看见导游不停挥舞着的小旗和不断开合的嘴巴，所以一路走来，真的就没有记下哪个宫哪个殿的名称，只是因了感性的眼睛及心思，把看到的一些触动了心弦的东西记在了自己脑海中。

许是忘不掉了，这些厚重的历史，这些世事沧桑，这些瞬间的感动。

十三陵怀古

"为扰潼关突蓟丘，大同搏战鬼神愁。辞家战士无旋踵，报国将军有断头。致死已摧狂孽势，迎降真恨贼臣谋。十三陵末余抔土，千古忠魂哭未休。"这是清代诗人李重华游完十三陵后写下的一首七律。

明十三陵坐落在燕山山麓的天寿山，距北京约五十公里。陵寝地处东、西、北三面环山的小盆地中，周围群山环抱，中部为平原，陵前小河曲折蜿蜒，山明水秀，景色宜人。皇陵依山而筑，分别建在东、西、北三面的山麓上，形成了体系完整、规模宏大、气势磅礴的陵寝建筑群。十三陵自永乐七年（1409）五月始做长陵，到明最后一个皇帝崇祯葬入思陵止，其间二百三十年，先后修建了十三座皇帝陵墓、七座妃子墓、一座太监墓，共埋葬了十三位皇帝、二十三位皇后、两位太子、三十余名妃嫔、一名太监。陵区占地面积达四十平方公里，是中国乃至世界现存规模最大、帝后陵寝最多的一处皇陵建筑群。

我伫立在史称"祖陵"、埋葬成祖朱棣的长陵古殿前，触景思古。1402年南京大明皇宫的那场熊熊大火突现在我的眼前。1398年，以布衣起兵建立大明王朝的太祖朱元璋病逝，葬于孝陵。1399年，朱元璋长孙惠帝朱允炆继位，年号建文。此时，封地北京的太祖四子、燕王朱棣早已心怀叵测，觊觎皇位。同年，以靖难为名，起兵进犯南京。四年后攻陷南京，马皇后葬身火海，允炆帝不知所终。1421年，也许是朱棣心怀不安的缘故吧，将都城迁往北京，称南京为陪都。我们设想，如果没有靖难之役，就不可能有今天的北京十三陵。

从长陵出来，我走进两次称帝、一朝蒙难的天顺帝朱祁镇的陵寝裕陵。

1435年，宣宗崩，时年九岁的朱祁镇即位，是为英宗，改次年为正统元年。英宗在位初期由皇太后张氏辅政，1442年，张太后卒，宦官王振开始专权。1449年，瓦剌蒙古大举南侵，王振怂恿英宗御驾亲征，在土木堡被瓦剌太师也先所败，英宗被俘，王振被乱军所杀，史称"土木堡之变"。随后，也先挟持英宗进攻北京，太后命英宗之弟郕王朱祁钰监国，不久即皇帝位，是为景帝。于谦领导北京保卫战，取得大捷，瓦剌倡议言和，答应送还英宗。景帝不欲英宗还銮，在大臣的劝谏下于1450年迎归英宗，将其幽禁南宫，防守严密。1457年正月，景帝病重，不能临朝，手握重兵的武清侯石亨、副都御史徐有贞等人勾结太监曹吉祥进入南宫，拥英宗复辟，改元天顺，史称"夺门之变"。即日将于谦下狱，废景帝为郕王，迁之西内。不久，景帝崩。郕王死后，葬于西郊金山（玉泉山北），史称"景泰陵"。英宗复辟后，即以谋逆罪将兵部尚书于谦、大学士王文等人下狱，于五日后斩于谦、范广于西市。比起其他皇帝的陵寝来，英宗朱祁镇的陵墓显得破烂不堪，摇摇欲坠。这不能不说是对他乱政危国的绝妙讥讽。而兵部尚书于谦在国难当头时挺身而出，机智英勇地指挥北京保卫战的故事，却被世人所尊崇。他的《石灰吟》——"千锤万凿出深山，烈火焚烧若等闲。粉骨碎身浑不怕，要留清白在人间"，时至今日仍被世人所流传。

当我走进埋葬崇祯皇帝的思陵大殿时，一股凄楚之情从心头油然生起。具有讽刺意味的是，这位亡国之君的陵寝并非他本人陵墓。1644年正月，崇祯皇帝的爱妃田氏病故入葬。当年三月十九日，李自成的起义军攻陷北京，崇祯登上煤山自缢身亡，由义军治丧后，与周皇后同葬田贵妃墓园。清军入关后，为笼络汉族地主阶级，于五月二日重以帝后礼发丧，并扩建墓园，是为思陵。顺治十六年维修明十三陵，思陵才以帝陵规制重建。崇祯是明光宗朱常洛第五子，明熹宗朱由校的弟弟。1627年熹宗崩，朱由检即位，改元崇祯。即位后就杀了宦官魏忠贤，为东林党人平反。但终因统治阶级内部党争激烈，加之连年灾害，民不聊生，以致引发农民大起义。再加上清兵不断入侵，尽管崇祯想做中兴之主，节俭勤勉、兢兢业业，终因他专横独断、刚愎自用，最后将明王朝引向了灭亡的道路。

游览完明十三陵，令我增添了几多感慨。明朝自太祖朱元璋起兵反元，建立大明王朝，到思宗朱由检煤山自尽，前后历时二百六十年，其中有过辉煌，但更多的是黑暗。尽管统治者千呼万唤，梦想功垂千古，万世永康，但仍逃脱不了自然法则，皇帝们一个个离世而崩，留下的只能是让人观赏的古殿陵寝。

唐代诗人杜甫的七言绝句"王杨卢骆当时体，轻薄为文哂未休，尔曹身与名俱灭，不废江河万古流"的原意是这样的：王、杨、卢、骆开创了一代诗词的风格和体裁，浅薄的评论者对此讥笑是无止无休的。待你辈的一切都化为灰土之后，也丝毫无伤于滔滔江河的万古奔流。但我却反其意而用之，这些皇帝们已化为泥土，可以说是"身与名俱灭"，但历史的长河不因这些人的离去而停止，必然是"不废江河万古流"的。

天津史话

2018 年，从北京乘京津高铁，一路向东，奔向那个富有传奇色彩的渤海湾城市——天津。

天津留给我的印象是形式多样、有亲和力、有风情的一座城市，且魅力十足。它那多风格的建筑、海河晚景和风土人情更令我着迷。

我多次去过天津，但都是来去匆匆。有人问我天津的模样，我真的回答不上来。这次来天津我就是想把天津探个究竟。为此，我就请了一位曾经与我一起工作了两年的"天津通"。他是 60 年代支边到内蒙古的，一直从事教育工作，退休以后又回到了天津颐养天年。

他自驾车从高铁站把我接上，一路上给我讲述了天津的历史变迁，领略了天津的别样风情。

天津从新石器时代始，历经商周、春秋战国、秦汉、隋唐直至辽宋数千年的不断开发，在原始聚落的基础上逐步发展了早期文明。到了金朝，天津因地利而成为戍守要塞——直沽寨；元朝又因海漕输转形成河港，在此建立海津镇；明朝设卫筑城之后，随着封建商品经济的发展，天津渐渐发展成为一座新兴的商业城市；到清代中叶以前，天津得河漕、海运和芦盐之利，已迅速发展成为北方的商业集散中心、拱卫京师的畿辅重镇。从咸丰十年（1860）被迫开埠至民国时期，是天津畸形发展阶段。一方面，作为工业大城市不断向近代化发展，另一方面社会的半封建半殖民地化日益加深。直到 1949 年 1 月 15 日天津解放，才揭开了历史的崭新篇章。

在距今约五千年前，新石器时代的先民便已开始在此聚居和劳作生息了。蓟县城东五里发掘的围坊遗址，即为原始社会至商、周时期的文化遗存。殷商时期，天津北部山区分布着戎狄等少数民族的一些小国。西周及春秋时期，这一地区是召公姬奭及其宗支的封地。战国时期，今海河南北大致分属赵、燕两国，为燕、赵、齐争雄角逐之地。

天津濒临渤海，具有得天独厚的盐业生产条件，西汉王朝在全国共设盐官三十八处，符合条件的地区就有泉州、章武两处，可见这里的制盐业在当时已占有一定的地位。天津枕河濒海，水运历史悠久。东汉末年，曹操破袁绍后北征乌桓，出于军事运输的需要，自建安十一年（206）始，先后开凿了平虏渠、泉州渠和新河渠三条运渠，这是天津历史上最早的人工河流，也就自那时起奠定了华北平原上三百余条大小河道汇流至今天天津地区的基础。当时被称作派河尾的海河注入渤海的区域水文形势，为后来发展成河海交通咽喉准备了条件。曹魏时处于派河口的漂榆邑（约今东丽区军粮城一带），无疑是这种有利条件形成之后不久出现的第一个原始河口港，输转、储存军需物资是它的首要职能。大业四年（608），隋炀帝为东征高丽，命令开凿永济渠，"自洛口开渠，达于涿州郡，以通漕运"，贯通南北的大运河从此形成。大运河把黄河、淮河、长江和在派尾河入海的华北平原诸河汇成的水系，联成水道交通网，遂使兼有河海航运之便的派河尾的地位更趋重要。金元时期是天津城市形成的早期阶段，元代在大都（北京）附近屯田，直沽成为军屯的重要地区。

"天津"这个名字出现于永乐初年,为朱棣所赐,意为天子渡河的地方。明永乐二年(1404),天津作为畿辅要地正式设卫所,故有"天津卫"之称。后增设天津左卫、天津右卫。天津三卫直隶于后军都督府,共有官兵1.6万余人。天津兵备道刘福将卫城用砖包砌,建四座城门,分别题额为"镇东""定南""安西""拱北",城中心建鼓楼,鼓楼下起空心方城,从此天津城初具规模。此后天津成了离京都既近且大的漕粮储囤所。

天津的集市和商业区正式出现于明宣德年间(1426—1435),分布于城中心和四门。到弘治年间的1488—1505年,已增设五集一市,集市大大活跃了天津市场,这时的天津已成为中国北方的商品集散地,人口也比往昔大增。明中叶以后,渤海湾西岸盐场逐渐采用晒盐技术,从此天津地区的盐产量大大增加,且质优价廉,为清代芦盐产销中心转移到天津创造了条件。明崇祯十七年三月十九日,李自成率义军攻陷北京,建国号大顺,次日,天津也成为大顺的辖区。1644年清王朝入关后,随着统治地位的稳固和经济发展,天津卫作为京师门户的地位日益重要。雍正九年升为天津府,辖天津、青县、静海、南皮、盐山、庆云和沧州等六县一州。从此天津已成为畿辅首邑。清康熙年间,随着河海航运的发展,南北各地商品大量吞吐,使天津商业空前繁荣。18世纪初,由于埠际间商业的发展,天津出现了汇兑业务的钱庄,此后,南北商人竞相效尤。商业、金融业的发展使天津进一步发展成为中国北方的商贸中心。

第二次鸦片战争期间,天津作为拱卫京师的军事重地,其作用更加突出。在三次大沽口之战中,列强均直取天津,以图威胁清政府，迫其签订城下之盟。根据 1860 年 10 月签订的中英、中法《北京条约》，天津被迫开为商埠。随着天津的开埠，外商开始进入天津并设立洋行，天津也由一个内向的封建性商业城市逐步演变为以华北、东北乃至西北为腹地的外向贸易中心。1870 年朝廷任命李鸿章为直隶总督兼北洋通商大臣，李任此职二十余年间，极力兴办洋务运动，通过创办天津机械局及开创近代矿业、交通、邮电事业，使天津成为中国洋务运动的中心。1895 年，《马关条约》签订后，帝国主义列强掀起瓜分中国的狂潮。在华北，天津成为争夺的目标，通过划分租界，设立银行，天津的半殖民地化随之加深。辛亥革命后，天津改为天津县，直隶省省会设于天津。1928 年 6 月 28 日，直隶省改称河北省，省会仍设天津，以天津城及附近地区设置天津特别市，这是天津市的开始。

天津是近代中国的缩影，天津独特的街区，游走其间，那些被时光雕琢打磨得色彩斑驳的墙壁，仿佛承载了历史的无尽沧桑，留给人无限的遐想。看到路灯下树叶影影绰绰映在墙壁上的轮廓，令人心动。

挽救民族危亡的摇篮

　　黄埔军校后山顶有一座纪念碑，碑顶便是孙中山先生的铜像。"孙中山纪念碑"四字用以隶书，古朴且硬朗。碑上孙中山先生铜像靠南面北，注视山下，右手前伸，俊采飞扬，仿佛能让人见到他当年挥军北上平定中原的恢宏决心。登在山巅远眺，面对滚滚珠江，心中便觉豪气顿生，古有登泰山而小天下，此刻却觉得心中激荡之时，无处不是泰山。

　　人能尽其才则百事兴。而才从何来，便当努力向学。为此，孙中山先生在中国共产党与苏联的积极支持下在珠江畔的长洲岛内创办了闻名天下的黄埔军校，开启了中国近代史的新篇章。"亲爱精诚"四字成为了黄埔军校的校训，孙中山先生希望通过此举，创建革命军队，来挽救中国的危亡。

　　在导游的带领下，走在校舍的走廊当中，感受当年在战乱时期年轻的未来将领们为国家的兴亡而发愤苦读的精神。不禁有种泪蒙双眼的冲动。整个校舍如同一套大型的四合院，尽显中华民族的文化特色。自中轴线向两侧铺开的便是样式一致的校舍。据资料记载，这套校舍当年曾是一座清朝时期陆军的小学堂校舍，孙中山将之进行了修缮扩建，便成了孕育近代国共两党无数将领的一个摇篮。

　　民国初年，中国的无数热血青年弃笔从戎，投入到了革命的大洪流中。他们来自不同的地方，却拥有相同的目标，尽己之才为祖国的存亡献上生命的全部。扶着校舍的门框，便似握着革命的种子一样，细细地品味着在心中翻腾的那股热血。

军校的大门框上朴素地书写着"陆军军官学校"。让人实在难以联想到近一个世纪之前这里竟是无数英烈的腾飞源头。"革命尚未成功，同志仍须努力"这副对联，便是军校学员在孙中山先生逝世之后所立。大智若愚，大巧若拙，大音希声，大象无形。在革命的道路上，需要的不是那些华丽的装饰，而是一颗对革命坚定不移的信心和复兴祖国的决心。看着门内挺拔的古樟树，就能想到中华民族是怎样地巍然、傲然立于世界民族之林。

岁月不居，时光飞逝，人非但物是，历史不应该被人所抛弃，而应该为人铭记。当国家被战争的车轮碾过，才会让她的人民懂得生于忧患、死于安乐的道理。

我庆幸没有生活在那个腥风血雨的年代，虽然正是那些革命先烈不惜"抛头颅，洒热血"，才换来了我们今天的幸福生活。诚然，身处幸福的时代，我们更要发奋图强，铭记孙中山先生"革命尚未成功，同志仍须努力"的嘱咐，以饱满的激情投入到学习和工作中，时刻准备着，为了人民，为了国家，不断充实自我，保持忧患意识，提升能力，实现自己的人生价值。

追忆红色井冈山

还记得那些战火硝烟的岁月吗？还记得那些为新中国事业抛头颅、洒热血的革命先烈吗？红色故地井冈山会带你走进一个令人激动而奋进的时代。井冈山地处江西省西南部，位于湘赣两省交界的罗霄山脉中段，古有"郴衡湘赣之交，千里罗霄之腹"之称。中国第一个农村革命根据地在这里建立，伟大的井冈山精神在这里形成，它被誉为"中国革命的摇篮"和"中华人民共和国的奠基石"。新中国成立以来，众多革命前辈在这里缅怀历史，年轻的社会主义接班人在这里接受爱国主义教育。公元2010年10月，我从四川嘉陵江畔的南充，一路沿江而下，问道武当山，听鸣黄鹤楼，踏花东湖岸，追忆滕王阁，沉舟侧畔进江西，两次走进革命圣地井冈山！

走向井冈山

初识井冈山，还是在我少年时代的中学课本上。"山下旌旗在望，山头鼓角相闻。敌军围困万千重，我自岿然不动……"毛主席这首大气磅礴的《西江月·井冈山》，至今我还背诵如流。从那时起，井冈山便刀砍斧凿般留在了我儿时的记忆里；从那时起，井冈山的"燎原星火"便指引着我在人生征途上奋力前行；从那时起，我曾千万次地憧憬：井冈山啊井冈山，你这中国革命的摇篮，你这浸透着革命志士鲜血的热土，我何时才能走近你？何时才能扑入你那温暖的怀抱呢？！

2010年的金秋十月，我怀揣几十年的梦想终于实现了，我终于踏上了那片红色的土地，终于走向了那高高的井冈山……

出了南昌一路西南而行，大巴车行驶了六个多小时，便进入了井冈山。车子沿着盘山公路盘旋前行，透过车窗，看到那片片从眼帘掠过的带有红色印记的"红军哥饭庄""老表餐馆"……我周身的血液也慢慢沸腾起来！从山上往下眺望，巍巍井冈被重峦叠翠裹挟着，就像一座密不透风的巨大城堡。随行的井冈山国家干部学院老师介绍：进入"城堡"，必经双马石、桐木岭、朱砂冲、八面山、黄洋界五大哨口。这五大哨口中，最著名的要数连接湘赣边界的黄洋界哨口。黄洋界地势险要、巍峨峻拔。1928年3月30日，这里打响了著名的黄洋界保卫战，红军用不到一个营的兵力，硬是击退了四个团敌军的疯狂进攻，创造了我军历史上首个以少胜多的战绩。毛泽东同志闻讯后，欣喜地挥毫写下了著名的《西江月·井冈山》。

井冈山的十里杜鹃蜚声中外，井冈山的自然风光名闻遐迩。而令我陶醉神往的却是那巍峨群峰间，飞瀑流泉旁，一百多处保存完好的井冈山斗争时期的革命旧址！

在茅坪"井冈绿林好汉"王佐的旧居，我们虔诚地走进毛委员居住的八角楼，仿佛又看到了八角楼射出的灯光，看到了毛委员在昏暗的灯光下，正在奋笔疾书《井冈山的斗争》《星星之火，可以燎原》等不朽篇章；在小井红军烈士墓，我们向长眠在这里的一百三十名红军伤病员献上我们深深的哀思。墓下埋葬着 1929 年 1 月被敌人杀害的红军烈士，这些红军烈士中，年纪最小的只有十四岁，最大的也只有二十一岁，他们中间只有二十个人留下了名字……

在井冈山革命烈士陵园，我们缓步进入纪念堂，向死难烈士献上花圈瞻仰、凭吊。在毛泽东题写的"死难烈士万岁"汉白玉墙壁下，我们面对着党旗庄严宣誓！据介绍，自 1927 年 10 月至 1930 年 2 月，两年零四个月的时间里，整个井冈山革命根据地共有 48000 多名红军将士献出了年轻的生命，而在纪念碑上留下姓名的只有 15744 人。在纪念堂大厅正中，安放着一块汉白玉无字碑，它寄托着人们对那些没有留下姓名的革命先烈的深切怀念，同时，它也默默向人们述说着当年井冈山斗争血雨腥风的艰难岁月……

1927 年 10 月，由于敌强我弱，毛泽东领导工农革命军发动的秋收起义受挫，为保存和发展革命力量，他便率领秋收起义部队来到了地处湘赣两省交界、远离中心城市、敌人鞭长莫及的井冈山地区。1928 年 4 月，朱德、陈毅率南昌起义军残部，来到井冈山与毛泽东会师。会师后，这支由两万余人组成的部队改为中国工农红军第四方面军。从此，在毛泽东、朱德的领导下，为创建井冈山革命根据地开始了艰苦卓绝的斗争，开辟了"以农村包围城市、武装夺取政权"的具有中国特色的革命道路。从此，鲜为人知的井冈山便被载入中国革命历史的光荣史册，被誉为"中国革命的摇篮"和"中华人民共和国的奠基石"。从此，也为后人留下了一笔宝贵的精神财富：坚定信念、艰苦奋斗、实事求是、敢闯新路、依靠群众、勇于胜利的井冈山精神！

井冈山的早晨

隐隐约约，仿佛在远处流动的水响，一种声音轻拍着早晨的井冈山，继而更像拍上了心灵的堤岸。这些声音包含着乡村的内容和味道。先是一两声深深浅浅、长长短短的犬吠，从某个山坳的农家小巷，幽幽远远地传来，再就是一串串的鸡啼穿透井冈山晨曦中朦胧的雾色，一阵一阵的，似乎是传递着的歌浪。

第一次登临井冈山，满怀新奇，满盛神圣。住的地方叫第一山宾馆。不怎么豪华，却也整洁卫生，心情自是多了几分惬意的。我先是梦里清享到这些似乎乡村才有的乐音，继而慢慢睁开迷眼，看到被乳白色的窗帘遮住了的宽大的窗口透出了微微的亮光。我对自己说，这就是井冈山的早晨了。

胡乱地披起衣裳，站到窗前，拉开窗帘，推开铝合金窗门，清清晰晰地听到了淅淅沥沥的雨声。早就听朋友有言，井冈山三分之二的时间有雨，尤其是晚上和早晨。井冈山早晨的雨下得轻轻柔柔、细细腻腻，给人细水长流的感觉。一些声音就在这雨中滋长起来，紧凑的脚步声、偶尔的汽笛声，抑或是不紧不慢悦耳的叫卖声。

窗外的雨中，高矮各异的建筑物静静的，似乎乐意于接受雨丝的洗礼，以保持一种恒久的洁净。井冈的山、井冈的林、井冈的房屋与道路，都被早晨的细雨抹洗一遍。近处的景物轮廓淋漓，仿佛是色彩鲜明的水粉妙作，总给人一尘不染的舒畅感觉。远处，刚刚还清晰可辨的翠绿山峦，陡然间就笼罩上了乳白色的雾气，被雾气罩住的山头朦胧一片；在半山腰，洁白的有如细纱的云雾缠绕着、飘缭着、舞动着；还没被浓雾覆盖的部分，仍然是绿意逼人，层次分明，令人叫绝，又让人想到那是天公随意而为的典型的中国写意画。

路上的行人开始多起来，雨伞在路上流动，红色的、蓝色的、淡黄的，在想象中，定是汇成了一条条五彩缤纷的河流。热气腾腾的早餐店里，所有的餐桌都坐满了人，他们或是同一个参观团队，随意地讲着些话题，或是一人、两人，静静地用着早点。他们的口音或是各不相同，通过他们的话语可以猜测，他们来自大都市上海，或来自西域的新疆，或来自南方的广东。他们的神情里写着愉快与畅意，井冈山热闹的每一天想必都是这样开始的。

挹翠湖，这井冈山腹地的一片明丽的镜子。这时的湖面也笼罩着薄薄的白雾。湖心的拱桥，湖心的亭阁，以及桥上、亭边的游人，在薄雾中朦朦胧胧的，仿佛是天街的妙境，使人浮想联翩。挹翠湖边的毛泽东同志旧居早已游人如织，导游讲解的声音响亮悦耳，把人们的思绪带到那远去的年代。

不知不觉，空中的云雨消散了。湛蓝的天色显露出来，山也明了，树更绿了。在通往黄洋界、大井的路上，在走向井冈山革命烈士纪念碑的路上，行人更多起来。人们以朝圣般的心情走向心中久慕的圣地。

音乐在传颂，那是红色的歌谣，那是盛开的一朵一朵的红杜鹃吗？总让人想到，从井冈山的早晨醒来都会精神朗快，脚步也铿锵起来。

感悟井冈山

大客车行进在深秋的蒙蒙细雨中，光洁的柏油路面被雨水冲刷得乌黑锃亮。远的、近的山峰绵延不断，山上山下苍松翠竹绿得发黑绿得深沉。汽车在蜿蜒的公路上放慢了速度，透过车窗，我们不时看到山下、村头一所所掩映在绿树丛中的小院，漂亮的二层小楼白墙红瓦，鲜艳的五星红旗光彩夺目，红旗下面是小学校，不时传出孩子们朗朗的读书声。

在大井村革命旧址前，有一座毛泽东同志坐姿雕像。雕像的东边有两棵碗口粗的槲树，树干像麻花一样紧紧地拧在一起。旁边的牌子上写道，当年毛泽东和朱德同志常在此散步，探讨革命理论，酝酿发动群众，憧憬革命未来，树荫下常常留下他们的身影。他们俩像亲兄弟一样团结，就像这两棵紧紧长在一起的树，人们就把这两棵树叫作"兄弟树"。

当年井冈山革命根据地的中心是茨坪镇，坐落在崇山台间的小盆地上，是当年井冈山革命斗争的中心。徜徉在那一间间低矮潮湿的小屋里，看着那简陋的桌凳、陈旧的灯盏……我们仿佛看到了当年红军将领运筹帷幄的英姿。

毛泽东、朱德、陈毅等老一辈无产阶级革命家都在茨坪住过。他们的居室十分简朴，最大不超过十平方米。毛泽东同志住的那间屋子里有一张木桌、一张木床，床上只有一床被单和一条毯子，垫着稻草。桌上有一方砚台、一盏油灯。按规定领导人晚上办公可以燃三根灯芯，但毛泽东同志和其他领导人一样只燃一根灯芯。他的《井冈山的斗争》《中国的红色政权为什么能够存在》就是在每晚一根灯芯下写出来的。 一天下来，仰卧静思，所见所闻像电影画面从眼前飘过，但真正能留在脑海里的只是那旧居里的油灯，博物馆里已经锈蚀的大刀、长矛，展柜里的竹钉、土雷和红米、南瓜、草鞋。

睹物思情，中国的红色政权之所以能够存在，中国的无产阶级革命之所以能够成功，从一开始就凝结着老一辈无产阶级革命家以身作则、艰苦奋斗的井冈山精神。毛泽东同志说过，人还是要有点精神的。没有井冈山精神就没有中国革命的胜利，就没有中国的无产阶级红色政权。

今天，当我真的来到井冈山，踏上那神圣的红土地，面对这崇山峻岭、苍松翠柏和淳朴忠厚、勤劳善良的井冈山人，才深深感到如果只把这里当作一片旅游胜地，只用耳闻目睹去感觉井冈山，已经远远不够了。面对这里的一切，我只能用心灵去认识、去感悟，感悟山的灵魂、感悟人的精神，感悟这片神奇的土地对中国革命的贡献。

革命英雄主义的真实写照
——参观上饶、息烽集中营

上饶集中营是皖南事变后，新四军突围的部分干部战士被捕入狱的地方，叶挺将军和新四军将领张正坤、冯达飞、李子芳、黄诚同志也被秘密囚禁于此地。但革命志士们坚持斗争，当时总共有七百余名新四军战士和部分地下中共党员与国民党反动势力展开了浴血奋战，英勇无畏地献出了宝贵的生命。

上饶集中营革命烈士纪念馆以图片、绘画、实物等形式，真实生动地再现了当年在上饶集中营囚禁的新四军将士、共产党员、抗日爱国志士与国民党顽固派展开的英勇斗争。在展览现场，讲解员为我们讲解着每一张照片、每一件物品，我们一边听着讲解词，一边仔细地观摩着。为了让我们能够更好地了解那段历史，在展览现场的一间刑房内，摆放着老虎凳、皮鞭和火盆烙铁等刑具，真实地再现了国民党反动派对革命志士残酷迫害的场景。在所有的展品中，有部分就是当年实物，是当年在上饶集中营内的革命志士们斗争的真实写照。

当看到当年用来折磨革命烈士的囚笼、老虎凳等刑具时，当听到惨无人道的十大酷刑时，参观的同志们都被烈士们的革命英雄主义事迹和英勇献身精神深深地感染了，同时大家也对今日的幸福生活倍感珍惜。上饶集中营的斗争，是正义与邪恶、光明与黑暗的大搏斗，革命志士表现出的是中华民族五千年发展中形成的爱国主义民族精神，是我们的宝贵财富。

当年被囚禁在上饶集中营的新四军战士、共产党员、抗日爱国志士们，用自己的血肉身躯奏响了一曲中华民族的正气歌，体现了中华儿女以爱国主义为核心的团结统一、爱好和平、勤劳勇敢、自强不息的伟大民族精神，成为我们极其宝贵的精神财富。

他们的精神可歌可泣，如同一块血染的丰碑，将永远屹立在我们心中。虽然已经过去了半个多世纪，但每一个中国人都不能忘记那段历史。二百多位烈士的鲜血永远洒在了那里，这些名字是永远不能被遗忘的。现在许多人对那段历史并不太清楚，通过这次参观，可以让我们对这段历史更加了解。

参观过后，我们情绪十分激动，每个人都被一种精神、一种力量所震撼。在留言本上我们看到了一句句感情真挚的话语："向烈士致以最崇高的敬意！中华人民共和国万岁！中国共产党万岁！""忠于国家，忠于人民，做革命的接班人。"字里行间充满着强烈的爱国主义情怀。

烈士们这种为了信仰，为了理想，为了所追求的事业，抛头颅洒热血，不惜奉献青春和生命的精神，不仅给大家带来了精神的鼓舞和激励，更多的是关于人生和价值的思考：怎样才能实现人生的价值，怎样去追寻生命的意义，怎样在平凡的工作岗位上为社会贡献一份自己的绵薄之力。

息烽集中营位于贵州息烽县城南六公里，旧址在息烽县朗乡，占地几十亩。它是抗日战争时期国民党军统局设立的监狱中规模最大、管理最严、关押人员"级别"最高的一所秘密监狱，由设于息烽阳郎坝的本部和玄天洞囚禁处组成，其前身是国民党南京陆军监狱在此设立的秘密监狱。它与重庆白公馆、渣滓洞集中营、江西上饶集中营同为抗战期间国民党设立的四大集中营，它是正义与邪恶、革命与反革命、光明与黑暗较量斗争的场所。

息烽集中营从 1938 年 11 月建立至 1946 年 7 月撤销，先后囚禁过共产党人、抗日爱国将领、新四军干部、进步人士和爱国青年等一千二百多人，包括杨虎城将军、中共四川省委书记罗世文、中共川西特委军委委员车耀先，以及韩子栋（《红岩》中华子良原型）、许晓轩（《红岩》中许云峰原型）等一批各地党组织的重要骨干。人们熟悉的"小萝卜头"宋振中就曾被关押在这里。

军统内部称重庆望龙门看守所为"小学"，称重庆白公馆、渣滓洞监狱为"中学"，息烽集中营所关押的则是从全国各地押来的"要犯"，称之为"大学"。"案情"重大的革命志士从"小学"转囚于"中学"，再进一步转囚于"大学"，特务们称之为"升学"，而留学则是处死的黑话。

在缅怀厅，我们排成行，手持洁白的菊花，向伟大的革命烈士致以最崇高的敬意，一鞠躬、二鞠躬、三鞠躬……

随后，从革命历史纪念馆出来继续参观集中营。走进集中营旧址，你就会看到那道带有电网的高大院墙，一排排坚实的牢房，俯视着集中营每一个角落的岗楼，无不显示出当年这所集中营的森严和恐怖。这里四面崇山峻岭，古树参天。山里有湖，有洞，地形隐蔽险要。集中营设监狱八栋四十三间。监房按"忠孝仁爱，信义和平"八字命名。称为"忠斋""孝斋""仁斋"等，其中"义斋"是关押女犯人的地方，在这里我们停留了许久，因为这里曾关押过共和国年龄最小的烈士——小萝卜头。本是只知道糖是甜的、天空是蓝的、生活是快乐的年龄，不知道什么是信仰、主义，他要的只是自由快乐的成长岁月，这些他都不曾得到满足……

位于半山腰的猫洞是一个隐藏在地面下的溶洞，山民们曾看到老虎藏身其中，因当地称老虎为猫，所以叫猫洞。集中营建立后，发现在猫洞里审讯革命者时，无论怎样施刑，再撕心裂肺的叫声也传不出去，于是改名为"妙洞"，成为在革命者身上检验他们发明的各种刑具优劣的最"妙"场所。在息烽集中营失踪的革命者有数百人，据说大多是在这里被审讯时折磨致死，就地埋在洞里。

走出集中营回头看，"青山葱葱，绿水泱泱"，我们不禁为这秀丽景色感叹，同样也无法与刚才所听、所见之事放在一起。广场中一组革命人物雕塑令人震撼，有五指微曲、掌心向天的，有紧握拳头的，还有匍匐于地、身上筋脉根根突起、望着前方、对自由充满企盼的，更多体现的是对信仰的坚定，他们的英雄事迹时时刻刻提醒我们要珍惜现在的幸福生活。

缅怀革命先烈，我们感慨万千。我们需要感激之心、感激之情，倍加珍惜今天的幸福生活。我们现在的安定、和谐的社会局面，都是当年先烈们抛头颅洒热血换来的。我们必须谨记先烈们的事迹，向革命先烈学习，学习他们坚定的革命信念，对党和人民的无限忠诚，以及为了党和人民的利益，为了社会主义新中国的诞生，为了千千万万人民的幸福，敢于牺牲的大无畏革命精神和英雄气概。

缅怀革命先烈，深感生活在新时代的无比幸福，它有助于我们树立自尊自信、增强理性平和、积极向上的心态，增强我们的意志，增强抗挫折能力，增强拒腐防变能力。一个人的觉悟、自律能力不是永远保持在一个常态，随着环境的变化，这种能力也相应地会发生变化。忘记过去就意味着背叛。缅怀革命先烈，使我们警钟长鸣，时刻提醒我们党的干部要不忘宗旨、不忘使命，真正做一个有使命感的人，用革命先烈的伟大人格力量激励自己，时刻以《党章》和《中国共产党廉洁自律准则》从严要求自己，严格规范自己的言行，认真履职，努力工作，勤奋工作，当好党风廉政建设的"明白人、责任人和带头人"。

古田：红太阳从这里升起

闽西古田是著名的革命老区，位于有"北回归荒漠带上的绿色翡翠"之称的国家级梅花山自然保护区。名闻遐迩的古田会议会址就坐落在古田清清溪水畔，背靠逶迤莽莽的彩眉岭。掩映在树荫下的"古田会议永放光芒"八个红字，数里之外，清晰可见。

跨进大门，来到古田会议会场，"中国共产党红军第四军第九次代表大会"的红布会标映入眼帘，"中国共产党万岁""反对机会主义""反对盲动主义""反对冒险主义"等标语随处可见，还有中国共产党党旗高高悬挂着，主席台、黑板和数十张木桌木椅如昔日般整齐排放着，地上有几处炭黑印迹清晰可见。看着这些，听着介绍，我们仿佛穿过时空隧道，回到1929年那曾经动人心魄的时刻。

一位老将军回忆说，古田会议之前，红四军中发生了一系列争论，甚至提出了"留毛还是留朱"一类的怪问题，他和许多人一样对此感到很忧虑。而当时共产党和红军都处在强大敌人的包围之下，许多人产生了困惑和迷惘：红旗怎么打？能打多久？

1929年12月28日，古田会议召开。一百二十多名红四军党员、士兵及地方干部和妇女代表冒着纷飞的大雪参加了会议。毛泽东代表前委做《关于纠正党内的错误思想》的政治报告，朱德做军事报告，陈毅传达中央"九月来信"。代表们经过热烈讨论，一致通过了毛泽东亲自主持起草的《中国共产党红军第四军第九次代表大会决议案》，即《古田会议决议》。决议确定了"党指挥枪"的中国共产党建军纲领，解决了以农民为主要成分的革命军队如何建设成为无产阶级的新型人民军队这个至关重要的问题。会议还决定取消红四军军委，选举毛泽东、朱德、陈毅、林彪、谭震林等11人为前委正式委员，毛泽东任书记。

古田会议是中国共产党和人民军队建设史上光辉的里程碑。以毛泽东为代表的中国共产党人，探索出一条着重从思想上建党、加强党的先进性建设的成功之路，开启了中国革命"成功从这里开始、胜利从这里开始"的光辉起点。

今日古田，在古田会议精神的指引下，与时俱进，再铸丰碑。

勤劳勇敢的古田人民没有沉湎于红土地的绿荫里，没有陶醉在历史的璀璨中。当改革开放的大潮涌来时，他们化历史优势为创新奋进的优势，由共产党员带头，充分发挥当地水力资源和石灰石资源的优势，大力发展水泥业、水电业为主的民营企业和乡镇企业，形成了"十里山沟百家厂"的壮观场面。1991年，就在古田会议会址高山之巅传出捷报：古田镇工农业总产值超亿元，成为中国老区的第一个亿元乡镇！古田老区在新的历史时期迅速崛起。

古田会议精神是古田发展的不竭动力和源泉。为了把革命先辈留下的弥足珍贵的精神财富发扬光大，古田将古田会议景区由单独的古田会议会址扩展为古田会议旧址群。为还原历史原貌，古田镇从当地老百姓手中购回红四军司令部、政治部旧址，以及毛泽东《星星之火，可以燎原》写作旧址——协成店，并进行维修。对景区内原有的红军桥、红军井、红军标语墙等进行整理，并在各景点之间修了旅游步道，使这些景点连成一体。目前，总投资一亿元的红军长征园项目也正在建设中。每年，一批又一批寻访红军路、缅怀先辈业绩的人们来到古田重温历史，寻找精神的共鸣。在这里，党员可以穿上粗布红军服，重温一次入党誓词，重上一节党课。游客可以穿上草鞋、红军服，吃上红米饭、南瓜汤，真正体验一回红军长征的艰辛。古田通过以"情景再现"的方式，让旧居活起来，让游客动起来。面貌一新的古田吸引了大批游客前来观光览胜，去年共接待游客四十五万人次。如今，古田镇继续发扬古田会议精神，朝着"生态古田"这个更高、更远的目标阔步前进……

红色圣地，生态古田——凝聚不竭的精神力量。

西柏坡——新中国从这里走来

　　2012 年 6 月，有幸赴河北西柏坡参加培训班。其间参观了西柏坡革命圣地。时间虽短，却接受了一次红色教育。真切地领略了"新中国从这里走来"的历史轨迹。

　　滹沱河流经河北省平山县，在太行深处拐了个弯，怀抱起西柏坡这个静谧的小村庄，历史也很巧合地转弯至此。当年，在经过了最艰难的历程后，中国的革命事业在这里进入金秋，收获在即。这里是解放全中国的最后一个农村指挥所；这里是震惊中外的辽沈、淮海、平津三大战役的总指挥部；在这里，实现了"在最小的指挥所里指挥了最大的人民解放战争"的壮举。虽不足十个月，可正是这座隐藏在太行山里的小村庄，却敢于豪迈地宣称：新中国从这里走来！

　　今日西柏坡，前临碧波荡漾、水光潋滟的西柏坡湖，后靠满坡翠柏、松涛阵阵的西柏坡岭。湖光山色相得益彰，形成了独具魅力的秀丽风光。一脚踏上西柏坡，便掉进了历史的长卷。在湖光山色、青山翠柏间，踏寻那段浩荡不朽的岁月，邂逅的全是民族的精魂。"一个没有艰苦奋斗精神作支撑的民族，是难以自立自强的；一个没有艰苦奋斗精神作支撑的国家，是难以进步的；一个没有艰苦奋斗精神作支撑的政党，是难以兴旺发达的。"胡锦涛总书记看完西柏坡讲的几句话非常经典，耐人寻味。

走进圣地，一个与速度和方向有关的名词，一个在想象和希望中延伸的名词，被我们亲近和重温。看到了很多被岁月碾过的辙印中还留存着清晰的历史印记，听到了很多经过时空磨砺后依然动人的故事。沿着已被磨得有些发亮的青石板路，我们来到了刘少奇同志的旧居。一进门，一张斑驳破旧的办公桌首先闯入眼帘。就是在这张桌子和旁边的一个小圆桌上，刘少奇度过了无数个不眠之夜，为召开全国土地会议、制定《中国土地法大纲》，夜以继日地奋笔疾书。

中国革命的最根本问题是农民问题，农民最根本的问题是土地问题。中国共产党自建党以来，始终以改革封建土地制度为己任，并在不同的革命时期，适时调整土地政策。1947 年，正值中国人民解放军转入战略进攻的关键时刻。为充分发动群众，中共中央于 1947 年 7 月 17 日到 9 月 13 日，在西柏坡村恶石沟西岸的一块空地上，召开了全国土地会议。

这次土地会议讨论了土改和整党工作，通过了《中国土地法大纲》。这是中国历史上第一部比较彻底的土地法，有力推动了全国各解放区土改运动的深入开展。在《中国土地法大纲》颁布一年后的时间里，占全国人口 37% 的 1.6 亿解放区农民获得了土地。"有了土地改革这个胜利，才有了打倒蒋介石的胜利。"

西柏坡的岁月，写满了胜利的辉煌，同样也载满了革命者艰苦奋斗的光辉足迹。

在毛泽东同志的旧居，一张悬挂在办公室北墙上的历史照片，让我们长时间驻足凝视。照片中一位身材魁梧、衣着朴素的中年人，坐在一把白布躺椅上，显得是那样的慈祥和神态自若。躺椅旁边，放着一双崭新的布鞋。

1948年5月，毛泽东来到西柏坡后，工作人员看到他脚上穿的布鞋是补了又补，实在无法再穿了，就抓紧时间给主席做了一双新鞋，想趁主席休息时让他换上。没想到主席只是试了试，仍旧脱下来放在躺椅旁边，并意味深长地说："艰苦朴素，是我党的优良传统，我不带头，怎么能教育别人呢？"

毛泽东同志一贯勤俭朴素。在西柏坡居住的近十个月的日子里，他没有穿过一双新鞋，没有穿过一件新衣，就连军装还是从陕北穿来的补了又补的旧军装……在他的带动和影响下，中国共产党人一直保持着艰苦奋斗的优良作风。

1948年5月26日，毛泽东、周恩来、任弼时率领的中央前委来到西柏坡。西柏坡由此成为当时中国革命的领导中心。在土地改革取得巨大成就的有利形势下，1948年秋，经过两年多的艰苦作战，中国革命的形势发生了巨大变化，敌强我弱的局面得到了扭转。国民党军队损失正规和非正规军队152万余人，而人民解放军已由解放战争初期的127万人发展到280万人。为适应全国这种军事形势的巨大变化，中央决定实施新的战略任务和方针。

四间小土屋，白灰抹墙，灰沙匝顶，外表与普通农舍没什么两样。可走进去，四面墙壁上挂着的几张精确、硕大的军用地图，却明确地告诉我们，这不是一般的民舍，而是中央军委当时的作战指挥室。就是在这间简陋的小屋里，毛泽东和中央军委指挥了著名的"三大战役"。

1948年9月12日，东北野战军南下，揭开了辽沈战役的帷幕；同年11月6日，华东野战军、中原野战军也拉开了淮海战役的大幕；11月29日，东北野战军结束辽沈战役后，迅速入关，配合华北部队发起了平津战役。辽沈、淮海、平津三大战役的胜利，吹响了中国人民解放军夺取解放战争全面胜利的伟大号角。

这里虽然是世界上最小的指挥部，但却指挥了世界上最大的人民战争。周恩来曾形象地说，这里不发枪，不发炮，只发电报。在这里，毛泽东亲自向全国各个战场发出了 197 封作战电报，纵横捭阖，谈笑间，强敌灰飞烟灭。短短四个月，解放大军歼灭和改编了国民党军队 154 万余人。

1949 年 1 月，中共中央召开政治局会议，通过了《目前形势和党在 1949 年的任务的决议》。是年 3 月，伟大领袖毛主席在西柏坡召开的七届二中全会上讲话时指出："中国的革命是伟大的，但革命以后的路程更长，工作更伟大，更艰苦。这一点现在就必须向党内讲明白，务必使同志们继续地保持谦虚、谨慎、不骄、不躁的作风，务必使同志们继续地保持艰苦奋斗的作风。我们有批评和自我批评这个马克思列宁主义的武器。我们能够去掉不良作风，保持优良作风。我们能够学会我们原来不懂的东西。我们不但善于破坏一个旧世界，我们还将善于建设一个新世界。"

历史在这里用饱蘸浓墨的巨笔写下了壮丽辉煌的一页，引得一代又一代的后来人到这里拜读，读得人们心潮难平。在革命圣地那博大的怀抱里徜徉，每个人的心里都贮满了爱的琼浆。

新中国从这里走来。领袖们栉风沐雨、吞雷饮电，谱写了一曲曲荡气回肠的英雄史诗。当解放的交响曲演奏到战略决战的乐章，又是这个小小的山村，成了搏动革命的心脏，它强劲的脉搏驱动着历史的车轮滚滚向前。

告别西柏坡是上午八点多钟，整个大地升腾着一轮燃烧着的火红的太阳，照亮了莽莽苍苍的峰峦，这片黄土地正孕育着新的勃勃生机，青山碧水、柏坡岭上如塔的松柏，都高唱着改革的赞歌。

我想，西柏坡作为我国新民主主义革命的最后一个驿站，不但是伟大的人民解放战争走向胜利的见证，更是中国人民革命历史记载的永恒。她将使我们铭记那段光辉历史，并不断激励我们努力为祖国创造更辉煌的一页。

大庆精神

在去往大庆之前，正好遇一熟人问我去过大庆的铁人纪念馆没有，我说没有。

他看上去有点遗憾，对我说："真应该去看看。看过之后会非常震撼，能够让你从心里感受到那个年代的人的精神和干劲儿，人拉肩扛就树起了一座钻塔！现在都不可想象是怎么干的，他们那种执着的精神，能震动灵魂深处。"

在铁人纪念馆讲解员说，作为石油工人的后代，对于大庆精神、铁人精神早已耳熟能详，从小"石油工人一声吼，地球也要抖三抖"就像儿歌一样伴随我成长；讲解中听到的干打垒、生活基地等词，觉得十分亲切，因为独山子就是父辈们像铁人开发大庆一样开发建设出来的。老人们常常给我们讲当时建设独山子的故事，工人们在厂里忙着建设炼油装置等，家属们就自己开垦田地种菜、盖房，还制造肥皂、做酱油等等，全部都得自力更生。不过也因为父母的忙碌，无暇照顾孩子，因而我们有了自由自在、撒欢的童年……这样的讲解听来非常亲切。

跟随讲解员的解说，我才真正理解何为大庆精神？

大庆精神，其核心是"铁人"敢于吃苦的创业精神，善于钻研的学习精神，甘于奉献的公仆精神……"铁人"所具有的种种优秀品质和精神是大庆精神人格化的代表，是大庆的缩影，"爱国、创业、求实、奉献"是大庆精神的精髓，从奋勇无畏的创业精神到一丝不苟的求实精神，从默默无闻的奉献精神到铁骨铮铮的爱国精神，正是这种执着、无私、无畏……才使大庆从荒原走向城市，使芦苇荡变成钻机群，使黑土地成为共和国的经济脊梁。

这样的大庆精神让人欢欣，让人鼓舞。这种精神仿佛炸飞我思绪的霹雳，好似洗礼我灵魂的福音。大庆精神感染了我，启发了我，随着讲解的深入，我的心灵在激荡，我的思绪在飞扬……

大庆精神推动了我们从一个胜利走向另一个胜利，从一个高度迈向另一个高度。这时我才发现铁人精神是一笔多么难能可贵的财富，他们用无声的行动把这笔财富留给了我们，企业也一脉相承地传承着大庆精神，让我们受益匪浅。薪火相传，将大庆精神发扬光大是我们的义务，更是我们的责任。

这是一次对心灵的涤荡。导游精彩的讲解已让我深感震撼。我很庆幸能够亲身到铁人工作过的地方，踏着铁人的足迹，听一听"石油工人一声吼，地球也要抖三抖"的强有力回声，再一次体会石油魂给心灵带来的神圣之感，让大庆精神、铁人精神薪火相传，生生不息。

曾经的大庆，一片荒原，一片芦海茫茫，一无所有；如今的大庆，高楼林立，钻机星罗棋布，一派欣欣向荣。大庆的成就仿佛一夜之间取得，弹指一挥间却已是漫漫几十载，大庆的今天是以"铁人"王进喜为代表的几代大庆人拓荒、创业、创新、腾飞的结果。回首1991年，初次踏上大庆的华能精煤公司人，有几分震撼，震撼于大庆的辉煌；更有几分感悟，为大庆的二次创业精神所折服。今天的大庆正像一艘开足马力的航空母舰在改革开放的大洋中劈波斩浪，前行远航。

我想，铁人是大庆精神的代言人，大庆是创业精神的代名词，我们神东事业发展也如同大庆奇迹一样，需要传承我们的神东精神，我坚信经过一代又一代神东人的辛勤耕耘，我们的神东事业将谱写更加辉煌的篇章。

大寨留念

"一道清河水，一座虎头山，大寨就在这山下边……"在去大寨的途中，这首沉睡了多年的老歌，在我的心中猛然苏醒，那悠扬的旋律，一直在耳边缭绕。经过六个多小时的颠簸，车子载着我们终于驶进了闻名海内外的大寨。

一下车，大寨的村头路边便出现了一排排摆着布老虎的摊位，这是大寨人用手工缝制出来的，布老虎的底端印有"大寨留念"四个字。

中午时分，天热了起来，导游带领我们来到了虎头山下，路边的树上不时传来一阵阵蝉鸣声，看着山脚下的庄稼和人与自然和谐的村庄，觉得大寨并非想象中的那么大，只不过是一个有一百多户人家的小村落。我们沿着由底向上延伸的山径向上攀登，眼前的虎头山是满山的树、满山的绿，藤、萝、蔓、野花、小草覆盖了整个山梁。

除了通向山顶的小道，山坡沟壑几乎找不到一块空白。我们停下歇息的第一站是掩映在绿树丛中的周恩来纪念亭，亭内碑文记载着，当年周总理曾在这里向国际友人介绍我们中国的大寨，介绍大寨人战天斗地的艰苦奋斗的事迹。

离开纪念亭，我们沿着陡峭的山路曲折向上，抬头间，偌大的一块平面巨石巍然屹立在半山坡的山口旁，巨石上"虎头山"三个大字熠熠夺目，这是叶帅1977年的墨宝。我止住了脚步，对虎头山投注了所有的真诚，悠悠岁月给我们这一代人留下了多少难忘的回忆。六七十年代，大寨是中国农业的旗帜，大寨、虎头山在我们这代人心中犹如革命圣地。霎时间，农业学大寨那个火红的年代好像就在眼前。那时候，为了整好大寨田，每年冬季，村外的田间地头都是红旗招展，一片战天斗地的生动场面。地头的工棚里都办起了农业学大寨专栏，村里的每一个角落，农业学大寨的标语随处可见，那年月凡是能拿得动铁锹的农民都投入到了热火朝天的农业学大寨运动中。

斗转星移，时代已变迁，如今轰轰轰烈烈的农业学大寨运动逐渐被人淡忘。然而，在我们这代人心中，大寨虎头山并未失去曾经的辉煌，它在我们心中仍有很重的地位。过去大寨是靠农业起家的，他们在虎头山上建梯田，创出了高产，给全国农民树立了榜样。近几年，大寨人在大力发展工业、旅游业的同时加强农业基础设施建设，他们重战狼窝掌，改造和新增海绵田三十余亩，虎头山的梯田大都已退耕还林。你看那满山的桃、梨、苹果已挂满枝头，一片丰收在望的景象。

再往上走不远处便是背靠青山、面向大地的一座陵墓，这里安葬着原大寨村党支部书记陈永贵同志的骨灰。我们怀着敬意拜谒了陈永贵陵园，并采摘了一束淡淡的小花轻轻地置于墓前。离开陈永贵的墓地，我们去了虎头山蓄水池，站在水池边，举目远眺，青山、曲径、幽谷尽收眼底。微风吹来，池水荡起了层层涟漪，绿荫、碧水给人以凉爽和诗情画意。沿蓄水池往下走便是人造石梯，阶下矗立着高大的陈永贵头像，老人家那憨厚的笑容、深深的皱纹和人们所熟悉的白羊肚手巾、对襟衫，已被巨石塑成一言难尽的历史。

我们用了近一个下午的时间游览了陈永贵和大寨人生活

过的地方，寻找大寨人昔日的踪迹，归途中我情不自禁地与大寨告别。望着夕阳里的大寨，望着被满天霞光染透的虎头山，真诚地祝福大寨更好，虎头山长青。

现在的大寨阳光明媚，今日的大寨已经是一个农业仅占4%、旅游业占40%、工业占55%的社会主义新农村，大寨又成了全国人民的新典范。大寨人继续保持着清醒的头脑，他们知道未来的选择还有很多很多。大寨人不怕选择，他们喜欢挑战、勇于进取、敢于挑战，这就是大寨精神。

中国华西村

    青山遮不住，毕竟东流去。梦魇般的十年"文革"已经过去，在邓小平同志的带领下，轰轰轰烈烈的改革开放从农村开始，为城市经济体制改革和中国未来的发展奠定了基础。由包产到户到联产承包责任制，由解决温饱到致富奔小康，中国农民在重新获得了土地的同时也找到了自我。一批像华西村一样的富裕村庄，开始出现在大江南北。

    华西村以其富裕文明享誉海内外，华西村村民家家住400—600平方米的别墅，户户有100万—1000万元的资产，每户还有1—3辆小轿车，有着很好福利保障。村内大型商场、舞厅、宾馆、娱乐场、影剧院、网球馆、游泳馆、保龄球馆等现代化的娱乐、休闲设施一应俱全，形成了一个城乡统筹发展的新格局。真正达到了华西村吴仁宝老书记所提出的"南有钱庄、北有粮仓、中有天堂、特色村庄、天下无双"的总体目标。集团公司拥有固定资产80多亿元，下辖8家大公司、70多家企业。2007年，华西村实现销售收入超450亿元。

    在华西村，华西金字塔是它的标志性建筑，7级17层98米高，华西人在旧的形式下却把它建造成中国独有的金顶宾馆，它不仅是为华西村年产数百万元利润的聚宝盆，同时也表达出步步向上、欣欣向荣的豪迈精神。

华西村重视物质文化建设，更重视精神文明建设，不仅以优越待遇欢迎外地人才到华西创业，还重视从精神上培养村民积极向上的风貌。吴仁宝褒扬孝道，为鼓励华西人养成孝敬晚辈、尊老爱幼的美德，对每一户出现老寿星的家庭都给以重奖。华西村还把自己的村名和吴仁宝的名字作为产品品牌，其目的是自加压力，鞭策华西人自强不息、蒸蒸日上。

当然，华西村现在的繁荣富裕与华西村村民四十余年努力奋斗是分不开的。四十多年前的华西村，是一个"有女不嫁华西去，宁愿扔在河浜里"的又穷又苦的地方。吴仁宝书记带领村民们顶风雨、冒酷暑，平整土地，从河底捞出建电灌站的石料，从邻村买来石磨盘建起粮食加工……开始了四十多年如一日奋力求发展的拼搏。

而正是这种艰苦奋斗、奋发向上的精神，一步一步鼓舞着华西村的村民不断取得自己的成功，努力过上好日子。华西村的领头人——村党委书记吴仁宝说过"有条件不发展没道理，没条件创造条件发展才是真道理"，从这段话中我们应该能找到答案，这是一种精神，一种积极向上、奋发有为的精神，中华民族奋发图强的精神！设想一下，如华西村自己不努力拼搏，奋力求发展，安于现状，也就没有如今的辉煌，何谈那一幢幢的别墅。青年人一个个出国留学，成为今日万众瞩目的焦点。有人说华西村能有今天离不开国家的大力扶持。但即使有扶持，为何偏偏大力扶持华西村呢？有了这种精神，华西村从四十多年前的一个石磨盘起家，到今天投身化纤、钢铁、旅游、房地产、信托投资、商贸物流、海洋运输、海洋工程服务、互联网娱乐、物流网应用等行业和领域，并取得了非凡的成绩。

华西村的成功，引发了一批又一批的专家领导前往华西村考察学习。从华西村的实例中我们可以感受到，在新农村建设不断推进的时代，我们的思想观念要不断前进。邓小平同志说过，要解放思想，实事求是，团结一致向前看。紧跟时代潮流，审时度势，把握好时代给我们的机遇和挑战，不断学习借鉴，自主创新，放长眼光，及时做好未来的规划。

华西村作为新农村建设的榜样和典范，使我们看到社会主义新农村的崭新面貌，更加坚定了建设有中国特色社会主义的信念和信心。

神秘的东方女儿国

　　《西游记》里的"女儿国"，曾给儿时的我留下无数遐想，长大后知道那是吴承恩凭着丰富的艺术想象虚构出来的理想乐园。然而，杨二车娜姆用她那支灵巧的笔对泸沽湖和摩梭人的描写，使我对那个真实的"女儿国"产生了浓厚的兴趣。

　　从云南丽江束河古镇出发，车行四五十公里，进入蜿蜒曲折的陡峭坡道，那山的挺拔、险峻、幽深让人胆战心惊。悬崖下，浑浊湍急的金沙江水，和那不见树林的山坡偶或涌向公路的沙石流，会给旅程增添不少刺激和感慨。活泼可爱的导游小阿哥，一会儿绘声绘色介绍泸沽湖风土人情和美丽传说，一会儿声情并茂唱起摩梭人流行情歌，让我陷入对东方女儿国的向往。

　　泸沽湖，位于四川省盐源县与云南省宁蒗县交界处，为川滇共辖，宛如一颗洁白无瑕的巨大珍珠镶嵌在祖国的西南部。

　　泸沽湖面积 50 多平方千米，海拔 2690 米，平均水深 45 米，最深处达 93 米，透明度高达 11 米，最大能见度为 12 米，湖水清澈蔚蓝，是云南海拔最高的湖泊，也是中国最深的淡水湖之一。

　　泸沽湖畔居住着纳西族摩梭人，泸沽湖在纳西族摩梭语中的意思就是"山沟里的湖"，以其典型的高原湖泊自然风光和独特的摩梭母系民族文化形成了独具特色的自然景观和人文景观，也被誉为"高原明珠"。

傍晚时分，车子走过一段林间小道，眼前豁然一亮，青山环绕着一片巨大的蓝色水面，湖水清亮似镜，与天空些许柔软的白云争色。湖中散列着零星几座小岛，形态各异，静谧安详。这是个远离喧嚣未被污染的处女湖，素有"高原明珠"之美誉。据介绍，泸沽湖古称鲁窟海子，俗称亮海。

在我国五十六个民族中没有摩梭这个民族，有人把他们划归为纳西族，也有人说他们是蒙古人的后代，还有人说他们的族源是青藏高原的一支古游牧部落。但摩梭人自认是羌族后裔，战国时从青海一带游牧而来。

继续驱车前行，终于到达目的地，是在一个古老村落的路口。沿着乡间土路步行入村，跨过已经斑驳的独木桥，迎面一座普通木质三合院，院前是大大小小的杨树，金黄树叶微风中哗哗作响，与湖水拍岸交相呼应，犹如一首不老的情歌。一进庭院，老祖母带着慈祥的微笑，一个劲地冲着远道而来的客人说"卖呐咪，卖呐咪"，摩梭语是"欢迎"的意思。客人被她领着跨过高高的门槛，走进温暖的祖母屋。这是间右边略高于左边的房子，右侧靠墙的地面中间有个石砌的火塘。火塘是祖母屋最神圣的地方，火种四季不灭。男男女女的客人按照当地风俗分别在火塘两边坐下，男人坐在左边面对门的一侧。穿着漂亮民族服装的阿妹端上茶、红薯和土豆等食物。又进来一位小阿妹，端着杯地道的酥油茶走到客人面前。她留着齐眉的刘海，脸庞红扑扑，一双清澈的大眼睛，充满灵气，情深似海。对大家鞠躬之后，阿妹开始用当地方言唱起摩梭人的"迎客曲"，顿时冲淡远方客人们内心的隔膜感。

来到"摩梭文化大使"杨二车娜姆的家。她是四川小洛水村人，是她让泸沽湖这块神秘土地从封闭走向开放和繁荣。她与挪威外交官石丹梧相恋七年，号称"国际走婚第一人"。她家在村外靠近云南省界的一个山坳里建了座很大的客栈，算是当地最具规模的旅游景点了。

千百年来摩梭人一直居住在美丽的泸沽湖畔，在这风景如画的世外桃源，实行"男不婚，女不嫁"的走婚习俗。男女只要情投意合，就可以"走婚"。走婚时，男方只能入夜后偷偷潜入女方的住所，避开恶犬，将自己的鞋袜悬挂于门外，以警示其他摩梭男子勿扰。男子与女方同床后，在天亮前离开女子的住所，回到家中。

有走婚关系的男女彼此称"阿夏"，也称"阿肖"或"肖波"，都是摩梭语的译音，意为亲密的情侣。男方遇到可意的摩梭女子，要先抠三下对方的手心，如对方回抠三下，那就表示彼此情投意合。传统摩梭家庭中的男性角色，没有爷爷、父亲、叔伯，只有舅舅、兄弟、儿子。男女双方均随母亲生活，未成年的孩子一般不知道父亲是谁。建立男女阿夏的走婚关系，不受现行婚姻法约束。摩梭人相信神圣的爱情，不相信那本薄薄的结婚证书。

这种走婚只依赖感情，与经济地位等一切外界条件无关，走婚生下的子女由女方抚养。摩梭人信仰藏传佛教，活佛在当地具有至高无上的地位。而在每个家庭中，祖母是一家之主，家庭成员中，祖辈只有外祖母及其兄弟姐妹，母辈只有母亲、舅舅和姨母。因这里保持着母系氏族社会的某些习俗，被称为"东方女儿国"。

在这个"走婚"的国度里，有些现象至今无法解释。他们没有因为走婚造成近亲血缘关系而出现过多的痴呆儿，也没有因为走婚造成性伴侣多而出现一例性病患者，更没有因为走婚造成复杂的男女关系而发生争风吃醋的情况。即使联合国教科文组织长时间调查研究，也未能破解这些谜团。有专家预言，这种人性化的科学走婚方式，可能是许多民族和国家未来婚姻模式的选择。

今天摩梭人的所谓原生态篝火晚会，多少有点变味。按照习俗，篝火晚会自然是年轻摩梭男女眉目传情的重要场所，现场周围照例悬挂大红灯笼，扩音器里播放的摩梭民歌及音乐照例来自遥远的时空深处，让人进入神秘异域，孤独感油然而生。可环顾左右，准备就绪的是摩梭演员，游客也陆续加入其中。真正吸引眼球的地方，还是那位健壮的男阿夏悠扬清脆的竹笛声响起之时，二十多位摩梭男女轻挪脚步，像一条舞动的彩带从村部缓缓飘出，然后围绕熊熊奔放的篝火跳起甲搓舞。在篝火的明暗中，花枝招展的摩梭姑娘着实引人注目，她们戴着用牦牛尾和黑丝线混合挽成的盘髻，配上两道白色珍珠链头饰，身穿金边大襟衣和彩色百褶裙，腰间系着花腰带，看上去洒脱大方。小伙子们除金边大襟衣和宽脚裤外，头戴呢毡帽，脚穿长筒靴，风姿潇洒。几曲舞毕，热情的摩梭人开始邀请游客加入舞动的人流，大家彼此手拉着手跳着喊着，欢叫笑闹声一波一波。突然间，《北京的金山上》音乐响起，游客们的舞步欢快起来，那个真正的古老幽魂早已悄然遁去。当地人说，这是传统晚会注入时代因子，于是所有人都觉得心安理得。

清晨在泸沽湖畔坐猪槽船下湖，缓缓划行于碧波之上，等待太阳从东边的山头上露出笑脸，亦有一种妙处。从来没有觉得太阳有如此美好过。被摩梭人称为"母亲湖"的泸沽湖，拥有女儿家万种风情，朝霞与白鹤齐飞，冬水共长天一色，身临其境，犹如行进在山水画中。水天之间徐徐飘浮的摩梭情歌，使其更增添了几分宁静。翻译过来的歌词大意是："小阿妹，小阿妹，隔山隔水来相会。素不相识初见面，只怕白鹤笑猪黑。阿妹，阿妹——玛达咪，玛达咪。""玛达咪"就是"我爱你"的意思。听了歌声的游客们，个个都像中了摩梭人的魔咒，抑制不住兴奋，你一个"玛达咪"我一个"玛达咪"叫个不停，好像不如此就不足以释放此时此刻的情感，一时间人心与湖水一起沸腾。

这让人如入梦幻，什么都可以想，什么都可以不想。原始的冲动和对美好的渴望，让客人不知不觉留恋女儿国的温情。一位女孩子迷蒙着双眼轻声呢喃："真好，真好，就留在这里吧！"那一刻，湖水的圣光从一船人心头拂过，幸福感和归宿感在脉脉流淌。

泸沽湖，祖国怀抱里这方多情的土地，伟大的东方一个适合神仙居住的地方。猜想历史上文人墨客，一定没有谁发现过此地此景，否则杭州西湖怎能成就"人间天堂"的美名？玄奘师徒当年西天取经若能途经这里，也未必就能舍得下滚滚红尘去担当苦行的使命。人说真正的摩梭男子无论离家多远，总有一天会回到泸沽湖的怀抱，再也不离开。

泸沽湖古朴的民风、秀丽的山光水色与浓郁的传奇风情，充满了神秘的色彩，是一个遗世独立的世外桃源。

是的，凡去过泸沽湖的人都会喜欢上她，那里的人善良、真诚、热情，那里的风景美得淳朴，叫人心醉。走进女儿国，才知道人间有几多温柔、几多宁静、几多祥和，才知道地球的东方具备怎样的深邃之美。

印象大连

大连是个海边城市，这大家都知道。大连是一个巨大的梦想，这大家未必都知道。

到过大连的人，多半是把大连看作一个城市的，一个变化了的城市，一个有风度的城市，一个大家都想去看一看的城市。

大连有太多的传奇：中国式的、非中国式的，但都落在大连，便是大连式的。大连人因此与这个城市一起，越发鲜亮了，他们把自己活成了风景。

真正站在大连的海边，走在它的街道、广场，看着新鲜的城市，它的海，海中大小的离岛，它的海滨浴场，它的海边灰岩上的别墅群落，人行步道，它的并不宽大的马路，也不高大的建筑，心是敞亮的，很自豪。到大连的外国人很多，在大连，感到中国人真是有底气的，这只有在大连才有，这样的感觉非常突出。听大连人说，俄罗斯人最喜欢大连，这也许缘于俄罗斯式的历史情结；朝鲜人也喜欢大连，可惜只有极少数朝鲜人每年可以来领略这半岛上的海风。

走过大连的海边所有叫作公园、广场的地方，我最喜欢星海广场。我不想弄清它是纪念谁的，反正它面向大海，一派空阔，很容易叫人想到海的那边就是不远的世界。巨量的海风中，我的头发、风衣，以及内心都是随了海风在飘动，像海风一般、海浪一般，随着大连在动。广场人群众多，以各样的姿态，显示与大连、与大海的亲近。他们中多数如我一样，都是外来客，都是放松地伸出双臂，夸张地拥抱着大海、蓝天，如在自家一样，此情此景令大连每天都是节日。

我喜欢星海广场，其实就是因为星海广场那一片脚印，叫我心动。那些铜质的脚印是大连人自己的，从三寸金莲，到宽大的脚板，由浅及深，由黯淡到盛大，时间的跨度正好一百年。一百年大连的历史，从屈辱到自信，从贫困到自由。那些脚印，有大连的名人、功臣，有小街里巷的凡夫俗子，其中一双脚印，已被千万的手指、手掌摩挲得发亮，它并没有标注文字说明，当你作为一个外来人，想去亲近这脚印，一旁总有人向你发问：知道是谁的吗？一定没有人直接回答。

大家只是会心一笑。摩挲的人和旁观的人，心下都明了了。

那双脚印就是一双普通中国人的脚印，只是给摸得发亮了。

大连所有的公园都对它的人民开放，所有的森林、草地，多数的天然海滩，公众场所，都对人民开放；对我们游客也一样，当我进到一个公园，习惯性地打量着售票的地点和提示，总会有人热情地告诉你，不用买票。当然经营的场所除外，如海洋公园一类。给我印象最深的是它的草地，几乎所有不被建筑、树木占领的地方，都是草地。在那些草地、树木营造的空间，人们可以自由往来。

大连人使绿多起来。要造绿地，就要有地盘。为扩大绿地面积，大连人结合城市房地产开发，对坐落在市区繁华地段的有碍观瞻、污染环境的工厂进行了动迁换建，让出空地搞绿化，从而使城市绿地面积多了起来。如大连渤海啤酒厂原来地处青泥洼桥繁华地区，1995年市政府出资四千万，将该厂迁至郊外，一下就让出九千平方米土地，建成了一个街心花园，让市民又多了一处休闲、散步之地。

大连人让绿露出来。城市本身就有绿色，因为围墙相隔而使之深藏"闺中"。大连市将全市所有的公园、路街主干线两侧、机关、企事业单位封闭式的砖墙全部推倒，让绿露了出来。同时，把围墙内裸露出来的空地全部进行绿化，取而代之的是造型典雅的欧式栏杆。这样，客观上取得延伸绿地的效果，使公园、绿地与繁华的商业市区融为一体，让广大市民、游人充分感受到无处不在的大自然的迷人风景。

大连人营造绿色风景线。对铁路沿线、主要干道和高速公路出口处这些难以管理的地带进行重点绿化。该铺草坪的铺草坪，可种树木的种上树木，能栽花的栽上花卉。由于这些"窗口"地带环境面貌得到彻底改观，使之一路飞车一路绿，增加了优美的迎宾氛围，从而给乘车到大连的国内外客人以美的享受。

大连人留足绿地。为使绿化之"花"常开不败，大连人把增加城市绿地纳入城市建设和发展的总体规划之中，使绿化与建设项目同步设计，同步施工。并明确规定了不同区域不同作用的建筑周围预留绿地面积的标准，凡是新的建设项目尤其是住宅建设，不留足绿地，达不到规定要求的坚决不审批。这样就有效地解决了"重建筑轻绿化"和绿化不达标问题。如占地一百五十万平方米的星海湾商务中心是通过填海造地建成的，当年其他项目还没有动工，道路和绿化就已先行，一期工程绿化面积就达五十万平方米。

大连是绿色的，大连是我心中的一个梦想。

长白山览胜

登长白山浏览天池风光，是我多年以来的夙愿。

长白山究竟有多大，我不是很清楚。只见大巴车经过吉林市，就驶入了长白山山脉。隔窗相望，一路山青水绿，林涛滚滚，源流之下，积水成塘，一幅绝美的自然图画映入眼帘。

正值夏日 7 月，广袤的沃野青纱无际，郁郁葱葱；极目眺望，峰峦此起彼伏，更有蓝天白云笼罩，山水田野一色深绿，即使是在夜幕里，也能感受到勃勃生机。俊美的北国风光，的确令人心旷神怡。大巴车缓缓进入松江河车站，已经是上午九点多了。从大巴车上下来的人群，大多是组团来长白山旅游者，每个人的脸上都挂着笑容，丝毫没有一夜颠簸的疲劳之苦。我们夹杂在旅游的大众里，随着拥挤的人群，一路向山里奔去。

长白山麓，深林密布，以桦树松树闻名遐迩。难得一见的美人松错落有致，水洗般干干净净，娇嫩嫩的着实可爱。值得一提的是，乘坐的景区大巴车穿林而过，车窗外不见尘土飞扬，自上山到下山，经过二十公里的奔波，车体外表洁净如初，根本不用清洗，生态园林空气的洁净度可想而知。如果用打比方的方式来形容空气的新鲜，当你在长白山麓深深地呼吸一口气，犹如在喧闹的城市里用嘴对着氧气瓶导管吸氧一样，呼吸的原生态鲜氧，较之氧气瓶里的氧气，还有过之而无不及。

洁净，是长白山特有的景象，是北国风光的骄傲。即使你连续在山里观光数天，即使你的衣裤被溪水飞溅，也绝不会染上任何一点污泥浊水。这种一尘不染的感觉，只有在长白山才能找到。

洁净，为长白山林带来了无比的俊秀。沿途瞭望，红花鲜红含羞，黄花艳黄耀眼，紫花凸显深情，白花朵朵清丽。五颜六色的鲜花，如同一颗颗彩珠，镶嵌在茫茫的绿茵草丛之上，真让人流连忘返。

走进长白山，遥望银水飞泻，使人浮想联翩。清幽的溪水，洪荒原野，奇峰、怪石、珍草、峡谷、古树等无不经过瀑布飞流的洗礼。秀丽的天池瀑布，看起来像一个含羞的少女躲在无人处梳妆，很难相信这里蕴藏着巨大的能量，竟是三江之源，滚滚的银流，冲开了天地玄黄，宇宙洪荒。吮吸甘甜清冽的泉水，仿佛感受到了母亲般的慈爱，丝丝缕缕，绵绵不绝，默默地哺育关东儿女茁壮成长。

长白山风景如画，可看处颇多，处处引人驻足。对于我来讲，快步急登的景观必定是天池。从西坡而上，汽车驶进半山腰的驿站，就要徒步行走 1442 个天磴。步步登高，对于旅游者，是一个常规的选择。而我选择西坡登山，却有另一番用意，刻意延长零距离亲近长白山的时间。

按史料记载，长白山之巅，是火山喷发后形成的，应是乱石飞布，寸草不生。当我双脚踏在峰峦之上，感觉到脚下却是软软的，举目环顾，恰似色彩斑斓的大草原，漫坡绵延，草绿花红。如果不是亲临，怎么也不能相信这里竟是海拔两千六百多米的高山之巅。

大约在中午时分，我终于登上了天池极顶。俯瞰天池之美，找不到合适的词语来形容。只感觉到天池碧水比天还蓝，有倒看蓝天之感。相比之下，蓝天颇为逊色，有满目苍白之感。天池气象万千，动感极强。风动、云动、雾动、水动，瞬息万变，无规律可循。这种瞬间的无常变化，构成了特有的绝妙风光，让人感觉到这就是一部处世天书，人生不过如此。

　　如果用任性、发怒、恬静、温柔、淡定、从容这些描述性格的词汇，来描述天池的性格，还是有空白之处。如果必须用一个词来描述长白山，那么，这个词就是：声音。聆听长白山的声音，如同聆听到父亲般的教诲。当你面对天池海纳百川的气魄，你的身心会承受住世态的冷热酸甜；当你面对长白山挺拔大地的芬芳，你会感到人世间的风霜雨雪，在生活中是多么的斑斓。

　　导游说，长白山是一座神奇的山，也是一座秀丽的山。每当春风乍暖，山下万树含烟、众绿齐发，山顶却依然白雪皑皑，宛如一位玉骨冰肌的仙女，亭亭玉立在茫茫林海；犹如一朵芳蕾绽开的雪莲，嫣然怒放于万绿丛中。长白山古木参天，遮天蔽日，在密林深处，有数不尽的物华天宝。

　　长白山经过大自然漫长岁月的雕塑，群峰竞秀，万态千姿，有的像直插青天的宝塔，有的似虎豹雄狮，有的如仙人驾鹤翱翔，有的似雄鹰衔石，其景致极为壮观。长白山逶迤千里，势如蛟龙，充分展现了大自然的奇迹。它隐居于茫茫林海之中，却又突兀于崇山峻岭之上，它有时显得壮阔、粗犷，有时又极为绚丽动人。长白山有其自然的美姿和丰富的资源，是亚洲东方别具一格的名山和引人入胜的旅游胜地。

　　长白山如一首没有结尾的诗，长白山如一幅没有画完的画。每一位登山者都是续写诗歌的雅士，每一位登山者都是泼墨丹青的画家。我暗暗庆幸的是，长白山至今没有被任何佛主教派所独占，可以说，长白山是迄今为止未被开垦的处女地。

齐齐哈尔的魅力

在黑龙江省有一座美丽的城市——齐齐哈尔。那一片水，那一块冰，那一盏灯，也同样深深留在我的心中。有一次，我随行的同事老家在齐齐哈尔市。他对我说，我们经常怀揣对父母的感恩，也随那冰一般慢慢融进情感的最深层，总有一些东西，是岁月所消融不了的，我的父母我的故乡，就像温暖我一生的冰灯让我铭记在心，喜欢每年一度的冰雪节，那时除了可以欣赏银装素裹的冰雪世界，还可以浏览那壮观的冰灯。

冰灯，是北方特有的一种民间艺术，每当夜幕降临，华灯初上的时候，就是观赏冰灯的最好时间，从远处望去，只能看见晶莹剔透的冰墙和隐约露出的冰雕的尖顶。走进园里，冰灯五颜六色，形态万千，让人感觉到仿佛走进了童话里的仙境一般。

他说，这些年每天都忙忙碌碌，奔波在父母的病榻前，属于自己的空间少了，所以对于许多事情都淡忘了。每年冰灯游园会，光顾得更是少了。但由于对冰雪有着天然的亲切感，所以还会忙里偷闲地去观看一下。不喜欢它被人为地美化以后的形象，总是喜欢在下雪天里，蹬一双防滑鞋跻身在雪幕之中，感觉自己也与天地浑然一体，分不清彼此了。那种境界让人陶醉，喜欢那种不刻意的原汁原味。

如今的冰灯，经过了现代化的手段处理，已经实现了声、光、电、动、玩一体的集合。冰雪节也随着冰灯艺术的名气出了国门。冰灯不再是原来意义上单纯的灯，而是冰灯、冰雕、雪塑、冰雪艺术之美。北国冰城的夜还是如此让人沉醉，霓虹幻彩，水晶玲珑。

　　齐齐哈尔冬天旅游最大的特色，就是到鹤乡观看冬季栖息在这里的丹顶鹤。很多人认为冬天丹顶鹤都会南迁了，其实不然，经过驯化，丹顶鹤已经适应了东北寒冷的气候，部分丹顶鹤，会留在鹤乡齐齐哈尔。冬天来鹤乡观鹤，这可是饱览了一道别致的风景线。作为世界第四大湿地的扎龙湿地，自然生态良好，全世界仅两千只丹顶鹤，这里便拥有四百多只。

　　有一部电影，说的就是丹顶鹤故乡的一个养鹤姑娘，为了挽救丹顶鹤，滑进了沼泽。电影中那首凄美悠扬的歌曲《一个真实的故事》不倦地唱着：走过那条小河／你可曾听说／有一位女孩／她曾经来过／走过那片芦苇坡／你可曾听说／有一位女孩／她留下一首歌／为何片片白云悄悄落泪／为何阵阵风儿轻声诉说／还有一群丹顶鹤／轻轻地轻轻地飞过。

　　丹顶鹤最为美丽的，就是它头顶的那一抹红色，白雪里一粒红豆，白玉中一颗玛瑙，宁静的早晨一匹火爆的朝霞。搜尽语言的库存，也找不到恰当的词句，美得无语。没有人不为丹顶鹤这种鸟类所吸引和慨叹。它是大自然的杰作，鬼斧神工般的自然魔力造就了它的美。有许多摄影家的镜头，留住了丹顶鹤美丽的瞬间，朝霞中与霞光共舞的身姿。

　　我曾经在公园里看到过各种鸟类，但是没有一次像走进扎龙这个自然保护区，看到的鸟类给我的震动之大。这里没有笼子，没有围墙，天、地、湖、鸟、人，就这样和谐自然地相处着。美丽的丹顶鹤就在你的身边玩耍，它飞起来，飞出你的视线也没有关系，它是到湖水里洗澡或者找小鱼去了，它还会飞回来，像吉祥的彩云，降落在你的脚下。那一刻，我想，每个人都会被这神灵般的鸟儿，激发出对善良和美好的向往。

这就是齐齐哈尔的魅力。

这里是北京

　　像北京这样的都市，每天都在演绎着一场场精彩纷呈的影视剧，不，也许应该叫戏剧，生、旦、净、末、丑，悉数登场，给这热闹纷呈的社会搭建了一个各逞其态的人生舞台。人潮熙攘、车水马龙、高楼大厦，似海市蜃楼。巨大的、高高耸立的广告牌，昼夜不息不知疲倦的霓虹灯，似乎在告诉生活在这里的人们，在皇城根里、天子脚下，不管你来自哪里、从事何种职业、金钱多少、能力大小，总会让你找到一个地方，成为某一台戏的主角，去成就自己的梦想。这也许是北京外来人口居高不下的真实原因吧。

　　在这个四季分明但天空不够晴朗的城市，总觉得视线模糊，看不清自己，更看不透别人，每天目睹着为了生计奔走忙碌的人们，似乎觉得自己在这座钢筋铁骨、楼宇纵横的空间里迷失了路，偶尔抬起头，滚滚人潮中，感到能力被淹没，觉得自己是何等渺小。很久了，看着匆匆而来，又匆忙而去的人们，扪心自问，我和他们在干什么？

　　北京有着悠久辉煌的历史，是国家的政治、经济、文化中心。北京，是一座朴实亲切而又大气磅礴的城市，既能海纳百川，又有着自己独特的风姿，吸引着世界各地的人们，也让那些来自全国各地所谓的"北漂"纠结、向往，爱恨交加。他们坚持再坚持，虽历经千辛万苦，仍"衣带渐宽终不悔"，宁愿几人挤住在几平方米的地下室，也不愿离开。迄今中国乃至世界，像北京一样有着悠久历史的古城，并非绝无仅有，但北京的魅力究竟在哪里？

古人、遗迹和当下人，构成了北京。北京建城始于公元前1045年，至今已有三千多年的历史。公元10世纪后，辽、金、元、明、清五个朝代先后以北京作为陪都或国都。明代的北京建设达到了最高峰，在元大都的基础上，以紫禁城为核心，外围由皇城、内城、外城共四道城池组成。真正是"山河千里国，城阙九重门"。富丽堂皇，从高空俯视像一串翡翠项链，恬静如水灵动欲滴地屹立着，见证了无数金戈铁马和朝代更迭，给人们留下的是唏嘘、震撼与难忘。

时代变了，主角变了，但是遗迹还在，这就是一座城市生命的延续。故宫，明、清已故二十四位皇帝曾是名副其实的主人，今天却成了过客，这就是历史。明十三陵，陵区占地面积达四十平方公里，埋葬十三位帝王，是中国乃至世界现存规模最大、帝后陵寝最多的一处皇陵建筑群，如今已是世界文化遗产，辉煌依旧，留下的不过是给后人瞻仰。逝者已去，今天的北京市民成了这座城市的主人，但看起来相隔数百年的几代人，却能在同一级台阶上留下脚印，触摸同一件文物，洞察同一段历史，这便是传承。

林语堂说："一个城市即使尚未臻于完美，人们也依旧会喜欢它，还要留恋其旁的山峦，河流。即使人们很少去游览，有关那些胜地的古老故事也会使整个城市充满活力。北京城距西山十至十五里，西山越往远处越显高峻，上有数百年的古庙，从汩汩山泉中流出的清澈溪水，一直流淌进城中的太液池。香山狩猎公园占地面积广大，其中还建有许多富家别墅。如今要到此处，从西直门乘车只需半小时。玉泉山上用白色大理石建成的白塔，在阳光下灿烂夺目。颐和园中的万寿山也总是遥遥相对，依稀可见。北京城内的小溪都源于西边山中……"

林语堂描写的北京，波澜不惊。但映在万绿丛中，金色屋顶闪闪发光的故宫和庙宇，覆盖着蓝色和绿色琉璃瓦的四合院住宅，带着前廊的朱红色房屋，半掩于百年古树下的红墙、屹立在广场的天安门、横跨着有绮丽牌楼的繁华大街、高楼林立的中关村、迁入的世界五百强、宏伟的机场、喧嚣的站台、曲婉静幽的学府……古人、遗迹、现代元素，是今人与古人的默契，赋予了北京历史的鲜活，赋予了古人、古迹情感和生命，使不能言语的文物，也具有了表达的能力，更使北京的现代元素彰显，也使充满幻想来自五湖四海的人们休养生息，留恋向往。

其实历史并不遥远、古人并不陌生，文化亦有生命。当北京向世界敞开怀抱的时候，当千万人拥入京城时，看着忙忙碌碌的人们，不难想象，是今日的我们成就了北京。

香山红叶

　　金秋十月，又是一个收获的季节，香山的红叶也一定很红了吧。早就听说香山的红叶很美，来美丽的北京已有几十次了，去了很多美的地方，也感受到了许多许多的美。早就想写一篇关于美的文字，可是美中不足的是，那美岂是用我的语言所能表达出的。

　　早有去香山看红叶的打算，这对美的想法、红的向往也因种种原因搁浅了，可总经不起那红、那美的诱惑，想起年年的红叶飘落，对那香、那红、那美的想往不但不减，反而加深了许多。基于对那香、那红、那美的渴望，最终下决心在这个周末开始我那香、那红、那美的旅程。

　　想起要去那香的山，看那红的叶，心里自然红得很，美得很。坐在公交车上，心中早已有了那香、那红、那美的模样：有山、有水、有绿草、有鸟鸣，这个季节可能少有花香，那水也一定很红、很红。"下一站是香山公园，有去香山的乘客请准备下车。"我随着那甜美的声音向公交车车门走去。

　　走下公交车，街道一眼是望不到尽头的，并不是它有多远，而是缓慢的人流挡住了视线。因为是一条上坡的街道，路面看上去总会觉得是一条上下涌动的人流构成的活动的彩街。大约走七百米，就能到达香山的东门。沿街是各色的小吃，以烧烤、水果、饮料居多。都用红叶有关的词句做着红色的广告语。音乐声、叫卖声、谈笑声、脚步声夹杂着糖炒栗子的脆响声，烤肉串、烧鱿鱼的刺啦刺啦的炸爆声，使整个街道热闹异常，一片繁华的景象。

走进东门，首先映入眼帘的是勤政殿。在勤政殿门前每隔半个小时就有一次专业人士对香山公园的讲解，让初次来到香山的游人有一个概括性的了解。

急于满足对那红的渴望，我错过了讲解中的红，收起想象中的红，走进了视野中的红，放眼望去，香山近在眼底，眼前已是红红的一片，从山底向上望去，那红红的红叶正发出一闪一闪的光泽，像是在召唤着游人和我："上来吧，上来吧。到这红的世界，美的世界来吧。你会拥有一颗红的心、美的心、愉悦的心。"

迎着那召唤，信步走进了那红红的香山，走近了那红红的红叶，轻轻地抚摸着那红，暖暖地被那红、那美感动着："这就是我向往的红、神往的美！我终于见到了你，拥有了你——那香、那红、那美。"摘下一片叶子望去，那一点点的红，像烛光一样的红，那是一片红叶的红，是淡淡的红；站在树下望去，那一小片的红，似彩带一样的红，那是一棵树的红，那是静静的红；放眼望去，那一大片的红，如火一样的红，那是满山的红，那是光芒四射的红。望着那点点的红、小片的红、大片的红，这多样的红，却一样的美。那种美、那种红是那样的纯、那样的真、那样的静。美得朴实，美得高洁，美得淡雅。红得透彻，红得激昂，红得自然。红得让人神往，美得令人心动。

曾经迷恋于朱自清那月色下的荷塘，曾经痴情于徐霞客那澜沧江边的蝴蝶丛。难道又要醉倒在这红的香山上、这美的红叶间？曾经钟情于那草原的绿，现在又要痴迷于这香山红叶的红。啊！香山！我要走遍你的红，闻遍你的香，看遍你的美；带走你的香，印上你的红，获得你的美。

通往峰顶的路有两条，一条是宽阔一些、平缓一些的绕行青石板路，应是为老年、儿童准备的；一条是稍窄、有些陡峭的台阶路，自然是为青年人准备的，当然那上面也有不少老年儿童的身影。为了能在更大范围内欣赏到红叶，我选择了绕行的石板路。在一处幽雅的青石板道旁，一位年轻的妈妈对着一个四五岁的小女孩问："照完了吗？"小女孩拿着一个无比精致的高档相机，高兴地嚷道："照完了，给你和爸爸照得特别好，我都会用了。""比我都强，我还不会用呢。"年轻妈妈望着一个帅气的男人，不无感慨接着说，"那年我们来这里是两个人，今年我们就变成了三个人。"是啊！是否年年红叶依旧人依旧，抑或"年年岁岁花相似，岁岁年年人不同"？

脚下踩着光亮的青石板路，眼睛收获着芳香四溢的红叶，心田珍藏着无边无际的美，灵魂书写着那美带来的震撼。走在这红红的路上，带着几分醉，带着几分红、带着几分美，跟着同样醉的游人、同样红的游人、同样美的游人漫步前行着。在一僻静的枝头上，看到一片红叶上面，仍有几滴正在痴迷于那红、那美的朝露，晶莹欲滴，像那刚刚剥开外壳的荔枝。虽不闻妃子笑，却亦见游人醉。坐在一片树荫下，透过红叶的缝隙洒在身上几许金灿灿、轻柔柔的光，整个人仿佛也是光鲜鲜的。垂下眼帘尽情享受着那美的红宴。一丝清微的风吹来，吹开了眼帘，抬眼望去，被阳光照到的红叶显得亮红，下面的叶子就变得暗红。亮红和暗红被那点点的风吹得此起彼伏。像一串串红色的风铃发出很细微很细微的声响。又像响沙湾的流沙声，唰唰唰地把那含情的风铃送向远方。来自那香、那红、那美的声响轻柔柔地流进心田，沁人心脾。天空亦被红叶捧起，指缝间便洒下大小不同、形状各异、星罗棋布的光泽。静静地欣赏着被那香、那红、那美渲染出的各异的天空。

稍强一点的微风吹来，颤动的叶子把那红抖得像波浪一样，须臾间便传向了山的那边，把那香、那红、那美的拥抱送给了每一个游人。鸟儿亦在学那微风，轻盈的舞姿把身边的叶片抖出了一个个小的红色漩涡。伴随着那清脆的鸟鸣，活像一个个红色的舞池。像是在给游人炫耀它们也拥有了那香、那红、那美。给那香、那红、那美更增添了许多妩媚和动人。

随着熙熙攘攘的人流，不知不觉间来到明镜湖边，蹲在明镜湖的湖水边，静静地望着水面。清澈的湖水映下了那香、那红、那美，也映照了我。望着水里的红叶，看着水中的自己，伸手去捧水中的红叶，湖水却揽着那香、那红、那美，快速地流去。红叶，我对你的爱又怎及湖水的一滴，它已把你深藏在心底，孕育在血液中，浸透在每一个细胞里，把你的红、你的香、你的美带入山川、河流、大地，它要把你播种到祖国的每一个海角间，洒向天涯。

离开秀美的明镜湖，沿着青石板路向香山高处走去，一路上，扶老携幼手拉手，老年夫妇手拉手，年轻恋人手拉手，同学朋友手拉手，红叶与人手拉手，人和红叶手拉手。是爬山让大家手拉手，是红叶让大家在毫无顾虑地手拉手，是香山让大家拉起久违的手。

穿行在游人中，感受那来自游人的流动的红，时而漫步在红叶间，品味那安静的红。来来回回的游人把那安静的红亦变成了流动的红。高高低低的枫树上，上上下下的红叶间，散发着各种各样的红，那微翘的红叶，会送给你一种张扬的红，那是时尚之美。拨开时尚美，会露出微绿泛红的红叶，那是一种安静的红，会给人以古典美。还有一种向下弯卷的红叶，把那红隐藏在包裹中，那是一种内敛的红，给人以高雅、含蓄的美。一片红叶落下，那是散落的红，给人以飘逸的美。落到地上的红叶，那是回归的红，给人以感怀的美。高大的枫树，聚集了那巍峨挺拔的红，给人以庄严神圣的美。低矮的枫树磨炼出那纯朴厚重的红，给人以蓄意待发的美。那高高低低的红，错落有序地交融，才有了那满山遍野的红，给人以大气磅礴的美。

我醉了，游人醉了，天也醉了，此时，天上竟飘来了许多云，半刻的工夫就有了雨丝，一番细雨，雨丝飘飘，似雾似雨，洗清了那红叶上的微尘。那红时隐时现，那美若即若离，这丝毫不减那红的风致，那美的神韵，反而更加可人、清丽。香山亦格外的俊秀、旖旎。

一雨洗红尘，雾里醉清秋，烟红渺渺，香山缭绕，似云若雾，游人似飘。仿佛入仙境，但愿长此不愿晴。

看着那雨雾渐渐地散去，那红亦如同雨雾中现出的太阳慢慢明朗。那美亦从朦胧变得清灵，我继续梦境般地前行。

一路走来，经过几个小时的跋涉浏览，终于到达了香炉峰，它因为看上去像一个大大的香炉而得名，俗称"鬼见愁"。香炉峰上总是满满的人流，你起我落，摩肩接踵，峰顶亭台边的几株树上挂满了游人签名的红色彩带，亦如红叶一般红红地挂满枝节间。那上面挂的不仅仅是彩带，更多的是游人对红的向往，对美的追求。鸟瞰香雾萦绕中的北京城，楼阁仿佛在云雾中。坐在山顶，望着这满山的红叶，好想在每一片红叶上面写下：这是 2010 年的红叶。留下这红的记忆、美的遐想——我见到了，那香、那红、那美。

红叶呀！请你告诉我！你那来自心底的红，是不愿告别这金色的秋才染上那鲜血一样的色彩吗？你选择了这百花开落的季节，加上你那激情燃烧的颜色，并大片大片地扎根在那香的山上，你怎能不红？怎能不美？哦！香山，你把那红植入山顶，把美洒向人间，你怎能不火？你怎能不香？香山啊！你也许不会在意，但你可知道，有多少人为你的红而迷，又有多少人为你的美而醉。

从山顶望下去，红叶仿佛是一片片的彩霞，如织的游人在彩霞的笼罩下像一条舞动的巨龙在向上升腾，五湖四海的游人，都是为了这红、这美的旅程，看那红的神色，望那美的眼神。我想他们会如我一样，心中一定装满了那红、那美、那惬意。

天上不知何时飘来了许多彩霞，抬头望着天上那片红，低头看到地上那片红，渐渐分不清是天上的彩霞落在地上，还是地上的红叶挂在天上。那红在视野里，那美在香山上，那香却留在心里。我醉了，醉在这绿上添红的香山上，醉在这漫山遍野的红叶间。拾起一片飘落的红叶放在心间，似乎整个人也是那红红中的一小片，仿佛也有了心香、心红、心美。那美的红不仅挂在了天上，也挂在了我的心上。

游人和太阳就要下山了，红叶和彩霞也满天了，我的心中也装满了那香、那红、那美了。我也该告别我这不想告别的那香、那红、那美的旅程了。

香山送了我那香、那红、那美。我留给了香山那相思、那眷恋、那向往。

望着天上的红，迎着地上的红，拥着心中的红。回首却总不愿挥手，轻轻地、缓缓地、慢慢地走下了那香、那红、那美的山。

神奇的响沙湾

内蒙古鄂尔多斯境内，有一处远近闻名的旅游胜地，这就是"世界罕见，中国之最"的银肯响沙，俗称响沙湾。它位于达拉特旗南部，库布其沙漠的东端，北距草原钢城包头市五十公里，周边延绵的沙山层层叠叠，形成一幅壮观的沙海奇景。

银肯响沙居中国各响沙之首，被称为"响沙之王"。"银肯"是蒙古语，汉语意思是"永久"。银肯响沙陡立于罕台河谷西岸，有清泉从坡底涌出。响沙景区沙高一百一十米，宽四百米，依着滚滚沙丘，面临大川，背风向阳坡，地形呈月牙形分布，坡度以四十五度角倾斜，形成一个巨大的沙丘回音壁。沙子干燥时，游客攀着软沙梯，或乘坐缆车登上银肯沙丘顶，往下滑溜，沙丘会发出轰轰响声，轻则如青蛙呱呱的叫声，重则像汽车、飞机轰鸣，又如惊雷贯耳，更像一曲激昂澎湃的交响乐。这响沙声令人精神振奋，妙趣横生，于是一鼓作气从一百多米高的沙山顶一直滑到沙山底下，人们不禁惊叹：这里的沙子竟会唱歌？！

当人们站在沙丘的高处放眼望去，茫茫大漠沙丘连绵，如金波荡漾，十分壮观。这就是内蒙古三大沙漠之一的库布其沙漠，总面积达1.6万平方公里，"库布其"是蒙古语，汉语为"弓弦"的意思，如果我们把库布其沙漠比喻为一张弯弓，那么，我们脚下的响沙湾就是这弓上之弦。这道平地崛起的沙丘在阳光的沐浴下，起伏着优美的曲线，宛如侧卧的美女，在茫茫的沙漠中静静享用着大自然赐给的静谧，无数种传说融进沙歌里——无论是"鸣沙""响沙""哨沙"，抑或近代的"唱沙""乐沙"等，都在这传说的迷雾中延伸拓展。

这里响沙湾的传说很多，但大部分传说都与藏传佛教寺庙有关。传说之一是：有五百名喇嘛正在召庙中奏乐祭典，忽然狂风骤起，漫天的飞沙走石将召庙埋没。传说之二是：当年八仙之一的张果老骑驴驮着沙袋子，不慎解口，一夜之间沙子埋没了这里的一座寺庙。人们滑沙听到的鸣沙的响声，好像是喇嘛们在地下奏乐和诵经的声音，这个传说的普遍性代表了当地蒙古族聚集所产生的文化效应。传说沙下埋着一座叫"银肯召"的寺庙，这是不是真的呢？还是一个谜。游客们可以通过游览银肯响沙欣赏到蒙古族歌舞，静静地感受民族宗教、民族文化与自然景观之间的有机联系。

那么，这里的沙子为什么会响呢？至今对世人来说还是一个无法解开的谜，也正因为这个谜，赋予了响沙湾神奇的魅力，迎来了许多国内外的游客。传说固然美丽，但不能揭开响沙之谜。近年来，国内不少学者提出了"地形说""共鸣箱原理""静电学说"等，都试图科学地解释响沙的成因。

响沙大漠如梦如画，晨曦时波光粼粼，五彩纷呈，夕阳下大漠孤烟，美不胜收。置身其中，远离城市的喧嚣，感受那一份让灵魂宁静的温馨。响沙湾景区山顶上的蒙古大营，为游客提供了一流的食宿条件和娱乐场所。住蒙古包、吃手把肉、品尝鲜奶与鄂尔多斯美酒的同时，还可以欣赏到响沙湾艺术团为您献上的鄂尔多斯民族歌舞及独具特色的鄂尔多斯婚礼表演。那悠扬的歌声、那动人的舞姿、那感人的场面，让您不由自主进入"酒不醉人歌醉人"的境界。

2019 年 8 月,我和我的朋友应邀来到具有现代气息的响沙湾,入住超五星级响沙湾莲花酒店。晚上观看完夜幕下的座座沙岛景观,回到酒店写下了这样一首赞美响沙湾的歌词:

你像大海巨浪波澜壮阔 / 你像黄河飞瀑气势磅礴 / 朔风卷起沙山座座 / 你是沙漠王国最美花朵 / 走过多少留恋的地方 / 没有响沙湾印象深刻 / 神奇的响沙生生不息 / 这里的沙子会唱歌。

你像出土铜镜古香古色 / 你像马踏飞燕疾驰穿梭 / 汗水筑起沙岛座座 / 你是沙漠王国最美花朵 / 响沙湾的道路蜿蜒曲折 / 留下你我深深的脚窝 / 神奇的响沙生生不息 / 这里的沙子会唱歌。

风情边城满洲里

当你穿过广袤的呼伦贝尔草原，也许你会被草原的绚丽美景所折服，蓝天辽阔，白云朵朵，碧野如毡，芳草萋萋，毡包散落，牛羊点点，还有那宽厚雄浑的草原牧歌，清香四溢的马奶美酒。

从海拉尔出发，一路西行，当你怀着一路神往、一路畅想来到中俄蒙边境时，你会发现这里有一座风情万种的边城。她妩媚多情、仪态万千，向每一个天涯游客释放着她的娇艳、她的风姿——这就是满洲里。

茫茫草原，极目平畴旷野，遥不可及的或许是村落，蓝天白云下似乎缺的是那稀疏的人烟。而你正在为看不见村庄略显惆怅之时，忽地，你发现这里有一座拔地而起的城市，你会不会感到十分激动？你会不会认为这是草原的奇迹？

满洲里往西北方向八公里就是中俄边境的 41 号界碑，界碑的内侧是我们的国门。界碑不高，却神圣如一座高耸入云的山峰，不可逾越；界碑不大，却凛然如一位雄伟挺拔的哨兵，不容侵犯。国门高大，庄严而凝重，每一块砖石都透露着威武与豪迈。这里曾是远古硝烟弥漫的战场，这里曾是中俄抗日的红色通道。这里也曾披着一层神秘面纱，它的神秘演绎出它的风云历史，书写出它的沧桑伟大。满洲里，她是历史长河流淌中的驿站，是中苏革命进程中的捷径，是各民族走向融合的见证。

满洲里除去阳光特别强烈，释放出更多的紫外线之外，应该说是一个环境很优美的城市。说她环境优美，并不是因为城市绿化特别出色，相反我并不感到这里的绿化有多好，在市区我甚至没有见到一棵可以被称作大树的树。虽然如此，城市依然整洁有序、清新洁净。走近她，你似乎嗅到了一个异域少女的清香。

的确，满洲里有着异域少女浓烈的风情。在这里，这种风情让人感到她娇艳欲滴的美。高高的塔尖，隆起的圆球，这里的建筑处处彰显了中西合璧的精华。这里的牌匾大都是中、俄、蒙三种文字，店铺所售货物也多是俄罗斯的舶来品。大街上你会随时看到装扮时尚性感的俄罗斯男女悠闲走过，川流的汽车有许多是俄罗斯牌照，商店的售货员、饭店服务员都是满口流利的俄语。

满洲里的夜晚似乎来得很晚很晚，但时间却持续得很长很长。入夜后各种霓虹粉墨登场，将整个城市照耀得五彩斑斓。假如你用火树银花来比喻这里的夜晚那就明显属于用词不当了，因为璀璨的灯火将每一座建筑照射得金碧辉煌，将每一条街道洒满剔透的珍珠，她是一座真正的不夜城。

沐浴着七彩霓虹，你可以徒步去中苏金街走走，你会看到这条步行街好像是人们休闲的天堂。亮如白昼的金街人们或逍遥穿过，或驻足闲坐，或购物，或游玩，或与家人消磨时光，或与情人卿卿我我……这里有清纯甜美的邻家女孩，这里有美丽大胆的俄罗斯少女，满洲里特有的灯火将她们衬托得更加美丽可人。俄罗斯的少女是落落大方的，你可以走过去要求与她合影，她会微笑着摆出最美的姿势让你将她最美的一面带走。

此时你会发现语言的不同并不是不可逾越的鸿沟，共同的对美的追求会让整个世界大同。

满洲里的早晨或许是对满洲里夜晚的背叛，它来得似乎很早很早，凌晨三点就没有了一点夜的痕迹，这时也许好多人刚刚进入梦乡吧。大约四点钟，太阳已经升起，我按捺不住这座城市带给我的激动，迎着徐徐晨风沿静静的街道散步。满洲里的人们是绝不会这么早起床的，我想"日出而作，日落而息"的千年古训也许只适合内陆吧。

满洲里作为一个边城，她并不失其繁华，也不失其风情。当我站在国门之上眺望那边的俄罗斯地貌时，杳无人烟的草原、毫无生机的陈旧小镇，甚至俄罗斯国门的孤零简陋，都与这边形成了鲜明的对比，将满洲里衬托得更加风情万种。这时，你会感觉她更加丰满靓丽，更加楚楚动人。

美丽的汉中

一

凡去过汉中的人，都说那里风景如画，是鱼米之乡。但是自己从来没有机会去过，曾经走过不少的地方，大多为了工作，就像是在漂泊，欣赏一下当地的美景那简直是奢侈！此次去汉中，就截然不同了，纯粹是去旅游。

汉中市简称"汉"，顾名思义，就是汉人的汉，是"汉家发祥地"，也就是中华民族的老家。汉中位于陕西省西南部，汉江上游，北倚秦岭，南屏大巴山，中部是"汉中盆地"。

初到汉中，给我的最大感受就是那浓浓的、深入人心的汉文化。

自东、西汉到东、西两晋前后六百多年，除了开国皇帝和前几代的继任者强权治理国家，休养生息，把民生搞得有声有色，往后的国君就一个不如一个地窝囊，不是被杀，就是被废，或是早早地病死。摇摇欲坠的江山成就了许多民间英雄，家喻户晓的就有《三国演义》里的刘备、关羽、张飞、诸葛孔明，还有我所喜爱的萧何、韩信、大将张辽等。尽管大多都不是汉中人，但在这里一样被顶礼膜拜，可见汉中人的包容之心！

汉中南湖风景区茂密的植被、碧绿的湖水会使你联想到陶渊明《桃花源记》里的经典句子。几座小土丘稳稳地漂浮在墨绿色的水面上形成一座座小岛，上面的树木密密麻麻，几乎没有人的立足之地。有的需要乘坐核载几十人的袖珍轮渡过去，有的只需做几个水泥莲花朵就可以将它们连接在一起，还有的干脆固定一排小船形成长长的游廊，就像我们小的时候几个小伙伴在一起做"画地为牢"的游戏，两个"牢房"中间划一道窄窄的通道，只许走这里才可以通过，充满了童趣。

　　登上湖中心的望月楼，南湖美景尽收眼底。此时的你真想化作一只小鸟，借着上升的气流，腾空而起，翱翔在南湖的上空，或是用翅膀拍打蓝绿的水面，你的心情，就会有说不出的惬意！最喜欢小岛在水面上的投影，在外延的波纹上是斑斑点点的，靠近里面就成了浓墨重彩的水墨画，里面隐隐的树冠是画家最喜欢调配的颜色。丛林里不时有年代久远的大树，根如蟠龙，皮若裂岩，像个百岁老人捋着长须，虽然你猜不到它的年龄，但你会感受到季节的无声、心灵上的陶冶！大多的树木，我说不上名字，但都是针叶林和阔叶林混合，看不到一点人工修剪的痕迹，可是它们笔直笔直地伸向蓝天，高高的树干不屈不弯，令人肃然起敬！

　　学者余秋雨来到汉中后，留下了这样的感慨：这两天我弥补了一个遗憾，这个遗憾就是我以前竟然没有来过汉中，我是汉族，我讲汉语，我说汉字，这是因为我们曾经有过一个伟大的王朝——汉朝。而汉朝一个非常重要的重镇，就是汉中。来到汉中，我最大的感受就是，这儿的山水全都成了历史，而且这些历史已经成为我们全民族的故事。

二

一到汉中，汉中人就告诉我们，汉中的油菜花海在全国评比中名列第一，几乎每个城镇、每个村庄都拥有属于自己的花海。于是，老君镇，便成为我们此行目的地。

一大早，我们乘车前往老君镇。在车上，我的目光一直扫视窗外，迫切地期待着油菜花海带给我的惊喜。终于，不到半小时，便到达了油菜花的主会场。

油菜花以独特的魅力吸引着来自全国各地的游客，有的成群结队，有的单枪匹马。他们或是早已与油菜花情深似海，趁仲春佳季，探望阔别已久的老友；抑或是与油菜花从未谋面，此次只是慕名而来。而我们，属于后者。但不管如何，大家有一个共同目的，那便是尽情享受人间这场特别的花海盛宴。

油菜花美丽迷人，令人叹为观止。它用微小的花朵，营造漫天的金黄，以毕生的精力，展现极致的艳美。走近花海，只见油菜花之间有阡陌相隔，每处油菜花都一样，以满腔热情迎接所有的到访者，不管你来自远方抑或是生于此地，不管你是文人政客抑或是平民商贾，也不管你是否与之早有交情还是它刚结交的新知，都一视同仁。它未沾染俗世的丝毫尘埃，呈现给世间最纯净的美丽，让人如痴如醉。当微风吹拂，馥郁的花香扑鼻而来，油菜花也随风舞动，摇摆着柔小的身姿，跳起华美的舞蹈，宛如一个个美丽婀娜的仙子。最为调皮的莫过于蜜蜂、彩蝶，它们时而点触花蕊，驻足深处，时而飞舞，挑选着最中意的美味佳肴，为花海增添了几分乐趣。花海中建有房屋，房屋前面又有溪流潺潺而过，附近小树上的鸟儿不时唱出悦耳的歌声，此情此景，美不胜收。

油菜花性格各异。有些以孤傲的姿态俯视人间烟火，任世事如何变换，任沧海怎么变成桑田，全然不顾，只是潇洒地吐露清风，相伴明月；有些则是遭到不幸的人为践踏或是烈日酷风的摧残，仍以不屈不挠的精神展现出顽强的生命力，向世人阐述，谁才是真正的强者；有些则是远离大众繁华，选择偏僻的一角，独守心中的那份宁静。

意欲与油菜花合影者到处可见，似乎每个人都是如此"贪婪"，欲将这里的一切据为己有，用一种先进的科技将油菜花和自己拼凑浓缩于一张张小小的纸张，将油菜花永远留在身边，把最纯美的风景封存内心。

我不敢发声，怕俗世的嘈杂会惊扰这片不可多求的宁静；我谨慎前行，担心落空的脚印不慎踏碎这绝世的美丽；我放缓脚步，害怕美好的时光会加速消逝；我手抚花朵，不曾想到会对这漫天金黄如此怜爱！

看黄河壶口瀑布

    2007年，在延安干部学院学习结束后，我们几个约好一起前往神往已久的壶口瀑布。当我们乘坐的汽车还在蜿蜒曲折的山路上行驶时，便隐约能看见黄河壶口峡谷了。从山上远眺壶口峡谷，你会看到一片棕红色的裸露岩层，黄河奔腾于岩层之上咆哮着奔向东方，奔流到一条深不可测的峡谷前猛然停住了。这条峡谷出现得是如此突然，如同被一把利刃在岩层上切割出来，滚滚河水忽然从眼前消失了。

    我们还没有走近瀑布，便能听到震耳欲聋的水流声。靠近峡谷边缘，直视瀑布，金色的怒涛从几十米的高度直泻而下，滚滚河水夹杂着泥沙在飞落中奔腾、翻滚、跳跃！然后猛然撞击在峡底的巨石上，于是瀑布在轰然巨响中再度腾起，在空中化为一片白茫茫的水雾。此情此景，如同千万匹骏马在一望无际的草原上奔驰，又好似无数条金色的巨龙在苍穹中飞腾。和着迎面吹来的冰凉河风，不由得使人对瀑布生出一种敬畏之情。

    壶口瀑布，是中国第二大瀑布，仅次于黄果树瀑布，诗仙李白曾写诗云："西岳峥嵘何壮哉！黄河如丝天际来。黄河万里触山动，盘涡毂转秦地雷。"他以浪漫主义的手法，把黄河壶口瀑布描绘得气象万千、雄壮无比。今天，我来到了壶口瀑布，目睹了这震撼人心的奇景。

在这炎炎夏日，生机勃勃的瀑布如狮虎齐吼，撼天震地，白雾迷蒙。听着那如雷声震耳却又像风铃般清脆的水声，看着那黄土颜色的河水翻滚着被吸入神秘莫测的"壶口"中，我们不由得加快了脚步，也如那河水般被吸引得越来越近。突然想起了有诗云："涌来万岛排空势，卷作千雷震地声。"多么壮观的景象啊！沿着山石，稍往下走，只见一个巨大的漩涡里面翻腾着雾气。导游说，曾有一头黑猪掉进去，再漂上来时，浑身的毛竟被拔得一根不剩。听到这个故事后我不禁打了一个寒噤。而这翻腾的雾气被称为"水底冒烟"。黄河入"壶口"处，湍流急下，激起的水雾腾空而起，恰似从水底冒出的滚滚浓烟，十数里外可以望见。

看到这么神奇的景象，我们每一个人都激动起来，不住拿起手中的相机，到距离母亲河最近的地点拍照留念。母亲河里飞溅的水花在我们的衣服上不知疲倦地舞蹈着，留下了大地母亲的印记和味道。

不知不觉中，一个上午飞快逝去，这时的黄河，没有了清晨阳光照耀下的含蓄，在强烈的阳光下，河水发出闪闪的光，如在摇曳的夜空中飘浮着的星星，蕴含着它特有的童话色彩。

黄河壶口飞瀑，是由于平原与峡谷底间巨大的落差造成的。而黄河壶口之所以能够形成峡谷，则是因为黄河的地表切割而成的。此处的河床，原本是与上游相仿的平坦河床，经过千百年大自然鬼斧神工的冲刷，才成就了这气势磅礴的壶口飞瀑。从今往后，黄河仍会在壶口峡谷继续下切，造成的落差将越来越大，壶口瀑布也会变得更加壮观。而这壮美的景象，宛如我们中华民族奋勇向前、顽强拼搏的精神，也使人从中感受到了中华民族旺盛蓬勃的生命力。

终于，当太阳公公慢慢移动到我们的头顶上时，我们也要离开这里了。大家收起心中的不舍，回头最后看了一眼，这粗犷的黄河，这深厚的黄河，这庄严的黄河，这豪放的黄河，这中华民族的母亲河。

西岳华山行

西岳太华山者，当少阴用事，万物生华，故曰华山。踞中土西偏，当七宫正位，是称西岳。

——唐玄宗《西岳太华山碑序》

登华山

素有"天下第一奇险之山"之称的西岳华山，巍然屹立于三秦大地。它集风景名胜、道教圣地于一身，古今中外有多少人为之注目。当我们站在它的脚下，已华灯初上，夜景稀疏，看不清它的身影，也领略不到它有多么雄伟壮观，但依然静静地迎接明天的曙光。

清晨，呼吸着新鲜的空气，我站在华阴市区，向南远远望去，群山相拥，华山沐浴着晨曦，隐隐约约显现着自己满身的苍翠，但依然看不出它的险峻，只待身入山中，才能慢慢体会。

品尝了当地的风味小吃后，驱车前行，与它走得越近，越能感觉到它的雄伟，我想，大山都会给人这样的感觉吧。

因为华山地势险要，一直以来就有"自古华山一条路"的说法，虽然现在有多条登山通道，但我还是喜欢古人踏过的华山登山要道。只有这样，才能在脚下感觉真切的华山。来到华山北麓，入口为玉泉院，它位于华山北麓谷口，为登游华山的必由之地。凡是有灵气和人气的山川，都与道或佛有了缘分，泰山是，华山也是。玉泉院依山傍水，为全真教道教华山派祖庭。院内绿荫蔽天，泉石如画，建筑宏伟，回廊曲折，时有道士出入。玉泉院传为五代隐士陈抟所造，是华山道教活动的主要场所，清乾隆时重建。解放后曾数次整修，亭、台、殿、廊，雕梁画栋，焕然一新。内有清泉一股，据传这股泉水和山顶的镇岳宫玉井潜通，特别清澈甘美。以至我在后面的登山活动中，想着去装几瓶山间的清泉来饮，以让自己沾上些许这西岳华山的灵气。

过了玉泉院，进入华山山门。脚下的十几里石块山路铺得错落整齐，蜿蜒通向山中，放眼远观，映入眼帘的是华山巍峨壮观的景象，一座座千仞石壁立于眼前，如倚天长剑直插云霄。那雄壮的山峰像天工刀砍剑劈般直直削下，那陡那险无不让人惊叹天然造化，而许多的巨石块又如天外飞仙，鬼斧神工般地巧妙地落于两峰之间或两石之间，大石压顶，摇摇欲坠，给人唯恐躲闪不及的感觉。抬头，群簇的葱郁植被点缀山间、路边或悬崖峭壁之上，伴着行人，吹来山里的轻风，空气也一下子清新起来。耳边有山里的宁静，时而可以听到山间清泉汩汩的流水声，时而听到鸟儿清脆欢快的叫声，我还看到了漫山的野槐花，继而闻到淡淡的花香，迎面扑来，沁人心脾。

还算平整的十几里山路缓缓走来，欣赏着路边的、山间的美景，华山的道士、挑山工还有游人开怀地在山间狂吼，那"空谷传音"和"回音壁"的效果，使粗犷豪放的声音回荡在山间，传得很远。回首望去，自己早已置身于崇山峻岭之中，远处的青山绿谷尽收眼底。此时距华山险峰千尺幢、百尺崖、苍龙岭还很远。听旁边的导游说，登华山才刚刚进入险峻的地段。

华山奇险，险象环生，险险不同，险而不危。千尺幢有"太华咽喉"之称，是在千寻绝壁上开辟的一条宽只有八十厘米的石槽，坡度近六十度，上有铁索悬挂，在这里只有人工开凿的二百六十多个台阶，游人登山时，只能紧抓铁索攀登，回首望去，石槽之外一线天，向下看，如登悬崖峭壁，下面好似万丈深渊，令人眩晕又心惊胆战；过了千尺幢不敢松口气，接着就是百尺峡，它两侧峭壁，中夹石阶险道，纵坡度也近五十度，上面也只能容一人攀登，上浮悬石，仰望摇摇欲坠，唯恐躲闪不及却又无处可走；老君犁沟东依绝壁，阎王碥则是西倚削壁、傍临深渊，让人无不危危而立；战战兢兢地登过老君犁沟，终于来到了华山北峰，游人也一下子多了起来，一阵欢呼，立于山顶，眺望群山。

沿华山北峰继续前行是天险苍龙岭、擦耳崖，其通道则是在壁立万仞的华山山脊之上开凿的石阶，身侧是一眼望不到底的深沟，石阶宽度也只有八十厘米，没有铁索抓取，是万不敢登峰的。在这里你只有进或退，向上是五云峰、东峰、中峰、南峰、西峰。由于时间关系，后面的南峰、中峰，引凤亭、金锁关、仰天池、镇岳宫、沉香劈山救母处就没再继续登。

挑山工

华山挑山工是一项职业，也是华山的一道美丽的风景线。

有山有人就有挑山工，小时候在课文中学过泰山的挑山工，在来华山之前不曾想到这些，但是他们的确是存在的，因为他们是和华山共存的。他们和华山一样的高大，因为他们承载了华山上的物资来源，山顶上游客、道士的日常用品，庙宇、山路维修改造原料，大都是挑山工用双肩挑上去的。一条条开山之路上，沿着陡峭的石级，他们神情坚毅，目标专一，脚踏实地，奋力向上，一步一个脚印，永不停歇地向上攀登着。他们用自己的双肩和汗水，为游人默默地奉献着。"稳挑日月历沧桑，万古登山涵意长。沧海横流天欲堕，东天一柱看脊梁。"挑山工的辛勤劳动早已与雄伟的华山融为一体，展示着华山的勃勃英姿。沉甸甸的扁担、晶莹的汗珠、黝黑的皮肤、憨憨的笑容，成为巍巍华山一道亮丽的风景线。

刚登上山时，有几个挑山工与我们同行，他们担着货物，不急不缓地前行，且看那挑担的样子、走行的姿态、坚毅的神情甚至憨厚的性格，无不融进了这座大山里，出于好奇，我与一个挑山工攀谈了几句。

"你们这一次要走多远啊？"

"五十多里。"

"一天跑几次啊？"

"一次。"

"每次能赚多少钱？"

"二十多元。"

"天天这样跑吗？"

"嗯。"说完，他朝我憨憨地笑了笑。

导游告诉我们，挑山工话不多是为了节省更多的体力。海拔两千多米的华山，既险又陡，山路不好走，他们每天要挑50—100斤的货物上山，然后下山，第二天依旧要这样，很是有毅力。此时我对他们产生了敬佩，他们与华山有着同样的美。

与挑山工交臂而行，所有的游客都会敬而让道，并且心中对他们充满了尊重，在每个人心里他们才是华山最可爱的人，他们才是华山最神圣的风景。

登山中，隐约听到一支极具陕西地方风味的淳朴山歌，细听其中的词语，却道出一种辛酸和无奈。我顺着歌声寻去，是挑山工唱的，我等着他，听他唱那首歌：

> 我们一起去码头，
> 我们眼看要分手，
> 望着列车要开走，
> 泪水忍不住地流。
>
> 不是哥哥不爱你，
> 哥哥是个挑山的，
> 一个月赚的只能养活自己，
> 我拿什么来养你。
>
> 哥哥扎根城市里，
> 开着宝马来接你，
> 到了那时那一刻，
> 哥哥再说我爱你；
> 到了那时那一刻，
> 哥哥再说我——爱——你！

停下来时，我问他，这是他们自己作的曲子吗？他说是的，表情和眼神中都流露着一种难言的苦。我可以想象，他们当初选择挑山，割舍了自己多少的情和爱，这样的曲子又是以怎么样的心情在孤独苦闷劳累的挑山工作中创作出来的，又如何表达了自己对美好生活和甜蜜爱情的向往，他们的挑山之路是否又蕴含着他们的生活之路和爱情之路？美丽的希冀挑在肩上、走在脚下，伴随着一路的歌声，为他们增加了前进的动力与信心。

他们也是快乐的，可以说，挑山工中不乏一些艺人。在青柯坪处，就有一个年逾五六十的老挑山工，边挑着担子，边为行人吹奏笛子，清脆的笛声，响彻山间，以至于我登上几里之外的北峰时，还能够听到，又为游人添加了几分情趣。他们随时可以在不是太险的休息处，为游人表演撂担子的绝活，几十斤乃至上百斤的担子在他们黝黑的肩膀上转来转去，表现了他们强壮的身体、熟练的挑担技巧和平衡力。

与几个挑山工闲聊中，感觉到他们生活的艰辛，虽为一种职业，但也是窘迫于生活的无奈。他们的行为举止对我们来说是一个伟岸的形象，可溅在古道上的每一滴汗水对他们自己却也只是一个生活的方向，到底是大自然故意捉弄人来不畏天险辛勤付出，还是人硬要为这绚丽的风景再加上一道人为的风景？如果华山派的道士不在这么险的山峰筑屋修道，也就没有现今的如此辉煌了。

美丽的华山无言，因为有些人在它的身上以一种和华山一样刚毅的力量在为其塑造着美丽风景，而这些人却又是那么的纯朴厚道，没有时间来欣赏风景，为生活所迫，路在脚下，下山了再向山上走去。

寻梦青海湖

　　游过太湖、西湖，到过鄱阳湖、洞庭湖，就是没去过青海湖。那是我魂牵梦萦的地方。

　　真的做梦都想去，可惜一直没机会。直到2016年夏秋之交，有幸参加在西宁召开的一个"全国企业思想政治工作研讨会"。会后，我们几个同事前往青海湖，这才终于圆了我的梦。

　　青海湖古称"西海"，藏语叫作"措温布"，意即"青色的湖"；蒙古语又叫"库库诺尔"，意为"蓝色的海"；它是大自然赐予青藏高原的一面巨大的宝镜。青藏高原是世界上最大、最高、最年轻的高原，海拔大多在3500米以上。青海湖恐怕也是世界上最大而又最高的湖之一。

　　青海湖地处青海高原的东北部，这里地域辽阔，草原广袤，河流众多，水草丰美，环境幽静。湖的四周被四座巍巍高山所环抱：北面是崇宏壮丽的大通山，东面是巍峨雄伟的日月山，南面是逶迤绵绵的青海南山，西面是峥嵘嵯峨的橡皮山。这四座大山海拔都在3600—5000米之间。举目环顾，犹如四幅高高的天然屏障，将青海湖紧紧环抱其中。从山下到湖畔，则是广袤平坦、苍茫无际的千里草原，而烟波浩渺、碧波连天的青海湖，就像是一盏巨大的翡翠玉盘平嵌在高山、草原之间，构成了一幅山、湖、草原相映成趣的壮美风光和绮丽景色。

青海湖湖面海拔 3196 米，它是维系青藏高原东北部生态安全的重要水体，是阻挡西部荒漠化向东蔓延的天然屏障，被青藏高原人民誉为"藏区圣湖"，还被联合国列为国际重要湿地。它是我国的第一大内陆湖泊，也是我国最大的咸水湖。

"蓝蓝的天上白云飘，白云下面马儿跑，挥动鞭儿响四方，百鸟齐飞翔……"不知是谁触景生情，有头没尾地唱了这么几句，反而勾起了我对"马"和"鸟"的兴趣。导游告诉我们，青海湖一带所产的马早在春秋战国时代就很出名，当时被称为"秦马"。《诗经》当中都有记载和描写。以后到了隋唐时代，这里的马经过乌孙马与汗血马的交配改良，发展成为独具特色的良马。它不仅以神骏善驰而驰名，而且以能征惯战而著称。即使是现在已经保留很少的骑兵部队，战马也还是大多来自青海和新疆。

导游还告诉我们，青海湖不仅是"良马的故乡"，而且是"鸟类的天堂"。青海湖鸟岛是亚洲最大的鸟类繁殖所，位列我国八大鸟类保护区之首。每年三四月份，从南方迁徙来的雁、鸭、鹤、鸥等候鸟陆续来到青海湖开始筑巢抱窝。一到五六月份，整个岛上鸟蛋遍地，幼鸟成群，叽叽喳喳，啁啁啾啾，声播数里，热闹非凡。此时岛上鸟类多达二三十种，有斑头雁、斑嘴鸭、凤头鸭、白眼鸭、针尾鸭、鹊鸭、鸬鹚、鱼鸥、棕头鸥、黑颈鹤、大天鹅等。数量最多时达十五六万只，光是鱼鸥就有八九万只，青海湖丰富的鱼类为鱼鸥提供了天然的食物。到了七八月间，秋高气爽，百鸟齐飞，游弋湖面，翱翔蓝天，遮天蔽日，蔚为壮观。

青海湖在不同的季节里，景色迥然不同。夏秋季节，当四周巍巍的群山和西岸辽阔的草原披上绿装的时候，青海湖畔山清水秀，天高气爽，景色十分绮丽。辽阔起伏的千里草原就像是铺上了一层厚厚的绿色的绒毯，那五彩缤纷的野花，把绿色的绒毯点缀得如锦似缎，数不尽的牛羊和膘肥体壮的骢马犹如五彩斑驳的珍珠撒满草原；湖畔大片整齐如画的农田麦浪翻滚，菜花泛金，芳香四溢；那碧波万顷、水天一色的青海湖，好似一泓玻璃琼浆在轻轻荡漾。而在寒冷的冬季，当寒流到来的时候，四周群山和草原变得一片枯黄，有时还要披上一层厚厚的银装。每年 11 月份，青海湖便开始结冰，浩瀚碧澄的湖面冰封玉砌、银装素裹，就像一面巨大的宝镜，在阳光下熠熠闪亮，终日放射着夺目的光辉。青海湖是一个色彩斑斓的七色湖。赤、橙、黄、绿、青、蓝、紫，千变万化各不同。由于湖水的深浅不同，季节不同，天气不同，甚至同一天内，湖水的颜色也会七彩纷呈，变幻莫测。所以，被人们称为"梦之湖"。站在这蓝天白云之下，面对这变幻万千的碧绿湖水，手捧散发清香的无名野花，我的心不知不觉有些陶醉。似乎灵魂出窍，忽忽悠悠、飘飘荡荡，浑然不知去向何方，只感觉那如梦幻一般的湖水，轻柔舒缓地流进了我的心田，荡漾在了我的心上。

驾长车，踏破贺兰山阙

　　中国古典诗词中，最为豪放的词句应数东坡先生的《念奴娇·赤壁怀古》——"大江东去，浪淘尽，千古风流人物"；最富有激情、最为豪迈的词句则是名将岳飞的《满江红》——"驾长车，踏破贺兰山阙"！现代白话文中，只有美国总统布什的一句话可以与之媲美——在威胁某个国家时，布什说：如若他胆敢使用核武器，我们将把它炸回新石器时代！这是迄今为止我所知道的最有威慑力的语言。

　　贺兰，蒙古语中是"骏马"的意思，听起来是一个很吉祥喜庆的名字，想象中也应当是一座很秀美的山。然而穿越此山时才发现，它的名与实相差甚远。这座位于宁夏与内蒙古交界处的山，平均海拔两千多米，最高处的贺兰峰也仅三千多米，山体植被稀少，岩石裸露，险峻奇秀也不及其他名山。

　　贺兰山上有古老的长城和古老的岩画。古长城的墙体大多已经腐朽倾颓，有的地段只能看到一点印迹，有的地方已经无迹可寻。岁月以它无形的力量，不露声色地摧毁着人类历史上最为浩大的工程。我在内蒙古、北京、陕西、甘肃见过不同时期的古长城，宁夏的长城建筑年代应是最为久远的，也是风化得最为严重的。

　　贺兰山下，银川城边，有数座千年以前的西夏王陵，号称东方的金字塔。那一座座锥形陵墓，全部是黏土堆积而成，毫无规则地散落在一马平川上。千百年过去，陵墓上仍然寸草不生，像金字塔的建造过程一样至今是个无法解开的谜。这些陵墓与现代的高速公路和楼宇错落交织，构成一幅远古与现代融合一体的奇幻风景。出土的一些器皿上，镌刻着诡异神奇的西夏文字，与汉字有着极大的区别，让人无法破译其中隐含的内容。

在西北五个省会城市中，银川给人的感觉是最为洁净繁华而有序的。当我第一次到银川时，城市的规划建设给我留下深刻印象。那时候，全国大部分城市建设才刚刚开始起步，银川就已实施了广场工程、亮化工程，街道上设置了盲人专用道；当出租车还是全国上下一片红的时候，银川的出租车就学习香港，把上半部涂成了银色，使人容易辨识，体现出先进的管理理念。与街头老百姓闲聊，人们不约而同地说起陈书记。他到宁夏回族自治区任党委书记后励精图治，在较短时间内改变了一个自治区、一个省会城市的形象。事实证明，人民群众的眼睛是雪亮的，为人民谋取福祉的领导人，人民对他充满敬意，也会从心里永远记住他的功业。

提起银川，不得不说镇北堡西部影城。这座由著名作家张贤亮开发经营的西部最大的影视拍摄基地，几乎成了银川的代名词。到银川不到影视城，不算真正到过宁夏。张贤亮是中国当代文学史上一位有分量的作家，他的《绿化树》《男人的一半是女人》是我年轻时就接触过的作品，其中很多细节至今记忆犹新。他是一个有实力而且用心写作的作家，历经磨难九死不悔，坚韧、乐观、奋进，体现出极为豁达的人生态度，我对他的精神和态度始终充满欣赏和敬意。

这位以创作实力和优秀作品赢得广泛赞誉的作家，没有故步自封，而是以他的巨大智慧、勇气和实力，因陋就简，在一片荒凉的旷野上建立起了以古朴、原始、粗犷、荒凉、民间化为特色的著名影视城，在此摄制影片之多，升起明星之多，获得国际国内影视大奖之多皆为中国各地影视城之冠。走进影视城，满眼是创意和文化，处处显示出大智慧、大手笔，给人以无尽的美感和启示。

银川还有著名的风景——沙湖。沙漠之上居然存储了一大片清净的水域，那是上天赐予银川的珍贵礼物。沙湖之上，有浩大的芦苇荡，有万鸟聚集的鸟岛，乘船横渡沙湖，不时有大头湖鱼跃进船舱，带给人们无尽的快乐和惊喜。在沙湖对面高高的沙山上滑沙，可以全方位体验西部风情。

宁夏的枸杞、银川的大米，都是极为优质的土产。这片黄河水滋补灌溉的古老土地，处处呈现着勃勃生机与活力，在银川大地上旅行，没有过多西部的感觉。在辽阔的大西北，很多地方以"塞上明珠"自称，而在我眼里，用这个词形容银川是最为合适的。

新疆是个好地方

一提起新疆，我马上就会想起《我们新疆好地方》这首歌。因为我四次进疆参观考察，都是来去匆匆，没有见识新疆真面目。在我心目中，对新疆的印象是沙漠、戈壁滩、荒凉、落后……然而，禁不住旅游大潮的诱惑，我还是动了心，生发了想去新疆一游的冲动，想去那里看一看浩瀚的沙漠和久负盛名的戈壁滩到底是什么样的；到新疆瓜果飘香的季节，也想去美美地品尝一下那里的各种瓜果。于是在2018年6月中旬，我与几个朋友相约成行，自驾车踏上了开往新疆的旅程。

云间部落喀纳斯

喀纳斯机场位于喀纳斯景区的南缘，由此去喀纳斯湖只有约六十公里的路程。所以我们从乌鲁木齐出发乘坐一个小时的飞机到喀纳斯机场后，直接坐大巴车上山前往喀纳斯湖，这样不仅可以缩短旅程的距离，从而减轻旅途的疲劳，还可以节省下更多的时间，来全身心投入喀纳斯这段不平凡的梦幻之旅。

凡到过"美丽而神秘"的喀纳斯的旅行家，都称它是地球上最后一个尚能找到原始自然美的地方，当我们切切实实地踩在这方广袤圣洁之地时，心情激动不已。

我们乘坐的中巴车绕过机场驶进从布尔津上来的这条公路，沿着蜿蜒的上山斜坡公路，来到了Ｓ形盘山道。盘旋至山顶，视野一下子变得如此开阔。远处的山坡大起大伏，曲线十分优美。而公路就像一条独特的黑色飘带，绕着大山的一侧不断向前延伸。连绵不绝的山谷上簇拥着一拨一拨的云杉和冷杉，苍绿无比。绿草茵茵的山甸草原，散落着牧民们白蘑菇般的毡房，羊群则星星点点地缀满了山坡。蓝天白云下，一切都显得那么安闲与寂寥。这是一幅纯天然的绝美画卷，随着海拔的不断升高，这幅画卷徐徐展开，向经过这里的人们展示着自己独有的西域风情画面。

我们的车就这样在这幅美妙的画卷中一直向前爬升，已经记不起这是翻过了第几个山口了。车随路转，路随山转，当不远处的山谷下渐渐飘来一团团浓厚的白雾时，我知道，我们已快接近了这次梦幻之旅的目的地——喀纳斯景区。

早就听说过喀纳斯的雾是非常奇特的，它们在太阳的照射下并不散去，而是在上升。我们从山顶往山谷下开去，山下的白雾穿过茂密的树林渐渐向我们推进。从远处看，白雾已经把整个山谷全部遮盖。而白雾的上面却是一片艳阳天，置身于此景，我们的车仿佛是在仙境般的云海上空飞行。雾使得山谷之中的树也飘浮了起来，它把这里的山川点染得像是水墨画一样，十分好看。当我们的车驶进浓厚的白雾中穿行后，这时已经看不见头上的蓝天和阳光了。而期盼已久的喀纳斯景区也渐渐拉开自己神秘的面纱，迎接我们的到访。

公路下方一片金黄色的芦苇地突然闯进视线之中。在正午阳光的照射下，纤细的芦苇丛随风摇摆，闪烁着耀眼的光波。在它的前方，一丛丛的红柳、骆驼刺、芨芨草，根须深深地扎根在戈壁之中，它们与风雪抗衡，与沙漠相拥，抵御着漫天风沙，装点着荒漠戈壁，显示着西部的淳朴、狂野和不羁。一脚深一脚浅地走到沙漠的腹地，微风掠过的沙坡涌起一道道涟漪，轻轻地扬起黄沙，远眺广袤无垠的大漠，心忽然静了下来。万千浮世，你我若尘，站在天地之间，自己如此渺小。为一睹喀纳斯的真容，一次次地把它写进自己的梦想，如今为了它来穿越这空旷辽远的戈壁大漠，足见喀纳斯无法抵御的魅力。

位于阿尔泰山密林深处的喀纳斯湖景区，蜿蜒曲行的道路下方开始出现淙淙的急流和茂密的森林。那一棵一棵白桦树散落在松林中间，因枝干雪白，更加显眼，再加上蓬勃的树冠，似一把把大伞，挺立在河道对岸，与潺潺的流水一起装点着春天的世界。

这片几乎没有夏季的土地是中国唯一的西伯利亚植被景区，生长有西伯利亚区系的落叶松、红松、云杉、冷杉等珍贵树种和众多的桦树林。这里是那么静，让人只能屏息凝视，生怕一次大一点的呼吸把自己从梦中惊醒。

喀纳斯景区，还拥有很多的唯一：这里是亚洲唯一呈现瑞士风光的地方，是中国唯一和四国接壤的自然保护区；蜿蜒流淌的喀纳斯河成为中国唯一的北冰洋水系——额尔齐斯河的发源地；这里是中国唯一的图瓦人聚居区，因地处中哈边境被称为"西北第一村"的白哈巴村，风光秀丽，民风淳朴，伴着袅袅炊烟，仿佛童话王国一般。

喀纳斯湖最深处达 196 米。风和日丽时，湖面碧波万顷，群峰倒映，湖面会随着季节和天气的变化而时时变换颜色，是有名的"变色湖"。湖呈弯豆荚形，湖东岸为弯月的内侧，沿岸有六道向湖心凸出的平台，使湖形成井然有序的六道湾。每一道湾又都有一个神奇的传说。

驼颈湾是进入喀纳斯河河谷的第一个景点，喀纳斯河在这里形成了一个恰似驼颈的大拐弯。这里已经进入到了春天，满眼的绿草如茵，山花烂漫。金莲花一片金黄，一朵朵竞相绽放着笑脸。她们与蓝天白云，雪峰碧水，木屋丛林，一起构成了喀纳斯春天的故事。

快步走到绿地尽头想一探究竟，不用俯瞰，就可以看到峡谷中澄澈纯净的一湾碧水，两条雪线像洁白的哈达装饰山腰间，那是还未消融的白雪为她增添的最亮丽的一抹色彩。在那片绿地上席地而坐，凝神望向碧蓝的天空，大口地呼吸着新鲜的空气，心怀在那一刻完全放开。没有大声地呼喊，只怕打破这山谷中的沉寂。

从驼颈湾沿喀纳斯河北上约几公里，峡谷中出现了一道蓝色月牙形湖湾，那就是月亮湾。月亮湾同样会随喀纳斯湖水的变化而变化，是镶嵌在喀纳斯河的一颗明珠。湾内有嫦娥奔月时留下的一对光脚印，也有传说这个脚印是当年成吉思汗追击敌人时留下的。这里如此美丽、静谧，难怪会成为喀纳斯的标志景点。

车从月亮湾的弯道处继续疾驰而下，向北即将到达喀纳斯湖的路上，公路两侧开始出现一排排木质尖顶的木屋，一群孩子在一片开阔地上打闹、嬉戏，阳光、灿烂的笑脸让人备受感染。高大的旗杆上赫然飘扬着鲜艳的国旗。这是喀纳斯村唯一的一所小学，在这远离尘嚣的地方，人们并没有安于自然、原始的生活，仍然是对未来充满了期冀。

沿喀纳斯河河谷溯流而上，没有走木质的栈道，而是直接走向河滩。这里风静波平，河水似一池翡翠，因为水太清了，所以像是一面镜子，她看到了什么就化成了什么。碧绿的河水，与河岸的密林、乱石以及皑皑的雪山、白云交织成一幅静谧的画面。我像探宝一样，把竹棍伸向看似很浅实际深达几米的水底，在一块块色彩斑斓的石块间仔细寻觅着。终于淘到了一块好看的石头，便像顽童一样开怀大笑，视若珍宝地放进包里。

在岸边一块凸起的礁石上坐下来歇息，注视着眼前澄净的河水和对岸那片静谧的森林。想象着如果秋天来到喀纳斯，那应该是纯金的时节。那时的喀纳斯会是天高云淡，层林尽染，深绿的山坡上透出一片片黄枝红叶相间、青山白雪相连的色块，河畔的白桦、红松、冷杉等树木会以金黄、橙红、黛绿等交叉的色彩，烘托着山顶耀眼的雪色，投映在翡翠石般的喀纳斯河上，光彩夺目，好不令人沉醉。

在河畔逶迤排列的礁石间不断前行，眼前的喀纳斯河水时而湍急、时而平缓，河水从上游宽阔的喀纳斯湖聚集在此，在礁石间跌宕穿行，奔涌而下，雪白的浪花拍打着礁石，发出巨大的轰鸣。走到栈桥上凭栏伫立，眼前的喀纳斯湖被自然地一分为二，一方是还未融化的冰面，一方却已是波光潋滟，冰面和水面交织的地方，形成了几道鲜明却不规则的曲线。再远眺湖对岸那座海拔两千多米的骆驼峰观景台，是唯一能驻足饱览喀纳斯美景的最佳平台，因处于观察"湖怪"的最佳位置，故得名观鱼亭。

来到喀纳斯，不可错过到图瓦人家中"家访"。这些定居在喀纳斯湖畔的图瓦人，近四百年来一直以游牧、狩猎为生，他们勇敢强悍，善骑术、善滑雪、能歌善舞，现在仍然保持着比较原始的生活方式。原木垒起的木屋散布村中，小桥流水、奶酒飘香。夕阳中，图瓦村里那些带有尖顶的、颇具瑞士风格的小木屋反射出一丝丝温暖的金黄色光芒。小屋旁边的松树和白桦树三三两两地散布着，全都高大笔直。古朴的小村景致，仿佛让你回到了远古的部落生活。在这些图瓦人中，有唯一一位能够演奏"苏尔"的神奇老人，竟能用苇草编的"苏尔"吹奏三重奏的和弦。

喀纳斯湖与图瓦人相互辉映，融为一体，构成喀纳斯湖景区独具魅力的民族风情。

喀纳斯湖不仅自然资源和物种非常丰富，而且旅游环境和人文资源也别具异彩。喀纳斯既有北国风光之雄浑，又具有南国山水之娇秀，加之这里还有"云海佛光""变色湖""浮木长堤""湖怪"等胜景、绝景，怎能不称得上西域之佳景仙境？带着对西部的憧憬而来，在这里真正感受了喀纳斯，那份空灵悠远让人的心彻底沉静下来。终于明白为什么所有的新疆指南都在介绍这里，真的不想告诉更多的人，这里是人间的天堂，是云间的部落。这个季节的喀纳斯，是一片宁静的世界，草场、雪峰、蓝天、白云、碧水、村落，一切都会使心灵回归最本真的自己。旅行的意义，不在风景，不在路上，而在心里那点斑驳的美丽和念想。

禾木村

秋天的禾木村另有一番景致。

图瓦人、小木屋、原始村落、成群结队的牧群、蓝天白云、雪山、白桦林、禾木河、大草原，一个个图景汇集成了我们心目中的向往，加剧了我们对这个被誉为"中国第一村"的期待。

禾木村位于新疆北部，布尔津县境内，与蒙古、俄罗斯、哈萨克斯坦三国接壤。是图瓦人集中生活居住地，是我国仅存的三个图瓦人村落中最远、最大的村庄。

一踏上古村落的土地，眼前仿佛来到某部电影镜头之中，骏马、羊群、木屋、牧民，简朴的民居旅馆、栅栏都呈现在了眼前。我们来到峪源山庄，这是一家拥有餐饮、住宿的山庄，虽然看起来外貌简朴得有些原始，但是做的炒菜和米饭，竟然和内地没有多少区别。饭后，山庄的人带我们来到了小木屋住宿。小巧的木屋俨然宾馆标间的配置，两张床，洁白的被褥，有暖气，带卫生间。奇妙而浪漫，温馨而舒适。

据导游介绍，本地图瓦人有四五千人，分为禾木、白哈巴、喀纳斯三个村。在当地做生意、开旅馆、做餐饮的，大多都是哈萨克族人。小木屋和餐饮房子都是租图瓦人的。图瓦人只需靠传统的畜牧、出租房子、加上古村落保护费的收入，生活就富足而悠闲了。

放下行李，我们顾不上卸掉旅途的劳累，即出门向禾木河对岸的山坡上走去，因为小山坡上可俯视禾木村及禾木河全景。尽管天色有些阴了，有下雨的可能，但是，我们还是义无反顾地带上雨伞出了门。

禾木河自东北向西南流淌，将村落和纯自然领地分在两边。河上有一座木桥，我们与迎面赶着牛群羊群过来的牧民在桥上相遇，我一边忙着拍下这难得的镜头，一边侧身让过了他们。过了桥，即是成片的白桦林了，白桦树用无数只眼睛看着这些远方客人，一棵棵白桦树如同这里的哈萨克族年轻的牧民一样，身姿挺拔、健硕。一条木质的带有扶手的台阶式的路一直铺上了坡顶，路旁有当地人牵马招揽游客骑马上山的，有穿着漂亮的哈萨克民族服装的小孩们抱着小羊供游客拍照的。

上得山坡远眺，禾木村全景果然尽收眼底，层林尽染，绚丽多彩，雪山、道路、小木屋、河水点缀其中，好一幅美丽的画卷！就在大家欣赏、拍照之时，天上掉起了雨点，不少游客急忙往山下走去。只有少数人和我们一样为了多看一会儿禾木村的全景，打着伞漫步在雨中，不一会儿，整个禾木便沐浴在雨雾中了。只见周围云雾缭绕，雨点时大时小，见过照片上雪中的禾木和阳光下的禾木，唯独没见过雨中的禾木。这时，山色苍苍，树木更加鲜艳夺目，红、黄、绿三种主色调又各有多种深浅不一、层次不一的斑斓色彩。禾木河更加欢畅，阡陌小道蜿蜒清晰，小木屋炊烟袅袅，雨中的禾木分外妖娆。我想，如果我在梦中梦到一处世外桃源，那一定就是禾木村了。

感慨魔鬼城

魔鬼城，一个听起来令人毛骨悚然的地方。然而，人们却并没有因为它的恐怖它的偏远而远离它，使它与世隔绝起来。相反，将它开发成了旅游景点，每年都有成千上万来自全国各地乃至世界各国的人来观赏它、赞美它，这是一个怎样的地方呢？

魔鬼城位于新疆准噶尔盆地西北边缘的佳木河下游乌尔禾矿区，西南距克拉玛依市一百公里。

我们从布尔津县出发前往魔鬼城。一路上，见到了大片大片的瓜地，车上有人欣喜地说："看啊，那么多的西瓜！"司机听了，笑笑说："那不是西瓜，是打瓜，又称籽瓜，因拳打而食和含籽量多而得名。这种瓜吃起来不像西瓜那么甜，主要是为了收获瓜籽，黑瓜子就是打瓜的籽。"哦，黑瓜子虽然常吃，打瓜还是第一次见到，我们可谓长见识了。

我们在途中简单吃了午饭后，在下午三点多到达了魔鬼城。

魔鬼城是一种名为"雅丹"的典型风蚀地貌。当地蒙古族人称为"苏鲁木哈克"，维吾尔人称为"沙依坦克尔西"，其意皆为魔鬼出没的地方。这里既渺无人烟，又热闹非凡。因地处风口，四季狂风不断，每年大小风要刮300多次，最大的风力达10—12级。每当风起，飞沙走石，天昏地暗，怪影迷离。如箭的气流在城中盘旋狂啸，发出凄厉的怪叫，犹如鬼哭狼嚎。强劲的西北风不仅给了魔鬼城"名"，更让它有了魔鬼的"形"。由于风雨剥蚀，地面形成深浅不一的沟壑，裸露的石层被狂风雕琢得奇形怪状。

我们是乘坐景区观光车在城中游览的。随着观光车的行进，观光车上开始播放景点介绍：拖着长长尾羽的孔雀、展翅的雄鹰、昂首的雄狮、长啸的天马、天下粮仓、豪华游轮、断桥、烽火台、双面人……一个个象形景点引得我们忙不迭地一会儿向左看，一会儿向右看。"像，真像啊！"大家赞叹着，观赏着……同时希望观光车开慢一点，再慢一点，生怕漏掉一处。魔鬼城里没有丝毫的恐惧感，我们完全沉浸在欣赏大自然精心梳洗打扮后的美丽景观之中。

看着眼前经过千百万年雕饰的自然景观，我的眼前却如幻灯般出现了一张张饱经沧桑的脸，他们有的是我小时候的同学，有的是年轻时的同事。那一张张原本光洁、天真的脸，一张张青春朝气的脸，如今变得饱经沧桑、布满皱纹，甚至头发稀疏，牙齿脱落，腿脚不便……我恍然明白，岁月啊也像一把无情的刀，一刀刀雕刻着我们的人生，而这一切，只需要短短几十年的时间哪！几十年和几百万年相比，人类在大自然面前是多么渺小，多么短暂，多么微不足道！

然而，正是微不足道的人们赋予了眼前这些自然景观美丽、神奇的价值，赋予了它们存在的非凡意义。人的生命虽然是有限的，但是人类祖祖辈辈是没有穷尽的，人类和眼前这些经历了两千五百万年的景物一样，是与天地日月永远共存的。

站在魔鬼城，我真正体会到两千五百年前庄子曾说的"天地与我并生，而万物与我为一"的真谛。

我敬畏大自然的威力，然而更加赞叹人类的伟大！

富得流油的西北边城

驱车三个小时后，于下午两点多进入了克拉玛依地界。新疆主要的产品是一黑（石油）、一白（棉花）、一红（西红柿），三种产品中的"一黑"就产自这里。放眼望去，公路两侧的戈壁滩上遍布着高大的井架和俗称"磕头机"的抽油机，一派繁忙景象。

如果提到我国人均 GDP 最高的地方，人们自然会想到北、上、广、深等一线城市，或者是江、浙等沿海发达地区。谁也不会料到位于新疆北部沙漠边缘的克拉玛依才是真正的"老大"。

克拉玛依在长达30年的时间内领跑全国，其人均GDP19.18万元的数据，是上海的1.2倍，成都的2倍。克拉玛依的城镇居民年人均可支配收入达到4.7万元，是全国标准的1.5倍。

而当地房价还不到5000元／平方米，居民幸福指数极高，号称中国的"小迪拜"。人们常以"富得流油"来形容一个地区的富裕程度，而克拉玛依正是一座石油之城，可谓是名副其实。

克拉玛依位于准噶尔盆地西部，古尔班通古特沙漠的边缘。据历史记载，秦朝以来，克拉玛依就是游牧部族繁衍生息之地。大月氏、突厥、瓦剌、准噶尔等部落先后在此游牧。1755年，清朝平定准噶尔部后，派大臣来这里建立政府管理机构。直到解放前，这块区域仍分属沙湾、乌苏等四个县管辖。真正的克拉玛依市是在油田进行大规模开发后，于1958年在独山子镇的基础之上正式成立的。

克拉玛依在维吾尔语中的意思是"黑油"。可见它就是一个建立在油田基础之上的石油工业城市。

这里石油形成的年代可追溯到两亿多年前。准噶尔盆地中的玛湖经过数千万年的沉积，湖中的生物通过一系列的分解演化成了石油。这些石油深藏在距地表近千公里的区域。大约在三千万年前，青藏高原在剧烈的地壳运动中诞生。地层之间的缝隙不断连接成通道，玛湖中的原油不断从通道中朝地表涌动聚积，就形成了后来的克拉玛依油田。

在上世纪50年代初，有一个名叫赛里木的新疆老人前往戈壁滩深处砍柴。他在返程时意外发现了一个小山丘，这就是后来的黑油山。山上的几个小池子正在不断往外冒着黑色的液体。赛里木蘸了点这种黏稠的液体涂抹在马车轱辘的车轴上面，没想到马车轻快多了，也没有了那种咯吱吱的噪音了。于是，赛里木将葫芦装满了这种液体带回村子里。乡亲们都很好奇，纷纷前去参观，还有人取回这种液体点灯或去集市售卖。大家都在议论这种神奇的黑色液体，消息传入了正在附近勘探石油的地质工作者耳中。他们在赛里木的带领下，来到了这个小山丘，初步断定这正是他们苦苦寻觅的石油。从此，新中国成立后的第一个大油田——克拉玛依油田就拉开了大开发的序幕。

其实在赛里木之前，就有关于黑油山的文献记载，清末的《新疆图志》等书中描述道："山现有九泉，以山顶一泉为最大，油旺时每日可取二百数十斤。"

在 1909 年，独山子凿出过第一口工业油井，只不过没有形成气候罢了。接到黑油山有油的消息后，也有人认为这些冒出来的石油是残油，没有多大的开采价值。在苏联专家的指导下，于黑油山东南方向约五公里的地方确定了 1 号井的位置。钻井队员们克服了高温、缺水、大风、井喷等重重困难，于 10 月 29 日成功打出了石油。

毛主席得知喜讯后，亲自给石油部长李聚奎打电话表示祝贺！新疆党委书记王恩茂来油田视察工作时，建议将"黑油山油田"按照维吾尔语的发音更名为"克拉玛依油田"。1956 年 9 月，石油部宣布克拉玛依油田初步探明面积达一百三十平方公里，可采石油储量在一亿吨以上。在随后的国庆典礼中，克拉玛依油田彩车经过北京天安门广场接受检阅，标志着中国彻底摘掉了"贫油国"的帽子。

走进景区大门一眼就能看到写着"黑油山"三个大字的石碑，沿着石阶朝山顶走去，两旁都是蜂窝状的丘坡，凹凸起伏，紧密相连，蔚为壮观。台阶两旁的护栏上，间隔竖立着一些活动木牌，上面写着一些关于石油的趣味知识，比如说"克拉玛依"的本意是什么，人的一生要消耗多少吨石油等。

拾级而上，大大小小的油池就映入了眼帘。它们好像一面面黑亮的镜子，与头顶的蓝天交相辉映，美丽极了。咕噜，咕噜……一个个油泡从油池中冒了出来。油池里面的油多了，就开始溢出池外，蜿蜒着朝山下流去，像一条黑色的带子。在阳光的照射下，散发出五彩斑斓的光泽，颇有"泉眼无声惜细流"的意境。

走出台阶，小心翼翼地踩在山丘上，就像是站在厚厚的地毯上。感觉软绵绵的，有些柔软但不会陷进去。蹲下去用手指头沾点石油，有些温热，液体往下滴时，还能形成油丝随风飘荡。

池边有一尊赛里木老人骑着毛驴弹奏热瓦普的塑像，毛驴脖子上挂着一个醒目的葫芦，似乎在诉说着赛里木当年发现黑油山的故事。站在山顶，环顾四周，黑油山尽收眼底，山虽不高，却别有一番韵味。人们来这里不仅可以体验到我国石油资源的丰富和大自然的神奇，还能感受到前辈们自力更生、艰苦奋斗、产业报国的奉献精神。

黑油山默默地矗立着，虽不起眼，却见证了克拉玛依从茫茫戈壁滩上崛起成为现代化城市的整个历史。

石油工人的汗水和劳动结出了丰硕的果实，克拉玛依油田的油井不断增多，在准噶尔盆地开发建设了三十三个油气田。油田的原油产量持续攀升，源源不断地向全国各地输送石油，为祖国的发展建设提供血液。1960 年，油田的原油产量首次超过百万吨，到 2002 年就已经突破了千万吨，成为我国西部首个产量超千万吨的大油田。从此，克拉玛依油田的年原油产量一直稳定地保持在千万吨的高产水平。

油田并不满足现状，不断加大对周边油气资源的勘探开发力度，目前已探明的石油地质储量超过 30 亿吨，天然气储量1700 多亿立方米。未探明的储量应远远超过已知的数值。

依靠着巨量的油气资源，在几代人的不懈努力下，克拉玛依的城市建设得到了快速发展，居民生活水平也不断提高。

有人说，克拉玛依是大自然馈赠给新中国的礼物。它在石油工人的奋斗中从茫茫戈壁中崛起，成为一座现代化的新城市。在为国家能源安全做出重大贡献的同时，其自身也得到了日新月异的发展。

国际大巴扎

来到乌鲁木齐，听说二道桥大巴扎是独具新疆特色的地方，值得一看。我们便来到大巴扎，突然发现周围满是穿着长裙的维吾尔族市民，似乎自己已融入她们的群体，不同的是她们美丽的脸蛋外包裹着围巾，这是伊斯兰教妇女标志性的打扮。

大巴扎的小吃街，随处可见各种馕，小的像小圆面包带点黄焦，大的宛如脸盆大小带着淡淡的咸味。新疆真是瓜果之乡，又大又甜的哈密瓜，各种葡萄、大枣，刚采收的核桃、无花果，紫红的西梅等土特产琳琅满目。烤羊肉的烟雾夹着肉香弥漫在空气中。头戴新疆小帽的男人，大眼睛，微笑着叫卖，也乐意与你合影……周围虽然随处可见持枪的武警，给人一种威严感、一种警觉，但正因为有他们的护卫才使这里和谐安宁。

大巴扎那些尖顶带有浓郁伊斯兰风格的建筑，即刻给人一种异国情调的感觉，门前喷水池旁一个一人多高的大铜壶吸引着游人留影。

商场内新疆的服饰、长裙、围巾、首饰琳琅满目。我的一个在新疆工作过的朋友喜欢这里的乐器，特别是都塔尔。他拿起一个细长的琴杆连着半圆形的琴箱，宛如剥开的大蒜瓣装上了细细的杆子的乐器，说我看到它感到十分亲切，耳边仿佛又响起了新疆人弹唱的乐曲：太阳下山明早依旧爬上来，花儿谢了明年还是一样地开……每每弹唱时，新疆人那种投入、那种欢快犹如就在眼前。这里的店铺装饰不同内地，独具新疆特色，令人流连忘返。

门口一辆雕工精美的马车，它似乎是一种古丝绸之路的象征，也似乎是民族间联系的纽带和桥梁。

看着西下的太阳，回望这人头攒动的大巴扎，似乎早已陷入了她的怀抱，那浓郁的果香、硕大的烤馕、弥漫的烤羊肉香味、叫卖声……将你包裹，这是一个留在记忆中具有浓郁新疆特色的二道桥大巴扎。

火州吐鲁番

乌鲁木齐与内蒙古中部有着三个多小时的时差，到这里来旅游，每天都是在这座城市还没睡醒时就出发了。今天的目的地是素有"火州"之称的吐鲁番。

我在新疆的资料上了解到，新疆的地形地貌就是由"三山"[阿尔泰山（金山）、天山（药山）、昆仑山（玉山）]、"二盆"（准噶尔盆地和塔里木盆地）构成。

乌鲁木齐市距吐鲁番183公里，行程约三个小时。今天吐鲁番最高温度是30—33度，这是比较舒服的温度，因为，夏天这里最高地表温度可接近80度。

来到吐鲁番，有几个"最"是应该知道的：我国最热、最干的地方；海拔最低；水果最甜；烤全羊最香。

汽车行驶了二十多分钟后，见到路两边矗立着许多巨人般高大的风车，这里是曾经号称"亚洲第一大"的风力发电站，面积大概有400平方公里。风力在3—8级时，风车呈360度、顺时针、匀速转动；风力低于3级或是大于8级，风车都不转动。我原以为，只要有风，风车一转就能发电了，一定是风大了转得快，风小了转得慢。没想到风力发电竟然有这么严格的要求和运转规律。每一个风车的平均高度是50米，每一个叶片25米，每一台造价是90万元。

王洛宾先生的那首《达坂城的姑娘》不仅使达坂城这个地方家喻户晓，而且让达坂城姑娘的美丽永驻人们心中。到了达坂城就自然会想一睹达坂城姑娘美丽的风采。驶入达阪城的中心地带时，我们把车子停下来，与路边的一位放羊大叔攀谈起来。他指着路边那些歪脖子树说，这种树也叫风向树，树干都倒向一边，因为这里的风从年头刮到年尾，从冬天刮到春天都是西北风，就造成了树向一边倒的景象——"我非常遗憾地告诉你们，因气候条件的原因，这里没有漂亮的姑娘，长年的风导致男孩子长大不是左肩高就是右肩高。"说着他大方而热情地唱了王洛宾的《达坂城的姑娘》，他唱一句，邀请我们喊一声"嘿"，跟他一起互动。在歌声互动中，我们虽然没有看到达坂城的姑娘，但美丽的姑娘仍然好像就在达坂城：长长的辫子、大大的眼睛、苗条的身姿、漂亮的服饰……我想，这就是艺术的魅力啊！

当见到路边一片用蓝色铁皮盖起来的房屋和"中国无核白葡萄之乡"的巨型横幅时，我们知道吐鲁番到了。

到了吐鲁番参观的第一个景点就是交河故城。交河故城距今已有两千三百年的历史了，是世界上最大最古老、保存最完好的生土建筑城市，分为寺院、民居、官署。它毁于连年战火，虽然现在只有断垣残壁，但是从城堡的规模以及建筑布局中也能想象出它当年的繁华和威严来。

午餐后参观了坎儿井，坎儿井是荒漠地区特殊的灌溉系统，与万里长城、京杭大运河并称为中国古代三大工程。坎儿井全长约五千公里，大体上是由竖井、地下渠道、地面渠道和涝坝四部分组成。是新疆各族劳动人民发挥聪明才智，利用山的坡度跟恶劣气候做斗争的成果。

在寸草不长的火焰山下，有一片绿洲，就是得益于坎儿井。这里常年居住着一户人家，四世同堂，生活着爸爸的爷爷、爷爷的爸爸，有二百多年的历史了。他们以农活和种植葡萄为生，生活得闲适而平静。

走近天山

从乌鲁木齐城区出来，汽车就淹没在茫茫的戈壁中了。路一直延伸得很顺利，无须绕道，也没有任何障碍物。在无边无际的旷漠里，偶尔有一丛丛红柳、骆驼刺和芨芨草点缀着荒凉与寂寞，除了这颠簸的汽车和车里的我们，看不到丝毫的生命迹象。戈壁滩的静寂让我们好长一段时间欲语无言，一位同行者的感叹打破了全车的沉默："真荒凉啊！"我回头冲他会心地一笑，难道是七尺男儿惧怕荒漠的孤独与冷淡吗？不，从凝重的言语中我深深理解他内心的"荒凉"意味着什么，那是在生长的季节里看不到生长希望的无奈，那是因这片辽阔土地如此贫瘠带来的心寒和战栗啊。

不知走了多长时间，远处天边有一道灰灰的粗实的曲线从浩瀚的沙海上划过，蜿蜿蜒蜒，跌跌宕宕，扑面而来，同行人说，前面就是天山了。

车轮滚滚向前，天山的轮廓清晰可见。群峰峥嵘，浩浩荡荡，乱石崩云，山峰如刀刃削过似的，锋芒毕露，山体汹涌澎湃着而来，似乎听到亿万年前天山内心痛苦的挣扎与呐喊，诞生前的阵痛与苦难。地理学告诉我们，天山是经过褶皱、剥蚀、夷平，又经过地壳构造运动，大地发生了强烈的隆起抬升，形成了海拔四五千米以上的高山，整条山脉西高东低。痛苦的历程，成就了天山坚强阳刚的性格，没有出色的树儿摇曳，没有灵气的鸟儿鸣叫，以其独有的磅礴气势，寂寞成山，孤僻成峰，顶天立地，坦然耸立于宇宙天地间。远古至今，风沙日月雕刻成的粗粝是与苦难一起经历的，从张骞凿空丝绸之路至两汉征战匈奴，从高僧玄奘负笈求经至大唐经管西域，曾经有多少人别妻离土，倚马天山。每一阵马蹄踏碎、每一次剑拔弩张、每一片热血喷溅，无不是艰苦卓绝的历程，如果少了天山这博大的胸襟，那么历史也就黯然失色。

汽车已把荒漠戈壁远远地抛在了身后，从出发地东行约两小时进入天山天池山口。沿傍山大道盘旋而上，渐渐地，空气清新了，风凉爽了，景色苍绿起来，刚刚从炎热和荒凉中走来的我们，思维一下子活跃了起来，忽然感到一种激情和感奋。现代化的交通工具和柏油马路，让我们感觉不到昔日的天山天池山高路险。

车沿着盘山公路往上爬，群山重叠，苍茫雄浑，山峰时而排闼而来，时而又荡漾开去。到了天池一下车，一股侵骨的冷气迎面袭来，时值盛夏季节，却分明感觉已是深秋了；一泓湖水依偎在群山怀抱里，四周是云杉相拥，松树挺立，满眼一片春色朦胧；远处是终年冰川积雪的博格达峰，山峰竞立，银光闪闪，雪光穿过群山的沟壑照耀天池碧水，交相辉映，似乎冬天的脚步款款走来了。坐船横渡天池，拾级而上，站在王母庙前，登高远望，天池在眼底下微波荡漾，因了王母娘娘和七仙女的神话故事飘逸着仙气与灵气，周围的天山山脉依然剑气飞扬。

蓝天、碧水、绿树、雪峰，与戈壁中看到的天山相比，别有一番思绪在心头。天池是因为有了冰雪消融才有了如此茂盛的苍绿。我们要敬畏天山的生命，对我们树立良好的环境意识应该有一种深深的启迪。

重庆见闻

重庆之美，只有亲眼看一看才能感受得到，山城的独特，只有亲自走一走才能体会得深刻，雾都的魅力，也只有亲身去体验，才会心驰神往而流连忘返……

2013 年夏，我有幸赴重庆培训学习，其间，实地探访了重庆洪崖洞、朝天门码头、磁器口古镇，亲眼见证了重庆的智慧城市建设成就，零距离体验了山城的民俗文化、风土人情。专程到渣滓洞、白公馆参观学习，接受红色教育，深深被红岩英烈的大无畏牺牲精神所感染。

重庆因嘉陵江古称"渝水"，故称"渝"。长江与嘉陵江在重庆相汇，故重庆也称江城、桥城。重庆历史悠久，文字记载的历史就有三千多年，是中国著名历史文化名城和巴渝文化的发祥地。

春、夏、秋三季三次到重庆，真可谓是经历了山城三重天。十二年前赴渝时，机场还未通地铁，机场到市区全是农田和山岭。这次就不同了，轻轨将江北机场与重庆市区整个儿连在一起，机场四周全是竣工不久的城市建筑，小区、超市和其他设施规划科学、搭配合理，不少高楼还耸入了云天。

重庆的潮湿气候和特殊的地理风貌，催生了"吊脚楼""麻辣火锅""棒棒军"等独有的建筑设计、饮食文化和人文景观。

重庆因山城而闻名，这里的高楼大厦全部依山而建，有的在山脚，有的在山腰，有的则建在了山顶。山脚下一座几十层楼的楼顶，海拔高度也许还不及山腰中另一座楼的楼基，穿城而过江水中的轮渡、蜿蜒崎岖道路上的公交车、高高架起的城市轻轨，三者形成了多维的立体交通。山城重庆的轻轨不同于其他城市，有时被架在空中行走，有时则在地下和山间穿行，有时在高楼大厦里上下乘客，让外地人感觉新颖而别致。

洪崖洞"吊脚楼"建筑是巴渝文化典型代表。重庆洪崖洞位于两江汇合处嘉陵江一侧山崖上，建筑群依山就势，沿崖而建，拥有两千三百多年历史。"吊脚楼"的独特建筑设计，在充分体现劳动人民智慧的同时，也将传统的巴渝建筑艺术展现得尽善尽美。站在洪崖洞建筑群顶端放眼东望，西南方向的长江水与西北方向缓缓流来的嘉陵江水汇合在一起，向中下游流去。汇合后的江面明显变宽、流速明显变快。洪崖洞建筑群上下十一层楼高，东西蜿蜒三百米，顺电梯可到达洪崖洞建筑群底部，站在嘉陵江边回望整个建筑群，一排排木制建筑依偎相连，房屋柱梁均呈赤红色，依山而建的一排排"吊脚楼"，从山腰整个儿向外凸起，错落有致地吊挂在山崖壁上。

当离开华灯初上的洪崖洞景区，沿嘉陵江缓步东行，一刻钟工夫就能到达两江汇合处的朝天门码头。站在码头高处远眺，两江汇合，夜景尽收眼底。回望西边，几百米外的洪崖洞此刻变得金碧辉煌，耀眼夺目的各色灯光交织辉映，美轮美奂。转身东望，进入视线的是一艘艘几十米高的豪华游轮，一字整齐排列在两江汇合处，从嘉陵江口一直延伸到下游方向的长江江心，巨大的游轮灯光映照在流动的江水里，与江岸上高楼里转动的霓虹灯光束交织在一起，让人眼花缭乱、目不暇接。五颜六色的夜景灯光，时动时静、变幻莫测，犹如人间仙境，让游客的感官享受和视觉冲击强大而震撼！

蜚声中外的千年古镇——磁器口，位于嘉陵江畔，始建于宋代，拥有"一江两溪三山四街"的独特地貌，是嘉陵江边重要的天然良港和水陆码头，以"白日里千人拱手，入夜后万盏明灯"的独特景象而蜚声中外。既是中国历史文化名街，也是巴渝民俗文化集大成者，已成为重庆一张亮丽的名片。如果从磁器口古镇西门进入，首先映入眼帘的是一条五六米宽，蜿蜒曲折、古色古香的石板小巷。小巷中店铺林立、人头攒动、灯火通明，最惹眼的要数店铺前的门头招牌，沿着弧形而崎岖的街道前行，时而拾级而上，时而沿梯而下，时而有一段平直的石板小路，"一条石板路，千年磁器口"是千年古镇的真实写照。在两三公里的弧形街道中，杂货铺、茶社、酒肆、作坊等交替出现，将巴渝、沙磁和宗教文化展现得淋漓尽致。你身处此地、身临其境，仿佛穿越了时空，会不自觉地跟随时间的脚步，在古代与现代元素的重叠交汇中，轻轻撩开历史的面纱，慢慢寻觅古老重庆的发展演变轨迹……磁器口古镇不愧为重庆古城的缩影和象征，其厚重的文化历史底蕴及展现的无穷魅力，每天都吸引着无数赴渝的人们，更会令每位来此探访的游客乐此不疲，流连忘返。

在重庆渣滓洞、白公馆监狱凭吊红岩英烈，接受红色教育。解放前夕，国民党军统特务在这里关押并杀害了三百多名共产党员和进步人士。共产党员江竹筠、许晓轩、陈然，著名爱国将领杨虎城、黄显声都先后被关押并牺牲在这里。一件件实物刑具、一间间狭小牢房，真实还原了那段鲜为人知的峥嵘岁月，一张张发黄照片、一首首励志诗篇，生动地再现了共产党人抛头颅、洒热血的英勇事迹。红岩英烈们有常人无法理解的信仰、意志和追求，面对铁锁链、辣椒水无所畏惧，面对毛竹签、老虎凳不改初心，用鲜血和生命诠释了"红岩精神"的丰富内涵，给后辈留下了宝贵精神财富，已经并正在激励着一代又一代的后来人。

几年不见，重庆变化很大，特别是智慧城市建设更令人钦佩。行走在重庆的大街小巷，扑面而来大都市的勃勃生机与活力中，时时能捕捉到这种气息。近年来，重庆积极对接"一带一路"倡议，发扬光大传统产业，不断膨胀经济总量，全面延伸产业链条，集中发力供给侧结构性改革，在"四新"经济、科技创新和人才引进方面做到一枝独秀，每天从重庆发出的货运专列途经中亚，直达欧洲腹地。进入新时代，重庆更是以大数据智能化为引领，大力实施创新驱动发展战略，不断提升智慧城市建设水平，注重把大数据研究成果应用于城市规划、城市设计、精细化管理以及防灾减灾，摸索出了一套独特的城市建设和管理经验。

云南的云

　　说起天上的云彩来，那可以说是绚丽多彩的话题。云的千变万化、云的多彩多姿、云的扑朔迷离，云聚云散、云卷云舒，会让人浮想联翩，才有了许多歌唱爱情的同时歌唱多彩多姿的云的歌曲。比如，《我像一片云》中的"我像一片云随风飘远飘近，南北西东留的脚印不知伤了几遍心"，著名歌手费翔演唱的《故乡的云》中的"天边飘过故乡的云，它不停地向我召唤……有个声音在对我呼唤，归来吧归来哟！浪迹天涯的游子"，等等。

　　又如古诗词中杜牧的"尽日看云首不回，无心都大似无才。可怜光彩一片玉，万里晴天何处来"，吴融的"南北东西似客身，远峰高鸟自为邻。清歌一曲犹能往，莫道无心胜得人"。

　　还有现代诗歌中的"以飘忽的身影，掠过无垠的天空，俯瞰沧海桑田，几多岁月峥嵘"，又如"云是天上的雾，雾是地上的云"……无论是古诗词也好，还是现代诗歌也罢，即便是流行歌曲里的云，都寄托了人们对云的无限遐思，对云自由自在飘荡的一种向往。

　　我觉得云就是天地间的灵物，没有云的点缀，地球就会黯然失色。

　　地球上不同地区的云，都有着自己的特色，例如中国北方的云，也如同植物一样，有着四季之分的。北方春季的云，常常是那种灰蒙蒙的幕布一样的积雨云，春雨会像抽丝样地从灰色的幕布上洒落下来。有风的天气，春风就像拿着鞭子的牧羊人似的，驱赶着天上零零星星白色的云翳，在蓝色的天的草场上疯跑着。

到了夏季，北方风和日丽的时间比较多。但是，阴云密布的时候，会给人一种压抑感，尤其是暴风雨到来前的那种黑压压的积雨云，越聚越厚，会让人的心情很沉重。闪电就从那厚重的云层中很突然地曳出，随后，沉闷的雷声从云层中隆隆响起。北方夏季的火烧云是非常迷人的，那些黑色的老云，在太阳即将落山时，被太阳的余光逐渐染成暗红色，其中还间杂着橘红和褐色。

秋季到来的时候，北方的天空出现最多的是那种斑斑点点的鱼鳞云，还有那种长长的白色的马尾一样的云翳，我们称它为马尾云，每当出现马尾云的时候，就会有季风大作，刮得树摇枝颤。

也许，毛泽东诗词里的一句诗，最能概括北方冬季的冬云，那就是"雪压冬云白絮飞"。雪天的冬云是一种灰白色，鹅毛大雪像棉絮一样，自云翳中飘摆而下，真不知道是雪自云中落，还是云自雪上生。

其实我想说的是云南的云，从遥远的北方内蒙古来到云之南的云南，给我印象最深的还是独具特色的云南的云。大概是地处高原的原因，云南的云总是给人一种很低，低到甚至于好似伸手就可以抓到一样。

我到云南的时候，已经是北方的中秋时节了，内蒙古的天气已经凉了，杨柳树的叶子也纷纷飘落了。但是，一到昆明就感受到一种春天般的生机盎然，绿色的树，绿色的草坪，是那种春天的绿意。尤其是那些争芳斗艳的各种花卉，开放得千姿百态，让人心里不由得赞美，真的是春城没有四季之分，只有春天永驻。

在街区遛弯的时候，我喜欢仰起头来观赏飘过天空的云。这里经常是夜间下雨白天晴天，早晨八九点钟徜徉在绿意浓浓花香阵阵的街区的甬路上，欣赏着低空中飘荡着的白云，那低低的云翳似乎就穿行在高耸的楼群间，那样的亲近，那样的悠然自得。假如你注意观看的话，甚至可以看得到飘动中的白云由浓变淡、由厚变薄的演变过程，还有的云团让你感觉就像在头顶上浮动似的。

有的时候，白云淡淡的薄薄的，蓝天在这样的白云中若隐若现，很像现代女人穿的白色婚纱，那可是在北方所欣赏不到的自然景观。有时候你还会看到，有的云团在飘动着，有的云团却静止不动。即使有微风吹过的天气，也可以欣赏到这样的景象。

有一次，我坐在公园的草坪上，或者仰卧在草坪上，静静地看着云贵高原略显低矮的蓝天，不时地有起飞和降落的航班，在蓝天上缓慢地划过，特别是那起飞的航班，起飞时发动机排出的气体，在空中形成笔直或者弯曲的两条白云，这两条白云慢慢地变成弯弯曲曲的，慢慢地变淡，最后消失在天空里。

傍晚的时候看云，别有一番风味。云南的云的确与众不同，常常在傍晚的时候会有几朵灰黑色的云块，在晴空里飘荡。如果有时间的话，可以认真地欣赏这样的云块怎样由灰黑色逐渐演变成纯白色，并且，慢慢地消散。那绝对是一种奇异的景观。

与久住昆明的人聊天才发现，云南一年四季都是只刮西南风，从秋季到第二年的春天，这里的风向基本上没有变化。所以，云南的云都是从西南随着风飘向东南或者东北，天天如此。大概也因为风向的原因，云南的云，集聚得快，消散得也快。所以，云南是一个干旱少雨的省份。

站在宾馆的阳台上，极目远眺近观，只见远处白云朵朵，自由自在地在碧蓝的天空上游逛着。近处，丝丝缕缕的白云在楼的缝隙间穿绕着，不知道是云在动，还是楼在动，只觉得心旌摇动，如在云里雾中，缥缥缈缈犹如神仙腾空驾云般的美妙。

来昆明一个星期了，我发现昆明的天气，基本上都是前半夜晴天，后半夜阴雨居多。所以，我一般都是在中午出来，观赏云南那种独特的云翳的变化，也只有在这几个小时的时间段内，才能欣赏到那种在低空飘动的云团，才能观察到云团细微的变化。

有时候我会陷入遐想，是不是创作《西游记》的吴承恩曾经到云南游历过？不然的话，《西游记》中描写那些妖怪和神仙腾云驾雾的云，怎么会飞得那么低、那么逼真，好像就穿行在人间一样的真实。

彩云之南，彩云之南……云南不仅仅是植物王国，不仅仅是动物王国，不仅仅是春天常在的省份，云南的云，也是那么的多姿多彩，那么的灵动，那么的让人想入非非……

游荡大观园

　　《红楼梦》是中国古代四大名著之一，是举世公认的中国古典小说巅峰之作，至今仍深受很多人的喜爱。在书中，曹雪芹描绘了一座极为优美动人的园林——大观园。在这大观园内，我目睹了诸多人物的悲欢离合，见证了四大家族的兴衰沉浮。除去剧情的影响，但凡读过《红楼梦》的人，无一不对大观园这座既有江南园林特征又有北方皇家园林气派的私家园林，留下了至深的印象。

　　在《红楼梦》中，宝、黛的爱情是主线，宁、荣二府的兴衰是背景。但这本书中所要讲述的不仅仅是爱情，也不仅仅是一个家族的历史。

　　或许我已经无法得知，最终荣、宁二府以及众人最终的结局。但我可以看出，《红楼梦》绝对不会是一出单纯的悲剧，它是一个时代兴衰的反映，更是曹雪芹的内心独白。

　　曹雪芹笔下的主人公，是那些敢于反叛那个垂死的封建贵族阶级的贰臣逆子；所同情悼惜的是那些封建制度下的牺牲者；所批判和否定的是封建社会的虚伪道德和不合理的社会制度。一边是木石前盟，一边是金玉姻缘；一边是封建社会下必须追求的功名光环，一边是令人心驰神往的自由之身。

　　其实，纵观《红楼梦》，仿佛是一座曲折的迷宫，存在着数不胜数的难解之谜，而探寻这些难解之谜，也成了学者与读者们的乐趣，大观园本身就是这诸多谜之中的一个。书中描绘的大观园，虽是只鳞片爪，但让大观园在给人留下遐想空间的同时，又带上了一些神秘的色彩。贾宝玉和林黛玉的悲剧爱情故事，浓缩了这场较量的全部硝烟。"一个是阆苑仙葩，一个是美玉无瑕"，"质本洁来还洁去"。面对封建礼教下的种种迫害和冷漠，甚至以生命的付出为代价，对"质本洁"的追求始终不弃。我在感叹宝、黛两人爱情悲剧的时候，看到了造成悲剧的一个重要因素：林黛玉清高的个性，与当时的世俗格格不入，无法与社会"融合"，她的自卑情结正是她自尊的体现，也是她悲剧的开始。

上海这座大观园，它是根据《红楼梦》描写的大观园设计而成的大型仿古园林，它是上海市民们探古寻幽、一览曹雪芹笔下大观园真容的好去处。

大观园内虽是仿古建筑，但在设计上可谓颇费心机，无论是宅内华丽雅致的陈设，还是别致优美的园林格局，都兼有皇家林苑气派和江南园林秀丽的风格，充分还原了《红楼梦》中贾府的环境。里面建有贾宝玉的住处怡红院、林黛玉的住处潇湘馆、贾探春的住处秋爽斋、妙玉的修行处栊翠庵，以及大观楼、梨香院、稻香村等多处建筑。

张爱玲曾说过人间有三恨：一恨鲥鱼多刺，二恨海棠无香，三恨《红楼》未完。

我曾经一直不敢看《红楼梦》，不敢去接受那最后的结局——白茫茫大地真干净，所有的一切都是为他人作嫁衣裳。我曾经对人说：少儿不宜看《水浒传》，青年不宜看《红楼梦》，老年不宜看《三国演义》。因为少儿看了《水浒传》，易被义气冲昏头脑；青年看了《红楼梦》，易为贾、林感情而悲伤；老年看了《三国演义》，易被桃园结义的历史所困惑。

行于园中，一时间，往日旧事又浮上心头，不知自己是如何踏入这片老土。欲道却无话，欲泣却无泪。大观园内的景致未变，只是人和事已非当年繁盛之时了，一派凄凉萧条之景，何道纵有千万景，也只是凄凄惨惨。

怡红院内，芭蕉海棠，碧绿红艳。那年元春姐姐省亲时，留下的怡红快绿仍在。可谁知，如今难闻宝玉之叹、宝玉之声，难见宝玉之惨、宝玉之不幸，只留下一院子的"寂寞空庭春欲晚，梨花满地不开门"……

离开了怡红院，行至沁芳桥上，我手扶桥栏，不由得长叹："忆昔年，不过终是浮华梦一场。"想当年，这桥上是何等的络绎不绝，而如今，只有那沁芳池水如水晶帘布般奔入，伴着这空寥的园子。

空静素洁的蘅芜苑又在眼前，想起当年品格端庄、待人随和的宝钗姐姐来。我不怨她，我只怨我自己与怡红公子无缘，宝玉当年所说"谁谓池塘曲，谢家幽梦长"，好像真是如此。

一路慢行，一路神思，忽又忆起元妃省亲时，大观园里众姐妹吟诗作赋，共谱才情，欢声笑语，何等风光，何等热闹。不觉时，眼前却似乎又浮现园中那些姐妹的面容。宝哥哥、林妹妹、迎春、探春、湘云、惜春等，当年之景，何等得志？只是当年的园中人都已不知魂归何处去了。

潇湘馆是《红楼梦》大观园中一景，抬头看见前面一带粉垣，里面数楹修舍，有千百竿翠竹遮映。众人都道："好个所在！"于是大家进入，只见入门便是曲折游廊，阶下石子漫成甬路。上面小小两三间房舍，一明两暗，里面都是合着地步打就的床几椅案。从里间房内又得一小门，出去则是后院，有大株梨花兼着芭蕉。后院墙下忽开一隙，得泉一派，开沟仅尺许，灌入墙内，绕阶缘屋至前院，盘旋竹下而出。

风雅精致的潇湘馆，诗情画意的"有凤来仪"，无限美好又蕴含着无限寒意的青青翠竹，伴随着林妹妹生如夏花的短暂人生！

天路风情

　　有幸与几个同事一同踏上了西藏这片神圣的土地，欣赏了美丽的雪域风光，体验了悠久的民族文化，圆了美丽遥远的梦。

　　我们是乘坐火车去的，在西行青藏高原天路的列车窗口，饱览了巍峨壮观的雪峰冰川、奔腾咆哮的大江小河、清澈明净的沼泽湖泊。最是那湛蓝的天、雪白的云、辽阔的草场、成群的牛羊、丰收的青稞、独特的藏包构成一道道美丽的风景线，使我们应接不暇，感慨万端。

　　二十多小时的行驶，到达拉萨下车的一刹那，我仿佛听到了一千三百年前文成公主入藏的马蹄声，感悟了这位伟大的女性为西藏经济繁荣和民族团结所做的巨大贡献。在西藏考察虽然只有短短的七天，但给我留下了终生难忘的印象。

　　西藏的山很险。途中，我们看到绵延数百里的念青唐古拉山，白雪皑皑，银装素裹，云雾缭绕，矗立在雪山、草原和重重峡谷之上，威武而雄壮，英俊而潇洒。

　　西藏的湖很美。圣湖纳木措好似一颗巨大的蓝宝石，镶嵌在藏北草原上，草绿湖蓝，交相辉映，令人赏心悦目、心旷神怡。羊卓雍措湖与天相接，天水相融，浑然一体，闲游湖畔，似有身临仙境之感。

　　西藏的江很奇。贯通南北的雅鲁藏布江像一条银色的巨龙，将喜马拉雅山拦腰劈开，形成世界上最长、最深、最险、最秀、最美的大峡谷，造设了从冰雪寒冷到热带雨林九个垂直自然带，令世界瞩目。

西藏历史悠久，民族气息多姿多彩，藏传佛教文化十分浓厚。我们每到一处，都可看到大大小小的寺庙、老老少少的信徒，最具代表性的当数大昭寺、布达拉宫和扎什伦布寺。大昭寺位居拉萨市中心，是一座高四层的金顶寺院，不仅建筑雄伟辉煌、雕梁画栋，且前来朝圣者终年络绎不绝。有不少藏民不远千里，三步一叩，五体投地，一步一步来到这圣洁之地，表达他们真诚的信仰和无限的虔诚。

布达拉宫耸立在西藏拉萨市红山之上，坚实敦厚的花岗石墙体，平展的白玛草墙领，神圣的佛祖、菩萨殿堂，历代达赖喇嘛灵塔，气宇非凡，堪称中华民族古建筑的精华之作；珍奇的雕塑、壁画、经文、金册、金印，堪称稀世之宝，文物价值连城。

扎什伦布寺坐落在日喀则市城西，壮观的殿宇群落、神圣的班禅灵塔，气势恢宏，富丽堂皇，庄严而神秘。最引人注目的是世界最大的铜佛坐像，由黄金五千两、纯铜百余吨铸造，饰有珍珠、琥珀、珊瑚、松耳石等珍贵宝石千余颗，其建造水平之高超、技艺之精湛，世人无不惊叹。

拉萨的地热资源非常丰富，我们来到冰雪覆盖、群山环抱的羊八井时，恰逢清晨，尽管天气还比较冷，但这一带却弥漫着白色的雾气，地热田产生的巨大蒸汽团从湖面升起，真乃人间奇观。在这样的环境下看雪山、洗温泉，有说不出的浪漫和惬意。

西藏的民族歌舞很有特色，在唐古拉风演艺中心的餐桌上，工作人员带着深深的祝福和真诚的问候，为我们献上圣洁的哈达，斟上可口的青稞酒和醇香的酥油茶，表演了原汁原味的藏歌藏舞。美丽的天籁之歌喉，潇洒的原野之曼舞，吸引着每一位来宾，感染着每一个观众，使我们如痴如醉，流连忘返。

西藏之旅，是一种独特文化艺术的感染，是一种奇丽风光的领略，是一种超越境界的体验，是一种精神魅力的享受。西藏的雄美，有数不清的话题，只有你亲身经历才会领悟……

我在肃穆的心情中望着眼前早已在梦境中出现过的景象，自问，无人回答。山川是静寂的，飞鸟是静寂的，连不停流淌的小河也是静寂的。也许，一切不需要答案，一切早有安排。

我来了，从遥远的地方来到西藏，来到这无人的山谷，或许，本就是为了还我千年前许下的心愿。

羊八井奇观

青藏铁路沿线无数高原美景中，西藏自治区当雄县境内海拔 4300 米的羊八井堪称奇观，人们很难想象在雪域高原还有如此规模的高原温泉。

羊八井，距拉萨九十多公里，位于拉萨西北方、念青唐古拉山下的盆地内。羊八井两侧是高耸入云的皑皑雪山、冰川、原始森林，中间盆地则为碧绿如茵的草甸。这里山清水秀，风景迷人，而从地下汩汩冒出的热水奔流不息，热气日夜蒸腾。

羊八井拥有丰富的地热资源。从上世纪 70 年代开始，国家把羊八井开发作为重点科技攻关项目，经过藏汉工程技术人员的艰苦创业，丰富的地热资源开始被开发利用。

羊八井地热电厂，是我国目前最大的地热试验基地。电厂旁边的热水湖，湖水碧波荡漾，湖面热气腾腾，似袅袅轻烟，游客置身周围，如身临仙境。隆冬时节气温低于零下 20 摄氏度时，热水却保持在 30—40 摄氏度，人们可以尽情领略大自然之馈赠。羊八井还有西藏著名的硫黄矿，硫黄矿一带的岩浆体被认为是羊八井地热田的热源。

羊八井现在已是一座地热城，利用地热及电力资源，这里建成了蔬菜基地以及畜产品、硼砂加工厂等企业。目前，羊八井已开发出地热温泉旅游，温泉不含硫黄，温度较高。来羊八井，许多游客不是为了看风景，而是想体验一下高海拔地区别有风味的温泉浴，洗去旅途的疲劳。

这里有规模宏大的喷泉、间歇泉、温泉、热泉，还有沸泉、热水湖等。西藏温泉数量居全国之冠。羊八井除了普通的温泉外，还拥有全国温度最高的水泉，以及罕见的爆炸泉和间歇温泉，总面积超过七千平方米。

青藏高原在形成过程中，欧亚板块和印度板块在这里碰撞挤压，两大板块的接缝处出现了一些地下裂隙，通达地壳。由于地球内部的火山活动，熔岩滚涌，热能沿缝隙上升，就会把地下水加热，形成大面积地热区。寒冷高原上沸腾的温泉是一大奇景，羊八井也因此名闻天下。

整个羊八井地热区分布了很多热水井，可供发电之用。现在羊八井地区高大的井架林立，建成了全国最大的地热发电站。中国与联合国合作研究及兴建的发电站，利用热水井的热气推动涡轮，为拉萨地区提供了既便宜又环保的电力。

羊八井是一片开阔的盆地，海拔 4300 米。周围群山连绵起伏，北部高峻的念青唐古拉山终年冰封雪裹，一道道冰川银光闪闪，抬眼四望，不由得一股寒气从脚底升起。但是盆地中间，却满是蒸汽滚滚的热泉，甚至有一个几亩地大的温泉湖，也可以叫热水湖。蔚蓝澄澈的湖水映衬着皑皑冰峰雪山，风光真是绮丽无比。

羊八井最美的时候是每天的清晨，由于空气还比较冷，地热田一带总是弥漫着白色雾气，巨大的蒸汽团从湖面冒起，弥漫在周围。如果你运气好，碰上热水井喷发，就有眼福了。只见几十个热泉孔怒吼着，水花四溅，地面上一个个泉眼，好像一朵朵盛开的白莲花。白色汽柱带着尖利的啸声直冲云霄，最高的竟然可以喷到百米高空，蔚为壮观。然后热水从蓝天飘洒而下，恰似阵阵热雨，在阳光的照射下，水汽幻化出七色彩虹。

羊八井河中间的沙洲上有高温间歇泉，泉水如开水般咕嘟嘟地翻滚沸腾，不时有水柱啸叫着射向天空，蒸汽弥漫，在周围你也可以找到热泉眼，把鸡蛋等食品放在塑料袋里沉下去，过一会儿提上来，就都是热气腾腾的了。真是天然的大蒸锅。

这里的河岸、沟边和泉眼旁都有大量褐黄色的硫黄沉积物，散发出阵阵刺鼻的硫黄味，因此温泉水含大量硫化氢，对多种慢性疾病都有治疗作用。现在温泉水被引入一个露天的游泳池，由于水温太高，需要先经过两个露天水池的降温，才能供游客洗浴。游泳池袒露在阳光和蓝天之下，被热雾笼罩，看不见里面有多少人游泳，只听欢声笑语从水面传来。

泡在融融春水般的游泳池里，身心完全放松，确实是一种享受。尤其在冬天的时候，跳进温泉里看漫天飞雪，更是有说不出的浪漫惬意。

人间仙境一抹蓝

西出拉萨，经过曲水县雅鲁藏布江大桥，沿拉亚公路南行一百七十公里，汽车慢如蜗牛般在山间盘旋，窗外如诗如画的风景却扑面而来，望着远处绵延的群山和缥缈的云彩，心情随着车的高低起伏而激动着。车窗外飘荡着丝丝缕缕的云气，深吸一口，舒服至极。翻过 5030 米的甘巴拉山口，美丽的、碧玉般的羊卓雍措便展现在我们面前。

羊卓雍措被誉为世界上最美丽的水。"羊"，上面；"卓"，牧场；"雍"，碧玉；"措"，湖。连起来就是"上面牧场的碧玉之湖"。这是字面上对羊湖的解释，而羊湖在藏人心目当中被看作是"神女散落的绿松石耳坠"，因为无论你从哪个角度，都不能看到她的全貌。古羊卓雍措有三个姐妹——空母措、沉措、巴久措，四姐妹在巨大的湖盆中，手足相连，难以割舍，共同组成了让我们肉眼看不到边的圣湖。她的身躯蜿蜒在群山中达一百三十多公里，只有在地图或是高空你才能惊喜地发现她犹如耳坠，镶嵌在山的耳轮之上。不同时刻阳光的照射下，她会显现出层次极其丰富的蓝色，好似梦幻一般。

蓝，也可以妖娆、妩媚。

这抹蓝色让我着迷，这样的蓝色只属于羊卓雍措，妖娆、柔美、妩媚。在西藏所有的湖泊中，羊卓雍措是独一无二的。西藏的大山大川中唯有羊卓雍措如此娇媚，蜿蜿蜒蜒像绸带般地点缀在这山川之中，难怪人们都说："天上的仙境，人间的羊卓；天上的繁星，湖畔的羊群。"

"两岸青山相对出"，却是没有"孤帆一片日边来"。有的只是彻头彻尾、漫天卷地的蓝，在阳光下闪耀着。我想，这就是西藏的湖和江南的湖最大的不同之处，这里有水却不见游船。这些湖保存着它们原有的圣洁，湖底的鱼和岸上的人都不会高声大语，更别说会有游船经过打扰了。

蓝，也可以是宁静。

我依然站在羊湖身边，它轻轻盈盈地在我脚下曼舞，黄褐色的山脉间缠绵着这弯弯曲曲的一汪湛蓝，纤尘不染，清碧澄澈。它不同于青海湖的浩渺，没有纳木措的大气，它好似待字闺中的少女一般温柔文静，静静地与山谷相伴，却又深邃得让人一眼望不到边。

　　天空的蓝色是结晶的蓝宝石，羊湖的蓝色却是晶莹的青瓷，也许最高级的相机也无法定格它给我的震撼：它将自己融入这蓝天白云高山草地中，既是局部，又是整体，它好似美女迤逦远去，消失在雪峰冰川背后，留下人们对她背影的无数幻想。

　　然而，哪里，才是远方呢？羊卓雍措，就是远方。

　　我忽而有些激动了。头顶上有云彩在流动奔跑，是谁在云湖里扔了一块小小的鹅卵石？几点溅起的"水珠"被阳光穿透，又落在这无边无际的蓝色上了。天是蓝蓝的，湖也是蓝蓝的。我一会儿看着天空，一会儿看向湖面，到底哪一个更蓝呢？我更偏爱羊卓雍措，它给我一种宁静的感觉。

　　几只白色水鸟飞来，轻盈地扇扇翅膀，一半儿潜在云里，另一半映着阳光。它们在云际向着太阳，迎着风，展翅飞翔。我庆幸着，它们的羽毛是不会被炽热的阳光烘烤得飘落的，因为那蓝色，微笑着的蓝色会保佑它们。

　　蜿蜒曲折、连绵不绝的湖岸线，使得羊卓雍措比起西藏的另外两大圣湖，更为婀娜妩媚、风姿绰约。传说，它原来是九个小湖，空行母益西措嘉担心湖中许多生灵干死，于是把七两黄金抛向空中并祈愿、诵咒，又把所有小湖连为一体，其形似莲花生大师的手持铁蝎。远远望去，湖中还有许许多多的小岛，湖岛上，黄鸭、灰鸭、黑颈鹤、天鹅成群结队，时起时落，这一切让羊湖更有生气，更加动人。

　　蓝，也可以让人迷恋旅行。

王安石说美景多在偏僻无人之处。我相信在这里，羊湖的美已是极致。第一次见到羊卓雍措，我感动到落泪，我无法想象世界上有这样的风景，可以美到如此极致！

如果没有旅行，我会依旧生活在自己狭小的空间里，不知道外面的世界原来如此精彩。也因为羊卓雍措这抹动人的蓝，我开始迷恋旅行，去不断地发现生活之外的世界，让我对每一个未知的地方充满向往。我渴望每一次行走都能见到像羊卓雍措一样极致的美景，可是当我走过无数的地方，才发现没有哪里能再找到与羊湖一模一样的蓝，也没有哪里让我有如对羊湖的挚爱。

当我从圣湖边走过，心中萦绕着藏族姑娘演唱的《蓝蓝的羊卓雍措》：

> 转山转呀转过了冈巴拉山口哎，仿佛看到了宝石在闪光，雪峰冰川，湖水荡漾，白云深处，玉鸟飞翔。蓝蓝的羊卓雍措，像圣洁的碧玉镶嵌在圣洁的路上，蓝蓝的羊卓雍措，是圣洁的莲花开在圣洁的天堂。
>
> 转水转呀转到了白云的故乡哎，仿佛听到了仙女在歌唱，高原牧场，青稞飘香，圣湖神山，天地吉祥。蓝蓝的羊卓雍措，像圣洁的牧歌放牧着圣洁的阳光，蓝蓝的羊卓雍措，是圣洁的哈达飘向圣洁的远方。

林芝记忆

在无边的暗夜，天上没有星月指引，我们在云雾笼罩的空中飞行。向下俯瞰，灰白色的山峦起伏连绵，隐约还有墨绿的原始森林。

这是我曾记在日记里的梦境。自我有记忆起，这个景象反复出现在梦中。初做这个梦时，我还只是几岁年纪的小孩子，那时记不清有多少个夜晚，被一种莫名的恐惧和难以言说的感受惊醒，恍若隔世。后来渐渐长大，这个梦也跟着我一路走来，再梦到那无边的暗夜时，心不再害怕，更多的则是细细感受那空中飞行的缥缈感觉，直到成年以后，这个梦才离我远去。

我不是一个唯心的人，到了西藏，我惊异于这人世间竟然有和梦境如此相似的地方。难道，冥冥之中真的有着千年的轮回？

我们是从贡嘎机场踏上林芝之旅的，一路上，延绵起伏的山峦被绿色的植被覆盖着，雄浑巍峨地屹立在川藏公路两侧。山间到处可见黄色的、粉紫的和蓝色的不知名小花，一丛丛、一簇簇散落在绿色草甸上，像一个个好客而又羞涩的藏族少女，向我们露出天使般的笑容。

我也把微笑绽放给它们。它们默默等候在这无人的山谷里，就是为了远道而来的客人认真地看它们一眼吧？又或者，它们本就是前世在佛前许了愿，只为有一天，它们心爱的人能在这寂静的山谷里出现？

车子颠簸着向前行驶，蜿蜒清澈的拉萨河一路陪伴着我们。据导游讲，藏民是不吃鱼的，因为他们认为鱼和鹰同是天上的神灵派来拯救人们的灵魂的。在西藏，人死亡后有五种葬法：最高等是塔葬，就像布达拉宫内的活佛塔陵；第二种为天葬，为大多数贵族和有钱人常用；第三种为水葬，余下的是火葬和土葬。

黑色的雄鹰从山腰掠过，打断我的思绪，又飞向湛蓝的天际。我顺着鹰的踪迹追寻过去，立刻被眼前的美景吸引住，再也不能错开眼珠。由于我们是向海拔低的地方行进，眼前的山峦也从初始的浅绿演变成深绿，那浓郁的绿色植被上又长出一丛丛茂密的灌木，碧绿滴翠，浓郁异常，远看上去，倒像是黑色的了。而两旁的山谷，高低错落，远近相接，每座山都看不见山顶，因为无一例外，都被大团大团白色的云环绕着。那云，如烟似雾，凝在山与天之间，蓝天、白云、青山、碧水，组成了一幅美丽的画面。

太美了！从来没有和天如此地接近过，这就是世上最纯洁的圣地了吧，这就是人间最后的净土了吧？看到这美景，诗人想吟诗，画家想作画，而我，只想静静地感受这静寂到令人窒息的美，静静地，什么都不去想，只把自己融进这自然，融进这美景。

可是，我的心却被一种奇特的感觉抓住，有些恍惚。眼前这浓郁深黑的山峦，为何这样熟悉？熟悉到就像回到了故居？一瞬间，儿时那频繁出现的梦境重又回到我的脑海。天哪，这起伏不绝的山川，这茂郁浓密的墨树，这从没见过的景物，难道不是和我梦境中的一模一样吗？

和彩色不同的是，我的梦境是黑白的，在那里，我就像是这雄鹰，飞行在夜色中，向下俯瞰着无边的山峦。在那里，死亡消失了，灵魂随神鹰飞到空中。也许经过曾经熟悉的家园，徘徊，留恋，默默地告别，最终升入天际。

既然世间有和梦境如此相似的地方，那也许，冥冥中也真的有前尘后世的轮回？那萦绕在我梦中的梦象，痴痴地跟随了我几十年，它为什么如此执着？难道，它在履行它前世许下的誓言吗？

走进桂林山水

从小我就听过"桂林山水甲天下"的说法，在小人书里面我也曾看过桂林山水的图片，但在我幼小的心里那美景只能是一幅画。80年代末，我的一个朋友去桂林旅游，给我发来一些桂林山水的照片，那景色简直如梦似幻，仿佛人间仙境，山神奇，水灵异。于是，我就有了去桂林旅游的梦想，憧憬着亲身领略一下桂林山水的旖旎风光。

1993年，这个梦想终于实现了，我和爱人参加了"漓江之歌"文化论坛，也了却了我们俩多年的夙愿。当火车驶进桂林大地时，我迫不及待地想要近距离目睹桂林山水的神奇秀丽，抚慰自己多年的相思之苦。

到了桂林火车站，负责接站的是穿着侗族服饰的两个少女，看到她们，我似乎看到了西南边疆少数民族的异域风情。在去临桂宾馆的路上，我目不转睛地欣赏沿途的花草树木，八桂大地到处都是桂花飘香，还有挺拔的杉树、秀顾的凤尾竹、高大的芒果树等，让人眼花缭乱，心情荡漾，精神愉悦。

在宾馆短暂休息后，我和妻子便迫不及待地来到宾馆外面，寻找桂林灵异的山水。宾馆东北方向有一个人工湖，湖面波平如镜，湖中玉立着一株株的荷花，旁边是一个幽静的公园，里面绿草如茵、绿树成荫、鲜花盛开。我们情不自禁地来到桂树下，嗅嗅桂花的清香，聆听数以万计的知了嘶鸣声。最让我们叹为观止的是远处矗立着的两座几乎一模一样的姊妹秀峰，像两个穿着绿色外衣的婀娜少女，面带羞涩地窃窃私语。我们忙用手机留下它们的美丽倩影，秀丽的山峰为城市增添了独特风光，真的是景在城中，城在景中。

美不美，漓江水。关于漓江的美景在我心里早已潜滋暗长了，而且漓江风景区是此次旅游的主景区，也是世界上规模最大、景色最美的岩溶山水胜地。漓江具有"山青、水秀、洞奇、石美"四绝，漓江如诗如画、如梦如幻，堪称天下第一美景。

我们的导游是一个三十多岁的清秀瑶族女人，如果不是她自己说是瑶族的，我们还以为她是汉族的呢。因为她的普通话非常标准，她很博学，很有家国情怀和爱心，从她口中我了解了桂林两千多年的文化底蕴和历史变迁、桂林的名人、桂林的风土人情、桂林的经济、"自卫反击战"等；从她口中我也知道了在桂林"狗肉"是朋友的意思。导游最显著的特点是她身上少了些许金钱味道，而多了几分文化色彩。

临近中午，我们终于登上了游船，江水汹涌奔腾，江面百船竞发，人头攒动，呐喊声、赞美声不绝于耳。坐在船上欣赏高山和绿水，别有一番情致。山脚下的成片凤尾竹格外引人注目，解说员绘声绘色地给我们讲解漓江山水的传奇和灵秀，我们也用相机不停地拍摄秀色可餐的美景。

为了留下这永恒的瞬间，我和妻子也让专业摄影师给我们拍了照片，美景怡人，山水醉人，山水让人增色，拍摄出的照片张张漂亮。"船在水中走，人在画中游"，天上蓝天白云，地上青山绿水俨然一幅绝美的山水画卷。"群峰倒影山浮水，无水无山不入神"，难怪有人说："不愿做神仙，愿做桂林人。"

漓江两岸的山峰太美了，形态俊朗，风情万种。满山钟秀，郁郁葱葱，雄奇险峻，就像水墨画中的山峦一样，倒映在水中，水天一色。"桂林山水甲天下"的美誉真是名副其实，看到这样的灵山秀水，可谓大饱眼福，心旷神怡。"智者乐水，仁者乐山"，即便是我这个俗人，也完全被这灵山秀水征服了，桂林山水真不愧是中华锦绣河山的代表。

　　这里的山滴翠，这里的峰秀美；这里的江浩渺，这里的水娇柔；这里的树葱郁，这里的竹婉约。苍穹下群峰起伏，苍郁幽雅；漓江宛如一位靓丽妩媚的少女，身披一条绿色绸带，飘飞在群山峻岭之间。眼前的景色，让我不由得想起了著名诗人贺敬之的《桂林山水歌》："云中的神呵，雾中的仙，神姿仙态桂林的山；情一样深呵，梦一样美，如情似梦漓江的水！"陶醉于如诗如画的美景中，我竟然忘记了自己是在乘船游览，听到船舱里响起的美妙音乐声，让我似乎听见了当年刘三姐那甜美嘹亮的山歌。好美的漓江风景！真可谓"百里漓江，百里画廊"。

　　离开漓江我悄悄许下一个心愿，如果有来生，如果有选择，我愿出生在漓江岸边，我愿喝着漓江的江水慢慢长大。在自己的有生之年，亲近这如梦如幻的灵山异水，做个有智慧、有仁爱、懂自然、懂感恩的桂林人。

万泉河水清又纯

　　海南之行，感受颇深的当属被誉为中国热带自然生态保存最完美的河流——万泉河，也被称为"中国的亚马孙河"，是海南的母亲河。当年，《红色娘子军》的故事深入人心，"万泉河水清又纯""我爱五指山、我爱万泉河"唱红了全中国。于是，万泉河闻名遐迩，著称于世。

　　据记载，万泉河原名"多河"，全长一百六十三公里，发源于五指山。1325 年，元朝中叶武宗皇帝的第二个太子图帖睦尔因宫廷倾轧，被流放到海南定安的多河畔，当地有位著名士绅王官对太子忠诚有加，悉心照料，经常带他乘船游览多河，饮酒消愁，观光怡情，还亲自介绍一位名叫青梅的美丽女子与他完婚。天长日久，太子对多河与这里纯朴善良的百姓产生了深厚的感情。1328 年 7 月大元帝国皇帝去世，宫廷爆发帝位之争，图帖睦尔被召回京即帝位。在即将离别多河宁静美丽的家园时，太子恋恋不舍，王官率领村民夹岸欢送，握拳齐呼："太子万全，一路万全。"太子感动至极，带着青梅挥手泪别，乘船出海，一路"万全"到京都，当上了元朝第十一位皇帝。登基后的文宗皇帝不忘王官的护主之恩，诏文将原海南定安县提升为南建州，敕封王官为知州，将多河命名为"万泉河"，以此报答百姓送他"万全"的款款深情。

当你来到万泉河边，你会惊讶于这里河水的清澈和湛蓝——满目都是平静的蓝色，放眼都是不染的纯净。这哪是一条河呀，这简直就是明眸善睐的窈窕淑女，是多少青葱男孩魂牵梦萦的梦中新娘，月老把她寄养在这里，南海的雨水把她调教得如此楚楚可人。掬一捧她的清澈，滋润干渴的心田，她的纯、她的蓝，让所有人不敢有丝毫亵渎之心，心底立即会升腾起羡慕的情愫，无不感叹大自然的造化之功——如果每个人的心灵能够纯净到如此透明的程度，那么人与人之间就会少一份猜忌，多一份美好；少一份浑浊，多一份明澈。

来到万泉河，必须要去玉带滩，这里以"分隔海、河最狭窄的沙滩半岛"而列入吉尼斯之最。我们一行搭乘游艇向玉带滩进发，伴着马达的轰鸣，大家都似乎不忍看那游艇劈开万泉河柔美的肌肤，不过，当你窥视万泉河神秘的胴体，看到的除了清澈还是清澈，除了通透还是通透。一路风光旖旎，美景无限——有神形绝妙的奇峰异石，有银河奔泻的飞流瀑布，有椰竹掩映的苗寨村舍，河上蝴蝶翩跹、岩燕飞翔、野鸭游弋、山鸟啾鸣，与两岸古朴善良、勤劳耕作的苗寨居民组成一幅美妙的山野图画，令游人疑似置身桃花源中，恍若步入人间仙境……那玉带滩其实就是一条神奇的分河隔海的玉带：一边是清纯的万泉河水，一边是苦涩的南海海水；一边平静如镜、波光粼粼，如温情万种的女子；一边烟波浩渺、飞浪卷雪，像略带汹涌的男子。一静一动，一柔一刚，在玉带滩完美地汇合交融。大自然真是神奇，这柔软得就要飘动起来的沙滩竟然隔开两重景致，造就了双重境界。

在这里，所有人都没有什么顾忌，女人们尽情展示自己的风采，显露美丽的丰姿，裙裳也好，泳装也罢，一个个楚楚动人，一群群花团锦簇，绝对吸引人们的眼球。男人们在大胆展示自己的刚健和健康的肌体。让双脚与沙滩零距离接触，让波浪与脚趾亲密相吻，让海风与秀发无语交流。

在这里，仕途上的不顺、职场上的烦恼、情场上的失意、生活上的困顿，一一被海风吹散，一一被河水洗涤。那一片蔚蓝，让眼睛蓄满清亮；那一滴甘甜，滋润着柔软的心海；那一缕阳光，抚慰结满茧花的灵魂。哦，万泉河水清又清，那是记忆里永不凋谢的花朵，那是记忆里永不磨灭的沉淀。

简单不需要理由，快乐不需要界限。最为刺激的万泉河特色漂流开始了。人们来到一排木房子里，领取各自的救生器材，一阵积极的准备后，便登上了竹筏。那竹筏上有两名"艄公"，他们赤膊上阵，前前后后不断地忙碌。竹筏是拴在游艇上的，一只游艇往往要拖两三挂竹筏，成纵队排列。游艇开动后向上游缓缓而去，不过还没有游出多远，忽然一排排水柱从另一挂竹筏上射过来——"战斗"开始了！大家急忙抄起射水枪进行反击，刹那间一颗颗久违的童心被唤起，不管是男是女，不管认识不认识，没有界线没有距离，大家尖叫着躲闪着。掷水漂，打水仗，激起一朵朵浪花、一层层涟漪，洋溢着一阵阵欢笑。最终的结果当然是"两败俱伤"，但绝对没有一个人像落汤鸡似的失落……

结束了一天的喧嚣，华灯初上的时候，信步走上万泉河景区大道。在春夜清亮的月光与辉耀的霓虹灯光交融辉映下，玉树红花清高孤傲，迎风舞动，飘洒着爽心的空气，成荫的绿色里，吹来的是丝丝凉意，令人神清气爽，心旷神怡。环顾河面，只见波澜不惊，河光水色，轻烟弥漫，皎月银光漾波、浮光耀金，小艇游弋，树影沉璧。俯视河底，观赏鱼群玩月，水清月近人。站在红色娘子军塑像前，我的耳边再次响起"万泉河水清又清，我编斗笠送红军，军爱民，民拥军，军民团结一家亲"的天籁之音，还有那高亢有力的《红色娘子军连歌》。这时，走来一对讲普通话的翁妪，我不禁问道："你们是来这儿旅游观光的吧？"学者气质的老翁兴奋地说："我们已定居斯地了！退休后我们择地定居，此嘉积城，绿环城，城抱绿，尤其是万泉河水澄碧清澈，河畔环境清幽，生态秀美，人与自然和谐，独具神韵……"艺术家气质的老妪激动地说："这万泉河风物独特、风情独具，有魅力！我们就是'万泉水郡'的居民啦……"

三亚面面观

一

在越来越骚动的红尘中，我越来越确信我的心已经被三亚的空气洗濯得纤尘不染，我的视野也被三亚的三角梅耀得一亮，我的耳鼓也被三亚的涛声温润了。

也许是今生的约定，我早就神往着南国边陲的三亚，也许是前世的缘分，我在梦境中竟然走近了你——三亚。你如同一个大家闺秀，文静地在远离世俗、远离纷争的岛上悠然诗意地栖居着，海风是你温柔的梳子，椰林是你飘逸的秀发，礁石是你的发髻，而随处盛开的三角梅则是你发髻上的头饰。那一刻，我觉得你富有阴柔的美，我像一群群白鹭和海鸥在你的天空里飞翔，飞倦了就依偎在你的臂弯，听海涛轻轻地拍打镌刻着"天涯海角"的礁石，把多少善男信女的山盟海誓一起重温，看南来北往的五湖四海的游客把多少祈愿和希冀深刻地镶嵌进多情的土地，渴望着来年自己的爱情也像漫山遍野的三角梅一样芬芳馥郁。

在远隔万水千山的空间，我穿越时间和空间的脉络，来到你的身旁。三亚，你犹如一个青春勃发的小伙子，在越来越多的目光中展示着健美的身姿，那晨曦中被朝霞映红的天光，那正午通过椰林叶子的缝隙筛下的斑斑驳驳的光斑，那向晚的渔火中迷离婉转的兰舟上的情歌。那一刻，我深信你是阳刚的男儿，我像低迷的山岚一样缠绵地簇拥着豁达雄浑的大山，哪怕只是你的一个注视，我也会像兴奋的舟楫，在你浩渺的海水里追逐流连。

有时候我不愿意兴师动众地走近你，就脱掉鞋子，任脚丫在你充斥细沙的无垠海滩上漫步，不疾不徐，不温不火。我喜欢在这样散淡的节奏中，在隐隐约约的灯火中，在曼妙袅娜的月色中，张开嘴巴呼吸你湿润的海风，或者攀爬上夕阳正在喋血的礁石，在即将破堤而来的夜色中留下一天中最辉煌的倩影，然后欣欣然跃入浅水区，在你绵软的肌肤上感受倾情的冲动。那一刻，我觉得我有点魂不守舍、放浪形骸了。

二

三亚是一尊镌刻着美丽传说和悱恻传奇的雕塑，伫立着"鹿回头"仙鹿像。无论俯瞰汹涌的大海，还是远眺起伏的群山，我的思想都被五指山下弓箭手和黎家姑娘的爱情神话牵动着，沉湎于仙女爱慕年轻猎手的感天动地的爱情。三亚因为这个故事，从而有了"鹿城"的别称。古往今来多少虔诚的伴侣慕名而来，在此山盟海誓，许下了对爱情的忠贞不渝和神圣约定。

三亚是一个让人顿悟的清净所在。南山文化旅游区因南山寺和南海海上观音而成为佛教文化胜地。南山寺背靠南山，面临南海，风水位佳，庄严肃穆，绝对是绝佳的修身养性之地，是真正的寄托闲情谛听天籁颐养天年的幻境。有三米高的国宝级的金玉观音，还有享誉世界的一百零八米南海三面观世音，正应了"天接水色真空色，浪激石音似梵音"之说，香火极旺。据说观世音菩萨有十二大愿，其中第二大愿就是长居南海，世称"南海观世音"，这就是南海海上观音像的缘起，圣像因其"海上一百零八米"和"一体化三尊"两个世界独创而举世闻名，三面分别为持箧观音、持珠观音、持莲观音。此圣像修建在海面上，气势磅礴，蔚为壮观。可以说能够让俗世的人荡尽铅华，回归自然。在南山，大门口的牌匾就是著名的不二法门，徜徉和饱览了南山，我深信南山就是一座风景旖旎的海上仙山，更是一座闪烁着佛教光辉的圣山，我才领会到原来"福如东海长流水，寿比南山不老松"这历来用作祈愿老人长命百岁的吉祥语就出自这里。无怪乎每年年末岁初的时候，很多人都会来这里烧头香，为自己和家人祈福。

三亚是一个热带风光十分显著的地方。亚龙湾的沙滩、阳光、大海真是太迷人了。去了三亚一定要住亚龙湾才会不虚此行，无论是住在希尔顿，还是别的饭店，都带着豪华的游泳池，从房间里望出去，一片绿色，视野很开阔。如果不出国，这里绝对是度假的理想场所。希尔顿的沙滩号称是中国最好的私人沙滩，沙子很细很软，沐浴着充沛的阳光，任海风拂面，赤足走在洁净的沙滩上，往日的疲惫和烦躁烟消云散。亚龙湾真是游泳、休闲戏水、潜水探秘、日光浴的上佳所在。在亚龙湾，我这个生长在鄂尔多斯高原的旱鸭子，只好望洋兴叹了，只能干看着同行的几个朋友都去潜水，一个人兴味索然地在这里等他们回来。亚龙湾的海岸线很长，海水蓝得醉人，蓝得让人不可思议，那种蓝是那么的纯洁、那么的孤傲、那么的自信，海滩上被海浪温柔的手码成的雪白的沙子，宛如一条条棉绒的被子铺陈着。抓一把白沙，阳光下闪闪发光，朋友说那其实不纯是沙子，是珊瑚被海浪慢慢地打碎，变得沙子般的细腻，所以光亮闪烁。亚龙湾的海水很体贴可人，就像知冷知热的大嫂，尽管时令已经是 10 月份，北方已经要穿衬衣了，可这里的海水却依旧温暖，不像北方的海水那么冷淡那么清高，即使在夏季，人刚进水里也会突然间感觉到浑身发凉，需要一点时间适应。

亚龙湾那么广阔浩渺，四季都是这样温暖，能够感觉到太阳的能量真是巨大。我站在与胸脯等高的浅水区，水底的白沙历历在目，我竟然为海水的清澈而惊讶了。我在浅水区自由自在地玩了一阵子，潜水的朋友们回来后，我才依依不舍地上了岸。

三

三亚是亲近自然的诺亚方舟。在大东海景区，肆意地赏阅碧波蓝天，任心灵在旷达写意的境界中遨游。沐浴着阳光，微风拂面，喝上一杯芒果汁或者椰子汁，可谓旅途中的一大快事。像我这样的旱鸭子，不敢下海，在沙滩上看看美女也不错，真正地体会了一番秀色可餐的含义。

三亚是一个名副其实的美食城。春园海鲜广场，这个被网络自游人列为三亚吃海鲜首选之地的广场位于三亚市西河路的中段，背靠着三亚河。每天华灯初上，四面八方慕名而来的各路吃客在春园海鲜广场摆开食阵，场面红火热闹又秩序井然，老远就听见人声鼎沸，使这里成为三亚著名的一道景观。在广场内有个海鲜自由市场，摆着各种各样的生猛海鲜以及各类蔬菜，春园海鲜最吸引人的地方则在于其价格实惠。游客来到之后，可以先到广场后面的海鲜市场根据个人喜好挑选各类海鲜以及蔬菜水果，然后再到前面的大排档根据自己的口味要求加工，可以选择打边炉和炒、蒸。这里除了海鲜，还可以品尝到好多海南的特色小吃，如海南粉、糯米糕、椰子饭、山兰酒等各种地方小吃和鲜榨果汁等。真是将海南的饮食文化融汇于一炉，把盏推杯中就可以领略海南的风土人情。

三亚是人与生物和谐相处的乐园。天涯热带海洋动物园位于天涯海角旅游区西侧三百米，占地五十余亩，有林中石路相连。园区居于椰林、白沙、碧波之间，建有热带海洋水族馆、海鸟园、鳄鱼馆、灵龟馆等八个观赏游乐场馆。天涯热带海洋动物园有海豚海狮表演、鳄鱼表演、鸟类表演、海龟寿星伴照，热带海洋水族馆展示豹纹鲨、白鳍鲨、燕鱼和活体珊瑚等热带海洋生物四百多种。海鸟馆、灵龟馆、鳄鱼馆分别展示我国南方数种珍禽、几十种鹦鹉、多种珍稀海龟和从泰国引进的湾鳄。它是海南省唯一开发海洋生物资源的大型综合景点，融海洋智慧、生命灵气于一方。该园不仅是休闲娱乐的场所，还是普及热带海洋知识和增强环境保护意识的好去处。三亚天涯热带海洋动物园里笑声阵阵。游人们旅途的疲惫劳累，顷刻间就被动物园擅长表演的海鸟、海豚、海狮们化为乌有了。

人类的祖先来自海洋，或许这美丽的南中国海，正是让游人感到亲切的地方。

香港印象

　　绵绵细雨伴随着从罗湖通往香港地铁的轰鸣，人潮汹涌中，我们到了尖沙咀。出地铁站口，迎面瞥见了仍然笼罩在雨雾中的香港。在逼入视线的高大楼宇下，在狭窄的街道边，在一群群不同肤色的人流中，我必然而又偶然地在冬季与香港相遇，并且有幸完成与它短暂一天的亲密接触。

　　身临其境和道听途说有着本质上的差距，香港在记忆中是嘈杂拥挤的，是周润发的小马哥，是梅艳芳的《女人花》，是金庸的《天龙八部》，是郑少秋的楚留香、成龙的《警察故事》、张曼玉和黎明的《甜蜜蜜》，也是 BEYOND 乐队的《光辉岁月》；跳跃、斑驳，光怪陆离，是深巷子里的大排档，是码头上的一条船，或是供奉佛龛的那炷香，是英雄出没的街头，也是奇迹诞生的舞台。那些耳熟能详的文化符号早已经深入人心，那些悠扬动听的旋律至今还在耳边。可是当自己真正地走近香港，却发现与想象中的香港有着重大的区别，这种感受无法言喻，简单来讲，香港有着别样的颜色和味道，而这是许多地方无法复制和比拟的。与电影电视中缤纷艳丽的香港相比，我所见的香港不是花哨的浓烈的，相反它是低调沉静的，映入眼帘的均是肃穆内敛的深色，但却有着久远的底蕴内涵，每幢楼都各具特色大气非凡，虽高处耸立却没有拒人千里，总是直接就触及视野亲近心灵。若以 150 米作为摩天大楼的门槛，香港现存的摩天大楼不少于 215 栋。在全球最高的楼宇中，香港占了三分之一。尖沙咀、湾仔、中环一带集中了最多最具特色的摩天大楼建筑群。香港面积约 1104 平方公里，人口超过 700 万，这么狭小的地方，密布着如此众多的人口，还有熙熙攘攘的游客。香港的道路也很狭窄，可是却从未见过交通拥堵的现象。走在街道上，但见行人如织、车流如海，然而却秩序井然不慌不忙，一派都市风范，尽显包容气质。

　　人行道的砖青灰色夹杂着赭黄色，下水道井盖与人行道几乎没有分别，且看着结实，不会产生是否须绕道而行的困惑。人行道上没有大片的花草，却会在合适的地点摆放一两盆格外清雅的小花，花盆简单古朴，极富韵味。垃圾早已分类，重点是垃圾桶外表极为干净整洁，很像抽象的艺术品。地面也极为洁净，在香港乱扔垃圾是要罚款的。成片的商业区里，每样商品都妥帖规整，那些精美的珠宝首饰手表在陈列窗里闪烁着光芒，像是夜晚满天繁星。也有很多的大幅广告，可是制作相当精良，颜色搭配和谐。商铺鳞次栉比，基本上可见所有国际品牌，价格从低到高，可满足不同人群的不同需求。服务更是周到体贴，每个店门口都有专门来开门的人，你的视线碰到任何一个店员的眼睛，他们都会立即上来招呼，询问你的需求，如果你说买的东西是要送人的，他们会马上精心包装好拿给你。店员一律穿着小西装，整洁利落，态度自然和气，一视同仁，没有那种假意的客套，而是认真对待客人的那种责任感。

　　从香奈儿门前经过时，我看到购物人群已经排成一条长龙了，因为店员对客人的服务基本是一对一的，如果客人太多，就需要排队进入，但大家都在耐心等待，未见到有人插队或者埋怨，我想这才是香港的精髓所在。人们最终所追求的东西永远都和金钱物质无关，而是一种被重视、被认同、被礼遇的尊严，那种春风化雨、温暖宜人的真挚情谊。而在买和卖这样的交易当中，也体现了他们对人、对物、对自己行为的充分尊重，他们追求的是服务当中产生的愉悦心情，而不是报表上冰冷的数字，他们只是单纯地将服务做到最好，却并不计较买卖是否成交，东西是否售出。是啊，东西可有可无，但有一次足够享受的购物之旅却使人终生难忘。

当然，有心栽花与无心插柳结果不同，有心其实是有私心，无心却真的是无私心，去除了目的和前提，一切就都会顺其自然。来香港岂能空手而归，这么好的服务和东西，一般人都难以抵御，因而博人眼球永远不及走进内心，而心只会跟爱一起走。明朝时候，东莞生产香料非常出名，因此又称"莞香"。传说香港于明朝时亦盛产莞香，当时东莞南部一带及香港生产的香品皆经香港石排湾转运至广州及其他地方，因此后人称石排湾一带为"香港"，而港湾附近的村落则叫作"香港村"。

清朝，英军初抵中国东南方时，在现今赤柱一带登陆，并由一名为陈群的疍民引路，路经香港村时，英军问及地名，疍民以疍话回答"香港"，英军遂将疍音 Hong Kong 记下，并以为是岛屿的名称，因此岛屿便被改名为"香港岛"了。而香港的气味真如其名，走在哪里都有香气袭来，每个店面都有不同主题的清香，有薰衣草、玫瑰、茉莉等等的气味，香而不艳，甜而不腻，是一场美妙的嗅觉盛宴。闻之令人心清气爽。

走在这样香气扑鼻的购物天堂，每个人的心灵都会得到极大的满足，都会忍不住对自己产生膜拜，这就是服务的另一个极致了。当你在一个陌生的地方，忽然感到自己的真实存在，忽然感到周围的一切都是在精心为你打造和准备，你真的会油然产生一种强烈的自豪和自我认可，你会觉得此生并没有虚度，世间当真还有这么多的美好可以领略。而这并不是自然赋予的景观，却是更加高级的人文景观，自然景观全赖天赐，人文景观却真的要靠长时间的积淀和打磨。而这绝非一朝一夕之力，其中深意只有自己才能慢慢体味。在尖沙咀吃了一顿午餐，我要了一碗韩国的泡菜面，四十八港币满满一大碗，那泡菜的酸辣像极了妈妈做的味道，泡面煮的火候刚好，不软不硬，里面还夹杂了一些菜蔬，脆爽鲜嫩，汤辣味十足却不油腻。我心满意足地享受着这碗豪华泡面，一口口将其全部吃完，直到把汤喝得一滴不剩，幸福的感觉再次升腾。其实这只不过是一碗再普通不过的面，可是我却吃出了用心和讲究，吃出了食物本来就有的滋味。食物是有温度有记忆的，当你认真地对待它，它才会散发出更加细致的味道。可能这也需要缘分吧，一碗精心准备的面，同样也需要一份精心享受的心情，二者合一方能达到鼎盛。

通过这碗面，我品尝到了香港的味道，韩国泡菜面是舶来品，却也如此地道，那就遑论香港本地的美食了，只因时间仓促，不能再去品尝。这是一个遗憾，但想想碗仔翅、菠萝包、糖不甩、狗仔粉、油炸鬼等等这些可爱俏皮的名字，也就不难想象它们的滋味。在离开香港回深圳的地铁上，我想到了这八个字：克制，礼貌，整齐，有序。路上偶遇到几个香港小男生，十岁左右的年纪，戴着眼镜，穿着雪白的衬衣，打着领带，外套黑色笔挺的西装和西裤，脚上是锃亮的黑皮鞋。他们热烈地交谈着，脸上洋溢着自信开朗的笑容，背着的书包也非常时尚，却并不显沉重。他们的脸上干干净净，白衬衣也是一尘不染，衬衣领口浆得挺括，真心说是一道温馨的风景线。而这时，华灯初上，从车窗望过去，幢幢高楼均是万家灯火、霓虹闪耀，夜色愈是沉静，灯光愈是闪亮，雨还在纷纷下，气温很低。快到罗湖时车厢里几乎都是内地的人了，他们提着大包小包，快步奔跑，冲过安检急着回家。香港在身后，前面是深圳，这时离深圳几千公里的家乡，正是寒风凛冽大雪纷飞。不知谁的手机传出了这首歌："……Hong Kong，Hong Kong 和你在一起，Hong Kong，Hong Kong，我爱这个美丽的晚上，有你在我身旁。"

七子情

当我从拱北口岸一踏上澳门这片土地，耳畔好像总有一首歌在回响，1999 年澳门回归祖国，那个天真质朴的九岁女孩，那个来自澳门的嗓音清纯的容韵琳，在澳门回归庆祝会上演唱的那首《七子之歌》始终萦绕在我的耳际："你可知 Macau 不是我真姓，我离开你太久了母亲，但是他们掳去的是我的肉体，你依然保管我内心的灵魂。"这首著名的《七子之歌》是闻一多先生 1925 年留学美国时，放眼家国故园风雨如晦、豺狼当道、列强横行，祖国母亲被瓜分割占，从而悲愤地写下的。如今，在澳门回归祖国已经十七个年头的今天，我也踏上了澳门这块曾经被殖民主义者统治长达四百多年的地方，怎能不让我激动。

澳门，北邻中国广东珠海，西与珠海市的横琴、湾仔相望，东与香港隔海相望，相距 60 公里。澳门建立于秦朝，现有面积 32.8 平方公里，居住人口 63.62 万人。

1553 年，葡萄牙人取得澳门居住权，并将此辟为殖民地，经过四百多年欧洲文明的洗礼，东西方文化融合共存，使澳门成为一个独特的城市，留下了大量的历史文化遗迹。

1999 年 12 月 20 日，中国政府恢复行使主权，继而结束了葡萄牙对澳门长达四百多年的殖民统治，使澳门回到了祖国的怀抱。

这次我们去澳门虽然也是跟旅行团去的，但是旅行社也只是负责珠海到拱北口岸的接送任务，在澳门都是自己安排行程，也少了许多的麻烦。这次让我放心的是我们可以自由地去澳门任何地方，而无让人追着撵着买东西的烦恼。

从媒体上得知，自从澳门回归之后，还有相当的一部分葡属欧洲人选择了继续留在这里工作。从拱北口岸一进澳门境，明显就能感觉出澳门与内地的不同，澳门各大赌场在口岸都有免费去赌城的大巴车，负责接待工作的美女也似乎比内地人更浓妆艳抹一些。当地的工作人员会事先询问你去哪个赌场，然后分成不同的候车队伍，等待上车。

国庆期间，来澳门旅游的人还真不少，排队等候乘车的人流排了很长时间，一会儿一趟的大巴车上也都印着各个赌场的名字，负责接站的工作人员偶尔也会向你手里发放几张宣传单，介绍各大赌场的情况。澳门，这个因为博彩业而闻名世界的小城，让我们这些虽然不喜欢赌博的人也想去那里看个究竟，看看那种正式赌博场所究竟是什么样，看看是什么样的赌博场所让中国内地的某些人嗜赌如命，继而被中国的反腐利剑斩于马下。

据来过澳门的不少朋友介绍，去澳门如果不赌，便会少了很多乐趣。为了体验一下赌场的气氛，亲属也换了些筹码，准备玩上一把。澳门是以博彩业而闻名世界的，澳门的赌场非常正规，从赌客下注到清台结算都有严格的管理制度，特别是澳门赌场有明确规定，不满二十一周岁不允许进赌场。

乘电梯而下，威尼斯人酒店的一楼就是赌场。之前听朋友说过，进赌场不能走正门，要从旁门进去，原因是赌场的正门大都像狮子大开口一样，昭示着有多少钱都会被吞掉。来澳门旅游的人即使是不喜欢赌博，也都愿意来这里看看赌博的场所是什么样。澳门虽然回归，但是"一国两制"还是让澳门的博彩业始终保持着发达和兴旺的势头。

威尼斯人商场里面的商品也是琳琅满目，但是对于我们这些工薪族来说，价格还是很高的。在我们看来，这里的商城有一种恢弘的感觉，商场里一条曲折的河道将若干座形状各异的拱桥连接起来，环形护栏下面就是一艘艘载客的工艺船，在闪着粼光的水面游荡，船上掌舵的都是金发碧眼的美貌欧洲女郎和戴着礼帽的男士，让你感觉到仿佛置身于威尼斯水城一样的惬意。商城的顶棚使用一种特殊材料制成宛若天空的穹顶，其上的白云让你感觉置身室外而少了那种压抑感。

澳门渔人码头是中国澳门首个主题公园和仿欧美渔人码头的游览、购物中心，位于澳门半岛新口岸友谊大马路（近孙逸仙大马路），集娱乐、购物、饮食、酒店、游艇码头及会展设施为一体，是融合了东西方文化特色的综合场所。在这里还有一个仿古罗马斗兽场的建筑，斑驳的城墙，由石凳搭起的环形看台。看台下面一个个紧闭的小洞，就是古时候囚禁动物和奴隶的场所。看到这个竞技场，就让我想起了人与动物之间的血腥杀戮、奴隶之间的互相残杀，想起了古罗马的角斗士，看到了斯巴达克斯染着一身的血迹，带领奴隶们向那些杀人不眨眼的达官显贵猛力冲击。

澳门的圣安多尼教堂是我们去大三巴牌坊路过的地方。说实在的，对于教会、教堂这类神圣地方，我觉得只要是与神灵能挂上钩的地方，我们凡夫俗子也只有敬仰的份，绝不可以随便地嘻嘻哈哈胡乱拍照，这也是表示我们对历史渊源中那些神灵的虔诚与敬仰。

没来大三巴牌坊之前，我在脑海里想象着那地方该是什么样：一个特宏伟的古老建筑，旁边满是茂盛的花草树木，开阔的视野会让你更加感觉这个古老建筑的历史久远和气势。但真正来到这里的时候，完全出乎我的意料，拥挤且显得有点破旧的楼群之间一块开阔的山坡地，就是这个牌坊的所在。

澳门大三巴牌坊是澳门最具代表性的名胜古迹，它建于1580年，现在我们看到的是圣保罗大教堂的前壁。这地方就是圣保罗大教堂的旧址，"三巴"也即"圣保罗"粤语的译音，此教堂融合欧洲文艺复兴时期与东方的建筑风格而成，体现出东西方艺术的交融，雕刻精细，巍峨壮观。据说圣保罗大教堂在最初兴建时的造价非常惊人，在那时就达到两三万两白银，可谓造价昂贵。不过后来大教堂两次失火焚毁。只剩下原来教堂的前壁，因为这个前壁极像中国的牌坊，也就被称为大三巴牌坊。

初来澳门，不同的风土民情、不同的地域景观吸引了我。在澳门无论你走到哪里，人行道上都铺着几乎一模一样的地砖，地砖上拼饰出不同的图形，有点像我们八卦图的图形，还有各类海洋生物的图形，比如螃蟹啊，小鱼啊，栩栩如生。澳门还是一个非常包容的城市，历史与现代交融的城市，略显拥挤的路上时不时会有价值不菲的跑车驰过，大巴车后面也能看见最古老的、类似鲁迅小说里的人力黄包车拉着游人行走，而比较多的还是那种小摩托，虽然品牌不一样，但是大小样式都差不多。也许是澳门有明确的规定，只允许这样的摩托上路吧。

短短的几个小时，一晃就过去了。此时澳门各条街道的路灯也都亮起来，五光十色的霓虹灯、耀眼的装饰灯将澳门装点得更加美丽，金沙娱乐城、葡京娱乐城，一座座金碧辉煌的雄伟建筑让澳门这座小城更加充满诱人的色彩。从拱北口岸回来的那一刻，回头看看身后澳门这个不夜城，今夜还会有多少故事在这里发生？今夜我们与你分手，也期待你更加兴旺繁荣。

梦回东京

——观《大宋·东京梦华》有感

　　4月15日，我有幸参加了由煤炭工业协会在河南开封举办的"中国煤炭文化产业高峰论坛"。会议期间，组织参观了古代汴梁的名胜古迹。让我们穿越千年，切身感受到了"梦回东京"的瑰丽景象。

　　七朝古都开封在唐末称汴州，是五代梁、晋、汉、周的都城。北宋统一，仍建都于此，也称为汴京或东京。提到北宋，绝大多数人的第一印象可能是"积贫积弱"，或是"忍辱负重"，因其间发生的重大历史事件很难让人们将其与盛世相提并论。然而宋徽宗后期，社会经济经过半世纪的长足发展，进入了空前的繁荣，这种繁荣在东京开封表现得最为明显。

　　向导告诉我们，要真正了解大宋王朝的兴衰，就要观看再现《清明上河图》的中国首部皇家园林大型水上实景演出《东京梦华》。于是，当天晚上七点三十分，我们走进了清明上河园的大型露天水上剧场。

　　如果说开封清明上河园是现实中的《清明上河图》，那么《大宋·东京梦华》就是梦幻中的《清明上河图》，看过这场演出的朋友们都说它是一场繁华梦境，将人不知不觉带进那时而豪放雄浑、时而婉约低回的北宋王朝，亦真亦幻，梦回千年。

这部由著名导演梅帅元制作，运用大量高科技手段，制造出梦幻般效果的实景演出，向人们展示了千年前那个辉煌的朝代。演出充分利用清明上河园内的水系桥廊、亭台楼榭，并极具创意地将白天园区内的小商小贩、经典节目浓缩到表演中，巧妙地结合夜幕与灯光，再现了《清明上河图》和《东京梦华录》的历史情景。打造了以天地为大舞台的宋代实景剧场，使人有"一朝步入画卷，一日梦回千年"的幻觉。再配上九阕经典宋词，宋朝的那些人那些事，就款款地向我们走来。

整场演出运用浓重的色彩、婉约的景致、浪漫的音律、宏大的场面、优美的歌舞，生动、真实地再现了北宋京都汴梁的盛世繁荣与衰落的历史。运用亮彩技术设计展现流光溢彩的柳树、随波荡漾的水中明月，运用机械技术设计可自由拼合的水上栈桥、可"绽放"的菊花舞台等，一幕幕场景，构成一幅绚丽的印象画卷展示于观众眼前，让人置身其中，如梦似幻。豪华的场景，经典的宋词，高科技的舞美，带给广大游客的是强烈的视听震撼，生动、真实地再现了北宋京都汴梁的盛世繁荣。

仲春的晚霞冲破云层，洒落在薄雾萦绕的汴河上，三五成群寻梦的人们开始聚集在开封清明上河园的景湖畔，迫不及待地期待着梦的开场。

我在梦境中感受历史，在幻境里感怀人生，一梦醉千年！

演出随着一名身穿现代装白衬衣的小男孩出场拉开序幕，他向水中放了一盏莲花灯，莲花灯顺水越漂越远，人们的思绪也随着花灯绵绵延展。忽然，灯光聚焦到湖边一朵巨大的莲花灯上，花灯缓缓向湖中央漂来，花瓣同时缓缓盛开，一群宋服装扮的舞女在花心处翩然起舞，仿佛小男孩放出的花灯带我们穿越了千年，宋朝胜景也从花心处款款而来。黑的夜是背景，五彩绚烂的灯光强化了金碧辉煌、如梦如幻的画面。

舞停了，灯远了，《清明上河图》中汴河繁忙的漕运盛况及东京浓郁的民俗风情扑面而来。勾栏瓦肆，汴河之畔，夹杂着纤夫号子的繁华市井，一切真实展现在眼前。白天在院子里上演的绝活、节目，比如打把式卖艺的、气功喷火的，等等，晚上又都成了表演中的角儿，这可真是奇思妙想，很有创意。灯光灭了，漆黑的夜成了转换场景绝好的幕布，这又不得不佩服导演的创意，整个节目似乎从一开始就做足了策划，进行了通盘考虑，最大效率地结合自然与科技，利用公园场景与人物，这里的每一个人、每一个景都不可小看！果然，在配着辛弃疾《青玉案》的词展现东京百姓在上元夜用无边的灯海营造出盛世景象，以及配着苏轼的《蝶恋花》展示少女们在春天踏青和荡秋千的生动场面时，充分利用了散布在园子各处的亭台楼榭、小桥流水，以及无处不在的秋千。白天逛园子的时候还在奇怪，怎么处处有秋千呢？原来妙处还在这里。静谧的画面中，远近不同、此起彼伏的秋千上，少女裙角飞扬、衣袂飘飘，银铃般的笑声回荡在耳边，真是如梦如幻的画面！

群体性的表演刚一落幕，一叶扁舟从远处缓缓驶来，岸边一位多情才子正"借酒浇愁愁更愁"，他是否在为要与美少女离别而伤怀？一曲小令，晓风残月，勾勒出一个艺术王朝的情怀。

缠绵且忧伤的双人舞退场，鼎盛时期北宋东京万国来朝的空前盛况徐徐开幕，再现了繁华帝都君临天下的大国风范。日本的武士和艺伎来了，印度的肚皮舞娘来了，阿拉伯的商人也牵着骆驼来了，正所谓"万国仰神京，礼乐纵横，葱葱佳气锁龙城"。灯光下的皇宫金碧辉煌，皇帝在城门楼上接受各国朝拜，街头巷尾、楼上、山上的百姓也无不欣喜欢迎。

画面又一转，所有视线聚焦到一艘金光闪闪的二层游船上，宋徽宗和京城歌妓李师师缠绵悱恻的爱情故事被娓娓道来。

盛世场景意犹未尽，战鼓声已悄然响起。辛弃疾的《破阵子》，引来了一身戎装、策马而来的杨门女将穆桂英，正是"醉里挑灯看剑，梦回吹角连营"。"沙场秋点兵"的壮观，与敌军交战、火炮隆隆、烽烟滚滚的震撼，无不让我们感受到宋朝军民为收复大好河山而决战的壮烈。

　　一湖烟云散去，一个辉煌的王朝走向历史深处，画面再次静谧，远处传来浅吟低唱，一个身着宋服的小女孩手拿一盏莲花灯，随着一叶扁舟缓缓而来。岸边，演出开头那名身穿现代装白衬衣的小男孩正在凝望。那盏灯不是小男孩放出的那盏吗？它穿越千年被小女孩收到了？花灯引着宋代小女孩来到了现代小男孩的身边。看到这里，又再一次感叹导演的创意，以花灯为线索，从穿越中来，在穿越中会合，首尾呼应，故事完整，给人以历史轮回的感叹。曾经是照亮过北宋的月亮又照亮了今日的开封，辉煌已逝，但往事并不如烟，在古城厚重的历史之上，开封的今天正在书写一幅比《清明上河图》更加壮丽的画卷。

　　漂动在湖面上的菊花晶莹剔透，绽开后还能释放出五彩霞光，花心更有十二位身着宋装的歌女弹奏乐器，美妙动听。

　　小商贩、文人骚客、官人、僧侣川流不息；奔跑玩耍的孩子们、踩高跷的人们、热烈的舞蹈者，还有迎亲的队伍，从中穿过；唢呐声、鞭炮声、喧闹声，声声入耳，展示了东京昔日的繁华。表现万国来朝的盛景和皇家的奢华后，穆桂英挂帅出征。炮火连天，国家被外敌入侵，一个盛世王朝走向没落。

　　看罢演出，走出剧场，我想起了在《东京梦华录》中有这样一段歌词，真实地表达了我的感受，今抄录于此，伏惟尚飨：

　　一支曲，歌尽畅饮东京酒；一张琴，弹罢临安又折柳。半折戏，唱别离花满袖；半盏茶，故国何处说从头。江山画空回首，流年随水东流。多少度春秋，爱恨也幽幽，最繁华时最是忧愁。多少度春秋，朱颜还依旧，昔日梦华千古不休。长夜，璀璨漫天星斗，清月如钩。千年，一朝青史名留，故国神游。吟风月，且把浮生浅唱。金陵秋，凭风登高远望。人独立，落花斜映疏窗。

折柳别，灞陵一曲兰陵王。故国恨，卷残霜，沈园泫然，叹无常。飞花悲遗响，赤壁写疏狂，如梦令弦断琴几张。画角送斜阳，词韵太悠长，少年仗剑意气满江。是何人叹沧桑，东京梦华，千古流芳。

用开封人的话说，我们北宋不仅有师师小姐、杨家将，我们也曾繁荣过。历史已成过去，但它的确是一面镜子，要吸取的教训远比今日壮观的演出重要得多。

破译神农架密码

一

北纬 30° 一线串起地球诸多神秘的密码。喜马拉雅山、雅鲁藏布江大峡谷、三星堆、神农架、河姆渡，从西向东串起中国的密码；百慕大三角、死海、埃及金字塔、撒哈拉沙漠，从东到西串起世界的密码。穿过美人王昭君浣洗过的香溪河，越过香溪河上"中国水上最美公路"，便进入神农架秘境。

原以为穿越神农架需徒步跋涉原始森林，徒手攀越高山峡谷，不承想驾车在蜿蜒的山间林荫公路穿梭盘旋，左顾右盼都是奇绝的高山美景。神农架是个谜，一个越探秘越神秘、越破解越费解、越猎奇越神奇的千古密码。大大小小的科考活动不计其数，隐藏在神农架山水地理中的密码仍有许多未破译……

这里大量动物返祖变白，白蛇、白獐、白龟、白熊、白麂、白金丝猴、白蟾蜍……在神农架深山密林"修道成精"，白化"成仙"。这里山溪涌现海水般的潮汐，洞穴怪异离奇，植物光怪陆离。这里从古至今都有活不见人、死不见尸的野人的传说。

这里还有一种漂亮的短嘴金丝燕。大海从神农架消隐后，这小小的精灵没有随洋流而去，而是千秋万载与神农架不离不弃，即使是寒冬也不南飞。它们以高山绝壁的洞穴为家，在光滑的岩壁上筑巢繁衍，在幽深漆黑的洞天福地和光影迷离的高山流云间往来穿梭，从来不会迷失方向。

神农架山水密码，造化于自然天工，造化于云雨与植被、传说与现实、历史与神话在时空上的交织交错、互感互动。

二

破译神农架密码，首先要拨开常年笼罩在神农架群山万壑间无岸无涯的云海。丰沛的雨，变幻的光，幻化出神农架万千婀娜多姿的云海。雾岚绕缠峰巅，峰峦浮动云海；山风裹挟白云，风云流淌沟壑。水在河谷低回曲折，淙淙溪流千寻成瀑，一种清澈直沁肺腑，欢畅流响直透灵魂。

云在高处回旋流转，峰回路转，满目云流雾荡，放眼绿树轻烟，白云舒卷人间仙境。平步青云神农顶，腾云驾雾神农谷，眼中浮沉的风景、心里起落的意念，在苍茫云海间参差错落，情景交融，乍隐乍现。

云开雾散、天气晴好的时候，你可看见神农架的山色有三个层次，箭竹、冷杉、高山杜鹃从低到高簇拥着神农架万千生灵。进入这绿意苍茫的琉璃翡翠、奇花异草的世界，举手投足、意念起落之间，高密度的负氧离子无不通透心肺。

三

破译神农架密码，要解读神农氏的历史传说。神农坛万众朝圣，一些人领养一棵棵沾着先祖灵光的神树。

一块块精美的石头，刻上一个个陌生的姓名，刻上寻祖护佑的虔诚。这些有碑的树，面对千年的铁杉，想换得千年的不朽。面对活了一千二百年，还可再活六千年的铁杉，想再活五百年的人类是多么渺小苍白。

二百四十三级台阶，以九的倍数递升，为生民立命的血肉之躯，在高高的祭坛被神化为九五至尊的石雕。

牛首人身的先祖，双目微闭沉思不语，俯瞰并庇护着脚下五湖四海的芸芸众生。

四

破译神农架密码，要借助神农氏的三十六架天梯，接通神秘灵异的现实与传说，接通云遮雾绕的历史和神话。

神农氏对华夏民族的贡献和影响用"千秋万世"一词毫不为过，其后的帝王将相只能望其项背。后人对神农氏的贡献归纳了八条：一是首创农具，教民耕种；二是发明医药，教人治病；三是首创纺织，教人织布；四是首创琴瑟，教人娱乐；五是制作陶器，发明煮盐；六是首创集市，教民贸易；七是发明弓箭，冶制斫斧；八是架木为屋，使人安居。

神农氏在危崖绝壁上下攀援，敢为人先，尝遍百草，以身试药的故事，让人感佩。那漫山遍野葳蕤繁茂的草木，被他神奇的双手一一点化成金，他以自己的生命换取了后代万世的康宁。《神农本草经》是神农氏留给后人延年益寿的绿色诗经和生命圣经。神农架著名的四宝，可做这部本草经形象的代言：

头顶一颗珠，三叶珠宝，祛风除湿。

文王一支笔，妙笔生花，止血镇痛。

江边一碗水，荷叶甘露，活血化瘀。

七叶一枝花，一枝独秀，清热解毒。

五

破译神农架密码，要以守株待兔的韧性，毫不气馁地找寻野人。神农架最大的看点是野人，目击野人的新闻时不时牵扯大众的神经。众多目击证人言之凿凿，脚印、毛发、粪便、竹窝不断佐证他们的奇遇，但奇遇不是证据，至今仍是一种自圆其说的传说。

漫步神农架高山密林，在标记野人出没的地方，我紧攥相机，睁大双眼，竖起双耳，好奇远远胜过恐惧，最大的心愿是与突然从密林中蹿出的野人撞个正着，这才是今生最美丽的遇见。但传说中的野人，连根毛都没看见。只能在野人出没的地方拍个照留个影，不留此行的遗憾。

六

破译神农架密码，需融入它无所不在的溪水。散落在神农架群山间的闪亮明珠大九湖，是远古洪荒造山运动中，山与海留下的遗腹子。大九湖四周高山环绕，中央冰川盆谷，一条溪流串起九个大小不一珍珠般的湖泊。盆谷东南，整整齐齐对称排列着九道山梁、九道溪流、九块平地、九个湖泊。大九大九，天长地久，多么吉祥的数理寓意。

大九湖处在长江与汉水的分水岭，也是长江汉江流域重要的生态屏障。湿地周围低洼处有四十多个神奇的落水洞群，汇集了大九湖的地表水和地下水，最后流入汉江第一大支流堵河。

在大九湖游览栈道行走，犹如徜徉在原生态的冰川谷地，天光云影、湖光山色、鸥鸟翔集、草木丰美、风吹草低、牛羊自得，远超桃源胜境。

神农架山水地理的神奇密码，以走马观花式的游玩，连皮毛都无法触及，更不要说破译了。只有具备神农氏为天地立心、为生民立命的精神，才能识得神农架的真面目。

破译神农架密码，还山高路远。借助神农氏天梯，传承神农氏精神，我想神农架密码终归会——破译。

醉美张家界

"张家界的山，九寨沟的水。"那可是游山玩水最美的去处。

张家界位于湖南西北部，澧水中上游，属武陵山脉腹地，为中国最重要的旅游城市之一。1982年9月，张家界成立中国第一个国家森林公园。1992年，由张家界国家森林公园、索溪峪风景区、天子山风景区构成的武陵源自然风景区被联合国教科文组织列入世界自然遗产名录。

来张家界就是为了看山，这里号称有三千奇峰。来这里的人，无不被武陵源奇特的峰林地貌和壮丽的喀斯特景观所倾倒，这里山奇岭峻，植被茂盛，绿树成荫。山峰形状奇特，有的如唐僧师徒，有的如劈山救母，有的如采药老人，有的又像天女散花。山中藏有波平如宝镜的宝峰湖，碧波荡漾，船行其间，眼望美景，心旷神怡，仿佛置身于仙山仙境之中。湖岸、湖中兀立的群山，如船出海，如塔独立。耳边传来土家儿女的山歌，引得游人循声张望。山外，因湖而引出瀑布飞流三千。游人驻足聚焦，慨叹这里的鬼斧神工。

登上凌空天台极目远眺，饱览武陵源千山万水，寻找诗人笔下的桃花源是每一个游客必经的过程。天门山索道全长7455米从市区直达天门山顶，乘坐缆车，犹如一道彩虹飞渡人间天上。金鞭溪、十里画廊、黄龙洞、宝峰湖和天子山等更多名胜去处便尽收眼底了。

金鞭溪是天然形成的一条美丽的溪流，因金鞭岩而得名。溪水自西向东弯弯曲曲流着，即使久旱，也不会断流。走近金鞭溪，满目青翠，连衣服都浸染了淡淡的绿色。流水潺潺，伴着声声鸟语，走着走着，似乎让你走进了精致的幻景，微风习习，送来阵阵芬芳，使你不由得驻足品味。溪水清澈见底，纤尘不染，鱼儿欢快地游动，红、绿、白各色卵石在水中如宝石般闪烁着光亮。阳光透过林隙在水面洒落斑驳的光斑，顽皮的猴子下山来在树间与游人嬉戏、玩耍。这山，这水，给人一种大自然安谧静美的享受。

索溪峪景区内有美玉雕砌、美若仙境的黄龙洞。洞中有洞，洞中有山，山中有洞，洞中有河。中外地质专家考察认为，黄龙洞规模之大、内容之全、景色之美，包含了溶洞学的所有内容。黄龙洞以其庞大的立体结构洞穴空间、丰富的溶洞景观、水陆兼备的游览观光线路独步天下。洞中经过千万年水滴而成的石钟、石乳因水而显得越发富有灵气，形态万千。在各色灯光的映照下，有的如玉米棒子，有的如火箭待发，有的如定海神针，有的如佛祖再现，还有的如花果山仙境、水帘洞福地的景观。黄龙洞内部地表也有如黄土高坡、沧海桑田的地貌，地表水渗漏，形成瀑布从穹隆般的洞顶泻下，颇为壮观。这个时候，你不得不感叹自然的伟大。导游说这些石笋、石乳在水的作用下每百年才生长一厘米，这样想来，那些形状各异的石乳、石笋，不知要经历多少时光才能形成今天这样的姿态，使之珠联璧合。时间真是一把雕刻刀，这奇山异水不就是用时光雕刻而成的吗？

唐代诗人王维曾有诗云："居人共住武陵源，还以物外起田园。"这是一块盛产诗歌、人杰地灵的风水宝地，孕育了中国文人理想的另一番天下。当年，朱镕基总理到张家界时，目睹雨后的张家界山顶云雾缭绕，面对一片白茫茫的云雾升腾、连绵起伏的群山，慨然作诗：

湘西一梦六十年，故地依稀别有天。
吉首学中多俊彦，张家界顶有神仙。
熙熙新市人兴旺，濯濯童山意快然。
浩浩汤汤何日现，葱茏不见梦难圆。

又有诗曰：

黄山归来不看山，看了泰山觉一般。
今日到了张家界，也把黄山等闲观。

走马观世博

为了满足广大员工参观上海世博会的愿望，公司决定利用三个月的时间，分批分期组织员工参观世博园。有数据显示，自中国申博成功后的七年多时间内，国际展览局成员国的数量从89个猛增至156个，其中绝大多数新成员为发展中国家——"中国效应"同样令一些发达国家热情高涨，争当上海世博会的"主要参与者"，于经济危机中的参展规模居然还创下"历届之最"。毫无疑问，中国将为159岁"高龄"的世博会注入全新的活力，这样一个千载难逢的机遇哪一位舍得错过？

世博园一百多个场馆，我们只选择了寥寥几个。虽然只是走马看花，但受益匪浅。在我参观世博园后，不免心存一些遗憾。这就是，作为神东煤炭集团的员工，能有机会去世博园的毕竟是少数，大部分同志由于工作岗位不宜离开太久，不能在世博会期间参观世博园。因而，我想用我在世博园的所见所闻和平时学习掌握的资料，写成这样几段简短的文字，勾勒出世博园部分场馆的内涵与轮廓，为那些想去而不能如愿的员工提供一点了解世博会的素材，使参观世博园的感性资源得到共享，就算我从世博园带给广大员工的一份礼物。

信息通信，尽情城市梦想

按照统一安排，我是第二批参观世博园的。今年的上海之行，在我心中已经谋划了八年——从世博申办成功的第一年算起。每个参展国家把自己最璀璨的珍宝呈现于观众面前，想想都会令人兴奋至战栗……

我们是从世博园一号入口处进入世博园的。按照向导的指引，我们于上午八点钟到达入口处。一下车，就被吓了一跳——人塞满了看似宽敞的入口，保守估计也在八千人以上，进入园区，首先要做好接受热浪和拥挤洗礼的准备。还好，建筑设计师们体贴地设计了喷雾器，安置在排队大厅的顶部用来降温，一个小时过后，我们通过了安检。

虽说早就做好了准备，但园区内的人口密度还是超出了我的想象。放眼望去，随便一个场馆，都有少则几百，多则几千的黄皮肤、黑头发的"龙的传人"在排队、交谈、吃东西。中国的人口基数彻底破灭了我到世博安安静静看展览、学东西的梦想。我们只好按照排队惯例，依次序排起了长龙。半小时后，我们终于踏进了世博行的第一站——国家信息通信馆。

信息通信馆由中国移动和中国电信联手打造，主题为"信息通信，尽情城市梦想"。位于上海世博园区浦西企业馆展区，主体建筑高20米，总建筑面积达6196平方米。信息通信馆契合了上海世博会"城市，让生活更美好"的主题，在信息通信技术的帮助下，展馆将城市生活梦想的体验全面刷新，创造出一幅没有边界的未来信息城市生活画卷。展馆用6000块六边形板材全覆盖外立面，构成了简洁大方的整体外观，不仅具有移动通信"蜂窝技术"的象征意义，也表达了未来信息通信"无差别、全覆盖"的概念。每个六边形的背后，还装置着节能LED灯，使信息通信馆可在夜晚呈现出流光溢彩的绚丽效果。

据了解，在上海世博会所有企业馆中，信息通信馆是建设进度最快的场馆之一。它是一座运用最新高科技手段，体现世博建筑艺术特点和气质的高度复杂性、综合性及大人流量的现代智能化建筑。展馆的建设恪守绿色环保原则，采用再生水系统对天然雨水及生活废水进行循环再利用，使用太阳能发电系统减少馆内市电消耗，展馆的主要建材则全部可以回收进行循环利用。

信息通信馆的展馆建筑表现为流畅动感的形体，借助丰富多彩的图像，形似披上了一层幻彩的丝绸外衣，也传达出对信息时代的美好愿景与想象。展馆建筑设计聚焦"流动的信息"，建筑取消了所有的建筑转角，形成流畅的建筑体形，表达了信息时代"无限沟通"的特征。轻盈而不着痕迹的形体线条，变幻闪烁、晶莹内敛的色彩设计，高科技材料和未来的元素，信息通信馆从造型到色彩、从整体到细节着力捕捉信息的流动。就像生物体的所有活动都是基于神经系统传递的生物电信号，信息流也依托信息通信技术成为未来城市"生命活动"体系的神经，在人、物、自然之间，随时、随地、随愿流畅轻盈地涌动。

走进信息通信馆，我们就获得了前所未有的尖端视听感官互动体验，一场充满创新和喜悦的信息通信互动体验秀以全新形式呈现，人类未来梦想的惊喜在我们的掌上展开。宇宙间覆盖着神秘的能量场，整个地球环绕着磁场，而信息通信馆也向我们展示了强大的"信息场"。从室外等候区便开始我们奇妙的体验之旅，等候区中的梦想花园，可让等待中的游客利用手机等参与互动。走进展馆，借助奇幻的剧场特效和大屏幕淋漓尽致地展现信息通信技术激动人心的应用前景，以及通过使用信息通信技术实现梦想的故事。展区以"梦想"为主题贯穿，向观众展示了沟通无限制的未来社会前景，展望信息通信技术将带来的高效、便捷、温馨和积极乐观的全新美好生活。

上海"魔方"

秉承生态、环保、创新和具有视觉冲击理念的上海企业联合馆，被称为"魔方"。由上海市国资委下属的近四十家大中型国有企业联合出资建造。该馆演绎了上海企业在提高经济发展和缔造美好城市生活的同时所应承担的社会责任，带头唤起市民忧患意识，积极面对当今的气候、环保问题，努力为下一代创造一个和谐的居住环境。上海企业联合馆的展示内容中还有来自上海和全世界的普通民众的创作，它是科学、工程、人文、艺术和人类情感的集大成制作，魔幻现实地展现上海未来。

"魔方"占地面积约四千平方米，位于世博会企业馆展区。围绕"城市，升华梦想"的理念，"魔方"汇聚了国内外著名的设计师、建筑师、作家、学者、视觉艺术家，著名大型活动导演和能源、技术的翘楚，大胆尝试新技术、运用新材料来展现新的城市生活视点。

"魔方"建筑设计灵感来自"庄周梦蝶"的浪漫哲学故事。参观者将经历近二十分钟的一体化互动式体验，在视觉、音乐的冲击力下，通过内容和观众互动，强调上海企业界和市民携手共进，共创城市美好生活的责任。

我们进入"魔方"后，随着一位爷爷和孙女之间的对话而开始了旅程。他们分别代表着两代人对城市发展、生活环境和幸福价值观的不同意见，有着他们对生活的不同困惑和对未来的不同憧憬。带着他们的忧虑和不同意见，他们来到参观者中间，在"魔方"蝴蝶教授的引领下一同寻找和升华梦想。

体验的表现手法充满高科技、梦幻、视觉和音响的冲击力，设计多种互动环节，让参观者置身于一个与外界完全隔离的不同世界。在感官享受的同时，引起思想的共鸣。

长期以来，技术进步日新月异，建筑内部的基础结构数量也在迅速增加。至 2010 年，技术成为当今建筑的基本构成部分。建筑师希望将这一观察与"魔方"的设计结合起来："魔方"的内部不再是被墙壁隔断的静态空间，而是以一系列自由、移动的形式，打造密集、立体的基本结构网络，形成生态智能"会呼吸的建筑"；此外，借助电脑程序，结构中的 LED 灯与薄雾制作系统还可以不断改变建筑的"魔方"式外观。

但是，"魔方"的建筑设计不为技术而技术。而是通过这些复杂的技术手段和建筑变形，从视觉上向人们传达上海企业联合馆的精神，以及人们对美好未来的梦想。因此，技术凝结着丰富的想象力，并且是上海工业与工业精神的象征。设计者希望通过技术来探讨日益严峻的能源和可持续发展问题。

"魔方"的外围立面材料采用聚碳酸酯透明塑料管，将各种技术设备管线容纳其中，共同构成建筑虚幻隐约的外立面。当世博会结束后，这些塑料管也很容易进入再生循环体系之中，节省社会整体能耗。

"魔方"在建筑屋顶上布置了 2200 平方米的太阳能集热屏，收集太阳能生成的 95°C 热水，通过超低温发电新技术，输出电功率超过 200 千瓦以上。这个技术开辟了利用太阳能发电的全新途径。这些电能可供建筑展览和日常用电。当"魔方"白天和晚上被 LED 灯点亮，层层叠叠的亮点和画面闪烁出现，支持能源将来自取之不尽的无限太空。

世博会是通向未来的一扇窗。作为国际化大都市，上海传承了历史辉煌的荣耀，也在经历着飞速的发展，自始至终保持着一种面向未来的乐观主义精神。借 2010 年世博会之机，"魔方"——上海企业联合馆将通过设计，来诠释上海——这座 21 世纪伟大城市的独特魅力。

世博文化中心

世博文化中心是世博会期间各类综艺表演、庆典集会、艺术交流、学术研究、休闲娱乐、旅游观赏的多功能演艺场所。作为国内第一个可变容量的大型室内场馆，它的主场馆空间可根据需要隔成 18000 座、12000 座、10000 座、8000 座、5000 座等不同场地，使之既能举行超大型庆典、演唱会，又能举办篮球比赛、冰上表演甚至冰球比赛，是目前国内座位数最多、最现代化也是外观最美的 NBA 篮球场馆。

除主场馆外，文化中心里还设有音乐俱乐部、影剧院、溜冰场、世界各国美食街、安徒生儿童乐园、NBA 互动馆，以及近两万平方米的商业零售、文化休闲娱乐区。中国上海 2010 年世博会期间，这里每天有两场演出，周末还有大型演唱会等活动。整体造型呈飞碟状，在不同角度与不同时间会呈现出不同形态。白天如"时空飞梭"，似"艺海贝壳"；夜晚则梦幻迷离，恍如"浮游都市"。

文化中心位于两桥之间、浦江南岸的世博核心区，北与世博展览馆隔江相望，西与世博公共活动中心呼应。以西北侧卢浦大桥作为底景，集中式布局，柔和的建筑形体，融于滨江公园绿地之中，与世博庆典广场有机结合、形态交融；与万人庆典广场室内外互动、转换与衔接；与西侧的世博轴、世博中心和南侧的中国馆相呼应、相协调。

文化中心具有鲜明的文化演艺娱乐特征，能充分体现世博会"城市，让生活更美好"的总主题，反映中国 2010 年上海世博会"理解、沟通、欢聚、合作"的理念。主体演艺空间能容纳三千五百名观众，演艺设施能与万人庆典广场进行室内外互动、转换与衔接。周边娱乐设施面向来自世界各地的参观者，提供超乎寻常的现代娱乐体验，满足世博期间演出庆典需求，并保证后续长期使用运营，成为国际文娱交流中心，成为中外流行时尚文化交流场所及影响力辐射东亚地区的综合性演艺娱乐场所。

中心的"飞碟"外形，寓意着面向未来、昂扬向上的豪迈气概，标志着伟大的时代以及对未来的美好憧憬。

印度国家馆

印度国家馆精彩演绎"城市与和谐"的主题。我们可以像穿越时空隧道般，游览四五千年前的古印度、中世纪印度和现代印度，感受印度丰富的传统文化、多样化的宗教信仰、传统与现代科技的发展、城市和农村的融合。

展馆采用竹子作为建筑材料，屋顶覆盖绿草和鲜花，起到天然空调作用；屋顶安装垂直轴风力发电机与太阳能板，组成风光互补系统；采用雨水回收系统，从而实现"零排放"目标。

　　印度馆面积四千平方米，设计灵感全部源自印度最古老、最气势恢宏的建筑。展馆的圆拱形大门建筑灵感来自位于艾哈迈达巴德的悉地赛德寺；广场地面为陶土与青石修建，灵感来自瓦那纳西的兰浦尔宫殿，通过内置水管实现制冷；中央穹顶象征着印度"万象和谐"的主题，设计灵感来自桑奇佛塔，是印度教、佛教、伊斯兰教、耆那教、锡克教以及基督教中经常出现的建筑风格，让参观者宛若置身于佛法圣地，找回内心的宁静。

　　印度馆使用的建筑材料大部分均为可再利用材料。建筑设计中大力推行低能耗的手工材料，鼓励重复利用。采用最先进的制冷与照明系统，实现低能耗高效率。小型风车与屋顶上的太阳能电池充分利用永久性可再生能源。零化学物质的场馆设计，安全排放无污染。经过工厂处理的再循环水将用于绿化灌溉，并将展示一个雨水收集系统。中央穹顶外覆各种草本植物，配以铜质生命之树，楠竹网格与钢筋混凝土的使用织就了一个吸音天花板。太阳能电池板、风车以及穹顶上草本与竹木等建筑元素的运用，充分体现节能高效的理念。

　　同时，印度展馆也展现了城市生活的演变，在不断增长的人口压力和不断严重的环境问题面前，社会不同部门、不同阶层、城乡之间如何以贸易和服务的交换获得最大程度的和谐共处。

　　此外，近年来发展迅速的印度科技产业，如创意设计、科学技术以及最新技术的展示也将是展示重点，包括信息技术、卫星通信技术、生物科学技术等领域的多家印度前沿公司也都在世博会上得到充分展示。

阿尼哥中心

走出印度展馆，我们来到了阿尼哥中心。这是尼泊尔人民为了纪念尼泊尔古代杰出建筑工匠阿尼哥，把尼泊尔国家馆命名为"阿尼哥中心"。阿尼哥在建筑方面以及为增进古代中尼两国友好交往而做出了杰出贡献。他是尼泊尔的国家英雄，也是一位在中国有着较高声誉的尼泊尔古代杰出建筑工匠，他有生之年建造了众多的佛塔，北京也留下了他的伟大杰作——白塔。尼泊尔馆仿照 11 世纪之后的尼泊尔阿尼哥时代的建筑形式来体现城市化的发展。

传统工艺是尼泊尔馆的一大特点。尼泊尔的艺术思想和装饰材料完全融入整个场馆的建设和布局中，其中包括用木料、金属、砖片、瓷料和石料加工而成的约五百吨展品和装饰品。这些展品和装饰品都是用纯手工工艺制作的。木雕、陶塑上都有非常精美的图案。

尼泊尔馆的主题是"寻找城市的灵魂，探索与思考"。回顾了加德满都的发展历程，展现其两千余年历史中作为建筑、艺术、文化中心的几个辉煌时刻，加德满都正在发生的城市的发展与扩张，以及自然与环境保护方面的机遇与挑战，重点突出本国在环保、可再生能源和绿色建筑方面所做的努力。

日本馆——"紫蚕岛"

无论在中国还是在日本，紫色都是代表高贵的颜色，同时，淡淡的紫色极其接近日本馆建筑外观的色调。日本馆的弧形穹顶，宛如一个巨大的蚕茧点缀着世博园，而从蚕茧中抽取蚕丝、制成丝线、织成丝绢的工艺也是由中国传入日本的，它是中国与日本之间一种"联结"的象征。"紫蚕岛"极其形象地表现了日本馆的外观和特点，可以使参观者在广阔的世博园内更容易识别。同时，"紫蚕岛"这一爱称也体现了日本馆所要传递的信息——面向未来，树立远大理想，永远成长与发展下去。

2009年2月末，日本馆建筑工程正式启动，同时日本宣布公开征集日本馆爱称活动。其中，百分之九十六的作品来自于中国人。以原日本国驻华大使、日中友好会馆副会长谷野作太郎先生为主席的评审委员会，经过反复评审、推敲，最终决定将中国女性提出的"紫蚕岛"作为日本馆的爱称。日本馆的参展主题为"心之和·技之和"，所要传递的核心信息为"联结起来！为了和美的未来"。

参观日本馆，首先会看到遣唐使、鉴真东渡等一系列反映日中两国源远流长交往历史的展示。这些由一位位历史先驱用心灵和信念写就的传奇，历经千余年，仍然拥有激荡人心的力量，在日中之间呼唤着"和"与"信"的回音。

紫蚕岛是上海世博会各国家馆中面积最大的展馆之一，同时也是日本参展世博会史上规模史无前例的展馆。这个首度公开的"庞然大物"高约二十四米，占地面积约六千平方米。展馆外部呈银白色，采用含太阳能发电装置的超轻"膜结构"包裹，形成一个半圆形的大穹顶，宛如一座"太空堡垒"。

这是一座"会呼吸的展馆"，将与自然共呼吸，似乎延续和继承了爱知世博会的主题理念，并融入上海世博会主题。展馆设计上采用了环境控制技术，使得光、水、空气等自然资源被最大限度利用。展馆外部透光性高的双层外膜配以内部的太阳能电池，可以充分利用太阳能资源，实现高效导光、发电；

展馆内将使用循环式呼吸孔道等最新技术。

日本馆融合了日本传统特色与现代风格两种形态，通过过去、现在、未来三部分的讲述，让参观者在视觉、触觉、听觉的感受下，了解一个真实的日本，以及可持续发展的 21 世纪新型的城市生活形态。

馆内同时可容纳一千八百人参观。在进入展馆前，参观者不知道即将出现在眼前的是怎样的场景，我们踏上了从过去到现在，并穿越未来的旅程。尖端的科技、大型影像剧场、高科技机器人……参观者沉浸在不断涌现的新奇氛围中。内部的展示视觉效果总处在宏观与微观之间的不断变换中，恐怕只有身处现场的人，才能在各自不同的心境下有所感触。

日本馆的活动大厅在整座建筑中也发挥了重要的作用。在一百八十四天的展期内，活动大厅里举行了各种各样的活动。从与高科技机器人相伴的场景中转过头，就能品尝到精致的日本料理……总之，"重要的不光是你看到了什么，而是你感受到了什么"。

西班牙——"藤条篮子"

西班牙国家展馆是一座复古而创新的"藤条篮子"建筑，外墙由藤条装饰，通过钢结构支架来支撑，呈现波浪起伏的流线形。阳光可透过藤条缝隙，洒落在展馆内部。展馆内设"起源""城市""孩子"三大展示空间。

参观者宛若置身西班牙城市的街道上，感叹西班牙光辉灿烂的历史、人民的智慧和创新，品味众多知名的城市规划家、社会学家、电影工作者和艺术家共同打造的盛宴。

西班牙国家馆占地 7600 多平方米，为上海世博会面积最大的自建馆之一，参展规模之大也创下西班牙参加世博会的新纪录。整座建筑采用天然藤条编织成的一块块藤板做外立面，整体外形呈波浪式，看上去形似篮子。8524 块藤板不同质地，颜色各异，面积达到 12000 平方米，每块藤板颜色不一，略带抽象地拼搭出"日""月""友"等汉字，表达设计师对中国文化的理解。

在西班牙著名导演比格斯·鲁纳的讲解下，西班牙馆的第一部分展厅"起源"展露了它的全貌。参观者仿佛置身"岩洞"，头顶有点点"星光"，视听设备将影像打在"岩壁"上，奔腾的海洋、远古的化石，弗拉明戈舞者在激昂的鼓点中翩翩而至，穿着原始服装的舞者将从屏幕里"舞出来"。接着，挥舞着红布的人群把参观者带入奔牛节的现场，经历一场沸腾般的狂欢，NBA 球员加索尔和网球选手纳达尔也时有出现，与游客"近距离接触"。

第二展厅"城市"的设计者巴西里奥·马丁·帕蒂诺将在《彼得大师的木偶戏》的旋律中，以独特的万花筒方式展现西班牙城市从近代到现代的变迁。

第三展厅"孩子"中，伊莎贝尔·库伊谢特将以"西班牙国家馆的孩子"——吉祥物"米格林"的视角遥想未来生活。小米宝宝和游客们一起畅想明日城市。西班牙馆由"从自然到城市""从我们父母的城市到现在""从我们现在的城市到我们下一代的城市"三大空间组成。展示从远古时期的野蛮和文明到现在的变化，再到畅想未来。西班牙馆设有能容纳三百人同时用餐的西班牙餐厅，提供最地道的西班牙美食。纪念品商店、多功能剧院、商务中心也是展馆的重要组成部分。丰富的文化艺术节目也是西班牙馆的展示重点。世博会期间，西班牙馆为上海带来最知名的西班牙艺术家，包括歌剧、弗拉明戈、舞蹈、音乐等等，展示一个最真实的西班牙。

法国——白色宫殿

法国展馆被一种新型混凝土材料制成的线网包裹，仿佛漂浮于水面上的白色宫殿，尽显未来色彩和水韵之美。馆内，美食带来的味觉、庭院带来的视觉、清水带来的触觉、香水带来的嗅觉以及老电影片段带来的听觉等感性元素，带领参观者体验法国的感性与魅力。

馆内仿建法式园林，法国景观设计师打造的"凡尔赛花园"，屋顶被绿色所覆盖，绿意盎然，动感十足。在展馆内，参观者从排队等候开始就可领略法式园林的垂直绿荫，自动扶梯缓缓地将游客带到展馆的最顶层，展览区域在斜坡道上铺开，游客可以透过玻璃欣赏法式庭院。参观路线的另一边则是视觉效果强大的影像墙，通过一些法国老电影片段或现代法国的图像，阐述城市生活印象。当游客从展馆南面的观景电梯徐徐而上，登至馆顶时，一个富有现代感的垂直园林便俯身脚下。葱翠的植物覆盖展馆顶部，并在场馆内庭四面形成一条条或弯或直的绿道，犹如一块巨大的电路板。

在奥塞博物馆的支持下，法国馆展出七件传世名作。这七幅藏品包括法国画家米勒的作品《晚钟》、马奈的《阳台》、梵·高的《阿尔的舞厅》、赛尚的《咖啡壶边的妇女》、博纳尔的《化装间》、高更的《餐点》（又名《香蕉》），以及罗丹的雕塑作品《青铜时代》。据悉，这批展馆珍藏从未同时在法国境外展出，每件名作的保险金额都在一亿欧元之上。由于这七件艺术品每件都非常珍贵，法国方面派出七架飞机分别运送它们到达上海，以确保安全。

法国国家馆在建筑设计理念、建筑材料以及环境保护方面都采用最先进的创新成果。从视觉上看似一座简单建筑物，它漂浮在一个超过整个展馆面积的水平面上。法方表示这种脱离地面的手法，能通过水的反射现象尽显水韵之美。法国馆的中心是一座法式园林，参观者可以在阳光和水的环绕中，享受鸟鸣、美食和花香，同时，现场还会播放法国城市环境声效。法国馆除了调动参观者的视觉、嗅觉、味觉、听觉和触觉之外，还强调了动感和平衡感。在展馆内，设计师以平衡理念作为设计背景，设置大量的视频投影、活动图像，以及不规则线条外框、反射跳动的波光……都增添了建筑物的动感。顶层的法式餐厅展现法国餐饮的精致与浪漫，漫步屋顶花园，更可以把浦江美景尽收眼底。"感性城市"让参观者们在味觉、视觉、触觉、嗅觉、听觉的盛宴中，畅快体验法国的魅力。

"感性城市"外观简洁明了。感性的设计外观构成了一个清新凉爽的水世界。展馆的灯光设计十分美妙，由曾经设计纽约现代艺术博物馆灯光照明的乔治·萨克斯通完成。位于展馆正中的浅水池将水排干，便是一个各式文化节庆活动的舞台。配合着璀璨绚丽的灯光效果，使这座"感性城市"即使在夜晚也能展现妩媚的风采。

美国城市的缩影

近看美国展馆，宛如一只展开双翅的雄鹰，欢迎远道而来的客人。展馆是未来美国城市的缩影，包括了清洁能源、绿色空间和屋顶花园等元素，通过多维模式和高科技手段，引领参观者在四个独特的展示空间踏上一段虚拟的美国之旅，讲述坚持不懈地创新以及社区建设的故事。

进入美国馆，游客徜徉于四个不同的展示空间，每个体验区都展示了中美两国共同的精神——乐观、创新和合作。在每个展示空间，都有时长约为八分钟的影片展示和四分钟的休息时间，玩转美国馆差不多需要一小时。第一个空间是序幕部分，展示美国是个具有异域文化和地理奇观的地方，将由世博会美国展区总代表费乐友向游客热情问好，欢迎大家的到来。随着大门敞开，将进入可容纳五百名观众的第二个展示空间。三块大屏幕上播放美国人伸出友谊之手、用普通话热烈欢迎游客到来的画面。这些问候来自大学、企业和其他社会团体，共同传递的信息是——"为建设更美好的世界，我们紧密团结在一起，无论我们来自哪个国家，拥有何种国籍。"第三个展示空间是一部名为《花园》的影片。一个小女孩看到了一片废弃的空地，想象着一个繁茂的花园。她的激情和决心启发了她的邻居们，在共同的乐观、创新和合作精神的指引下，曾经破败和灰暗的城市呈现出梦幻般的美好景象。影片将通过风和雨等四维效果，让观众沉浸在惊奇的情感和视觉体验中。美国馆设计公司创始人罗杰斯介绍说，影片的最精彩之处在于，故事中没有任何语言对话，都是通过图像、音乐和音效来表达，不需要翻译，每个人都能理解这个故事，无论他们的母语是什么语言。最后一个空间，展示五大主题区域，着重介绍美国人如何使他们的社区变得更加健康、可持续发展和具有文化多样性。

展示空间里，由一位美籍华裔青年带领游客徜徉于未来时空，亲身体验 2030 年的美国城市，充分体现"可持续发展、团队精神、健康生活、奋斗和成就"四大核心理念，展示美国人民的文化传统和民族精神，展示美国的商业、科技、文化和价值观。展示中突出强调美国的创新，特别是在环境保护方面，表达如何创造更加美好的城市和社区的想法。

美国馆以"可持续性、团队合作、健康环保和美国华裔社区"为主题，占地六千平方米，成为本届世博会最大的展馆之一。将展示美国的文化、价值观和创新精神，与中国人民共庆中美之间的美好友谊和积极合作。

后记

离开上海前的最后一个晚上，因同学邀请乘车去往杭州。小车行进在车水马龙的沪杭高速公路上，我不禁回想着连续二十小时游览上海世博园之后的身体疲惫和精神充电：生活在同一个地球上的人们，距离不远却拥有如此多姿多彩的文化，其衍生出来的思想文化、历史变迁、建筑艺术、风土人情迥然不同。我懂得了什么？尽管我游历了十几个国家展馆和几个中国地方馆，但我依然感受到了一种魅力，一种未知事物对求知者缓缓展现自己真面目的无穷魅力。也许，我所获得的只是一点皮毛，但它就如钥匙、如手杖、如地图，带领我进入一个多元、包容、和谐的世界，这就够了。

本届世博会首次以"城市"为主题，这在世博会159年历史上前所未有。这一主题凸显了人类社会已经迈入了一个重要的时代，就是城市时代。这一时代仅仅历经了200年时间。1800年，全球只有2%的城镇化率；1900年，上升到13%；2007年，67亿地球村民中已有一半以上居住在城市。城市，如何让人们的生活更美好？如何在展现希望的同时，让人们有应对挑战的信心？本届世博会提出这一个主题，是契合时代发展的一种表现。

上海世博会，作为展示新概念、新观念、新技术的盛会，就其基本目的来说，已经做得相当出色。但就我看来，一个世博会，不应该只告诉人们"城市，让生活更精彩"。居于城中的人，还应该从中明白，唯有提高全人类的素质，才有全社会的进步；只有提高全社会的素质，才能有真正更加美好的生活。

感悟普陀山

原本这次外出时间安排得很紧，所以去普陀山纯属偶然，本来不是佛门中人，是普陀山让我大彻大悟。由于心潮涌动，彻夜无眠，一挥而就才有了这篇《感悟普陀山》。

8月份到宁波出差，办完了事情稍事休息，躺在宾馆里心生一念：应该去普陀山看一看。说去就去，当晚登上了"普陀山"号客轮，睡在了海上"流动旅馆"的床上，当海风把我摇进梦乡时，船也驶向了浩瀚的大海……

客船靠上了普陀山码头，来接团的当地导游亲切地对我们说："欢迎各位到佛教圣地普陀山来，今天是农历六月十九，是观世音菩萨成道日，正在举行盛大的佛教法会，诸位都是有缘人。"

我自知天生愚钝，对"缘"字知之甚少，但我却十分认同，既然我今天能来，那就绝不是"偶然"和"巧合"那么简单了。至此，我开始对"缘"有了新的理解，看来今生注定与佛有缘。

从登上普陀山开始，行程当中先后有"境""静""净""敬"四个音同字不同，含义也不同的汉字，出现在我的脑海之中。

"境"字在这里泛指环境、圣境和境界。当我把自己融进了普陀山的那一瞬间，这个"境"字便闪现出来了。普陀山四面环海、波光粼粼，岛上遍布古樟紫竹、鸟语花香，寺中木鱼声声、梵音阵阵，是普陀山自然天成的优美环境，让我赞叹；寺院里人头攒动、青烟缭绕，香客来去匆匆，蒲团上跪着虔诚的人们，博大精深的佛教文化铸就了这普陀圣境；循着"菩提""法雨""香云"，脚踏莲花走在路上，听着路边音响里播放的佛歌，体会到了普陀山管理者的独具匠心，更让我折服的是普陀山人的思想境界。

"静"是说心静、清静、宁静。在这里没有了城市里的灯红酒绿和车水马龙的喧嚣，我身在普陀心静如水，排除了一切干扰，静静地聆听佛的教诲，心有所依就有了归宿感；达到了无我状态时，潮水视而不见，涛声充耳不闻，周围悄然无声一派清静，才好静静地感悟和思索；放下名利，心无旁骛，远离俗世纷争，普陀山处处海阔天空，是一处隔世的清净之地，我心宁静而高远。

"净"诠释的是净土、净化。普陀山的一切，处处都在向人们传输着佛的理念、佛的文化，这里是一方圣洁的佛教净土；是佛的力量让我除去太多的杂念，摒弃了世间的种种诱惑，解脱一切痛苦和烦恼，把美好留在心中，让灵魂得以升华，让心灵得到净化。当然，我们这些现代人作为凡夫俗子，能够在这至高无上的佛国圣地、在佛的怀抱中净化自己的灵魂，无疑是达到了至真、至善、至美的最高境界。

"敬"指的是尊敬、敬仰。一路上的所见所闻，耳濡目染、潜移默化，早已经把佛的理念牢牢地植入了灵魂深处，内心便产生了无限的敬仰。口中诵念着"大慈大悲救苦救难"的时候，看见菩萨正在渡众生过沧海，历尽劫波，众生方知苦海无边回头是岸。

正午时分，终于来到了南海观音面前，环顾四周，看见了人流如潮，齐心向这里奔涌而来。此时的我浮想联翩，仿佛这里就是一座巨大的强磁场，把顶礼膜拜的芸芸众生从四面八方集聚到此，人们有序地排列成无数条磁力线，从中心点全方位地向周围辐射，射向宇宙苍穹的同时又向前无限地延伸……

啊！我看到了佛光，正在闪闪发光、熠熠生辉。

佛光普照，普照宇宙万物！

佛光普照，普度世间众生！

亘古一绝钱江潮

　　钱塘江是浙江省的第一大江，旧称浙江、罗刹江、之江、曲江，上游源出浙、皖、赣三省交界的莲花尖，干流全长四百一十公里，流经十四个市县，出杭州湾，注入东海。钱塘江的浩荡江潮，以其吞天沃日、盖山挟海的气势，堪称亘古一绝，举世瞩目。那年农历八月，我因参加全国网络舆情监控培训班，有幸观赏了这独具一格的自然奇观。

　　"八月十八潮，壮观天下无"。钱塘江涌潮每月两次，每月以农历初一和十五为大潮，每年以农历八月十八日为海神诞辰，潮汐尤巨。当巨潮涌来之际，遥望东方水天相接之处，一条白练横陈，带着隆隆之声，由远渐近、滚涌而来。刹那间临近眼前，浪抬着云，云吞着浪，山似乎在摇，地似乎在动，整个江面形成"滔天浊浪排空来，翻江倒海山为摧"的壮丽景观。在历代诗人的笔下，钱塘江涌潮这一具有浩荡气势和雄浑威力的大自然景观，给人以崇高的美感。范仲淹《和运使舍人观潮》："海浦吞来尽，江城打欲浮……长风方破浪，一气自横秋……腾凌大鲲化，浩荡六鳌游。"陈师道《十七日观潮》："晴天摇动清江底，晚日浮沉急浪中。"刘禹锡《浪淘沙》中写道："八月涛声吼地来，头高数丈触山回。须臾却入海门去，卷起沙堆似雪堆。"苏东坡因景感怀，多次咏写钱江潮。他那"鲲鹏击水三千里，组练长驱十万夫。红旗青盖互明灭，黑沙白浪相吞屠""万人鼓噪慑吴侬，犹是浮江老阿童。欲识潮头高几许，越山浑在浪花中"，写得多么气魄雄浑，读来使人如身临其境。

钱塘江潮从古至今吸引了无数的观潮者，它那奇妙、诱人的景观令人神往。当我们一行乘车赶到时，公路上车辆似龙，海塘上人潮如涌。矗立在大塘上的那座七层六和塔，像是迎宾的主人，在恭候游客，又似观潮老者，在引颈凝望。放眼望去，钱塘江像碧玉缓流，又似绿缎平铺，从峡道不过两公里的龛山与赭山中间蜿蜒东去，出"大门"便跃入辽阔的海洋。在那水天一色处，一群海鸥正在自由飞翔。这般恬静、温柔的江面，人们绝难想象它会咆哮发狂。但这毕竟是事实，否则要这高高的海塘何用！这条近二百公里长的石砌海塘，是历史的见证，更是劳动人民智慧和汗水的结晶。据计算，钱塘江涌潮的潮头高度一般在两三米，潮差可达八九米，潮头推进速度约每秒十米，大潮带来的海水每秒达数万吨之多，它们所产生的力量是惊人的，其破坏力也非同小可。所以，远在汉、唐年代，人们为治理钱塘、抵御潮灾就在江岸上筑起了土塘，到明、清时期，就全部建成这鱼鳞石塘。经过新中国五十多年的兴建，巍巍钱塘江大塘成为与江潮相伴而存的壮景。

"看，潮来了！"随着人们的呼叫声，我纵目远眺，只见在天水相接处，泛起银线一绺，乍隐乍现。看着看着，在南岸又泛起白练一段。在那银线白练之间，隐隐约约，时显时断，不知是天神斧砍，还是龙王剪断。聆听之中，一阵轻微的轰轰响声缓缓传来。当我拭目再瞧，那白练越来越明，越来越长。一瞬间竟战胜了神剪天斧，连接一起。耳边闻得的轰轰响声，已较前更为明显。这时的远潮，"若素练横江，声如金鼓"，像金桥卧波，形比天堑。

不一会儿，那潮水就汹涌而来了。只见那条横飞南北的素练和天堑，已经变幻成亿万条银鱼，同在一条起跑线上跳跃、追逐、翻波、赶浪，那跳跃的鱼儿——飞溅的浪花，在阳光照耀下反射出闪闪的金光。刹那间，这银鱼又变成一群圣洁的天鹅，排成一列，在水面上万头攒动，拍翅展翼地欢快扑来。潮声已不是蜂群归巢时的细微声响，而是有如山巅的春雷长鸣，让人觉得山谷也在摇撼了。潮头近了，近了，那亿万条赶浪的银鱼、万千只振翅的天鹅，竟演变成一条高高的潮峰，那潮峰俄而像一道耸立江面的白色长堤，在升高升高；顷刻间如一排竞赛优胜的银鬃骏马，在长啸奔驰；又好像千万头雪狮踏江怒吼，在撕咬格斗。后浪推着前浪，前浪引着后浪，云和浪绞成一团，水和天相撞在半空，似要和九天银河相汇。没容我多看多想，那潮峰竟"亘如山岳，奋如雷霆"，喷珠溅沫地扑到了脚下，好似强弩离弦、闪电一般。突然一声巨响，潮头冲击扑打着海塘，激起了更大的回响，如同炸雷轰顶，掀起数丈高的浪花。当我想再细细地看它一眼，它早已一跃而过。果真是"潮来溅雪欲浮天，潮去奔雷又寂然"。

钱塘江涌潮的壮观，全球只有巴西亚马孙河的涌潮可与媲美。但钱塘江涌潮的奇绝，则堪称天下独步了。观潮，旧有"一潮三看"之说。通常看到的是，由于江底高似门槛的沙坎所阻拦而形成的潮，前浪涌进，后浪推至，浪涌不断重叠相加，愈聚愈高，远观如白虹一线，疾飞而来，称"一线潮"。由于潮来势猛，潮头呈弧线向前，碰撞在南北两岸堤坝后，潮头又迅速斜涌过来，江中犹如两龙相交，浪花溅喷，称"碰头潮"。此外，还有"回头潮"，回头潮势如怒龙回首，向堤岸冲击，卷起千堆雪浪，令观者心寒。

历史上观潮之风，最早可追溯到先秦至两汉时期，《庄子》《史记》以及汉赋中都有过对浙江潮、曲江涛的描述。大约在晋时，观潮之风气逐渐形成。唐时，观潮之风盛行。两宋时期观潮更达到"万人空巷"的空前境地。农历八月十八日相传是"潮神日"，南宋官府将其固定为每年一度的盛大节日，地方长官亲自在浙江亭校阅水师。战船艘艘，旌旗猎猎；金戈耀日，战鼓喧天，然后放起五色烟花火炮。等炮息烟收，白练一抹，潮水从远处奔来，于是祭拜潮神。祭毕，民间数百披发文身的游泳高手争先恐后，奋勇跃入江中，逆流迎潮头而去。他们手持各色旗帜和小伞，出没在万仞波涛之中，各显神通。这也就是十分出名的"弄潮儿向涛头立，手把红旗旗不湿"（潘阆《酒泉子》）的"弄潮儿"了。杰出词人辛弃疾在他的《摸鱼儿·观潮上叶丞相》中写道："风波平步。看红旆惊飞，跳鱼直上，蹴踏浪花舞。"便是这情景的最好写照。

我正想得出神，突然人群中一片欢叫和掌声打断了我的遐思。原来，为传承发扬丰厚的吴越文化，杭州旅游部门组织了一批民间年轻的弄潮高手，以现昔时戏潮的情景。这些弄潮儿披发文身，打扮各异，手持各色小旗，奋勇争先跃入江中，溅起朵朵浪花，在滔滔江潮中大显身手，一个个胜似浪里蛟龙。啊！这不就是今天的"弄潮儿"？的确令人激奋，心潮澎湃。望着他们那矫健的身影，我不禁神飞心驰，遐思万千。我想，在悠久绵长的中华民族史上，有多少英雄贤杰，不都是顶着恶风险浪，搏击前进的"弄潮儿"吗？今天，在新时代的改革大潮中，要建设和谐社会，实现小康目标，我们唯有不做观潮派，勇做弄潮儿，投身时代改革的大潮中，中华才能振兴、腾飞，才能真正屹立于世界民族之林。

此时此刻，我的目光追随着他们，迷恋着他们，一颗心也随着他们远去了，远去了……仿佛身心融化在这闪着金光的碧涛波浪之中。

宏村印象

到宏村去，是因为朋友的"蛊惑"；从宏村回来，我下决心要去"蛊惑"更多的人。

我说过，我是一个见到艺术就激动的人。在宏村的一早一晚，我都是在激动中度过的，在我看来，宏村不仅是一座有历史的村落，更是一座充满艺术气息的村落。"青山绿水本无价，白墙黑瓦别有情"。飞行千里，真是不虚此行。

宏村始建于南宋绍熙年间（1190—1194），原为汪姓聚居之地，绵延至今已有九百余年。它背倚黄山余脉羊栈岭、雷岗山等，地势较高，经常云蒸霞蔚，有时如浓墨重彩，有时似泼墨写意，真好似一幅徐徐展开的山水长卷，因此被誉为"中国画里的乡村"。

一到村口，就看到两棵古树。这两棵有五百年树龄的古树。一棵是枫杨树，一棵是银杏树。两棵树历史悠久，粗壮高大，每一棵都要四五个人才能合抱，树冠形状像一把巨伞，把这村口数亩地笼罩在绿荫之中。村里人称这两棵古树为"瑰宝"，说是宏村的"风水树"。按照这里过去的风俗，村中老百姓办喜事，新娘的花轿要绕着红杨树转个大圈，这寓示着新人百年好合，洪福齐天；高寿老翁辞世办丧事，要抬着寿棺绕着白果树转个大圈，寓示着子孙满堂，高福高寿。

走进村子，我就钻进了四通八达、曲折连通的深巷里，像走进了一个大迷宫。村中数百幢古民居鳞次栉比，清一色都是徽派建筑的风格，粉墙、黛瓦、马头墙。这古老的民居建筑静静伫立着，阅尽千年人世间的繁华与衰颓。高大奇伟的马头墙有骄傲睥睨的表情，也有跌宕飞扬的韵致；灰白的屋壁被时间涂画出斑驳的线条，更有了凝重、沉静的效果；还有宗族祠堂、书院、牌坊和宗谱。走进民居，美轮美奂的砖雕、石雕、木雕装饰入眼皆是，门罩、天井、花园、漏窗、房梁、屏风、家具，都在无声地展示着精心的设计与精美的手艺。

　　如果说粉墙黛瓦马头墙是徽派建筑的一统风格的话，那宏村的特殊形态与水系应该就是它独有的了。据说，明永乐年间，宏村七十六世祖三次聘请休宁风水先生何可达进行查审。他认为宏村的地理风水形势乃一卧牛，必须按照"牛形村落"进行规划和开发。首先利用村中一天然泉水，扩掘成半月形的月塘，作为"牛胃"；然后在村西吉阳河上横筑一座石坝，用石块砌成六十多厘米宽、四百余米长的水圳，引西流之水入村庄，南转东出，绕着一幢幢古老的楼舍，并贯穿"牛胃"，这就是"牛肠"。沿途建有踏石，供浣衣、灌园之用。"牛肠"两旁的民居，大都有栽种着花木果树的庭院和砖石雕镂的漏窗矮墙、曲折通幽的水榭长廊、小巧玲珑的盆景假山。弯弯曲曲"牛肠"，穿庭入院，常年流水不腐。然后在村西虞山溪上架四座木桥，作为"牛脚"。从而形成"山为牛头，树为角，屋为牛身，桥为脚"的"牛形村落"。开挖月塘时，很多人主张挖成一个圆月形，而当时汪氏的七十六世祖妻子重娘却坚决不同意。她认为"花开则落，月盈则亏"，只能挖成半月形。最终，月塘成为"半个月亮爬上来"。后来的风水先生认为，根据牛有两个胃才能反刍的说法，从风水学角度来看，月塘作为

"内阳水"，还需与一"外阳水"相合，村庄才能真正发达。明朝万历年间，又将村南百亩良田开掘成南湖，作为另一个"牛胃"，历时一百三十余年的宏村"牛形村落"设计与建造告成。对村落的牛形布局我看不大出来，但是，穿行在宏村的深巷里，也渐渐明白了月沼、水圳以及南湖所形成的独特水系，由衷地感叹宏村人的智慧。

千百年来，这样的流动的水系依然流淌着，让我们看到了宏村文化的生生不息，也让古老的村落增添了灵动的气息。如今，月沼、水圳与南湖仍然发挥着它们的水系功能，更多的是成为人们观赏的景点了。月沼常年碧绿，塘面水平如镜，塘沼四周青石铺展，粉墙青瓦整齐有序分列四旁，蓝天白云跌落水中，老人在聊天，妇女在浣纱洗帕，顽童在嬉戏。到了晚上，月沼四周，灯笼高挂，音乐弥散，游人如织，一弯新月挂在马头墙的飞角上，这是何等美妙的景致呀。

至今已有五百多年历史、总长一千二百多米的水圳，绕过家家户户，九曲十弯，穿堂过屋，经月沼，最后注入南湖，出南湖，灌农田，浇果木，重新流入濉溪，滋润得满村清凉，使静谧的山村有了动感，创造出一种"浣汲未妨溪路远，家家门巷有清泉"的良好环境。穿行在深巷里，我就看到很多人家用汲水圳里的水洗菜浣衣呢。

南湖位于宏村南首，建于明万历丁未年（1607）。湖呈大弓形，湖堤分上下层，上层宽四米，原来古树参天，苍翠欲滴，躯干青藤盘绕，禽鸟鸣唱，还有垂柳，枝叶婀娜，像临镜梳妆的少女，把秀发散向湖面水中。湖面绿荷摇曳，鸭群戏水，另有一番景致。整个湖面倒影浮光，水天一色，远峰近宅跌落湖中，加之树荫水深和日光的相互作用，明暗协调，动静相宜，显得幽深、雅静、清新、明丽。清嘉庆甲戌年秋，浙江名士吴锡麟游南湖后，撰文述道，"宏村南湖游迹之盛堪比浙江西湖"，因而南湖又有"黄山脚下小西湖"之称。古今许多诗人画家游南湖后作了不少诗篇、画作。"无边细雨湿春泥，隔雾时闻小鸟啼。杨柳含颦桃带笑，一边吟过画桥西。"诗篇的歌颂，更增添了南湖风光情景交融的氛围。

2013 年美国有线电视新闻网（CNN）评选出"中国最美的五大水乡"，宏村就在其中。其实，宏村之美，粉墙黛瓦也好，牛形村落也罢，流动水系也好，自然风光也罢，这些都只是具有物质层面的历史价值，而宏村之所以生生不息，且为后人所崇拜，更多是因为宏村的精神意义。

宏村最早称为"弘村"，据《汪氏族谱》记载，当时因"扩而成太乙象，故而美曰弘村"，清乾隆年间更为宏村，取宏广发达之意。宏村现存精雕细镂、飞金重彩且被誉为"民间故宫"的承志堂，古朴典雅的敬修堂，气度恢宏、古朴宽敞的东贤堂、三立堂，森严的叙仁堂、上元厅等祠堂，以及九十三岁翰林侍讲梁同书亲题"以文家塾"匾额的南湖书院等，构成一个完美的艺术整体，同时也反映了悠久历史所留下的广博深邃的文化底蕴。"敬德堂"的"敬"与积累的"积"读音相近，反映主人希望自己的后人能积德行善。"树人堂"也称民艺收藏馆，是房主汪升九十五代孙汪森强的私人收藏馆，为弘扬徽州的历史文化，主人多年来从民间及博物馆收集了明清时期民间老作坊机械，石制器具、徽州版画、民俗用品、徽商书信用具、宏村族谱等，再现了当年徽州社会生活的一些侧面。"桃园居"建于清咸丰十年（1860），因房东曾于院内植一稀有品种的桃树而得名。桃园居虽说规模不大，但门楼砖雕和室内木雕堪称精品。大厅门、窗主图案为宝鼎、宝瓶，窗户开口为挂络式，两边窗户上方各有两个守窗童子，窗栏板上的四只喜鹊、六只麒麟犹如活的一般，寓为"四喜六顺"，房门上部为"藤结花"，每扇门上的"花心板"上的人物均为历史典故，其中东房门里扇"花心板"上为"羲之戏鹅"，另外两厢的葡萄挂络，双狮雀替均属珍品，挂络中的飞马寓"飞黄腾达"之意。书房中的四扇雕花门可以说是全村最为精美的雕花门。四扇门的上半部从上而下为"蝙蝠奉寿""八骏马"和"人间仙境"（或称"世外桃源"）雕板，大片雕花为"松鼠葡萄"，四扇门的腰板上分别雕有"岳母刺字"、"王祥求鲤"（又称"卧冰求鱼"）、"季子挂剑"和"孔融让梨"四个历史典故，这四个典故表现"忠、孝、节、义"四种意义。这些古建筑，不仅具有丰富的建筑学价值，更富有深厚的人文意义。特别值得一提的是，安徽新安医学博大精深，宏村名医自宋至今代代相承，出现了汪佳一、汪荣贵、汪荃、汪香、汪济甫等名中医，他们医术卓然，施药救人，且多次义诊赈灾，体恤百姓。

我是夜宿宏村的，住在一家金姓的农家旅馆里。主人很友善，他与我一起将车安顿在停车场，跟我讲宏村的过去与现在。他的妻子则带着我的妻子去小巷里买布鞋，给我们讲她家的孩子以及娘家的事。晚上，我与妻子出去玩了，他们一家邀请亲戚来家相聚。等我们回来时，房间里热水早就准备好了。从宏村这户人家的待客态度上，我感受到了宏村人的纯朴与善良，更让我明白千年宏村生生不息的原因了。

宏村，作为中国最美村落之一，确实值得一看。

阳光总在风雨后

——黄山游记

人间多少佳山水，独许黄山胜太华。
云海波澜峰作岛，天风来去雨飞花。
千重烟树蝉声翠，薄暮晴岚鸟语霞。
怪石奇松诗意里，溪头吟罢饮丹砂。

——老舍

云游天下名山，数黄山云海最为壮观。霞光初映，天幕红绯，白云漫卷，群山隐逸。站在黄山之巅远眺，暮色掩盖下的座座群峰，此时此刻早已被茫茫云海所淹没。霞光之下，群峰之上的云雾涌动，形成了雄伟壮观的黄山云海。

带着对黄山的迷恋，今年6月我又一次来到黄山。

初夏的黄山，时晴时雨，细雨霏霏。早餐过后，我们乘坐的面包车在盘山公路上飞驰了一阵以后，却发现天色竟一点点阴沉下来，山间的浓雾像海浪一样层层涌来，瞬间眼前的世界已经白茫茫的一片，五米之外竟也分辨不清。我们的心悬了起来：这么大的雾在山上能看到景色吗？

缆车载着零零星星的第一批游客，缓缓向玉屏峰攀升。还未越过老人峰，便一头钻入迷雾之中。本想看一看云海胜景，但山上天气阴霾，只见团团迷雾，不见茫茫云海，间隙之中隐隐约约地看到周围陡峰侧立，峭壁高耸，深渊万仞，涧谷迭起。伴随呼啸的寒风，缆车剧烈颤抖起来。坐在对面的男生见状脸色涨得通红，双手紧紧拽着女友的衣角，死死地闭着两眼不敢睁开。而那女孩却是东张西望，一副若无其事的样子。

好不容易下了缆车，天气似乎明朗了许多。近处几座形状奇特的山峰在薄雾中若隐若现，时浓时淡，有的像罗汉拜佛，有的似仙人下棋，还有的像梦笔生花……看上去好像一幅幅黛色的水墨画。

沿着陡峭石阶径直登上玉屏峰东侧，高大挺拔的黄山"迎客松"立刻映入眼帘。黄山的松树大多盘根于危岩峭壁之中，挺立在峰崖绝壑之上，巨松高数丈，小松不盈尺，破石而生，苍劲拔萃，千姿百态，惹人喜爱，而黄山"迎客松"更是独领风骚。"岩前倩影侧枝伸，青翠容颜满面春"，"迎客松"长达7.6米的一双侧枝，从粗壮的树干中部向悬崖外舒展，犹如好客的主人，展开双臂迎接四方来客。游人到此，目睹此松，美得称奇，奇得叫绝，游兴顿时倍增。

忽然，眼前出现浓浓白雾，虽距"迎客松"只有十来步，却已经看不见它的高大身躯。腾腾雾气中，只见一老人俯首相迎，拱手作揖。我似乎误入天界，与仙人相逢了。

不知什么时候下起了小雨。这云雨，半明半暗地随我而行，刚刚翻过云雾中一座险峰，紧接着又一座陡峰悄然而至，挡住去路。虽然一路上喘气喘个不停，但我仍然感到周身寒栗，这山上的雾气，似乎要渗透到你的骨髓，让你无法排出你的热量。

登上莲花峰顶，远处云雾中渐渐透出光亮。站在峰脊放眼望去，白云如溪，小山众览。四周连绵的山峰，高的直冲云霄，低的坠入深谷，看着令人好不欣喜。

不经意间脚下又飘来一片浮云，在峰巅蹑足而过，诚惶诚恐，生怕跌入凡间。

调整了心情，枯燥的登山也变得有意思起来。一块奇形怪状的岩石、一棵歪歪斜斜的劲松都能引起我们的惊呼。山上多变的天气也时常给我们惊喜：一会儿浓雾扑面而来，我们的头发甚至眉毛都凝挂着细小的水珠；一会儿对面青山变得若隐若现，仿佛一个多情的少女隔着白纱眉目含情地注视你。随着时间推移，天空透出道道白光，劲风吹动云海在山间翻滚，我们的心怦怦直跳，加快了脚步向顶峰爬去，期待着一个巨大的谜底揭开它的神秘面纱。

果然，当我们爬到山顶时，一道道金色阳光已穿过云层洒满大地，厚重的浓雾已变得轻薄，仿若一层层薄纱在层峦叠嶂的山头飘动。远处山峰露出了丹霞色的肌肤，于是赭红的山体、奇异的山峰、翠绿的青松、流动的云海融合一体，宛若仙境，让人赞叹。有的山峰肩并肩地靠着，像一对亲密的恋人在喃喃低语；有的山峰拔地而起插入云霄，像一条巨大的蟒蛇昂头猎食。山间还时常能见到一条条白色的瀑布，玉带一般挂在山崖上，仿似美人腰间垂下来的飘带……一幅幅美景图仿佛照片般在我们心中定格。

在下山的路上，我一直在思考：刚才要不是一些人的坚持，恐怕大家早已偃旗息鼓、无功而返，失望不已了。其实在我们的生活中，这样的例子也屡见不鲜。对于目前的改革中有关政策的调整，不正像今天的浓雾一样困扰着大家吗？我相信，只要每个人心中存有梦想且不轻言放弃，努力过后都会收获回报，毕竟阳光总在风雨后！

碧水丹山话武夷

"假如我在世界上任何一个地方迷了路，请把我带到中国福建的武夷山。"

——摘自一位美国老太太的武夷山游记

每一个从"碧水丹山""奇秀甲东南"的武夷山游历回来的人，都会情不自禁地感叹，"三三秀水清如玉，六六奇峰翠插天"的武夷山，无疑是一处人间仙境，唤起了人们对武夷山的深情向往和追寻，我也颇有同感。引用一位网友的评论："武夷山就是这么一个地方，莫名其妙的舒服，鬼使神差的轻松，给人以舒适、自由、丢弃凡土的心境。"

游览武夷山，没有不去九曲溪漂流的。如果说怪石峥嵘、奇峰林立的丹山是武夷的铮铮铁骨，那么"曲曲山回转"的碧水便是武夷的悠悠心灵。一碧如染的九曲溪，像是一条飘逸着的玉带，绵延二十多里，盘绕于群山之间，点化出一曲畅旷豁达、二曲幽谷丹崖、三曲虹桥奇观、四曲秀山媚水、五曲深幽奇险、六曲天游览胜、七曲三仰雄伟、八曲青山奇石、九曲锦绣平川，这一曲一美景的旖旎风光。当我们乘坐古朴的竹筏顺水漂下，犹如漫步在一条神秘莫测的画廊之中，其中的每一曲一折，都能变幻出一幅幅绝妙的山水佳作，或朦胧，或清晰，或粗犷，或苍劲，给人一种动态的美感。溪上一排排竹筏远远望去如千帆竞发、百舸争流，漂流在溪涧，穿行于峡谷，时而过险滩，时而临深潭。深渊处，水光潋滟，波平如镜，犹如少女含情的明眸，映照着苍翠的丘壑、紫褐的悬崖，以及蹲在竹筏上的红男绿女。平坦处，溪水宛如一匹明晃晃的丝绸流淌而下，竹筏如同游鱼一般，无声地贴着水面徐徐向前滑去，使人感到如坐春风，畅快惬意。湍急处，时有乱石堆滩、急湍飞鸣，竹筏像离弦之箭，嗖地射向前方，喷珠溅玉，惊起一阵阵欢声笑语，却又立刻被两岸陡峭的岩壁反弹回来，回音与水声、排工的歌声融会在一起，像是一曲抑扬顿挫的交响乐回荡在秀丽的山水间。抬头可见山景，俯首能赏水色，侧耳可听溪声，伸手能触清流，沉醉在武夷山赏心悦目的美景中，我竟怀疑自己是否在缥缈和朦胧的梦里了，轻轻地揉了揉眼睛，又拍击着竹筏两侧的溪水，溅起清凉的水花，清醒了我的思绪，如梦如醉的幻觉才渐渐消失……

如果说九曲溪是大自然鬼斧神工赐予武夷山的一幅泼墨画卷，那么点缀在画卷上一处处摄人心魄、耐人寻味的人文景观，无疑给武夷山增添了灵性和神韵，一次又一次地撩拨着我的心弦，思绪也跟随着这些灿烂的古文明一一鲜活起来，仿佛触摸到了武夷山数千万年的风雨沧桑和那恢弘的生命张力。

仰望那高悬于峭壁上，距今已有三千八百多年，被称为武夷山历史"活化石"的一具具悬棺，堪称千古奇观，让无数游客和历史学家叹为观止。武夷悬棺是研究我国先秦历史和已消逝的古闽族文化极为珍贵的资料。悬棺的盛行，其文化价值不但证实了武夷山的葬俗有着悠久的历史和独特的精妙构筑，还体现武夷山先民在这块土地上披荆斩棘、励精图治的奋进身影，是一种图腾时代的文化展示，是崇尚自然，让生命回归自然"天人合一"的朴素唯物史观的张扬。可以这样说,武夷山因有了这不朽的悬棺,才有了历史的厚重感。

阅读一处处风格迥异的摩崖石刻,我仿佛一次次站在武夷山水灵魂的窗口,透视一座浩瀚的人文宝库。据史料记载,至今武夷山中遗存的摩崖石刻多达四百余方,分别镌刻在一百七十多处,几乎荟萃了草、隶、篆、楷、金文等多种字体。自汉武帝封武夷山为名山大川以来,历代文人骚客、大儒显宦、高僧名道过往不绝,在摩崖题刻,字迹或行云流水潇洒自如,或苍劲有力浑然天成,或厚重凝练老到持重,或清秀隽永芙蓉出水……摩崖石刻单字最大的当数二曲溪南的"镜台"二字,字数最多的当数接笋峰下的"武夷山游记",位置最高的要算三仰峰岩壁上的"武夷最高处",而最震撼人心的首推位于六曲响声岩上四个精美绝伦、神韵超凡的朱熹手书"逝者如斯"。

说到朱熹,是武夷山永远也绕不开的话题。武夷山的儒教理学鼎盛于南宋,最著名的代表人物当推朱熹,这位理学的集大成者是继孔子之后的中国古文化的第二位巨人,难怪著名历史学家蔡尚思先生曾如此赞道:"东周出孔丘,南宋有朱熹;中国古文化,泰山与武夷。"朱熹在武夷山生活、讲学、著书、立说达五十余年之久,使武夷山成为当时我国东南学术的中心,开创了一代理学之先河,撑起了中国古文化的半壁江山,使儒教所倡导的"致广大而尽精微,极高明而道中庸"这一博大精深的人生处世原则发扬光大,并影响着中国文化的走势。那几座遗存至今,依然折射着理学光芒的紫阳书院、兴贤书院等,令无数后来者在顶礼膜拜之后,每每陷入深深的沉思,在一声声长长的惊叹里,从中得到警世的启迪。我想,武夷山是幸运的,不但理学的光辉照耀着武夷山的山山水水、草草木木，而且一曲气势磅礴的千古绝唱《九曲棹歌》，又令多少人荡气回肠、心潮澎湃。如果武夷山没有了朱熹，恰如一个人失去了灵魂和精气神。

欣赏着与九曲溪形影不离的峰峦，有的如虎跃龙腾，风骨刚健；有的如玉女插花，娇艳亭立；有的如雄鹰展翅，跃跃欲飞；有的如瀑布垂挂，壁立凌空……这千姿百态的峰岩，最令我怦然心动的是晒布岩、天游峰、玉女峰和大王峰。一泻而下的晒布岩，像是凝固了的瀑布，又像是一幅巨大的红褐色的绸布，永远悬挂在蓝天碧水之间，展示的是丹霞地貌，晾晒的是心胸，坦露的是真诚。直插云天、俯瞰群山的天游峰，以"武夷第一胜境"而闻名遐迩。我坐在竹筏上远眺云海缭绕、神秘莫测的天游峰，只见游客头顶烈日，沿着狭窄、曲折、壁陡的石梯，如蚁阵似的黑压压地蜿蜒向山巅移动，实在令人望而生畏，想到明天也要攀登天游峰，还真有些心悸。但因了徐霞客"其不临溪而能尽九曲之胜，此峰固应第一也"这句话，我想，我一定会奋力而上，穷其万仞之巅。遥望那风姿绰约、亭亭玉立的玉女峰，和巍峨雄伟、威武凛然的大王峰，我聆听着排工娓娓道来的关于大王和玉女那坚贞不屈的爱情故事，无不折射出劳动人民憎恨丑恶势力、向往美好自由生活的夙愿。在阵阵凉爽的清风里，我仿佛听到了玉女温婉甜美的歌声、大王血管里汩汩流淌的血液声响。是呀，把生动曲折凄美的传说糅进山水之中，使武夷山的自然景观更有了灵气，更有了文化品位，更有了心灵的震撼。

当我离开武夷山的时候，我知道，这片奇山秀水，已经化成我心中一个不解的情结，帮我找回了在城市中失去的静谧悠然、闲情逸致，成为一种涤净尘虑的心境，一种简朴从容的寻味，一种真实存在的感悟。

春天相约梦婺源

　　曾经，许多人羡慕那些背起行囊游走天下的行者，他们赏尽天下的美景，走遍千山万水，那份洒脱与豪情，那份生命旅程的随意与精彩，曾经让我也羡慕不已。从未想过，自己也可以有一天，潇洒地背起行囊，来一场说走就走的旅行。

　　当我在最美的青春岁月，告别故乡来到一个全新的环境中时，外面五彩缤纷的世界，让我有了自己的梦想。是的，人生应该有梦想，万一实现了呢？

　　婺源，是我梦想中的一个小小的驿站，漫山遍野的油菜花，层层的梯田，灰白相间的徽派建筑，还有相伴古镇的小桥流水，婺源的春天，曾经让我期待。就在这个阳春三月，梦里婺源李坑成为我的第一站。

　　李坑也叫李村，因为四周是山，地势较洼，取名李坑。一条小溪从村中蜿蜒流过，村民沿小溪两边建房而居，中间有石桥，村民对门而居，门对门、户对户，边做着小生意，边相互交谈甚欢，一幅久违了的和谐乡村画面。对于我们这些住在高楼大厦、钢筋水泥中的外来者来说，坐在小溪岸边，听流水潺潺远去，发呆出神也是一种难得的享受。偶尔，有一张竹排从小溪中穿过，几个顽皮的孩子坐在岸边的石板上戏水。旁边，几位村妇在小溪中洗衣服，房屋倒映在小溪中，远山如黛，真是一幅绝美的婺源乡村山水画。

李坑虽然是一个偏僻的古村落，但是这里却并不落后，自古便文风鼎盛，名人辈出，自宋至清，仕官富贾达百人，村里的文人留下传世著作达二十九部，南宋年间的武状元李知诚便是其中一位。这里村落群山环抱，山清水秀，风光旖旎。村中明清古建遍布，青石板道纵横交错，石、木、砖各种溪桥数十座，沟通两岸，更有两涧清流、柳碣飞琼、双桥叠锁、焦泉浸月、道院钟鸣、仙桥毓秀等景点在其中，构筑了一幅小桥、流水、人家的美丽画卷，是婺源旅游开发的一颗璀璨的明珠。

沿小溪边石板路前行，村中有一古亭建在路中，据说，每到朔月，望月村里的人们在此相聚议事，奖惩村民，中间的路只有男人可以通过，而女人只能从亭子的旁边小路走过，别样的风俗习惯，也给古镇增添了一些民俗色彩。在几座古建筑中，"铜绿坊"算是古镇保存较为完好的徽派古建筑了，徽商做生意发达后，便返回家乡修缮府第，不惜重金，才给后人留下了如此罕见的宝贵财富。这里的青山秀水，优美的山水田园风光，更是让人流连忘返。想想许多地方为了追求眼前的经济利益，拆掉了老祖宗留下的文物建筑，污染了我们曾经有过的青山秀水，到处是光秃秃的山、污染后的水和遮天蔽日的雾霾，我想，有一天我们的子孙后代，不会像李坑人那样景仰自己的祖先，因为，我们给子孙后代留下的是满目疮痍的村庄河流，是钢筋水泥构筑起来的牢笼。

村头古老的香樟树在小溪的旁边默默地守候着，它是村里人心目中的神，它是李坑从远古走来的历史见证，多少李坑人从这棵老樟树下告别故乡，多少人在老樟树的瞩目中，从远方回到故乡。电影《致我们终将逝去的青春》在老樟树下取景，主人公的那句话，被写在旁边的大牌子上："故乡是用来怀念的，青春是用来追忆的"。没有人愿意背井离乡告别家园，但是，我们却都有一个不安分的青春，年轻的我们，挥泪告别故土，只为给自己的青春岁月一份完美的答案，为了这个答案，我们才有了坎坷的生命旅程……

夜幕降临，天空中星月闪烁，漫步在古镇的青石板路上，走在曲曲折折的古巷阡陌间，聆听溪水自然欢悦地流淌。这时，你可以在小溪边泡上一壶茶，看星月倒影，望远山如黛，也可以坐在老槐树下，眺望远方，怀念自己的故乡，也可以去追忆自己逝去的青春。

我又想起了那句关于梦想的话："人应该有梦想，万一实现了呢？"对此我深信不疑，和婺源曾经的梦里相约，没想到今天就成为了现实。为了梦想而追逐明天，这样的青春岁月，才值得我们去追忆。纵然有一天，青春终将逝去，但是，我们不遗憾、不后悔，因为我们曾给自己的青春岁月谱下一曲最美的乐章。

古镇李坑的夜，非常静谧，而我，也在这古镇美妙的夜色里睡去，心里，又升起了一个更加美妙的梦想。美丽的婺源，我还会和你相约的。

台湾见闻

    飞机掠过薄薄云层缓缓驶向宝岛上空，透过舷窗看到被雾气笼罩的台北建筑时隐时现，清晰的海岸线上零散分布着几个风车（风力发电机），海里珍珠般点缀的轮船搅动浪花，划出美丽的白线，马上就要来到宝岛台湾了。有位国家领导人曾说，他多想能来台湾一游。这次随团考察，让我们这些普通人实现了曾经的大国首脑未能实现的梦想。

    飞机平稳地落地了，我的心情也更加激动起来。兑换完台币后，我第一次见到了印着"中华民国"字样的台币，也感受到了长时期与大陆隔离的台湾文化的第一个载体。在台湾，当地人认为的"中华民国"不仅包括台湾及澎湖、金门、马祖这些实际控制的岛屿，还包括了中国大陆和外蒙古，这是一个相当大的疆域。而台湾当局所认可的"中华民国"至今也已历经一百多年的历史了，所以我们的第一站选择了"国父纪念馆"。在这里，我们缅怀给旧中国带来"三民主义"的革命先驱——孙中山先生。在他的铜像前，很多人肃然起敬，在陈列馆里的那些革命文物给我们展示了一代伟人的革命历程。因为我们知道，不论是"中华民国"还是"中华人民共和国"，孙中山先生都是民主的先驱，我们缅怀他、景仰他，更因为那种"天下为公"的超然境界。

5月份的台湾天气已经很热了，加之与北方的温度差异，流汗在所难免。我们走进小吃一条街，首先映入眼帘的是一个摊位上有彩色条纹的各种冰激凌。花三元人民币买了冰激凌，坐在了一把长椅上，一边慢慢吃一边和店主聊起天来，他是本地人，一谈到台湾这几年的发展，他那幸福和兴奋已掩饰不住，他说："这几年，台湾来了大量大陆游客，我们的生意好得不得了。欢迎更多的大陆客人来台湾。"这是我第一次感受到台湾人的热情好客。

阿里山是我们首选之地。这里的小火车让我们感受到了不同，我们冒雨乘坐小火车在阿里山"神木"林间穿行，那里有一段令人心痛的往事：当年的台湾曾经在日本的殖民统治下，日本人将阿里山"神木"中最粗而且笔直的都砍伐掉，用小火车运了出来，再用轮船运到日本。眼下看到的"神木"，就只剩下要么分杈，要么不太粗的了。要知道，我们看到的不太粗的"神木"也是好几个人环抱不住啊。那些巨大的树根百年不枯，仿佛在痛诉那段悲伤的历史。

日月潭就在阿里山上，是台湾著名的景点，虽然潭不大，但却玲珑中带着精致。游船在潭中行进，幽默的高山族舵手兼导游给我们讲着阿里山和日月潭的趣闻，谈笑间游船驶入了如仙境般的潭中心，放眼远望，雨中的日月潭就像阿里山的姑娘一样美丽。如今，日月潭上建起了大坝，水面渐升，开发旅游的同时，还肩负着蓄能发电的任务。远处那些浮岛还默默站在那里，记录着当年被淹没的那些山头和岛屿。游船在云雾缭绕的潭面飞驰，我们仿佛身在天宫一般，美不胜收。

台北的"故宫"，让我们为中国古代灿烂的文明着实兴奋了一把，也着实敬佩了一番台湾人对文化遗产的保护。台北"国立故宫博物院"里的文物琳琅满目，"毛公鼎"更体现了华夏文明的悠久辉煌。当年蒋介石运到台湾的文物很多，而且都得到妥善保护，字画多得更是每两周要重新更换一次。在微弱灯光照射下的展厅里，我们看到了"翠玉白菜"和"东坡肉石"，还有很多玉器和瓷器，让我心中感慨万千。是否像导游所描述的那样，"蒋介石带来这么多故宫国宝其实是保护了这些国宝"？要历史去评说，但我希望有一天，这些国宝能回到它们原来的位置，由两岸人民一起保护。

台湾的环境保护得特别好，台湾人民为了保护自己传统的农业，甚至拒绝了政府的工业开发投资。全岛一半以上的面积由大大小小几十个地质公园覆盖，那些地方保留着原始的风貌，就连开发开放的游览区，人和自然也和谐相处，环境如诗如画。

环岛游让我们深深感受到，台湾的经济建设真的很让人羡慕，当年的"亚洲四小龙"之一，如今仍然动力强劲——当然，这里面也有大陆的功劳。旅游大巴驶过台北市中心，窗外的101塔高高耸立。导游讲："这一带原来是部队的驻地，面积较大，但为了发展经济，已经全部迁出，目前都是这些高档的楼宇，别看这里区域小，它为台湾贡献了一半的经济总量。"

台湾人的富足和安逸，在旅行中有目共睹。按照人均GDP算，也是发达地区，加之这些年大陆开放了针对台湾的多项优惠政策，让台湾经济更上一层楼。据导游讲，他在台湾省政府部门工作了多年，深知台湾当前的政策取向，台湾和大陆唇齿相依，中华民族永远是一家人。随着这些年台湾与大陆交流的日益深化，美国在台湾的影响逐渐淡去。前几天"神十"飞天，在台湾的论坛中，对大陆发展的赞美之词异常火爆，加之菲律宾袭击台湾渔船事件，更让人感到大陆和台湾手足情深。一边是大陆舰队演习，为台湾处理渔民事件鼓劲，一边是台湾民众为"神十"成功发射而欢呼，相信不久的将来，往来台湾就像出差到大陆各地一样方便。

台湾，是全体中华儿女的宝岛。感谢上天赐予这样美妙的胜地。五天的行程，说长不长，说短不短，但对我心灵的触动已然发生，生活需要一些平淡，但激情将永无止息。

激情之余献上一副对联，作为这次台湾游的小结吧！

阿里山山清水秀，秀宝岛天造地设；日月潭潭静峰奇，奇台湾鬼斧神工。

横批：两岸同心。

第三辑
赋、序、后记

神东赋

罡风浩浩，大漠苍苍。高原北纵，壑断乌兰水岸；长河东奔，波折三省连疆。指边垣而屏沙塞，彰旷邈而蕴厚藏。万古嬗递，化天光于冥室；一朝雷鸣，掘地宝以拓荒。传奇神东，刷新神话；展拓神略，焕奕神光！领神州翘楚，著神藻华章！

艰苦创业，大任担当，能源济国，铁血神东。国谟开于七五，飙轮驰于西冥。壮士走西口，塞外玄霜湿孤枕；女儿报家国，梅腮冷绽高原红。寒光凝皂甲，铁马啸朔风。仗金戈精犁玄浪，持长缨巧驭乌龙。创业维艰，历千辛以图治；筚路蓝缕，付万苦而玉成。墨玉英华炫寰宇，乌金光电灿津京。国难当头，挺脊以为柱立；能源告急，伏身而作桥躬。秉雄魂之赫赫，昭铁骨之铮铮！

科技助推，挑战陈规，活力迸溅，创新神东！物事至穷而易，发展应变而通。勖标新而立异，凝大象于无形。大胆假设，小心求证；包容阙败，课绩酬功。刻厉攻关，聚焦行业极顶；天责负轭，雄执煤炭旗旌。立五高以定位，标四化以集成。铸产业链条，矿路港电一体；强创新驱动，产学科工相融。大匠运斤，砺风沙以开刃；员工竭智，开异想而争鸣。辟蹊径以进取，纳科学以践行。

尊崇自然，敬畏生命，人文涵煦，和谐神东！无人则安，绿色智能。高产与安全并进，采煤与环保相生。誓剑苛求零事故，警钟厉响全时空！渊襟怀责，情牵生态；丹心播绿，赤胆描红。矿山绘和谐之锦卷，碧水调活力之丹青。似藕入泥中，玉管盘地脉；若荷出水面，朱笔点天庭。文化塑魂，促能量之裂变；精益求精，挈管理之提升。善谋员工福祉，笃守客户信诚。价值创造，合作共赢。日升僻壤，荫一方福祚；灾发社稷，竭全力救生。旗县入百强阵列，就业惠数万民生。义举累累，万言难穷。人矿煤三象同曜，政济社一体相成！

锁定一流，揽金夺冠，持势领衔，卓越神东！凭实力而亮剑，目五型而挽弓。国际过招，频施绝艺；华山论剑，高榜纵横。神华杯赛，风采震惊碧眼；行业竞技，鳌头遍挫群雄。专利飞超百项，神州啸傲；原煤破关两亿，谁与争锋？捧中华环境杯，巧施沙原点翠手；获国家科技奖，直取顶戴珊瑚红。以非常之模式，铸非常之隽功！

莽原作证，碧水留凭。一副赤胆驱名利，万颗忠心捧黛瑛。鸿鹄振翼，掠天风而高骞；风驼奋蹄，啸朔漠以驰腾。崛起中国，领袖寰中！

诗曰：

凿破混浊得乌金，装点黎明示忠诚。
巨龙练练舞华夏，长歌浩浩赋神东。

《鄂尔多斯植物志补编》序

　　对吴剑雄同志我是先见其人，后读其作品的。那是 1994 年春天，神东煤炭公司组织员工到位于哈拉沟沙漠南缘的神东矿区义务植树，当时已年过半百的他是神东绿化公司的总工程师。他在植树现场亲自指导我们植树过程中的技术细节。短暂的三个多小时的植树活动，使我看到了一位林业专家的朴实无华的风采。

　　2011 年 7 月份，鄂尔多斯市作家协会在天骄大酒店举行吴剑雄编著的《鄂尔多斯古树名木》和《鄂尔多斯珍稀濒危植物》首发式。在发言中我说，读了吴老的新作，你会更乐意和这个人交朋友。因为，他的著作透露出质朴和坦诚。吴剑雄生于农家，并不是植物天才。可是他对生活认真观察、反复思考，融会于心，然后用他独特的眼光拍成照片，写成短文，而且多年如一日，坚持不懈，有了今天的成绩。吴剑雄著作的真正功力，在于真实，在于自然，不事造作，在于情景交融、人物相当、人地相宜。作家孙犁说："作家永远是现实生活真善美的卫道士。"吴老的著作，反映出他对真善美的追求，也再现了他的文化素养和人格品质。吴老的坦率真诚，著作的精彩图文，在平凡中乐观向上的精神，都给人们留下深刻的印象。可以说，与吴老这样的人交朋友，你会更好地理解真善美，心灵会得到更高层次的净化。

又快一年过去了，当吴老拿着他的新作《鄂尔多斯植物志补编》让我作序时，却一下把我难住了，总感到要说的话都已讲得差不多了，再说也不会有新意。可看着吴老信任的目光又不好推辞，捧读着厚实的著作，突然觉得肩上有了压力。

这本书的名字叫《鄂尔多斯植物志补编》。可以说，这里面有吴老人生的履痕，有对生活的思考，有对鄂尔多斯原生态的展现，有对乡情的思恋。他的文章取材于鄂尔多斯高原的沟沟壑壑、山山岭岭、村村寨寨，用清晰的照片和质朴的解说，表达着心中的自然美。没有哗众取宠，没有虚张声势，自然率真朴实地记录着他心中和眼中的植物情景。

人生就是一次又一次旅行。人生也好，社会也好，实际是放大了的旅程。因职业关系，吴老退休后，没有去操场，没有去歌厅，没有去旅游，而是用自己的目光去追寻属于自己的鄂尔多斯世界。凭吊历史遗迹，寻找植物奇观，领略风土人情，感受大自然的美妙。吴老所到之处，绝不空手而归，无尽的生态植物给他的生活留下了彩色的一页。镜头里留下的是鄂尔多斯的古老与神奇，记录的是鄂尔多斯的沧桑与壮美，是吴剑雄人生的阅历与体验。如今他把先前著作中遗漏的植物整理出版，让人们再一次看到他的心灵历程和生活的精神世界。

吴老是勤奋的，用"勤能补拙"这四个字概括吴老的著作很恰当。大凡玩弄文笔书画的人都知道，创作既要几分灵气，更需要几分傻气。可能正是因为道路崎岖，反而激起了这个"老傻子"的勇气和志气。在进入暮年之后，仍然从事这个迷人的、费力难淘真金的苦差。吴老短短几年内出版鄂尔多斯植物系列丛书，在鄂尔多斯的林业生态专家中首屈一指。依我看，吴老达到了人生三境界：一是原始的本我；二是发现了自我，表现自我；三是超越自我，达到所谓天人合一的境界。一般人能够发现自我、表现自我就很不容易，要超越自己，更不容易，它受一个人德才学识诸多方面的限制。可是要想不断前进，要想成为大家，创作出能够存活下来的珍品，就必须有超越自我的勇气和信心，吴老就是这样的一个人。

曾记得有位作家这样说过："每一篇能够存活下来的作品都是与历史直接相关联的，是历史的小小侧面或折光。是地球上东西南北的气流所引起的特异的微风。这些微风，都是情感的波动，人的呼吸。"这就要求我们必须从小我中跳出来，把抒个人之情与时代之情、自然之情、民族之情结合起来。人们都知道，凡是伟大的作品，本身就闪耀着一种理想的光辉，这种理想是作家赋予它的，这种理想，来自作家的心灵。作为忘年交，我要像吴老那样，不断地用更好的艺术感觉，丰富自己的情感；用朴实无华的思想，去积累知识，体验生命的深刻，永远做现实生活真善美的卫道士。

《岁月有痕》自序

2016年11月20日夜丑时晚睡，窗外月色皎洁，卧床而不能寐，静谧的屋里只有时钟在嘀嗒嘀嗒地诉说着光阴的故事。看着如霜的床前明月光，慢慢地神志越发清醒，不觉浮想联翩，记忆的闸门骤然打开，过去五十多年的情景闪现在脑海里，一幕幕恍如昨日。悠悠岁月，积淀了曾经的苦楚与欣喜，顿生了几许感叹，思绪久久不能平静……

屈指算来，还有一千多天自己就到了花甲年龄，从懵懂少年一直走到现在，当五十多年的时光流逝后，茫然间才感觉自己有点活明白了，才开始真正地思考过去，回首自己曾经走过蜿蜒曲折的人生路程，回味经历过事业的跌宕起伏。面对过去种种疑惑，不经意间学会了坦然与释然。相送一切该送的，承担一切该承担的，不逃避上有老下有小的责任，不躲避事业上的酸甜苦辣，顺乎天命，虽有偶尔不尽如人意，但求魂归而心安，心安而神定。其实生活需要偶尔停下来，细数一下走过的漫漫长路，这样才知道自己幸运地经历了什么，真正幸福地拥有了什么，还在努力地争取着什么，还在苦苦地追寻着什么。

自己的人生之路已经走过大半，现在也终于有时间可以小憩了。回想自己走过的五十多年历程，可谓酸甜苦辣尝过，人情冷暖看过，江湖的路上自己身不由己，事业就如坐过山车，惊喜与失落始终伴我而行。尤其是内心承载着与我一起奋斗、坚持、期待的团队精神，深深地植入了躯体之中。然而对家庭的责任和担当，对儿子儿媳、女儿女婿和孙子外孙的歉疚也让我无奈，由于对工作的认真和对事业的执着，也常常对朋友和知己疏忽和冷落，让我陷入迷茫和痛苦。掐指算算，自己已站在人生的后半段，感叹着人生的无常、漫长，感慨着人生的短暂、艰辛。五十多年的漫漫长路，就是由奋斗、追求、探索、创新所构成的人生轨迹。这条路上留下了一个长长的影子，虽然明知道那就是自己，但却感觉是那么的虚幻与难耐。虚幻得有时都怀疑自己，这还是我吗？难耐得有时都畏惧生活，还能撑下去吗？

生活就是这样，欢乐与痛苦相互交替。迷茫中看待周围的世界，发现这个世界上永远有着许多还未曾经历的美，如同每个年龄段有着不一样的美。人生就如一轮红日，清晨喷薄而出给众人带来了希望；当八九点钟时，人们都说世界是我们的；到了如日中天的时候，成为社会的中坚，会释放出更多的温暖。而现在我已经感觉到最美不过夕阳红了。其实人生的每一天都是人生路途中的一个驿站，暂作小憩便又要重新开始。这些年来，随着年龄的不断增长，心境也逐渐趋于平静，更加懂得对生活充满责任，对朋友充满爱心和真诚。于是，拥有了感恩的心态、从容的洒脱和岁月的沉淀。我不敢说自己是一位成熟的人，更不敢说自己是位成功的人，但我可以自豪地说自己是一位有理性、有责任、有个性、有爱心的人，是一个面对世俗能做到看开、放下、从容、坦然、淡定的人。六十花甲已过方知生命之脆弱，现在只想做一些自己喜欢做的事，不管结果如何，能否成名获利，做事的过程和过程中的快乐才是最重要的。就像退休后的这几年，学着下厨房做烹饪，在美食中品味出新生活的滋味，找到了自己的价值，也得到家人和朋友们的高度认可。

童年的时候，由于生活所迫早早便独自离家闯荡，使我很早就品尝了人世间的艰辛，也深切感悟到了自立的重要。父亲严谨认真的工作态度，母亲勤劳善良纯朴的生活作风，时刻影响着我，使我养成了坚韧、真诚、倔强的性格。父母不但给了我生命，也使我传承了他们传统而又优良的品质与精神。与同龄人比较，在当时那样艰难的时代背景下完成我的学业，特别要感谢已经离世的父母亲给予我的关怀和照顾。

现在我已过了花甲之年，也是儿孙满堂，但我觉得不必为逝去的过往而后悔什么，无论以前是平平淡淡还是轰轰烈烈，都已经成为过去。虽然我已步入人生的晚秋，但秋天自有秋天的乐趣和美好，尽管自己谈不上硕果累累，但从精神层面上也是收获颇丰，只是骨子里依然有不甘寂寞、激奋向上、鲜活有力的心境。如今，我学会了安慰自己，能够在黑暗和困苦中点亮一盏明灯，不告诉任何人，在以前这是不可想象的。恍然间，人生一世，不管成功失败、欢乐痛苦和盛衰荣辱，都如潺潺流水，自然而然地流淌。

然而，生活并不都是顺风车，每当回想起自己年轻时，总希望平淡的生活能多一些丰富多彩，总期盼着在茫茫人世万物间能巧遇心灵的碰撞，甚至为此误入了歧途。多少次懵懂之举，今天看来，实在汗颜。这或许是因骨子里残留的那份浪漫，也或许是因为短暂而平静的生命旅程中希望拥有的涟漪和期盼……

近年来，我一直在深刻地反省那段过往，一直很想让自己停下来，好好地调整自己，但是始终不知什么时候才能真正放下自己、放过自己，把淡淡的惆怅放在忙碌中，把往事交给岁月，用惬意的心情去回忆曾经的曾经，让所有的恩怨、成败、得失、名利和不曾实现的痴迷，在以后的坚持中得以实现。

忆往昔，峥嵘岁月稠；看今朝，花开又花落。珍惜生命，善待自己，呵护亲朋，是我最深刻的感悟。虽然在我花甲之年还想重新创业，但我还是选择了放下，因为我想用更多的时间给儿子儿媳孙子、女儿女婿外孙多一点关心关爱，给近百岁高龄的老岳父多一些孝敬陪护，给朋友们多一些真诚相待，给生命多一些沉淀和回报。我一直希望我的心态依然乐观如儿童，心绪依然年轻飞扬，更加懂得珍惜，学会取舍，用童心的快乐、青年的浪漫、中年的成熟对酒当歌。曾经的跋涉和耕耘，都已时过境迁，何不去珍惜和感受生活的每一份真实和个性的每一次张扬？

现在的这个年龄，早已远离了年轻潇洒、了无牵挂的时代，岁月的年轮在容貌上留下了深深的印记。现在的这个年龄，是苍翠成熟的人生晚秋，生命既成熟又旺盛。这是一个可以理解过去，也可以拥有现在的年龄，持重而成熟；这是一个有过许多经历，还有许多经历在等待的年龄，现实而又充满希望；这是一个成功少失败多的年龄，机遇与挑战对这个年龄要求更加苛刻，因此要变得更加顺应规则和自然。有些事，不是通过自己的努力就可以做到的，我要更加注重以心性为中心，其他一切顺其自然，或许能够由此变得更加从容大度。

至于以后的岁月里，我是否清醒，是否明白，或者是否依然迷惑，其实还没有把握。伴着躁动、依着个性、捧着虚荣面子等行为，难免再犯，该珍惜的还可能并未真正珍惜。芸芸众生，不是谁都能傲视天下的，这其中或许有命，也许有运。尤其是当前，我生活在一个行业不断洗牌，产业不断调整的社会转型期，生活在一个瞬间万变、百业兴盛的大背景下，而我则处在一个尴尬的年龄，需要承担心理和生理、家庭和健康的双重压力，难免有诸多的焦虑和烦恼。所以，我要时刻提醒自己，要更加注重心境的修炼，明白生活的本质，懂得取舍的界限；要更好地照顾自己和家人，时常问候朋友和知己。

我始终认为，人生不是用来享受快乐的，而是用来完善自我的。自己不是个迷信的人，但是一个相信前世今生的人，深知短短几十年无法使个人的内心境界和精神世界达到极致的圆满，所以纵然经历了太多的喜怒哀乐，也只是用这些来历练内心、完善灵魂，使自己的心胸犹如大海般广阔，使所承载的生命与灵魂无愧于每份真挚的关爱和祝福。

在此，我要感谢我的父母亲！感谢我的家人和儿子儿媳孙子，女儿女婿外孙！感谢亲人和知己！感谢信任我的团队和员工！感谢在生命中最煎熬的日子陪我坚持的每一个人。我坚信：在今后的岁月里，有你们的关心和帮助，我人生的旅途将会走得更稳、更远、更好！

岁月有痕，往事历历在目。趁耳聪目明，不能不详细记录下来，以总结经验教训，指引后人之路。待耄耋之年，回顾一生，总结有道，砥砺前行，也不枉活一世而无憾矣。于是决心记录自己成长经历，开启人生旅途导航，全力打造这一宏大工程。

《峰翠毅然》序

"生活就像一杯酒，像一本书，其中的滋味需要慢慢地细品，每个人都能品出自己独特的味道，品出生活中的酸甜苦辣。"

"智者，总是享受着自己的生命，享受着自己的闲暇时间，而那些愚不可及的人总是害怕空闲，害怕空闲带给自己无聊。我把空闲用来思考，用来杂谈。生命是一团欲望，欲望不能满足便痛苦，满足便无聊，人生就在痛苦和无聊之间摇摆。"

读完边峰毅这本散文集并在其中读到了这两段话后，我的心才在较为有序的跳动中被安顿下来，暗喜，总算找到了写作这篇序文的母语。"生活就像一杯酒""品出生活中的酸甜苦辣""生命是一团欲望，我把空闲用来思考""智者，总是享受着自己的生命"，把这些文字排列在一起，大体就构成了对这本散文的基本描述。这一系列喧嚣着、私语着、沉默着并涌动着的意象，可以略去我对这本散文集呆板的理论概括，并可使每位读到这本散文集的同仁生发出种种朦胧而又似乎有点深刻的意境和思绪。

的确，生活就像一杯酒，此中的酸甜苦辣有谁能来共同体会？有时觉得生活真的很无奈，有一句老话说"人为财死，鸟为食亡"。这句古语时时刻刻在提醒着我们走好每一步，可现实的生活，不得不让我们为了生存，与之对抗。

记得有位朋友曾和我说过，若你想过人上人的生活，那你就必须把一些该死的理论和古语抛之脑后，当然也不能做与法律对抗的事。人在世上也就只有短短的几十年而已，而人到中年正好是享受人生和拼搏的时间，半百之后，有些事，会让人做起来力不从心，那时若你想享受生活，因为少了拼搏，而不得不将生活转变为陶冶生活，去学会养生修性。

所以每一个前辈的人生都是后辈的老师，只要你用心去体会了，那你肯定会找到一杯属于自己的酒，但是找到了，也不要忘记了去慢慢品尝，它毕竟装满了你一路走来的风风雨雨！《峰翠毅然》文中的这些感受给予我的，又是什么呢？

带着作者体温、情感和血脉偾张、灵智机敏来叙事，这是我多年追寻的东西，也是我看到的诸多散文作品普遍缺失的东西。在我看来，在当今大家都用机械码字和粘贴写作而使写作"轻"到成为任何一个可以码字者盘中的一道小菜的时候，边峰毅的这种让自己的直接生活真实在场、使词语的血肉自然在场的叙事文本，对于今天的文学来说，真的是难能可贵。用机械码字降低写作的门槛也许并不真的就是一件坏事，但可怕的是在你码出那一堆堆密不透风的黑压压的字码时作者直接生活的飘零，可怕的是血肉丰满、灵智坚实的汉语文字在当下语境下创新叙事姿态的飘零。可喜的是，在边峰毅的这本散文集的诸多文本中，你不仅可以随处感受到文字的瓷实与鲜活，更为可贵的是你可以从这些有着自然血肉的文字中读到作者对他的叙事对象本质属性的洞见。

在边峰毅的散文集里，汇集了他对得失、情感、军旅和风景的内心感言。

在人的一生中，会遇到很多的选择，在得与失、取与舍之间会有很多的矛盾，如果一个人只想取不想舍，或者只想得不想失，做什么事都没有自己一定的信念，那么一切的一切只是梦幻。在现实生活里，我们常常会遇到各种的诱惑，但只要我们坚定自己的目标，当取则取，当舍则舍，该得到的我们心安理得，该失去的我们坦然面对，这是一种认识、一种能力，更是一种境界。这就是老边的得失观。

有了喜欢的人，有爱着的人那是一种幸福，是一种无悔的幸福；被人爱着是一种快乐，一种无言的快乐，一种用心体会的快乐。笑过，哭过，痛过，伤过，体验过，感受过，珍惜生命中所有的历程，不管它代表的是快乐还是泪水，我们都应该带着一颗感恩的心面对，去珍惜，为爱过的伤过的人们乐观地生活下去。学会了感恩，学会了感激，也就拥有了全部的自我，拥有了一个全新的世界，拥有了真诚的朋友，没有了悲苦，没有了伤痛，生活就会精彩纷呈……这就是老边的情感世界。

军旅生活同其他领域的生活一样，也是边峰毅亲自参与的，通过他独特的眼光去感受的。其中不仅有纷争，有奉献，有牺牲，也有柴米油盐、衣食住行等构成的最普通的日常生活，也有心灵深处的精神隐秘，还有那些只属于自己的爱与痛、友情和诗意，也有深刻的孤独，有不能抑制的焦虑，甚至有无以排遣的悲观绝望。老边正是从自己的内心深处最真实、最隐秘、最本质地表现了正常人日常生活中的情态。他以个人的笔调，在对军旅生活最实在的描写和叙述中，展现了他的精神高度、生活态度，还有理解生活的深度。

他热爱大自然带给自己的满眼风光。春天的到来，在他的眼前宛如桃花，默默地吐蕾，艳艳地绽放。而在夏日，把璀璨斑斓的往事雕刻成清新脱俗的夏荷，吟唱于水湄，听风听雨，听岁月流淌的声音，随着袅袅升起的雾霭，散发出阵阵清芬。

到了秋天，一片飞红，一枚落叶，一行秋雁，带着浅浅淡淡的颜色，寻寻觅觅心心念念，蓦然回首，老了红颜，瘦了春衫，浓了情思，多了收获。寒气逼人的时候，他那颗如水的心，在生命之河泛舟。犹如寒风中飘舞的雪花，飘逸的神韵、冰清玉洁的风采，让你不自觉地想走近她，拥抱她。这些执着，这些情愫，这些守候，在四季风情中表述得近乎完美。

边峰毅笔下的这一切，都是生活给我们的吗？我的回答是，这就是我们需要的生活。"生活像一本书"。我们需要的是"长风破浪会有时，直挂云帆济沧海"的豪情，我们需要的是"会当凌绝顶，一览众山小"的决心。所以，那些无奈的、惨淡的、虚假的、悲哀的……只不过是生活这本书中的一个章节而已，我们不用抱怨生活，因为我们还有选择的权利，亦如当我们不能选择天气的时候，我们可以改变我们的心情；当我们让山过来，它不过来时，我们就过去；当我们不能改变一件事的结果时，就要学会去接受它，适应它。我们拥有了自强不息的信念、积极乐观的心态，我们不怕什么……让我们轻轻地翻过去那一页的暗淡与惆怅，让它们在人生的长河中沉淀。我们要做的是把目光投向新的一章节。"人生没有不可逾越的天堑，只要我们坚持不懈地一步步走下去，前面就是幸福的彼岸。"

在边峰毅的这本书中，每一章节都是我们心灵的写照，每一字里行间，都渗透着我们人生的意蕴。时代浸染的我们，没有理由只停留在那感伤的一页，更不应该把那些伤感抑或是感伤作为自己的标榜，也许每个人在这一本书中，都有一个隐秘的角落，在那里我们书写着自己心灵的脆弱。但是，我们也要明白，除了那片独有的"基地"之外我们还拥有着整个世界。

当我们用心去读这本书，我们就不再会轻易地因一些琐碎的小事而去伤感至落泪，就像"没有人值得你流泪，值得你流泪的人不会让你哭泣"一样。学会珍惜自己的眼泪，珍惜自己。

当我们用心去读这本书，我们就会变得坦然豁达，不管是风雨叱咤的雷鸣，还是人情世故的冷暖，需要的是一颗平常心，坦然地面对生活的得与失。

当我们用心去阅读这本书，我们需要的还有高瞻远瞩，古罗马的贺拉斯曾说："短暂的人生，不允许我们在企望中消磨时光。"所以，生活重要的不是追求虚有其表的广度，而是生活的深度。

面对生活这本温厚的书，让我们用整个心去阅读它，相信在那里我们都可以追寻到一个真正的、富有的人生……

事实真的如是吗？序言的转述也许是苍白无力的，作者文本作为实在物的直接呈现也许最能说明问题，当然，这需要各位读者自己去面对。作为一个读者的我，做出上述那样的判断，其实也是我直接面对事物——文本的真实存在之后的结果。因为在我进入或者说是作者的文本把我带入作者呈现给我的那个世界之时，那鲜活于我眼前的是作者的描述，令我心动的是作者对他陈述的事物的去蔽过程，给我以震撼的是作者对隐藏在事物表象背后事物内部本质属性的揭示。也就是在这时，你才会觉出好的文章绝不会是作者自娱自乐、无关轻重的玩意儿，那应该是作者的灵智出没于存在物内部，在晦暗中寻找澄明的探险。这就是我对边峰毅散文最为深切的感受。

如前所述，"生活就像一杯酒"，只有细细品味，才能"品出生活中的酸甜苦辣"。"生命是一团欲望"，"我把空闲用来思考"。就是要思考人与自然的对立，城市与乡村的悖离，高贵与卑微的谬在，人类智慧背后的自私，沉静历史背后的喧嚣，城市阳台的虚拟与故乡真实的消失，等等。对于我们现实生存的种种纠结，作者都通过他强大坚韧的叙事耐心和那唯美与惆怅的、极具表现力的文字，给予最真诚也是最真实的人文关切。这些，我就不一一列举，请读者自己去感受吧。我最后要说的一句话，还是我在前文引述作者文本的一句话，"生活像一本书"，在你的阅读过程中，肯定会利用自己的闲暇时间去思考，"品出自己独特的味道"。

是为序。

《劝善集》序

苏江是 70 年代高中阶段我的老同学。他当时在伊旗一中高一班，我是在高四班。由于那时全校学生人数不过几百人，我们经常在一起吃、一起玩、一起学习，同学之间的关系都很密切，我对他也比较了解。

他高中毕业参加工作以后，一直在小学中学从事教学工作。经过近四十年的努力，写成了《劝善集》。2016 年冬天，苏江把他的《劝善集》书稿送给我，请我为之作序。为此，我较为仔细地阅读文稿，并认真做了多层面的思考。

这份书稿是以格言体裁写成的。从四言到十二言，共分为十二篇章，全书约二十万字。书稿格言的显著特征是哲学的思维与深邃、历史学的厚重和公正。可以说是篇篇精辟，字字珠玑，精彩纷呈。书稿言词没有当今社会流行的那些文痞酸腐臭味，没有枯燥乏味的喋喋说教，没有生拉硬扯的牵强附会，没有低级下流的庸俗习气，没有政客商贩式的浮躁炒作，没有人云亦云式的鹦鹉学舌，没有故弄玄虚式的一头雾水，没有装腔作势式的哗众取宠。而是用大众化流畅的语言、严密的逻辑、准确的词语、精练的文字，把事情和道理表述得十分清楚，合情合理。读之文采飞扬、幽默成趣，回味无穷，受益匪浅，阅读者心灵上不由得产生强烈的共鸣之感、认同之感。

我作为作者的老同学，为他的进步和成就，深感由衷的欣慰和自豪。他的《劝善集》，其内涵之博学、思想之深邃，文笔之优美，堪称上乘之作。文集内容相当丰富，涉及文学、哲学、社会、历史、人文、家庭等诸多方面。作者在学习、研究、实践中，善于始终把握"真善美"这个人类社会发展最基本的基因和血脉。作为人类，不可更改地具有两重属性，一个是人的原始本能的动物属性，一个是人的群体的社会属性。这两重属性如同血液、肌肉、骨骼、心脏、灵魂，支撑着人类和社会的进化与发展。一个文明进步的社会，应当是对人的动物属性进行文明的教化、修养，特别是对动物属性中那些自私、贪婪、欺诈，颓废、邪恶欲望和言行进行有效的约束和控制；对人的社会属性，进行文明的规范、鞭策，使人们都能够生活在共同富裕、共同福祉的友爱、互助、祥和、和谐、文明的社会之中。以真善美为核心的奉献文化内涵与构建，是中华民族伟大复兴的精神支柱，是中华民族伟大复兴的精神家园。而铸造这个中华民族伟大复兴的精神支柱与文化实力、创新智力、发展活力、恒久魅力的核心与灵魂，必须是中华民族真善美的优秀历史文化。

　　在一个个性贪婪的社会，在一个私欲横流的社会，在一个浮躁势利的社会，与心净者为伍，就会远离污秽；与高尚者为友，就会远离鄙劣；与智慧者交流，就会远离愚昧。我们每个人不可能都成为时代英雄，但我们都应当生活得堂堂正正；我们每个人不可能都成为智慧化身，但我们都应当生活得明明白白。我们每个人可以有理由拒绝许多东西，但是没有理由拒绝健康，没有理由拒绝知识，没有理由拒绝文明，没有理由拒绝智慧，更没有理由拒绝真善美。

　　亲爱的朋友，阅读、收藏一部启迪人们智慧、陶冶人们情操的精品文集，将是对自己人生心灵的有效净化和品质的有益冶炼。因为只有这样，你才能感受到那一段段饱含艰辛的心路历程留给后人的是怎样一串串坚实的足迹！品读《劝善集》，会让我们感到最深刻的思想在荡涤着我们的灵魂；品读《劝善集》，会让我们感到最美的力量在冲刷着我们心灵的尘埃……

今天，站在新时代的曙光中，让我们一起仰望真善美，让我们一起走进这飘满墨香的书卷，来触摸一个个圣洁的灵魂，接受心灵的洗礼吧！

是为序。

《爱是世界上最美的礼物》序

　　诗是生活的反映，也是情感的结晶，爱的结晶。张艳玲是一个感情丰富并有自己独特追求的女诗人。《爱是世界上最美的礼物》是一部播撒真爱的诗集。

　　张艳玲虽已不是花季少女，但她的诗仍然充满青春气息，其燃烧的爱、如火的诗情仍然让人感动。请读《如果爱了就要懂得》："如果深深地爱了，要耐心地爱着，只有经历了真与善甘与苦的修炼与打磨，这一场被称作爱情的赐予，才能有如一樽美酒，愈发的香醇而又浓烈，这一场情与爱的联袂演出，才会奏出生命的欢歌"。

　　这是真情的爱、浓烈的爱，也是一种刻骨铭心的爱。

　　又如《这就是生命里的爱情》："这世界上总有一种繁盛，如天空下拥簇的光阴，一季一季地开放，又一季一季地凋零，但从不湮灭，从古到今，亘古如天上银河，落入世间成为永恒，这就是生命，还有生命里的爱情"。

　　一个痴情女子，如水的深情、如火的炽烈，一如"一季一季开放"的玫瑰，楚楚动人；"如天上银河"，向着她的爱人、爱的圣地，"落入世间成为永恒"。在这里，爱凝聚为火一般的情愫，迸射出内核的热能。在《请紧紧握住我的手》中，诗人写出了爱的欢乐："如果，你还爱着，还有潮水般的真挚，奔涌在起伏的胸口，那么，请紧紧握住我的手，我的手里擎着温暖，还有温暖的爱，和可以化开冰凌的春天"。富有动感的形象，奇妙的联想，准确地传达出爱的力度。

在第二辑《我向着光的方向奔跑》中，其表达方式又别开生面："生存，就是一场博弈，也是一场寻找，也是一场安放。我们总是在孤独的生命旅程里渴望一份安然，渴望幸福，渴望快乐，我们最终渴望燃烧自己，成为自己……"

"我向着光的方向奔跑，以为，那就是我要去往的地方，我想借着那簇光亮，照亮生命黑夜里的迷茫，其实，我是恐惧，恐惧漫长的生之旅途，变幻着的莫测的厮伤。我向着光的方向奔跑，以为那是可以庇护的地方，我攒足了飞奔的不竭气力，和一腔生的热望，我想借那光的力量，挺立在广袤的天地之间，以无比强悍撑起豪壮，其实，我是恐惧，恐惧生命在宇宙是如此渺小，渺小得无以和硕大的世界对抗。我向着光的方向奔跑，直到光，成为了我的理想，我思考如何点燃自己，并开始文明，生命由此，改变了模样"。

这首诗构思巧妙，诗人从生存的角度，向着光的方向奔跑。一个女子在恐惧漫长的生之旅途，变幻着的莫测的厮伤，却攒足了飞奔的不竭气力和一腔生的热望，挺立在广袤的天地之间，以无比强悍撑起豪壮。在这里，温婉、美丽、真诚、含蓄得到了真实、形象的展现，可谓言尽而意无穷，给人以为爱而生存的力量。

张艳玲善于对生活进行深入思考。她在《与岁月握手》中写道："当我们真正地懂得了生活，懂得了来与去的机缘，还有生与死，爱与失去的难得及拥有，我们需要，和岁月紧紧地握一次手，感谢这样的一场经历，赋予了生命这样的轨迹，一场这样的探求，这也是我们与自己爱的交汇，是一场解放，和一次灵魂的觉醒与成就"。

张艳玲诗思敏锐，诗眼独到，能发现别人看不见的诗意，并深入挖掘。

在第三辑《我用行走的生命吟唱》中是这样吟唱生命的："活着，也许就是一场自我的发现、塑造以及觉醒。我们总是在关于本真的寻找中看见自己，看见他人，看见所有的生命，我们最终学会了勇敢，学会了面对……""我用，行走的生命吟唱，吟唱生命，历经坎坷后谱出绚美的律动，精彩演绎了命运乐章，不论你是欢喜，还是厌弃，无论音调低沉，还是高扬，那都是我们最深情的表达，汇入跌宕起伏的生命海洋"。诗人不光构思新巧、想象奇特，而且思想敏锐，富有深度。

歌德说："诗人的本领，正在于他有足够的智慧，能从惯常的平凡事物中见出引人入胜的一个侧面。"张艳玲是有智慧的，她能创造一个个美丽迷人的诗境，令人心往神驰。

诗人在《阅读自己》中，表达了阅读对人生的聚光作用，读来给人清新的印象："阅读自己，阅读一次生命，我们需要慢慢地，耐心地，我们可以阅读一次悲伤，也可以品鉴一次欢喜，还可以回味一下故事中的留言，补充一下其中的记忆，或者，还可以再回想一次风暴，再落一场雨。也许，总在哪一次的阅读之后，你会突然看到生命的成长，在叹息的背后发现慰藉，有时，这样的一场阅读，能够让我们很好地，寻找到自己，成为自己。请给我一盏灯，或者一段记忆，并在一些个重要的时刻，能够真诚地感知和面对自己"。

张艳玲在神东煤炭集团工作生活了二十多年，她对煤有深深的眷恋，在《煤的爱情》中写道："我知道，如今，你的世界，已划向宁静一片永恒，沉浸在流逝的海洋里，悲抑或是喜，你沉凝不语，一任我思想的触角，和头顶那盏明亮的灯光，在你洞开的天地里流曳。爱，从来就不需要解释，也不需要吟诵，原本来自于大地，就拿出最朴素最真实的回馈，用最深情最庄重，最热烈最激荡，赤色的燃烧，成就一首最忠诚的诗，这就是你，煤的情怀，煤的胸臆"。

对张艳玲来说，爱——生活之爱，亲情之爱，日月之爱，山河之爱——这是她写诗的起点，亦即出发点。因为爱，她的诗感情浓烈，真挚动人；因为爱，她的诗形成了自己的特色，跃上了新的境界。

是为序。

不留遗憾

——《岁月有痕》后记

在大千世界中，你我都是普通人，就如点点繁星，只在天幕下点缀生命的光度，社会的漠然、工作的压力、生活的艰辛是否经常让你产生逃离现实的想法？人生如莲，质本洁净，在俗世的纷乱中误染尘埃，引一段清泉，洗涤身心，于繁华处获得宁静，于悲苦中获得快乐。学会与自然、与心灵、与世界沟通，找到久违的幸福。回眸自己这风风雨雨五十个春秋，不论成功失败，总还是有一些人生感悟可以拿来与人共勉，不留遗憾。

学会韬光养晦。有时候，即使被人误解，也不去争辩，选择沉默。本来就不是所有人都应该了解和理解你，你不必对全世界喊话。也有时候，你会被最爱的人误解，你难过到不想争辩，也只有选择沉默。世界都可以不懂你，但他应该懂，若他竟然不能懂，还有什么话可说？生命中往往有连舒伯特都无言以对的时刻，毕竟不是所有的是非都能条理清楚，甚至可能根本没有真正的是与非。那么，不想说话，就不说，在多说无益的时候，也许韬光养晦就是最佳选择。

学会鞠躬颔首。这会是你意外的收获。有时你会和别人发生意见上的分歧，甚至造成言语上的冲突，会闷闷不乐，觉得都是别人恶意。别再耿耿于怀了，回家去擦地板吧。拎一块抹布，弯下腰，双膝着地，把你面前这片地板的每个角落来回擦拭干净。然后重新反省自己在那场冲突里所说过的每一句话。现在你就会发现自己其实也有不对的地方了，是不是你渐渐心平气和了？是不是有时候你必须学会弯腰？因为这个动作可以让你谦卑。劳动的同时，你也擦亮了自己的心窗，而且还拥有了一片光洁的地板呢，这是鞠躬颔首的一个意外收获。

选择无怨无悔。你说，人生是一条有无限多岔口的长路，永远在不停地做选择。如果只是选择吃炒面或炒饭，影响似乎不大，但选择读什么科系、做什么工作、结婚或不结婚、要不要有孩子，每一个选择都影响深远，而不同的选择也必定造就完全不一样的人生。你又说，生命中不可承受之情，就在于人生没有重来的机会啊。如果当初如何如何，现在就不会怎样怎样。这种充满怅然的喃喃自语，还是别再多说了吧。每一个岔口的选择其实没有真正的好与坏，只要把人生看成是自己独一无二的创作，就无怨无悔，就不会频频懊恼当初的选择。

只要持之以恒。漫步林间，你看见一株藤蔓附着树干，柔软与坚实相互交缠，你羡慕于这静美的一幕。让幸福与归属就此驻足吧。你想，不知未来会有怎样一番风雨摧折，也许藤将断，树会倒，也许天会荒，地将老，你又想请时光停格在此刻，停格即是永恒。只要持之以恒总会有这静美的一刻，未来可能遭遇的种种劫难，便已得到了安慰与报偿。

学会憨态可掬。因为思虑过多，所以你常常把自己的人生复杂化了。本应该是活在当下，你却总是念念不忘着过去，又忧心忡忡着未来；坚持要背负着过去与现在同行，你的人生当然只有一片狼藉。而当回归到人的本初，才发现单纯才是一种最可人的状态。单纯地以皮肤感受天气的变化，单纯地以鼻腔品尝雨后的青草香，单纯地以眼睛统摄远山近景如一幅画，单纯地活在当下。而当下其实无所谓是非真假。既然没有是非，就不必思虑；没有真假，就无须念念不忘又忧心忡忡。无是非真假，不就像在做梦一样了吗？是呀，就憨状可掬地把你的人生当成梦境去享受吧。

学会暗香疏影。吃多了健康食品，偶尔你也想啃一啃鸭舌头和香酥鸡。看多了大师名剧，偶尔你也想瞄瞄那些耳光甩不完、眼泪掉不完的肥皂剧。听多了古典音乐，偶尔你也想唱一唱爱他一百年又恨他一万年的流行歌曲。你知道健康食品对健胃整肠有意义，大师名剧对培养气质有意义，古典音乐对提升性灵有意义。可是，你其实并不想让自己时时刻刻都活得那么有意义，人生也不需要把自己总是绑得那么紧。偶尔的小小放纵，是道德的。拥有健康的体魄和高雅的气质或许能赢得别人的尊重和羡慕，但偶尔的暗香疏影也会更让你显得"接地气"和平易近人。

学会声吞气忍。今天的你，是不开心的你，因为有人在言语间刺伤了你。你不喜欢吵架，所以你离开；可是你只是离开了那儿，却没有离开被那人伤害的情境。因此，你愈想愈生气，愈有气你就愈没有能力去理会其他的事情，许多本该用心去做去想去处理的事件，就在你漫天漫地的心烦意乱之中，被轻忽被漠视被省略了。因为，你只是一心一意地在生气。在情绪上做文章，这是对自己的浪费，而且是很坏的浪费。毕竟生气也是要花力气的，而且生气一定伤元气。所以，聪明如你，别让情绪控制了你，当你又要生气之前，不妨轻声地提醒自己一句："别浪费了。"

切记时不我待。你曾经买了一件很喜欢的衣裳却舍不得穿，郑重地供奉在衣柜里，许久之后，当你再看见它的时候，却发现它已经过时了，你就这样与它错过了。你也曾经买了一个新鲜美味的苹果却舍不得吃，郑重地供奉在冷柜里，许久之后，当你再看见它的时候，却发现它已干瘪褶皱，你也这样与它错过了。没有在最喜欢的时候穿上合身的衣裳，没有在最想吃的时候品尝可口的苹果，就像没有在最想做的时候去做喜欢的事，都是遗憾。生命也有保质期限，想做的事要趁早去做。如果你只是把你的心愿郑重地供奉在心里，却未曾去实行，那么唯一的结果，就是与它错过，一如那件过时的衣裳，一如那个干瘪的苹果。

假如游园不值。某次你搭火车打算到 A 地去，中途却忽然临时起意在 B 地下了车。也许是别致的地名吸引了你，也许是偶然一瞥的风景触动了你。总之，你就这样改变了本来预定的行程，然后经历了一场充满惊奇的意外旅行。A 地是你原先的目标，B 地却让你体会了小小的冒险。回忆起来，你说那是一次令你难忘的"出轨"经验。生命中的许多时候不也如此？心无旁骛地奔赴唯一的目的，不过是履行了原本的行程而已；离开预设的轨道，你才有机会发现其他的风景。

学会处之泰然。在你跌入人生谷底的时候，你身旁所有的人都告诉你：要坚强，而且要快乐。坚强是绝对需要的，但是快乐在这种情形下，恐怕是太为难你了。毕竟，谁能在跌得头破血流的时候还觉得高兴？但是至少可以做到平静。平静地看待这件事，平静地把其他该处理的事处理好。平静，无快乐亦无不快乐。

曾经有一段时间，你心情低落，甚至懒得拉开窗帘看看窗外的阳光。你当然也忘了去关心窗台上那一盆每天都需要喝水的玛格丽特。如此不知过了多久，总算有一天，你度过了心情的低潮，同时也想起了你的玛格丽特。天啊！可怜的花，她还活着吗？你战战兢兢地拉开窗帘，却见她依然迎风招摇，花颜可掬，原来在你心情低落忽视她的这段日子里，老天却没忘记继续雨露眷顾她，许多事物悄悄地在你的视线之外进行，而且安排好了它们自己。天生万物，天养万物，一切其实无须担心，你要做的就是做好自己，不留任何遗憾，足矣！

是你成就了我。2016年至今，在《岁月有痕》写作过程中，为了更好地让第三人站在不同角度审视自己的过往，我从网上聘请了甘肃省张掖市资深记者王立斌亲自到我工作生活过的地方做了大量的采访，用了两年多时间，提纲式地完成了十万多字的初稿。但由于老王身染沉疴，不能坚持完成全部写作任务，深感遗憾，只能由自己亲自动手开始全书的写作和整理了。

翻开过去几十年来坚持不懈写下的二百多本、五百多万字的日记本，自己亲历的工作生活的主要情节跃然纸上，对我完成回忆录写作起到了决定性的作用。在写作过程中，神东煤炭集团的魏占彪、高会武、王国青、刘文忠、韩浩波、马飞、杨春、王世忠、赵玉梅，还有安建华、张宝、刘飞、杨爱祥几位初中高中师范同学，以及老乡高占琪、金满为，长兄张文树，三弟张埃树等，从不同角度收集提供了大量珍贵的历史资料，回忆和讲述了一些我早已忘记的旧闻趣事。遗憾的是，我在市场漂泊的两年中，本来有过学习阴阳八卦的经历，但在出版社校审过程中删掉了，我再无法弥补。在全稿的校对过程中，我的同事魏占彪、赵玉梅、马晓旭，好友闫晓凤在一年多时间里花费了大量时间，倾注了无数汗水和心血，精心校对，力求万无一失，最大限度减少了书中瑕疵。在通稿校对过程中，王立斌同志带病作业，耗费了三个多月的心血，帮助我完成了这项宏大工程。可以说，《岁月有痕》是所有参与者集体智慧和共同劳动的结晶，在此我一并表示诚挚的感谢。

第四辑
诗歌、歌词

诗歌也好，歌词也罢，都是文学宝库中的瑰宝，是语言的精华，是智慧的结晶，是思想的花朵，是人性之美的灵光，是人类最纯粹的精神家园。古今中外的诗人词人们，以其生花的妙笔写下了无数优美的诗歌与歌词，经过时间的磨砺，这些诗歌歌词已成为超越民族、超越国别、超越时空的不朽经典，叩击着一代又一代人的心灵，给人们以思想上和艺术上的双重享受和熏陶。

　　人生的质量需要不断熔铸，人生的境界需要不断拓展。而阅读诗歌、体味诗歌，对于提升人生的质量、丰富人生的内涵，无疑具有不可言喻的意义。一个人在其一生中，能阅读若干首优秀的诗歌，吟唱若干首经典歌词，不仅可以拓宽自己的知识视野，而且还能获得某种深刻的人生启示和积极的人生借鉴。一首优秀的诗歌歌词，沉淀着人们灵魂深处承载的苦难与欢乐、幻灭与梦想、挫折与成功，折射着人们精神结构中永恒的尊严和美丽，体现了追求真善美、扬弃假恶丑的执着意念和高尚情怀。诵读优秀的诗歌，吟唱优秀的歌词，可以使我们在领略诗歌的语言美和韵律美的同时，感同身受，体会作品所阐扬的人生与社会哲理，获取在困境中生存的力量和与丑恶相抗争的勇气，从而不断超越自我、完善自我，在今后的人生征途中高扬理想的旗幡，跨越人生道道障碍，朝着理想完美的人生迅疾迈进。

　　我写的这些诗歌歌词如果能够启迪心智、陶冶性情、提高个人审美水准和人生品位，为自己营造一方纯净的圣土，足矣。

思念母亲

我的母亲伴随着春秋冬夏
守候着一块荒沙一个贫瘠的家
每一载风风雨雨都牵动着她的心事
盼望着禾苗如同儿女们
快快长大
从读不懂儿女寄给她的远方思念
也写不出她对儿女永久的牵挂
但受得了严寒酷暑挫折和践踏
母亲走了很长很长的路
说了很多很短很短的话
做了很多平常而又平常的梦
从未见过都市的拥挤和繁华
如今母亲变得明显的苍老
脸部的表情变得越来越复杂
总是慈祥的笑脸
掩饰不住点点泪花
头上厚厚的蓝色头巾
缠不住满头的银发

只因还独自支撑起

一个坎坷而又古老的家

我的母亲是在沙窝里长大

没有忘记祖辈的遗训

做一个为人贤惠的妇女家

没有跑到村外

改变自己的青春与年华

如今的岁月没有忘记

房前屋后的树枝丫

依然等候母亲去砍伐

自留地里的菜豆都开了花

还有那缝补衣裳做鞋的桑麻

大热天

母亲也穿着一件厚厚的棉夹

任凭汗水在脸上流淌

皱纹深深地往额上爬

母亲总用一种虔诚的目光

迎来朝阳又送走晚霞

从不叫苦从不叫累

深夜还在灯下把鞋底纳

母亲也常在夜里

如童心看着满天的繁星眨

总是默默祈祷对远方的儿女放心不下

如今我也长大了
心里默算着如何做一个孝敬的儿子
将来怎样支撑一个家

伟大的呼唤

也许是宇宙爆炸的第一声惊雷，
也许是开天辟地的第一缕清风，
也许是洛书河图的第一个符号，
也许是北京猿人的第一颗火种……
这惊雷热烈呼唤着一个伟大的名字，
这清风精心孕育着一个绝代的精灵，
这符号神奇编织着一个难解的奥秘，
这火种悄悄点燃了一个不朽的生命……
啊，毛泽东！

一

从远古步履蹒跚地走来，
脚踏着人类幼年的蒙昧与野性——
茹毛饮血，构木为巢，
钻木取火，刀耕火种……
向历史骄傲自豪地走去，

身披着华夏文明的悠久与光荣——
周秦曙色，汉唐雄风，
宋元朗月，明清落红……
甲骨金文铭刻着您非凡的智慧；
司母方鼎铸造着您无比的忠勇；
万里长城凝聚着您豪迈的气概；
京杭运河流动着您似水的柔情……

该如何描绘您的文韬武略？
该怎样评说您的旷世才能？
道家佛家的汪洋恣肆洞微天地，
儒学墨学的忠恕礼义兼爱非攻，
兵家法家的肃杀峻刻奇谋诡道，
阴阳纵横的神秘莫测捭阖驰骋……
楚辞汉赋的光怪陆离浪漫瑰丽，
唐诗宋词的溢金流彩玉振金声，
左传史记的经天纬地古今通变，
韩柳雄文的回肠荡气振聩发聋……

我在现实中寻找着您历史的足迹，
我在历史上看到了您现在的身影——
呵，
四海鼎沸，风起云涌，
剑影刀光，战马嘶鸣。

您和秦皇汉武们并驾齐驱，
决胜千里之外运筹帷幄之中，
开九州一统泰山封禅刻石记功！

疮痍满目，白骨遍野，
战火初息，百废待兴。
您和唐宗宋祖们商定国策——
与民休养生息共致天下太平，
让路不拾遗莺歌燕舞国泰民兴！

水旱连年，哀鸿遍野，
官逼民反，揭竿而动。
您和陈胜吴广们振臂高呼——
均贫富等贵贱王侯将相无种，
令斗转星移朝代更替五色纷呈！

天高云淡，叶绿花红，
群贤毕至，把酒临风。
您和诗仙书圣们挥毫泼墨——
写江山之秀色抒胸中之豪情，
看笔走龙蛇心逐柳浪意满苍穹！

五千年的辉煌灿烂，
五千年的伟业丰功，

五千年的日精月华，
五千年的烈士英雄，
浓缩成了一个旷世奇才——
毛泽东！

二

您拥抱着锦绣富饶的神州大地，
那是沧海桑田难以改变的华夏面容；
您热恋着汹涌澎湃的长江黄河，
这是千年风雨无法冲淡的炎黄血统。
尼罗河流水哀叹着西垂的落日，
巴比伦战火烧毁了空中的楼亭，
恒河的波涛留不下繁华的岁月，
罗马的城堡挡不住蛮族的弯弓……
只有神州大地能不断融化异族蛮邦，
唯我中华民族能香火永续血脉相承——
亘古绵延的二十五史独步天下，
华族顶戴的轩辕大帝万姓归宗！

啊，毛泽东！
您在无与伦比的民族凝聚中欢欣鼓舞，
您在举世无双的神奇国度里魂牵梦萦！

南依群山，北据大漠；东濒沧海，西挽葱岭。
世界惊叹着这固若金汤的天然画屏！
长河落日大漠孤烟边关冷月古道西风，
历史投下了那雄浑苍老的高大身影；
中原板荡狼烟四起洪水滔天地裂山崩，
长天记下了它气壮山河的殊死抗争；
丝绸古道景德瓷城敦煌壁画兵马彩俑，
大地闪耀着我光芒四射的独特文明！

啊，毛泽东！
您在李约瑟的《中国科技史》中
自豪地微笑——
一百个第一的发明创造名扬天下巧夺天工！
您在马可·波罗的《东方见闻录》里
骄傲地追忆——
强盛几千年的泱泱古国举世景仰威震西东！
也许是历史嫉妒了中国太久的辉煌，
聪慧的民族就应该品味耻辱和不幸；
也许是上苍要赋予中国未来的重任，
古老的民族就必须经历磨难与苦痛！

当郑和的船队七下西洋炫耀天威的时候，
哥伦布的风帆冲向美洲
开始掠夺的航程……

当没落的帝国妄自尊大老守家园的时候，
四大发明的火炬已点燃了
西方工业的文明……
于是罪恶的鸦片熏黑了华夏的无瑕天宇，
于是强盗的铁蹄踏碎了
神州的辉煌旧梦……
太多的烧杀抢掠！
太多的血雨腥风！
太多的割地赔款！
太多的城下之盟！

那惨不忍睹滴着鲜血的道道伤口，
那撕心裂肺腐败挨打的阵阵剧痛……
古国的骄傲在狞笑声里拼命挣扎，
民族的尊严在皮鞭之下奋力抗争……

啊，毛泽东！
您迈着屈原岳飞的沉重脚步，
在圆明园的残垣断壁旁泪如泉涌……
您握着汉武唐宗的愤怒拳头，
在致远舰的纷飞战火里义愤填膺！
太多的屡赔屡起！
太多的扼腕捶胸！
太多的前赴后继！

太多的流血牺牲！
历史痛苦地一次次思索着血洗耻辱，
大地在黑暗中一回回企盼着灿烂光明，
祖先悲愤地一遍遍地寻找回天巨手，
民族在绝望里一声声地呼唤人民救星！

千百次思索的暴雨，
千百次企盼的狂风，
千百次寻找的闪电，
千百次呼唤的雷鸣……
终于做出了无怨无悔的明智选择，
终于敲响了响彻环宇的时代洪钟——
是您，
只有您啊，
中国各民族人民的伟大领袖——
毛泽东！
是您，
还是您啊，
世界被压迫民族的伟大导师——
毛——泽——东！

三

摧枯拉朽撼天动地奔腾呼啸巨浪排空，
您是黄河——
穿山破岭飞流直下，
胸怀着列祖列宗的殷切叮咛……
星汉灿烂若出其里日月之行若出其中，
您是大海——
挟雷携电愤怒涌来，
肩负着血洗耻辱的民族使命！
您把马列宝剑在中华文明里巧妙地锻造！
您用古老智慧独特地擦亮了
民族解放的圣灯！

您指点江山激扬文字——
集合共产群英，唤起亿万工农！
您谈笑自若潇洒绝伦——
掌上千秋青史，胸中百万雄兵！
那并不遥远的
秋收起义，井冈岁月，苏区烽火……
那历历在目的
长征史诗，抗日悲歌，决战雷鸣……
漫道雄关如铁，任它烈烈西风！
踏破惊涛骇浪，缚住几多苍龙？！

您魔术般地创造着一个又一个千古奇迹!
奇迹是您触景生情的浪漫吟诵!

您梦幻似的夺取了一个又一个辉煌胜利,
胜利是您随意采摘的烂漫花丛!
您用奇迹尽情挥洒着上下五千年的智慧,
您用胜利充分展现着纵横八万里的才能!
那吞天沃日荡涤神州的解放狂潮,
那震撼古今响彻云霄的礼炮轰鸣……
喜悦的泪水冲刷着百年的耻辱!
挺起的胸膛大写着民族的新生!

人民说——
没有毛泽东主席就没有新中国!
历史说——
没有毛泽东主席就没有中国革命!
浩荡春风化雨,千军万马奔腾!
大步追星赶月,哪怕风雨兼程!

啊,
毛泽东!
您驾驭着历史跨越了古老的年代,
您率领着人民开始了现代的长征!
啊! 一穷二白,土匪横行,

娼妓盈路，毒患成风……
您用如椽巨笔挥向历史千年的丑恶，
还天空明媚给神州太平画江山美景……
滚滚麦浪，座座彩虹，
两弹红云，人造卫星……
您用豪迈诗句点燃大地世代的渴望，
看捷报频传听凯歌动地让旭日东升……

伤口未合，又遇刀兵，
鸭绿狼烟，大军压境……
您用惊天胆略鼓舞民族无畏的勇气，
痛击不可一世教训狂妄自大看我旗开得胜！
重重封锁，道道难关，
盟友反目，泰山压顶……
您用高傲尊严托起山河不屈的脊梁，
任雪压冬云笑它万花纷谢我自岿然不动！

请看千秋青史，
谁能与您一争高下？
试问百年沧桑，
谁敢与您抗礼分庭！
您每个细胞可以造就
千百个政治家军事家……
您每滴鲜血可以化成千万个诗仙书圣……

因为您是五千年智慧的精心杰作！
因为您是五千年辉煌的灿烂结晶！

啊，苍天作证，大地作证，历史作证！
人民永远牢记您彪炳千秋的丰功伟业！
因为您是中华民族的骄傲灵魂！
因为您是革命胜利的切实保证！
哦，毛——泽——东！

四

您从绚丽的古代文化里走进现代，
抒写着壮美绝伦的喜悦人生！
天马行空的才华倾倒多少不羁豪杰！
夸父追日的自信冲破多少樊篱枷锁！
魅力无穷的胆略拼命洗去
封建残留的厚重阴影！

哦，毛泽东！
您有海洋般的胸怀，
容不得强盗的肆意横行！
您有无私无畏的气概，
又有多谋善断的智慧；

您有爱憎分明的原则，
又有坚持真理的胆魄！
您从谏如流，
您又嫉恶如仇！

哦，毛泽东！
坚毅倔强的意志酷爱搏击狂风暴雨！
扑朔迷离的情怀却又海阔天空，
天真浪漫率直任性！

哦，
胜利的喜悦来自于斗争！
与天斗，与地斗，与人斗——
其乐无穷！
激烈的矛盾不平静的生活酿造着
新的挑战新的搏杀。
这就是壮美的人生！
那历史聚集的巨大能量无法充分释放！
那涵泳宇宙的磅礴思潮难以片刻平静！
您努力建造着共和国的巍峨大厦，
全心全意全力加固她浅浅的基石，
使她经得起天摇地动！
您精心培育着社会主义的经济大树，
并不断地锄草施肥喷洒农药，

剪去病枝，
让她健康茁壮地长成……

哦，毛泽东！
您的渴望在无垠的时空里尽情飞舞，
刷新了历史的记忆，
现在的脚步未来的憧憬！
您扭转乾坤的巨手在辽阔的大地上
不断举起，
分辨着友与敌、善与恶、正与邪、人与妖！

哦，
大革命的风暴铲除了
多少丑恶、多少龌龊、
多少愚昧、多少谬种……
红色海洋上翻卷起历史的巨浪，
沉年的败絮在人民万岁的呼声里澄清！
历史啊从此书写：
人民，只有人民，
才是创造世界历史的真正英雄！
您极力建造着新的中国——
人民主宰历史，人民当家做主；
人民行使政权，人民是时代的主人翁！
您热烈描绘着新时代的繁华锦绣，

您扫除了历史的垃圾。
"批评与自我批评！"
一遍遍语重心长的话语！
"其兴也勃，其亡也忽。"
要让这历史循环的悲剧不再重演。

可是啊——
多么悲哀！多么痛惜！

伟人辞世，天地同悲！
日月倒转，星辰坠落，
江河倒流，地陷天倾……
这是怎样的叫人民心痛的急流泻涌！
我的祖国，我的民族，我们的毛泽东主席啊！
您背负着太长太久的农耕文化，
却只有太晚太短的现代历程……
行色匆匆地追赶却来不及
清点祖先留下的沉重行囊，
跨越时空的巨变里却无法
摆脱千年积聚的历史惯性……
当您举起新时代的灿烂朝阳，
眼前却横着旧世界的长长黑影……

五

您从大地的怀抱里悄悄走来，
大地留下了您质朴的伟岸身影；
您向人民的心海中慢慢走去，
人民铭记着您永垂不朽的伟绩丰功。
当神圣的光环随着风雨渐渐散去，
人们看见了一个更真实的伟大魂灵。
当理性的思考终于战胜了偏执毁誉，
谁敢否认您对人民的满腔痴情。

啊！
解放大旗洒下您亲人的殷红鲜血，
民族富强浸透了您的无限忠诚。
您与人民一起点燃了辉煌岁月，
您和祖国共同呼吸着艰难历程。
披坚执锐里始终洋溢着您纯洁的爱，
超英赶美时同样燃烧着您真挚的情！

是非功过让历史去任意评说吧，
民心才是准确无误的真正天平！
因为您不仅仅把人民挂在嘴上，
因为您真真切切把人民放在心中！
那难忘的三年困难时期，

您和人民一起同舟共济相依为命。
谁能相信您的爱女号寒啼饥？
谁敢相信您曾饿得腿脚浮肿？
那打满补丁的件件衬衣回忆着，
回忆起多少让人心颤的崇敬；
那一碗红烧肉的最高奢望诉说着，
诉说了多少催人泪下的感动。

失去爱子强忍悲痛人前未曾落泪，
口嚼糠饼自责不安时竟然老泪纵横！
这就是功高盖世的毛泽东，
这就是叱咤风云的毛——泽——东！
我终于明白了，
为何蒋介石的八百万军队不堪一击；
我终于懂得了，
善良的人民为何愿为您入死出生……

哦，
"东方红，太阳升，中国出了个毛泽东。"
这是亿万人民心底的颂歌；
"世世代代铭记毛主席的恩情。"
这是各民族真挚的心声！
面对这样的亲人，
还有什么过错不能原谅？

能有这样的朋友，

还有什么怨恨不能消融？！

跟随这样的统帅，

我们情愿开始

哪怕再长的万里长征！

啊！毛泽东，

我呼唤着您，

就是呼唤人民的儿子。

啊，人民的儿子！

我呼唤着你，

就是呼唤毛——泽——东！

六

仿佛遥远了那惊心动魄的峥嵘岁月，

已经消逝了这悲喜交集的伟大人生。

您留下太多的辉煌太多的遗憾回归了大地，

您带着太多的赞美太多的责难走进了永恒！

也许啊，

您在天国里与战友们深刻反思着

五千年历史酿成的成功与不幸。

您让春雨洒下了悲喜交加的泪水，

您派雷电传来了刻骨的叮咛——
伟大的祖国啊，
您必须插上共产主义的强大翅膀！
可爱的人民哪，
您必须摆脱落后愚昧的封建阴影！
……

啊，毛泽东！
您开天辟地的才华在神州大地上纵横决荡，
缔造了崭新的世界光辉的历史锦绣的前程；
您笑傲古今的勇气在浩瀚天宇下风起云涌，
鼓舞着奔泻的江河秀美的田野壮丽的山峰；
您博大精深的思想在古国文明里熊熊燃烧，
照亮了历史的沧桑现实的澎湃未来的航标，
警示着封建的暗礁传统的浅滩愚昧的阴风。

啊，毛泽东，
是您开创了中华崛起的伟大时代！
是您唤醒了民族自尊的冲天豪情！
是您哺育了继往开来的无畏勇士！
是您点燃了奔向富强的灿烂黎明！
踏破千里冰封万里雪飘，
跨过金沙水拍大渡桥横，
谁能阻挡住我东方雄狮的怒吼奔腾！
哦，

一万年太久只争朝夕，
数风流人物还看今朝，
让世界瞩目看我华夏儿女再攀高峰！

哦，毛泽东，
喜悦亲吻着您没有完成
却不断完成的辉煌之歌：
看祖国建设日新月异，
望人民觉醒气贯长虹！
哦，毛泽东，
热泪打湿了您没有实现
却正在实现的团圆之梦：
听香港欢歌澳门笑语，
盼台湾归根金瓯一统！

哦，
纵有千古横有八荒，
岁寒松柏展翅鲲鹏。
啊，毛泽东！
我呼唤着您，
就是呼唤民族的渴望：
光大祖先业绩实现国家强盛，
再创现代文明！
哦，毛泽东，

您百折不挠九死不悔披肝沥胆报国尽忠！
啊，毛泽东！
我歌赞着您，
就是歌赞百年的英烈和忠臣：
林则徐、谭嗣同、
孙中山、李大钊、
周恩来、雷锋……

啊，毛泽东，
您是万代民族之魂！
您是百年强国之梦！
您是自尊自信之火！
您是腾飞云天之龙！

有您铮铮铁骨，
还怕什么超级大国的威胁恫吓！
有您钢铁意志，
还有什么艰难困苦不能战胜！
我劝天公重抖擞，
再降一次毛泽东！
归来吧，我民族的历史的巨人——
毛泽东！
归来吧，我可敬的战斗的英雄——
毛泽东！

您壮烈的情怀还在江河里汹涌澎湃，
您伟大的理想仍在大地上燃烧滚动。
历史无法忘记，
怎能忘记这千古绝唱的光辉名字！
时光无法夺去，
怎能夺去这万代常青的伟大生命！
啊，毛泽东！毛泽东！！

鄂尔多斯的黑石头

在鄂尔多斯地层深处
埋藏了数万年数亿年
那些侏罗纪里森林湖泊动物的血肉
终于凝结成了你
黑色的石头
黑色的味道
黑色的肌肤
还有黑色的棱角黑色的心
不知何时
人类文明的触角攫取了你
把你从幽深温暖的地层里掘起
让你渗入现代文明的血液里

在寒冷漫长的冬季
在冰冻雪封的日子
外表冷峻棱角突起黑乎乎的你
总会温暖人们的记忆
你走进锅炉的胸膛

燃烧自己也燃烧着一切污浊的东西
那疯狂的鲜红的火焰
分明是一次生命的洗礼
至烧成灰变成雪白
终于升华了远古那些森林湖泊动物存在过的意义

谁能说得清
黑与红　黑与白
哪一种颜色是你存在的真谛
严冬远去春暖花开时
你远离了人们的记忆
竟被堆放在某个角落
或者某个空地落满尘迹
甚至和那些纸屑杂物堆在一起
静静地憧憬着燃烧的日子
反刍着地层里那些美好回忆
你是树木动物血肉躯体的沉淀
但有些时候
你还不如
一棵风姿绰约能开花能结果的树木
那么招人喜欢和怜惜
索性去掉突起的棱角
洗净黑色的肌肤
穿越至亿万年前

做一棵能开花能结果的树
在绚丽的风景中傲然站立

矿工的思念

在这柔柔的夏夜里
月华又一次将窗外的花园注满
我独倚窗前
看月亮挂在天边
闭上眼
在风中把你思念
多想
邀你一起起舞
踏着满园的花香
舞步翩翩微醉凭栏
多想
研一池香墨
在诗词歌赋的阡陌间
写几行小诗嘘寒问暖
铺一地相思倾诉我的爱恋
……
蛐蛐看了笑我傻憨
淡淡一笑飘然去远

如一缕青烟……
原来
你在乌兰木伦河彼岸
我在乌兰木伦河此岸
世俗的枷锁是不可逾越的天堑
机缘注定
今生
只能这样在风中把你思念

神东煤矿的温情（组诗）

矿灯房，有棵丁香

矿灯房，有棵丁香，

泛着绿意，散着嫩香；没有愁怨，没有忧伤。

矿灯房，有一棵丁香，

她不是来自戴望舒先生的雨巷！

花开可人，活泼端庄，

娴静温顺，热情大方。

矿灯房，有一棵丁香，

骄傲地择定这片黑色的土壤！

黑土里生，黑土里长，

喜在心头，笑在脸上。

矿灯房，有一棵丁香，

秀姿灼热了几多矿工的目光？！

矿工的周末

周末到了！
然而，徐徐南来的暖风不属于你，
吐芽的枝条下窃窃的私语不属于你，
舞厅酒吧贝多芬和电吉他不属于你，
憩园的浅红嫩绿及剧院的欢波笑浪不属于你！
春天和周末好像于你无关紧要。
周末到了，
属于你的，
是呼啸而来的煤机轰鸣，
是汗水浸透的热血沸腾，
是皮带机波涛般起伏的旋律，
是割煤机与煤层撞击的交响曲，
是板结的记忆松散时的片刻沉思，
是粗犷与豪雄，
是进取与搏击，
是生之礼赞，
是青春的活力！

周末到了，
把劳动的步子踏成音乐的舞蹈吧，
把呼吸融进皮带溜子二重唱吧，
把黑油油的炭块写成黑油油的情歌吧，

把 6 米 7 米 8 米采高挥洒为爱的基调吧，
把情感抒写在工作面让其抽穗吧，
把你的遵章守纪狠反三违
发现问题及时处理的动人故事，
讲给矿工兄弟听吧！
这时候，
四季和周末一起来到井下，
拍拍你的肩膀说：
"真是好样的！"

妻子孩子与梦

抖落一身的疲劳，披着晨曦走进家门。
妻子已把饭菜热了三次，炉中的火苗仍在熊熊地
燃烧。
泡上一杯茶，点上一颗烟，
矿工静静地品味着家庭的温暖、生活的芬芳和辛
劳一夜之后的欢乐。
妻子坐在床沿上，柔情脉脉地说：
昨晚上我做了个好梦，梦见一群一群的男人们，
戴着白手套和防护眼镜，
一个个精神抖擞地站在滚筒前、支架下、皮带旁。
孩子：爸爸，取暖锅炉里的火是什么变的？

矿工：煤。

煤是啥变的？汗水。

不对！妈妈说煤是植物变成的。

小孩睡着了。

嫩红的脸上溢出甜甜的笑意。

她梦见，

很久很久以前这里有一片大森林……

大柳塔憩园

如美丽传说中的一朵祥云，欣然地飘落在大柳塔
北区。啊，它的造型像香蕉，这是矿工的憩园，
神东一幅活灵活现的水彩画！

这凉亭，这小道，这清润可口的空气……

这健身器材，这扑克麻将，这龙飞凤舞的生活……

那一处是退休的老矿工们，下象棋、打扑克，谈
天说地论古今。都六七十岁的人了，哈哈哈，
下巴颏上还贴着小纸条呢！

这一边是天真活泼的孩子们，在跳橡皮筋，嘻
嘻，咯咯，笑音似苗圃里一团团柔绿嫩黄
的花蕊！

南风徐至，夕照吐金。

刚刚下班归来的矿工，在街心憩园里随便转转，

丰茂清淡的花香能消除一天的疲乏；
又是谁家的新媳妇，挽着郎君在乌兰木伦河畔
喷水池旁要合影，男的胸一挺，女的嘴一抿，嘿
嘿，一二三！翩然的情思与缤纷的落霞齐飞共舞！
大柳塔憩园，你是神东矿区一个斟满甜笑的乐园！

灯房女工

像一朵朵妩媚的云霞，飘逸在灯架的区间；
似一只只报春的紫燕，嘴角衔着矿山温柔的情感。
收灯，发灯，窈窈窕窕的身影……
笑眼，笑靥，关心体贴的语言……
啊，灯房女工！
在一匹匹矿山出产的黑色布浪上，
也有你织就的纤纤巧巧的纬线；
在一曲曲矿山交响乐的流彩中，
也有你鸣奏的铮铮悦耳的丝弦！
从井下上来的矿工们，
都说矿灯房里有一个春天。
望着矿工的背影，你笑了，
你的笑容像金黄的灯辉一闪一闪一闪……

矿工初恋

每天，就在这个时间，
采煤小伙儿走近神东俱乐部、图书馆……
阅览室里，又是那个姑娘在值班，
刘海弯弯的，桃花眼笑眯眯的。
小伙子漫游在知识的王国，
没注意姑娘正往这边观看！
猛抬头两双眼碰出一串火花，
会心一笑，
心的原野上便溪水潺潺。

一次又一次，一天又一天，
那句真心话谁也没说出来，
春的激情却澎湃于心间！
知识和爱情都是小伙儿的乐园，
现在需要的是猎人般的勇敢！
小伙子呀你不要等待不要腼腆，
也许，这就是人生那美妙无比的初恋。

纳鞋垫的矿工妻子

你坐在自家阳台的摇椅上，

将时光绣出沁凉的和声，
让雨后一个晴朗的下午，
在你的指间或停滞，或延伸……

穿花裙的小女儿，
在院子里飞得像只蝴蝶，
快乐地欣赏湛蓝的天空。
于是，那些从远方带来的智慧，
在你的怀里荡漾、温存。

你以播种的姿势摆弄针线，
专心致志地绣花鸟绣素颜，
还绣你那少女时代的故事，
绣吉祥绣幸福绣出今天平安吉祥的日子，
用一个矿工妻子的心，
温柔男人踢踏的足音。
一束束民间艺术的光芒，
在你的手下喧闹、升腾。

这是你最悠闲的时候，
这是你最焦急的时候。
一种不可言传的情绪，
在闪亮的针和长了又短、短了又长的彩线之间流
来流去。

也许是倦了困了，你站起来伸一个懒腰，
然后，把目光深情地飘向矿井，飘向丈夫的背
影……

神东厨师赞

也许我们，

没有漂亮的外表，

却是神东美的起点。

也许我们，

没有华丽的衣衫，

却是神东美食的根源。

也许我们，

没有豪壮的语言，

却让思想在厨艺中体现。

也许我们，

没有动人的故事，

却让真情抒写一日三餐。

也许我们，

没有辉煌的经历，

却让餐桌色彩斑斓。

也许我们，

一生平平淡淡，

却让神东文化代代相传。

也许我们……
更多的也许说不完，
我们也是白衣天使，
我们也曾青春年少，
我们也曾梦想连连。
是锅碗瓢盆奏响了
我们多彩的人生，
是苦辣酸甜滋润了
我们美丽的华年。
煎炒烹炸擀，
是我们劳动价值的真实体现，
炉火正旺，炒锅翻转，
菜刀舞动，精彩体现。
都说民以食为天，
朴实的真理古今流传，
厨师们用辛勤的汗水
和无穷的智慧续写着，
神东这个百年老店。
我们不怕酷暑，
我们不畏严寒，
我们也是白衣天使，
我们会让神东矿工更加健康挺坚。
我们也是一枝绿叶，
与幸福矿工永远相伴！

神东安监员之歌（散文诗）

当汹涌的阴霾企图遮挡太阳的光明，
当突如其来的煤尘与瓦斯袭击我们的生产工人，
我们来了——
神东煤矿的安监员，
凭着是一双火眼金睛，
带着是现代化的检测设备，
怀揣着满腔火热忠诚，
穿梭于井下巷道和工作面，
把忠诚尽职，写在我们的心中！

在恐怖与危险的瓦斯煤尘中，
守护在矿工生命与死神的分水岭，
以平安天使的口碑享誉煤海，
用精湛的观测技术和崇高的责任，
给年轻的生命注满甘霖。

不惧艰难险阻，
不畏井下暗流的伏兵，

矿工的生命高于一切，
我们承担着无限重任。
最艰难的地方需要我们挺进，
最危险的地方需要我们前冲。
谁没有膝下儿女，
谁没有高堂双亲，
谁不想枕入娇妻的臂弯做个香甜的梦，
谁不想儿女情长尽享人间天伦。
但我们责任重大，使命神圣，
我们的身影是神东平安的风景线，
我们永远是幸福矿工的守护神。

我们不愿意亲近死神，
但我们最先发现它的踪影。
我们不愿意走近危险，
但我们要向发生危险的地方挺进。
我们不愿看见一个工友倒下，
我们不想制造一个残缺的家庭。
为了这些——
我们成了一线的勇士生产前沿的尖兵。

一个个隐患排除后，
一次次险难化解时，
我们凭借的不是侥幸，

我们仰仗的更不是运气。
当千万吨无伤亡记录写进历史时，
当我们又夺单产单进新高时，
我们安监员的心啊，
又要去装点大地的黎明，
像矫健的苍鹰感受蓝天苍穹。
我们用心去写尽职尽责，
我们用行动去展示忠诚。

绣花焊接班

　　顾秀花是神东维修中心一名女焊工，全国三八红旗手，以她的名字命名"绣花焊接班"。

一

手握一把焊枪，身边布满星光
裁成块块"面料"，缝补钢铁衣裳
你出手不凡，专做井下设备大文章
你心灵手巧，焊枪犹如绣花针
"针脚"细又密，焊缝没痕伤
小改小割，修旧利废
你为神东焊接世界，帮了不少大忙

二

紧握焊枪
使万朵金色的花
从道道裂缝中
骤然绽放
那咝咝的电焊声
汇成一曲美妙的交响乐
就在这美丽的晕眩中
你我他
连成一片
熔为一体
焊工辛劳的汗珠
铸造出光明
牵引着曙光

三

是你把汗水抛洒
无论酷暑严寒
你连接起了春秋冬夏
你把遗憾的残破
组合成一个完美的家

天衣无缝的技艺
折服了桀骜的女娲
你把欢笑熔入断裂
任凭行走天涯

绣花焊接班
我由衷地
从心底赞美她
新世纪的绣花焊接班
她们的青春
与电焊的飞花一同
筑起了一道
永不陨落的彩虹
以青春之火
焊接理想与现实
焊接今天与明天和未来的家

初升的旭日属于你
清晨的露珠属于你
自信的脚步属于你
工作的平台属于你
属于你的还有
焊枪、焊帽、焊花

七彩的阳光中
你点亮生命中搏击的火花
照亮人生旅途中闪亮的驿站
风知道
你的辛苦你的付出
雨知道
你的微笑你的伟大

你站在平台上
焊接
今天与明天的空白
焊接
矢志飞向蓝天的翅膀
焊接
心中美好生活的希望

神东记者（散文诗）

当矿工把最后一颗汗珠
送上装车塔的时候
当花信把天空
洗成一片蔚蓝的时候
我们——
神东的员工
又一次迎来了"记者节"
员工看到的每一份报纸
都是他们汗水的结晶
网站里的每一条信息
都是他们辛苦的证明
摄影记者
让神东历史瞬间定格
文字记者
让形象和抽象高度浓缩
电视记者
为时光隧道准备好了
精美的画面

图文编辑
雕刻着每一个字句
传送神东人的创业激情
神东的记者
你们每个人都是一名纪实作家
每一位记者
都是歌颂生活的诗人
在报刊、电视、网站的舞台上
留下了神东人美丽的传说

神东新闻工作者（散文诗）

即使岁月消磨了青春的翅膀
你依旧充满阳光的热情
即使红尘阻隔了理想的脚步
你仍然追逐崇高的圣境
笔是你的武器
将假丑恶鞭挞，把真善美歌颂
眼睛是你的显微镜
洞察着世态炎凉，关注着进步与民生
你思想的头颅
高昂着正义和真诚
你信念的根系
拓展着真理和文明
你的爱催动花团锦簇
你的情连绵黄土沙岭
井下抢险救灾有你的足迹
社稷发生灾难有你的身影
你是激流中无畏的水手
你是黑暗里闪烁的明灯

你是土地中平凡的种子
你与矿工的希望一起播种
你是道路上普通的汽车
你与司机的精神一同启动
茫茫人海你是那飘舞的红纱巾
与七彩的服饰组合成绚丽的图景
浩瀚煤海你是傲然的液压支架
涌动的巷道中你像采煤机在轰鸣
乌兰木伦河，流淌着你奔腾的血液
神东煤炭，倾注着你旺盛的热情
让我们的身躯融入你前行的阵营吧
笑傲霜雪，澎湃着神东煤田满目春风……

七律·战瘟神（二首）

　　2020年初春，一场突如其来的新冠病毒肆虐武汉，在党中央的领导下，打响了武汉保卫战，经过三个月的联合作战，战胜疫情，城市生活回归了正轨。

冠毒狼烟黄鹤楼，华佗重生奈何求。
千户闭门家中候，万巷无人街空头。
白衣天使回春术，红星铁鹰狙魔咒。
天君欲问瘟神事，一样悲欢逐水流。

吴地疫情速蔓延，楚天百姓渡难关。
八方兵将急驰助，四面天使济世寰。
亿众成城听号令，万家铁臂固埔垣。
瘟神遁逝何期远？玉宇澄清俱欢颜。

浪淘沙·在疫情中过年

恰逢鼠年关，冠毒蔓延，减少外出多锻炼。人人
蜗居家里边，网络拜年！
同学多珍重，友谊如前，配合政府不添乱。待到
疫情过去时，再聚把盏。

网球恋

网球是一张友谊的名片，它邀请我们在真诚里
相见；

网球是一株绿色的鸦片，它不给我们任何走神的
时间；

网球是一粒神奇的药片，它让我们找到了健康的
支点；

网球是一种快乐的卡片，它把幸福指数悄悄地写
在上面。

既然还要坚持工作，你为什么不去网球场上
锻炼？

既然卸下一身重任，你为什么不去网球场上青春
再现？

网球是我们的血液，它不停地在网球场上升腾
飞溅；

网球是我们的爱恋，它与我们的幸福生活永远
相伴。

北大荒人的叙说

2018 年约几个好友去黑龙江北大荒旅游参观。在北大荒知青纪念展览厅，聆听了一个北大荒老知青的解说，令我终生难忘。

白云伴着艳阳天，
秋风送着五谷香；
我坐着长途客车，
来到北大荒。
一路美景赏不尽，
再也看不到原来的模样儿。
惊喜，惊呆，
回味，畅想……
宽阔的高速路，
整齐的新楼房；
穿戴时髦的人群，
外国洋人的脸庞。
田野里，到处可见大型联合收割机在作业；
公路上，运粮的汽车排成行。

展现在眼前的是现代化的大农场，
一望无际沃野千里的北大仓。

想当年，棒打獐子瓢舀鱼，野鸡飞进饭锅里；
荒山野岭，杂草丛生，虎豹豺狼。
新中国刚刚成立，
十万官兵进军北大荒。
建房修路，开荒种地；
镢头刨地，人拉犁杖。
自力更生，艰苦奋斗，
用汗水换来了五谷飘香。
我们要永远记住，
还有一支新生的力量也不能忘，
那就是上山下乡的百万知青，
他们也同样创造了辉煌。
有人把知青说成了受害者，
在某些人的笔下他们颓废彷徨。
我说不，因为他们是一代杰出的青年，
用他们的辛劳和汗水浇灌了北大荒。
虽然他们吃了很多苦，受了很多罪，
但在艰苦的环境中也得到锻炼和成长。
看看我们现在众多的成功者，
有多少是那个时代培育出的栋梁！
我为知青点赞，我为知青叫好，

他们把美好的青春奉献给了北大荒！
他们是拓荒者，是奠基石，
后人是踩在他们的肩膀上！
今天的高速公路，是老一代北大荒人一锹一锹、
一筐一筐挖土垫起；
今天的高楼大厦，是老一代北大荒人住的地窖
子、泥草房；
今天的万顷良田，是老一代北大荒人用镢头刨出
来的；
今天的绿水青山，是老一代北大荒人的血汗流淌。
再也听不到牛马驴骡跑在路上咯噔咯噔声响，
再也看不到锄头、镰刀和牛马犁杖。

吃水不忘挖井人，
那些已经富裕起来的新一代，
千万别忘老一代北大荒人！
北大荒虽然已经变了样儿，
但粮农们心里却有一丝惆怅，
粮食价格太低，
粮农们种地都白忙一场。
过去的金豆子逐年减少，
玉米价格也不涨。
粮农们种田没账算，
很多人都想外出打工不再种粮。

让人担心有一天，
美丽的北大仓再变成北大荒！
都市的繁华，国外的吸引，
很多人已经离开了北大荒。
留守老人，留守妇女，留守儿童，
年轻人已经不愿意在农村种粮。

回家吧，离家在外打工的北大荒儿女，
这里有你的子女爹娘。
回来吧，在外打拼的北大荒人，
这里才是你的家乡！
努力吧，北大荒儿女，这里虽然没有南方的富裕，
却是你创业的好地方！
奋斗吧，北大荒人，这里虽然没有都市的繁华，
却能实现你发家致富的梦想……
我为北大荒自豪，我为北大荒骄傲；
我为北大荒点赞，我为北大荒歌唱……
北大荒，北大荒，你是我心中的最爱，
你是我心中的人间天堂……

一杯酒

当代诗人艾青说过
酒有水的形态
却有火的性格
古代诗人苏轼说过
明月几时有
把酒问青天
中华民族五千年风尘烟雨
讲述人间多少悲欢离愁

酒啊酒
大江东去沧海横流
千古英雄万代豪杰
哪里是你的驿站
哪里是你的源头
李白斗酒写下诗篇百首
贵妃醉酒留下千古风流
荆轲饮酒壮士一去不回头
武松贪酒打虎英名盖九州

李玉和临行喝妈一碗酒
浑身是胆雄赳赳
杨子荣深入虎穴一碗酒
甘洒热血写春秋

一杯酒
曾燃起一位伟人的丝丝离愁
问询吴刚何所有
吴刚捧出桂花酒
杨柳轻飏直上重霄九
酒是诗人梦中的相思豆
酒是画家笔下的月如钩
酒是浪子寻找家园的一条小路
酒是游子靠近彼岸的一叶小舟
酒是故乡的清清小河涓涓细流
酒是水中的明月
酒是灵感的启明星
酒是激情的火山口

举杯邀明月
与青山绿水同醉
与同学们干杯
友谊跟着感觉走
喝一杯践行酒

壮志未酬誓不休
喝一杯交杯酒
地老天荒手牵手
喝一杯离别的酒
千言万语在心头
喝一杯重逢的酒
岁月无痕再回首

一杯酒诗一首
两杯酒话春秋
三杯酒情谊厚
四杯酒热泪流
酒逢知己千杯少
天涯海角任神游
今夜举杯邀明月
千里婵娟人长久

神东伴我走

贺继成作曲　　　巴音布拉格演唱

一

浓浓一页春，淡淡几行秋

神东矿山翠，乌金似水流

千年地火今日采，神东伴我走

心悠悠，情悠悠

莺歌燕舞遍绿洲

家国情怀心间驻

低吟浅唱再无忧

神东伴我走，煤海自风流

神东煤炭人，享誉满神州

二

人间几多情，风雨几多留

井下天地阔，笑对苦和忧

百年煤炭今圆梦，神东伴我走

心悠悠，情悠悠
无私奉献添锦绣
祖国在胸煤在手
壮志未酬誓不休
神东伴我走，煤海自风流
神东煤炭人，享誉满神州

神东，我爱你

贺妮作曲　　李芹演唱

我爱那高高的储煤仓
我爱那安全高效的矿井
我爱那清洁的巷道
我爱那皮带的滚动
我爱你美丽的神东啊
我爱这火热的煤城
啊，神东，我爱你
你连接着我和祖国的心

我爱那高效掘进机
我爱那综采滚筒的轰鸣
我爱那沸腾的工作面
我爱那煤炭的欢腾
我爱你滚滚的精煤啊
我爱这晶莹的乌金
啊，神东，我爱你
你寄托着我对人民的深情

神东煤炭暖人间

一

是谁把千年地火采到人间
那是神东矿灯在闪现
是谁在追求百年梦想
那是神东人的理想信念
煤机轰鸣冲霄汉
绿色环保花正艳
献出人间情和爱
神东儿女谱新篇

二

是谁把世界煤炭纪录改写
那是神东人的无私奉献
是谁在点燃千年圣火
那是神东人的初衷夙愿
矿工托起凌云志
安全高效兴正酣
献出人间光和热
神东煤炭暖人间

天隆创业路

贺继成作曲　　　吕继宏演唱

一

没有翅膀的天隆能走多高
只有会飞的天隆人知道
哪怕只剩下一根羽毛
也要变成神州大地的青草
一条漫长的创业路
只有走过的天隆人知道
知道那是一个成功的梦
梦里春秋化弯弓日月一肩挑
经历了多少艰苦创业场
夺过天堑情归大地我自豪

二

没有边际的市场你有多大
只有下海的天隆人知道

哪怕流尽了最后一滴血
也要投入大地母亲的怀抱
一条漫长的创业路
只有走过的天隆人知道
知道那是一个幸福的梦
梦里冬夏跨天险我自一身跃
经历了多少艰苦创业场
守望相助感恩有你涌波涛

为你托起健康的彩虹
——鄂尔多斯健康体检中心院歌

贺继成作曲　　　敖都演唱

一

蓝天美在朵朵白云
人间美在圣洁的心灵
繁花绿叶拥抱着家园
健康鄂尔多斯有我的身影
康复体检服务大众
顾客至上精益求精
这里有我放飞的青春
这里挥洒着我一片真诚
这里有我爱的奉献
这里有我的锦绣前程

二

顾客带着康复的期盼

我为你托起健康的彩虹
康复医院培育了我们
我要为你留传美名
脚下是南丁格尔的足迹
头上是白求恩的精神
我和体检中心展翅同飞
我和康复医院荣辱与共
我和医护团队风雨同舟
我和顾客上帝相伴一生

传承创新中医药

——郑州市五州中医院院歌

一

根植中原尝百草
胸怀五洲胆气豪
勤求古训为创新
民族复兴中医药
中华瑰宝领风骚

情系百姓用四诊
初心铁肩担大道
辨证论治显医魂

二

博采众方是目标
杏林春光暖
聚贤医技高
扶正祛邪是医道

银针探肌理
秘方煮汤药
国泰民安中医药
千古风流看今朝

天使柔情

李虹作曲　　　　井睿涵演唱

一

这里没有弥漫的硝烟
也听不到隆隆的炮声
处处都是无常的寂静
你的柔情在与死神做生命的抗争

二

这里闪着天使的眼睛
只听到飒飒的脚步声
你用针药武器陷阵冲锋
你可知道这是抗击疫情的人民战争

三

急救输液是生的希望
你的脸上露出无畏的坚定
死神又一次失败
天使的热血让生命再次葱茏

鄂尔多斯我的家园

新吉乐图作曲　　巴音布拉格演唱

一

大风吹过鄂尔多斯高原
毛乌素沙漠绿波摇曳
现代牧歌流淌在草原
乡村振兴装点着家园
天骄圣地传诵着神奇
携手同心描绘风景线

二

大雁飞过鄂尔多斯高原
黄河绽放灿烂的笑脸
绿色能源浪花飞溅
生态环境美如画卷
鄂尔多斯创造着传奇
守望相助一直到永远

三

马兰花盛开在鄂尔多斯
漫翰短调滋润这片草原
一生离不开你的怀抱
我的鄂尔多斯我的家园

纳林陶亥好地方

李虹作曲　　刘治演唱

走进纳林陶亥那条沟掌
看见朱开沟文化几千年沧桑
爬上束会川那道圪梁
瞭见战国秦长城蜿蜒巍峨
来到佛教圣地陶亥召
几百年香火不断普度佛光
蒙医藏药惠济千家万户
民族团结的歌谣世代传唱

这里有三川一河十六条沟
这里有能源化工遍地宝藏
这里炒米豆面瓜果飘香
这里生态富民幸福安康

万般情思回到故乡
乡亲们贴心话儿语重心长
你们远在他乡路途漫漫
不要忘记那河那川那沟那道梁
啊，纳林陶亥好地方
我要深情地把你歌唱

纳林陶亥我的家

李虹作曲　　刘莉莉演唱

一

远古文明把我留下

这里有几千年朱开沟文化

万里长城把我牵挂

这里秦襄王边墙蜿蜒挺拔

佛教圣地陶亥召

藏传医药惠万家

武工队清匪反霸

创建农会香坊下

无论走到海角天涯

纳林陶亥我的家

二

黄土高原把我留下

这里有一河三川十六岔

毛乌素沙漠把我牵挂

这里环境优美生机勃发

人杰地灵育英才

蒙汉团结传佳话

一张蓝图七彩画

绿色能源遍地花

无论走到海角天涯

纳林陶亥我的家

陶亥召的木瓜树

一

在我记忆的最深处
陶亥召有几棵木瓜树
树枝上长满了厚厚的青苔
树根下留存着年轮的脚步
当年走进陶亥召的时候
木瓜树讲述着人生的感悟
这是陶亥召留下的一笔财富
这是陶亥召留给我们的祝福

二

在我记忆的最深处
陶亥召有几棵木瓜树
叶子上挂满耕耘的汗珠
树干上留下了人情世故
如今走进陶亥召的时候
木瓜树讲述着人生的道路
这是陶亥召珍藏的一幅画图
这是陶亥召留给我们的叮嘱

响沙湾

你像大海巨浪波澜壮阔
你像黄河飞瀑气势磅礴
朔风卷起沙山座座
你是沙漠国里最美花朵
走过多少留恋的地方
没有响沙湾印象深刻
神奇的响沙生生不息
这里的沙子会唱歌

你像出土铜镜古香古色
你像马踏飞燕疾驰穿梭
汗水筑起沙岛座座
你是沙漠国里最美花朵
响沙湾的道路蜿蜒曲折
留下你我深深的脚窝
神奇的响沙生生不息
这里的沙子会唱歌

马头琴话

（男）
马头琴总是对你说
爱是草原上的一条河
花开花落岁月长
日夜从你身边流过
听水水有声
看草草有色
风来马蹄鸣
雨去羊群落
只因有我心爱的马头琴
酸甜苦辣算什么
只要有我心爱的马头琴
喜怒哀乐都是歌

（女）
马头琴总是对我说
爱是草原上的一条河
花开花落岁月长
日夜从我身边流过
听水水有声
看草草有色

风来马蹄鸣
雨去羊群落
只因有我心爱的马头琴
酸甜苦辣算什么
只要有我心爱的马头琴
喜怒哀乐都是歌

人生几春秋

那只多情手
携你郊外游
那片相思柳
约你黄昏后
蛾眉如月为我凝眸
海誓山盟记在心头
相爱总是容易
最难是相守
欢情总是太薄
更多是离愁
岁月不曾停留
可堪再回首
青丝已成白发
人生几春秋

那张桃花脸
笑在你眉头
那壶陈年酒
解我相思愁
琴棋书画为我清秀
无语泪流湿你衣袖

相爱总是容易
最难是相守
欢情总是太薄
更多是离愁
岁月不曾停留
可堪再回首
青丝已成白发
人生几春秋

真爱

想当年情窦初开，
你的黑发牵我衣怀。
只有珍惜那一丝一缕，
才能留下这缠绵的精彩。

浪漫年代多姿多彩，
花儿谢了随季节又开。
谁会怜惜这四季的交替，
谁会在意这日月的轮回。

当誓言已久变得苍白，
当美梦也落上了尘埃，
这时我才真的明白，
你才是我这辈子的情债。

当岁月渐渐风化了眼泪，
当回忆长满了厚厚的青苔，
这时我才真的明白，
你才是我一生的真爱。

永远记得你是谁

青春有多美
情意多可贵
可惜光阴似流水
一去不复回

落花纷纷飞
情意冷如灰
真的当作没爱过
我还没学会

忘不了你的眼你的眉
忘不了你的笑你的嘴
忘不了你的神情你的泪
永远记得你是谁

忘不了你的脸你的吻
忘不了你的好你的美
忘不了你的怀抱我陶醉
永远记得你是谁

万千眷恋为一人

眼角烙上时光的印
如花容颜有几分
我的心底柔情深种
万千眷恋为一人
你的发际虽无雪痕
而胭脂难掩你的唇
幽幽思念堆积成针
刺破你我离别时的吻
灯光亮到夜深
总想听到你的回音
打开虚掩的那扇门
万千眷恋等一人
虽然有过千万次的问
不要放弃才能永恒

一路相随
——为爱人六十五岁生日而作

时光匆匆一去不回
亲爱的你可曾体会
春去秋来年年岁岁
对你的爱仍坚不可摧

滚滚红尘有你相陪
亲爱的你让我沉醉
寒来暑往光阴如水
你给的情仍熠熠生辉

雁来燕去花谢花飞
爱让我们此生无悔
风里雨里相依相偎
天荒地老也痴心不改

雁来燕去花谢花飞
今生有你如此完美
爱的旅途为爱干杯
海角天涯也一路相随

真心相伴

一杯酒酿了多少年
青春在岁月中沉淀
浓烈的味道渐渐退去
只留下回味入我心田
我和你爱了多少年
经历了多少磕磕绊绊
一辈子你我酸酸甜甜
赢得一片真情在心间

我的爱人　最亲的爱人
等到我们老的那一天
我会用真心守在你身边
把幸福的旅程一起走完

我的爱人　知心的爱人
等到我们老的那一天
我用真心与你相依相伴
把幸福的旅程一起走完

夕阳恋

贺继成作曲　　　青格演唱

海日生残夜
夕阳将天地点燃
潮起潮落里
流淌着曾经的誓言
如今我们虽然已是风霜满面
而岁月留下的却是七彩斑斓
虽然青春已逝
美丽化作云烟
朋友啊，朋友
不要有遗憾
只要我们拥有一份深情的眷恋
就会舞动出浪漫无限

江春入旧年
辉映出奇妙画卷
风云变幻中
溢满了生活的苦甜
如今我们虽然已经逝去容颜

而生命谱出的却是华彩连篇
虽然时光如梭
人生旅途短暂
朋友啊，朋友
不要有遗憾
只要我们拥有一份温馨的依恋
就会弹奏出落霞满天

爱上深秋

候鸟南去衔来了秋
黄叶飘落了又飞走
时常安静站在窗口
看树影长看菊花瘦
只想能够默然相守
只想能够走到白头
虽然你已离开很久
已然在我梦里逗留
爱上深秋爱上深秋
深秋藏着你的温柔
饮尽风月舞罢烟柳
最后是你愿倾我所有
爱上深秋爱上深秋
深秋藏着我的怅惆
花开花落缘来缘走
最后是你就别无他求
只想能够默然相守
只想能够走到白头

一路风霜要坚强

人生一世太多难测量
缘来缘去谁又能阻挡
该爱你就爱该忘你就忘
爱恨不过红尘梦一场
人生一世太多难想象
苦辣酸甜都要自己尝
该放你就放该扛你就扛
活就活个像模又像样
人生一世太多的沧桑
哪有随意想象的风光
谁没有苦累谁没有彷徨
就算一路风霜
也必须坚强

人生一世太多的沧桑
哪有轻易得来的辉煌
谁没有挫折谁没有迷茫
纵然历尽艰辛
也要继续闯
人生一世太多难想象
苦辣酸甜都要自己尝

该放你就放该扛你就扛
活就活个像模又像样
人生一世太多的沧桑
哪有随意想象的风光
谁没有苦累谁没有彷徨
就算一路风霜
也必须坚强

鄂尔多斯行

拥抱春的希望来到这里
鄂尔多斯铺开蓬勃生机
苍莽的大地一望无际
天骄圣地镌着浩瀚的传奇
我看见美丽的乡村百业兴旺
我看见芳草绿野生命的奇迹
马兰花笑迎远方的宾客
漫翰短调歌唱勤劳儿女
真情　真爱　真心　真意
深深眷恋这片神奇的土地

品尝秋的收获来到这里
鄂尔多斯留下万般惊喜
无边的大地一派繁荣
天骄儿女感慨岁月的洗礼
我看见幸福的街区万家灯火
我看见宜居宜业生生不息
马兰花笑迎远方的宾客
漫翰短调歌唱勤劳儿女
真情　真爱　真心　真意
深深眷恋这片神奇的土地

真情　真爱　真心　真意
深深眷恋这片神奇的土地

一路阳光

走过人生的风雨
才知道阳光的明媚
历经人生的冷暖
才懂得幸福的滋味
看淡世间的繁华
看透了放下的静美
感受世事的无常
明白了珍惜的可贵

笑对过往一路阳光
无限风景在你的心上
内心坚强温暖向阳
坎坷荆棘也无法阻挡
笑对过往一路阳光
生命之花在张扬怒放
挺起胸膛心如海洋
自信从容走向辉煌

鄂尔多斯的眷恋

高鹰作曲

还是那么辽阔白云和蓝天，
还是那么宽广草海绿无边
还是那么熟悉鄂尔多斯的容颜
还是那么亲切鄂尔多斯的温暖
久别的鄂尔多斯
亲亲的鄂尔多斯
漂泊的游子又回到你身边
曾经生我养我的这片土地
我的心时刻把你思念

依然这样清爽微风轻拂面
依然这样动听牧歌醉心田
依然这样甘甜鄂尔多斯的河水
依然这样美丽鄂尔多斯如画卷
久别的鄂尔多斯
亲亲的鄂尔多斯
难忘的岁月印刻在我心间
总是魂牵梦萦的这片土地
我的爱永远把你眷恋

蒙欣康养每一天

贺继成作曲

蓬勃的青春，依稀在眼前
燃烧的岁月，就像是昨天
美丽的夕阳，依然要精彩
我们在蒙欣汇聚，爱的家园
素昧的一群人，赤诚的心愿
大爱呵护，贴心的温暖
欢乐汇成，爱的殿堂
感动你我，感地动天
蒙欣护你安康，蒙欣护你周全
蒙欣给你快乐，温馨的港湾
蒙欣祝你健康，蒙欣助你平安
蒙欣带给你幸福，生命的乐园

蓬勃的青春，依稀在眼前
燃烧的岁月，就像是昨天
美丽的夕阳，依然要精彩
我们在蒙欣汇聚，爱的家园
老有所养，蒙欣人的心愿

老有所乐，蒙欣人的情缘
老有所依，蒙欣人的港湾
老有所居，蒙欣康养每一天

中国当代作家论

谢有顺 主编

刘慈欣论

中国当代作家论

谢有顺 主编

文红霞／著

刘慈欣论

作家出版社

文红霞

■ 1971年出生于湖北秭归，文学博士，副教授，现供职于河南理工大学文法学院。在《文艺争鸣》《南方文坛》《小说评论》等刊发表文章多篇。出版专著《新媒体时代的文学经典化》《后经典时代的文学叙事》《俗眼窥红楼》等多部。曾获河南省社会科学成果二等奖和第二届杜甫文学奖。

主编说明

　　自从到大学工作以后，就不时会有出版社约我写文学史。很多文学教授，都把写一部好的文学史当作毕生志业。我至今没有写，以后是否会写，也难说。不久前就有一份高等教育出版社的文学史合同在我案头，我犹豫了几天，最终还是没有签。曾有写文学史的学者说，他们对具体作家作品的研究，是以一个时代的文学批评成果为基础的，如果不参考这些成果，文学史就没办法写。

　　何以如此？因为很多学问做得好的学者，未必有艺术感觉，未必懂得鉴赏小说和诗歌。学问和审美不是一回事。举大家熟悉的胡适来说，他写了不少权威的考证《红楼梦》的文章，但对《红楼梦》的文学价值几乎没有感觉。胡适甚至认为，《红楼梦》的文学价值不如《儒林外史》，也不如《海上花列传》。胡适对知识的兴趣远大于他对审美的兴趣。

　　《文学理论》的作者韦勒克也认为，文学研究接近科学，更多是概念上的认识。但我觉得，审美的体验、"一个灵魂唤醒另一个灵魂"的精神创造同等重要。巴塔耶说，文学写作"意味着把人的思想、语言、幻想、情欲、探险、追求快乐、探索奥秘等等，推到极限"，这种灵魂的赤裸呈现，若没有审美理解，没有深层次的精神对话，你根本无法真正把握它。

　　可现在很多文学研究，其实缺少对作家的整体性把握。仅评一个作家的一部作品，或者是某一个阶段的作品，都不足以看出这个作家的重要特点。比如，很多人都做贾平凹小说的评论，但是很少涉及他的散文，这对于一个作家的理解就是不完整的。贾平凹的散文和他的小说一样重要。不久前阿来出了一本诗集，如果研究阿来的人不读他的诗，可能就不能有效理解他小说里面一些特殊的表达方式。于坚也是一个典型的例子。很多人只关注他的诗，其实他的散文、文论也独树一帜。许多批评家会写诗，他写批评文章的方式就会与人不同，因为他是一个诗人，诗歌与评论必然相互影响。

如果没有整体性理解一个作家的能力，就不可能把文学研究真正做好。

基于这一点，我觉得应该重识作家论的意义。无论是文学史书写，还是批评与创作之间的对话，重新强调作家论的意义都是有必要的。事实上，作家论始终是中国现代文学的一个宝贵传统，在1920—1930年代，作家论就已经卓有成就了。比如茅盾写的作家论，影响广泛。沈从文写的作家论，主要收在《沫沫集》里面，也非常好，甚至被认为是一种实验。中国现代文学研究界的许多著名学者都以作家论写作闻名。当代文学史上很多影响巨大的批评文章，也是作家论。只是，近年来在重知识过于重审美、重史论过于重个论的风习影响下，有越来越忽略作家论意义的趋势。

一个好作家就是一个广阔的世界，甚至他本身就构成一部简易的文学小史。当代文学作为一种正在发生的语言事实，要想真正理解它，必须建基于坚实的个案研究之上；离开了这个逻辑起点，任何的定论都是可疑的。

认真、细致的个案研究极富价值。

为此，作家出版社邀请我主编了这套规模宏大的作家论丛书。经过多次专家讨论，并广泛征求意见，选取了五十位左右最具代表性的作家作为研究对象，又分别邀约了五十位左右对这些作家素有研究的批评家作为丛书作者，分辑陆续推出。这些作者普遍年轻，锐利，常有新见，他们是以个案研究的方式介入当代文学现场，以作家论的形式为当代文学写史、立传。

我相信，以作家为主体的文学研究永远是有生命力的。

谢有顺

2018 年 4 月 3 日，广州

目
录

引 言

　　科幻小说是从现实的土壤中长出的奇幻之树。科幻作家往往就是这样一群目光更敏锐，更具有前瞻性和超前意识的人，他们所写的作品是基于想象完成的，带有一定的预言性质，包含着对人类生存和人类命运的深切关注。就像杞人忧天倾一样，他们喊一嗓子，也让我们从麻木的日常生活中抬起头来看看天空和大地。

　　刘慈欣就是这样一位作家。复旦大学教授严锋称誉道：刘慈欣单枪匹马把中国的科幻小说提升到了世界级水平。吴岩称刘慈欣的作品是"新古典主义科幻小说"，"用丰富的建构性，不但回答了科幻文学中的诸多问题，更向整个中国科幻界和他自己提出了新的理论问题。在这个意义上，刘慈欣已经树立了一块科幻文学的时代丰碑"①。所以，理解科幻小说，刘慈欣是第一个无法绕过去的作家。这种重要性在当下文学界已达成共识。

一、童年那颗飞星

　　刘慈欣祖籍河南省罗山县，1963 年出生于北京，父亲当时是北京煤炭设计院的干部，母亲是复员军人。"文革"中受时代所累全家迁居山西阳泉一家煤矿，父亲当矿工，母亲当小学教师，刘慈欣

---

① 吴岩：《刘慈欣和新古典主义小说》，《为什么是刘慈欣》，北岳文艺出版社 2016 年，第 12 页。

在这里上完小学中学，后来考上华北水利水电大学，1985 年毕业分配到火力发电厂当计算机工程师。[①]一直到 1998 年才开始写作科幻小说。小说写作是他的业余爱好，在他自己的表述中，很长时间里，刘慈欣单位上的人都不知道他是科幻作家。

刘慈欣是一个现象级的作家。也是一个想象丰沛、哲思深刻、极富诗意的作家。他一起笔就是令人惊艳的成绩。这从他的获奖经历中可以找到印证。从 1999 年到 2006 年他的作品蝉联中国科幻小说银河奖，2011 年荣获华语科幻星云奖最佳长篇小说奖，2010 年、2011 年荣获华语科幻星云奖最佳科幻作家奖，2015 年凭借《三体》一举获得第七十三届世界科幻大会颁发的雨果奖最佳长篇小说奖，成为亚洲首次获得此奖的作家。2019 年上映的两部票房火爆的电影《疯狂的外星人》和《流浪地球》都在影片片名下面标注：影片改编自刘慈欣小说。

关于科幻写作的触发点，刘慈欣在《三体》英文版后记中写道："童年的一个夜晚在我的记忆中深刻而清晰。我站在一个池塘边，那池塘位于河南省罗山县的一个村庄前，那是我祖辈生活的村庄。旁边还站着许多人，有大人也有小孩，我和他们一样仰望着晴朗的夜空，漆黑的天幕上有一个小星缓缓飞过。那是中国刚刚发射的第一颗人造卫星东方红一号，那是 1970 年 4 月 25 日，那年我七岁。"[②]那一颗飞星如同丢进油池里的火柴，点燃了刘慈欣对宇宙的好奇心。或许，科幻小说的种子就是在那时种下的。毕竟从刘慈欣的履历中很难看到还有其他更特别的与科幻相遇的契机。

刘慈欣将自己的创作分为三个阶段[③]：

第一阶段：纯科幻阶段。"对人和人类完全不感兴趣"，认为"科幻小说的成功在很大程度上取决于其幻想的奇丽与震撼的程

---

① 夏明亮：《大刘小传》，《我是刘慈欣》，北岳文艺出版社 2019 年，第 10 页。
② 詹琰、路金波：《〈三体〉导读》，天津人民出版社 2016 年，第 15—16 页。
③ 刘慈欣：《重归伊甸园——科幻创作十年回顾》，《南方文坛》2010 年第 11 期。

度"。认为"科学是科幻小说力量的源泉"。科幻小说把科学之美从冷酷的方程式中释放出来，展现在大众面前。体现出这种科幻理念的有《微观尽头》《宇宙坍缩》。他认为《梦之海》和《诗云》是这一时期最能反映他的创作的深层特色的作品。"在那里，一切现实的束缚都被抛弃，只剩下在艺术和美的世界里恣意游戏，只剩下宇宙尺度上的狂欢。"

第二阶段：人与自然阶段。"由对纯科幻意象的描写转而描述人与大自然的关系。这一阶段的共同特点就是同时描述两个截然不同的世界，一个是现实世界，灰色的、充满着尘世的喧嚣，为我们所熟悉；另一个是空灵的科幻世界，在最遥远的地方和最微小的尺度中，是我们永远无法到达的地方。这两个世界的接触和碰撞，它们强烈的反差，构成了故事的主体。"他认为自己迄今为止最成功的作品都出自这一阶段，如《流浪地球》《球状闪电》《三体1》等。他认为这些小说的创新之处在于把宏大历史作为细节来描写，使得历史的大框架叙述成为小说的主体。

第三阶段：社会实验阶段。"这期间，我主要致力于对极端环境下人类行为和社会形态的描写"，如《三体2》《赡养人类》《赡养上帝》等。

除了大量中短篇小说和长篇小说之外，刘慈欣还写作了大量的文论、随笔及访谈文章，对科幻文学的发展规律，对自己的创作予以思考总结，这些文论、随笔中关于科幻小说的见解也使我们更容易进入刘慈欣诸多作品的堂奥。

总之，刘慈欣科幻小说形成了属于刘慈欣的科幻宇宙。构建了刘氏宇宙规律，甚至有了自己的多维时空和平行宇宙，形成了自己独特时空观和叙事美学。

二、至为雄奇的宇宙时空与鞭辟入里的现实警醒

刘慈欣在《我眼中的当代中国科幻文学》中说：

> 从目前来看，科幻也是对一个人生命的扩展。从目前来看，我们在太阳系里像一粒灰尘，太阳系本身又是银河系的一粒灰尘，银河系又是上千万星体中的一粒灰尘。人类之外的空间相当大，但是主流文学只集中在地球这粒灰尘上，主流文学的宇宙观其实是托勒密的宇宙观，对我们之外的时间、空间并不关心。我觉得，作为一种文学这是很遗憾的，即便是奇幻文学、魔幻文学等等涉及的空间仍然小得很，很少超出月球轨道之外。而科幻文学，它涉及的时间、空间都是非常广阔的，它把我们传统的主流文学看不到、不愿意看的那些宇宙中的其他部分呈现了出来。同时，它把人性放到这些部分中去，让人性在这里面表现出它的美、它的丑、它的本质，这是主流文学从来没有表现过的，这就是我们需要读科幻的一个重要原因。[①]

这段话可视为刘慈欣的科幻小说观，这也是我们进入刘慈欣小说世界的一把钥匙，刘慈欣小说展示的是一种想象的可能性，一种思维的极致。也可视为刘慈欣科幻小说的最大特色。他用二十年的时间，用数十部精彩作品给我们展示了一个至为雄奇的宇宙空间。在这里有生存环境极其恶劣，一心想要移民其他星球的三体人，有散布宇宙各个空间监控智慧生命动向的排险者，有四维空间、五维空间等多维宇宙，有科技发展到可以一挥手就毁灭太阳系的高阶文明，这正是科幻小说与其他文学类别的最大区别。即，纵横披靡的想象力，精骛

[①] 刘慈欣：《我眼中的当代中国科幻文学》，《我是刘慈欣》，北岳文艺出版社2019年，第36页。

4

万里，思接千载，纵横数十亿光年的时间空间，以一支笔轻松抵达。这样的跨度和描写带给人极为新鲜的刺激。在读者无法经历的时间里，带领读者去普通人永远无法到达的地方，这正是科幻小说的最大魅力，它用文字给我们建造了一个全新的时空，在这个处处特异的时空里我们也经历了完全不一样的人生。以最大胆最绚丽的幻想来构筑浩渺无垠的时空观。"科幻文学能使我们从大海见一滴水。"①

同时，刘慈欣科幻小说也将笔墨对准了人性，从这个角度来说，刘慈欣科幻小说将科幻与现实进行了最大程度的有机融合。当然，科幻小说不会脱离现实。科幻的基石就是现实。科幻写作的目的也是现实，是通过对未来的想象和描述来实现对现实的警醒。科幻作家韩松说："科幻呈现的是另一种维度的现实。我希望和大家一起换一个角度来思考，往深的层次去探究。""科幻的写法，用的是一种疏离化、陌生化的技巧，是一种更有想象力、前瞻性的框架，看似荒诞不经，实则更为真实。用科幻来写现实，有时会制造出强烈的反差，促人反思。"这样做的目的是"预警"。告诉读者未来社会将会发生什么，让今天的人们有所准备。"好的科幻小说多多少少会将矛头对准那些妨碍人性发展的权力体系，对准战争的罪恶，以及异化人民的市场以及官僚体系，科幻小说是一面寓言的镜子。"②对刘慈欣来说，他用笔墨最深的地方是人性。

虽然刘慈欣说：

因为我本身对现实不是太感兴趣，对用科幻来隐喻反映现实也不感兴趣。我并不想把科幻作为批判现实的工具，当然有作家这样做而且做得很好，但我不是这样的作家。我比较倾向于克拉克的这种做法，把现实作为一个想

---

① 刘慈欣：《超越自恋：科幻给文学的机会》，《我是刘慈欣》，北岳文艺出版社2019年，第82页。

② 顾学文：《作家韩松：科幻是一面镜子》，《解放日报》2018年6月11日。

象力的平台，从这个平台出发。之所以有这个平台是为了让读者有一个依托感，至于说出发以后我就不会再管它了，就是这么一个关系。我其实是从科幻来回到科幻去，并没有更多的奢望更多的想法，一切只限于科幻之中，当然这只说明我自己的情况，别的作家有以科幻批判现实反映现实问题的，也有很多这样的经典作品。但我自己只是把现实作为一个起飞的平台。[①]

刘慈欣小说中的现实更像是对科幻想象的培养皿，科幻部分长大后现实方面的书写就被废弃了。《中国太阳》中水娃从走出家乡那一刻起，所有书写都是属于科幻想象的，且随着水娃的脚步越走越远，想象也越来越神奇。《镜子》写官场腐败时津津乐道，并采用悬疑破案的技法使故事引人入胜，但白冰一出场，作家的写作热情立时投入到对镜像的细致入微的描写中，显然，作者更感兴趣的是宇宙从奇点诞生到千亿载神奇变幻，通过一张图片的时空追踪和在这个过程中呈现的瑰丽想象。

从现实中的人物和事件开始着笔的作品，现实方面的叙述固然形成了对现实痛疽脓疮的刺破，发出了鲁迅式的尖锐批判，如果去掉科幻想象部分，也是现实苦难的杰作，但作家显然意不在于此，他把更多笔墨和写作热情放在与现实略有连接的科幻想象部分，现实与科幻的连接并不紧密。比如《乡村教师》前一笔还在写乡村教师处境的艰难，乡村教育的窘困，下一笔直接跃进太空，描写光年以外想象中的宇宙争战。

科幻想象部分虽然生长在现实的土壤里，但是更为瑰丽神奇，最后两方面的叙事都非常精彩，因而形成了互相印证辉耀的叙述。现实书写部分在科幻奇观的映照下更加厚重，而在现实大地的衬托下，科幻部分更加雄奇。

---

① 搜狐读书：《专访刘慈欣：我对用科幻隐喻反映现实不感兴趣》，2015 年 9 月 1 日。

刘慈欣科幻小说的绝大部分情节是科幻，现实生活方面的叙述只是小说的点缀，但描述锋芒甚是尖锐，起到了寸铁杀人的效果。如《梦之海》写环境破坏带给人们的痛苦。《赡养上帝》似一出诙谐喜剧，成千上万个白胡子老头儿从天而降，他们长得一模一样，自称是上帝，住进了民众家中，引发一系列故事，其实你也可以看成农村中的养老问题。《赡养人类》中哥哥文明来抢占地球资源，但两个星球中同时存在贫富差距带来的社会危害问题也让人不能忽视。如《天使时代》与《魔鬼积木》的主要情节是儿童基因改造，实际上反映的是强国与弱国的关系以及战争导致的饥饿问题。《混沌蝴蝶》与《光荣与梦想》中战争带给普通老百姓的灾难。作品写作的内容是科幻，但是写作目的是警醒现实。

刘慈欣不仅用恢弘的想象"创造"了未来图景，更是以一种冷漠的客观的笔触书写了当代文学中从未涉及过的人类处境。从宇宙其他智慧生命视角中看到的人类只是会思考的虫子，他们愚蠢，自私，柔弱无能，在宇宙时空中极为脆弱无力。刘慈欣这样写是为了对地球人存在意义的终极思考和人类科技可能达到的高峰的探索。所以刘慈欣小说题材大多是地球遭遇超级灾难并最终难逃厄运的故事，如《三体》中外星人前来抢占地球并导致地球毁灭的故事。《微纪元》和《诗云》等则从地球毁灭后开始写作，《微纪元》中人类变成了细菌人，《诗云》中则变成了大牙口中的人类虫虫和外星人的盘中餐。《梦之海》中外星人取走了地球上全部的水带来令人恐惧的五年干旱。《乡村教师》中外星人可以一挥手毁掉一颗恒星。《朝闻道》中排险者时刻监控着地球和其他星球，直接毁掉在他看来有威胁的设置。《流浪地球》和《山》是写外星文明给地球带来巨大的威胁，差点覆灭。《地火》和《球形闪电》写的是地域性灾难。为了强化表现人类这种脆弱的处境，刘慈欣在小说中不厌其烦地以褐蚁、蝗虫、蝴蝶等为比喻来说明人类在宇宙中其实与这些小动物并没有太大区别，也并不比它们更高明。因此人类有什么理由自认为是宇宙的主宰者并肆意破坏地球的生态呢？刘慈欣以此种书写表达了自己坚定的生态立场。他指出人类应该做好充分的准备去应对超级灾难，而不是猜想灾难会不会来临。在对灾难的反复书写和人性考问中，表达了对人与自然，人与宇宙之间关系的强烈关注。他以悲悯的目光关注着地球和地球人类的未来。

在刘慈欣笔下的人物形象有了拓展：一是以整个种族形象取代个人形象。刘慈欣说："**在科幻小说中，人类一般作为一个整体出现的，科幻小说所面对的问题和危机是人类所共同面对的。所以，我没有在自己的创作中刻意展现中国特色。**"[①]《天使时代》中的美国人和桑比亚人就是以部族种族的形象出现的，每一个桑比亚人所代表的就是他的国家和种族。到后来，桑比亚改造人类基因被美国人要求摧毁，他们奋起反抗的战士们是没有思想的，伊塔的决定就是他们的决定。生存可以战胜一切，包括道德、伦理、法律等，都可以视若无睹，生存权高于一切权利。这是伊塔的思想，也就是桑比亚国民的思想。

二是一个世界或者一个意象比如球状闪电作为一个形象出现，比如《三体》中的三体文明，在小说叙述中其实是一个庞大的星系文明，但在作者笔下，或者说在《三体》中并不需要描写个体的三体人，他们是一个整体，出现在小说中要么是监控器一样的智子（如同监控器一类的东西，非常强大，几乎无所不在，人类所有的言行举止在智子面前无所遁形），要么是智子机器人那样的美女机器人，是人工制造的。无论智子监视器还是智子机器人，都是代表三体世界的愿望和行动，与之对立的就是罗辑、程心、云天明等所代表的地球文明。但是自始至终，地球人类并没有见过真正的三体人。

刘慈欣小说叙事风格多变，形成了各种写作文体杂糅的拼贴式叙事。小说中的环形结构，时间跳跃，蜷缩叙事，空间蛙跳等将现实与科幻紧密联系在一起。刘慈欣擅长讲故事，用叙述干预制造了

---

① 刘慈欣、吴言：《星空的奥秘：刘慈欣访谈》，《名作欣赏》2016 年第 1 期。

浓重的悬疑色彩，他在故事中套故事，利用各种科技幻想让人物在时空跳跃中自由穿行。在刘慈欣笔下，文学、哲学、伦理学、生态美学、社会学、宇宙学、建筑学等学科杂糅，政治与历史、现实与未来、宇宙与人类、科学与哲学思考等有机融合在一起予以思考，想象极为瑰丽奇谲，而他提出的黑暗森林法则、猜疑链、技术爆炸、降维打击、曲率飞船、黑域、星际战争等都给读者铺展了一个极为宏阔瑰丽的画卷。

总之，刘慈欣科幻小说有探索外太空，有触摸内心宇宙，有紧紧拥抱现实，组合成一个璀璨的属于刘慈欣自己的世界体系。刘慈欣关注的是光年尺度下的宇宙审美，是太空深处的黑暗，是人工智能的反思，是外星来客，是人类族群的命运，是星系的存亡。刘慈欣以其天才的想象、奇诡的文笔构建了一个壮丽磅礴的科幻世界。

第一章　两个世界

　　作为一种想象未来世界的文学类型，科幻小说与现实生活的关系历来是研究者关注的问题之一。科幻作家艾萨克·阿西莫夫认为"科幻小说是文学的一个分支，它描写的是人类对科技水平变化的回应"[①]。布里安·阿尔迪斯则认为："科学小说是一种文艺形式，其立足点仍然是现实社会，反映社会现实中的矛盾和问题。科学小说的目的并不是要传播科学知识或是预见未来，但它关于未来的想象和描写，可以启发人们活跃思维，给年轻一代带来勇气和信心。"[②] 吴岩在《科幻文学论纲》中的定义为："科幻文学是科学和未来双重入侵现实的叙事性文学作品。"[③] 他在这里用了"入侵"这样一个带有强烈干预和占领意味的词语，所强调的是科幻小说的科学性和预言性对现实生活的影响。就像我们所熟知的，凡尔纳的科幻小说所讲述的科学发明如潜水艇（《海底两万里》），科学前景如登上月球（《从地球到月球》）等很多都变成了现实。

　　杰姆逊也说："科幻小说有一种新的对时间的认识，'现时'在科幻小说中成为了未来某一时刻的过去。历史小说力图将现时看作

[①]　［美］艾萨克·阿西莫夫：《阿西莫夫论科幻小说》，涂明求、胡俊、姜男译，安徽文艺出版社 2012 年，第 8 页。

[②]　肖建亨：《试谈我国科学幻想小说的发展——兼论我国科学幻想小说的一些争论》，黄伊：《论科学幻想小说》，科学普及出版社 1981 年，第 10 页。

[③]　吴岩：《科幻文学论纲》，重庆出版社 2011 年，第 1 页。

过去的发展结果，而科幻小说则是对现实的一种新认识，要从历史的角度来想象我们所处的现时。"① 对于科幻小说来说，"现时"即当下已经进入未来。各种令人目不暇接的科技发展，通过想象去建构未来图景，其根基还是扎在现实的土壤上。或者可以说，部分科幻小说其实是对现实的夸张表达，是一种隐喻性的表述。鲁迅在1903年出版的《月界旅行·辨言》中指出，科幻小说应该具有"经以科学，纬以人情"的文本构造方式，鲁迅认为科幻小说离不开对现实社会的观照，而现实社会也为科幻小说提供了数不清的素材之源。作为一个文学门类，科幻小说一定要与现实社会发生联系，否则就如同空中楼阁，缺乏现实的根基和支撑。优秀的科幻小说既要有丰富瑰丽的想象，又要对现实问题鞭辟入里，以达到警醒世人的目的。这其实也是作家人文情怀的展现，只有关心这个时代关心家国民生关心社会发展过程中出现的问题，才会有敏锐的眼睛去发现，有大智慧去解决问题。小说并没有解决这些问题，而是巧妙地寄希望于科技的发展能让这些问题迎刃而解，人类挣脱地球的束缚，走向崭新的星辰大海。

刘慈欣以极为恢弘的气魄和宏大美学架构起了一个奇异的科幻世界，这个异世界是由一部部精彩的作品拼接而成，在这个世界里，各种科幻元素是这块拼图上闪亮的水晶，如恒星际飞船、基因改造、水滴、二向箔、星际战争等，而各种对现实问题的书写则是拼图上浓郁的底色，构筑起基石，使科幻有所依附，也使小说有了更深邃更厚实的力量。小说中刘慈欣构建了宇宙道德价值规范和运行逻辑，有它的兴衰成败的文明史和个性独特的人物画廊。另一方面，刘慈欣构建了自己的科学理论体系和相关的哲学思考体系。幻想而荒诞的想象性内容与清醒而科学的现实之间的张力构成了作品独特的感染力，前者张扬着作者的奇思妙想，后者则形成厚重

① ［美］杰姆逊：《后现代主义与文化理论》，唐小兵译，北京大学出版社1997年，第204页。

11

的基础。[①]

第一节　空灵的异世界

一、重塑时空

如果要找刘慈欣科幻小说的核心词语的话，"宏"一定是其中之一。宏是一种宏大的视野和恢弘的气度。这可能与刘慈欣的阅读史有关系，他曾在《球状闪电》后记和多篇随笔中盛赞西方科幻小说中作家以非凡的想象力创造出来的想象世界：克拉克的独石和拉玛飞船、阿西莫夫广阔的银河帝国和机器人世界、赫伯特错综复杂的沙丘帝国、奥尔蒂斯的热带雨林等，都有一种陌生化的、恢弘瑰丽的效果。刘慈欣提到两部作品带给自己的重要影响。一是阅读凡尔纳，二是阅读克拉克。他说：

> 这两本书（《2001》和《与拉玛相会》）确立了我的科幻理念，至今没变。在看到它们之前，我从凡尔纳的小说中感觉到，科幻的主旨在于预言某种可能在未来实现的大机器。但克拉克使我改变了看法，他告诉我，科幻的真正魅力在于创造一个想象中的事物（《2001》中的独石）或世界（《与拉玛相会》中的飞船），这种想象的创造物，在

---

① 确立了行星运动三大重要规律的德国天文学家约翰尼斯·开普勒（1571—1630），写于1600年的科幻小说《梦，或月球天文学》中描述的月球上的背地半球的状况与三体星系有相似之处，连续两周昼夜的严寒到连续两周白天的酷热，居民们不得不躲入山洞避暑，或潜入水底休息，他们的皮肤厚实而多孔，在阳光暴晒下外层的表皮会烤焦，而夜晚来临时表皮就蜕下来。有的则在烈日下停止呼吸，直到晚上才活过来。（［英］亚当·罗伯茨：《科幻小说史》，马小悟译，北京大学出版社2010年，第53—54页。）

过去和现在都不存在，在未来也不太可能存在，从另一个角度说，当科幻小说家把它们想象出来后，它们就存在了，不需要进一步的证实和承诺。①

这段话可以视为评论刘慈欣科幻小说的一个视角，刘慈欣在他的系列小说中孜孜不倦地创造了许多想象中的世界，他的科幻小说中往往都有一个令人叹为奇观的恢弘瑰丽的想象，都有一个特定的科学知识或特定理论的主体结构作为科学支持。这是刘慈欣核心科幻创作理念的体现，如《坍缩》中的宇宙坍缩与时光倒流，《微观尽头》中击穿夸克微粒的实验与宇宙反转，《朝闻道》中的宇宙监控与真空衰变现象，《乡村教师》中的恒星蛙跳，《球状闪电》中的宏原子等。《欢乐颂》中的弹星者就是一面遮住整个地球的镜子。《诗云》中的那片储存诗歌的计算云占据了整个太阳系。《地球大炮》开凿的隧道干脆是从北极到南极贯穿地球，几十年后还变成了人类冲进太空的发射器。《球状闪电》中的宏电子、宏原子、宏聚变等，每个名词都对应着一种自然界的令人惊悚的威力。《中国太阳》中的"中国太阳"原本是一片制造气候的太空物品，后来变成星际旅行的飞船。《流浪地球》中人类把地球改造成了一个飞船，航出太阳系，去寻找新的家园。这是多么大的气魄。《坍缩》中人类在一个科学实验中击破一个夸克就让宇宙反转，变成负片，再击破一个夸克又让宇宙反转回来。还有诸如《三体》中水滴瞬间摧毁上千艘宇宙飞船，在木星火星建造太空城，在地球内部建人类生活的城市，还有诸如水星核爆，全体人打上思想钢印，自杀袭击的量子军队等，都是极为宏大的想象。在这些写作中可以清晰看到作家有一种浪漫主义的激情。这些世界是如此宏阔浩瀚，穿越几个世纪的时光，纵横十几亿光年的星球，甚至带有某些奇幻色彩。但我们

① 刘慈欣：《球状闪电·后记》，《刘慈欣谈科幻》，长江文艺出版社 2014 年，第122 页。

读来并不突兀，反而觉得宇宙间真的可能就是这样。那神奇的冬眠技术，孤胆英雄一样的面壁者和执剑人，洞察地球如在眼前的智子，杀敌于无形的水滴、四维空间，等等，都如此鲜活逼真。正如宋明炜所评价的："他对世界的把握，是正面强攻毫不讨巧的，也是理性的。可以说他在科幻天地里，是一个新世界的创造者——以对科学规律的推测和更改为情节动力，用不遗余力的细节描述，重构出完整的世界图像。正是在这个意义上，刘慈欣的作品具有创世史诗色彩，他凭借科学构想来书写人类和宇宙的未来，还原了现代小说作为世界体系（the world-system）的总体性和完整感。"① 韩松也曾评价刘慈欣："想象很奇特，漫无边际，汪洋恣肆，像庄子。"②

　　刘慈欣在小说中重塑了时空和宇宙，这是极具想象力的重新创造，而且"这些想象世界构造得那么精确鲜活，以至于读者时常问自己它们是不是在另一个时空中真的存在"③。《思想者》中整个宇宙就是一个大脑，各颗星星就是它的神经元。《吞食者》中大牙是地球恐龙进化的高阶文明物种，神则是能将太阳系物质能量随意转化的文明物种。"排险者"是在《朝闻道》中出现的，他们的任务就是监控宇宙中的文明是否有新的发展，然后扼杀之。《乡村教师》中的碳基联邦舰队和他们的毁灭低阶文明星球的任务。《欢乐颂》中的弹星者以太阳系的各个行星为乐器，弹奏的音乐传遍宇宙。《三体》中的三体人、歌者，唱着歌谣清理宇宙中的低维文明。还有归零者、重启者等。方寸之间深不可测的四维文明。《赡养上帝》中的上帝文明。《赡养人类》中的哥哥文明。《梦之海》中的低温文明。

　　与这些奇观叙事相关联的是关于文明冲突的思考，即异质文明

---

① 宋明炜：《弹星者与面壁者》，《为什么是刘慈欣》，北岳文艺出版社 2016 年，第 61 页。

② 韩松：《我为什么欣赏刘慈欣》，《异度空间》2004 年第 2 期，第 84 页。

③ 宋明炜：《弹星者与面壁者》，《为什么是刘慈欣》，北岳文艺出版社 2016 年，第 123 页。

之间能否沟通和交流，能否和平共处。刘慈欣的答案是否定的。宇宙中是否存在其他文明？这在刘慈欣看来已不是问题。如此浩瀚的宇宙定然有外星文明的存在，而且不止一个。问题的关键在于：人类如此迫切寻找的外星文明如果来到地球，对地球而言究竟是幸运还是灾难？刘慈欣的答案是悲观的。他认为如果真的被外星文明找到地球，对地球人类来说是毁灭性灾难。他在作品中描述了很多外星文明与人类相遇的情景。

《三体》用奇诡的文笔描写了一个科技高度发达的生存状态十分诡谲的三体世界，它在距离地球四万光年的地方。那里的智慧生命对宇宙的探索已经达到一种非常高的文明程度。他们看人类如同人类俯视地上的蚂蚁，三体世界奉行的是零道德的黑暗森林法则，是独裁统治和对自己以外的世界的猜疑和对资源的争抢。他们科技水平极高，已具备侵犯宇宙中其他星球的能力，比如他们仅用一个水滴就可以摧毁地球花数百年建构起的上千艘的太空舰队，一个智子封锁地球物理学数百年的发展等。

但是三体世界"三体星系由于拥有三颗太阳，其不规则运动使得三体文明的生存条件极为严酷。为了应对变幻莫测的自然环境，他们随时可以将自己体内的水分完全排出，变成干燥的纤维状物质，以躲过完全不适合生存的恶劣气候"[1]。生存环境十分严酷，酷暑与严寒交替上演，三体人为了延续文明，发展出脱水成一张干皮以待自然环境变好的生命本能。三体文明在小说中是以两种叙述形式出现：三体游戏和1379号监听员的故事。三体游戏设计非常精巧，想象奇崛，刘慈欣借小说中人物之口予以赞美。一位老哲学家这样评价三体游戏："我却被它吸引，那深邃的内涵，诡异恐怖又充满美感的意境，逻辑严密的世界设定，隐藏在简洁表象下海量的信息和精确的细节，都令我们着迷。"而一位女作家也赞美道："从文学角度看，《三体》也是卓越的，那二百零三轮文明的兴衰，真

① 董仁威：《刘慈欣评传》，《流浪地球》，人民邮电出版社2011年，第38页。

是一首首精美的史诗。"

三个太阳的不规则运行使三体世界在乱纪元和恒纪元中转换，生存环境时而严寒数年时而暴晒数月，在这样严酷的生存环境里，三体世界经历了二百次毁灭与重生的文明兴衰史发展出高科技和独特的脱水生存法。三体人的艰辛求生精神与《山》中地核人是一致的。

三体游戏模拟的是三体人恶劣的生存环境和他们为改变这种生存环境而付出的努力。出现在三体游戏中的人物大都是地球历史上出现过的历史人物：

> 这是一个游戏，游戏背后是一个遥远星际文明二百次毁灭与重生的传奇，游戏中的人物却是孔子、墨子、秦始皇、伽利略、葛力高利教皇、牛顿、爱因斯坦……古今中外各路人马走马灯似的上场。这是一场跨越时空的狂欢，历史、"文革"、三体又构成了另一个意义上的三体关系，他们之间遥相辉映而又扑朔迷离，在最不可思议的生存景象中蕴涵着触手可及的现实针对性，把三体系统的复杂性发挥得淋漓尽致。[①]

这是因为三体游戏是地球三体组织设计并参与的游戏，这些名字就是他们的游戏代号。另一方面这些游戏参与者为了让更多的人理解关于三体世界的隐喻意义，所用的素材也往往取自历史故事，比如乱纪元与纣王时代，恒纪元与周文王时代，秦始皇的军队演算与他的极权统治的暗示。

另一种形式是直接以上帝视角来审视三体世界。1379 号监听员是三体人中爱好和平向往地球文明的友好人士，监听到叶文洁从红岸基地发向太空的信息，他的第一反应不是向上汇报，而是第一时

---

① 董仁威：《刘慈欣评传》，《流浪地球》，人民邮电出版社 2011 年，第 38 页。

间给发来信息的叶文洁发出警告：不要回复，很危险。也正因此他被三体监管员抓捕。这其实暗示了三体世界所有人的所有行为都处于严密的监控之中。元首亲自召见了他，要求他对这样的叛国行为作出解释。他给元首讲了一个与吃有关的故事：在一个乱纪元中，巡回供给车把他漏掉了，于是在一百个三体年中他断粮了，饥饿中的他吃掉了所有能吃的东西，在下一个供给车到来的时候，"我一直被一个强烈的欲望控制着，那就是占有车上所有的吃的。每当看到车上其他人吃食物，我的心中充满了憎恨，真想杀掉那人！我不停地偷车上的食品，把它们藏在衣服里和座位下，车上的工作人员觉得我很有意思，就把食品当作礼物送给我。当我到城市下车时，背着远超过我身体体重的食物……"这个故事是对三体游戏中三体星球生存环境描述的补充，也是对人性贪婪欲望的寓言式书写，当物质匮乏的时候，人性也会发生变异，生出变态的占有欲望，人的品德操守也会经不起考验的。三体世界之所以奉行黑暗森林法则与他们生存环境恶劣、物质匮乏有很大的关系，这些内容让三体人自己讲述出来显得更加真实可信。所以他想要保护那个遥远的梦一样的星球，让自己的人生有一点价值。

时而三星并出即三个太阳一起出现在天空，时而很长时间不见太阳，乱纪元和恒纪元是他们记录时间的方式。一次次浴火重生的文明使他们变得理性，剔除了感情这种元素。他们最大的愿望就是星际移民，因此他们集数代文明之力发展太空科技，他们的星际航行能力远远超越地球。三体星球实行专制管理，"一切都是为了文明的生存。为了整个文明的生存，根本不尊重个体，不能工作就得死，三体社会处于极端的专制之中，法律只有两档：有罪和无罪，有罪处死，无罪释放"。正如那个对地球友善，发出警告的1379号监听员所说，他在孤独单调的监听生涯中度过了六十万个三体时，接下来他会被强制脱水，之后付之一炬，三体社会是不养闲人的。在之后的表述中，三体人是没有什么情绪的。三体世界所需要的精神是冷静和麻木。

1379号监听员的所为其实与叶文洁所为有相似之处，叶文洁是为了她缥缈遥远的理想，以为三体人到来就能拯救愚顽邪恶的地球人。监听员则是知道三体人一定会摧毁地球文明，抢占生存空间，他想留住那颗美丽的星球及它的文明。他对地球的爱有点像《小王子》中小王子对一朵玫瑰花的热爱，在那个孤独星球上只有一株玫瑰花，小王子精心照顾这朵花，因而特别爱这朵花。单纯而深情，不求任何回报，在他心中地球像一朵虽娇弱但绚丽无比的玫瑰花，天堂般闲适，充满自由和美，他的自我表述很有意思：

"元首，我怀疑。金属般的三体精神已经凝固到我们的每一个细胞中，您真的认为它还能融化吗？我是个小人物，生活在社会的最底层，没有人会注意到我，孤独一生，没有财富没有地位没有爱情，也没有希望。如果我能够拯救一个自己爱上的遥远的美丽世界，那这一辈子至少没有白活。当然，元首，这也让我有缘见到了您，如果不是这个举动，我这样的小人物也只能在电视上景仰您，所以请允许我在此表达自己的荣幸。"也许是从未见过1379号监听员这样不听话的下属，也许是因为找到了可以移民的星球心情特别好，总之，邪恶的三体首领放过了1379号监听员，他认为对监听员最好的惩罚是让监听员亲眼看到他所喜爱的地球的毁灭。元首下令焚毁了六千多个监听到此次信息的监听员，然后封锁消息，集中全部三体的资源和能量发展太空科技和智子控制技术。

这个故事被当作一个隐喻："三体文明也是一个处于生存危机中的群体，它对生存空间的占有欲与我当时对食物的欲望一样强烈而无止境，它根本就不可能与地球人一起分享那个世界，只能毫不犹豫地毁灭地球文明，完全占有那个行星的生存空间。"在三体水滴攻占地球后，证明监听员所说的一切都是对的，他们驱逐人类，毁掉他们的科技，把他们当作牲畜来豢养。同时也是对人性的隐喻，饥饿的时代在历史上有过很多次，有人食人甚至易子而食的悲剧发生。极度的物质匮乏与强烈的占有欲，二者互为因果。

在 1379 号监听员的讲述中，他们所有的一切都是按照指令安排配给，以度过危机重重的岁月。监听员所讲述的挨饿经历和社会管理状态很容易把读者带入历史和当下的现实。监听员对自己的社会绝望，所以第一时间发回警告，正好与叶文洁对异世界的想象形成对照。他所渴望的是地球文明的美好自由，而叶文洁渴望三体文明的高度发达的科技以及与此相伴的她所以为的高道德社会。

为了改变残酷的生存状态，三体人不断向外太空发展，期望找到一个寄居地，不断征服和掠夺的姿态是作家的一种预言式书写。站在三体视角，在长达数百年的征战历史中，有挫折有失败有功败垂成，也是一部可歌可泣的文明历史。最初收到叶文洁信息后，三体世界为之振奋，倾全国之力，集中最优秀的物理学家打造出一个智子，可以无限展开又可以无限收拢的监听器一样的科技产品，发往地球，封锁地球基础物理的发展，监听地球人的行为，笼络地球三体组织，非常干脆利落就封锁了地球。随后三体水滴和三体星舰源源不断向太阳系方向飞驰而来。

最初，因三体人思维透明，无法弄明白人类思想深处的谋略、伪装和欺骗，面壁者罗辑在叶文洁的启发下明白了宇宙黑暗森林法则，制定了威慑体系，三体人被迫中断入侵计划，但他们并没有放弃，而是不断学习地球人的谋略，制造宇宙大同、文明交融的假象，派智子迷惑程心。等到执剑人交接之际，给出致命一击，水滴毁掉地球上所有的威慑装置，智子占领地球后，逼迫全体地球人类迁移到狭小的澳洲，设计让地球人类自相残杀的方式毁灭地球人类。然而就在三体人无限接近成功的时候，之前逃逸在太空中的蓝色空间号闯入四维空间碎片区，借助四维碎片打败了追击它的水滴和万有引力号，启动引力波宇宙广播，三体星系被高阶文明毁灭。正如程心所感叹的："他们本来是能够成功的，且每一次都几乎成功了，但人类每一次都凭借顽强，狡诈和机遇挽回了败局。三个世纪的漫漫征程，最后只落得母星家园在火海中陨灭。"三体人是带枪的猎人，打响了第一枪之后，被躲在暗处的猎人打死了。

小说认为宇宙中有许多比地球人类和三体人更高级的智慧生物存在，一旦与人类相遇将是一条黑暗、灾难、恐怖之旅。在小说的结尾，弹星者只需要丢一张二向箔就让整个太阳系变成了一幅二维图画。这样的异世界书写使小说色彩瑰丽，充满魅力。

"诗云"是小说中最富想象力的设计，技术塑造的"诗云"是一个奇观：

> 它是一片直径为一百个天文单位的漩涡状星云，形状很像银河系。空心地球处于诗云边缘，与原来太阳在银河系中的位置也很相似，不同的是地球的轨道与诗云不在同一平面，这就使得从地球上可以看到诗云的一面，而不是像银河系那样只能看到截面。但地球离开诗云平面的距离还远不足以使这里的人们观察到诗云的完整形状，事实上，南半球的整个天空都被诗云所覆盖。
>
> 诗云发出银色的光芒，能在地上照出人影。据说诗云本身是不发光的，这银光是宇宙射线激发出来的。由于空间的宇宙射线密度不均，诗云中常涌动着大团的光晕，那些色彩各异的光晕滚过长空，好像是潜行在诗云中的发光巨鲸。也有很少的时候，宇宙射线的强度急剧增加，在诗云中激发出粼粼的光斑，这时的诗云已完全不像云了，整个天空仿佛是一个月夜从水下看到的海面。地球与诗云的运行并不是同步的，所以有时地球会处于旋臂间的空隙上，这时透过空隙可以看到夜空和星星。最为激动人心的是，在旋臂的边缘还可以看到诗云的断面形状，它很像地球大气中的积雨云，变幻出各种宏伟的让人浮想联翩的形体，这些巨大的形体高高地升出诗云的旋转平面，发出幽

幽的银光，仿佛是一个超级意识没完没了的梦境。

这样华丽的诗云是神化身李白用技术把诗歌的数量写到极致，所付出的代价是吞食帝国和整个太阳系被拆解。技术达到极致的神却提取不了一首好诗，这是这篇小说的核心情节，以此说明诗歌力量的强大。诗云是技术的巅峰和物质的巅峰，也是思想的终点，构成它的每一颗原子都是诗歌，它的整体形象在宇宙中也像一首抽象的诗歌，是虚与实、言与意、情与境在天空中的交替出现。这既是一个显示高阶文明科技水平的云状计算机，也在诗意地告诉读者：诗在云，即诗歌在言说。技术塑造的诗云，耗费宇宙中这么多资源的诗云真的值得吗？

同样让人震撼的外星人做出的物品数水滴最有名，小说这样描写它令人惊艳的外形：三体探测器在外形上像一滴水，有感性的探测员称它为"一滴圣母的眼泪"。放大到一千万倍仍然是完美的水滴形状，表面极其光滑，显得纯洁而唯美，看起来像一个艺术品。

书中这样写道：

> 当全世界第一次看到探测器的影像时，所有人都陶醉于它那绝美的外形。这东西真的是太美了，它的形状虽然简洁，但造型精美绝伦，曲面上每一个点都恰到好处，使这滴水银充满着飘逸的动感，仿佛每时每刻都在宇宙之夜中没有尽头地滴落着。

因为它的完美的外形，人类世界自觉给它附着上美好的意愿，"它是三体世界发往人类世界的一个信物，用其去功能化的设计和唯美的形态来表达一种善意，一种真诚的和平愿望"。整个地球包括在天空排兵布阵的三千多艘太空飞船都对敌人没有丝毫防备之心。

长达几个世纪的防御战，不就是等待三体人到来的那一天决一死战吗？怎么等三体人真的到来的时候却有点像神话故事中的木马阵呢？人类愚笨至斯吗？还是在丁仪的提醒之下，量子号和青铜时代号才启动了深海状态，最后才得以在一片狼藉中逃跑。水滴体现的是残酷之美与令人惊悚的敬畏之美。

二、外星人

外星人是刘慈欣科幻小说中的重要人物形象。这里的外星人不是某一个人，而是某一类人，他们所代言的是非我族类的他者，他们出现在小说中往往没有个体的个性特征，而是集中了一类人的性格特点和生物属性。同时，外星人的形象特点在刘慈欣笔下有一个不断变迁的过程：从仁慈的神，到积极向上的圣人，再到阴险邪恶的掠夺者。

《赡养上帝》中的外星人是创造了地球人类的衰老的上帝。他们来到地球是为了求得一处安静养老的地方，以度过一个祥和的晚年。上帝文明曾拥有极高的科技水平，但生活得过于舒适让他们安于现状，懒散而空虚，失去了进取心也就失去了创新能力。结果飞船老化，他们也步入老年。在他们年轻的时候，他们曾在宇宙中培育了六个地球生命。现在二十多亿三千多岁的上帝乘坐宇宙飞船降临地球，希望人类能够尽到对创造者的责任，赡养他们。经过谈判，每户人家负责赡养一个上帝。这些上帝的外貌都一样，类似于故事中的圣诞老人，长长的白胡须和长长的白头发，身穿白色长袍，看上去跟雪人一样。当他们离开时仁慈地告诉地球人未来会面临的威胁和出路所在。

《山》中外星人是探寻者的形象，"寻找"是一个古老的原型母题，神话故事中寻找圣物，在寻找的过程中主人公获得成长和启悟。《山》想象了一个遥远行星内部存在一个封闭的泡世界。那里的智慧生物生存在半径三千公里的球形空间。这些智慧生命没有人的肌肉骨骼，他们由金属构成，大脑是超高集成度的芯片，以电流和磁场为血液，以地核的岩块为食物。他们仰望天空看到的只有固体岩石，为了寻求泡以外的世界，他们付出了十万年的时间和数不清的牺牲，包括与反对他们探险的族群长年累月的战争。终于，他们冲出了泡，来到了广阔无垠的宇宙，与冯帆有一场动人心魄的灵魂交流。小说正是以此作为核心情节的。

与《三体》和刘慈欣其他小说中邪恶的具有侵略性的外星人不同，这些地核外星人对地球人类并没有什么坏的举动，他们只是偶然来到地球，跟地球人类开了一个玩笑。这些地核人与刘慈欣笔下的地球科学家一样，他们经过一代又一代艰苦卓绝的努力，走出泡世界，认识液体和气体的过程中付出了极大的牺牲。他们中的探险者"加加林"正是人类世界中第一个飞向月球的人，这实际上有点像寓言书写了。地核人对于泡世界哈勃红移，万有引力，无形岩的漫长探索，具有明亮的理想主义气质，这一点与《三体》中三体人有似与不似之处，相似的是艰苦卓绝的奋斗历程，不断探索科研的创新，他们在宇宙航行方面的巨大发展正是源于生存环境的过于酷烈。他们和地核人的努力相似，一次次向深邃的宇宙发起冲击。

地球人冯帆生长在平原，在他心中，"远山对于我已成为一种象征，像我们生活中那些清晰可见但永远无法达到的东西，那是凝固在远方的梦"。在船长眼中那些山的山顶只有乱石和荒草，而在冯帆眼中，站在山顶，有一种重新出生的感觉。冯帆和地核人有着灵魂的相似，都梦想着远方的世界，有着非一般的远方情结，他们穷尽所有的力量就是为了摆脱凡庸凝滞的生存状态。也许在别人眼中远方也不过如此，但是对他们来说这个突破的过程至关重要。作者将地球人类飞向宇宙的艰辛卓绝的奋斗历程，与地核人幻化在了一起彼此映照，他们之间的相遇也可以用徐志摩那首《偶然》来解读：

我是天空里的一片云，偶尔投影在你的波心——你不必
讶异，更无须欢喜——在转瞬间消灭了踪影。

你我相逢在黑夜的海上，你有你的，我有我的方向；你
记得也好，最好你忘掉，在这交会时互放的光亮！

相遇，带给冯帆新生一样的启迪，然后各自回到自己的人生。
这样的相遇是美的，是相似的灵魂的沟通与交流，是智慧的启迪，
是视野打开后看到的无数种不可能所带来的思想的震撼。悟到人活
着不仅仅是活着，还有梦想，因为山在那里。这个过程跟地核人从
泡世界中冲出来的过程是一样充满艰辛，是不断认识自我，不断征
服自然征服自己的弱点，不断完善自己，冲上一个新的高度。

而冯帆从自责愧悔到自我放逐再到重新找回梦想，也是这种奋
斗精神的一抹映照。冯帆出场就是一个负罪者形象，他所遇到的问
题就是道德困境。他酷爱登山，和四个伙伴登珠峰，里面有一个是
他的恋人。他们在峭壁上遭遇雪崩，为了自救，他割断了连接四个
队友的绳上的钢扣。他活了，四个队友包括他的恋人葬身雪峰。这
件事使得他愧悔难当，也使得他饱受责难，他差点自杀谢罪。在导
师劝导下，他选择放弃最爱的登山事业，他选择放弃曾经比生命还
珍贵的梦想。他蜗居在大海上的一艘远洋轮船上，就像《海上钢琴
师》中的钢琴师一样，他从不下船，原本以为此生都与山无缘，然
而他在大海上遇见了山，一座海洋形成的山。

地核人的飞船停在离地球三万六千公里高的同步轨道上，"冯
帆凝视着太空中的球体，它似乎是透明的，内部充盈着蓝幽幽的
光，真奇怪，他竟有盯着海面看的感觉，每当海底取样器升上来之
前，海呈现出来的那种深邃让他着迷，现在，那个蓝色巨球的内部
就是这样深不可测，像是地球海洋在远古丢失的一部分正在回归"。
飞船拉起海水，形成一座巨大的海水山："在这地球上有史以来最

恐怖也是最壮美的奇观面前，所有人都像被咒语定住了。'这是命运啊……'冯帆梦呓般地说。是的，是命运，为逃避山，冯帆来到太平洋中，而就在这距山最远的地方，出现了一座比珠穆朗玛峰还高二百米的水山，现在，它是地球上最高的山。"所谓命运即命中注定，人凭借自己的力量无法改变。对冯帆来说，即便是逃离茫茫大海，即便只是一座水山，同样存在不可抗拒的魔力，他必须去攀登，哪怕明知结局是死亡。为梦想献出生命，在他看来是极为幸运的事。这里隐含着悲壮理想主义的情怀。

山在那里就是一种诱惑，让人去选择去征服，去体现人的伟力。冯帆内心深处再次生发出一种激情，他要去登山就像当年登珠峰一样。他奋力攀爬，以科学判断和极强直觉躲开各种危险，成功登顶。来到海水山顶，他见到了来自泡世界的外星人，准确地说，卧在海水中的冯帆仰面天空，他见到了外星人展示给他的文字，那些书写在天空的文字的想象真的是很浪漫。《三体》中也有类似的描述，地球人与三体人对话时，也是把语言呈现在天空中。天空就是一块巨大的显示屏。屏幕上出现的是泡世界的艰难出泡史。外星人讲完历史后飞离地球。而冯帆回到海水山脚，他重又萌生起强烈的求生欲。

小说结尾这样写道："他必须活下去，因为山无所不在。"为什么山无处不在，他就必须活下去？他推翻了小说开头对自己行为的判断。他不再认为自己是一个需要赎罪的人。"现在他知道自己做对了，如果真要通过背叛才能拯救自己的生命，他会背叛的。"在这句话里，是什么可以凌驾于生命之上道德之上？应该就是冯帆的道，是为了梦想可以牺牲一切的精神。

以外星生命观照来反思人类文明，刘慈欣说这种反思"能够对我展现宇宙的广阔和深邃，能够让我感受到无数个世界中的无数可能性带来的震颤"[1]。《山》所写的正是这种"震颤"，冯帆从"心

---

[1] 刘悠扬：《刘慈欣：穿梭于神话与现实之间》，《深圳商报》2010 年 3 月 22 日。

死"到"心活"的节点就在于海水山上的相遇。这个相遇是灵魂的冲击。"在内向的宅的文学存在的同时,能不能并存一个外向的反映人和大自然关系的文学?能不能用文学去接触一些比人性更宏大的东西?"[1]

而到了《梦之海》和《三体》等小说中,外星人则变成了阴险邪恶的掠夺者。"有弹星者存在的宇宙是零道德的黑暗森林。"[2] 在《诗云》中随意处置其他星球上的生物。《乡村教师》中对待其他低级文明的星球简单粗暴,直接毁灭。

《诗云》中的大牙只知攫取,不知友爱。他们的科技水平已经到了人类难以想象的程度,他们轻松将地球人类和其他星球的物种变成了奴隶和食物,他们的长相都极为恐怖。统治大牙的"神"却是只闻其声不见其人,只看到一个飞行器,并没有见到真实形貌的物种。但是他们将整个天空变成自己的显示器,将整个文明史的诗歌放进数据库,瞬间运行,产生了量子级别的诗歌。神展示给人类伊依的技术更是震撼:

> 悬浮在太空中的一个正方形平面和一个球体,当它的船移动到与平面齐平时,它在星空的背景上短暂地消失了一下,这说明它几乎没有厚度;那个完美的球体是悬浮在平面正上方,两者都发出柔和的白光,表面均匀得看不出任何特征。这两个东西仿佛是从计算机图库中取出的两个元素,是这纷乱的宇宙中两个简明而抽象的概念。
> "神呢?"伊依问。
> "就是这两个几何体啊,神喜欢简洁。"

---

[1] 刘慈欣:《超越自恋——科幻给文学的机会》,《山西文学》2009 年第 7 期。

[2] 宋明炜:《弹星者与面壁者》,《为什么是刘慈欣》,北京文艺出版社 2016 年,第54 页。

它似乎已经与宇宙融为一体，就像它展现在伊依和大牙面前的形象："以灿烂的银河为背景，球体悬浮在他们上方。"神则掌握了纯能化的技术，它对于整个宇宙的能量可以予取予求，任意变化，为我所用，能瞬间从银河系一端跃迁到另一端，甚至瞬间克隆出一个古代人来。

小说中的神是高阶文明中的艺术爱好者和收藏者，最初他极度鄙视人类，认为伊依和他所代表的人类是肮脏的虫子，是垃圾。"在这种虫子的进化史中，这些航行者曾频繁地光顾地球，这种生物的思想之猥琐，行为之低劣，其历史之混乱和肮脏，都很让他们恶心，以至于直到地球世界毁灭之前，也没有一个航行者屑于同他们建立联系。"

然而伊依所珍藏的诗歌却让神族大为震撼。"白日依山尽，黄河入海流。欲穷千里目，更上一层楼。"用如此少的句子表达的却是浩瀚的场景和极为丰富复杂的情感，"用如此少的符号，在如此小巧的矩阵中蕴涵着如此丰富的感觉层次和含义分支，而且这种表达还要在严酷得有些变态的诗律和音韵的约束下进行"。他能随手做出人类世界的砚台、宣纸、毛笔、桌椅、酒，借助高科技知道了诗句的意思却无法写出同样艺术水准的诗歌。因为文学是所有艺术的底色和根基，它来自心灵世界的低语，构筑一个人的精神样貌。这正是纯粹的科技所无法解决的文学问题。细腻的、复杂的、敏锐的，属于情感层面的部分，是人工智能所无法复制和模拟的。

吞食帝国拒绝了神的豢养提议，与神进行了最后的决斗，壮烈毁灭。神克隆了一个古人把自己的思想灌注其中，自名为李白。李白是唐诗的巅峰作家，是人类诗歌精神的象征，他瑰丽神奇的想象力和刚健的气质，是属于个体的才情智慧，熔铸了深刻的情感体验和人生感悟。神可以借助人工智能写出文字的所有排列组合的诗歌，却无法识别出哪首是超越李白诗歌的诗。

《三体》中地球人与三体人之间长达数百年的战争原因在于资

源的争夺。而科技的差异和距离的遥远使这场战争形式与以往战争并不一样，真正的末日之战其实不到一个小时就结束了，漫长岁月的争斗其实是智慧和谋略的较量。

小说中三体人长相诡异。为了适应恶劣的生存环境，随时脱水变成一张人皮，卷起来挂在某处，等到气候适宜之后再把人皮放在水中复活。这个等待的过程可以是几个月也可以是几十年。三体人没有语言，他们直接用思维进行交流，他们的思维是透明的，无法互相欺骗。

在《三体3：死神永生》中三体文明和地球文明有过一段时间的共融共生。程心从冬眠中苏醒过来看到地球上科技蒸蒸日上，三体文明传递过来的电影、音乐、绘画都深得地球文化的精髓。比如程心看到的一部电影《长江童话》取材自中国古代诗歌李之仪的《卜算子》："君住长江头，我住长江尾，日日思君不见君，共饮一江水。"描写上古田园时代一对从没见过面的男女的爱情，程心瞬间联想到自己和云天明。既有写实，也跳跃着情感，还隐含着对宇宙时空的深刻隐喻。小说借程心之笔所写的《时间之外的往事》中写到，三体世界似乎毫无保留地向地球输送了海量知识信息，并表达对地球的敬意，感谢人类文化使三体世界睁开了一双新的眼睛，看到了生命与文明更深层的含义。

以至于地球联合国和太阳系舰队，包括地球上大多数人都产生了一个美丽的错觉，认为事情正在朝好的方向发展，宇宙大同就要到来了。两个世界发展良好的和平进展和科学文化交流不能中断，不能让维德这样一个对星球和平有重大隐患的人担当执剑人。所以他们推选程心为执剑人，然而事实证明，这一切都是地球人的一厢情愿，三体人从未放弃他们占领地球的愿望，他们只是在迷惑地球人类，暗中寻找合适的时机，猜疑链和黑暗森林法则一直都在。程心是单纯的，看事物只看表面，她在日渐成熟的三体人面前就像是透明人，三体世界派出智子（这是一个被智子控制的机器人）两招就降服了程心。

智子最初展现在程心面前的是一个极美极柔的女子形象："她身材纤小，穿着华美的日本和服，整个人像是被一团花簇拥着。当程心看清她面容时，花丛黯然失色，程心很难想象有这样完美的女性容貌，但真正让这美丽具有生机的是控制她的灵魂。她浅浅一笑，如微风吹皱一池春水，水中的阳光细碎轻柔地荡漾开来。智子对她们缓缓鞠躬，程心感觉她整个儿就是一个汉字：柔——外形和内涵都像。"她的声音轻细柔软，仿佛有一种魔力。

智子花了两个小时为程心和艾AA布茶道，动作很柔很美，让她们似乎进入了另一个时间，只有白云、竹林、茶香和清寂的世界。最后柔柔说一句："我们女人在一起，世界就很美丽，可我们的世界也很脆弱，我们女人可要爱护这一切啊。"这只是三体世界的谋略，他们通过大数据分析，已经测算出程心会当上执剑人，已计划在执剑人交接之时发动攻击。让智子约见程心只是为了更近距离了解她迷惑她。她很轻松就达到了目的："程心已经忘记眼前是一个外星侵略者，忘记在四光年外控制着她的那个强大的异世界，眼前只是一个美丽柔顺的女人。特别之处只是她的女人味太浓了，像一滴浓缩的颜料，如果把她扔进一个大湖里融化开来，那整个湖都是女人的色彩了。"她住的日式风格的房子，有小桥流水，展示优雅的茶道。在这里血与火的战争都显得十分古典优雅。程心被选为执剑人之后，三体水滴立刻出击，一小时之内占领地球。对于三体人来说，文明的沟通和交流只是手段和谋略。

小说结尾，来自未知世界的歌者飞过太阳系时随手抛下一张二向箔，就将太阳系从三维降到了二维，生机蓬勃的太阳系变成了一幅平面画。歌者对其他星球的打击并没有规律可言，只是随性为之。只是因为弹星者的科技太过发达，所以对待其他智慧生命的态度就像人类对待虫子一样。刘慈欣对这类弹星者并没有细致描述，只作了抽象的概括。

《朝闻道》中一个自称宇宙排险者的外星人出现："在绿色草路的尽头，朝阳已升起了一半，它的光芒照花了人们的眼睛。在这光芒中，有一个人沿着草路向他们走来，开始他只是一个以日轮为背景的剪影，剪影的边缘被日轮侵蚀，显得变幻不定。当那人走近些后，人们看到他是一名中年男子，穿着白衬衣和黑裤子，没打领带。再近些，他的面孔也可以看清了，这是一张兼具亚洲和欧洲人特点的脸，这一点在这个地区并没有什么不寻常。但人们绝不会把他误认为是当地人，他的五官太端正了，端正得有些不现实，像某些公共标志上表示人类的一个图符。当他再走近些时，人们也不会把他误认为是这个世界的人了，他并没有走，他一直两腿并拢笔直地站着，鞋底紧贴着草地飘浮而来。在距他们两三米处，来人停了下来。"这是幻化成了人类的形象，他真实的面貌并不知道。但是外星人可以变换成地球人的样子是不是更加诡异？他声称对那些消失的加速器和轨道负责。他是更高级别文明的代言人，职责就是发现宇宙中的危险苗头就马上扑灭。

《梦之海》中的低温艺术家也是只闻其声不见其人，看得见他乘坐的飞行器，也看得见他利用科技做出的采海制冰送上太空的豪举，但是低温艺术家的形貌仍是看不见的。他们在小说中好像就是一个抽象的名词，只是外星人而已。

第二节　艰辛的俗世界

一、对现实的诘问

莫考克提出科幻小说应以或表现，或隐喻，或象征现实生活为目的。[①] 严锋说："刘慈欣是新时代的，又是中国的。他的创作仍然

① 吴岩主编：《科幻文学理论和学科体系建设》，重庆出版社 2008 年，第 34 页。

属于那个心系现实的伟大传统。民族国家、社会问题、城乡差别、地缘政治这些尖锐的问题从来没有从他的笔下消失，甚至连'文革'这样沉重的话题都可以从宇宙的视角来展开。"① 这里牵涉的话题是科幻与现实的关系问题。科幻小说需要写现实吗？在多大程度上触摸现实？

刘慈欣很多小说是可以称为批判现实主义 + 科幻小说的，可以说他的作品在批判现实方面所达到的成就丝毫不逊色于他在科幻想象方面的成就。他有一双敏锐犀利的眼，有一种对现实关注的问题意识，很善于发掘现实社会存在的问题，将对现实的反思投射进科幻的构想中。比如《乡村教师》中的乡村教育之殇和乡村教师的悲剧命运，《地火》中对急功近利的科学研究的忧思，《镜子》中对官场腐败入木三分的揭批，《三体1》对"文革"历史和人性异化的反思，《魔鬼积木》对人类过于贪婪的欲望进行抨击，《微纪元》中对生态自然保护的思考，都切中了社会现实某个侧面，但作家选择从科幻角度予以书写。这正是刘慈欣科幻小说最具特色的部分，他善于将日常俗世中这些尖锐的社会问题与空灵的终极追问联系在一起，二者并不是对立的关系，反而因这样一种奇妙的连接而赋予了各自更为深沉的内涵，社会问题的批判意味藏得更深了，科幻的追问也有了根基。

传统文化中的现实主义也会书写苦难，以敏锐的笔锋去书写灾难的缘起，探讨救赎的界限，那是在现实大地上实实在在发生过的问题，作家书写的目的和价值，是铭记和警示，是将人们的痛楚亮出来以期得到有关部门的关注，获得政府层面的解决和救助。而科幻小说中的灾难更多来自作家对未来的想象，并没有甚至永远不可能在现实中发生，但它仍然是有反映和干预现实的力量的，因为作家对于灾难和黑暗未来的想象常常是基于现实的某些因素的想象，带有预言性质。比如《地火》中对科技发明的担忧，叙述科技人员

---

① 严锋：《追寻"造物主的活儿"——刘慈欣的科幻世界》，《书城》2009 年第 2 期。

疏忽大意造成的失误等。这种以现实与科幻两个世界对照的叙事结构在刘慈欣小说中很常见。

刘慈欣小说中还写了很多小人物，有冷峻的批判，沉痛的反省与顽强的抗争。《中国太阳》中连字都认不了几个的农民工水娃出生在干旱贫瘠的西部山村，他一步一步走出山村，登上太空给"中国太阳"做清洁，与物理学界的大咖霍金日常交谈，到最后驾驭"中国太阳"改造的飞船奔向浩渺太空。小说开头只有寥寥数语却勾勒出了西部干旱贫瘠的状貌，令人一读难忘：

> 水娃抬头看看自己出生和长大的村庄。这处于永恒干旱中的村庄，只靠着水窖中积下的一点雨水过活。水娃家没钱修水泥窖，用的还是土水窖，那水一到大热天就臭了。往年，这臭水热开了还能喝，就是苦点儿涩点儿，但今年夏天，那水热开了喝都拉肚子。听附近部队上的医生说，是地里什么有毒的石头溶进水里了。
>
> 水娃又低头看了爹一眼，转身走去，没有再回头。他不指望爹抬头看他一眼。爹心里难受时，就那么蹲着抽闷烟，一蹲能蹲几个小时，仿佛变成了黄土地上的一大块土坷垃。但他分明又看到了爹的脸，或者说，他就走在爹的脸上。看周围这广阔的西北土地，干干的黄褐色，布满了水土流失刻出的裂纹，不就是一张老农的脸吗？这里的什么都这样，树、地、房子、人，黑黄黑黄的，皱巴巴的。他看不到这张伸向天边的巨脸的眼睛，但能感觉到它的存在。那双巨眼在望着天空，年轻时那目光充满着对雨的企盼，年老时就只剩呆滞了。其实这张巨脸一直是呆滞的，他不相信这块土地还有过年轻的时候。
>
> 一阵风吹过，前面这条出村的小路淹没于黄尘中。水娃沿着这条路走去，迈出了他新生活的第一步。

这段描写让人想起罗中立那幅名画《父亲》，刘慈欣将干旱的西部土地想象成一张沟壑纵横的写满愁苦的脸。这种把土地拟人化的写法，也是作家生态思想的体现，大地也是一个生命体。极度干旱的西部村庄和极度贫困的家庭，极度悲苦的老农都由这张脸呈现出来。临出门时母亲准备的包裹是一双厚底布鞋、三个馍、两件打了大块补丁的衣裳和二十块钱。这是这个家所能拿出的最多的财产了。这样的开头可以是新一篇《老井》（郑义）或《人生》（路遥）。它们有着相似的人文关怀底色，饱蘸着对那贫瘠大地上生存的底层农民的悲悯与同情。和水娃一样，小说主人公都是有理想有追求不甘平庸的年轻人，他们爱这块土地。但他们却在这块土地上活不下去，他们选择了背井离乡，也从此背上了对故土的眷恋。

当矿工是水娃第一份工作，条件非常艰苦，时刻有威胁生命安全的危险发生，晚上枕着炸药睡觉，每天钻进黑黑的蚂蚁窝去挖煤。因为水匮乏，洗澡水是一条条黑色的小溪，就这样水娃也很欢喜，因为他从小没有见过这么多水。相似的描写在《地火》中也有，艰苦的煤矿工作环境和辛劳的矿工。刘慈欣写得极为细致，因为他从小就是在这样的矿区生活，后来在火电厂上班，所以对煤矿的工作环境信手拈来，极具现实性。

好友国强排哑炮被炸死后，他来到大城市擦皮鞋，再到北京成为清洁高楼墙壁的蜘蛛人，再到太空清洁工，再到"中国太阳"宇航员，他的一生充满奋斗和梦想，对未知的热情探索是他身上最闪光的亮点。从人生轨迹的蛙跳再到太空中的恒星蛙跳，写出了一种神奇的跃迁。科幻的魅力就在于此，刘慈欣坚信一点，普通人可以创造世界，水娃如此，执着于梦想的科学家陆海也是如此，为了他的科技发明安于贫困，和农民工住在闷热的简易房中，连这样的房租有时也付不起。他研究出纳米镜膜，倾其所有想要打开市场，但因无人问津而血本无归。尽管这样他并不灰心，每天东奔西跑找项目，最终，他的研究成果用在"中国太阳"项目上，他也一跃而成为首席科学家。《三体》中维德指出云天明程心也是这样创造奇迹的普通人。

小说结尾，水娃的父母仰望星空，与在恒星间蛙跳的水娃对话。水娃的父母继续在田间劳作，以期待有一天儿子回来能看到一个更加美好的家园。一种充满眷念的家园情结。

米兰·昆德拉说他的创作是对于存在的诗性凝思，是对于人的存在的严肃质询："整部小说都不过是一篇长长的询问。沉思的质询（质询的沉思）是我所有小说赖以构成的基础。"① 在笔者看来，刘慈欣笔下一直潜藏着这样的质询和考问，除了上面陈述过的对社会、生态和文化的质询，还体现在对生存之痛的写作，渴望改变乡村孩子命运的乡村教师，渴望改变矿工生存环境的科学家成为书写的对象。

《乡村教师》开头是黄土高原上一个僻远的山村黄昏，濒临死亡的乡村教师在给他的学生们上课，他的身体迸发出最后的热情，给孩子们讲了物理定律和鲁迅的作品，这个原本类似《凤凰琴》的情节很快与科幻接轨，外太空中的高级智慧生命在摧毁低端智慧生命所在的星球，判断高端还是低端的标准就是物理里的牛顿定律。地球上被测试的人群恰好是乡村教师开启智慧的这群孩子。小说中拯救地球的是几个闭塞山乡的小学生，他们与宇宙中瞬间毁灭别的星球的歌者对话。这是知识改变命运的夸张性的隐喻书写，知识改变了地球的命运。地球因这群孩子的正确回答而得以保全。小说结尾，孩子们挖土埋葬了他们的乡村教师，回到黑沉沉的村子里。在这里，村子是板滞封闭的社会环境的隐喻，它压制智慧的生长和传递，扼杀一切新生事物，固守着懒惰贫穷和不思进取。不仅如此，他们亲手打伤了传授知识的乡村教师，拆毁教室，阻止文明的留存

---

① 《关于小说艺术的对话》，艾晓明编：《小说的智慧——认识米兰·昆德拉》，时代文艺出版社1992年，第33页。

和传递。

小说引用鲁迅关于铁屋子的呐喊，对国民性的深刻批判。物质的贫穷使那些乡村农民的精神也变得贫瘠，他们好吃懒做，不思改变，打老婆，打孩子，扶贫队捐给他们的发电机很快被他们拆卖，拿着钱就赶紧去大吃大喝。迷信，女人生孩子不送医院，活活疼死，或者用土方法折磨死。他们认为知识无用，看不起乡村教师，乡村教师辛苦筹来钱给学校盖屋舍，村里却要拿出一部分看戏和大吃大喝，被乡村教师告状搅黄后，乡民们跑到学校拆走了教室的房梁，殴打老师。对他们而言，改变他们的精神状态比改变他们的贫穷状态难上百倍。乡村教师病死后，只有几个孩子为他伤心为他收葬。这篇中篇小说被改编成电影《疯狂的外星人》，在2019年引起轰动，虽然电影片名下面注明改编自《乡村教师》，但是实际上电影与小说在情节上并没有关联度，宁浩所用的只是一个创意，一个对国民性的再思考。电影更具喜剧色彩，讽刺的是人性。而小说显然更具悲剧意蕴，是延续着鲁迅关于"铁屋子里的呐喊"的思考，批判的是乡村教育的缺失以及乡村教育者的悲剧命运。小说中的科幻成分更像是用双面胶粘上去的，轻轻一撕就撕下来了。表明作者灵魂深处是关注现实想要书写现实的。

《三体》中的伊文斯跑到西部山区种树，一年又一年，村民和当地政府部门冷眼看他辛苦种树，看树长大，独木成林，小树林长成一片森林，他所呵护的褐燕也回来了，眼看保护濒临灭绝生物褐燕的计划就要完成了，可有一天大家一起出动，把这片森林砍回家了。砍树的人里有附近的村民，也有林业局的人，有平民，也有当官的，大家早就瞄准这块唐僧肉了，树木长成大家分而食之。那些熟悉的影子里有看客、吃夏瑜人血馒头的愚昧者、阿Q，都从鲁迅书中跑到了刘慈欣笔下。

叶哲泰被戴上重达几公斤的铁帽子批斗，他还在耐心解答女红卫兵提出的问题，在他心中，这是一群孩子，需要他教化知识，开启民智的学子，他最终被这群十几岁的孩子打死。《镜子》中的镜子就像一只上帝之眼，将宇宙大爆炸与现实中的反腐倡廉的主题联系在一起。《坍缩》中宇宙坍缩与长江抗洪抢险是同步进行的。

《赡养上帝》与《赡养人类》是姐妹篇，以寓言的方式描述未来人类可能面临的困境。

《赡养上帝》将叙事聚焦在中国西苓村秋生家，一个三代同堂的农民家庭。爱下棋的祖父，脾气火暴的媳妇，闷头做事的儿子，在读书的孙子，是典型的西部农民家庭。刚开始，因为每个家庭可以得到一些政府补贴所以上帝的到来很受欢迎，大家生活融洽。但是上帝给政府的承诺因技术差距原因不能兑现，导致政府给每个家庭的承诺也不能兑现，因而随着时间的推移，经济的短缺越来越日常化，秋生家也渐渐捉襟见肘，难以维持越来越大的家庭开销，家庭矛盾开始不断激化，从指桑骂槐到当面斥责，上帝渐渐活得十分憋屈，最终他们中间很多人包括秋生家的上帝都被赶出家门。上帝决定乘坐飞船离开地球，因为他们领悟到了一个真理：任何文明，待在它诞生的世界不动就等于自杀。

他嘱咐秋生也即嘱咐人类：到宇宙中去寻找新的世界新的家，把你们的后代像春雨般洒遍银河系。并告诉地球人类，他们还有三个哥哥，这些哥哥已经毁掉了两个地球，他们迟早会找到这个地球来争夺资源。他们极具侵略性，不知道爱和道德为何物，其凶残和嗜杀的本性使然。上帝最初去那几个星球的时候，要么被骗走全部科技资料后赶走，要么被扣押做人质索要飞船。上帝警告秋生：你们必须先去消灭他们，否则他们会来消灭你们。

《赡养人类》故事情节接续《赡养上帝》。上帝走后三年，哥哥文明果然派来了飞船，以压倒性的技术优势要求地球人把地球让给他们。作为补偿，他们会在地球的澳洲划出一块区域给地球人居住，这些地球人不用工作，由哥哥文明赡养。赡养标准参照地球人类社会的最低标准执行。这一情景与《三体》中三体人攻占地球后采取的方法是一模一样的，也再次强调了征服者对待被征服者是没有客气可言的。这让地球上的富人们首先慌了，他们成立社会财富液化委员会，企图在哥哥文明正式到来之前让社会财富平均化。他们日夜不停把自己的财产分给穷人，但是总有几个穷人特立独行，不愿接受他们送来的财富，于是，这些富人花钱请来一位杀手，杀掉那些不配合的人。故事从这里开始。

小说叙述者是一个名叫滑膛的冷血杀手，他受到富人委托去杀三个底层平民。这样小说成功将富人们穷奢极欲的富贵生活与衣不蔽体食不果腹的底层穷人的生活折叠在一起，外星人的政治生态与地球人的社会折叠在一起，形成了一种奇幻的叠加效应。

前者是滑膛看到和他自己亲身经历的。很多年前他也是一个穷人。曾经历过父亲杀死母亲，幼小的同伴被虐待致死的惨痛记忆。

后者则是一个隐身在地球的哥哥文明的外星人观察者讲述的，他在哥哥文明中也是一个穷人。在他的讲述中，哥哥文明分成了两个极端世界：一个人的终产者拥有星球百分之九十九的财富，即几乎全部的物质资源，甚至包括空气和水。而其他二十亿穷人则被封闭在狭窄的微型生态循环系统里，"我们只能呼吸家庭生态循环系统提供的污浊的空气，喝经千万次循环过滤的水，吃以我们的排泄物为原料合成再生的难以下咽的食物。而与我们仅一墙之隔，就是广阔而富饶的大自然，我们外出时，穿着像一名宇航员，食物和水要自带，甚至自带氧气瓶，因为外面的空气不属于我们，是终产者的财产。"

呼吸外面的空气是要花钱的，外出之前得吞下一粒药丸大小的空气售货机，每呼吸一次，银行账户上的钱就被扣除一点。因为贫穷，母亲已有三年没有到户外去过一次了，一天深夜，她竟梦游到了户外！执法单元捅死了她，指控她犯了盗窃罪，遗体被没收抵账，还抽走了家中相当数量的空气。主控电脑发出警报：如果不向系统中及时补充十五升水的话，系统将崩溃。他的父亲牺牲了自己，将自己体内的水全部提取出来，而这时，就在离他家不到一百米处，那条美丽的河在月光下哗哗地流着。

造成这种两极分化的原因是什么呢？外星人说是教育。高等教育费用日益昂贵，渐渐成了精英子女的特权。有一天，教育突然发生了根本的变化，大脑中可以被植入一台超级计算机，它的容量远大于人脑本身，它存贮的知识可变为植入者的清晰记忆。它是一个智力放大器，一个思想放大器，可将人的思维提升到一个新的层次。这时，知识、智力、深刻的思想，甚至完美的心理和性格、艺术审美能力等等，都可以花钱买到。很贵。这样只有有钱人才能接受教育，而完成超等教育的人的智力比普通人高出一个层次，就像后者与狗之间的差异一样大。在这种情况下，富人和穷人已经不是同一个物种了，就像穷人和狗不是同一个物种一样，穷人不再是人了。

在社会机器强有力的保护下，第一地球的财富不断地向少数人集中。而技术发展导致了另一件事，有产阶层不再需要无产阶层了。高效率的机器人可以做一切事情。百分之九十九的世界财富掌握在一个人的手中！这个人被称作终产者。终产者拥有整个第一地球！这个行星上所有的大陆和海洋都是他家的客厅和庭院，甚至第一地球的大气层都是他私人的财产。

滑膛眼中的富人和穷人生活同样有天壤之别。在不同的垃圾堆里可以看到不同人的生活。

　　大都市如一块璀璨的巨大宝石闪烁着，它的光芒传到这里，给恶臭的垃圾山镀上了一层变幻的光晕。其实，就是从拾到的东西中，拾荒者们也能体会到那不远处大都市的奢华：在他们收集到的腐烂食品中，常常能依稀认出只吃了一点的烤乳猪、只动了一筷子的石斑鱼、完整的鸡……最近整只乌骨鸡多了起来，这源自一道刚时兴的名叫乌鸡白玉的菜，这道菜是把豆腐放进乌骨鸡的肚子里炖出来的，真正的菜就是那几片豆腐，鸡虽然美味但只是包装，如果不知道吃了，就如同吃粽子连芦苇叶一起吃一样，会成为有品位的食客的笑柄。

当天最后一趟运垃圾的环卫车来了，当自卸车厢倾斜着升起时，一群拾荒者迎着山崩似的垃圾冲上来，很快在飞扬尘土中与垃圾山融为一体。这些人似乎完成了新的进化，垃圾山的恶臭、毒菌和灰尘似乎对他们都不产生影响，当然，这是只看到他们如何生存而没见到他们如何死亡的普通人产生的印象，正像普通人平时见不到虫子和老鼠的尸体，因而也不关心它们如何死去一样。事实上，这个大垃圾场多次发现拾荒者的尸体，他们静悄悄地死在这里，然后被新的垃圾掩埋了。

这部分描写冷静而残酷，将同一片大地上的两个世界的状貌呈现在读者面前。

小说还插叙了滑膛是怎么从底层成长为一个顶级杀手的经历，这样的穿插使得小说多了几分悬疑探案的色彩，充满了悬念感。这样作者其实把黑道生活也折叠进了叙述中。冷酷的虐杀，凄惨的童年，心狠手辣的齿哥，凄惨死去的果儿，神秘的杀手学校，背叛与忠诚，铁血无情与瞬间柔情，成为小说中最曲折离奇的部分。

小说以杀手滑膛为连接点将富人与穷人，普通人生活与杀手世界，地球人与哥哥文明联系在一起，形成一个互相叠加的平行世界，情节互相缠绕，阅读充满惊异感和批判的锋芒。剑锋所指之处深刻严肃厚重，带有社会寓言的意味，是典型的将社会问题科幻化，传递出浓浓的警示意味。

二、镜中窥人

现实的苦难是科幻小说生长的根基，二者并置，也让我们可以开展有关通俗与精英，科幻与现实，神秘与凡俗，普遍性与特殊性，个人命运与宏阔时空等议题的讨论。这样的叙事结构将科幻的空灵牢牢铆在了现实的大地上，不致过于缥缈。同时在现实和科幻之间形成了一种张力，既含蓄批判了现实，又彰显出科学的价值和意义。

《镜子》中白冰的艰难选择和作品选择的视点都是与现实密切相关联的，这是一篇极为现实甚至可以称为带有犀利的现实批判意味的小说，小说中宋诚的遭遇就是对官场腐败的激烈批判，身为纪检干部的他因查出了牵连极广的腐败大案，而被陷害入狱，并时刻有性命之忧。而陷害他的人正是一直提拔他的首长与关怀帮助他的朋友吕文明。读《镜子》的前半部分，你会以为那是一篇类似于《余罪》的刑侦类的小说。然而，不是。从白冰进入小说开始，小说对现实批判不再感兴趣，小说开始进行科幻体验和哲学思考。白冰与刘慈欣其他小说中的物理学家一样，对待科学的事专注，执拗。小说中白冰沉醉地讲述自己的镜像模拟发明的细枝末节，也不管宋诚是否在听，能否听懂，滔滔不绝，手舞足蹈，亢奋不已。

白冰是镜像模拟中心的工程师，偶然发明出一套镜像模拟软件，这个软件可以模拟从宇宙奇点开始时的宇宙诞生，可以从浩瀚宇宙变幻拉近至地球文明的诞生。搜索以时间和空间为线索，可以精准锁定历史事件和历史人物。历史烟尘中被时间掩埋的真相逐一浮出水面，所有人物和事件都如在镜像中一样清楚呈现在观者面前。白冰发现：

> 我们基本上被自己所知道的历史骗了：那些名垂青史的人物并非全是英雄，他们中也有卑鄙的骗子和阴谋家，他们用权势为自己树碑立传而且成功了。而那些为正义和真理献身的人，有很多默默惨死在历史的尘埃中，没有人知道他们的存在；也有很多在强有力的诬陷下遗臭万年，

就像现在宋诚的命运；他们中只有极少数的人得到了历史正确的记忆，其比例连冰山的一角都不到。

以历史中的方伯谦类比宋诚，以马可·波罗类比吕文明之类，本质上是卑鄙的骗子和阴谋家。指控他们对宋诚的构陷。白冰最初抱着看热闹的心态，看到本省的最大秘闻之后，他想敲诈一点钱，却要被除掉。这样才有八竿子打不着的五个人：阴谋腹黑的首长，善于揣摩上司想法的官场老油条吕文明，唯首长马首是瞻的陈继锋，一心想谋求公平正义的理想主义者宋诚，想赚点小钱的物理学家白冰，聚集在一起听白冰讲他的镜像模拟。白冰这个镜像模拟的厉害之处就在于，所有的资料可以随意提取。又因为镜像模拟的宇宙是以原子级别储存的，所以可以检索到这个世界的每一个细节。一旦某人成为白冰的检索目标，他将无所遁形，所有一切都将呈现在白冰视线中，无论是做过什么事或者说过什么话，他可以做到全部还原。

白冰通过一张图片翻出了陈继锋受贿二十五万美元的经过和他儿子当下在美国所做的事情。几个人被震撼住了。那么这项技术究竟好还是不好呢？

宋诚看到的是所有黑暗将被照亮，真相大白的一天即将到来。这样的科技让宋诚激动不已，他认为这是"使所有黑暗暴露的强光，伟大的镜像时代即将到来，全人类将面对着一面镜子，每个人的一举一动都能在镜像中精确地查到，没有任何罪行可以隐藏，每一个有罪之人，都不可避免地面临最后审判，那是没有黑暗的时代，阳光将普照到每个角落，人类社会将变得水晶般纯洁"[1]。与宋诚的乐观相比，首长和白冰看到的是镜像时代到来之后的弊端。

宋诚是小说中最有正义感和理想信念的人，他负责调查一件国有土地资产案件时，发现一直赏识提拔他的首长才是幕后主使。宋

---

[1] 刘慈欣：《镜子》,《乡村教师》, 长江文艺出版社 2012 年，第 34 页。

诚决定铁面无私办案，首长几次用感情用利益来拉拢他，都被他拒绝。

宋诚派夜总会男妓罗罗卧底昌都集团许雪萍那儿套取资料。而首长等人在对付宋诚时，同样利用了罗罗这个不堪的人物，他们用手段让罗罗在宋诚车中自杀，死前打电话给公安局报案说自己是宋诚害死的。宋诚被送进看守所，被那群流氓弄了一头的屎尿，陈继锋给宋诚扣上的罪名极其猥琐：

> 一个高级纪检干部，生活腐化变态，因同性恋情杀被捕，他以前在男女交往方面的洁身自好在人们眼里反倒成了证据之一……一只被人群踏死的臭虫，他的一切很快消失得干干净净，即使偶尔有人想起他，也不过是想起了一只臭虫……在进行搜查时他被带回家一次，当时妻子和女儿都在家，他向女儿伸出手去，孩子厌恶地惊叫，扑在妈妈的怀里缩到墙角，她们投向自己的那种目光他只见过一次，那是一天早晨，他发现放在衣柜下的捕鼠夹夹住了一只老鼠，他拿起夹子让她们看那只死鼠……

这一招极其狠毒，全面摧毁了宋诚，让他成为人人厌恶者，再不会相信他，他所举报的那些事也成为不可信的事。

白冰的这台超弦计算机和他的镜像模拟软件是如此神奇，历史与现实在他面前如同镜中窥物一样清楚。这个科技设置与《三体》中的三体游戏都是模拟现实的游戏，只不过在《镜子》中更像是图像还原。它们都有对现实的强大模仿和对现实问题的尖锐质询。官场腐败，按照白冰的说法是牵涉到整个省的官场生态：

> 你这份材料中关于恒宇电解铝基地的问题，确实存在，而且比你已调查出来的还严重，因为除了国内，还涉及到

外资方勾结政府官员的严重违法行为。一旦处理，外资肯定撤走，这个国内最大的电解铝企业就会瘫痪。为恒宇提供氧化铝原料的桐山铝钒土矿也要陷入困境；然后是橙林核电厂，由于前几年电力紧张时期建设口子放得太大，现在国内电力严重过剩，这座新建核电厂发出的电主要供电解铝基地使用，恒宇一倒，橙林核电厂也将面临破产；接下来，为橙林核电提供浓缩铀的照西口化工厂也将陷入困境……这些，将使近七百亿的国家投资无法收回，三四万人失业，这些企业就在省城近郊，这个中心城市必将立刻陷入不稳定之中……上面说的恒宇的问题还只是这个案件的一小部分，这庞大的案子涉及到正省级一人、副省级三人、厅局级二百一十五人、处级六百一十四人，再往下不计其数。省内近一半经营出色的大型企业和最有希望的投资建设项目都被划到了圈子里，盖子一旦揭开，这就意味着全省政治经济的全面瘫痪！而涉及面如此之广的巨大动作会产生其他什么更可怕的后果还不得而知，也无法预测，省里好不容易得到的政治稳定和经济良性增长的局面将荡然无存，这难道对党和国家就有利？年轻人，你现在不能延续法学家的思维，只要法律正义得到伸张，哪管他洪水滔天！这是不负责任的。平衡，历史都是在各种因素间建立的某种平衡中发展到今天的，不顾平衡一味走极端，在政治上是极其幼稚的表现。

即便首长给出了一份有分量的愿意牺牲掉的名单，在宋诚看来也只是蜥蜴断尾的做法，可见整个官场生态的腐败。如果真的是现实主义小说岂不是太单调？作家荡开一笔，用近乎繁琐的笔墨写白冰的镜像模拟，一下子从现实沉重的土地上拔了起来，直冲太空，冲进亿万年前的宇宙诞生之际，洪荒混沌之时的天地初创，无数种宇宙只需要鼠标轻轻一点就呼之欲出。这个科技产品将残酷黑暗的现实与超脱空灵的科幻对接。白冰又模拟出了未来的镜像，他看到镜像时代后文明的衰退直至停滞。当所有一切都置身强光之下，毫无隐私可言，人类的发展和进步也停下了脚步。

白冰自己销毁了镜像软件，因为他完成了对镜像未来的递归运算，看到三万五千年后的人类未来。在目睹了镜像软件强大的现实回放功能之后，陈继锋开枪自杀，白冰首先曝光的就是他受贿二十五万美元的事，之后首长也选择自杀，临死前他嘱咐宋诚毁掉镜像删除备份杀掉白冰。这一点上他和白冰意见一致，认为镜像的存在对人类来说是灭顶之灾。

这实际上又从科幻回到现实了。看看我们当下的科技发展大数据覆盖，无处不在的镜头，人脸识别系统，人肉搜索，声音识别等。其实当下的人类已经生存在镜像时代了。这其实对科技是把双刃剑，这句话的回响，不懂得合理利用科技，一味从实用角度开发科技，给文明招来的只是灾祸。从这个意义上说，镜子不仅仅是照亮现实黑暗的镜子，也是一面反思历史反思科技的哲思之镜。

《镜子》借镜像之真颠覆了历史，比如白冰最开始向首长等人展示镜像神奇时，指出特洛伊木马战和特洛伊城都不存在，马可·波罗则是骗子，是个巧言令色的流浪汉，他并没有到过中国，他的游记只是道听途说，甲午战争中逃跑的方伯谦竟是大清一朝少有的具有真知灼见的官员。然后他破解了宋诚被构陷的秘密。每一个真相都是对历史的重新阐述。新历史主义认为历史记录或是某种权威话语的体现，或是经过记忆改动的记录。"一切历史都是当代史。"而真正的历史藏在黑暗中，被遗失被忘记被刻意隐瞒。白冰发明镜像软件正是源于他对历史的不信任，想要查明真相的努力。他刻意为马可·波罗和方伯谦的故事翻案，在小说中是一种隐喻叙事，将马可·波罗与吕文明、陈继锋、首长等人列为一类，马可·波罗并不是那个人们心目中具有坚定信念，跨越千山万水，历尽千难万险来到中国的文化交流大使和旅行家，而是一个在沙漠中偷同伴的粮食和水，只是在西亚转了一圈儿，然后把道听途说的事情讲给一位作家听，从而青史留名的人。将方伯谦与宋诚相类比，他们都是有真知灼见却因某些原因被钉在历史耻辱柱上的人。这样历史与现实有了交汇融合之处，也使作品有了深刻的反思意味。

刘慈欣尖锐地指出，这种正义之士被构陷，骗子小人得道升天的事情一直都有。也更增添了作品的厚度。记录历史的人并不能真正得知事实真相，而是以讹传讹，甚至故意篡改历史，经过漫长时间后事实真相湮灭，而假的却变得言之凿凿。镜像时代的到来则使一切真假重新颠覆。

首长这个形象是有象征意义的，他一个最大的特点是很少与人目光对视，"陈继锋能记得首长直视自己不超过三次，但每一次都是自己一生的关键时刻"。他总是把目光看向手中的铅笔或地板。不与人对视是害怕泄露内心的秘密，他将自己的想法藏得极深，他做的那些事都是不能见光的。所以他非常惧怕白冰和他的镜像模拟软件。后者将一切都晾晒于目光之下，阳光之下，这样首长和他们所做的阴谋鬼祟之事也就无处可藏，全都在大家视野之中。

首长在知道镜像软件的强大威力之后，第一时间做出了决定：向组织坦白自己及其团伙的所有罪行；安排好本省的人事及各项后续工作，以防一旦开审，本省工作会陷入瘫痪；要求白冰用镜像模拟软件帮他回顾了他的一生后开枪自杀。首长是苦出身，奋斗过程就是从阳光纯洁少年变腹黑的过程。他的农民母亲和矿工父亲，还有贫贱时代结交的女朋友，是他一生中最美好的回忆。他选择在一缕夕阳中自杀，是因为他出生时也是这个时刻，他想找回过去那个纯真的自己。

小说中，首长身上有黑暗的底色，但他又向往光明，比如对年轻时代那些纯真的事情的怀念。他是一个老谋深算运筹帷幄的人，比如他一旦选择死立刻安排好一切事宜。他的真诚与狠辣，睿智与阴险都缠绕在一起。小说中他那间轻易不带人去的老房子里面全是奇珍异宝，家具是整套的红木家具，墙上随便一幅画都是稀世珍宝，喝的茶叶则是刚刚从港交会拍卖来的百万元一斤的，儿子媳妇都在开公司，全省的腐败行为都像血管一样通向他，他才是那个最大的幕后罪犯。然而他又是面目慈祥的，让人如沐春风。排除异己之时手段极其狠毒。

他是有才能的，面对白冰展示的模拟镜像，他侃侃而谈高深的物理知识，会一针见血提出问题。而其他几个人则可能听都没有听懂。拉拢宋诚时，他所展示的断臂求生的豪气和魄力，每一句话都滴水不漏，义正词严，即使面对自己的死忠吕文明陈继锋发布黑暗命令，也是刚正不阿，似乎他才是那个最正义凛然最讲原则党性最强的人。他理性从容，善于谋划，精于研判，能顺应事情的发展，做出最积极的应对。正因为他是一个集睿智真诚与阴狠狡诈于一身的人，这个人物形象才更为立体更有魅力。

作家介入现实，通过科幻手法来表达现实情怀，从而揭示某种具有超越现实情境的思想。

第二章 三种意象

第一节 球状闪电

一、令人惊悚的出场

"球状闪电"是小说的统摄性的意象，居于中心的位置，也是作家花大力气塑造的一个有生命的超自然主体。可以说喻指大自然的一切物体，让人想起爱因斯坦晚年的一句话："窗外的每一片树叶，都使人类的科学显得那么幼稚无力。"无论有生命的还是无生命的物体都蕴藏着巨大的力量。征服球状闪电的过程也反映了作者的生态态度，人类在大自然面前需要谦卑，人并不必然战胜自然。人虽然聪明，勤奋，孜孜以求，一代一代付出努力，但在大自然面前仍然会输得很惨。

球状闪电一出场就带着令人胆寒的威压，犹如一个恐怖片的开头。"这是一个雷雨之夜，整个宇宙似乎是由密集的闪电和我们的小屋组成。当那蓝色的电光闪起时，窗外的雨珠在一瞬间看得清清楚楚，那雨珠似乎凝固了，像密密地挂在天地间的一串串晶莹的水晶。这时我的脑海中就有一个闪念，世界要是那样的也很有意思，你每天一出门就在那水晶的密帘中走路，它们在你周围发出丁零丁零的响声，只是这样玲珑剔透的世界，如何经得起那暴烈的雷电呢?"描述了一个近乎奇幻的童话世界,冲淡了后面即将出现的惨烈图景。"在这狂暴的雷雨之夜最能体会出家的珍贵,想象着外面那恐怖危险的世界,家的温暖怀抱让人陶醉。这时你会深深同情外面大自然中那些被暴雨和雷电吓得发抖的没有家的生灵。你想打开窗户让它们飞进来,但你又不敢这么做,外面的世界太可怕,你不敢让一丝外面的恐怖气息进入到家的温暖的空间里来。"在生日蛋糕旁,爸爸脱口而出的是对人生变幻莫测的感慨和对未来人生如何度过的忠告,听起来就像临终遗言:"人生这东西变幻莫测,一切都是概率和机遇,就像在一条小溪中漂着的一根小树枝,会让一块小石头绊住了,会让一个小漩涡圈住了。""美妙人生的关键在于你能迷上什么东西。把一生都投入到某种学问或者某项研究中去,只问耕耘不问收获,不知不觉的专注中,一辈子也就过去了。"看着蜡烛,爸爸又说:"想想你拿着这么一根小蜡烛放在戈壁滩上去点燃它,也许当时没有风,真让你点着了,然后你离开,远远的,你看着那火苗有什么感觉?孩子,这就是生命和人生,脆弱而又飘忽不定,经不起一丝微风。"

就在一家人对着生日蛋糕说说笑笑的时候,"它来了,是穿墙进来的,它从墙上那幅希腊众神狂欢的油画旁出现的,仿佛是来自画中的一个幽灵,它有篮球大小,发出朦胧的红光。它在我们头顶上轻盈地飘动着,身后拖着一条发出暗红色光芒的尾迹,它的飞行路线变换不定,那尾迹在我们上空划出了一条令人迷惑的复杂曲线。它在飘动时发出一种嚣叫声,低沉中透着尖厉,让人想到在太古的荒原上,一个鬼魂在吹着埙。"小说用诗意的笔描述出一幅让人惊悚的图景,在后文中作者反复描述,以强调球状闪电的不同寻常和令人惊颤的破坏力,强调大自然的神秘莫测和危机重重。反衬出科学工作者在探索路上的艰苦卓绝。他们前仆后继付出一生的精力和心血,甚至付出生命的代价,去破解一个谜。科学探索的道路上随处可见科学家的累累白骨。

它继续飘着，仿佛在寻找着什么，终于它找到了，"它悬停在爸爸头顶上半米处，啸叫声变得低沉，断断续续，仿佛是冷笑。这时我可以看到它的内部，那半透明的红色辉光似乎有无限深，从那不见底的光雾的深渊中，不断地有大群蓝色的小星星飞出来，像是太空中一个以超光速飞行的灵魂所看到的星空。爸爸向头顶伸出手去，想护住自己的头部，似乎产生了一种吸力，把它吸到手上。就像一片叶子的细尖吸了一滴露珠，一道炫目的白炽，一声巨响，仿佛世界在身边爆炸"。这段描写有一种诡异而残酷的美。作者有意把这个过程写得很拖沓很细致。在反复描写球状闪电的外形、颜色、声音中带给读者以惊悚之美。这个观察的时间实际上是"我"和父母面对球状闪电内心受到恐惧折磨的时间，时间越长越能凸显出我们内心的惧怕。

　　它的炸裂所带来的后果也是诡异的。父母已经死了但呈现灰白色的雕塑状，手一碰便都变成了灰，书房里三分之一的书变成了灰，连冰箱里的冻鸡和鱼也变成了灰，"我"穿着的背心也变成了灰，口袋里的掌中机被融化成了塑料。然而"我"和"我"穿的夹克衫却是完好的。所有的一切都像一场噩梦，对一个十四岁的少年来说是纠缠了一辈子的噩梦。这个细节描写也是一个巨大的悬念，将球状闪电的神秘莫测，以及因为研究它科学家所遭受的各种不幸埋下了伏笔。这样的球状闪电仿佛是有生命的个体，它嚣张任性，随时能毁灭想要毁掉的一切，随时能夺走人的生命。这种让人恐惧的力量让它在小说之后的情节发展中一直在发挥能量。小说中林云和"我"想提取它的能量用作杀人武器，一次次铩羽而归，一点点破解它的真相。最后无数人包括林云丧身于球状闪电。如此威力巨大的自然体已有了自己的生命和情感，伴随着对它的破解过程，球状闪电愈发显示出它的神秘莫测的诡谲本性。

　　小说以"我"为叙述者，讲述了整个故事，但是很显然，"我"并不是刘慈欣本人，作家只是用这种叙述方式强化了一种貌似真实的讲述，营造出一种虚实相间的叙事陷阱。刘慈欣在好几部作品中采用了第一人称叙事。《带上她的眼睛》以"我"为叙述者来讲述地心深处"她"的故事。《山》和《流浪地球》都是既有个体成长的历程，又是一代人寻求出路的过程，同时也是生命反思自我，不断成长的历程。《流浪地球》中也是以"我"讲述在一生中经历的地球流浪的五个阶段，通过一个有一定物理知识的普通人来讲述宇宙级别的星球流浪，将个人命运遭际与宇宙变迁有效联系在一起，写出了有个体温度的悲壮史诗。历史亲历者"我"是了解流浪计划的背景，过程和流浪过程中所发生的事件的。同时，因"我"只是个普通人，所以在很多事件的认知中处于盲区，这就使"我"的认知与真相之间有了一些不同，形成一种认知思维的冲击，也使阅读感上更为真实可信，从而格外具有打动人心的力量。

整个故事是以"我"老年时回顾的姿态来讲述的，故而加入了审视、批判和反思的眼光。既对"我"的人生过往有反思，也对地球流浪过程中发生的各种事件予以反思。"当我回忆这一切时，半个世纪就已经过去了。"而故事开始时，"我"还是个少年，以童真的眼睛来看世界。"我没见过黑夜，我没见过星星，我没见过春天，秋天和冬天。我出生在刹车时代结束的时候，那时地球刚刚停止了转动。""我"父母的情感与生活，"我"与朋友的学校生活状态，随着"我"长大，地球流浪发生了各种事件，"我"回首这些事件并予以一一评述，从"我"不经意的眼光中看到的地球派与飞船派的纷争，以及"我"慢慢对这种纷争有了自己的思考。

小说最大的贡献是塑造了球状闪电这个超级意象，它是一个核心的环扣，将众多为研究球状闪电奋斗一生甚至献出生命的科学家的悲剧故事联结在一起，组成了一个悲剧英雄群体。故事的发生发展始终与这一意象保持着关联性。

科幻小说之所以令人回味最基本的地方还是在于小说中的科学幻想和奇诡的想象图景。我们庸滞平凡的生活需要一道球状闪电的新鲜刺激，我们的小说需要这样绚丽的想象构造物："一个充盈着闪电能量的弯曲的空间，一个似有似无的空泡，一个足球大小的电子。小说中的世界是灰色的现实世界，是我们熟悉的灰色的天空和云，灰色的山水和大海，灰色的人和生活，但就在这灰色的世界之中，不为人注意地漂浮着这么一个超现实的东西，仿佛梦之乡溢出的一粒灰尘，暗示着宇宙的博大和神秘，暗示着这宇宙中可能存在的与我们的现实完全不同的其他世界。"[①]

二、林云

"序曲"只有短短的五页，却定下了《球状闪电》整个故事哀伤惨烈的叙述基调，仿佛整本书都在下着雨，雷电轰鸣，带给人惊心动魄的惊悚。释放出一种令人焦虑的戏剧张力，将读者的注意力牢牢吸附在这个神秘诡异的球状闪电上。对于小说中的叙述者"我"来说，这是悲剧命运的开启，十四岁骤然遭遇人生重大打击，失去挚爱父母，人生轨迹也因此发生改变，变得孤僻，除了球状闪电相关的事物之外，对任何人和事都不感兴趣，全身心沉浸在球状闪电的研究中。又因为亲眼目睹球状闪电夺走父母的生命，所以不能接受把球状闪电当作武器使用，他几次离开林云和武器研究所，甚至很长一段时间变得颓废消极，都与童年的这一段阴暗记忆脱不开干系。

围绕球状闪电，刘慈欣书写了多个科学家的悲剧故事，他们一生的重点都是球状闪电，可以说他们为了球状闪电生也为了球状闪电死，执着了一辈子。

张彬因被球状闪电灼伤一条腿，而迷上了球状闪电。张彬在外出寻找球状闪电时，遇见同样痴迷于此的郑敏，两人携手共行，

[①] 刘慈欣：《球状闪电·后记》，《刘慈欣谈科幻》，长江文艺出版社 2014 年，第 124 页。

"那时条件很差，大半的路都要靠脚走，晚上住在当地老乡家，还常在破庙或者山洞中过夜，甚至睡在露天"。他们曾在秋天的雷雨中观测，双双患上肺炎，在缺医少药的乡村差点丢掉性命，遇到过狼群，被毒蛇咬过，饿肚子更是常有的事。为了事业，他们不怕苦不怕累，不怕艰险，甚至不要孩子。郑敏独自出去观测，一场大雷雨中遇到球状闪电，她追着球状闪电跑，情急之下用接闪器去拦截，被球状闪电炸成了一堆灰烬。

张彬失去了爱人，孤苦一生，做了半屋子的数学建模资料，却发现这条路根本走不通。张彬苦苦追寻研究了球状闪电一辈子，一到雷雨天都要外出去寻找，但他此后三十多年再也没有见过球状闪电。张彬讲了一个庄园主和酒的故事，庄园主因喝过一次古代沉船中的酒而日不能终，夜不能寐，卖掉了自己的庄园和财产，浪迹天涯去寻找另一瓶酒，历经千辛万苦，当他年老体衰病魔缠身成为老乞丐的时候，终于喝到了那瓶酒，然后在幸福中死去。

这个穿插进来的小故事沧桑中透露着执着，小说多次借人物之口说：美妙的人生的关键在于你迷上什么东西，并尽自己的努力，这就够了，这就是成功。庄园主一辈子求索，终于在人生尽头再次喝到那瓶酒，跟一个科学家拼尽一生探索科学真理的执着是一样的。有悲凉有幸福。张彬孤凄惨淡的一生都与球状闪电息息相关，就连死了也要用球状闪电埋葬。他死后变成量子态和郑敏一起在墓碑上留下数学模型，给丁仪巨大启发。

小说中为了看清球状闪电的结构而失去生命的郑敏，还有丁仪和苏联的众多研究球状闪电的科学家。在追寻球状闪电的路上有阴谋和爱情，也有国家民族的命运有英雄的情怀，有九死而不悔的执着，也有牺牲。

小说最为浓墨重彩书写的是：为研究新概念武器而痴迷于球状闪电，最终也献出了生命的林云。小说并没有具体描写林云的长相，仔细读刘慈欣小说，你会发现所有主人公他几乎都没有描写具体的眼睛鼻子嘴巴，写气质居多。小说中"我"在上山路上初见林云，她一袭白衣，步伐轻捷，温婉中流露出锋利，还带有一缕淡淡的忧伤，有一种特别的美。

小说中描述大自然的威风凛凛："山顶上雷景的震撼力是山下无法相比的，这时的泰山好像是地球的避雷针，仿佛把宇宙间所有的闪电都吸引过来了，屋顶上闪着电火花，让你浑身一阵阵麻木。这里的闪电和雷声之间几乎没有间隔，那一声声巨响震撼着你的每一个细胞，你感到脚下的泰山被炸得粉碎了，灵魂也被震出了躯壳，恐惧地飘荡在一道道雪亮的闪电之间无处躲藏……"将大自然之威风之酷烈之难以驯服写得极为撼动心灵，而"我"和林云等想要做的事却是驯服球状闪电，为己所用，可见这份工作是何等地艰巨，也同时让读者和作家一起思考，真的能做到人定胜天吗？

此时"我"再次见到的林云居然站在走廊外面，"任凭狂风吹散她的短发，那苗条得看上去有些柔弱的身躯，面对着黑色浓云中闪电的巨网，在惊心动魄的雷声中一动不动，构成了一幅令人难忘的画面"。当"我"劝她退后一点时，她却笑着说："你可能不相信，只有此时，我才感到片刻的宁静。"这个与众不同的姑娘告诉"我"，他们研究雷电的目的是杀人。

从未对女生有兴趣的"我"从此心里住进了一个人，"如果说我的人生是一部电影，那前面已经放映过的都是黑白片，今天在泰山之巅，画面突然变成彩色的了"。"我"把生命中最深的痛隐藏最深的秘密，十四岁时噩梦般的生日之夜遇到的事情告诉了林云。并告诉她自己将用尽一生去研究球状闪电。林云问"我"恨不恨球状闪电，"我"的回答很有意思："对一件全人类都还无法了解的神秘莫测的东西，不管它给你带来了多大的灾难，你是很难产生恨这种感情的。"在"我"的心目中它就像是通向另一个世界的门，在那个世界里，"我"能见到许多梦寐以求的美妙神奇的东西。这正是无数科学家九死而犹不悔地探寻科学真相的原因。这样的人生之路充满艰险曲折，险恶莫测。然而对热爱者来说别无选择。张彬和郑敏执着研究球状闪电的人生悲剧就是这段话的注脚。

近距离接触生活中的林云，"我"发现了林云更多与众不同的地方，她是军人，军阶和地位还很高，她有一个长得很帅的男朋友。她身上有一种微苦的青草味道。她的父亲身居高位，她的母亲在她六岁时就已去世。从小在军队中长大的林云酷爱武器且有极高的天赋。她车上的竹节装饰品其实是一个防步兵地雷，处于激发状态，随时都有可能爆炸。这是上世纪八十年代初越军的新概念武器，是一种成本低廉能够带给人严重伤害的武器，比如炸掉对方的一条腿。就连她身上佩戴的胸针也是一种硅材料，锋刃只有几个分子的厚度，但却是世界上最锋利的剑。饭桌上林云用它对着刀叉轻轻一划，金属的刀叉就被齐齐切断。林云说："我喜欢这种感觉，就像因纽特人喜欢寒冷，它们都让人的思想高速运转，能够催生灵感。""这个打动我心的美丽女孩，就这样平静地谈着流血和死亡，像别的同龄女孩谈论化妆品一样，我的心里很不是滋味。不过谁又能说得清楚，这是不是她那让我心动的美中不可缺少的一部分？"在以后相处的日子中，林云带给"我"的就是这样一种非常危险的美的感觉。

在球状闪电的研究过程中，虽然有很多有创意的想法和观点是"我"提出来的，但执行最坚决的人是林云，她总是坚定地往前走，用最果断的决定，最有力的行动来一次又一次验证我的假设，让猜想变成现实，林云总是说："别想那么多，往前走就是了。"林云做事目标明确，肯担当有魄力，不管遇到多大困难从不退缩，总是努力寻找解决方案。这也是小说情节的推进模式，研究球状闪电是一件非常艰难的事情，他们每往前走一步都需要克服无数的困难和挫折。而解决这些问题又成为下一个情节的开启。同时小说始终是以设谜的方式在叙事，序曲是一个谜：球状闪电为什么能用那样诡异的方式杀人？"我"一路求学，就是想解开这个谜。然而"我"

碰到的张彬老师不愿意跟我讨论这个话题。博士生导师高波同意"我"研究球状闪电，但又仅限于数学建模，没有条件进行实验检验。

科学家们对自己所研究所执着探寻的东西的九死不悔的人生态度就在于此，但科学探索路上的荒谬也在于此，当你筋疲力尽地攀上了一个自以为无人到达过的高度，但环顾四周时，却看到了前人留下的帐篷和他们继续向上延伸的脚印。郑敏笔记本扉页上抄录着马克思的一句话：科学的入口处就是地狱的入口处。张彬和郑敏就是这样一类悲情科学家，一生执着，一生无所建树。

这让"我"十分沮丧，"我"不怕孤苦一生，平凡无建树，但"我"害怕终其一生再也见不到自己的研究对象，那样的研究还有什么意义呢？正当"我"灰心之时，"我"再次遇见林云，她说服"我"参与雷电武器研究所的工作，主要从事球状闪电的研究。遇见这个让"我"害怕又喜欢的女孩，重新回到了研究球状闪电的轨道。在这里，有庞大的实验室，随时可以进行实验，有志同道合的朋友一起讨论。但是还是遇到了一个很大的难题，做数学建模需要庞大的计算量，现有的计算机设备无法支持。他们在网上求助，意外收到一封来自俄罗斯的信，告诉他们他也在进行球状闪电的研究。于是，他们来到西伯利亚，这次出行是小说重要的情节设置。

三、俄罗斯科学家的故事

小说此时穿插了两个俄罗斯科学家的悲剧人生故事。这也正好体现出球状闪电作为意象的环扣感，完成将众多前仆后继为球状闪电付出心血的科学家的联结，让他们成为人物画廊中的一部分。同时构成了故事的推动力。当然我更愿意强调这一意象的统摄感和小说中所有科学家的命运都在它的悲情笼罩之下，无一例外。从序曲中球状闪电的惊悚出场，到"我"的孤独探秘，张彬和郑敏的悲苦一生，"我"和林云、丁仪等为解开球状闪电之谜的殚精竭虑，这里插叙进来的俄罗斯科学家的戏剧人生也是一个反证，他们以生命为代价的科学探索充满了悲凉和荒谬。

亚历山大·格罗夫作为上世纪最杰出的科学家之一，生活条件十分简陋。靠刮《新思维》书封上的金色粉末来卖钱生活，房间四壁和天花板上贴满了各种各样的球状闪电的照片。《新思维》这本书本身的遭遇就很有意思，它是俄罗斯国家领导人所著。封面的书名用真金粉所书，书中的纸用的是最好的纸，十年不会变黄，可以烧壁炉取暖。格罗夫用批发价买了大量的书籍，刮下金粉赚钱，书籍原路退货。当书籍退不了时就用来烧壁炉。有点像一个黑色幽默笑话。小说借人物之口调皮了一下：要是书名再改长一点就好了。

当林云慨叹西伯利亚是苦难、浪漫、理想献身之地时，格罗夫说："你说的是过去的和小说中的西伯利亚，现在这里只剩下了失落和贪婪了，在下面的这块土地上，到处是无节制的砍伐和猎取，从油田泄漏的黑色原油到处流淌。"开飞机的列瓦连科指责不少中国人用能把人眼睛喝瞎的假酒换走了他们的皮毛和木材，他们卖的羽绒服里面塞的都是鸡毛。格莫夫把"我"和林云带到了当年他工作的球状闪电实验基地，在那个基地研究持续了三十年，最多的时候，有五千多人在这里工作。为了保密，专门建设有隧道通往这里运输物资，同样为了保密，他们在这里建了一座无用的城市，以掩饰这里的物品无故地消失。

这里曾是世界上最大的雷电模拟系统，复杂的磁场发生装置和巨型航空风洞等大型实验设备全部建在地下。三十年时间他们造出了二十七个球状闪电，却无法总结出任何有用的规律。整整一年试验了五万多次都宣告失败，当权者认为是间谍在搞破坏，格莫夫被宣判为间谍罪，判处二十年徒刑，服刑期间继续在基地从事球状闪电研究。这样荒谬的调查和惩处是那个荒谬的政治环境所决定的。这三十年中为这个科学项目献身的人布满了梯形台，其中就包括格莫夫的妻子，她长期接触放电辐射染上了皮肤怪病，而他的儿子则死于球状闪电的一次诡异的攻击，它穿过重重岩石，把中心控制室的儿子烧成了灰。"在那一时刻我认输了。在这自然或超自然的力量面前，经过三十年的奋斗，我彻底认输了，我的生活在那一时刻已经结束，以后只是活着。"格莫夫的一生代表了另一种悲剧，既是政治悲剧："在那个可悲的理想主义年代，有一群共青团员来到了西伯利亚的密林深处，在那里追逐着一个幽灵并为此献出了一生"，还包括他的妻子和儿子的生命，同时又是一个科学探寻者的悲剧，终其一生无比艰辛地努力，却依然看不到成功的曙光。"现在我们对它所知道的与三十多年前我们第一次来到这里时一样多，我们真的没有得到什么。"这是研究球状闪电路上的一次重大挫折，从精神上重创了"我"，看不到研究的前景和希望。俄罗斯投资数百亿花费数十年有那么多顶级科学家高端设备，结果一无所获，只看到祭坛上密密麻麻的人名。

　　林云也遭遇了人生中一场惨重的精神危机。她的母亲当年在越南战场上被毒蜂蜇死，死状极惨。林云一直在查找母亲去世之谜。她高中时在军事年鉴网上认识了一位俄罗斯女性，她们相谈十分投机，都对新武器十分热爱。她们还曾在越南河内见过一面，"她四十多岁，身材瘦削，没有俄罗斯女性那种粗壮，有一种年龄掩盖不住的美，很深沉的那种，同她在一起你能感到一种温暖和舒适"。林云告诉俄罗斯女科学家，如果她妈妈还活着一定是她的样子。女科学家特别感动。她为了信念留在俄罗斯，她和丈夫在上世纪六十年代服务于新概念武器研究机构。冷战结束之后，丈夫被西方类似机构以优厚的条件挖走，但她不肯背叛自己的祖国，丈夫于是带着女儿去了西方，几年前女儿和男友双双死于吸毒。

　　林云这次来俄罗斯首先就去见了她。这个伤心的女人日子过得很凄苦，一个人住在老年公寓里，整日酗酒，但她用自己很微薄的退休金维护着一个超低温液氮储存罐。在那里藏着十万个攻击蜂的胚胎细胞。正是这次见面，林云发现当年在越南战场上将她母亲咬死的蜂群，居然是这位女性培植养育，并亲自带到越南前线去的，也就是说这个她一直视为母亲一样的俄罗斯朋友，竟然是害死她母亲的罪魁祸首。林云在风雪中晃荡了大半夜，被一辆收留醉汉的警车送回宾馆。

俄罗斯女人在林云哭着离开后给林云写过一封长信，讲述自己的心路历程，其中有几句话特别有深意。"自然界的各种力量，包括人们认为最轻柔最无害的那些力量，都可能变成毁灭生命的武器，而这些武器之中有一些之残酷之恐怖，你不亲眼看到是无法想象的。""我只给你一个警告：那些可怕的东西，可能有一天会落到你的同胞和亲人的头上，落到你怀中婴儿娇嫩的肌肤上，而防止这事发生的最好办法，就是抢在敌人或潜在的敌人之前，把它造出来！孩子，这就是我所能给你的祝福了。"

这次西伯利亚之行使"我"对球状闪电的研究彻底失去了希望，"我"退出了林云的研究，准备开始过普通人的生活。然而林云的未婚夫受林云委托来劝说"我"回到雷电研究所。电话邀约"我"去出海游玩，这一次出行使"我"偶然间领悟到了球状闪电存在的真相：它一直都在，只是未触发之前人们看不见而已。这一发现使球状闪电研究有了重大突破，接二连三的球状闪电被找了出来。可见科学研究也是需要几分运气和机遇的。需要偶然性的触发和思维的顿悟。他们突破了俄罗斯科学家三十年未曾走出的误区，球状闪电不是制造出来的，而是找到的。

丁仪闪亮登场，他有哲学和量子物理学两个博士学位，最年轻的科学院院士，曾是国家中子衰变研究项目的首席科学家，曾获诺贝尔物理学奖的提名。他说：我的命已经有主了，那就是物理学。小说描写的是一个传统小说中常见的那种怪人科学家的形象，他的房子大部分空着，没什么装修，地上窗台上白花花地散落着大量的A4大小的白纸片儿，有的空着，有的上面写满了公式或者画着奇怪的图形，只有一个房间里有书架和一台电脑。书架上的书很少。而丁仪在躺椅上呼呼大睡,"他三十多岁,身材又瘦又长,穿着宽大的背心和短裤,嘴里一道涎水,一直滴到地板上。躺椅旁边有一个小茶几,上面放着一把硕大的烟斗,还放着一盒拆开的石林烟,有几根弄破了,烟丝儿都装到一个玻璃瓶中,他显然是在干这活时睡着的"。有意突出他的怪癖,这与《三体1》中写史强时是一样的笔法,先抑后扬,有意将他写得怪异不合群,作者是想说天才自然是有一些怪异的。他对领导和奖项出言不逊,结果丢掉了唾手可得的奖项和工作。他很容易被人看成是那种自以为是不负责任哗众取宠的人。但其实他不是。

丁仪的到来使近乎停滞的球状闪电研究有了新的进展,他的看似天马行空的思维方式其实极有创意。他很快就弄明白球状闪电的本质,并利用超导电池将球状闪电收集起来,这使球状闪电作为武器有了非常大的进展。林云和丁仪都赞成科学研究要采用非常规的手段,否则在僵化的思维中任何研究都将寸步难行。

在"我"看来,林云冷酷得不近人情:"你就像一艘在夜海上向着远方灯塔行驶的船,整个世界只有那个闪亮的灯塔对你是有意义的,其他部分都看不到。"林云反驳说:"真有诗意,可你不觉得这也是在描述你自己吗?"

他们的确都是同一类人,是为了理想,为了目标,为了心中的灯塔可以不顾一切的人。"我们都是游离于时代之外的人,同时也游离于对方之外,我们永远不能互相融合。"张彬、郑敏、丁仪他们都是这一类人,所以他们能够在事业上取得巨大的成功,却很难获得尘世的幸福。或者说,他们对尘世中的幸福,那些柴米油盐老婆孩子热炕头的幸福不屑一顾,尘世对他们来说只是一个寄存皮囊的地方,而灵魂的追寻才是牵动心魂的东西。如果能知道真理,了解真相,那么朝闻道,下一秒死也是笑着死的。这与刘慈欣小说中其他英雄气质上是一致的。白冰、维德、章天海等,对他们来说,活着的意义就是看到自己梦想中的事物得以实现。

正当球状闪电被成功收服，制成雷电武器时，"我"、丁仪和林云又发现了球状闪电的两个不可思议之处，其一是它的可防御性，如果有磁场作用，球状闪电就会失去效用。其二是球状闪电在有观察者观察的状态下，状态就会坍缩成为一个确定值，而没有观察者的情况下，则呈现量子态，它的一切都是不确定的，其位置只能用概率来描述。大自然的诡异真的是人类所难以掌握的。

前一个特点暗中伏笔了林云和她的晨光部队的一次惨败，这也是她最终自杀的重要原因。

后一个特点则与小说中间部分出现的各种异象相关联，比如回到老家时见到父亲新画的画，母亲的头发，郑敏在张彬的笔记本上新写的笔记，听到的夜班的叹息声，以及后来丁仪在张彬墓碑上见到的数学模型，林云去世后再次现身等等。给小说增添了几分神秘主义的色彩。

紧接着核电厂的劫持人质事件发生，使"我"离开了林云离开了球状闪电。此次球状闪电武器的使用成功摧毁了恐怖袭击的团伙，避免了核反应堆的爆炸，也避免了更大灾难的发生，同时也让被挟持的所有人质都化成了灰。这一段描写十分细腻，和序曲中父母去世那段一样有画面感。生命在自然或者超自然的力量面前显得多么弱不禁风。那二十多个幼小生命的惨死，让"我"难以面对，"我"选择辞职，而林云其实也并不是没有感情，面对那些孩子的灰烬，面对一只残存的孩子的手时久久默默无语，但对她来说，这些都还是次要的，所以"我"虽然喜欢林云但也选择了离开。

"我"之后参与了一项关于龙卷风的民用研究，并取得了突破性的进展，能成功地预测到龙卷风，这正是"我"所梦想的造福人类的研究。然而剑可以铸成犁，也可以造福人类，但是犁同样也可能铸成剑，紧接着一场海战中，敌人把龙卷风的识别系统用于针对珠峰号的袭击，也让"我"以科学研究造福于民的梦想破灭，也终于在此时"我理解了林云"。

差不多同一时刻，林云和她的晨光部队在一次用球状闪电袭击舰队时，遭遇到屏蔽磁场，说明他们的新概念武器早已泄露。这次惨败带给林云精神上极大的打击，丁仪提议林云离开部队，跟着他去研究宏电子，他们俩一个有理论，一个有工程天才，一个创建理论，一个负责实验，很可能取得现代物理学中的伟大突破。然而林云拒绝了，她说自己属于军队，除了军队真不知道自己能全身心地属于什么地方和什么别的人。他们一起给张彬扫墓，在张彬的墓上发现了量子态的数学方程式。这些全面描述宏原子的数学模型是郑敏留下的。现在他们能够找到宏原子核了，他们发现并捕捉住了"弦"。"这样一根跳舞的透明弦，居然与遥远处的一个晶莹的空泡组成了一个半径五百多公里的原子，那么由这些原子组成的那个宏宇宙有多大呢？这想象让人疯狂。"

在捕捉到宏原子核——弦之后，丁仪发出了一句莫名其妙的感叹："恐怖，大自然的恐怖啊！"很快，在林云的追问下，丁仪揭秘：两根弦如果以 426.83 米每秒的速度相撞，发生缠绕，就会引起核聚变，它的能量将是球状闪电释放能量的十万倍以上。

林云在被宣布停止核聚变实验并解除职务后，在几秒钟的时间她就做出了一个疯狂的决定，她要以生命为代价进行核聚变实验，这次实验的结果十分惊人，实验基地和林云全部在几分钟内消失，戈壁滩上升起了一个半径二百米的蓝太阳。人们所携带的电子产品纷纷被摧毁，包括飞来打击实验基地的导弹的芯片。紧接着，宏聚变汹涌的能量向四面八方传播，半径一千多公里，将沿途的芯片完全衰减，三分之一国土被拉回农业时代，战争也因此结束。

林父和丁仪、许上校等人到林云消失的地方去祭拜，林云以量子态出现。她回忆起母亲去世后的心路历程，在幼儿园里漫长的孤独，她恨那些夺走妈妈性命的人，开始幻想各种报复的方式，成为她心中迷人的游戏。林云小学二年级的时候就生活在军营，学会了开枪，迷上了武器，在她看来，"恐怖的武器潜藏着一种力量"，甚至是一种极致的美。

小说的结尾也颇具浪漫主义色彩，"我"和丁仪都匆匆结了婚或者有了情人，"我们"努力开始新的生活，林云以量子态生活在"我们"的身边，丁仪有一张林云和在核电厂事件中被球状闪电袭击去世的孩子们在一起的照片，照片上的他们都有灿烂的笑容。小说这样写道："林云从照片中动人地笑看着我，从她清澈的眸中，我读出了许多她生前没有的东西：一种幸福的归宿感，一种来自心灵深处的宁静，让我想起了一个遥远的被遗忘的幽静港湾中，停泊着一片小小的孤帆。"

她也来到"我"的身边。以一种特别的香气，去除了所有甜分的香，有一种令人舒适的微苦，令我联想到暴雨后初晴阳光中的青草地，想到了万里晴空中的一抹微云，想到了幽深空谷中转瞬即逝的铃声。这正是"我"初遇林云闻到她身上的香水味。她化成了一朵蓝色玫瑰，在"我"书桌上的花瓶里，只能用心来看才能看得见。这样一个优秀的女子以这样的方式留在曾爱过她的人的身边。

小说围绕球状闪电这一核心意象让它一次次落实，反复让人物故事，故事的重要节点，人物命运悲剧与核心意象形成一种环绕，并参与了故事的进展，甚至承担了故事的主骨骼的效能。是故，球状闪电这一意象在小说中是笼罩性的，它出现在小说的每一个紧要关口，推动故事向前进或者停滞不前，它让我们感觉它就像在空中忽隐忽现地引导着情节的方向。小说中，球状闪电既是大自然中让人敬畏的自然体，也是激发科学家付出全部热情去研究的科学之谜题，同时它也检验了人性，善良正直如俄罗斯科学家、林云等都会用球状闪电去杀人。这样几层含义相互叠加相互渗透，使小说意蕴更加丰富。

第二节　末日意象群

一、黑暗未来与希望

"末日"在刘慈欣小说中是一个抽象化的意象，是一株隐喻繁复的意象树，在小说中扎下根须，其他的意象和隐喻都是从这棵树上长出的枝叶，结出的果实，都与它有不同程度的关联，它指向地球的黑暗未来。刘慈欣说：黑暗未来是科幻中极有价值的主题。"重温这百多年的科幻小说，我们如同走在一条黑暗、灾难和恐怖筑成的长廊中。科幻小说家们对于阴暗的未来有着天生的感悟力，几乎所有科幻小说的顶峰之作都是在对这种未来的描写中产生的。在对未来的黑暗和灾难的描写中，他们创造了最让人难忘的幻想世界，挖掘了最深刻的主题，这些黑暗和灾难，直看得人心灰意冷，直看得人汗毛倒立。应该承认，黑暗未来是科幻中极有价值的主题，这种描写像一把利刃，可以扎到很深的地方，使人类对未来可能的灾难有一种戒心和免疫力。"刘慈欣显然很认同。因此他的科幻小说的选材大多是与地球人类的未来命运密切相关的事件，而主题则几乎都是在书写灾难和黑暗的未来。"末日"意象在刘慈欣笔下大多是自然灾难的书写，也是对人类文明和人性的批判和反思。

关于"末日体验"，刘慈欣把医院误诊与科幻小说中的末日体验并举，指出末日体验是对一种想象领域的模拟，末日体验里呈现出较多的是人类可能遇到的道德困境。如果世界经历了这样一次误诊，那全人类同样会以一种全新的眼光看待我们的天空和太阳，更珍惜他们以前视为很平常的一切，人类世界将沿着一条更合理的轨道运行。而能够带来这种末日体验的文学，只有科幻文学。

是什么导致的末日呢？刘慈欣在小说中描述了两种导致灾难的途径：外来文明的侵略和地球人类破坏生态导致。前者主要是外星人侵略或干脆是高阶文明随手为之，后者则表现为一种与现实密切对应的生态想象。生态的梦魇正在我们头顶徘徊。地震、海啸、干旱、雪灾等剧烈自然灾害频繁发生，各种新的疾病如非典、禽流感、艾滋病等不断涌现，与之伴生的是人类精神危机如欲望泛滥、道德滑坡……面对这样严酷的生存现实，人们不得不思考这样一个苦涩的问题：人类文明发展到今天，科技进步一日千里，为什么解决不了今日的生态问题，而是任由其愈演愈烈？答案是我们的文化出了问题，我们对待世界缺少了一份敬畏之心，一味贪婪地攫取。科幻小说中的生态书写正是对严峻的现实问题的关注与思考和对人类未来的担忧与关怀。

末日意象衍生出对现代文明的反思和对人性的批判和反思，认为地球上一切存在物都是平等的，都有生存、繁衍和充分体现个体自身以及在自我实现中实现自我的权利。一切存在物对生态系统来说都是重要的，有价值的，是值得敬畏的。"'控制自然'这个词是一个妄自尊大的想象产物，是当生物学和哲学还处于低级阶段时的产物，当时人们设想中的控制自然就是要大自然为人们的方便有利而存在。"[1] "文艺复兴以前的人类和其他动物一样，眼中的世界异质多元，到处都是神圣之地。只有文艺复兴之后的人才会举目眺望，觉得世界到处都一样，统统只是供人类运用转化的物质而已！人类认为环境是自我的局限，毫不惋惜地抹去环境中深具价值的点滴痕迹，结果是创造了无限膨胀的人类，留下了荒凉破败的环境。"[2] 在此理念关照下的生态不仅仅是环境保护的层面，而是将视阈扩大到人的社会化生存和人的生命、灵魂层面，探询人类如何在地球上生存的问题。

---

[1] ［美］蕾切尔·卡逊：《寂静的春天》，吕瑞兰、李长生译，吉林人民出版社1997年，第263页。

[2] ［美］大卫·铃木、阿曼达·麦康纳：《神圣的平衡》，何颖怡译，汕头大学出版社2003年，第35页。

二、猜疑链和人性

由黑暗未来书写和超级灾难的描述引申出来的第一个主题是，人类如何在抵抗灾难的同时也能守护住道德和良知？因为末日意味着生死攸关，意味着灾难频仍，意味着人类处于无可挽回的绝境，他们极有可能需要通过牺牲一部分人来保全另一部分人，意味着文明的兴亡更替及由此带来的人性的异化。目的是体验，灾难如果真的发生，人类应如何应对。

由此衍生出另一个问题：一个有道德的人如何在这种环境下生存下去？或者说有道德的地球文明如何在零道德的宇宙中生存下去？在应对这些灾难处境中刘慈欣提出了猜疑链和黑暗森林法则，就是困境中人与人之间的相互猜疑，彼此迫害，最亲近的人会背叛，甚至弱肉强食。"文革"中的叶哲泰被猜疑和迫害，叶文洁在下乡当知青时被自己信任的人背叛和猜疑，之后她又因猜疑杀了爱自己的人。叶文洁召唤三体人，希望借助更强大的力量来杀掉自己所仇恨的人，改变她所厌恶的社会生态，面壁者发现的黑暗森林法则。

刘慈欣在小说叙事中采用了全知的、冷漠的、尽量不带感情色彩的叙事视角。在他笔下的太阳系、银河系如同玩具大小，地球小如一粒尘埃，他笔下的地球人的生死爱恨如此渺小。每一部作品几乎都在描写一种地球灾难。刘慈欣曾设想写一个以太阳灾变为题材的末日系列，包括《补刀》《微纪元》《流浪地球》《星船纪元》《游魂》和《在冥王星上我们坐下来哭泣》。[1] 其中已完成的《流浪地球》中太阳氦闪，人类为了拯救自己将地球折腾得千疮百孔，气温高得吓人，只存活了少数地球人，蚯蚓一样生活在地层深处。《球状闪电》中球状闪电杀人时的惊悚场景。刘慈欣写了多次的地球毁

---

① 刘慈欣：《在 2000 年度中国科幻银河奖颁奖会暨北师大科幻联谊会上的发言》，《最糟的宇宙，最好的地球：刘慈欣科幻评论随笔集》，四川科学出版社 2015 年，第 47 页。

灭,《流浪地球》《三体》《乡村教师》中差点毁灭,碰巧留存。《诗云》《梦之海》中地球大劫难,地球的脆弱与孤独,反复书写,以警戒世人。自然灾害、星际争战,或高维文明之间的争斗,均可以毁灭它。

《地火》中绵延百年燃烧的城市和矿区。《三体3》中大低谷时代的描述令人触目惊心:环境持续恶化,不断被焚毁的森林,被污染的河流,海啸、冰雹、台风、地震等极端自然灾害的频繁出现,给人类生产生活带来极大影响。地球已变得越来越不适宜生存。到最后太阳系被二维化,恒星熄灭,整个宇宙坍缩,这是何等雄奇而又冷酷的想象,等等,无一不是在讲述地球的黑暗未来及如何应对的想象。在作家心中,整个地球、地球人其实都如同尘埃一样渺小。

与之相对应的是上帝视角,这里的上帝并不是宗教意义上的上帝,而是一种全知全能的可以俯瞰地球的视角。刘慈欣对克拉克的小说赞不绝口,所提到最让他震撼的正是上帝视角:"阿瑟·克拉克的《2001,太空奥德赛》是我看到的第一本在不算长的篇幅中生动描写人类从诞生到消亡(或升华)的全过程的小说,科幻的魅力在其中得到了淋漓尽致的表现,那上帝式的视角给了我近于窒息的震撼。同时,《2001》让我看到了一种完全不同的文笔,同时具有哲学的抽象超脱和文学的细腻,用来描写宇宙中那些我们在感观和想象上都无法把握的巨大存在。克拉克的《与拉玛相会》则体现了科幻小说创造想象世界的能力,整部作品就像一套宏伟的造物主设计图,展现了一个想象中的外星世界,其中的每一块砖都砌得很精致。同《2001》一样,外星人始终没有出现,但这个想象世界本身已经使人着迷,如果说凡尔纳的小说让我爱上了科幻,克拉克的作品就是我投身科幻创作的最初动力。"[1] 以上帝视角来看宇宙,地球的存亡无足轻重,人类的生死渺如蚁虫。

---

[1] 刘慈欣:《我的科幻之路上的几本书》,《我是刘慈欣》,北岳文艺出版社 2019 年,第 63 页。

这也是刘慈欣在他的自我表述中多次提到的一个话题，"从文学角度看，托尔斯泰的《战争与和平》与赫尔曼·沃克的《战争风云》系列不是一个档次的作品，但我所关注的是它们所共有的鸟瞰全局的视角，它们都是全景式描写人类战争的小说，与那些以个人感觉为线索的小桥流水的精致文学相比，这样的巨著更能使人体会到人类作为一个种族的整体存在，这也恰恰是科幻文学的视角。"①他所强调的鸟瞰全局的视角是指站在宇宙层面来思考地球人类的命运，而这些远离现实生存的作品也为读者打开了第三只眼。尽管他的观点和对未来的想象不一定正确，但启迪了我们另一种思维：地球会毁灭吗？如果真的地球毁灭，外星人来袭，人类该何去何从？宇宙里真的有外星人吗？有黑暗森林法则吗？可否以文明存续的理由杀掉另一部分人？我们如今的生存状态就是理想状态吗？人类真正理想的生活方式是什么？人活着的目的究竟是什么？当作品站在一个种族存亡地球存亡的视角来审视个体命运的悲剧时，绝大多数个体的苦难被冲淡了，他们变成一个个数字中的尘埃。而有些个体则被他放大成样本，比如刘欣、程心、罗辑、维德、章天海等。

　　　　从本质上说，科幻小说的主人公是全人类，在科幻的世界中，全人类已不仅仅是一家，而是广漠宇宙中孤独地生活在一粒太空灰尘中的一个单一的智慧的微生物。这就是科幻小说的魅力，它让我们用上帝的眼光看世界。透视现实和剖析人性不是科幻小说的任务，更不是它的优势，科幻小说的目标与上帝一样，创造各种各样的新世界。②

---

① 刘慈欣：《我的科幻之路上的几本书》，《我是刘慈欣》，北岳文艺出版社2019年，第64页。
② 刘慈欣：《超新星纪元·后记》，《刘慈欣谈科幻》，长江文艺出版社2014年，第141页。

站在这种视角的刘慈欣已将自己化身为人类之外、地球之外的一个旁观者，以这种方式在警醒世人，提醒读者，要爱护地球爱护宇宙，要有敬畏之心，要有责任感。否则，一切报复都会加诸在人类自己身上。将现实与科幻小说进行对比，你会吃惊地发现二者有许多叠印之处，也就是说刘慈欣其实在科幻小说中写出了对自然生态，对地球未来的担忧。他所担忧的正是现实生活中正在发生的事情。就好像在描述人类真实的存在历史。由于世界经济加速发展，环境不断恶化，太空军工使得高污染重工业飞速发展，温室效应，沙漠化日益严重。

但是刘慈欣也在每部作品的结尾处都留下了希望，因为他同样认为：

> 每个人之所以能忍受各种痛苦走过艰难的人生之路，全人类之所以能在变幻莫测的冷酷大自然中建起灿烂的文明，最根本的精神支柱就是对未来的憧憬，如果所有的希望都已破灭，可能一只蚂蚁都难以生存下去。只描写人类刻意避免的世界，而不描写人类做出了难以想象的巨大牺牲，世世代代用全部生命去追求的世界，这绝不是完美的科幻。从社会使命来说，科幻不应是一块冰冷的石头，无情地打碎人类的所有梦想，而应是一支火炬，在寒夜的远方给人以希望；从文学角度讲，真正的美最终还是要从光明和希望中得到。

> 把美好的未来展示给人们，是科幻文学所独有的功能，在人类的文化世界绝对找不出第二种东西能实现这个目标。人类生活最基本的寄托是对未来的希望，而惟一能把这种希望变成鲜活的图景的科幻文学在这方面无所作为，不能不说是一个极大的遗憾，这种遗憾可能已远远超出了科幻的范围，它可能是人类精神生活中一个惨痛的损

失，因为在这方面，科幻是无可替代的。[①]

《三体3》正是这样一个螳螂捕蝉黄雀在后的结局。程心放弃按下广播按钮，地球被三体人占领。飞行在太空中的恒星系飞船启动宇宙广播。更先进的银河系文明则瞬间摧毁了暴露坐标的三体星系。地球坐标同样暴露，整个太阳系被降维打击。王德威认为这样的大悲剧是猜疑链造成的，是对"人之所以为人的一种二律背反的深刻反思"[②]。

站在上帝视角，作者的笔锋是冷峻的，甚至是以冷漠的态度对待人类，在他的笔下，无论国家首脑，首席物理学家，各行各业的精英人才都只是时间洪流中的过客，迅速湮没于极速的时代发展之中，转瞬便已无踪迹。唯一在《三体》中活过三本书的只有罗辑、程心、云天明和维德。站在上帝视角，《三体》中维德可以理直气壮地说："失去人性，失去很多；失去兽性，失去一切。"在宇宙尺度审视人类时，道德、伦理等都陷入重新设定审视的辩难中。比如人类可不可以以毁灭部分人的代价来保护另一部分人？生命究竟是不是平等的？还有《天使时代》中，人类基因究竟可不可以改造的问题。

三、猎人的枪声

在《三体》中，刘慈欣讲了一个宇宙中猎人的故事，大意是在黑暗的宇宙中存在很多智慧生命，大家蹑手蹑脚，生怕被猎人听到，被随手一枪。这就是《三体》中设定的宇宙规则是黑暗森林法则，即宇宙中如果有其他生命的存在，那一定是掠夺型的，为了争

---

① 刘慈欣：《重建科幻文学的信心》，《我是刘慈欣》，北岳文艺出版社2019年，第52页。

② 王德威：《乌托邦 恶托邦 异托邦：从鲁迅到刘慈欣》，《文艺报》2011年7月11日。

夺有限的资源，一定会对其他星球上的生命进行伤害、侵占和掠夺。这条规则的设定确立了《三体》的情节线索和发展走向，演绎出一种新的伦理和逻辑。这与人类文化和人类伦理有着迥然不同的运行模式。三体星系处在一个苦难不断循环的困境之中，他们急需寻找更好的生存环境，发现并占领地球就是他们能找到的最好的解决之道，这一点与《阿凡达》中地球人类远征外星球是一样的思维逻辑。各文明之间无法沟通，资源的有限性决定了彼此的争斗和猜疑。

《三体》花费了大量篇幅来讨论普通民众对待罗辑、程心、三体人等的态度，在这些叙述里，普通民众一时把罗辑奉为神，一时又弃为敝屣。一时觉得程心是圣母，是唯一的救星，一时又认为她是罪人。这些论述中的民众是首鼠两端目光短浅的，他们只关注自己的利益得失。遇到灾难时逆来顺受忍辱负重，寄希望于英雄的拯救。比如大移民时期，智子仅仅依靠几个水滴就让地球人俯首称臣，还有上亿的人去竞选地球保安军以期获得不移民的特权。他们帮助智子督促地球人移民，仅仅几个月就把数十亿人迁移到狭窄的澳洲。他们听信智子的花言巧语，以为听话就能活命，殊不知智子早就制订好了地球人类灭绝计划，它让人类回归原始时代，互相残杀，互为粮食。这样一步步走进智子的陷阱正是因为人类的愚蠢和怯懦。

刘慈欣对多数人的暴力始终抱有警惕之心。他多次在小说中描写这种无理性的群体暴力。群众的眼睛是雪亮的，其实群众也是最盲目的，他们常常无法对是非对错做出正确的判断，跟着某类人行动或被某种思想蛊惑，形成一种气势，然后因为人多势众而具有一种可怕的力量。

逃离地球的宇宙飞船同时发现自己飞船中的能源供给不足以支撑浩渺宇宙中的漫长飞行，于是黑暗时刻来临，他人即是地狱，以毁灭其他宇宙飞船上的人类来换取自己飞船所需的供给，同时以杀死的人类为食品，以继续在宇宙中逃生。人类文明所秉持的最高道德法则纷纷崩塌。只剩下适者生存的自然生存法则。

三体星系被广播后第三年零十个月就被摧毁，这给地球人类带来巨大的恐慌，曾经存疑的黑暗森林法则得到证实，地球也危在旦夕，如何自救，还能否自救成为地球人类需要考虑的重大问题。

　　这时，智子约见程心和罗辑，智子又重新变回程心第一次见到的那个温柔如水，清雅如茶的日本女人模样，她为他们表演茶道，送上一杯清冽的茶，在他们之间展开了一场著名的"茶道谈话"，智子回答了程心代表地球人类所问的许多问题，核心内容是黑暗森林法则打击的特点是随意的，经济的，顺手消除可能的威胁，对地球的黑暗打击随时会来。这一条理论刘慈欣在很多小说中写到，比如《乡村教师》中的高阶文明清扫低阶文明，《诗云》中神对待吞食帝国和太阳系的随意态度。这让刘慈欣小说形成了互相印证的逻辑自洽。

　　这次会面中，罗辑向智子提了一个关键的问题，他的厉害就在于总能抓住问题的关键和要害，他问："如果从宇宙尺度的远距离观察，三体世界显现出来某种危险特征，那么，是否存在某种安全特征，或者叫安全声明，可以向宇宙表明一个文明是安全的，不会对其他世界构成任何威胁，进而避免黑暗森林打击？地球文明有办法向宇宙发出这样的安全声明吗？"智子给出了肯定的回答："有。"那么，怎样做才是正确向宇宙发布避免黑暗森林打击的安全声明呢？

　　小说又一次开启悬疑的叙事，所有人都身处晦暗之中，忽然有了一点星光，只要找到星光的准确方向，就能获救，但那星光缥缈游移，让人无法掌握，于是各种推理、猜测、实验轮番上演，人性各层面也得以展示。地球于是分成了各个流派，大家想出各种愚蠢的着数，大多数是伤害他人保全自己的着数。

　　接着宗教开始全面复兴，人们相信人类在两次濒临灭绝的困境中脱险：黑暗森林威慑的建立和引力波宇宙广播的启动，都是神的力量在发挥作用。因此人人都把希望寄托在祈祷上。小说描述了一幅非常唯美奇幻的画面，更突出了人类面对危机时的荒诞和愚蠡：在地球的近地轨道上有一座世界性的太空教堂。其实只是一个巨大的十字架，能发光，做礼拜时，教众身穿太空服悬浮在十字架下面，有时人数可达数万，与他们一起悬浮的，还有无数根能够在真空中燃烧的巨大蜡烛，"点点烛光与群星一起闪耀，从地面看去，烛光和人群像一片发光的太空尘埃"。而同时，地面上也有无数人面对星海中的十字架祈祷。这是近乎奇幻的图景。

更为有趣的是人类对待三体文明的态度，在危机元年它们被认为是邪恶入侵者，也是地球三体成员心中的救世主。黑暗森林威慑建立之后，三体世界又变成一群文化低劣，仰人类鼻息的野蛮人。威慑中止后，三体人又变成入侵者和人类灭绝者，但宇宙广播启动后，特别是三体星系被毁灭后，残剩的流浪在太空的三体舰队又成了与人类同病相怜的受害者。得知可以通过发布安全声明而自救的消息后，人类社会最初强烈要求智子公布发布安全声明的办法，并警告智子不要犯下世界毁灭罪行。发现狂怒、谴责、警告无效后，又变成苦苦哀求："既然他们掌握着发布安全声明的方法，那么他们就是上帝派来的拯救天使了，人类之所以还没得到他们的救赎，是因为还没有充分表现出自己的虔诚。"于是哀求又变成祈祷，每天都有人群聚集在智子居住的楼下祈祷。希望智子发善心把躲过毁灭性灾难的秘诀告诉人类。

在这样的描述中人类如同变色龙一样毫无尊严和气节，所有的不同都是根据自身利益的得失来改变的。与对三体文明态度的改变一样，人们对蓝色空间号飞船的态度也发生了改变，由拯救天使再次变成黑暗之船，魔鬼之船，人们祈祷并请愿三体舰队尽快搜索并追杀那两艘人类飞船。在这时，还能说群众的眼睛是雪亮的吗？还能称颂群众的智慧吗？科幻就是一面镜子。不了解现实不懂得人性，写科幻小说就像隔靴搔痒。

《坍缩》描述宇宙中人力无法抵御的灾难。当宇宙坍缩发生时，一切的俗世世界发生的事情变得微不足道，地球只是宇宙中的一粒灰尘，现实只是永恒中短得无法测量的一瞬间，人类只是宇宙这棵大树上的一滴小露珠。

小说同时展开两个世界，以张工程师和省长为代表的世俗世界，他们关心的是国内主要的宇宙学观测天文台囊中羞涩，连射电望远镜的电费都拿不出来了。希望丁仪向省长施加影响，给天文台多拨些经费。省长心心念念的是，长江洪峰即将到来城市所面临的严峻考验，是灾情，将威胁百姓的生命财产安全。而负责维修大屏幕的工程师因为父亲刚刚离世而深陷悲伤中。每个人都有现实的痛苦和烦恼。这个世界是现实的，无诗意的，琐碎凡俗的世界。"我们整天像蚂蚁一样忙碌，目光也像蚂蚁一样受到局限。"

但丁仪说，现实俗世世界中的一切在宇宙坍缩面前都如一粒尘埃一样渺小。宇宙坍缩并不是遥不可及的宇宙光线频率的变化，它与地球上人类的生存生活密切相关。"基本粒子虽小，却组成了我们；宇宙虽大，我们身处其中。微观和宏观世界的每一个变化都牵动着我们的一切。"当然丁仪等科学家所代表的是精神世界，这些话语在省长和工程师听了是过于宏大抽象的词汇，是对现实苦难的漠不关心，所以工程师近乎悲愤地说："您的思想跨越上百年的空间和上百亿年的时间，地球对于您只是宇宙中的一粒微尘，现世于您只是永恒中短暂得无法测量的一瞬。"这样就将宇宙世界和人类生存的凡俗世界紧密联系在了一起。

丁仪卖完关子后才细致解说：时空和物质是不可分的，宇宙的膨胀和坍缩包括整个时间和空间。比如时间将反演，所有时间呈倒流状态，未来变成过去，所有灾难痛苦都将变得微不足道。死去的人将复活，活着的人将逆生长，碎掉的物品将完好如初，长江的洪水也将退去，一切都将倒流回原来的模样。现在的过去将是未来，而现在就在未来里。描写得如在眼前。多么奇妙，不是吗？我们曾无数次念叨：假如时光倒流，可是如果时光真的倒流了，一切又都将成为另一种灾难。就连作者的行文都变成倒着写了。这是一种超越时代的忧患意识，同时也是对积极探索不断追求的科学精神的礼赞。为人的想象提供了一个更为辽阔深邃的空间。小说将现实中的抗洪抢险与宇宙坍缩并置在一起，一个是现实中的生态灾难，一个是想象中可能发生的灾难，都指向人类如何面对这些灾难的问题。

第三节　以虫为喻

一、"你们是虫子"

隐喻不仅是一种修辞手法，也是一种思维和认知世界的方式。"隐喻不是语言的表面现象，它是深层的认知机制，组织我们的思想，形成我们的判断，使语言结构化，从而有巨大的语言生成力。"[①]"一般来说，隐喻在人类认知方面有两大作用：1. 创造新的意义。2. 提供看待事物的视角。"[②] 通过对作品中隐喻的分析可以更清晰地了解作者对待事物和世界的态度与认知。

比如《山》中的泡世界，某个遥远的地层深处有一个封闭的泡，泡里面生活着智慧生命。这些智慧生命经过无数世纪的艰苦卓绝的努力想要探索外面的世界。这里的"泡"更像是一个隐喻，对他们来说是一种固体岩层，其实也就是对他们世界的禁锢物。他们借助不断发展的科技手段，一层层突破，从封闭的岩层到液体的岩层再到气态的岩层，一点点认知他们的世界，终于来到广袤的宇宙空间，与人类相遇。这种精神气质正好与书中的人类不断探索外面世界的努力是一致的。都在不懈地努力突破生命的极限，探索更为陌生的世界。泡世界里面人们仰望天空的姿态好像就是人类仰望星

---

① 胡壮麟：《认知隐喻学》，北京大学出版社 2004 年，第 71 页。
② 束定芳：《隐喻学研究》，上海外语教育出版社 2000 年，第 17 页。

空的隐喻。这些地核人也是重要的隐喻，是对地球人奋勇抗争岁月的隐喻。

　　科幻文学首先显示了作家想象力和谋篇布局上的才华，同时，隐喻性也是科幻文学常常内含的一种诉求。隐喻性增强了文本的内在张力和思想表现力的艺术性，被一些学者视为伟大文本的"重要品质"。"丰富而深刻的隐喻至关重要，它是伟大的文学不可缺少的另一项品质，隐喻性的丰富和深刻程度是衡量文本高下的又一个尺度。"[1] 隐喻结构即把描述某一概念的词用来描述另一个概念，将两种概念叠加，以此形成文本表层含义背后的一个深层的隐喻世界。在刘慈欣小说中，作家往往将现实世界中的概念与科幻世界中的概念叠加，形成一个更具深意的文学世界，比如《山》中的地核人与地球人，泡世界与地球世界，《三体》中的三体世界的文明兴衰史与地球文明史，蚂蚁世界的文明史与人类发展史（《人与吞食者》），褐蚁与人类，哥哥文明的政治结构与地球的政治结构（《赡养人类》），达到了一种一石三鸟的审美效果，是单纯的叙述所难以达到的。读者在阅读这些看似奇幻的想象文段时，仍能很快联系到人类的历史与现实，又因其距离遥远而产生出观望的审美，初看觉得好笑有趣，细读不胜悲凉。

　　理性和逻辑是刘慈欣所认为的宇宙延续和文明走向的最终出路。小说中多次用隐喻的方式来表达对地球脆弱的观感。为了书写人类在宇宙中的地位，作家从两方面着手，一方面不遗余力书写宇宙之大，刘慈欣作品背景大多在宇宙层面展开，以此衬托地球之小之脆弱。

　　在《流浪地球》里地球前所未有地脆弱，小说借灵儿之口说："地球就好像宇宙中的一个小水泡，啪的一下，就什么都没了。"《三体3》中程心在太空中看到的地球是这样子的："最后当太空艇再次稳定下来的时候，地球又出现在视野正中，这时它看上去只有

---

[1]　林岗：《批评的尺度：什么是伟大的文学？》，《小说评论》2016 年第 1 期。

地面上看到的月球大小。几个小时前它在程心眼前展示的宏大已经消失得无影无踪，只剩下脆弱，像一个充满蔚蓝色羊水的胚胎，被从温暖的母腹中拿出，暴露在太空的寒冷和黑暗中。"含蓄地写出程心在与云天明会面之前的担忧，她此时的目光完全是一个饱含深情的母亲的目光，对地球的未来忧心忡忡。

小说多次写到人类仰望星空时心中的畏惧。小说中有一段话描写叶文洁的感受："有时下夜班，仰望星空，觉得群星就像发光的沙漠，我自己就是一个被丢弃在沙漠上的可怜孩子。我有那种感觉：地球生命真的是宇宙中偶然里的偶然，宇宙是一个空荡荡的大宫殿，人类是这宫殿中唯一的一只小蚂蚁。这想法让我的后半辈子有一种很矛盾的心态：有时觉得生命真珍贵，一切都重如泰山；有时又觉得人是那么渺小，什么都不值一提。"这段话是叶文洁说给汪淼听的。将地球人类比作小蚂蚁，表达的是人类对太空的神秘的敬畏之心。写到汪淼戴上3K眼镜观看三体组织为他特别制作的宇宙闪烁时：

> 当汪淼的眼睛适应了这一切后，他看到了天空的红光背景在微微闪动，整个太空成一个整体在同步闪烁，仿佛整个宇宙只是一盏风中的孤灯。
>
> 站在这闪烁的苍穹下，汪淼忽然感到宇宙是这么小，小得仅将他一人禁锢于其中。宇宙是一个狭小的心脏或子宫，这弥漫的红光是充满于其中的半透明的血液，他悬浮于血液之中。红光的闪烁周期是不规则的，像是这心脏或子宫不规则的脉动。他从中感受到了一个以人类的智慧永远无法理解的怪异、变态的巨大存在。

当人类置身天地间产生对天地万物的敬畏之时，也就排除了凌驾于自然之上的"人类中心主义"心态。人类从仰望星空产生敬畏和探索的激情，再到认识到人类力量的有限性，是人类具有自省力的表现。此外，高阶文明所运用的二向箔、水滴、魔戒等构成极为简单但威力极为巨大，也是另一种对宇宙能量的隐喻。与之相似，刘慈欣在描写人为的地火蔓延毁掉一座城（《地火》），一颗螺母瞬间毁灭数千人生命的地心工程时（《地球大炮》），还会只是简单地描写一种灾难的发生吗？可以说敬畏自然，敬畏星空一直是刘慈欣科幻小说中的一个重要主题。

《三体》中的雷达峰的书写也具有隐喻意义。雷达峰的出现原本是一个政治行为，在人迹罕至的地方建设的一个军事基地，目的是寻找外星人。而雷达峰军事基地的存在本身就是对大自然的巨大破坏，和对人自由的禁锢。在那座峰顶出现的天线有着神秘的惊悚："当它立起来时，就会发生许多诡异的事情：林间的动物变得焦躁不安，林鸟被大群地惊起，人也会出现头晕恶心等许多不明症状。在雷达峰附近的人还特别容易掉头发，据当地人说，这也是天线出现后才有的事。"

当天线启动时，不仅人体会有各种不适的感觉，连鸟群飞到天线范围也会被某种神秘电波击落。偌大的雷达峰是不适合生物居住的地方。正如叶文洁初次近距离见到天线时的感受那样："她再次仰望天线，感觉它像一只向苍穹张开的巨大手掌，拥有一种超凡脱俗的力量。她向手掌对着的夜空看去，并没有看到已被它打击的BN2019F号目标，在稀疏的云缕后面，只有1969年寒冷的星空。"这是一种被比喻和象征的力量，可以看作对红岸基地背后的政治力量的比喻，它专制蛮横，操控一切。同时也可视为对人类贪婪的欲望和野心的比喻，人类想控制地球和太空，也因此生出巨大的破坏力。

另一方面则是用各种隐喻来写人之渺小，比如多次将人与虫并列，使其具有动物性特征。《三体2》的序章是从褐蚁的视角切入的，作家借助叙述者的优势，用上帝视角（全知视角）把褐蚁在杨冬墓前的所听所见所感全都用人类的语言描述了出来。这是一个奇妙的开头，罗辑和叶文洁的这次会面在杨冬墓前，在褐蚁眼中只是大地的震动和一些飘过来的声音。两人长什么样有什么表情神态穿什么衣服等，褐蚁看不见也就不去写。褐蚁在往前攀爬，攀爬的过程中声音传过来了。给小说增添了悬疑氛围，褐蚁的视角当然是一个隐喻，褐蚁倾听仰望人类与人类倾听仰望三体人何其相似。这里暗示的是文明冲突，两种异质文明之间其实是无法交流和对话的，人类并不知褐蚁的所知所感，褐蚁更不会知道人类的所思所想。作者让他们在《三体2》开篇相遇，是有其写作上的深意的，因为紧接着，小说中三体人和地球人就要劈面相遇了。二者之间差异之大，大到似乎是人与蚂蚁的距离。小说是以褐蚁来隐喻人类在宇宙中的处境，在外星人眼里是虫子一样的存在。在《诗云》和《人和吞食者》中人类是被外星生物豢养的家畜。作家用这样的隐喻来提醒人类重新认识人类在宇宙中的地位和作用。

人类对三体人所知所言所感知之甚少，作家也是借助全知视角予以叙述。同时，作家尽量贴着褐蚁和三体人写，感知他们的感知，以此来展示异质文明之间沟通的困境。

在《三体1》临近结束时，三体人通过智子向人类发布了一条消息：你们是虫子。一种基于科技实力的蔑视扑面而来。而史强为了鼓励汪淼、丁仪等人的战斗勇气，也是拿蝗虫与人类的斗争史作类比，他说，虫子虽然看似弱小，却有着极为强大的生命力。人类拥有高智商高科技，拥有各种优势，仍然灭绝不了蝗虫。以此隐喻人类与三体人之间的战争将是持久的，且是胜负未定的。汪淼和丁仪领悟出：即便是虫子与人的距离，也并非不可战胜的。人类有着高度发达的科技，各种杀虫剂不断涌现，推陈出新，但是蝗虫生命的进化竟然能够快过人类科技的发展，成功躲开人类的攻击，千百年来依旧是人类的劲敌。其顽强的生命力反而赢得了人类的尊重。所以，面对高科技的三体人，人类或可背水一战。人与虫两种视角，极为宏阔与极为微小的对比，一下子把小说时空拉得极为深远。

《人和吞食者》与《诗云》是前后篇，被吞食者吞食前的地球和吞食后的人类。《人和吞食者》开篇即是来自波江座的警报："吞食者来了。"它给地球人显示了一幅恐怖的画面：一个轮胎状的怪物吞食了一颗行星，就像含在口中咀嚼一样，行星很快变成了一块铁饼。"吞食"其实是一个形象化的表达，吞食者其实是运走行星的海水和空气，开采走矿产将资源掠夺一空。这是刘慈欣一直以来的观点：资源是有限的。所以会有掠夺和战争。等吞食者离开时，行星早已是一个没有任何生命的地狱了。

大牙（达雅）是小说中的外星人，他粗陋笨重，"蜥蜴状的粗壮身躯披着大块的石板般的鳞甲，直立起来有近10米高。他自我介绍的名字发音为达雅，按他的外形特点和后来的行为方式，人们管他叫大牙。""大牙每走一步地面都颤抖一下，说话时声音像十台老式火车头同时鸣笛，让人头皮发炸，然后由挂在他胸前的一个外形粗笨的翻译器把话译成地球英语（也是路上学的），由一个粗犷的男音读出来，声音虽比大牙低了许多，仍然让听者心惊肉跳。"他称呼人类为"白嫩的小虫虫，有趣的小虫虫"。跟人类一见面，他就抓起一个人吃起来，一副残暴粗野的形象。他提议人类移居吞食者飞船由吞食帝国饲养，这样人类就成为了吞食帝国的小家禽。

第二次谈判选在非洲考古挖掘现场，人类的目的是想让大牙了解地球文明的辉煌历史以产生恻隐之心，留下这历经五万年的灿烂文明。但大牙却出乎意料地给人类讲述了一个白山王国的文明兴衰史，其实就是蚂蚁的故事。这个故事到小说结尾有呼应，地球经过一个多世纪的艰难抗争，用核弹推动月亮去撞击吞食者飞船，结果只让它受到重创，它仍然吞食了地球。这样这个小故事就有了意味深长的韵味，大牙讲述蚂蚁故事是批判人类为了考古而挖掉了蚂蚁王国，结尾则是人类用自己的身体饲养蚂蚁。人类并不是地球的主人，更不是必然的存在，其他生物也有自己的文明兴衰的历史。

在大牙描述那个蚂蚁王国文明史时，你会发现它与人类文明进化史并没有太大区别，换一个主语同样可以向前推进。而蚂蚁在漫长时间史中坚韧顽强，它们建筑的城市的精妙绝伦都是极为撼动人心的。与吞食帝国中饲养的人类正好形成对比，注定成为食物的元帅的孙子的描写，安逸中的生存，隐喻一样。战后有二十亿人类移居吞食帝国，大牙所展示的图片中那些人类吃得好生活安逸，显得特别快乐，因为他们只有被饲养得很快乐才会好吃。

大牙打开了他的手提电脑宽大的屏幕，"上面映出人类在吞食者上生活的画面：蓝天下一片美丽的草原，一群快乐的人在歌唱舞蹈，一时难以分辨出这些人的性别，因为他们的皮肤都是那么细腻白嫩，都身着轻纱般的长服，头上装饰着美丽的花环。远处有一座漂亮的城堡，其形状显然来自地球童话，色彩之鲜艳如同用奶油和巧克力建造的。镜头拉近，元帅细看这些漂亮人儿的表情，确信他们真的是处于快乐之中，这是一种真正无忧无虑的快乐，如水晶般单纯，战前的人类只在童年能够短暂地享受。"必须保证他们的绝对快乐，这是饲养中起码的技术要求，否则肉质得不到保证。

还找到了元帅的曾孙，

一个皮肤细嫩的漂亮男孩，从面容上看他可能只有十岁，但身材却有成年人那么高，他一双女人般的小手儿拿着一个花环，显然是刚刚被从舞会上叫过来，他眨着一双水灵灵的大眼睛说："听说曾祖父您还活着？我只求您一件事，千万不要来见我啊！我会恶心死的！想到战前人类的生活我们都会恶心死的，那是狼的生活、蟑螂的生活！您和您的那些地球战士还想维持这种生活，差一点儿真的阻止人类进入这个美丽的天堂了！变态！您知道您让我多么羞耻，您知道您让我多么恶心吗？呸！不要来找我！

呸！快死吧你！！"说完他又蹦跳着加入到草原上的舞会中去了。

吞食帝国文明就像强势文明的镜像，它占领地球后把人类带到吞食帝国，建立人类豢养基地以供它们食用，人类在恐龙眼中只是供食用的虫虫，他们将人类弱智化，女性化，以丰富的物质饲养，却让他们的精神停滞在无知愚昧的层面。让人想起《三体1》中科学边界组织提出的两个假说"射手与农场主"，农场里的火鸡对世界的认识就与豢养中的人类一样。当视野拉至宇宙层面的对峙时，人类也只是会思想的虫子而已。

小说结尾带有一些神性的色彩，

　　恐龙的飞船在轰鸣中起飞，很快消失在西方的天空，在那个方向，太阳正在落下。

　　最后的地球战士们围着那块有生命的土地默默地坐了一会儿，然后，从元帅开始，大家纷纷掀起面罩，在沙地上躺了下来。

　　时间在流逝，太阳落下，晚霞使劫后的大地映在一片美丽的红光中，然后，有稀疏的星星在天空中出现，元帅发现，一直昏黄的天空这时居然现出了深蓝色。在稀薄的空气夺去他的知觉前，令他欣慰的是，他的太阳穴上有轻微的搔动感，蚂蚁正在爬上他的额头，这感觉让他回到了遥远的童年，在海边两棵棕榈树上拴着的一个小吊床上，他仰望着灿烂的星海，妈妈的手抚过他的额头……

　　夜晚降临了，残海平静如镜，毫不走样地映着横天而过的银河，这是这个行星有史以来最宁静的一个夜晚。

　　在这宁静中，地球重生了。

战后二百三十年，地球统帅部幸存的一百多人重回地球，看到的是一个还有一线生机的地球。此时大牙也专程回到地球，告诉地球人他其实是地球恐龙的后代，曾经发展到极高的文明程度但遭遇地球资源匮乏，随着人口剧增，地球生态已经无法承载恐龙社会的生存，它们吃光地球和火星，最后登上世代飞船，航向茫茫宇宙，一路吞食有生态的行星。"文明是什么？文明就是吞食，不停地吃啊吃，不停地扩张和膨胀，其他的一切都是次要的。"生存竞争是宇宙间生命和文明进化的唯一法则，谁要不遵从它就必死无疑。就像是《三体》的预演，同样是因为争夺资源而导致的外星文明入侵，地球毁灭。他们选择在宇宙中流浪。现在他愿意将这些幸存的地球人带回吞食帝国并将平等对待他们，因为在大牙眼中这是值得尊重的英雄。但是此时这些地球幸存者发现地球上还有蚂蚁，但它们将很快面临食物短缺而死去。他们决定牺牲自己，以身体供养蚂蚁生活下去，让地球得以重启生机。

在地球的远古时代，恐龙帝国毁灭之后，蚂蚁从冻土中苏醒，以猛犸象为食物，度过漫长寒冬，终于等到大地回春，万物生长，蚂蚁王国得以繁盛发展。可是人类几铲子下去就毁掉了这个绵延了上亿年的蚂蚁王国。大牙对蚂蚁王国的描述非常深情，极力称赞其秩序井然分工明确，城市设计高明。大牙的意思是人类没有资格跟他们谈论道德，因为人类对待其他物种生命也没有讲道德。

《诗云》故事接续《人和吞食者》，吞食帝国掠夺完太阳系后的第十年，神威胁了吞食帝国的存在。为保平安，大牙带着他们精心挑选的虫虫礼物——人类伊依前去讨好神的使者，伊依之所以被挑中，是因为他是一个诗人，他能被留下是因为他教授的诗歌让人类虫虫口感更好一些。他在被豢养的家畜人类中担任古典文学教师。

在吞食者恐龙族眼中，诗歌无聊又无用，之所以默许他们学习诗歌，是因为学过文学的虫虫更好吃。吞食者用武力征服地球，奴役人类。神又轻松征服吞食者。但是，诗歌却意想不到地发挥了巨大的能量，让神对人类认输。小说中的神只是一个思想体，没有身体，所以他克隆出一个人的形象，再把自己的思想倾注其中，他给自己取名李白。这个李白最初是不忿于伊依所说的中国古典诗歌不可超越，发誓要写出一首超越的诗歌。他学习酿酒和饮酒，因为李白是个豪迈的酒客。他回归自然，浪迹于山水之间，月下饮酒，山巅吟诗，想用李白过去的生活方式找到灵感。但是他无法超越李白。于是，他决定用技术的力量写出所有文字排列组合的诗歌。

与此类似的还有《鲸歌》，主人公沃纳是一个毒贩，因美国防御技术日益发达，他的毒品运送屡次失败。沃纳的儿子给他找来一个科学家霍普金斯，霍普金斯在蓝鲸的大脑中安装有生物电极和计算机翻译器，所以可以控制蓝鲸运送东西。这是人类中心主义者对动物的操控，人类中心主义的世界观认为人类是生物圈的中心，一切价值的尺度，其道德地位优于其他一切存在实体。而其他存在物仅具有工具价值，是"可筑堤坝、可耕种、可榨汁、可屠宰"和具有其他使用价值的对象，被排除在人类伦理关怀和道德共同体的范围之外。"'控制自然'这个词是一个妄自尊大的想象产物，是当生物学和哲学还处于低级阶段时的产物，当时人们设想中的控制自然就是要大自然为人们的方便有利而存在。"[1] 在霍普金斯的描述中，这头蓝鲸原属于美国军方，还有很多动物被用于军事行动。他偷出这头蓝鲸是出于报复心理。而最后，沃纳和霍普金斯以及这头蓝鲸全部丧命于捕鲸船的捕杀。

小说中蓝鲸的歌声和它的死亡更像是一个隐喻。小说两次写到鲸歌，"鲸歌在响着，这是大海的灵魂在歌唱。鲸歌中，上古的闪电击打着的原始的海洋，生命如萤火在混沌的海水中闪现；鲸歌中，生命睁着好奇而畏惧的眼睛，用带着鳞片的脚，第一次从大海

---

① ［美］蕾切尔·卡逊：《寂静的春天》，吕瑞兰等译，吉林人民出版社 1997 年，第263 页。

踏上火山还没熄灭的陆地；鲸歌中，恐龙帝国在寒冷中灭亡，时光飞逝，沧海桑田，智慧如小草，在冰川过后的初暖中萌生；鲸歌中，文明幽灵般出现在各个大陆，亚特兰蒂斯在闪光和巨响中沉入洋底；鲸歌中，一次次海战，鲜血染红了大海；数不清的帝国诞生了，又灭亡了，一切的一切都是过眼烟云……蓝鲸用它那古老得无法想象的记忆唱着生命之歌，全然没有感觉到它含在嘴中的渺小的罪恶……"在鲸的歌声中描绘出地球生命发展史，时光飞逝，岁月沧桑，地球文明日新月异，科技发展一日千里，结果摧毁了这一古老的生灵。小说结尾，鲸临死前发出最后的歌唱。鲸代表的是大自然的力量，人类应该敬畏自然，学会与自然和谐相处，要尊重并保护人类之外的一切生物。

二、蝴蝶意象

《混沌蝴蝶》中蝴蝶意象多次出现，前言部分就在解释什么是蝴蝶效应。可以说蝴蝶意象是小说贯穿始终的核心意象，既有科幻成分的核心所在，也是一个包含多层含义的隐喻。理论层面代表了影响世界的弱小因素，小说中刘慈欣的作品主题大都是关心自然关心地球人类的命运。刘慈欣说："如果一个人成天只会沉浸于个人的小情感之中，对祖国民族和人类的命运漠不关心，对大自然的神秘和宏大麻木不仁，那这人不可能写出好的科幻小说来。"[1]《混沌蝴蝶》塑造了一个悲情英雄亚历山大，他极具智慧，试图以一己之力改变战争格局。亚历山大有一个患尿毒症的女儿，妻子非常爱自己的女儿，她把自己的一个肾脏移植给了女儿，女儿还需要不断打排异针，此时，亚历山大毅然决然离开了极度需要他的妻女，因为他觉得自己要做的事更为重要，他也相信可以凭借自己的科技发明改变战局，那样妻女也就永远安全了。

---

① 刘慈欣：《初学者如何写科幻》，科幻网。

亚历山大想用蝴蝶效应改变国家和家人的命运，他所采用的方式就是通过大数据测算世界气象的敏感点，在敏感点作出改变，以此来改变国家的天气，南斯拉夫上空布满阴云，这样北约就无法空袭。所采用的原理就是蝴蝶原理，亚历山大提出的方案听起来极为荒诞，在地球某个特定地点泼一盆热油或抽一支雪茄就能改变地球的气象。他的妻子艾琳娜悲伤地说："你一直生活在自己的梦里。我不拦你，我就是被你的这些梦想打动才嫁给你的。"

　　在他的好朋友，苏联高科技核武器研究中心烈伊奇院士的帮助下，亚历山大顺利找到了位于非洲毛里塔利亚和太平洋琉球岛的两个大气敏感点，成功改变了地球气象，让大雾和阴云笼罩了南斯拉夫三天时间，也成功阻止了北约的三天轰炸。但是在他寻找第三个大气敏感点时，亚历山大拜托好友烈伊奇所用的克雷计算机突然被关闭，造成了另一个反向的蝴蝶效应，轰炸提前。艾琳娜去给孩子取药，亚历山大恰巧因为烈伊奇的电脑出问题而不能找到气象敏感点，南斯拉夫上空阳光明媚，"城市的一切在明媚的阳光下显得那么宁静，甚至比以前都宁静"。她怀抱着给女儿救命的药，也是怀揣着对未来的幸福期待。就在此时看见了"它"，那个恶魔一样的炸弹，"看上去那么光滑无害，根本不像报纸上描述的像一条恶鲨，倒像是从多瑙河中跃出的一条天真无邪的海豚。"这个"海豚"击中多瑙河上的大桥和桥上的公共汽车，艾琳娜遇难，等待排异药而不得的卡佳也因此丧命。在她弥留之际恍惚看见爸爸变成了一只蝴蝶，扑闪着巨大的蝴蝶翅膀，驱散了城市的阴云。在亚历山大家庭悲剧发生之时，意大利盟军司令部这边正在开舞会，形成了一个对比。泪流滂沱与诗情画意，家破人亡与纸醉金迷，形成了一个对比。

　　主人公连他的妻子都不相信他，朋友里面也只有一个远在他国的朋友相信他帮助他，他一直在孤身奋战，就像一只弱小的蝴蝶。他堂吉诃德一样以一个破旧的盾牌和生锈的长矛与世界上最强大的力量作战，失败的结局早已经注定。与堂吉诃德不同的是，亚历山大拥有极为高级的科学技术，他的设想看似惊世骇俗却也具有可操作性，他也成功过两次。如果不是烈伊奇的电脑出问题的话，他也是极有可能成功的。

世界是混沌复杂的，蝴蝶效应只是这个混沌的世界的一部分，但并非决定因素。同时蝴蝶意象让我们想起庄子那个著名的故事，《庄子·齐物论》："昔者庄周梦为胡蝶，栩栩然胡蝶也，自喻适志欤！不知周也。俄然觉，则蘧蘧然周也。不知周之梦为胡蝶欤，胡蝶之梦为周欤？周与胡蝶，则必有分矣。此之谓物化。"蝴蝶与庄子物我同一，难辨彼此。亚历山大就是那只蝴蝶，在科学的世界里扇了一下翅膀，也影响了世界。但他毕竟只是一只小小的蝴蝶，只能无奈地看着悲剧的降临。亚历山大在精神气质上与丁仪等人是一致的，他们身上有一种牺牲自我奉献社会的精神，心心念念所系的是人类和祖国，主人公一遍遍默念：为了苦难的祖国，我扑动蝴蝶的翅膀。这里蕴藏着一颗科学家的拳拳报国之心。

就将他与蝴蝶合二为一。为了强化这个意象，作家安排他的四岁的女儿卡佳在临终之际看见父亲变成了一只巨大的蝴蝶。亲情与爱国，人性与科学在此完美地融合在了一起。命运是如此混沌，不可预测，亚历山大成功启动了两大气象敏感点，为自己的国家召来浓雾使得敌军不能轰炸。眼看就要大功告成，却在另一个偶发事件造成的蝴蝶效应下败下阵来，失去了挚爱的妻女，自己的国家也即将遭遇灭顶之灾。

用科幻隐喻社会现实会显示出一种张力，从而使作品内涵具有更丰富的阐释可能。《超新星纪元》中也出现了混沌和蝴蝶：

> 正是科学告诉我们未来不可预测，因为世界是一个混沌系统。这儿蝴蝶拍一下翅膀，在地球那边就有一场风暴。我们每个人都是蝴蝶，每只蝴蝶都是蝴蝶，每粒沙子

和每滴雨水都是蝴蝶，所以世界才不可预测。

刘慈欣借助蝴蝶效应说明：每个人其实都是有自己的巨大能量的，那个个体看似柔弱但也有可能带给世界以改变。哪怕只是一只极小的蝴蝶翅膀的扇动，也有可能制造飓风。所以，世界是相互关联的，世界的和平，地球的生态，他人的安危，都极有可能与我们每个人息息相关。这个哲学思维在刘慈欣作品中反复出现过，《地火》中刘欣的一个科研项目导致一座城市燃烧了一百二十年。《乡村教师》中老师临终前教给孩子的物理知识居然拯救了地球。《球状闪电》中一个意外让人类文明倒退了几十年。

《三体》中叶文洁只是向外太空发送了一个短信，却引发了长达几个世纪的星球大战。罗辑只向天空发送了一句咒语，两个星球的战争如同被施展了定身法，停了下来。他们也是蝴蝶，凭借一己之力扇动了宇宙的飓风。同时作家又承认人类的能力其实是很局限的，科技并不能解决地球上所有问题。霍金有一句话："**上帝不仅掷骰子，而且他总是把骰子扔到我们看不到的地方。**"[1]《信使》里面就出现过"上帝是否掷骰子"意象，刘慈欣让未来的信使告诉爱因斯坦，答案是肯定的。从未来视角告诉爱因斯坦的答案形成了对历史的另一种解读。《朝闻道》干脆让霍金亲自出场，追问排险者：宇宙的目的是什么？让小说的哲理高度又升了一层。

混沌理论在中西文化中都有雏形，中国古代盘古开天地神话中天地混沌如鸡子，古希腊的宇宙混沌说等。混沌中包含着不确定性和丰富复杂的内涵，这篇小说中所包孕的主题首先就是混沌的，有爱国主义，有亲情母爱，有科学人性，也有命运博弈。在冷峻的叙事中也有温情的人文关怀。

小说从一首民谣写起："少了一颗钉子，丢了一块蹄铁；少了一块蹄铁，丢了一匹战马；少了一匹战马，丢了一个骑手；少了一

---

① 赵峥：《探求上帝的秘密》，北京师范大学出版社 2009 年，第 170 页。

个骑手，丢了一场胜利；少了一场胜利，丢了一个国家。"开宗明义讲述蝴蝶效应，接着用二十个小节讲述了一个科幻故事，形成了多线交叉的叙事方式，以时间为线索，围绕主人公的行踪展开叙事，在时间设置上也与历史上的真实事件有意叠合，1999 年北约轰炸南联盟，1999 年 5 月 8 日清晨北约导弹袭击中国驻南斯拉夫大使馆，造成三死二十余伤的惨重结果。

小标题以时间 + 地点的方式组合，给作品增添了纪实的错觉。似乎一切都是有人用日记记录下来的。一个月的时间从故事开始到结束，场域随着亚历山大寻找气象敏感点而转换，妻女的情况和烈伊奇的状态同步随之而来，编织了一个跨越千里的时空图景。在这个图景里，妻女悲苦凄惨呼救无门，死于大轰炸之中。而亚历山大辗转世界各地，同样艰难求索，以寻找最适合的气象敏感点来实施他的蝴蝶扇动。北约军事机构也时时出镜，不断变换的命令和轰炸结束后的纸醉金迷等，形成了互相交织的对比与互相映衬的画面拼接，也极大拓展了小说的主题和悲剧意蕴。小说还有前言和后记予以说明。

三、《光荣与梦想》

《混沌蝴蝶》与《光荣与梦想》《天使时代》都是救亡强国的主题，弱小国与强大国的实力悬殊犹如天地之隔，对峙双方都是以美国为代表的科技强大的国家。弱小国的战斗者往往并不是战士。《光荣与梦想》中是一群贫病交加的体育运动员奥卡、莱丽、辛妮。《天使时代》中是一个曾获得诺贝尔奖的科学家伊塔。而《混沌蝴蝶》中则是一个编外科学家亚历山大。这些悲情英雄有许多共同之处，他们都是心中有至为神圣的梦想并有为之付出一切的坚韧执着品格的人，他们的抗争犹如螳臂挡车，鸡蛋碰石头，所以他们付出了生命的代价依然惨败，这也使这些人物身上罩上了一层悲壮理想主义的光芒，明知不可为仍全力以赴，明知结局早已注定却仍要奋力一搏。他们为梦想而战的勇气和展现出来的科技让人印象深刻。莱丽在高低杠上坚持要完成高难度动作，她的教练劝阻她即使得满分也无法扭转败局，但她仍然坚持去做结果摔成重伤；辛妮燃尽身体的一切能量坚持跑到底，当她力竭而亡时竟然面带微笑，因为她实现了自己的光荣与梦想。这种光荣与梦想精神具有古典气质，它是战斗的，一往无前的，为着信念可以倾尽全力的，是一种明亮而悲壮的理想主义气质。在刘慈欣作品里很多人物形象上都能找到。《三体》中的维德、章天明等，他们的战斗精神可以延续百年，最终可以为自己的信念而含笑赴死。

《光荣与梦想》就像是《混沌蝴蝶》的续接，在《混沌蝴蝶》中的轰炸结束后第十七年，讲述战争带给普通老百姓的痛苦和灾难，讲述人类如何捍卫光荣，坚持梦想。小说开头："晨光已照亮了半个天空，西亚共和国的大地仍然笼罩在黑暗中，仿佛刚刚逝去的夜凝成了一层黑色的沉积物覆盖其上。"景物描写萧瑟凝重，预示后面要讲述的故事是在一个压抑的氛围中展开的，同时也是对西亚共和国处境和未来命运的隐喻，它没有光明的未来，即将到来的是战火纷飞和惨烈的牺牲。

紧接着作家推出一幅令人震撼的画面，一群人，包括曾经的大学教授和退伍军人都在垃圾车旁抢垃圾吃。"这个被封锁了十七年的国家已在饥饿中奄奄一息。"辛妮也是其中一个，十几岁的女孩子是个哑巴，也是一个天才的长跑者，她皮肤黝黑，看上去十分瘦弱，"那双眼睛在她瘦小的脸上大得出奇，使她看上去像某种夜行的动物。与其他拾荒者麻木的眼神不同，这双眼睛中有某种东西在晨光中燃烧，那是渴望，痛苦和恐惧的混合。她的存在都集中在这双眼睛上，与之相比那小小的脸盘和瘦成一根藤似的身躯仿佛只是附属在果实上枯萎的枝叶"。她多次饿晕却仍然坚持练习跑步。当格兰特抱起饿晕的辛妮时，"她的浸满汗水的身体软得另人难以置信，仿佛是条放在他手臂和膝盖上的布袋"。

这时国家体育总局局长克雷尔找到辛妮，他同时寻找的还有其他曾经在国际比赛中获得好成绩的体育运动员。这些人看上去都面黄肌瘦，衣服破旧，有人还在不停地咳嗽，饥饿和贫穷醒目地写在他们脸上。这支仓促组建的代表队将承担前所未有的重大任务，他们将代表国家战斗并以体育成绩决定国家的生死存亡。这也是小说唯一与科幻接续上的地方：比尔·盖茨的和平视窗计划。为了避免真实战争的伤亡，各国在计算机上数字化模拟战争，而代替战争的最好方式就是奥林匹克运动会。

因此小说叙述的重点就是第二十九届奥林匹克运动会，参赛队伍：美国和西亚共和国。如果西亚共和国的运动员能赢得金牌将为国家争取更多机会和利益，比如取消经济制裁等。这样一群十多年来饱受饥寒困顿折磨的运动员所承担的是他们根本承担不起的重任，就像一个黑色幽默。小说花了三分之一的篇幅在描写他们处境之惨。因为他们除了体育之外没有一技之长，大多在西亚的苦难岁月里沦为最穷的人。几年的饥饿和疾病使他们已不具备作为运动员的起码体格。所以这一场看上去公平对决的视窗计划其实从一开始就是不平等的。实力悬殊太大。而这些运动员也为国家的荣誉奉献了一切。莱丽重伤，生死未卜。辛妮当场力竭而亡。萨里在战争开始后上了战场。无论国家如何抛弃他们，如何饱受忧患折磨，一旦国家需要他们，他们仍然会拼尽全力去为国家争取光荣。

小说插入一个特别的运动员萨里，他原本是最有机会为国家赢得金牌的人，去赛场的路上他是被众人抬过去的，他因四年前曾在国际赛场拿到过金牌，所以被寄予厚望。但他却在开赛之前提出要五百万美元的参赛费，他说："我的父亲是为国家而死的，他在十七年前的那场战争中阵亡，那时我才八岁，我和母亲只从政府那里拿到一千二百西亚元的抚恤金，之后物价飞涨，那点儿钱还不够我们吃两个星期的饱饭。"萨里从肩上取下其他西亚运动员为他披上的国旗，抓在手中大声质问："国家？国家是什么？如果是一块面包它有多大？如果是一件衣服它有多暖和？如果是一间房子能为我们挡住风雨吗？！西亚的有钱人早就跑到国外躲避战火了，只剩下我们这些穷鬼还在政府编织的爱国主义神话里等死！"这些愤激之语也算是道出了政治的本质。

小说采用了设谜—解谜的叙事结构，长跑冠军辛妮为什么会饿晕在垃圾场边？克雷尔为什么要找到这么多运动员？他们要去哪里要去做什么？小说并不交代，而是将一个巨大的谜团罩在辛妮和读者心上。小说以辛妮为叙事者，以她的眼睛观察和她的大脑思考，并不断发现：事情不对。采访团从不提问。公路上看不到其他车辆。奥运村漆黑一团。奥运广场的旗杆上光秃秃的。一种诡异的寂静。住地像陵墓，前去参加开幕式像葬礼。所有这一切都"越来越像一个阴沉而怪异的梦"。

辛妮的长跑比赛是写作的重点，采用辛妮的意识流蒙太奇的写法，因为辛妮在单调的跑步中，思想却可以岩浆一样奔涌，她想起了母亲之死和教练奥卡之死。现实和回忆纠缠在一起，一开始跑步辛妮似乎就产生了幻觉，她不是在比赛，而是在为母亲找药的路上奔跑，她非常焦虑，辛妮母亲因炸弹中的铀引起怪病，濒临死亡，只有外国救援队才有药，她一路跑过去，没有求到药又一路跑回来。回忆中的奔跑是要救母亲，现实中的奔跑是要救祖国，二者都传递出一种压抑和焦虑。她奔跑速度之快引起体育老师奥卡的注意，奥卡带走辛妮，用全部心血培养她。他卖掉祖传的《古兰经》给辛妮买吃的。奥卡的家人前来吵闹，指责他不顾家人的死活，用钱供养他人。辛妮要放弃，奥卡干脆自称是辛妮的父亲，继续支持辛妮训练，直到有一天倒地而死。他留给辛妮的遗产就是五个字：光荣与梦想。辛妮仿佛在一个噩梦中奔跑，回忆是凄凉的梦，现实是压抑的梦。"地球神鹿"像一团黑色的火焰在前面奔跑，她就像那个扑向火焰的小虫。

奥卡也是一位殉道者，他的道就是培养天才辛妮。在辛妮即将失去力量的时刻，"黑雾又笼罩了辛妮的双眼，韦斯特将军在黑雾中出现，手拿已经熄灭的火炬：辛妮，你的圣火要灭了，你燃尽了自己。一团红光浮现，奥卡举着燃烧的火炬站起身来：不，孩子，还有东西可以燃烧，记得我留给你的遗产吗？韦斯特笑着摇摇头：别再燃烧了，辛妮，你不是圣女贞德，一切都已失败，燃尽一切，你什么都得不到。奥卡挥动火炬，火焰呜呜作响：不，孩子，分裂的祖国正因你而重新联为一体，你的圣火不能灭！辛妮冲奥卡大喊：点燃它！！奥卡把手中的火炬伸向前来。轰然一声，光荣与梦想熊熊燃烧起来。"尽管辛妮、莱丽等人付出了生命的代价，战争仍然不可避免，"和平视窗计划只是个美丽的童话，竞赛代替不了战争，就像葡萄酒代替不了鲜血"。

第三章　英雄情结

第一节　何为英雄

　　什么是英雄？刘邵在《人物志》中说："夫草之精秀者为英，兽之特群者为雄，故人之文武茂异，取名于此。是故聪明秀出谓之英，胆力过人谓之雄，此其大体之别名也。……必聪能谋始，明能见机，胆能决之，然后可以为英，张良是也。气力过人，勇能行之，智足断事，乃可以为雄，韩信是也。"[1] 在我国传统观念中，"谁能力挽狂澜，转危为安，谁就是英雄；谁能把多元的政治力量协调起来，谁就是英雄；谁能在混战厮杀中重建秩序，谁就是英雄；谁能把破碎的山河重新统一起来，谁就是英雄；谁能让耕者有其田，士大夫有其位，工商有其业，谁就是英雄"[2]。强调的是有实力有才干有胸怀格局有奉献精神，所谓侠之大者要能肩挑泰山，埋头苦干，扛起黑暗的闸门，为众生遮风挡雨。能在重要时刻挺身而出发出呐喊，或用行动去力挽狂澜者即为英雄。在中国文学史上从不缺少英雄，《水浒传》中的草莽英雄，《三国演义》中的谋略英雄，《红岩》《林海雪原》中的革命英雄等。

　　从刘慈欣科幻小说中你会发现他有一种英雄情结，或者说他

---

[1]　刘邵：《人物志》，文学古籍刊行社 1955 年，第 35 页。
[2]　金泽：《英雄崇拜与文化形态》，商务印书馆 1991 年，第 102 页。

持有"英雄史观",即是"认为少数英雄人物能够主宰和创造历史"①。韩松曾说刘慈欣身上有一种"执拗的,属于上上个世纪的英雄气"②。刘慈欣自己也说:"科幻文学是英雄主义和理想主义的最后一个栖身之地,就让它们在这里多待一会儿吧。"③ 也许刘慈欣在精神层面也是有着宏大激情的英雄气质的,感觉他有点像罗辑,也可以在云天明身上找到熟悉的影子。我从未见过刘慈欣,只是在阅读作品中发现他在这两个人物身上倾注了非一般的情感,这是很罕见的。刘慈欣说过科幻小说的重心不是塑造人物形象。他的很多人物形象都像是一个个抽象的符号,缺乏独特的个性。但是罗辑和云天明这两个人物形象塑造得很饱满很立体。

在不停流淌的历史长河中,个人能起到什么作用呢?"那些大人物筑起的堤坝和挖出的河道真的决定了历史的走向。"或者,"你所说的大人物们不过是在历史长河中游泳的运动员,他们创造了世界纪录,赢得了喝彩和名誉,并因此名留青史,但与长河的流向无关。"这是两种有代表性的历史观点。

十九世纪英国著名的政论家、文学家、历史学家托马斯·卡莱尔(1795—1881)认为历史是英雄的历史,他 1840 年 5 月在伦敦作有关历史的演讲时,开篇就声称:"在我看来,世界的历史,人类在这个世界已完成的历史,归根结底是世界上耕耘过的伟人们的历史。……甚至不妨说他们(伟人)是创世主。……可以公正地说,整个世界历史的灵魂就是这些伟人的历史","世界历史不过是伟人们的传记"④。科幻小说的特性决定了小说中要有英雄,甚至是超级英雄。就像我们熟悉的漫威电影或者其他科幻小说中,往往是个体

---

① 《哲学大辞典》,上海辞书出版社 2001 年,第 1838 页。
② 韩松:《我为什么欣赏刘慈欣》,《异度空间》2004 年第 2 期。
③ 刘慈欣:《从大海见一滴水——对科幻小说中某些传统文学要素的反思》,《科普研究》2011 年第 3 期。
④ [英]卡莱尔:《英雄和英雄崇拜——卡莱尔讲演集》,上海三联书店 1988 年,第 1、21 页。

的英雄创造了奇迹。

刘慈欣科幻小说的背景大多设置为末日情境，超级灾难需要非常之人来扭转局势。以《三体》为例，三部曲中对历史发展起关键作用的是面壁者和执剑人，因此程心执剑失败之后罪恶感才那样深重。而云天明、维德、罗辑因自觉担当了正确的使命而临死前自觉死得其所。滚滚长江东逝水，浪花淘尽英雄，时间就如同这滚滚而逝的长江水，英雄们在几个世纪的时间长河中奋力泅渡，前仆后继，展现个人能力和坚韧意志，为地球人类的生存谋得一线生存空间。他们越艰难越努力越具备英雄色彩，也就越能证明个人在历史长河中的作用。所以《三体1》可以看作是叶文洁传，《三体2》则是罗辑传，《三体3》是云天明和程心传。地球大地的风云变幻都是出自这几个人的手笔。

一、维德式复杂英雄

PIA局长托马斯·维德出场是借助程心的眼睛看见的。维德看上去很年轻帅气，脸上的线条很古典，"程心后来发现，这种古典的感觉多半来自他的面无表情，像从后面的油画中搬出来的一座冰冷的雕像"。但他的目光很特别，"那目光给她最初的印象是疲倦和懒散，但在深处隐隐透出一丝令她不安的锐利"。当他笑的时候，"他脸上出现了一抹微笑，但丝毫没有使程心感到温暖和放松，那微笑像冰封的河面上一条冰缝中渗出的冰水，在冰面上慢慢飘散开来"。

维德只提到过一次他的老母亲和他的猫，此后再无一句交代他是否结婚生子之类。他个人的生活在《三体》中是不提及的，维德对自己的事情讳莫如深，对同事从未吐露过他的过去和他的思想，"他仿佛就是一台工作机器，工作之外就在某个不为人知的地方关机了"。这很符合他的身份，PIA局长首先要保守住自己的秘密。同时也符合他的性格，他是一个极为理性的人，对世界上绝大多数人和事都抱有一种不屑之感。他似乎总带着一缕嘲讽的笑。他嘲笑程心为情所痛苦，嘲笑瓦吉姆的温厚善良，喜欢看他人陷入痛苦之中。但同时他又自觉担负起了对地球的责任，这一性格贯穿他生命的始终，他所做的每一件事都是为了地球正义。

和维德的深不可测相比较，程心稚嫩青涩得像个刚走出校门的大学生，她无法理解维德。尤其是两人见面之初，程心试着报以微笑，维德的第一句话让她的微笑和整个人都凝固了："**你会把你妈卖给妓院吗？**"这是对程心从小到大所受教育的价值观、伦理观的颠覆。后来瓦季姆给程心解释，这句话是二战期间老手调侃新手的：地球上只有我们这个行业是以欺骗和背叛为核心的。对于那些公认的准则应该适当灵活一些。

维德提出阶梯计划。当 PIA 所有人都认为做不到光速的百分之一时，维德坚定地用拳头砸着桌子："**别忘了我们有资源！我们用资源改变原理，把巨大的资源聚焦在那个小小的东西上，用野蛮的力量把它推进到光速的百分之一。**"他是狂热的目标主义者，也是一个坚定的执行者。无论做任何事他都不惜一切代价也要达成。他的口号就是：前进，前进，不择手段地前进！

程心提出用核弹群推送探测飞船去三体世界，当时的科技水平并不能支持送一艘飞船上天，维德提出送一个人过去。而当送一个人也不能实现时，维德提出送一个大脑。为了让最适合送去三体世界的瓦季姆去，他让人在瓦季姆的私人用品上下毒，使瓦季姆得了白血病而死于车祸，也正因为有了大脑计划，才有了云天明出场。

阶梯计划被讨论的同时，也是面壁计划向全球公布之时，程心也是在这个时候见到了罗辑，目睹了罗辑从联合国会议厅大门走出来遭遇刺杀。这两人的非见面的见面有着非凡的意义，他们都是生活到地球末日的人，都是用实际行动与三体侵略者战斗到底的人，从某种意义上说，他们都是令人敬仰的面壁者。小说最后，刘慈欣让程心和罗辑见面并有一段温馨的相处。

维德并不关心面壁计划，他关心的是宇宙逃离计划，如何能在三体人来袭击之前成功逃离地球。但他给予了面壁者罗辑以敬意，他说这个非常时代没有无名之辈，任何普通人都可能随时被赋予重任，任何显要的人也可能随时被取代。

维德和另外六个公元人所领导的地球抵抗组织正好与之相反，不相信两个星球之间会有和平，他们确认宇宙中有猜疑链和黑暗森林法则，他们相信威慑的力量。他们一起劝说程心放弃竞选执剑人资格，游说失败后，维德选择刺杀程心。他们都清楚看到了程心和当下政府的弱点：没有政治经验，经历有限，没有正确判断形势的能力，更不具备执剑者所需要的心理素质。

维德在射杀程心时说："你除了善良和责任外什么都没有。"他承认自己谋杀了瓦季姆，现在又来刺杀程心，因为程心很有可能当选执剑人，事实证明他的目光是非常敏锐的。"你们都很出色，但挡道的棋子都应被清除。我只能前进，不择手段地前进!"维德在《三体》中始终是一个坚强战士的形象，在地球被三体智子占领后，几乎百分之九十九的地球人包括地球联合国、星际舰队都选择了屈服，他们听从智子的安排进行大迁徙，组建地球治安军，只有维德等一批人看穿了三体人的阴谋。他们与治安军游击战，等待与入侵的三体人最后决战。他们的战斗在智子和水滴帮助下的治安军面前如同自杀。智子的眼睛无处不在，他们的所有行动都在智子的监控中，所以他们的军事行动大多数时候是明知是死而毅然赴死。他们悍勇血性，前仆后继，慷慨赴死。这才是执剑人该有的气质与风范。而程心一经失败立马自己先精神崩溃，想要自杀谢罪，没死成就躲进丛林，在艾AA和老人的保护下苟活着。

三体人所做的事，地球上所发生的事，一切都是维德他们预料之中的事情，维德的非凡智慧就体现于此，他能洞穿对方的幽暗意识，看透阴谋，当然他也善于把自己隐藏在幽暗之中。他理性，善于战斗，目标始终很明确，他是那个最坚定的精神上的执剑人。有他存在人类就不会被奴役，就一定会战胜三体人。他只会选择战斗，不会被流言迷惑。这正是他与程心最大的不同，他从来都不相信三体人是善良的，是来帮助地球人的。他坚定地相信黑暗森林法则和猜疑链，相信只有实现技术爆炸才能掌握主动权。

与他相比，程心就像一个天真的小女孩，一点小花着就能迷惑她，使她相信公元人会给地球带来灾难。他们就好比地球上的战狼派和和平派，战狼派坚信拳头决定话语权，科技才能让地球人活下去。而和平派相信三体人和地球人之间可以和平共处，可以文明互惠。智子正是抓住程心这种心理，展现在她面前时是一副温柔和善，和谐宁静的形象，她穿最柔美的和服，化最精致的妆容，展示优美的茶道，说最温柔的话语，她要让程心相信她没有丝毫的侵略性。而程心做梦都不敢去想的事，当她看到血淋淋的真相时瞬间精神崩溃，在巨大打击下失明。仿佛骤然间从光明世界坠入到黑暗之中。维德和他的游击队一直战斗到最后，当万有引力号发动引力波威慑，当三体智子三体水滴从地球撤走时，维德又率领他的部队马不停蹄地开始曲率恒星际飞船的研制。

维德自始至终是一个责任感极强的理想主义者，他激进、有野心，有强大的行动力，有坚韧不拔的精神力，这些都是他身上的标签。从程心第一次见到维德到他生命的终结，维德其实都没有改变，他是那种可以为狂热理想献出所有的人。小说写程心再次从冬眠中醒来，在星环集团见到的维德已经一百一十岁了，"他的头发和胡须仍剃得很短，全都是雪白的了。他不拄拐杖，步伐稳健，但背有些驼，一只袖管仍然空着。在与他目光相对的一刹那，程心明白这人仍然没有被时光击败，他身上核心的东西没有被时间夺走，反而更凸显了，就像冰雪消融后露出的岩石"。

他因竞选执剑人而去刺杀程心，一只手被毁掉，当时的医学水平是能恢复那只手的。但是他一直让那只手空着。他在用这种方式表示他的内疚。包括他遵守对程心的承诺选择赴死，都是他人格高尚的表现。程心此时对他没有任何约束力。相反，维德拥有荷枪实弹的自卫队，随便一粒反物质子弹就能轰毁太空城。但他并没有那么做。当然，这可以视为小说的一处败笔。

程心从冬眠中醒来只看到维德和他的自卫队的威慑力，并未能对整个事件作出清醒正确的判断，就要求维德交出星环集团的控制权，其实也就是交出维德和他的自卫队的生命。而此时，为光速飞船奋斗一生的维德和毕云峰等人居然轻易就妥协了。因为程心的一句话解除所有武装实际上也是交出了一辈子的心血和努力，以及星环集团很多人的性命。维德这么容易就妥协显得太过仓促。与前面两本书所述的维德形象有出入，他可不是一个容易妥协的人，哪怕是自己有承诺在先。对这种疯狂执着于目标，在斗争中生活的男人来说，他既已知自己是对的就不会轻易放弃。他早已看透程心的愚蠢，却把胜利的希望和自己这帮人所有一切都拱手相让，似乎并不是他的风格。

况且星环集团虽然名为程心所有，但是实际上程心从来没有管理过公司，一开始是国家要回收云天明送给她的那个星星，给了她一大笔钱，艾 AA 用这笔钱办了星环集团，刚开办公司维德就上门要求给他经营，他要研制星际舰队。程心把公司给了维德之后就进入了冬眠。所以星环集团的所有成功和发展都是维德和他的追随者所创造的。程心醒来后就要收归己有，按照维德的性格，他明知程心是错误的，而自己的成功马上见分晓，于情于理他都不应该那么轻易妥协。

但小说让他履行承诺，平静赴死。于是光速飞船建造计划终止，星环集团被政府没收，维德被处死，程心和艾 AA 又进入冬眠，好像她的苏醒就是为了处死维德和终止光速飞船建造计划一样。当程心坚持要求维德停止抵抗交出反物质枪弹时，维德露出罕见的无助和乞求，让程心再考虑一下，被拒绝后，他只说了一句话："失去人性，失去很多；失去兽性，失去一切。"程心说她选择人性，此时，"维德挥手制止了想对程心说什么的毕云峰。他的目光黯淡下来，有什么东西熄灭了，永远熄灭了，岁月崩塌下来，压在他身上，他显得疲惫无力。他用仅有的一只手扶着金属平台，吃力地在别人刚搬来的一把椅子上坐下，然后慢慢抬起手，指指面前的平台，低垂着目光"。他命令所有人上交了反物质子弹。

维德若不遵守承诺对程心来说反而是一种幸运，她不用再背负类似执剑人那样艰辛的责任。遗憾的是，历史重演，程心第二次犯错，使人类错过了发展光速飞船的机会。

因为程心所担心的战争极有可能不会发生，维德他们所造的反物质子弹其实也是一种威慑体系，是与星环集团外的世界达成某种协议的手段。维德他们非常清楚，有光速飞船人类才有被拯救的希望。但程心不知道，她只有罩着虚幻母爱的自以为是。此时程心的形象是非常可憎的，她从冬眠中醒来，还未完全弄清楚状况就上帝一样决定了人类的结局。也不太符合前三部分程心的形象，毕竟她也是曾在痛苦和愧疚的深渊里挣扎了那么多年，也曾深刻反省自己的轻率，为什么那些愧疚和反思在此时一点痕迹都没有了呢？面对一百多岁维德的死她心情平静，毫无自责。程心写到第四部时被符号化，空心化了。

当初维德找到程心要求要星环集团从事光速飞船研究时，程心是同意的，因为她本人也是想选择光速飞船，她说："因为只有在这个选择中，人是大写的。"地球生路有三条：掩体计划有点像掩耳盗铃，当危险真正来临之际，那些花费大气力建造的太空城脆弱得像一个个鸡蛋，连维德他们的反物质子弹都无法承受。黑域计划是人类的科技无法企及的，即使做到也是一种文明的自残，从此以后人类将永远躲在太阳系苟延残喘。而光速飞船才是真正的突破和奋斗，正如那位自卫队队员对程心所说的话："知道他们要从我们这里夺走什么吗？不是城市和光速飞船，是太阳系外的整个宇宙！

是宇宙中亿万个美妙的世界！他们不让我们到那些世界去，他们把我们和我们的子孙关在这个半径五十个天文单位，名叫太阳系的监狱里！我们是在为自由而战！为成为宇宙中的自由人而战！我们与古代那些为自由而战的人没什么区别，我们会战斗到底！我这是代表自卫队所有人说话。"

二、章北海式隐身英雄

《三体2》把最深刻的思想给了丁仪，让这位跨越几个世纪的老物理学家死得其所，为科学探索英勇献身，并在离世之前留下许多关于后世与三体人战斗的谋略。而把最智慧的权谋和最孤独的隐忍给了罗辑，让他忍辱负重，费尽筹谋，布局一场决定地球和三体世界结局的对赌，最终为人类胜利猎取了成功。把最忠诚最勇敢最坚毅的品质给了章北海，在几百年的岁月里为了让舰队研究走自己想要的发展方向，他设计谋杀了几个航天专家。章北海极像谍战片中潜伏在敌军阵营中的英雄，具有超人的意志，超人的智商，忍辱负重，在绝对孤独中运筹帷幄。他会非常理性和铁血，甚至会除掉包括自己人在内的所有阻碍自己行动的人。在太空中因为心软迟疑了几秒，最后死于太空的黑暗森林法则。

章北海其实是一个隐藏得更深的面壁者，他善于隐忍，心机深沉，行动也极为果决，在他身上高瞻远瞩与忍辱负重是并存的。尤其是牺牲精神，为了实现目标，他们不仅可以送上自己的性命，也可以奉上众多人的生命。

章北海和父亲很早就看出，在地球人和三体人的对峙中地球人必败的结局，所以他们的目标和计划始终是建造太空飞船，以便在三体人来袭时，带领部分人类逃亡太空深处，保存文明的种子。章北海的父亲和一批学者在三体危机发生之初还组建过一个未来学派，他们成功预言了大低谷，第二次启蒙运动和末日之战中人类的灭绝。

《三体2》中,"章北海告别父亲后走出病房,透过门上的小窗又凝视了父亲一会儿。这时,夕阳的光缕已离开了父亲,把他遗弃在一片朦胧中,但他的目光穿透这朦胧,看着投在对面墙上的最后一小片余晖。虽然即将消逝,但这时的夕阳是最美的。这夕阳最后的光辉也曾照在怒海的万顷波涛上,那是几道穿透西方乱云的光柱,在黑云下的海面上投下几片巨大的光斑,像天国飘落的花瓣,花瓣之外是黑云下暗夜般的世界,暴雨像众神的帷幔悬挂在天海之间,只有闪电不时照亮那巨浪吐出的千堆雪。处于一个金色光斑中的驱逐舰艰难地把舰首从深深的浪谷中抬起来,在一片轰然的巨响中,舰首撞穿一道浪墙,腾起的漫天浪沫贪婪地吸收着夕阳的金光,像一只大鹏展开了金光四射的巨翅……"

这段描写既是景物描写又是心理活动,是章北海就关于是否选择率领舰队逃亡外太空的事情隐晦地询问父亲,父子心意相通后的心境描写。语言极美,极富有画面感,这金色的光斑既是希望又是章北海得知父亲心意后的宁静与快乐。隐形面壁者章北海在此时坚定了决心,他要带领部分人类带着太空舰队飞向外太空,飞向希望,就像那只大鹏展开了金光四射的飞翅一样。

同时,"夕照"也隐喻这是人类最后的希望,在星球大战来临之际,章北海很可能就是那最后一缕光芒。在这一章紧接着的部分,罗辑在如临大敌的阵势中被史强带着坐进了飞机,"随着飞机的上升,在地面上已经落下去的夕阳又把一束光从舷窗外投进来,就在十分钟前,同一个太阳也把今天的最后一束夕阳投进章北海父亲的病房中"。这样,夕阳作为最后的希望的寓意也得到印证。在末日之战中,罗辑和章北海才是最后的希望。

为了完成增援未来的计划,章北海先要说服常伟思,后又想把丁仪拉进自己的阵营。他希望丁仪暂缓公布核聚变计划,未果后,章北海兵行险着,精心策划了用陨石子弹杀死那几个有可能阻碍恒星际飞船研究的科学家，成功达到自己增援未来的目的。

和维德一样，章北海也是属于那种为达目的不择手段的人。对他们来说，他们有更迫切的目的催逼。他们早已超越了现代道德的框架，是以终为始的行为模式，冷酷无情，理性偏执。

章北海的行为被智子看见，也被地球三体组织所知悉，但被他们所轻视，在三体人眼中，"这人是一个极端顽固的抵御主义者和胜利主义者，对这类人，主让我们不必做任何干预，我们的注意力应该集中到逃亡主义者上，主甚至认为，连失败主义者都比胜利主义者危险"。而章北海所力推的辐射驱动飞船在他们看来都是无底深渊，是现有科技水平所不可能逾越的。所以智子和地球三体组织都放过了章北海。

这样看来，章北海才是那个最神秘最成功的面壁者，他成功瞒过了地球和三体世界所有人，他的最真实的想法一直藏在最深的心底，不到最后一刻，谁也不知道。正如地球三体组织中孔子所说："这人确实危险，他信念坚定，眼光远大又冷酷无情，行事冷静果断，平时严谨认真，但在需要时，可以随时越出常轨，采取异乎寻常的行动。"

三体水滴来到地球时被地球人严重低估，因为其漂亮的外表，所有人都认为那是三体人表示友好的礼物。但是三体水滴并不是地球人看到的那样脆弱，相反它是太阳系中最坚固的物质，地球上的物品在它面前就像纸片一样脆弱。考察队的人瞬间被汽化，考察舰也是瞬间被炸毁，其他所有舰队在水滴面前就像是一个个气球一样，轻轻一捅全部炸毁。惨烈的杀戮，几乎没有任何阻拦的杀戮。短短几分钟就摧毁了地球的太空力量。

只有七艘星际战舰在三体水滴来袭时幸运逃离，它们是章北海率领的自然选择号和追击他的四艘战舰，还有丁仪提醒后提前进入深海状态的量子号和青铜时代号。这些战舰无法回到地球，它们在宇宙中很快面临前路茫茫和携带能源的匮乏的窘境。因为舰队资源有限，很难支撑未来茫茫岁月里的漂泊和流浪，彼此猜疑的困境中，战争立刻爆发。失去家园的他们不仅找不到归宿，也失去了文化和信仰。一场惨烈的自相残杀之后，最后只剩下青铜时代号和蓝色空间号两艘战舰。他们如果不主动出击就会被杀，章北海所在的舰队就因为迟疑了三秒钟而被毁灭。"无际的太空就这样在它的黑暗的怀抱中哺育出了黑暗的新人类。"也印证了叶文洁和罗辑提出的猜疑链和黑暗森林法则。

地球舰队被水滴覆灭之后的第十四年，地球借助罗辑的威慑体系与三体世界暂时言和之后，漂泊在太空中的青铜时代号收到信息，可以回归地球怀抱。两舰的人被告知，他们已是人类的英雄，整个地球世界都在盼望他们的回归。他们将被授予最高荣誉勋章。就像孩子被自己的母亲召唤，青铜时代号立即返航，经过十一年的航行，终于与前来迎接他们的万有引力号会合。然而所谓的召唤只是一个骗局，是地球人类与智子合谋的诱捕。青铜时代号第一时间被解除了武装，所有舰队成员被宣布开除了军籍，不能与亲人团聚，被控告谋杀罪和反人类罪，将送上军事法庭审判。青铜时代号史耐德拼着性命呼叫并警告蓝色空间号：不要返航，这里不是家！

蓝色空间号得到信号后迅速逃离，万有引力号追杀了六十年，最后在三体人占领地球时，蓝色空间号借助思维碎片占领了万有引力号，两舰言和，他们得知地球被三体人占领的消息，看到地球人生不如死的处境后，毅然向宇宙发射威慑引力波，不久，三体星系和太阳系全部毁灭。"人类文明的两粒种子继续向星海深处飘去，不管命运如何，一切总算又开始了。"到《三体 3》中关一帆说蓝色空间号在太空中生根发芽。他们在宇宙中建立了好几个小宇宙，保存了地球文明。

蓝色空间号舰长褚岩是另一个章北海，他和章北海一样眼光深远做事果决，在各种蛛丝马迹中判断得出执剑人失败的结论，推导出地球人被三体水滴劫持，果断在两舰发起公决：是否启动引力波广播。正是他们的行为打破了三体人灭绝人类的计划，暂时将人类从被奴役状态中解救出来。

他们舍自己而救苍生，挺身反对命运的暴虐。虽不一定能改变历史，但他们在这个付出的过程中呈现出的崇高之美令人仰视。他们是凡人也是英雄。成为英雄对他们来说只是一个偶然，本来是凡人的他们，被告知他们肩负着宏大的历史使命，他们被选中为拯救众生甚至是拯救地球的人，于是他们迅速成长，激发潜力，成为英雄甚至超级英雄。从平凡的普通人到建立功勋的时刻仙风飘飘，岁月已经将他们打造成了神。

第二节　面壁者和破壁人

一、面壁者

"面壁者"是刘慈欣小说《三体》中的一个特有名词。

《三体》中三体星球因为有三个太阳环绕周围，所以气候极端恶劣变化无常。三体文明时而常年处于太阳直射下，时而很长时间见不到太阳。因此三体星球一直在寻找适合移民的星球。当他们获得叶文洁所发的信息，得知地球是一个宜居的星球时如获至宝。他们派遣智子监控地球，锁定地球的科学发展，人类的行为、文件、语言对三体人而言几乎是透明的。三体水滴和三体星舰长途跋涉而来。

如此危机时刻，面壁者计划是人类针对三体人的弱点而制订的特殊的防御三体人侵略的战略计划。《三体1》结尾处，史强用汪淼的纳米材料制成细丝制定古筝行动，截杀了伊文斯的红岸二号即他的超级大邮轮，从截获的资料中得知了一个重要信息：三体人因特殊的生存环境和高度进化的文明，已进化成不需要用语言交流的物种，他们的思维对彼此是透明的，因此他们不懂阴谋，如果地球人不把他的想法说出来，三体人是无法猜出他的心中所想的。而此时三体智子对地球的监控无处不在，唯一可以隐藏的是人类的思想，故而启动面壁者计划。

这是地球面临危机时紧急制订的应对策略，选择地球上最睿智的四个人制订策略对抗三体世界。这些面壁者将以一己之力，用一个人内心的力量照亮宇宙，控制宇宙的发展方向。这让人想起康德那句话：比大海更广阔的是星空，比星空更广阔的是人的心灵。同时，面壁者注定是孤独的，"面壁者所承担的，将是人类历史上最艰难的使命，他们是真正的独行者，将对整个世界甚至整个宇宙，彻底关闭自己的心灵，他们所能倾诉和交流的，他们在精神上唯一的依靠，只有他们自己。他们将肩负着这伟大的使命孤独地走过漫长的岁月。"他需要有极为强大的定力和意志力去面对自己和整个世界，用理性去寻找人类前行的钥匙。但是同时，以个人能力决定世界的走向的面壁计划实际上就是把个人推上了救世主的位置，由他们来决定历史长河的走向和地球人类的命运。

"面壁者的幽灵——执剑人"则将虚构的科幻与历史中的事件予以链接：执剑人行动早在冷战时期的1974年就已经存在，苏联启动末日预警系统，在地层深处的控制室里有一个核按钮。如果那位二十五岁的少尉按下去那将是地球的末日。这样的插叙将科幻与现实叠印在一起，作家从科幻回到历史，又返回来警示当下。"人们发现威慑纪元是一个很奇怪的时代，一方面，人类社会达到空前的文明程度，民主和人权得到前所未有的尊重；另一方面，整个社会却笼罩在一个独裁者的阴影下。有学者认为，科学技术一度是消灭极权的力量之一，但当威胁文明生存的危机出现时，科技却可能成为催生新极权的土壤。在传统的极权中，独裁者只能通过其他人来实现统治，这就面临着低效率和无数的不确定因素，所以，在人类历史上，百分之百的独裁体制从来没有出现过。但技术却为这种超级独裁的实现提供了可能，面壁者和持剑者都是令人忧虑的例子。超级技术和超级危机结合，有可能使人类社会退回黑暗时代。"

这一宏大想象将人类从现有的政治经济文化的现实中给拔了起来，进入到一个更为辽阔的时空中，地球人类组织结构发生了巨大改变，联合国和星际舰队成为重要的组织机构。为抵抗三体人入侵，地球启动面壁计划。行星防御理事会所任命的四个面壁者具有极大的权力，他们从某种意义上来说比国家舰队等具有更大的权力，因为在对智子保密的前提条件下，他们可以不向任何人汇报自己的行动，但却可以支配相当数量的地球资源。他们只对自己负责。这样的权力早已经凌驾于国家之上，成为实际上的独裁者。看看罗辑之外的另三个面壁者的所作所为，没有了监管和约束的权力就成为了地球的灾难。雷迪亚兹要建造两亿吨级别的氢弹群，泰勒要建设太空军然后用球状闪电将他们变成幽灵军。这样三体危机和人类应对危机时的种种无措或举措实际上成为一种他者眼光，一面高高悬空的镜子，映照出人类的愚蠢和肆意妄为。

当然这是刘慈欣的精心设计，《三体1》中以叶文洁一人之智搅得地球和三体世界风卷云涌。《三体2》以罗辑一人之力平复这片惊涛骇浪，整体上是完整的，线索也极为清晰。星舰地球的出现又为下一本书埋下伏笔，暂时的休战似乎潜伏着更凶险的战斗。《三体3》则是以云天明一人的智慧扛下了情节的发展。

从结构而言，这是设谜—破译的叙事结构。设谜者是面壁者，他们得到最大数量的资源支持，可以为所欲为，但他们首先要做的是隐藏，把自己真实的目的和想法藏到连妻子儿女都找不到的地方。希恩斯的破壁人是他挚爱的妻子，他的真实想法连他的妻子也要隐瞒。破壁者是地球三体组织里的人，他们不能让任何人知道他们的身份，所有破译行为都是在暗中进行的。这两种人其实都是孤独的，阴暗的，充满了对人性的扭曲和扼杀。一设一破其实是在表现宇宙的黑暗诡谲本性。小说中面壁者和破壁人都是地球人类中最优秀的人才。面壁者是天才的想象，破壁人拥有神一样的逻辑推理能力，最后一起同归于尽。被解谜的面壁者心灰意冷无路可走，绝望而死。破壁人同样被捕杀，毁灭于这件事。小说中他们都是悲剧人物，既无往而不胜，又穷途末路。这种残酷性和荒诞性，又表现为对英雄个体命运的烛照。他们被时代赋予了无限荣光，无往而不胜的英雄气概。同时，这命运又是如此邪恶，无情地摧毁了他们。这种矛盾性所呈现的情感张力贯穿小说始终。是一出生命被劫持的悲剧叙事。

面壁计划是非常宏伟的计划，这个计划的起点是三体智子到达地球，严密监控地球人类的一切言行，对话、方案、部署、文件等，全都被智子一览无余。但是有一个地方是智子无法抵达的，那就是人类的内心世界。因此就有了面壁计划：选出人类中的佼佼者，由他们在内心深处制定出对付三体人的战略计划。前提是这些面壁者必须充分伪装自己，迷惑敌人，包括地球三体组织，以达到防御三体打击的目的。

三体星球用智子牢牢锁死了地球上以理论物理为代表的科学发展，为漫长旅途中的征战作准备。地球人类的反抗无疑变得更加艰巨，除了科技之间的巨大差距外，还要避开敌人的监控。因智子监控的无处不在，如同《镜子》中的那个镜像模拟软件一样可以知晓每个人的说话做事，对地球上发生的每一件事都能看到听到。地球的幸运在于，三体人由于文明的多次毁灭，进化成不需要语言交流的物种，他们的思维是互相敞开的。而地球人类的优势就在于能够隐藏思想。针对这一不同点，联合国决定采用面壁者计划，即从全球选择四个面壁者，由他们来制订对抗三体人的战略，这一点面壁者无疑兼具英雄和独裁者双重身份。

二、破壁人

《三体 1》中有一个神秘的地下组织：地球三体组织。是叶文洁和伊文斯共同组建。其中叶文洁被奉为教母，伊文斯在海上建立第二红岸基地。他们网罗了地球上大批和他们一样对地球生态和地球人类的人性绝望的精英人才，组建的一个向往三体文明反对地球的组织。他们在三体游戏中聚会，协助三体智子控制地球科学的发展，谋杀地球科学家，制造各种恐怖事件。针对行星防御理事会的面壁计划，提出了破壁行动。对每一个面壁者指定一个破壁人，由他们在智子的协助下，分析每一个面壁者公开和秘密的行为，尽快破解他们的真实战略意图。

《三体 2》讲述三个面壁者各自的恢弘计划是借面壁者和破壁人两个人之口说出来的，面壁者说出的只是表面的计划，这是他的身份决定的，面壁者的特点就是欺骗和谎言。而破壁人则揭开迷雾后的真相，指出其真实意图。这样写是有着明显的效果的：1. 增加了悬疑氛围，大大吊起了读者的胃口，让读者怀着好奇心去看双方智慧的决斗，一个拼命隐藏自己的想法，一个竭尽力气来探测真相，颇有点探案揭秘的意味，大大增加了小说的可读性。读者也会非常好奇面壁者的计划到底是什么。2. 两条线索一明一暗，一破一立，让原本简单的情节变得丰富多元，处于暗处的破壁人也是一种叙述干预。他们的出现和对面壁者计划的精彩分析是对面壁计划的打断，而他们对面壁计划的另类分析和讲述又是对小说情节的补充。

比如以雷迪亚兹为叙述者时，读者跟随作家的描述看到他雄心勃勃制造两亿吨级别的氢弹。他四处拜访天体物理学家，风风火火开展极为庞大的计划，要在水星上进行实验。然而破壁人指出他真正的目的其实是在水星上埋许多恒星级氢弹，简而言之，这是一个同归于尽的战略，以毁灭太阳系的方式要挟三体人，他的战略其实与罗辑的引力波威慑计划有异曲同工之妙。

刘慈欣让他的破壁人用长达数页的篇幅用极尽天文学知识的术语详细阐述了他的计划。他评价雷迪亚兹说："您是一个具有上帝气质的面壁者，能成为您的破壁人是我的荣幸。"说他"外表粗鲁内心精明，但往灵魂的最深处，又是粗鲁的"。这个计划有两个破绽：其一，人类现有的科技水平和资源无法制造出这个计划所需要的核弹。其二，即使制造出这么多核弹也不能保证将水星坠毁到太阳系。"您以一介武夫的鲁莽制订了这个根本不可能实现的计划，却以一个卓越的战略家的老谋深算坚韧不拔地一步步推进它，面壁者雷迪亚兹，这真是一个悲剧。"这样揭秘就很有意思，因为藏着暗斗和智谋，有点谍战片的味道。也使雷迪亚兹的面壁计划更具有了宇宙审美特征。到了《三体3》维德余部建造曲率飞船系统，为了躲开国际组织的追查是在雷迪亚兹当年炸出的坑里秘密完成的。

破壁人与面壁者的对立设置使小说多了几分悬疑推理的意味，一个拼命藏，一个费尽心机找，是一场关于逻辑思辨的角逐，是智力的较量和人性的博弈。当破壁人面对面壁者讲述自己的破解过程时，就像猫终于捉到老鼠，却不杀死它，而是告诉它我是怎么抓住你的一样。对破壁者来说，他们的任务是破解谜题。而对面壁者来说，则是尽可能用智慧和谋略设置迷宫。一个在明一个在暗，都是用智慧为武器，这使得故事情节也显得极为紧张好看。

弗里德里克·泰勒是唯一自杀的面壁人，他是前美国国防部部长，他有一个重要观点是科学技术的高度发展将削弱大国的优势，比如掌握核技术的小国带给大国的威胁更大。他的面壁计划是建立一支太空军，然后以球状闪电为武器摧毁这支部队，让部队在量子状态攻击三体人，因为死过一次的人不可能再死。结果破壁人第一个勘破了他的计谋。

小说把他们的见面写得非常富有戏剧性，破壁人直接来到泰勒戒备森严的家中，那个人"一看就是一个对任何人都不会有威胁的人。他在大热天穿着一身皱巴巴的西装，还系着一条同样皱巴巴的领带，更让人不可忍受的是还戴着一项在现在已很少见的礼帽，显然是想让自己的来访显得正式一些，而在这之前他大概没去过什么正式的场合。他面黄肌瘦，像营养不良似的，眼镜在瘦小、苍白的脸上显得大而沉重，他那细小的脖子看上去支撑起脑袋和礼帽的重量都很困难。那套起皱的西装更像是空荡荡地挂在一个衣架上"。

作者有意构建了一个形象反差。光鲜夺目被公众捧为救世主，"人类未来唯一的希望"的面壁者泰勒，他的面壁计划竟然是虚无缥缈的幽灵攻击，是以牺牲地球上最主要的武装力量为代价，而量子领域如何攻击却并没有研究出来。泰勒和其他三个面壁者都是极为疯狂的人，他们的权力极大，所动用的资源也是极大，享受了世界人民的朝拜，动用了巨量资源，却得到这样的蹩脚的计划，还很快被破壁人侦破。这也直接动摇了面壁者的形象。

小说中可以视为这两类人的对峙：面壁人—破壁人。其实他们都是地球人，因为价值观世界观不同而站在了对立的两岸，毁灭地球还是拯救地球，阻击三体人还是欢迎三体人。一方设置疑团，故布疑兵；另一方则是穷尽智慧予以破解。

与奢侈挥霍手中的权力和资源的面壁者形成对比的是，破壁人的形象穷酸、落魄、猥琐，可能动用的资源极为有限。但就是这样一个微不足道的人破解了泰勒的面壁计划。同时从他的外形也大概可以推测出他为什么要成为地球三体组织中的破壁人，不遗余力也要为毁灭地球而战斗。他们在现实生活中不断遭遇挫折和打击，生活困顿，充满苦难，对人世间的一切已经绝望。但是并不能简单把他们归入到反社会人群，他们对地球绝望的原因大多数是因为信仰崩塌，对人类文明和人性绝望。从叶文洁开始，因为父亲的惨死和看到森林被过度砍伐而对人性失望，对能改变这个世界绝望，所以寄希望于外星人的拯救。

作为政治家的泰勒一眼看出这人属于社会上最可怜的那

类人，他们的可怜之处不仅仅在于物质上，更多是精神上的卑微，就像果戈里笔下的那些小职员，虽然社会地位已经很低下，却仍然为保住这种地位而忧心忡忡，一辈子在毫无创造性的繁杂琐事中心力交瘁，成天小心谨慎，做每一件事都怕出错，对每一个人都怕惹得不高兴，更是不敢透过玻璃天花板向更高的社会阶层望上一眼。

而就是这样一个卑微的可怜人"用羸弱的声音说出了第一句话，泰勒仿佛被一道闪电击中，几乎因眩晕而跌坐在地，对于他，这句话的每一个字都雷霆万钧"。这是泰勒的破壁人。破壁人的落魄和他的睿智完全不能匹配，可见他是经历过很多苦难坎坷和挫折打击的，或许跟叶文洁一样也有着一段不可告诉他人的血泪往事，所以对地球失望？

被破解了面壁计划的泰勒无法接受那个可怜人比自己更睿智的事实，更无法承受人们投给他的"面壁者的微笑"而精神崩溃。在自杀之前来见罗辑，通过泰勒的眼睛看到了罗辑从诡谲的命运中偷来的五年幸福生活。

罗辑的这种平静恬淡，和家人陪伴在一起的生活正是地球上正常的生活状态，和自己爱的人在一起，享受大自然的清风明月，度过每一个清晨和黄昏。如果没有战争没有外来者入侵的威胁，没有政治斗争，人类原本都可以享受到这种幸福。

而泰勒之前是不屑于这样宁静的幸福的，他所追求的是狂热的政治理想，是宏大目标的实现。为了当一个好的面壁人，他可以自愿牺牲掉在人间的所有正常的家庭生活。这正是他和罗辑的不同，罗辑贪恋这种简单平静的幸福，他巴不得一辈子都这样度过。

当然从整体布局来看，罗辑也是在以幸福的家庭生活为疑兵来掩盖自己真实的意图。而在经历了惨败后的泰勒看来，罗辑这种近乎尘世之外的仙境一样的生活，美得让人沉醉："一天中最柔美的阳光洒在雪山、湖泊和森林上，在湖边的草坪上，罗辑一家正在享受着这尘世之外的黄昏。"仍是少女模样的美丽庄颜，所有美的萌芽状态的一岁女孩，沉浸在幸福中的罗辑，"那幸福就像夕阳的光芒一样弥漫于伊甸园的雪山和湖泊间"。与这份幸福形成对比的是泰勒的孤独和绝望，和弥漫在地球的灰暗绝望的末日情绪。整个地球都要被毁掉了，而罗辑在安享他的岁月。

他为什么来找罗辑而不是其他几个面壁者？是因为罗辑和他们这些面壁者都不一样，他没有雄心勃勃的计划，摩拳擦掌的准备，没有耗费巨量的资源，躲在一个世外桃源享受他的幸福，或许之前泰勒还不止一次在心里嘲笑过罗辑，但是现在，在这样的对比中，他忽然发现自己所做的一切都像一个笑话。他觉得自己的人生是这样荒芜凄凉，所以没有活着的价值和意义了。因此他选择了自杀。不仅仅是因为破壁人点破了他的计划，因为他完全可以狡辩，可以重新开始另一个计划。但是他诚实地面对了自己和破壁人，在被识破后陷入绝望，并将他自己的一些思考传递给了罗辑。

现代文明发展到今天，思想自由早已渗透进每一个文明人的灵魂，所以当希恩斯提出可以像复印机一样把思想钢印刻进大脑时，受到激烈反对。常伟思就问："用技术像修改计算机一样修改思想，这样被修改后的人，是算人呢，还是自动机器？"在行星防御理事会面壁计划听证会上，不同观点的双方争论十分激烈，争论主要集中在思想能否人为控制上面。美国代表认为这一行为"为人类开启了一扇通向黑暗的大门"。法国代表则问："人类失去自由思想的权利和能力，与在这场战争中失败，哪个更惨？"英国代表认为"没有比思想控制更邪恶的东西"。

但希恩斯的两条反驳理由也颇耐人寻味：一是现代社会中思想控制的事情其实一直在发生，"从商业广告到好莱坞文化，都在控制着思想"。他所说的控制跟萨伊德所说的文化殖民有相似之处，以市场经济的方式渗透进人们的生活，大家心甘情愿接受某种思想，与以政治的方式让人民接受某种思想，哪一种更专制？二是小说插叙了一个被大树压住腿的男孩断腿求生的故事，当人类面临生存还是死亡之时，应学会舍弃。而后一种理由有些强词夺理，人类并不会因为思想钢印就能取得战胜三体人的胜利，不是舍弃思想就能得到胜利。即便是全地球的人类全都打上思想钢印，因为科技的悬殊，还是会失败。最后思想钢印的事情中和，还是存在，但是由人自主选择。

三位面壁者的可贵之处就在于他们的确是人类中的精英，他们能在众人都狂热的时候保持冷静，至少他们没有盲目乐观或者悲观。

但这场末日之战写得太草率太简单了，将地球人类写得太愚蠢，过于突出罗辑的智慧和重要性。千钧一发的时刻，罗辑以一人之力力挽狂澜，而世界上绝大多数人处于蒙昧沉睡之中，甚至误解亏待罗辑。有些太魔幻了。

时隔二百零五年后，面壁计划变成了"完全失败的战略计划"，后世评价为：是"有史以来做出的最幼稚最愚蠢的举动，面壁者被赋予空前的，不受任何法律监督的权力，甚至被赋予欺骗国际社会的自由，这违背了人类社会最基本的道德和法律准则"。"大量的战略资源被没有意义地消耗，面壁者弗雷德里克·泰勒的量子舰队计划已被证明没有任何战略意义，而面壁者雷迪亚兹的水星坠落连锁反应计划，即使以目前人类的能力也根本无法实现。"整个儿就是一个古代笑话。罗辑则是笑话中那个"对着星星发咒语的人"。

而实际上，《三体2》最华丽最让人震撼的部分就是四个面壁者的惊天计划，充满了天马行空的浪漫想象和宏阔飞扬的智慧。

人类面临水滴和纸条的无知与天真，与蚂蚁看见人类随意扔下的一枚爆竹一根火柴有什么区别呢？科技水平的差异太大，使人类与外星人之间已经变成了无法交流的物种，看上去无害的纸条瞬间变成吞噬一切的灾难，将它所接触到的一切人和物都圈定在二维空间里变成了一幅平面的画。此危急关头，程心和艾AA被从冬眠中唤醒。地球唯一的一艘空间曲率驱动引擎飞船送入外太空。在冥王星上他们见到了二百多岁的罗辑，这是唯一一个从《三体 1》活到了《三体 3》的人物。身兼面壁者，执剑人，地球文明守墓人三职。最终他也在这场降维打击中去世。

三、罗辑式孤独英雄

以罗辑为例，小说中从未提到过他的父母亲友，他一出场就是一个游戏人间的浪子形象，身边的女人换了一个又一个，真正付出真心的反而是自己想象中的人物。仿佛在这个世界上他就是一个孤儿。

他成为面壁者后，联合国一直以庄颜和孩子为人质要挟他。他按照约定完成了面壁者任务冬眠醒来之后仍然不能和她们生活在一起，因为联合国需要他继续发挥才智对付三体世界。当罗辑的咒语没有发挥作用时，他被嘲笑为骗子巫师，而当他的预言成功应验后又被跪地膜拜，奉为神仙。罗辑再次全身心投入雪地工程，设置了天空威慑体系，但是他不能告诉公众他的计划，于是他又被失望的人们视为骗子无赖，被从居住地赶了出来，就连搭乘公交车也会被赶下车。在一个凄风苦雨的深夜里，罗辑背着铲子走了一个多小时，来到叶文洁的墓地，他亮出了苦战数月的底牌，用无数颗氢弹设置的天空咒语发射器。而他的生命就是赌注，他若死氢弹便会爆炸，三体世界和太阳系的地理位置都会泄露，将同时被高阶文明毁灭。他的威慑产生效力，两个星球停战，开始谈判。

《三体 2》结尾罗辑和妻子孩子在参观三体世界帮助地球建立的引力波天线，并与《三体 1》中给叶文洁发警示信息的三体人对话，这当然是有象征意义的。三体世界爱好和平的人与地球上最智慧的罗辑讨论宇宙中是否有爱的存在。"*我有一个梦，也许有一天灿烂的阳光能照进黑暗森林*"成为小说的企盼。虽然从结果来看是美好和谐的，但是对英雄罗辑本人来说是显然不公平的，他遭受了太多的误解、质疑和苦难。《三体3》程心在《时间之外的往事　面壁者的幽灵——执剑人》中说："在威慑建立后很短的时间里，虽然还没来得及进行上述的深入研究，但人们很快觉察到了这个事实，联合国和太阳系舰队立刻把威慑控制权交还给罗辑，就像扔出一块滚烫的铁。从收回到交还控制权，前后只有十八个小时的时间，但这段时间已足够水滴摧毁环烧太阳的核弹链以阻止人类进行坐标广播，而敌人没有行动，这被认为是三体世界在这场战争中的最大失误，而人类则冷汗淋漓地长出了一口气。"执剑人的责任又交给了罗辑。因为只有罗辑才有这样的威慑力。而人类因为三体人没有抓住这十八小时的机会进攻地球而抹了一把冷汗。此后小说再也没有交代庄颜和孩子的行踪，也许她们被很好地保护了起来，也许她们重新成为联合国用来威胁罗辑的人质。

到了《三体3》，罗辑再次担当起执剑人的重任，在上千米的地底深处，一待就是五十多年，他把自己变成了一架威慑机器。结束执剑人任务后又自愿到冥王星担当地球文化守墓人，最后在太阳系二维化过程中与地球同归于尽。他的一生就是责任和担当的代名词，而他的英雄路是一个不断成长不断强大的过程。

智子此刻已经封锁了地球，人类的一举一动一言一行都在智子的监控之中。叶文洁对罗辑提出宇宙社会学的概念，跟他说：假设宇宙中分布着数量巨大的文明，它们的数目与能观测到的星星是一个数量级的，这些文明构成了一个社会。此时，第一，生存是文明的第一需要。第二，文明不断增长和扩张，但宇宙中的物质总量保持不变。要想从这两条公理中推论出宇宙社会学的基本图景，还有两个重要概念：猜疑链和技术爆炸。这是叶文洁在得知三体真相之后揣摩出来的宇宙真相，但此时她的话已经没有人相信，且被智子监听。她告诉罗辑也算是尽了一份地球人的责任。

叶文洁把关系两个星球命运的宇宙公理和两个概念告诉了罗辑，埋下两个星球大战的一道最深远的伏线，地球能否赢得生机就在叶文洁看似随意所说的那两句话里。这件事直接催发了三体人对罗辑的长达几个世纪的连番追杀。也正因为三体组织对罗辑的不合情理的追杀才引起了地球联合国的重视，地球选择面壁计划，以人类高超的思维隐藏能力来对抗无处不在的智子的监控，《三体2》也正是从这时开始，罗辑被三体智子和地球三体组织盯上，几次三番要杀死他。罗辑也正因此被选中为面壁者，罗辑波澜壮阔的一生也因此展开。特别有意思的是，其他三人都有自己的破壁人，罗辑的破壁人却是他自己，"在四个面壁者中，只有他，直接与主对决。"这更加增加了罗辑的神秘色彩，有了侦探悬疑的意味。

罗辑被选中为面壁者。叶文洁的这些见解，哪怕只是寥寥数语，已是黑暗中的火炬，照亮了罗辑的思维天空，他因此悟出了黑暗森林法则，建立了威慑体系。

刘慈欣借叶文洁之口提出"宇宙社会学"的概念，这也是颇有深意的。首先，正是叶文洁接收到三体人警示信息后迫不及待发出了召唤信息。她因个人遭遇的凄惨而对整个人类绝望，认为人类已经无法自我拯救，必须借助外来文明的帮助。

但是之后，她怀孕生女，得到雷达峰附近山村村民的无私爱护，感受到他们的淳朴善良和美好，她对人类和人性的看法已经有所改变。但此时，事情已经无法逆转，三体人收到叶文洁发来的信息，已经派遣智子、舰队和水滴前来。回到城市后，母亲邵琳和那几个女红卫兵的不忏悔的表现让她又坚定了信念。所以她对待人类的态度是矛盾的，摇摆的。在罗辑和叶文洁的这次会面时，作为地球三体组织教母的叶文洁在人生的最后时刻对自己一生的追求和信仰产生了怀疑，她一生追求公平正义，想要改变世界改造人类，却也因此付出了惨重的代价：她杀死了自己的丈夫，间接害死了自己的女儿，从未有过幸福的生活，所笼络的一大批杰出的人才死于非命。到此时猛然发现科技的高水平并不必然对接道德的高水准，贸然向三体世界发出邀请函极有可能铸成大错，所以她对罗辑说：

"或者，你就当我随便说说，不管是哪种情况，我都尽了责任。"她提到的"责任"是她内心深处所认为的她应当肩负的责任，自始至终，她认为她对地球人类有一份责任。

其次，叶文洁和伊文斯共同组建地球三体组织，内部也已经发生了巨大的分歧，降临派和拯救派之间在究竟是迎接三体人来到地球还是帮助三体人改善他们的生存环境的问题上发生了分歧，一时间两派人员势如水火，在这两派发生火拼之时，警察摧毁了地球三体组织的主要成员和他们的第二红岸基地。此时叶文洁才得知，在伊文斯和三体人之间有过巨量的信息交流，三体人并不是他们之前所幻想的高度文明就具有高尚人格的群体，而是一群想要无耻掠夺地球资源的掠食者。所以叶文洁也一直在苦思对策，在遇见同样来祭奠杨冬的年轻人罗辑时，突然萌生了对人类的仁爱之心，对罗辑讲出了自己苦思多年的心得，后来这几句看似极为简单的对话在对战三体人的战争中发挥了巨大作用。罗辑用叶文洁提供的公理和概念推导出黑暗森林法则：宇宙就是黑暗森林，每个文明都是身处其中的带枪的猎人，如果发现别的生命的存在，先假设对方会威胁自己的生存，为了自己的安全，他唯有立即开枪。彼此的不信任和零道德的宇宙生态是这种法则生长的土壤。

罗辑在黑暗森林法则的基础上设计出向全宇宙广播三体坐标的手段来威慑三体人。即如果三体人攻击地球，执剑人则按下宇宙广播按钮，结局则是地球和三体人全被宇宙中其他文明摧毁。

罗辑的故事刚开始起笔就戛然而止了，作家笔锋一转，穿插了一段伊文斯和三体智子的对话实录，在截获的伊文斯和三体人的对话中知道，三体人的思维方式对外界是完全透明的，不会隐藏，不能进行复杂的战略思维。针对三体人的这一情况，才会有面壁者计划的出现。

这就是一个叙述干预，目的是说明三体人科技高度发达，能用一颗智子锁住地球科技发展和监控地球。三体人也有弱点，他们不懂得计谋和伪装，所以这一段叙述干预正是为后面面壁者计划的出现做铺垫。

罗辑再次出现在文中却是一个情场浪子的形象，他跟很多女子露水情缘，出场时罗辑在起床后连女孩的名字都没想起来。如此颓废的罗辑仍然是一个思想犀利的人。他对世界有自己独特的见解。比如他嘲讽学者明星化现象："他们翻故纸堆，并且一个个成了明星。但后来，公众已经对这帮子文化恋尸癖厌倦了。"很容易让人联想到某个电视台的某个大火的节目中的某些学者。炒来炒去的都是文化的陈谷子烂芝麻。

一夜情女伴的死是罗辑生命的转折点。或者说在更早以前，在杨冬墓前与叶文洁的相遇就是他人生的转折点。在他毫无察觉的前提下，他已经藏匿了巨大的秘密。所以他成了三体人的眼中钉，地球三体组织想要谋杀的对象，也因此被选中为面壁者。

但对罗辑来说，一切都是如此突然。小说用一个通感句子精确而又生动地描述了罗辑此时的感受："罗辑感到主席台上倾斜的悬崖向他压下来，一时僵在了那里。"他被请上主席台，罗辑仿佛失去了知觉，木然站起来，机械走上前，"在这段短短的路上，罗辑仿佛回到了童年，充满了一个孩子的无助感，渴望着能拉住谁的手向前走，但没有人向他伸出手来"。

他没有任何心理准备，觉得非常荒谬。小说对罗辑的心理活动描写十分精彩，用了很多语句去突出他的匪夷所思。他问秘书长：为什么是我？是不是弄错了？因为实在太困惑了觉得太不可思议了，所以此时他听见的萨伊的声音好象来自天空般空灵，而他自己的声音"同样空灵，感觉不是他自己发出的"。

罗辑是个玩世不恭的人，不愿意背负什么责任感，只想过一天算一天。但此时，他的命运已经不能由自己主宰了。小说中有两个特别的词语："对面壁者的微笑"和"这是面壁计划的一部分"。

"对面壁者的微笑"是指大家面对面壁者时，都是一副自以为了然于胸，不需要解释，你不方便说真话我都知道。但大家其实并不了解对方，也不给他解释的机会。

罗辑从被选为面壁者之后就断然拒绝：这事儿没有经过我的同意，我拒绝。他放弃面壁者的身份和权力，萨伊居然爽快答应："可以。"这样的回答反而让罗辑无所适从，他既难以置信自己突然背负的责任，又难以相信自己可以如此轻松地拒绝。"刚才异常轻松地推掉面壁者的身份和责任，并没有令他感到丝毫的解脱和安慰，现在充斥着他的意识的，只有一种荒诞的不真实感，这一切，像一出没有任何逻辑的后现代戏剧。"

他一路走出去，一路有警卫贴身防护，人们看他的眼神充满敬畏，越是这样他心中越是迷乱，"面壁者罗辑就这样梦游般走在荒诞的现实中，恍惚中丧失了一切理智的思维能力，不知自己从哪里来，更不知自己要到哪里去"。

当罗辑走出联合国会议厅大门时，他再一次遭遇刺杀。眩晕中他看到的一切都如电影镜头般闪动，摇晃，明暗变幻。醒来后罗辑要求见凶手。那是一个英俊的欧洲人，脸上淡淡的笑"像是长在他脸上似的，从不消退"。看到罗辑，他说很抱歉没能杀了你，"本来我以为在这样的会议上您是不会穿防弹衣的，没想到您是个为了保命不拘小节的人，否则，我就会用穿甲弹，或干脆朝您的头部射击，那样的话，我完成了使命，您也从这个变态的非正常人所能承受的使命中解脱了。"

这真是非常怪诞的一段对话。穿防弹衣是史强的坚持，为此史强还与国际组织的一个头目发生了争执。地球三体组织的厉害也可见一斑，他们早已将自己的生死置之度外，执着地听从三体智子的安排。

当罗辑告诉凶手自己已经不是面壁者了，"凶手脸上的微笑变鲜明了，就像调高了一个显示屏的亮度：您真幽默。"这个神态描写真是生动极了，把凶手这一刻的心理活动定格，他当然认为这是罗辑笨拙的否定，是在试图骗他。他和所有人一样明白面壁者的身份是不可能被拒绝的。所以他不认为罗辑不知道。"这个微笑罗辑现在只是无意中浅浅地记下了，但很快它将像灼热的铁水一般在他的意识中烙下印记，让他疼痛一生。"这也形成了一种预叙事式干预。

罗辑要求再见萨伊，又见到这种"对面壁者的微笑"。"它将与蒙娜丽莎的微笑和柴郡猫的露齿笑一样著名。"它所表达的含义是："我们怎么知道您是不是已经在工作了呢？"

也就是在这个瞬间，罗辑明白了："面壁者是历史上从未有过的最为诡异的使命，它的逻辑冷酷而变态，但却像锁住普罗米修斯的铁环般坚固无比，这是一个不可撤销的魔咒，面壁者根本不可能凭自身的力量打破它。"没有人相信他说的话，也没有人真正理解他，从他被宣布为面壁者之日起，这就是他的悲惨而孤独的命运。是的，其他人被授予面壁者身份时欣喜若狂兴奋激动，认为那是对自己莫大的信任和荣耀，然后他们昂首挺胸接受了这个任务，孙悟空搅动金箍棒一样竭尽所能去搅动这个世界。但是罗辑觉得难以置信，如同哈姆雷特一样发出呼号：我怎么这么倒霉？不会是我吧？弄错了吧？怎么可能是我？

面对萨伊，罗辑悲愤地说："你们政治家动辄奢谈全人类，但我看不到全人类，我看到的是一个一个的人。我就是一个人，一个普通人，担负不起拯救全人类的责任，只希望过自己的生活。"当确认自己不能脱身时，罗辑下意识地主动自觉实践了史强所讲的欺骗的最高境界，是让三体人忽视他，鄙视他。在罗辑的潜意识里就有这个优点，再加上史强一路上的点拨，他不知不觉中运用了史强教给他的潜伏谋略。罗辑对防御理事会轮值主席伽尔宁提出了很多让其他人看来不可理喻的要求，这既是对罔顾他个人意愿强加给他面壁者责任的反抗和挑衅，更是迷惑三体人和地球三体组织的方式，令他们不再关注他，让自己有充分的时间来思考如何应对这吊诡的命运。提出这些要求时，罗辑其实也是带有试探和玩笑的成分，想看看作为面壁者到底有多大权力，同时他也近乎直觉地意识到要伪装自己，要留给自己时间和空间来认真思考他所处的命运和他所肩负的使命。

他故意指使 PDC 的人员去高价竞拍一桶从海底捞出来的古酒，还因此创造了一个术语"面壁计划的一部分"，凡是荒唐不合理常人不能理解的部分都称之为"计划的一部分"。结果因为喝了一口古酒而上吐下泻，差点丢了性命。当罗辑躺在病床上的时候，"无比强烈的孤独感攫住了他，他知道，这几天的悠闲不过是向着孤独的深渊下坠的失重，现在他落到底了"。

要求找到条件十分苛刻的住房，要求组织帮他找到梦中情人。罗辑沉浸在与世隔绝的温柔乡里面，假装不关心不去看外面那个喧嚣的世界。但其实他无法挣脱这铁一般的枷锁。如果依照他的本性，他宁愿在那个雪山脚下过这样散淡平凡但是幸福的一生。"颜，什么都有结束的那一天，太阳和宇宙都有死的那一天，为什么独有人类认为自己应该永生不灭呢？我告诉你，这世界目前正处于偏执中，愚不可及地进行着一场毫无希望的战斗。对于三体危机，完全可以换一个思考方式。抛弃一切烦恼，不仅是与危机有关的，还有危机之前的所有烦恼，用剩下的时光尽情享受生活。四百多年，哦，如果放弃末日之战的话就有近五百年，这时间不短了，用这么长的时间人类从文艺复兴发展到了信息时代，也可以用同样长的时间创造从未有过的无忧无虑的惬意生活，五个不用为长远未来担忧的田园世纪，唯一的责任就是享受生活，多么美妙……"这才是他的心里话。在那个世外桃源的地方一住就是五年，一点行动迹象都没有。他宣称，这些都是面壁计划的一部分。不管地球外面是多么喧哗纷扰，他住在这个宁静的地方过着幸福的小日子，打算从苦难的命运中抢回一点幸福，以他的智商早就预感到后半生的凄风苦雨和孤寂的生活。

但在整体性灾难面前是没有个体的，所有人都是其中一个部分，为之牺牲或被牺牲都是非常时期的常态。正如萨伊所言，庄颜和他们的孩子也是其中的一分子，即使是为了他们，他也应该背水一战。罗辑被说服，更大程度上也是被逼迫，因为此时庄颜和孩子已经成为了 PDC 的人质。当然，罗辑从被选中那一刻起就已经别无选择。

当罗辑沉入到思维的海洋之中时，他想起了与叶文洁的那段对话，一下子抓住了核心，领悟到了宇宙真相。这一段关于顿悟的描写也是十分精彩的，罗辑日复一日绕湖行走，沉浸在思绪中，反复琢磨叶文洁所说的话，如同给手中的珠串抛光，一遍又一遍地打磨，从白天到晚上，在似乎突然而至的心灵静寂中触摸到了奥秘，却又稍纵即逝。他在深夜的结冰的湖面上行走，希望寒冷和静寂能够给自己带来灵感。

忽然，"哗啦一声，罗辑脚下的冰面破碎了，他的身体径直跌入水中。就在冰水淹没罗辑头部的一瞬间，他看到静止的星空破碎了，星海先是卷成漩涡，然后散乱成一片动荡的银色乱波，刺骨的寒冷像晶莹的闪电，瞬间击穿了他意识中的迷雾，照亮了一切。他继续下沉，动荡的星空在他的头顶上缩化为冰面破口的那一团模糊的光晕，四周只有寒冷和墨水般的黑暗，罗辑感觉到自己不是沉入冰水，而是跃入黑暗的太空。就在这死寂的冷黑之间，他看到了宇宙的真相。"他终于明白了叶文洁给他的暗示，明白了三体人为什么怕他，也明白了作为面壁者该做的事情。

这段描写与刘慈欣谈他读克拉克的作品时的感受是一样的。同样的醍醐灌顶一样的大彻大悟。1999 年，刘慈欣开始创作科幻小说不久就说过这样充满感性的话："描写时空跃迁的顶峰之作当属阿瑟·克拉克的《2001：太空漫游》，小说中表现的人类在神秘宇宙面前的那种恐惧、孤独和敬畏，令读者铭心刻骨，终生难忘。记得二十年前的那个冬夜，我读完那本书后出门仰望夜空，突然感觉周围的一切都消失了，脚下的大地变成了无限伸延的雪白光滑的纯几何平面，在这无限广阔的二维平面上，在壮丽的星空下，就站着我一个人，孤独地面对着这人类头脑无法把握的巨大的神秘……从此以后，星空在我的眼中是另一个样子了，那感觉像离开了池塘看到了大海。这使我深深地领略了科幻小说的力量。"[1] 之后，他不断地叙述自己如何感受阿瑟·克拉克，对阿瑟·克拉克的《2001：太空漫游》和《与拉玛相会》更是极为推崇。[2]

罗辑领悟到了宇宙公理之后，后面的工作就变得很容易，他称自己的计划就是向宇宙发出一条咒语，而且要一百年后才能看到效果，众皆哗然。他所做的事情因为太神秘（面壁计划就是要迷惑除了自己之外的所有人）而被视为巫术、骗子。这就是面壁者的困境，若是欺瞒不到位很快就会被破壁人识破，可是若真的完美实现了呢，又是被全世界误解的尴尬结局。罗辑先是被认为是一个只知风花雪月的公子哥，后来又被当成是一个装腔作势的巫师，最后还被当成意图灭绝人类的罪犯。真正的理解何其之难。身为面壁者其实就是一种苦难。在面壁者命运悲剧上面刘慈欣用了近乎悲怆的笔调，描述他们英雄一样的胆魄和作为，以及他们不被理解最终被抛弃的凄冷结局。所以他们无一例外都是悲剧英雄。

送完咒语后罗辑准备与庄颜和孩子团聚，但此时他受到了地球三体组织的基因病毒攻击。这里所提到的基因病毒所用笔墨不多，但它的效能是极其巨大的，具有基因记忆功能的病毒穿越重重防护，从地上传到核导弹都无法打击到的地层深处，准确攻击到罗辑，何等惊人的威力。联想到冠状病毒，让人不敢小觑这种极微小生物的存在。小说带有某种预言性一样。

罗辑不得不进入冬眠以待后世能够治愈疾病。在意识模糊的时

---

[1] 刘慈欣：《"SF教"——谈科幻小说对宇宙的描写》，《最糟的宇宙，最好的地球》，四川科学技术出版社 2015 年，第 181—182 页。

[2] 关于刘慈欣接受阿瑟·克拉克的影响，已有不少论文提及，如刘舸、李云的《论刘慈欣〈三体〉及对阿瑟·克拉克的接受》（《外国文学研究》2016 年第 2 期）。不过，我认为刘慈欣小说的意义不仅仅是接受了阿瑟·克拉克什么要素，而是这些要素的接受给他及其中国科幻小说带来的新的创作空间。

刻他想到的只有庄颜和孩子。他的存在，他所做的一切都是为了她们，他心灵中最深刻的思念和爱也都是给与了这两人。他寄望于时间，或许有见面的那一天。他的灵魂附着在时间之上。

在《三体》中，为什么面壁者不为群众所喜欢？因为面壁者所秉持的世界观和价值观是和他们所处的那个时代的世界观、价值观相违背的，因特殊的位置和极其巨大的重任，他们所看到所想到的是整个地球人类和地球文明何去何从的问题，不再考虑数千年文明演绎后形成的生命观、伦理观，如每个个体生命都是珍贵的，不能随便抛弃，当然更不能吃掉，那是人性和道德所规定的。

面壁者所考虑的恰恰是抛弃大多数个体生命，出于对地球必定毁灭的大灾难认定，所能救出或逃出的人类只有极为稀少的部分，因此他们制订计划的时候也就是以将少数人类救出地球以保存文明为目标。包括之后的执剑人竞选中，维德和其他六位之所以落选，正是因为地球人类担心他们抛弃绝大多数地球人类。他们选择程心，是因为看到了程心对整体人类的爱。但在小说中，作者近乎冷酷地指出，程心的这种爱毫无意义，反而会害了整个人类。她在关键时刻放弃宇宙广播，把地球人类送进地狱般的移民境遇就是例证。但有趣的是，作者内心深处其实也是矛盾的，他在《三体3》地球完全毁灭之时，选择让程心和关一帆逃出地球，成为宇宙中仅存的地球人类种子，又恰恰是认可和欣赏程心的爱和人性，认为只有她这样有爱有人性的人才值得存活下去，传递地球文明。

第三节　英雄的命运悲歌

一、平凡英雄

刘慈欣其实也有对个体命运的思考，在时代大变迁面前，绝大多数个体是无能为力的，他们被一种巨大的力量挟裹着，踉踉跄跄奔波在时间的洪流中，无力主宰自己的命运。《混沌蝴蝶》中的卡佳和母亲之死能避免吗？虽然亚历山大全力以赴，还是功败垂成，他的妻子因此被从天而降的炸弹击中，卡佳因缺药而死。相比日夜不停的空中轰炸的事实，这两人之死只是众多苦难中微小的例证。《光荣与梦想》中的体育运动员再优秀也阻挡不了世界局势的变化，莱丽等人付出生命的代价，他们的国家仍被轰炸，更多无辜的平民在水深火热，在生死一线中苦苦挣扎。《流浪地球》中"我"爷爷是生活在地球流浪前时代的人，他无法接受地球的改变。"老糊涂了"，冲进滚烫的雨中被烫伤后去世，而"我"的父亲是一名空军近地轨道的宇航员，在清除威胁地球安全的小行星时牺牲。"我"母亲则是未能及时躲避地下熔岩的侵入而死去，他们的死都是非正常的，来自地球流浪这个巨大的变数，是平民在这个时代变化前付出的代价。

刘慈欣塑造人物其实有点传统，喜欢把人物脸谱化，比如塑造的人物形象带有道德缺陷，会刻意加上缺陷或不足，比如丁仪的长相就很特别。《三体1》中的史强，绰号大史，小说中的细节刻意突出他粗俗粗野的一面、爆粗口、抽烟、不讲礼貌、行事粗鲁，对人脸上喷烟，说话专抓人痛处下刀子，衣着有些邋遢。

史强是英雄吗？他是少有的从《三体1》一直到《三体3》都活跃在小说中的人物形象。《三体1》中他奉命保护汪淼，与史强比起来汪淼身上更多知识分子的弱点，遇事长于思考而怯于行动，过于沉浸于自己的内心世界。史强一出场是一副很让人讨厌的形象："这人长得五大三粗，一脸横肉，穿着件脏兮兮的皮夹克，浑身烟味，说话粗声大嗓，是最令汪淼反感的那类人。"在同事的对话中史强是一个"劣迹斑斑"的人，几年前的解救人质行动中，他擅自行动导致一家三口惨死罪犯手中。据说他还和黑社会打得火热，用一帮黑势力去收拾另一拨黑势力。这是传统小说中先抑后扬的写法。

但实际上史强是一个非常睿智责任感极强的人,他务实精干,表面粗犷内心细腻,是一个优秀的刑警和反恐专家。汪淼和史强从一开始的互相看不顺眼到后来的惺惺相惜,引为知己,挺有戏剧性。

第二次见面汪淼就发现史强有一双"刀子一样"的眼睛,"**他也许不是一个好警察,但确实是个狠角色。**"正是史强的犀利和敏锐后来多次救了汪淼的命。

看史强和汪淼的对话挺有喜感的,如同相声里的捧哏和逗哏一样。

"哈哈哈,又放倒了一个!怎么样老弟,扛不住了吧?我说你不成吧,你还硬充六根脚指头。"

"你不会明白的。"

"你就是太明白了……那好,去吃饭吧。"

"大史啊,你考虑过一些终极的哲学问题吗?哦,比如说,人类从哪里来,要到哪里去,宇宙从哪里,要到哪里去之类的。"

"没有。"

"从来没有?"

"从来没有。"

"你总要看到星空吧,难道从来没有产生过一点敬畏和好奇?"

"我夜里从来不看天。"

"怎么可能呢?你们不是常上夜班吗?"

"老弟,我夜里蹲点的时候要是仰头看天,那监视对象溜了怎么办?"

"我们真的没的谈,干!"

史强是属于现实的人,他善于洞察生活,生活也好破案也好,靠的是他从生活底层摸爬滚打而来的常识。如他自己所言："其实啊，我就是看着天上的星星也不会去想你那些终极哲学，我要操心的事儿多着呢，要供房子，孩子要上大学，更不要提那没完没了的案子……我是个一眼从嘴巴看到屁眼里的直肠子，自然讨不得领导的欢心，退伍后混了多少年还是这么个熊样儿。要不是能干活儿，早让人踹出去了……这些还不够我想的，我还有心思看星星想哲学？"他有意把自己说得如此现实庸俗，是部分的真实。实际上他是全书中少有的精神境界道德水准都极为高尚的人。他对人有温暖的情，有江湖气的仗义。他保护汪淼，整夜都守护在精神面临崩溃的汪淼身边，鼓励他安慰他，帮他分析问题，找到事情的症结所在。

史强想用现实把汪淼从那些虚无缥缈的恐惧里拽出来。貌似闲谈里隐含着他的善良。史强说他发现了一条终极真理，邪乎到家必定有鬼。他以一个警察的直觉指出这一定不是超自然，是有人弄鬼。虽然汪淼并不完全相信史强说的话，但也从中得到了安慰，至少他能睡得着觉了，能正常思考了。在这之前他几乎被弄得夜不能眠，食不甘味，精神临近崩溃了。

史强善于将风牛马不相及的事情联系在一起，进行推理和总结。正因为有史强这位目光敏锐的侦探的推理更加深了小说的悬疑探案色彩。他发现前一阵科研界、学术界出了不少犯罪事儿，他将这些看似不相关联的事情联系在一起得出结论："所有这一切，都有且只有一个后台，他想把科学研究彻底搞垮。""谁？""不知道，真的不知道，但能感觉到他的计划，很气派很全面的一个计划：破坏科研设施，杀害科学家，或者让你们自杀，让你们发疯……但主要还是让你们往歪处想，这样你们就变得比一般人还蠢。"

他一针见血地指出："谁都有怕的东西，那个狠角色也有，越厉害的角色，它怕的东西对它越致命。""它怕科学家。而且奇怪的是，你们研究的东西越是没有实际用途，越是天马行空不着边际，像杨冬那样的，它就越怕，比你怕宇宙眨眼更怕，所以出手这么狠。要是杀你们有用它早就把你们杀光了，但最有效的办法就是扰乱你们的思想，人死了还会有别人，但思想乱了，科学就完了。"

你越是读到小说后半部分，你越是佩服史强的敏锐，他是最早看穿三体人阴谋的人。史强的这些推测已经非常接近真相了。这诸多犯罪事件的确是地球三体组织按照三体人的命令做的，目的就是阻挠地球的科学发展。他叮嘱汪淼站直了别趴下，该研究什么继续，所指的都是正确的方向。史强不但推测出了地球三体组织的意图，还给出了对战的谋略，所以史强不简单，他很有头脑，具有大智慧。粗鲁粗俗只是他的伪装色，他从底层一路摸爬滚打过来，看得多见得广，有自己的立身处世的哲学和智慧，在其他人都惊慌失措的时候，反而是他站得稳立得正。

关于如何制服伊文斯的大邮轮，众多将军束手无策。史强提出一个邪招：古筝计划，听起来如此优美的名字却是极为残酷的，是用纳米材料做成的细丝将伊文斯的第二红岸基地——一艘大油轮割成碎片，包括邮轮上所有的人。当得知三体科技已经发展到极高境界，用一个智子就封锁了地球的科学发展的时候，汪淼和丁仪颓废不堪，日夜沉浸在酒精中麻醉自己的时候，又是史强几句话就点醒了汪淼。他将汪淼和丁仪带到蝗虫肆虐的田地里，问他："是地球人与三体人的技术水平差距大呢，还是蝗虫与咱们人的技术水平差距大？"这个问题如同一瓢冷水泼在两个醉汉科学家头上，如同醍醐灌顶，瞬间领悟到史强话中的真意。

是啊，人类竭尽全力消灭蝗虫，漫长的战争几乎伴随了整个人类文明史，但是到现在仍然胜负未定，蝗虫并没有灭绝。也就是说，并不是科技水平差距大，就要认输，战局刚刚打开，人类怎能立刻认输，需要积极应对，需要战斗到底的意志。汪淼和丁仪才又振作起来，为拯救地球文明而沉入废寝忘食的研究中。所以，史强的出现还有另一个意义，即帮助汪淼成长，让他从封闭的知识分子生活中走出来，重新获得对科学的认知。也因史强的存在，突出表现了叶文洁的隐藏之深。

《三体2》中史强是奉命来保护罗辑的，罗辑这个人很重要他心里是非常清楚的，但他不告诉罗辑，让罗辑在那里纠结反思猜疑，他在旁边冷眼旁观，有时还添油加醋，有意误导他。这是史强用他的方式试探罗辑，了解他的心性和处事方式。

而罗辑眼中的史强呢？"本来带着困意的眼睛突然炯炯有神，那好像总是带着笑意的眼神中藏着一股无形的杀气，老练而又尖锐，令罗辑很恐慌。"一个眼神就写出了史强内在的强大。

史强身上有底层打拼的江湖气，比如他对部下的实诚特别不满："这是乱世，乱世懂吗？人心真是不古了，大家都把晦气事儿往别人身上推，所以防人之心不可无啊。"他给罗辑所讲的那些审讯、骗人的招数，都是他生活中积累的实战经验。他身上有底层劳动人民的朴实和真诚，也有经历风雨后的精明与强悍。

他说："如果你的城府真够深，那就不能显示出任何城府来。和电影上看到的不同，真正老谋深算的人不是每天阴着脸，装那副鸟样儿，他们压根儿就不显出用脑子的样儿来，看上去都挺随和挺单纯的，有人显出俗里俗气婆婆妈妈，有人则大大咧咧没个正经……关键的关键是让别人别把你当回事，让他们看不起你轻视你，觉得你碍不了事，像墙角的扫把一样可有可无，最高的境界是让他们根本注意不到你，就当你不存在，直到他们死在你手里前的一刹那才回过神来。"这确实是阴谋的最高境界，其他三个面壁者一接收到任务就开始大张旗鼓地工作，每一个工程都是宇宙级别的浩大恢弘，虽然也带有欺骗性，但是因为他们所做的事实在是太引人注目了，想要隐藏是何其难，所以最先被识破。

毋庸置疑，史强的确是一个有担当有大智慧在关键时刻能当大用的人，他最后都与讨厌他的工作对象成了好朋友，是可以托付性命的知己，比如汪淼，比如罗辑，到最后，这些人最信任的人只有史强，这可以看出史强的人格魅力和工作魄力。

同时他该负的责任会非常严格去执行。他去保护罗辑时已经身患严重的白血病，当年抓捕叶文洁时，为了不让核爆炸伤害更多的人，史强用身体接住了核弹，被核辐射伤害，需要冬眠去未来治疗。但是任务需要他，他毫不犹豫就来了，一直坚持到把罗辑妥善安排好，才去冬眠。

罗辑后来就是按照这个套路去做的。罗辑的纨绔作风，被选中为面壁者之后的避世而居，沉湎于小家庭幸福的样子，确实都非常具有迷惑性，连帮他做事替他联络外界的官员都在怀疑他是假借特权而享受。而他在一定程度上也是在享受人生。他对面壁者这件事并不热衷，反而自认为是一个倒霉者，有一种弥补心理，正因此，真真假假掺和在一起。他掩饰得太成功，不仅骗了三体人，把所有地球人都骗了。

PDC 官员坎特不能理解罗辑的很多行为，比如以面壁计划的名义高价购买沉海中的古酒，并因此差点送命。坎特很蔑视，幸灾乐祸。当罗辑提出要以面壁计划的名义寻找梦中情人时，坎特暴怒了："梦中情人？这个家伙已经被惯得不成样子了！对不起，我不能向上转达你这个请求！""不能用人类社会的资源为这种人过帝王生活服务！"

史强二话没说，来到罗辑身边，他对罗辑的要求并没有表示出惊讶，而是仔细询问梦中情人的长相、性格、爱好，他们交往的具体细节等。认真倾听，精准分析，当晚就给罗辑拿出了电脑绘图画像。"当屏幕上显示出那张少女的画像时，罗辑就像中了魔咒一样一动不动盯着看。"罗辑佩服得五体投地，称赞他是福尔摩斯再世，可见史强的工作能力有多强悍。

面对坎特的指责，他也只是淡淡地说："这就是你我之间最大的不同：我只是一个命令的忠实的执行者，而你呢，什么都要问个为什么。"他劝坎特的那几句话十分意味深长："假如把面壁者这个身份套在你身上，你会像他那样借机享乐吗？"坎特说自己早崩溃了，史强说这就对了，罗辑逍遥着跟什么事都没有，你以为这简单吗？这就叫大气，这就是干大事的人必备的大气。虽然史强并不知道罗辑在筹划什么，或者是否真的在执行面壁计划，但是他无条件相信罗辑，支持罗辑，完美执行罗辑交给他的任务。这就是史强的睿智和大气。

史强对于罗辑来说意义也非常重大，他目睹了罗辑的一生，从他最弱小最不自信的时候开始，陪伴了罗辑的蜕变和成长，眼看着罗辑一天天变得强大，肩负起面壁者和执剑人的职责，是罗辑最佩服最喜欢的朋友，也是他人生的见证者和最坚定的支持者。同时，史强也是小说中现实与科幻的连接者，他的侦探身份使故事充满悬疑，跌宕起伏。他对底层的深刻认知和他的生活使小说充满着生动的人间烟火气，而他的很多睿智的充满哲理的见解又使他能与罗辑有心灵的沟通和跳出现实进入太空玄想的能力。

比如云天明、罗辑、叶文洁、林云，他们苦难的童年少年时代给一生涂抹了浓厚的忧伤和黑色的仇恨，以后余生都在治愈这份苦难，而正是这份苦难摧毁了他们的人生。

二、无法选择的命运

刘慈欣笔下的英雄大致具有以下特点：

首先，他们都是凡人，甚至是在某些方面存在缺陷的凡人，比如罗辑在小说中是个玩世不恭的浪子，云天明是一个悲观忧郁的厌世者，程心是个单纯善良的女孩，他们都是时势造就的英雄。身处末世的极端处境中被一种莫名的力量推到一个无法推辞的位置，被迫履行沉重的责任，慢慢成长为英雄。

其次，刘慈欣笔下的英雄身上往往带有浓厚的中国传统英雄的烙印，他们坚韧执着，不怕艰险，有远大的目标和悲壮的理想气质。他们所追求所奋斗的目的不是自己获得名利，相反他们牺牲了个人的幸福，在为大多数人谋福利。这些人物身上有一种悲壮理想主义气质，他们的奉献牺牲呈现出让人崇敬的崇高之美。这与中国传统文化中的英雄本质上是一致的。

"中国神话传说中的英雄，不同于其他民族神话传说中的英雄。他们不是为了个人的灵魂解脱或复活，也不是为了实现个人的价值，获得个人的荣耀，而是为了挽救民众的苦难，为民众创造幸福。"[1] 中国民众心目中的英雄，是以民为本，为民造福的英雄。富有人文气息的理想精神与应对现实情境的理性姿态分别体现在刘慈欣笔下的两类英雄身上。以维德、程心、章北海为前者代表，他们从不计较个人的成败得失，所做的一切都是为了民众的安危和幸福。亚历山大和辛妮等为后者代表，他们虽位卑却不敢忘爱国，能力不足却能奉献自己的所有，哪怕只是一只飞蛾也要向着祖国的方向燃尽能量。刘慈欣小说中是这两类英雄撑起了作品的骨架，使作品内涵深刻，呈现出崇高豪迈的精神气质。

这些英雄形象是德与才的结合。评判英雄的首要标准是伦理道德观念，在他们身上熔铸了历代民众的道德伦理政治审美理想等文化内涵。刘慈欣笔下的英雄似乎都是忍辱负重型的。他们是科研英雄，也是孤独英雄，试图以一己之力改变世界。罗辑为了在智子面前隐藏自己的真实计划，可以伪装成一个放浪不羁之人，甘愿被人类世界和三体世界误解冷落，甚至被人类世界驱逐，宣判有罪。维德为了建立更有威慑性的黑暗森林体系，去刺杀程心以争夺执剑人资格，结果被斩断一只手，坐牢十一年。为了研制光速飞船，不惜与整个联邦政府对抗，最后死于非命。但事实证明，这些人才是最有远见，最有执行力的人，他们是真正的英雄。如果他们在人类竞争中获胜，地球与三体文明的对决的结局一定会改写。比如维德所一直追求的事业其实就是面壁者和执剑者的事业，即与三体人战斗

---

[1] 金泽：《英雄崇拜与文化形态》，商务印书馆 1991 年，第 85 页。

到底，造出能在宇宙间自由飞翔的飞船，以帮助人类挣脱被毁灭的命运。

第三，刘慈欣小说中的英雄身上都有**超级英雄孤儿化的特征**。对刘慈欣小说中的英雄进行研究分析后发现一个惊人的现象：这些超级英雄一开始并不强大，甚至也不智慧，在现实生存中也曾遭受冷落、歧视，甚至沦落到饥寒交迫的地步，在短暂享受英雄的荣光之后仍是历尽劫难。

云天明一出场就是一个郁郁寡欢，身患绝症的失意青年，虽有老父亲和姐姐，但当他姐姐希望他安乐死之后，他就斩断了这份亲情。他在地球孤僻地生活了二十八年，大脑被送到三体世界后，又在那个异世界里孤独地活着。在地球的二十八年里从他身上看不到半点英雄的气质。相反，他心事重重，孤僻寡言，工作上也很不顺利，爱情方面更是只有暗恋。离开地球前唯一的豪举是用他所有的钱买了一颗星星匿名送给程心。但这从现实主义者的视角看过去，则是浪漫到极点的愚蠢之举。他真正成为英雄是到达三体世界并再次现身的时候，怎样成为英雄的过程已经不可考，作家刻意省略了这一部分的书写，但他最后那个亮相确实极为精彩帅气。

程心从小被父母遗弃，一位单身女子抚养她长大，并因为她很长时间没有婚恋。一直到遇到一个愿意爱程心如己出的男人才结了婚。夫妻俩将程心培养到博士。有一天程心要去联合国 PIA 工作，也只是在父母房间外站了一夜而已。从此以后她就像一个孤儿一样生活了数百年。

林云从小丧母，而且母亲死得极惨，父亲又非常忙碌，所以林云其实在内心深处也是非常孤独的，她一心为母亲报仇，醉心于新式武器的制造，再也没有办法爱上一个人。

章天海父母亲去世，有过妻子孩子，但是有一天与妻子吵架了，妻子回了娘家，正在这时，他被征召进太空舰队，从此他再也没有见过妻子孩子，在茫茫宇宙间是孤儿一样的孤独。

《带上她的眼睛》中沈静的父亲沈渊是个科学狂人，小说也没提到她有母亲。沈静在一次实施父亲的地心探测计划时出事，她被永久困在了地心深处。

这些人物形象几乎一开始就处于孤立无援的状态，不得不面对九死一生的漫长人生和危机四伏的命运。另一方面，这种孤独的命运也给了他们重新开始并迅速强大的机会。罗辑做学问极不合格。缺乏责任心和使命感，甚至还有些游戏人间。但就是这样一个人被命运选中作为面壁者和执剑人。罗辑、云天明、史强，大多都是在现实生活中有些不得志的人。他们不属于现实生存中的精明强者，他们也从来没想过要成为英雄，但被推至无退路的位置时，他们却能以非凡的能力去独当一面。以罗辑为例，他的玩世不恭掩盖着处变不惊的冷静和理性。几个面壁人中只有他从一开始被选中就进入了真正的面壁者状态。他不仅成功地瞒过了思维透明的三体人，同样瞒过了思维复杂的地球人，以致在漫长的时间里承受了常人难以承受的非议，诘难，辱骂和鄙夷，从普通人到面壁者到不负责任的人再到骗子到英雄再到神，无论世人如何看他，他其实一直平静面对这一切。忍辱负重，将惊天秘密藏在内心深处，这是相当大的气魄和担当。

身患绝症的云天明在选择安乐死之前送了程心一颗星星，给自己拟写了一份墓志铭："来了，爱了，给了她一颗星星，走了。"因为三体智子的监控和三体星舰的威压，地球人类也在考虑各种对策，其中就包括维德与程心等人的阶梯计划，即用核弹作推进器向三体舰队发射一枚探测器，目的是给三体世界送去一个人做潜伏者，从三体人那里获取有用的信息再传回地球。"把一个人类送进敌人的心脏。"因技术原因他们只能在探测器里放一个人的大脑。将一个大脑送到四光年之外的寒冷的奥尔特星云去侦察三体舰队，听起来不是疯话就是笑话。但他们真的去做了，这个大脑就是刚送了一颗星星给程心的云天明的大脑。而他们说的每一句话都会被智子听到并传送到四光年外的三体人那里。也就是说在设定计划时考虑计划成功的一部分因素是让智子听见阶梯计划，也就是故意让三体人知道计划的存在，也即主动让三体侦察舰队截获地球送过来的云天明的大脑，再克隆为人。因为维德知道，三体人也渴望捉住一个地球人类来研究。也正因此，这个被送过去的人类将面临极为残酷的命运。"他"是主动送上去被研究甚至被拷打被反复折磨的人类活标本。云天明是被送到三体舰队才成为英雄的，他的每一个人生节点的选择何曾问过他？或者说他何曾有过选择权？他就是那个被残酷命运选中的人。

罗辑也是被一种莫名其妙的命运选中成为面壁者。罗辑本是一个无所追求活得随心所欲的人，但他与叶文洁的一次偶遇改变了他的命运。女儿杨冬的死和伊文斯隐藏的秘密被揭开，都促使叶文洁开始反思自己，反思自己所领导的地球三体组织究竟对与否，甚至她也可能在思考如何应对三体人即将到来的侵略。见到杨冬的昔日同学罗辑来拜祭杨冬，忽然涌上心头的感激使得她对罗辑说出了她所思考的宇宙社会学法则。罗辑也因此被三体智子监控，也因此被反击三体的政府组织选中为四个面壁者之一。他迫不得已成为面壁者，担负起拯救地球的责任。而妻子女儿被弄走又使他再次担当起执剑人的责任。他活了四百多年，但真正为自己而活的时间却并不长。

《三体3》关于罗辑处于威慑状态的描写非常有震撼力，他所处的居室是一片空旷的白，在一片空旷的白色中间有一点黑，仿佛眼睛中的眸子，他就是地球的眼睛和灵魂，如同一个最坚固的铁锚。用五十四年的生命为代价，用自己和深爱的妻子女儿的分离为代价，为地球铆住了安宁和祥和。这一段时间罗辑的形象是刀锋战士一样锋锐的，作者将他手中的剑与日本的剑道相比拟，手中有剑但并不轻易出手，而是将心中的剑化为目光直刺敌人的灵魂深处，真正的决斗是灵魂之剑的搏杀。"罗辑就是以这种目光逼视着那堵白墙，逼视着那个四光年外的世界。他知道智子使得敌人能看到自己的目光，这目光带着地狱的寒气和巨石般的沉重，带着牺牲一切的决绝，令敌人心悸，使他们打消一切轻率的举动。五十四年没有开口说一句话，他将自己变成了一台威慑机器，一枚在半个世纪的漫长岁月中每一秒都一触即发的地雷，维系着两个世界恐怖的平衡。"

罗辑付出了五十四年的时光和终身的幸福守护地球的和平，但是人类并不感谢他。在他走出威慑控制室大门的时候，国际法庭的检察官拦住了他，指控他犯有世界灭绝罪，要拘捕审讯他。他们视他为恶魔和怪物，沉浸在世界大同的幻乐中的人们早已忘记了三体世界的威胁。而"罗辑等待了半个世纪的晴空霹雳，在他离开五分钟之后就降临到了程心头上"。

这里存在一个悲伤的事实，作为面壁者的罗辑在地球人心目中一度曾是上帝和神一样的存在，拥有巨大权力和可任意调动的资源，可左右地球人类乃至三体人的命运，非常强大。但他却连自己的妻子女儿都保护不了，留不住，连想见她们一面都困难重重。这是罗辑作为个体的悲剧，作为面壁者的悲剧。

在这里还有一个让人忧心的问题，睿智如罗辑，以他的眼力和心智，难道他看不出程心担不起执剑人的责任吗？为什么他不提醒地球国际组织？他耗尽了心血和智慧，耗尽了自己的一生来守护地球，怎么能允许最后功亏一篑？他为什么那样轻松就把地球的安全交到明显不合格的程心手中？这不太合逻辑。果壳网《三体》同人征文有一篇关于罗辑的小说《角色》，作者 Thez，他借罗辑之口给出一个答案："我只是尽责而已。任何文明终要迎来灭亡的时候，人类文明是靠着无数的幸运走到今天，总有用尽的时候。能够目睹人类文明的落日并亲身参与历史，对我来说已经是莫大的幸运。"[1] 这有点接近小说中玩世不恭的罗辑，或许五十四年的沉默坚守也让他重新变得达观，他认为自己不是救世主，做到尽责即可。

① Thez：《角色》，李广益、陈颀编：《〈三体〉的 X 种读法》，生活·读书·新知三联书店 2017 年，第 165 页。

而且他并不认为自己必须背负起太多责任。

三、人性之恶

鲁迅曾说过："悲剧是将人生有价值的东西毁灭给人看。"可见悲剧是有两个条件的，一是表现灾难苦难，二是在苦难中呈现崇高。刘慈欣所讲述的叶家悲剧：十五岁的叶文雪举报父亲叶哲泰，致使父亲被关进牛棚被残酷批斗，而叶哲泰的妻子邵琳在丈夫批斗会现场举证丈夫的罪恶言行，加剧批斗等级。

《三体1》叶哲泰之死被写得十分血腥惨烈。在疯狂的人群的前面，叶哲泰头上戴着"用一指粗的钢筋焊成的铁帽子，挂在胸前的牌子也不是别人挂的木板，而是从实验室的一个烤箱上拆下来的铁门，上面用黑色醒目地写着他的名字，并沿着对角线画了一个红色的大叉"。

押送他上台批斗的就是他昔日的学生和四个附中初二的女生，"这些穿着军装扎着武装带的女战士挟带着逼人的青春活力，像四团绿色的火焰包围着叶哲泰"。

看他们之间的对峙就像看一个圣人与野蛮人的对峙。叶哲泰想给她们讲物理学知识，无知的她们不是用口号就是用皮带压服他的知识。她们找来叶哲泰的妻子邵琳与他辩论。被批斗者和批斗者之间讲道理就好像野蛮人和文明人之间的争斗，叶哲泰越是君子风度，越是试图用知识用科学道理去说服批斗者，越具有知识分子风骨，这个悲剧就越是悲凉。

辩论不过时，"恼羞成怒的小红卫兵立刻做出了判断，对于眼前这个危险的敌人，一切语言都无意义了。她抡起皮带冲上去，她的三个小同志立刻跟上，叶哲泰个子很高，这四个十四岁的小女孩儿只能朝上抡皮带才能打到他那不肯低下的头，在开始的几下打击后，他头上能起一定保护作用的铁高帽被打掉了，接下来带铜扣的宽皮带如雨点般打在他的头上和身上——他终于倒下了，这鼓舞了小红卫兵，她们更加投入地继续着这崇高的战斗，她们在为信念而战，为理想而战，她们为历史给予自己的光辉使命所陶醉，为自己的英勇而自豪……"她们活活打死了叶哲泰。而几乎就在同时，叶文雪投身所谓的革命其实就是那个时期的军事武斗，子弹飞舞中，叶文雪高举自己这边的红旗冲出来，被子弹打死。这些女孩子都只有十几岁，都是花儿一样的年纪。

那么，她们邪恶的残暴从何而来？为什么她们能在满腹经纶手无寸铁的教授面前挥舞起皮鞭？一次次将铜扣砸在教授头上身上，眼看着一个活生生的人在自己皮带下死去，毫无怜悯之心？当叶哲泰成了反动学术权威，四个小女孩戴上了红袖章，就有了一种特别的审判权，她们对待叶哲泰想打就打想骂就骂，而物理学家是没有丝毫反抗的权利的，甚至叶哲泰被打死连旁边同样戴着红袖章的人也是不敢阻拦的。在这些女孩子眼中，叶哲泰是阶级敌人，必须摧毁他的精神和肉体，如果心慈手软就是立场不坚定。

很多年后，叶文洁约见这几个已经步入中年的女子，她们毫无愧疚之心，说自己也是那个疯狂年代的牺牲品，也是受害者，她们感伤自己和同伴被改变的悲剧命运，说一切都是历史造成的。还有邵琳，为了保全自己，举报并在批斗现场揭发曾经相知相爱的丈夫。多年后，邵琳委托后夫转告叶文洁：所有一切都是因为叶哲泰太过固执，不知变通，不为妻儿着想。她也没有丝毫的忏悔之心。

这两章的反思是非常深刻的，历史的反思，人性的反思，生态的反思。这些反思构筑了叶文洁的精神底色：黑暗、阴沉、血腥、痛苦。母亲邵琳和记者白沐霖，他们其实是同一类人，都有足够的聪明，有对时势洞察的犀利的目光，所以他们转身极快，迅速适应时代环境，为自己谋得最好的利益。

《流浪地球》中愤怒的人群冲进地球控制室，在这次发生的武装哗变里，叛军们把五千人，包括为拯救地球而倾尽所有的忠诚的科学家，联合政府的主要成员，大部分负责实施地球航行计划的星际移民委员会的成员，和那些最后忠于政府的人，全部剥掉宇航服扔进太空活活冻死，他们瞬间变成了冰雕。还有"一个小女孩，举起一大块冰用尽全身力气狠命向一个老者砸去，她那双眼睛透过面罩射出疯狂的怒火"。这种来势汹汹的恶意甚至毫无根据，是一个集体无意识的恶。这骇人魂魄的一幕跟《三体》中举起的铜头皮带是一模一样狠，在她们心中，叶哲泰和逃亡派的人都是敌人，不再是人，所以不再有丝毫感情。然而，紧接着，戏剧性的一幕发生，太阳氦闪了，这些冰雕和凌辱他们的人一起化为灰烬。对于这些变成冰雕的科学家来说，当然是属于个体的悲歌。

面壁者雷迪亚兹的计划被破壁人揭穿之后，被以反人类罪拘捕审讯。雷迪亚兹谎称自己的手表能控制水星上的核弹，被小心翼翼送回祖国，却在踏上心心念念的国土时，被自己的人民用石头砸死。

这是非常荒诞的一幕。雷迪亚兹原本就是这个国家的总统，他深爱自己的国家和国民，一下飞机就俯下身长时间亲吻自己的土地，见到蜂拥而来的国民，他高举双手含着热泪呼唤：啊，我的人民。然而，迎接他的是一块呼啸而来的石头："恶人，你要杀所有的人，那里面可是有我的孙子，你竟然想杀我的孙子！"一个为人类命运殚精竭虑的人，耗费了二十多年的光阴，结果却被自己想要庇护的人们杀死。这是悲剧英雄的一种结局。

作者话锋一转："唯一不可阻挡的是时间，它像一把利刃，无声地切开了坚硬和柔软的一切，恒定地向前推进着，没有任何东西能够使它的行进产生丝毫颠簸，它却改变着一切。"这段话分行排列就是一首关于时间的哲理诗。无论世界如何变幻，无论地球上有多少悲喜剧上演，无论宇宙间的斗争如何激烈，时间依旧循着自己的河道往前流淌。让人叹息一声，滚滚时间水，卷走多少豪杰。在下面的几段叙述里，小说将前面出现的许多人物结局做了简洁的交代，以印证时间流逝带给世界的改变。泰勒、雷迪亚兹、常伟思、吴岳、伽尔宁、萨伊、坎特、艾伯特、林格、菲兹罗、苗福全、张援朝、杨晋文等或离世，或带给世界的改变。

与英雄在面临困境时的勇气和智慧相比，这些人造的灾难似乎也是作家想要表达的一个重要主题。与之相似的还有三体水滴袭击地球时，地球人的反应。面对死亡，各种人性的黑暗面都暴露了出来。就连艾 AA 也说："过不久，我们人群和地球就要一起变成碎片，在这些碎片中，你能分清哪些是高尚的，哪些是卑鄙的？"

《三体 3》中警报来临时，人人争相逃命，程心和艾 AA 也准备乘坐星环号逃离地球。她们先是遇到一群学生，带队老师向她们求助，但是飞船只能再容纳三人，艾 AA 用回答问题的方式决定了进飞船的三个孩子。其他的孩子眼睁睁看着这也许最后的逃生之路。接着在排队等待起飞的时候，她们看到了更为惨烈的一幕：不耐烦等待的人干脆让自己的时空穿梭机原地发射，停泊区变成了火葬场，现场惨不忍睹。艾 AA 也想提前起飞，被程心阻止。艾 AA 拿出激光步枪洞穿了其他想直接发射的穿梭机，一旦被洞穿，这些穿梭机将不能起飞。有一个衣着华丽的女人发现自家穿梭机上的小洞时，"歇斯底里地哭叫起来，接着在地上打滚，把头向起落架上撞。没有人理会她，人们只看到她忘记关上的舱门，一拥而上拼命地想挤进那架已经不能起飞的穿梭机，很快挤成一大堆"。就像一出悲喜剧在上演，可怜可叹又可恨。

小说花了很多笔墨用小说中人物之口来讨论是否应该逃亡外太空，用他们的话来说，这不是技术问题，谁走谁留关乎生存权的问题，"不管谁走，精英也好，富人也好，普通老百姓也好，只要有人走有人留，那就意味着人类最基本的价值观和道德底线的崩溃。人权和平等观念已经深入人心，生存权的不公平是最大的不公平，被留下的人和国家绝不可能看着别人踏上生路而自己等死，两方的对抗会越来越极端，最后只能是世界大乱，谁也走不了"。

这次假警报事件引起的混乱导致一万多人死于核发动机的烈

焰，在太空电梯基地，地球的太空轨道上，甚至火星上，都发生了流血死人的争夺飞船的事件。求生欲望导致了集体疯狂。这一段描写是令人惊悚的，可以与批斗叶哲泰的场面，扔石头砸死雷迪亚兹的场面，《流浪地球》中将所有科学家扔进太空的场面，放在一起看，当一种情绪被激发被煽动，所有人都陷入了无理性状态，他们陷入一种集体恐慌中，人性中的自私、恶毒全都展露无疑。此时，鲁迅小说中那些看客又出现了，他们围成一圈，群情激昂，义愤填膺，在自己的同类被谩骂被殴打被处死的时候，他们发出欢呼声，在他们心中是没有同情悲悯和人道主义精神的。

《三体2》中罗辑讲了一个名为《浮城》的小说："当整个城市就要沉到海里时，有一群人挨家挨户搜缴救生圈，集中起来销毁，为的是既然不能都活那就谁也不要活。印象最深的是一个小女孩儿，把那群人领到一家门口，兴奋地说，他们家还有！"这里透露出让人惊悚的人性之恶，我得不到你也别想得到。他说经济学的基本公理就是人类的唯利是图，没有这个前提，整个经济学就将崩溃。社会学比经济学更黑暗，真理总沾着灰尘。这样一个故事与《三体》中的精神续接上了，同样在批判极端情况下人性的丑恶。

这也是导致光速飞船计划破产的重要原因。舰队国际和联合国一起促成国际立法，全面禁止对曲率驱动飞船的研究和制造，也是自断了人类逃亡的最后的生路。

正如小说中所说："现在，全社会的这种茫然等待的状态十分危险，人类群体就像海滩上脆弱的沙堡，随时可能在风中崩溃。"缺乏精神力量的支撑，缺乏坚定的信仰，一切都交给等待，人类此时的精神状态是可悲可悯的。小说的讨论是很讲究辩证思维的，并没有将对立者写成彻底的坏人，尤其是小说中出现的两个极端组织，小说写出了他们的矛盾和自我割裂。地球三体组织里的人并不都是恶棍、败类，相反，他们大都是知识渊博，受过良好教育的人，比如学者、作家、大公司老板等，都是世俗意义上的社会精英。他们看起来比一般人更具有社会责任感，起码他们自己这样认为。

《三体》中从整体历史的角度来考虑，建造宇宙飞船以便部分地球人类在三体人来袭时逃亡，以保存部分文明种子，避免地球文明彻底灭绝，是理性明智的考虑。但是，这一设想一提出立刻在现实社会中引发轩然大波。最大的问题就是谁逃亡的问题。是有钱的人还是有权的人或者有文化的人？穷工人张援朝拍案而起："我活该断子绝孙是不是？"正如破壁人2号所说，逃亡最大的障碍不是技术，不是国家间的争端，而是人与人之间的争端，也就是谁走谁留的问题。"谁走谁留涉及到人类的基本价值观，这种价值观在过去的时代促进了人类社会的进步，但在这种终极灾难面前，它就是一个陷阱，到现在为止，甚至连人类自己的大多数，都没有意识到这个陷阱有多深。"

史晓明在向张援朝推销逃亡基金的时候也说："国家把主要经济力量用在建设太空舰队上，太空舰队不是商品，没有一分钱的利润的，人民生活只能每况愈下，加上我们的人口基数这么大，吃饱饭都成问题。还有，您看现在这国际形势，发展中国家没有能力搞逃亡计划，发达国家又拒绝技术公有，穷国和小国绝不会罢休。现在不就纷纷以退出《核不扩散条约》相威胁，以后还会采取更加极端的行动，说不定一百二十年后，不等外星舰队到达，地球上已经是战火连天了！"正好是对破壁人2号话语的阐释。

《三体2》中史强的儿子史晓明先现身，借他爸爸的名头推销逃亡基金，穷工人张援朝还被他骗走了攒了一辈子的四十万积蓄。史晓明、张援朝等普通老百姓是现实层面的小人物，将他们与光年尺度的宇宙争霸扯上关系，就制造了一种神奇的张力，有了一点魔幻化的狂欢意味。小说中一个智子就能封锁地球基础物理的发展数百年，而歌者随手弹出的二向箔就让整个太阳系变成了一幅图画，这与小说中挣扎在历史困境中的叶哲泰、叶文洁等人的哭泣，云天明被姐姐和爱人抛弃的悲伤，形成了一种参差错落的张力之美。

《梦之海》中低温艺术家取走地球上所有的水只为了制造一件艺术品。高阶文明要毁灭你与你何干？透露出科技差距之下的超级蔑视。

《吞食者》中科学技术更为发达的恐龙物种毁灭了地球，豢养人类当作食物。

降临派首领潘寒是一位有成就的生物学家，成功预言了转基因的危害。他是一位生态主义者，创建了国内第一个实验社会"中华田园"，有三千多个成员，提倡少用资源，尝试在一段时间内包括食物在内的生活用品全部取自垃圾。

他们认为"科技革命是人类社会的一种病变，技术的爆炸性发展与癌细胞的飞速扩散相当，最终的结果都是耗尽有机体的养分，破坏器官，导致其寄宿体的死亡。他主张废除那些粗暴的技术，如化石能源和核电，保留温和的技术，如太阳能和小水电，将大城市逐步扩散，人口均匀分布于自给自足的城镇中，以温和的技术为基础，建立新农业社会"。

伊甸园恐怖组织极似《三体》中的地球三体组织，都是有看似正确的理论却采用了极端的行为方式，比如杀害物理学家等。即便是一种温和的无害的思想演变到极端也是危险的。伊甸园恐怖组织的前身是一群技术避难者，他们的成员很多都是一流的科学家。在太平洋的一座小岛上建起了一个实验型小社会，试图远离现代技术，回归田园生活。与全球许多这类组织一样，他们最初只是一个自我封闭的，不具任何攻击性的社团。但随着时间的推移，这些与世隔绝者的思想在孤独中渐渐变得极端起来，由逃避技术发展成憎恨技术，由远离科学演变到反科学。一些极端思想的骨干开始走出那被他们称为现代伊甸园的小岛，以在全世界消灭现代科技，恢复田园时代为使命，进行恐怖活动，他们爆破欧洲核子中心的超大型同步加速器，烧毁北美洲两个大型的基因实验室，破坏加拿大一个矿井深处的大型中子微子探测水箱，杀害三名诺贝尔物理学奖获得者。这次又来袭击核反应堆，带来的武器是一小瓶药片，即被某种纳米材料包裹的浓缩铀，可以引发战术核武器爆炸。

包括林云这样一个正面人物，当她醉心于新式武器的研制时，也会给社会带来危害。林云对新式武器试用的狂热也让"我"心惊心凉，"我从她的眼神和动作中看到了难以掩饰的兴奋，像一个孩子终于拿到了自己热爱的玩具，这让我浑身发冷。"林云和那个女"教师"一样并不在意这些孩子的死活，她关心的是目标的完成，是球状闪电的使用。

第四章　生态审视

　　刘慈欣科幻小说的主题之一是关于生态的思考，所谓生态是指生命的存在与演化之状态，是鲜活的生命和生物之间和谐共生的联系所形成的生机勃勃的生命状态，作家进行生态主题的写作其实是对生命的重视和推崇，在小说中表现为对生命联系的全面而深刻的审视。他们既关注与环境污染相关联的社会生态危机，也关注人类的精神危机和现代发展进程中的文明危机，二者其实是一个问题的两面。正因为人类精神危机和现代文明发展中的畸变，才导致了严重的生态问题，才出现物种灭绝，人类生存环境日益恶劣的问题。

　　当此理念关照视阈扩大到人的社会化生存和人的生命、灵魂层面，探询人类走向诗意栖居的途径，会更关注各事物之间的相互联系，认为世间万物是一张互相联系、互相依赖的生命之网，尊重生命，呼唤世界整体发展，渴望建构一个人类社会和自然世界和谐共处、协调发展的社会，构建一个允许生物多样性和文化多样性的存在的丰富多彩、生机勃勃的世界。

　　不过刘慈欣科幻小说中的生态关注与生态小说中的生态焦虑是有区别的，刘慈欣作品中有一般生态小说中的生态焦虑，有对现实问题的尖锐暴击，但你会发现，那只是他信手为之，是刚好触及了他所关心所在意的领域，他真正要表达的并不局限于此。他更关心的是宇宙和人的关系，这一点刘慈欣也有表达：

人在文学中地位和在科学中地位正好相反。人在政治、社会、文化中的地位是不断上升的；但是在科学中，人越来越被边缘化，开始是宇宙的中心，后来太阳系的中心也不算，再后来银河系的中心也不算，到现在你要看看人在宇宙中的位置，卑微得连尘埃也比不上，太渺小了。人所遵循的自然规律和无生命物体遵循的自然规律一样，一个人死去和一块冰化掉没有什么本质的区别，这是生物学上对人的致命打击。

　　我对科学的态度是一样的，它所揭示出来的画面，尺度，会让人既敬畏又兴奋，又向往又好奇，一想想宇宙中有那么多数不清的世界，心旷神怡。这也是科幻的魅力。这种魅力，主流文学没有。主流文学的宇宙观还是托勒密时代的。在这帮主流文学作家的意识深处，太阳还是围绕着地球转的，他们心目中的整个宇宙，如果比作是一大片沙漠的话，地球这粒沙子上因为有人就成了金沙，其他沙子都没有存在的价值，也没有意义，根本也不用去关心，更不用描写。但科幻不是这个样子，科幻关注的是，我们极其渺小的人，跟极其宏大的宇宙之间的关系。①

第一节　作为思想资源的《寂静的春天》

一、作为叙事线索的《寂静的春天》

　　刘慈欣在《三体1》中提到《寂静的春天》，是将其当作情节发展的一条重要的暗示，也是作品思想主旨的一个重要方面。正是

---

① 刘慈欣：《我没有不请自来的灵感》，《我是刘慈欣》，北岳文艺出版社 2019 年，第140 页。

这本书牵出的情节导致叶文洁对人类彻底绝望，从而走上背叛地球的道路。叶文洁读到这本书是初有好感的男性朋友白沐霖借给她看的，白沐霖读到的版本应该是那个时代的内部版本，出版于 1963年，大陆翻译出版于 1979 年。

作者是美国海洋学家蕾切尔·卡逊，二十世纪最著名的生态文学作品，是一本反思现代性反思现代文明的著作，让人类第一次认识到自启蒙教育以来，由人性替代神性之后的征服大自然的理念是有问题的。以 DDT 为代表的现代工业／农业可能导致人类在春天再也听不到虫鸣鸟叫。所以这本书一经出版反响十分巨大。罗马俱乐部发表了《增长的极限》，认为经济过热和人口的大量增加，人类将会因环境污染和食物不足而遭遇巨大灾难。1972 年联合国在斯德哥尔摩召开人类环境会议，并发表了《人类环境宣言》。认为人类社会的过度发展打破了原本和谐稳定的自然秩序，所以导致恶果产生。对人类中心主义发出质疑。地球所遭受的所有灾难都源自人类自身，人类的恶就是万恶之源。

在作品的扉页上，蕾切尔·卡逊引用 E.B. 怀特的一句话："我们对待自然的办法是打击它，使它屈服。"她看到了人类在自然面前愚蠢的自信，预见到人类征服自然的同时将遭遇的无奈和尴尬，她说："当人类向着他所宣告的征服大自然的目标前进时，他已写下了一部令人痛心的破坏大自然的记录，这种破坏不仅仅直接危害了人们居住的大地，而且也危害了与人类共享大自然的其他生命。"①她的生态伦理思想为启蒙人类的环保意识点燃了一盏灯。人们认识到从整个生态系统来看，人与自然，人与生物之间的关系应是共荣共生的关系，生态思维作为对近现代理性思维的反动，应着重肯定人与自然和谐的一面。

《三体 1》中，可以看出这本书带给叶文洁的影响是巨大的。我

---

① ［美］蕾切尔·卡逊：《寂静的春天》，吕瑞兰、李长生译，吉林人民出版社 1997年，第 73 页。

们同样可以在刘慈欣很多作品中看到这种深刻的生态思想。可以说生态灾难是刘慈欣反复书写的一个小说主题，因此这本书可以视为刘慈欣作品的核心思想资源之一。小说对"文革"的描写是血腥且残暴的。十几岁的小女孩忽然生出杀人的暴戾，和她们几十年后的精神状态一脉相承，都是沙漠般贫瘠。而叶文洁和她的知青同伴的伐木同样是对地球生态的残暴，人类为了自己的私利——种更多的粮食或者建立科研基地，或者仅仅是为了表达一种政治热情，去砍伐那些已经在地球上生活了数百年甚至上千年的大树，让原本生机勃勃的森林变成一片荒芜，这在叶文洁看来是人性的无理性，是不可理喻的愚蠢。

如果说叶文洁是地球毁灭的罪魁祸首的话，那么导致叶文洁人性异化的"文革"往事中的人性之恶与历史之痛则是这一切的肇始。叶文洁因为父亲的去世和自己的人生经历而从此对人类绝望，她认为人类已经无力解决自己的问题，需要外力的介入。

这本书也是叶文洁思想发生巨大改变的一条引线。刘慈欣的厉害之处就在于此。叶文洁的命运原本只是《三体1》科幻叙事的一个楔子，但写着写着叶文洁前半生的故事更有了寸铁杀人的力量，更深刻地锲入了对人类命运对地球未来的思考，形成巴赫金所说的复调。巴赫金在《陀思妥耶夫斯基诗学问题》中提出了"复调小说"的理论，指的是陀思妥耶夫斯基小说中众声喧哗的对话特征。小说中人物的声音都是自足的，都有其合理性，并与其他声音辩难。而作家藏匿了自己的价值判断，巴赫金认为这表明了作者其实也是在内心深处进行自我辩解。在刘慈欣的小说中也具有这种对话性和复调性特征。

即使地球方面或者三体世界方面也不是整齐划一的声音，地球上一直存在着是逃亡还是坚守地球的争论。地球三体组织也分为降临派和拯救派等。这些不同声音的出现让小说的意蕴更加丰富深邃。

每部作品中都有对立观点的双方出现。《三体1》中叶文洁、伊文斯所领导的地球三体组织与史强、汪淼等人背后的地球联合国之间的对抗的声音。《三体》并没有将叶文洁和伊文斯写成十恶不赦的大坏蛋就是其中之一。小说反复强调伊文斯对自然生物的热爱，对金钱富贵视若粪土。强调叶文洁身世遭遇之凄惨和她对待他人的温和友善，以及他们对自己所做之事的正确性的强调。地球三体组织人虽然不多，但是他们的声音是在地球与三体世界对峙的过程中出现的另一种声音。地球三体组织内部潘寒与申玉菲之间不同观点的对立。《三体2》中面壁者与破壁人的对立。地球上针对面壁者的不同声音。《三体3》中程心是以最美最善最有爱的形象出现的，但是她的每次行为结果都给地球带来了巨大的灾难。因此这个人物本身就背负了不同的声音，她到底是圣母还是潘多拉？这种辩难性和复调性打破了统一的一元性原理。作家也有意放大她的本性纯良和选择错误后愧悔自虐的方面，这使得读者不由自主选择了同情和喜爱程心。但作家描写被她送进太空的云天明的内心声音和地球陷入绝境时人民的苦难，都与之前的同情和喜爱形成了辩难。

昆德拉说："小说是个人想象的天堂，在这块土地上，没有人是真理的占有者，所有人在那里都有权被理解。"[1] 从复调的角度来看，程心只是小说中的一个人物，她并不代表刘慈欣的声音，并不代表真理。因此，小说虽然将维德描述得很冷血很无情，他暗地里害瓦吉姆只是因为他觉得瓦吉姆适合去太空当潜伏者，他刺杀程心只是因为觉得程心是他当选执剑人的拦阻者。但是，这些行为放在地球被三体人侵占后苦难的场景上时，或者太阳系被二维化的惨烈图景上时，维德是对的。这些不同的声音才是小说最丰富最令人陶醉的地方。

科幻小说与现实生活之间不再是简单的链条之间的扣合，而

---

① ［法］昆德拉：《小说的艺术》，上海译文出版社2004年，第155页。

是互相映照的关系。刘慈欣在小说中引用生态主义名作《寂静的春天》，引用伊文斯救助海鸟的故事，都是在呼吁人类爱护地球，保护生态环境。小说中这样写道：

> 那是在父亲叶哲泰被活活打死的两年后，叶文洁以知识青年的身份去了北大荒伐木头。此时，她的曾经举报父亲的妹妹叶文雪在武斗中被打死，她的母亲邵琳背叛丈夫后陷入精神疯癫状态。叶文洁独自埋葬父亲后报名去边疆插队，知识青年来到这里垦荒、放牧和砍伐，这些曾在"大串连"中燃烧青春的年轻人很快发现，与这广阔天地相比，内地最大的城市不过是个羊圈，在这寒冷无际的草原和森林之间，燃烧是没有意义的，一腔热血喷出来，比一堆牛粪凉得更快，还不如后者有使用价值。但燃烧是他们的命运，他们是燃烧的一代。于是，在他们的油锯和电锯下，大片林海化为荒山秃岭了，在他们的拖拉机和康拜因下，大片的草原被犁成良田，然后变成沙漠。

二百三十多岁的大树不到十分钟倒在地上，作家借白沐霖之口痛心地说："三百多年，十几代人啊，它发芽的时候还是明朝吧，在这漫长的岁月里，它经历过多少风雨，见过多少事？可你几分钟就把它锯倒了，你真没感觉到什么？"这段话里蕴含着极深的感慨，岁月沧桑世事变幻，对大地和大地上的树木来说大多数时候是无关的。树木不关心朝代的更迭，它有自己的春秋交替。

叶文洁的工作是砍伐原始森林，当"一棵如巴特农神庙的巨柱般高大的落叶松轰然倒下"时，她用斧头和短锯除去巨树的枝丫，"每当此时，她总觉得自己是在为一个巨人整理遗体。她甚至常常有这样的想象：这巨人就是自己的父亲。两年前那个凄惨的夜晚，她在太平间为父亲整理遗容时的感觉就在这时重现。巨树上那绽开的树皮，似乎就是父亲躯体上的累累伤痕"。

将大树与父亲并置是神来之笔，人类对人类的暴虐，与人类对大自然的暴虐在此刻重叠。将巨树看作是父亲，是发自灵魂的亲近和热爱。在这里有众生平等，万物有灵的理念，他们都毁于人类的颟顸和自私，人性中的贪婪、残暴的本性似乎无处不在。叶文洁有自己对生命的理解。她希望人类能够尊重生命的尊严和生命的价值，而在那些举起铜扣皮带和电锯的人眼中，这些都不再是可以爱和珍惜的生命。都只是人类的仇敌或阻挡建设的碍脚石。

当初的迫害者都只有十四五岁，花朵儿初绽的美好年纪，因为观点不同而分成了两大阵营：敌与我。视对方为敌人的女红卫兵在面对物理学家叶哲泰教授时没有丝毫的尊敬心理，在她们眼中知识越多越反动，维护知识的尊严就是顽抗到底就是死硬派，就应该打倒在地再踩上一只脚。她们辩论不过叶哲泰便找来邵琳，邵琳也辩论不过时她们便从肉体上消灭他。这是一代人的悲哀，是知识分子的劫难，也是文明的劫难。

而这一代被政治争斗迫害过的人又加入到对自然生态的残害中。大兴安岭每天都在被砍伐，"荒地面积日益扩大，仿佛是大兴安岭被剥去皮肤的部分，当这些区域连成一片后，那幸存的几片林木倒显得不正常了。烧荒的大火在那光秃秃的山野上燃起，雷达峰成了那些火海中逃生的鸟儿的避难所，当火烧起来时，基地里那些鸟凄惨的叫声不绝于耳，它们的羽毛都被烧焦了"。人类中的知识分子被迫害和大自然中动植物被残害在此合为一体。

小说写道："对人类本质的思考，使叶文洁陷入了深重的精神危机。她首先面临的是一种奉献目标的缺失，她曾是一个理想主义者，需要将自己的才华奉献给一个伟大的目标，现在却发现，自己以前做的一切全无意义，以后也不可能有什么有意义的追求，这种心态发展下去，她渐渐觉得这个世界是那样的陌生，她不属于这里，这种精神上的流浪感残酷地折磨着她，在组成家庭之后，她的心灵反而无家可归了。"叶文洁的内心独白是小说花费笔墨较多的地方，她内心深处是一个热血青年，有理想有担当，所以她对父亲的死痛彻心扉，对妹妹和母亲的行为十分痛恨。眼睁睁看着父亲被与自己同龄的女孩子殴打致死，她哭哑了嗓子。她选择远离这些让她痛苦的人和地方，去遥远的边疆插队，同时也怀揣着与时代共振的政治理想。然而，现实中看到的一切又将她推进了痛苦的深渊。所以她陷入了一种精神危机。

正是在这种精神状态下，她收到了三体人发回的信息，尽管只是一个警告：不要回答，不要回答，不要回答，如果回答，发射源将被定位，你们的行星系统将遭到入侵，你们的世界将被占领。这是来自三体世界一个备受压迫的底层监控站的人员冒死发来的善意警告。叶文洁非常兴奋，她丝毫不理会回信中的警告，而是兴奋于宇宙中有其他文明的存在。她再次回信，并杀害知道她回信的雷志成，附带着把无辜的丈夫也杀死了。

二、被一本书改变的叶文洁

因为对巨树被砍伐的同样的心疼，和《寂静的春天》这本书，叶文洁和白沐霖有了交往。白沐霖给叶文洁讲述刚来到大兴安岭时，水煮开了，拎个棍子就去河里打鱼，几下子就能打出几条大鱼来。现在呢，小河变成了一条什么都没有了的浑水沟，他痛心发问："我真不知道现在整个兵团的开发方针是搞生产还是搞破坏？"

在叶文洁眼中的白沐霖是一个正直正义感很强的报社记者，他心疼那些被砍伐的大树，他想反映建设兵团大垦荒带来的诸如山林植被被破坏，河流泥沙量增大等生态灾难问题。在叶文洁读来，"他的文笔真的与《寂静的春天》很相似，平实精确而蕴含诗意，令理科出身的她感到很舒适"。白沐霖主动把《寂静的春天》这本书借给叶文洁看，使从来对人都有一颗警惕防备之心的叶文洁在白沐霖面前放下心防，帮他抄写告密信。

这一方面是因为她单纯，因为信任白沐霖，所以甘心情愿为他做任何事。另一方面她确信白沐霖做的是一件正义的事情，是利国利民的好事。她并不能看透人心，更不知道政治斗争的残酷。叶文洁跟她的父亲一样是优秀的物理学家，心中有正义，为人有担当，但是同样不识人。父亲不识得邵琳的善变，叶文洁不识得白沐霖的狡诈。他们本质上是淳朴善良的，不了解人心险恶。

白沐霖是不是有意选叶文洁当替罪羊呢？

那个年代选择以书信的方式反映问题，并非都是出自一腔热血，很多人其实都有自己的目的，"那时怀着各种目的直接给中央写信的人很多，大多数信件石沉大海，也有少数人因此一夜之间飞黄腾达或面临牢狱之灾。当时的政治神经是极其错综复杂的，作为记者，白沐霖自以为了解这神经系统的走向和敏感之处，但他过分自信了。他这封信触动了他以前不知道的雷区。得知消息后，恐惧压倒了一切，他决定牺牲叶文洁，保护自己"。刘慈欣明明白白告诉我们，白沐霖并不是一个简单的热血青年，他自以为发现了一条飞黄腾达的道路，想借一封信一步登天。但他不确定自己所做的事是否真的符合当时的政治政策，所以他借口手腕疼，让被自己迷住的傻女孩叶文洁帮自己抄写。当灾祸来临之时，他就可以把罪责推给叶文洁。这个男人是如此阴暗诡诈。就是这样的男人后半生是平淡但是安定幸福的，在报社、科协工作，退休后移居加拿大，直到去世。作家此时的笔锋是带了淡淡的嘲讽的。谁说坏人必遭报应？也许坏人活得更好。

叶文洁因为替白沐霖抄写那封要命的信，又因白沐霖把一切罪责都推到了叶文洁身上，再加上叶文洁的反动出身，这黑锅她肯定背了。可以说叶文洁后半生的悲剧命运都与此事，或者说与《寂静的春天》这本书密切相关。她后来对罗辑提出宇宙中的猜疑链应该也是从自己的遭遇中提炼出来的，从父亲被妻子和女儿背叛，到自己被初有好感的男人陷害，她从此以后不再相信任何人，也不再爱任何人。杨卫宁对她何其好，但她心如死灰，丝毫不为所动。

但叶文洁即便是深陷困境的时候，也坚持为人的底线：拒绝诬陷他人。程丽华带着一封诬陷他人的文件找到此时身陷囹圄的叶文洁，许诺她只要她在这个文件上签字，就放她出去。此时替白沐霖抄写书信事件已被定性为反革命事件，叶文洁注定将有牢狱之灾。应该说程丽华给出的诱惑是相当大的，足够让绝大多数人妥协。叶文洁发现材料中暗藏陷害人的玄机，"叶文洁不知道材料上那些内容是真是假，但可以肯定，上面的每一个标点符号都具有致命的政治杀伤力。除了最终打击目标外，还会有无数人的命运要因这份材料坠入悲惨的深渊"。所以无论程丽华如何威逼利诱，她都拒绝签字。

这份拒绝招来程丽华的怒火。程丽华最初展现在叶文洁面前的，是一个温和文雅的中年女人形象，此刻她动手的时候，也是笑容不变，"她盯着叶文洁看了好一会儿，冰冷的空气仿佛凝固了一般。然后她慢慢将文件放回公文包，站起身，她脸上慈祥的表情仍然没有褪去，只是凝固了，仿佛戴着一张石膏面具。她就这样慈祥地走到墙角，那里放着一桶盥洗的水，她提起桶，把里面的一半水泼到叶文洁的身上，一半倒在被褥上，动作中有一种有条不紊的沉稳，然后扔下桶转身走出门，扔下了一句怒骂：顽固的小杂种"。

这是一个内心十分黑暗的女人，得不到自己想要的诬陷证据就要杀人。

在这内蒙古的寒冬，寒冷通过湿透的衣服，像一个巨掌将叶文洁攥在其中，她听到自己牙齿打颤的咯咯声，后来这声音也消失了。深入骨髓的寒冷使她眼前的现实世界变成一片乳白色，她感到整个宇宙就是一块大冰，自己是这块冰唯一的生命体。她这个将被冻死的小女孩儿手中连火柴都没有，只有幻觉了……

　　她置身于其中的冰块渐渐变得透明了，眼前出现了一座大楼，楼上有一个女孩儿在挥动着一面大旗，她的纤小与那面旗的阔大形成鲜明对比，那是文洁的妹妹叶文雪。自从与自己的反动学术权威家庭决裂后，叶文洁再也没有听到过她的消息，直到不久前才知道妹妹已于两年前惨死于武斗。恍惚中，挥旗的人变成了白沐霖，他的眼镜反射着楼下的火光；接着那人又变成了程代表，变成了母亲邵琳，甚至变成父亲。旗手在不断变换，旗帜在不间断地被挥舞着，像一只永恒的钟摆，倒数着她那所剩无几的生命。

　　渐渐地旗帜模糊了，一切都模糊了，那块充满宇宙的冰块又将她封在心中，这次冰块是黑色的。

　　这块充满宇宙的冰块在这里显然是一个隐喻，将现实中叶文洁身上凝结的冰与政治权力的威逼以及人性的黑暗残酷联系在一起。此时，叶文洁陷入了临死前的恍惚中，意识不断穿越过去和现在，从一个人物转换到另一个人物，从一个场景漂移到另一个场景。在这样蒙太奇一样的意识流动中，她想到在武斗中惨死的妹妹，在批斗中被毒打的父亲，给她致命一击的白沐霖，忽然面目凶恶的母亲，他们都是在她生命中留下深刻印痕的人，此刻出现在她的意识中是无序的，非逻辑的，又是她此刻内心深处最痛最深刻的记忆，它们交织成一张网，一张指向人性黑暗的网。它们凝结成一块冰，可以冻结住她所有的柔软和温暖，让她此生以后心硬如铁，不再有爱。

　　她发现那块冰是如此巨大，充塞了整个宇宙，而且是黑色的。昆德拉称"内心的独白"是小说家放在人物脑袋里的麦克风，这样我们就可以和作家一样轻松自由地出入他作品中的人物的心灵世界。这在本质上是比上帝视角更为全知的叙事视角。作家看似不在，却控制着人物的全部心理情况。小说在这里就是借助叶文洁内心深处的独白来告诉读者她是如何变成了后来的模样的。如果不是红岸基地的杨卫宁和雷志成及时赶来，叶文洁可能在那天晚上就被冻死了。

在叙述《寂静的春天》这本书带给叶文洁的影响时，作者写道：

> 三十八年后，在叶文洁的最后时刻，她回忆起《寂静的春天》对自己一生的影响。在这之前，人类恶的一面已经在她年轻的心灵上刻下不可愈合的巨创，但这本书使她对人类之恶第一次进行了理性的思考。这本来应该是一本很普通的书，主题并不广阔，只是讲述杀虫剂的滥用对环境造成的危害，但作者的视角对叶文洁产生了巨大的震撼：蕾切尔·卡逊所描写的人类行动——使用杀虫剂，在叶文洁看来只是一项正当和正常的，至少是中性的行为；而本书让她看到，从整个大自然的视角看，这个行为与"文化大革命"是没有区别的，对我们的世界产生的损害同样严重。那么，还有多少在自己看来是正常甚至是正义的人类行为是邪恶的呢？
>
> 再想下去，一个推论令她不寒而栗，陷入恐惧的深渊：也许，人类和邪恶的关系，就是大洋与漂浮于其上的冰山的关系，它们其实是同一种物质组成的巨大水体，冰山之所以被醒目地认出来，只是由于其形态不同而已，而它实质上只不过是这整个巨大水体中极小的一部分……人类真正的道德自觉是不可能的，就像他们不可能拔着自己的头发离开大地。要做到这一点，只有借助人类之外的力量。
>
> 这个想法最终决定了叶文洁的一生。

这对理解叶文洁和地球三体组织的思想非常重要。正是父亲叶哲泰在"文革"中的悲惨遭遇和叶文洁在大兴安岭看见大自然被人类破坏，还有母亲和妹妹、白沐霖等的背叛行为，使得叶文洁对人类的人性绝望。人类没有仁爱之心，以各种理由甚至毫无理由地残忍对待同类和大自然。

现实题材的小说着眼于现在，科幻小说更多着眼于未来，叶文洁形象虽然在某些层面形成了对"文革"历史的批判和对丑恶人性的考问，以及对生态地球的忧思，但是很明显那只是刘慈欣《三体》写作的衍生品，不是他关注的重点。他关注的是地球人类与外星人长达数百年的战争，这一小段人类历史如同史诗中的一段小插曲，转瞬即逝了。

但即便只是作为一个引子，小说也达到了思想探索的深度，并在《三体2》《三体3》中继续进行了思考。比如英雄与群众，专制权力与统治，人性与人心。小说中诸多地方以人民的民意来决定事件甚至地球未来的发展走向，看似民主其实从结果来看，大家共同做出的决策很可能更为愚蠢。尤其是借用民意或者集体主义大棒来惩治不同意见者时，变成了多数人的暴力，是一种排斥异己的策略。比如"文革"批斗，《流浪地球》中被集体决议后扔进太空的科学家，《三体》中被捧上圣坛又被抛弃的程心和罗辑等。

第二节　生态寓言

一、来中国种树的伊文斯

《三体》以叶文洁这一特殊人物形象连缀起历史和现在，并将目光投向光年之外的宇宙，融合政治苦难与生态灾难，实现了对宇宙中心主义的生态表达。也因此实现了对时间的超越，并将个体的血泪体验熔铸进了对文明进程的思考。小说既是探微索隐的对叶文洁何以从受害者变成大魔头的发生学研究，更是站在人类、地球、生态立场的质询与追问，人究竟应该怎样活着？怎样对待突如其来的超级灾难？人类该怎样在文明发展与生态保护中谋求平衡？人类如何才能真正诗意地栖居在大地上？这些质询和追问贯穿小说始终。

《三体》将反思凝注在两个方面，以叶文洁为受害者的人性反思和以伊文斯为观察者的现代文明反思。"文革"中叶文洁眼睁睁看着父亲被几个小女孩活活打死，母亲在旁边以莫须有的罪名攀咬，妹妹举报了父亲后加入武斗被流弹打死。一夜之间家破人亡。叶文洁带着满腔的恨去遥远的边疆插队，砍伐原始森林。刚刚喜欢上一个男孩，却马上被他出卖。多年后她重回城市，既没能听到母亲的一句后悔，也没能听到那几个红卫兵的一声道歉。自此，她对人类的自我向善已经不抱希望。

后来叶文洁遇见伊文斯，伊文斯自称是一个物种共产主义者，他的核心理念是：地球上所有的物种生来平等，都应享受得到自己的权利和自由。小说中叶文洁初见伊文斯，"除了他的金发碧眼和身上穿的那套已经破旧不堪的牛仔服，看上去与当地劳作一生的农民已经没什么两样，甚至连他的皮肤也被晒成了当地人一样的黄黑。"伊文斯住在山上树林里的一间简陋的土坯房里，房中只有粗笨的植树工具和简陋的床，几件炊具，落满了灰尘。床上满是生物学方面的书籍，其中有一本彼得·辛格的《动物解放》①，现代化的东西只有一个收音机和一架旧望远镜。生活如此简陋。但是伊文斯其实是一个超级富豪，在十三岁的时候目睹自己家的一艘邮轮触礁给海洋生物带来的灾难，他宣布要以拯救生物为理想，认为中国

---

① 《动物解放》初版于 1975 年，掀起了一场动物权利运动，永久撼动了人们对动物的看法和对待方式。提出了物种歧视的核心论点，指出这种论点是人类至上主义，主张人类利益凌驾于一切其他物种之上，并将动物排除在人类道德范围之外，从而给同样生活在地球家园的其他动物带来了深重的苦难。要求人类给予动物的利益同等分量的重视。

的佛教观念中的众生平等与自己的理念相符。他发现有一种长途迁徙的褐燕会在此地歇息，而这里山林被毁损严重，褐燕面临灭绝的危机，所以跑到中国西部一个偏僻的山村种树，以拯救褐燕。

伊文斯眼看着当地的村民，政府部门如林业局、派出所等的官员都来砍伐他种植的树木。因为这是一片没有名分没有法律保护的树林，就成了大家疯抢的唐僧肉。

他本可以阻止，但是他觉得没有意义："你看到的一切可以归结为贫穷，但富裕的国家又怎么样？他们营造自己的优美环境，却把重污染工业向穷国转移，你可能知道，美国政府刚刚拒绝签署京都协议书……整个人类本质上是一样的，只要文明像这样发展，我想拯救的这种燕子，还有其他燕子，迟早都会灭绝，只是时间问题。"伊文斯非常悲观，对人类的未来非常失望。他有钱，有四十亿美元的遗产，还有一家跨国大公司。但是这些都拯救不了他想要拯救的物种。

他所失望的是整个文明，所有国家所有人都为了一己私利而疯狂掠夺、占有。仅仅一片树林，他可以花钱买下来，或者动用他的身份予以制止。但是保住这片树林仅仅保住了一群燕子，根本改变不了这个世界的掠夺本质。所有人都在向大自然拼命攫取，这样一小群燕子保下来又有何用呢？"人类为了拯救濒危的物种投入的钱肯定超过了四百五十亿，为拯救恶化的生态环境投入也超过了四千五百亿，但有什么用？文明仍按照自己的轨道毁灭着地球上除人以外的其他生命。四十五亿够建造一艘航空母舰，但就是建造一千艘航空母舰，也制止不了人类的疯狂。"这与很多先贤的表达在思想上是一致的。恩格斯就曾说："我们不要过分陶醉于我们人类对自然界的胜利。对于每一次这样的胜利，自然界都对我们进行了报复。"[1] 著名的经济学家戴利说："贪得无厌的人类已经堕落了，只

---

[1] ［德］恩格斯:《自然辩证法》,《马克思恩格斯选集》第4卷，人民出版社1995年版，第383页。

因受到其永不能满足的物质贪欲的诱惑。……贪得无厌的人类在心理和精神方面的饥渴是不会饱足的；实际上，眼下为越来越多的人类生产越来越多的东西的疯狂愚行还在加剧着人类的饥渴。备受无穷贪欲的折磨，现代人的搜刮已经进入误区，他们凶猛地抓挠，正在使生命赖以支持的地球方舟的循环系统——生物圈渗出血来。"[1] 这些思想里蕴含着深刻的生态思想。

小说在这里强调的是大自然各物种之间相互联系共生共存亡的关系，彼此之间有一种链形环扣，若缺少其中的任何一节都会带来灾难性的后果。那么人类在地球处于何种位置呢？在伊文斯看来，人类并非地球的主宰，人也只是这些链条中的一节。在他心中，所有的物种都是平等的，需要同等对待的。每种生物都是地球不可分割的一部分。人类对待其他物种高高在上的救世主的姿态是可笑且愚蠢的。当有人误解他是为了保护人类环境时，他爆发出巨大的怒火："难道只有拯救人类才称得上救世主，而拯救别的物种就是一件小事？是谁给了人类这种尊贵的地位？不，人不需要救世主，事实上他们现在过得比应得的好多了。"

对大自然来说，当人类为了自己活得更舒服而大肆砍伐森林，捕杀动物，毁坏它们的家园时，人类是可怕的。站在人类角度，人类所做的一切都是为了自我延续和文明的发展，但当他们不知节制不断地攫取，贪婪地掠夺，让链条中的环节不断断裂，最终给地球带来巨大伤害时，其实也是毁灭了自己的生存空间最终也将消灭自己。所以伊文斯选择和叶文洁联手，建立地球三体组织，替大自然向人类复仇。

伊文斯和叶文洁的最大不同在于，叶文洁是想召唤外星人来拯救地球，改造人类，她是拯救派。伊文斯则认为人类已经没有希望了，希望三体人来到地球制止人类掠夺大自然，他是降临派。

---

① ［美］戴利、汤森编：《珍惜地球：经济学·生态学·伦理学》，马杰等译，商务印书馆 2001 年，第 179 页。

伊文斯把一艘六万吨的邮轮改建成第二红岸基地，名为"审判号"，当然是审判人类，伊文斯的座右铭就是："我们不知道外星文明是什么样子，但知道人类。"这些观点其实也是刘慈欣的观点。他说："就在我们现在这个文明时代，地球物种灭绝的速度远高于白垩纪晚期，地球生命史最恐怖的时代就是现在。文明，也许是一条使地球生命万代延续的光明大道，也许是使包括人类在内的地球走向灭绝的陷阱。现代技术文明的特点是其扩张性，文明就是不断地开拓，把自己的尺度像吹气球般不断吹大，并不在乎它何时爆裂。"[1] 他对人类的贪婪并不抱有任何可以改变的希望，人也是生物，而"生物群落以几何级数扩充是一件很恐怖的事情"，"冷酷的经济规律会使他们像狂风一样横扫整个太阳系"。这时你会发现，星系也是一个很小的地方，远远不够人类来消耗，"像在地球上一样，人类文明在太阳系中也很快会面临生态危机和生存危机。文明的下一步只能是继续向外太空扩张"。《三体》中的三体文明的毁灭就是一个例子。三体文明发展到一个非常高级的程度，本星球的资源已基本耗尽，于是向外太空寻找资源索取新的栖息地，当得到地球发来的寻找文明的信息时欣喜若狂，制定策略侵占地球，最终毁灭了地球。这个观点我们可以从他的另一部科幻小说《时间移民》中找到证明。

二、时空移民的小说

《时间移民》中的时间如同一辆飞驰的列车，带着八千万进入冬眠的移民飞向未来。冬眠技术让他们停留在二十五岁，这样到了未来他们才可以适应时代。他们每次醒来都是人类处于文明发展的极致阶段，黑色时代的穷兵黩武者用核弹把地球变成了黑色。大厅时代的人类不再需要学习，一张芯片就可以获得整个文明历史的知

---

① 刘慈欣：《越小越好》，《刘慈欣谈科幻》，长江文艺出版社 2014 年，第 22—23 页。

162

识，人类器官可以更新，人类科技高度发展，实现了长生的梦想。人类也不再需要学校、家庭、婚姻、孩子，他们对所有一切都漠不关心，他们已经失去了对世界的好奇心。无形时代把人类分成了两个世界：可以随意变换搭配身体的机械世界和一个生活在无数量子芯片的网络世界。作者暗示那个无形世界最终吞噬了有形世界，人类灭亡。在冬眠中沉睡了一万一千年的人们重新看到清澈的小河，看见蓝天白云，听到鸟的鸣叫，看到大地恢复生机，他们流下了热泪。"这平淡的世界是一张温暖而柔软的天鹅绒，他们把自己疲惫破碎的心轻轻放上去。"他们经历了地球的多次劫难后，终于认识到大地就是人类的母亲，是力量的源泉，是人类存在的依据和永恒的归宿。这就是刘慈欣想说的话。他认为地球最原初最美的面貌是田园时代。《三体》中刘慈欣也提到宇宙的初始状态十维空间就是田园时代，随着宇宙战争的不断爆发，宇宙历史从十维空间田园时代降到九维，之后降到八维，降到七维等，逐步递减，最终坍缩。

在这里作家批评的锋芒非常明晰，是人类给地球带来了灾难，地球并不必然地需要人类，没有人类的地球更加美好。人类更不是地球的主宰，只是生态链条中的一部分，甚至是微不足道的一部分，所以人类要克制自己的欲望，理性节制地生活，尊重每一个物种，与大自然和谐相处。过于膨胀的欲望，一味傲慢地索取，只会招来毁灭的结局。仿佛是一篇关于未来的黑色寓言。

与《时间移民》不同的是，《流浪地球》是空间移民，它的结构是按照"刹车时代—逃逸时代—叛乱—流浪时代"来写作的。小说一开篇就写道："我没见过黑夜，我没见过星星，我没见过春天、秋天和冬天。我出生在刹车时代结束的时候，那时地球刚刚停止转动。"三个"没见过"以一种复沓的失落感把"我"所处时代的特征渲染了出来，它隐含着地球的巨大改变和未来的不确定性。作家选择了一个不确定的现在，既能指向未来，又能回溯过去，一下子把三个维度都包容在一句话中，同时设置了一个巨大的悬念：为什么他出生在这样的地球上？究竟发生了什么事？以后会怎样呢？这也奠定了整部小说的情感基调和叙事动力：作者对地球家园的深深眷念和人类为保护家园而做出的努力。这是一个精妙的开头，一句话中深蕴了永远失去的惆怅和历史的沧桑，为小说总主题定下了基调，使小说的纵深感被加强。马尔克斯说他构思《百年孤独》构思了十五年，但一直不知道如何写第一句话，"有时第一句话比写全书还要费时间"，"因为第一句话有可能成为全书的基础，在某种意义上决定着全书的风格和结构，甚至它的长短"。[①] "在作品中重新创造时间，这是小说的特权，也是想象力的胜利。"[②] 将作品主人公放置在一个生态环境极其恶劣的处境中，太阳氦闪将要发生，地球即将面临超级灾难，为了拯救地球，科学家设计给地球装上发动机驱动其前行，试图让地球逃离太阳系，重建一个新太阳时代。这时地球人类也被极端的生存环境所困扰，不是酷热就是极寒，还会经常遭遇小行星撞地球，大潮汐等。小说中姥爷被滚烫的雨水烫伤后去世就是这样恶劣环境的受害者。地球外层已经不适宜人类居住，人类搬到了地层深处。此时人类的精神状态也随之发生了巨大改变。死亡的威胁和逃生的欲望压倒了一切，除了当前太阳的状态和地球的位置外，没有什么能真正引起他们的注意并打动他们了。他们不再关心家庭爱情，不再关心艺术哲学，世界上的宗教也都消失得无影无踪了。

小说以此看似玄幻的行为传递出一种忧虑，过于看重目标的行为是很可怕的，当自然与目标发生冲突时，被牺牲掉的就是自然，而后果则是给人类生存处境带来巨大的危机。

宇宙之大，家园之小，都是人类安身立命的场所，然而它们是如此脆弱，它面临着各种危险如太阳氦闪、宇宙坍缩、流星撞击、

---

① 转引自吴晓东《从卡夫卡到昆德拉：20世纪的小说和小说家》，生活·读书·新知三联书店 2003 年，第 259 页。

② ［法］让－伊夫·塔迪埃：《普鲁斯特和小说》，上海译文出版社 1992 年，第 284 页。

地震海啸、暴雨洪灾、冰雹寒流、工业污染、火山喷发、人口膨胀等，每一样都会给人类生存带来巨大的威胁。刘慈欣还指出，人类还要警惕外星人的觊觎，他们极有可能对地球发动攻击，当这些灾难发生时，人类该如何面对？

刘慈欣在《三体》中通过叶文洁和伊文斯两个人物形象对自然对生命近乎偏执的热爱和维护表达了强烈的生态诉求。如果说这两人的经历说明了人类的自私和贪婪的占有欲带给地球生态毁灭的话，那么在更多的作品里刘慈欣表达了对现代文明的反思。

三、《梦之海》的生态寓意

《梦之海》冰雪造型篇是刘慈欣大艺术系列之一。其余两篇是诗词篇《诗云》和音乐篇《欢乐颂》。小说以倒叙开头，回忆当年灾难开启之时发生的事情。小说开头是冰雕艺术家颜冬和同行在松花江边从事冰雕作品的制作，他们的作品将成为冰雪艺术节上亮眼的作品。外星球来的低温艺术家从天而降，以艺术的名义采集走了地球上所有的水，用以制作太空中的冰雕作品"梦之海"，地球从此陷入极度干旱。作为首次遇见外星低温艺术家并得到他青眼的冰雕艺术家，颜冬有资格与低温艺术家对话并了解到低温艺术家对艺术的极端追求，小说结尾，低温艺术家把地球上的水变成了太空中的星星后扬长而去，地球人类花费数年才让这些水重新回到地球。颜冬和同行们重新来到松花江畔感慨物是人非，从松花江中取出了第一块晶莹的方冰，形成一个圆环结构。

将地球的冰雕艺术节与宇宙级别的冰雪艺术梦之海联系在一起，最短命的艺术品与最残酷的地球灾难，非常具有张力。小说中的低温艺术家只关注自己的艺术作品是否完美呈现，并不在意地球是否会毁灭，人类是否会终结。他认为真正的艺术是脱离生活和肉体，任何来自个体的欲望和情感都是创作的枷锁，当灵魂完全摆脱世俗桎梏之后才能靠近真正的艺术，一切才纤毫毕现，"只有艺术，艺术才是永恒"。

小说以地球冰雕艺术家颜冬视角展开叙述，他在松花江边看见一个外星人的飞行器："空气平静下来之后，颜冬吃惊地发现，那半空中巨大冰球的周围居然飘起了雪花，雪花很大，在蓝天的映衬下显得异常洁白，并在阳光中闪闪发光。但这些雪花只在距球体表面一定距离内出现，飘出这段距离后立刻消失，以球体为中心形成了一个雪圈，仿佛是雪夜中的一盏街灯照亮了周围的雪花。"很奇幻的图景，不是吗？这其实是个外星人，但在地球人看来，这是一个不断飘雪的大冰球，看不见人，但它能说话会思想行动能力超强。它来得突兀且富含诗意，代表的是一种空灵超逸、不同凡俗的艺术理念。与刘慈欣所认同的科幻小说的理念是一致的。艺术高于一切，艺术应具有空灵之美和超逸之美。他一出现就带给地球人众多陌生的名词：冷冻场、反引力场等。

"我来自一个遥远的、你们无法理解的世界，那个世界远不如你们的世界有趣。本来，我只从事艺术，一般不同其他世界交流的，但看到这样一个展览会，看到这么多的同行，我产生了交流的愿望。不过坦率地说，下面这些低温作品中真正称得上是艺术品的并不多。"

"为什么？"有人问。

"过分写实，过分拘泥于形状和细节。当你们明白宇宙除了空间什么都没有，整个现实世界不过是一大堆曲率不同的空间时，就会看到这些作品是何等可笑。不过，嗯，这一件还是有点儿感觉的。"

他喜欢的正是颜冬的一件带有梦幻色彩的冰雕作品，低温艺术家受到启发取地球上的水凝结成冰并将它们悬浮于空中形成一片梦之海。作者描绘了一幅令人震撼的画面：

　　冰环大约相当于银河的宽度，由东向西横贯长空。与天王星和海王星的环不同，冰环的表面不是垂直而是平行于地球球面，这使得它在空中呈现一条宽阔的光带。这光带由二十万块巨冰组成，环绕地球一周。在地面可以清楚地分辨出每个冰块，并能看出它的形状，这些冰块有的自转有的静止，这二十万个闪动或不闪动的光点构成了一条壮丽的天河，这天河在地球的天空中庄严地流动着。

　　在一天的不同时段，冰环的光和色都不断地变幻。

　　清晨和黄昏是它色彩最丰富的时段，这时冰环的色彩由地平线处的橘红渐变为深红，再变为碧绿和深蓝，如一条宇宙彩虹。

　　这一天，冰环仿佛是一条撒在太空中的银色火药带，在日出时被点燃，那璀璨的火球疯狂燃烧着越过长空，在西边落下，其壮丽之极，已很难用语言表达。正如有人惊叹："这一天，上帝从空中蹚过。"

　　然而冰环最迷人的时刻是在夜晚。它发出的光芒比满月亮一倍，这银色的光芒洒满大地。这时，仿佛全宇宙的星星都排成密集的队列，在夜空中庄严地行进。与银河不同；这条浩荡的星河中可以清楚地分辨出每个长方体的星星。这密密麻麻的星星中有一半在闪耀，这十万颗闪动的星星在星河中构成涌动的波纹，仿佛宇宙的大风吹拂着河面。使整条星河变成了一个有灵性的整体……

　　这样的场景壮丽奇诡，极富想象力。低温艺术家从地球上的海洋中取了十万块巨大的冰，这个如同女娲补天般的行为，可以说把地球上所有的水都送进了太空，让它们成为"**宇宙巨人撒出的一把**

水晶骨牌"。刘慈欣很擅长描写这种恢弘空灵的美。他笔下的很多物体都美得如同艺术品，水滴，世代飞船，地核深处的树屋等，所描述的是一种科技之美、想象之美。低温艺术家认为艺术就是一切，给地球和地球上的生灵带来巨大的伤害。

> "只剩艺术，艺术是文明存在的唯一理由。"
>
> "可我们还有其他的理由，我们要生存。下面这颗行星上有几十亿人和更多的其他物种都要生存，而你要把我们的海洋弄干，让这颗生命行星变成死亡的沙漠，让我们全渴死！"
>
> "可我现在改变看法了，我原以为自己遇到了一位真正的艺术家，可原来是一个平庸的可怜虫，成天喋喋不休地谈论诸如海洋干了呀生态灭绝呀之类与艺术无关的小事，太琐碎太琐碎。我告诉你，艺术家不能这样。"

对低温艺术家来说是艺术品，对地球人类则是毁灭性的灾难。几年后，被取走海洋的地球陷入了灾难中：

> 干旱已持续了五年。焦黄的大地从车窗外掠过，时值盛夏，大地上没有一点绿色，树木全部枯死，裂纹如黑色的蛛网覆盖着大地，热风扬起的黄沙不时遮盖了这一切。有好几次，颜冬确信他看到了铁路边被渴死的人的尸体，但那些尸体看上去像是旁边枯死的大树上掉下的一根根干树枝，倒没什么恐怖感。这严酷的干旱世界与天空中银色的梦之海形成鲜明的对比。

持续的干旱使世界像一条离开水的鱼，已经奄奄一息了。天上一滴雨不下，江河湖海全都干涸，农业全面绝收，工业停产，剩下的粮食和水还能维持多长时间？人类此时要想尽办法把冰块从太空中弄下来，但是即便是科技水平能达到，也几乎耗尽了一切能源。回收冰块的环节也是极为壮观的，写出了一种摄人心魄的气势。刘慈欣将科学的部分写得极为细腻，体现出刘慈欣硬科幻的魅力和厚实的功力。

这些作品中的自然也是作家安顿心灵的彼岸世界。可以视为作家既在写作自然生态危机，也在写作精神生态危机。在现代化高歌猛进的时代，大多数人陶醉于物质的极大丰盛和生活条件的日新月异，却未能警醒发展的代价。获得和丧失之间的比例可能我们今天还是雾里看花，看不清是盛开的娇艳还是过剩的萎败，但终将会雾散云消，到那时，我们是否还有力量挽回与拯救？

刘慈欣传递的是这样一种深刻自省与反思：人类在地球中究竟处于什么位置？人类应该怎样对待自然？回溯人类文明的发展史，就是一部对自然的征服史，人类从自然中获取各种各样的物质和精神的资源以满足自我的生存和发展。随着现代文明的深入发展，人类对自然的掠夺、侵占、控制、改造也变本加厉，人类与自然的关系发生了危机，逐渐出现资源匮乏、环境恶化、物种灭绝等自然生态危机，严重威胁了人类生活。可以说人类无止境的欲望让今天人类的每一分子都尝到了苦头。"在所谓的发达国家的生活方式中，贪欲是作为美德受到赞美的，但是我认为，在允许贪婪肆虐的社会里，前途是没有希望的。没有自制的贪婪将导致自灭。"[1]

小说中的低温艺术家可以视为妄想征服自然改造一切自然之物为己用的某些人类的隐喻，他们是十分唯我的，只看到自己的艺术追求，所做的一切以自我为中心，他们往往具有浪漫激情和改天换地的狂热，也有能力付诸实践，他们只考虑目的，而不会在意为此目的而付出的代价。在他们看来，为达到目的可以不择手段，甚

---

[1] ［美］汤因比、［日］池田大佐：《展望二十一世纪》，荀春生等译，国际文化出版公司 1985 年，第 57 页。

至可以牺牲一切。这正是现代理性文明的二元对立的思维方式和人类中心主义，它们被理性的生态学家认为是导致生态危机的罪魁祸首。

四、《地火》的生态警示

如果说《梦之海》是一部生态寓言的话，那么《地火》就是一部更贴近现实的生态警示作品，讲述一个科学狂想主义者如何给矿井周围的人们带来十八年地狱般灾难的故事。主人公刘欣（与刘慈欣只有一字之差）从小在矿区长大。小说对矿区环境的描写也是非常细致写实的，矿工生存环境的艰难，矿工在洗澡的黑水池中学会游泳的细节可以看出生存之不易和生态环境的败坏，还有诸如因发不出工资而静坐的工人，大片轮椅和轮椅上伤残的矿工，还有小说开头刘欣父亲因尘肺病艰难呼吸的场面，都传递出一种让人透不过气来的压抑。不愿再过贫困生活而逃走的李民生的妻子，患了肾病需要每周做透析的李民生的孩子，都浸透了现实的辛酸和苦涩。

小说以时间为小标题："二十五年后""一年以后""一百二十年后"。序章即写刘欣父亲之死，当了一辈子采煤工人的他饱受尘肺病折磨，死状凄凉。他临死前告诉儿子：不要下井。刘欣勤奋苦读，在美国拿到博士学位后归国，从煤炭部拿到科学实验许可，回到生他养他的老矿区从事实验。想用科学的方法解救那些在地层深处艰难工作的矿工。他费劲口舌拉来科研经费，经过层层许可开展气化煤的科学实验，因急功近利不听良言忠告，技术上未能严格把关而导致地火蔓延，点燃了地层深处的煤层，导致地火汹涌燃烧，整个矿区变成一片火海，整个城市因地火而衰败。刘欣因此被审判，他心怀愧疚走进了地火深处。

这部小说如果到刘欣死这一章结束，就是一篇极为厚重的现实主义小说，科学狂想撞上了现实苦难，表述的是作家的悲天悯人的情感。小说中对灾难的描写如同地狱之火。整个天空都是黑色的烟云，每个井口都吐着烟柱，公路是滚烫的，空气中充满硫磺味。干燥开裂的大地，众多的死亡，大量的难民，长达十八年的地火蔓延，使这块土地变成了人间地狱。小说提出了很多尖锐的问题：比如是否应该谨慎对待科学想象；人是否要敬畏自然；如何妥善解决煤矿工人的民生问题；为什么会发生这样的悲剧；等等。

刘欣其实是有很多次机会避免这场人祸的，比如局长就建议他小范围实验成功后立即停止，他说："任何一项技术，不管看上去多成功，都有潜在的危险。"灭火队长阿古力从一开始就劝刘欣放弃这个实验，"这不是闹着玩的，你在干魔鬼的事呢！"他用数据告诉刘欣现在的勘测不准确，需要重新进行地质勘测。但刘欣以缺钱害怕项目被取消为借口拒绝了他。一直到要点火的时候，阿古力还在到处告状，试图阻止刘欣的实验。"别把地下的魔鬼放出来。"

点燃地火之后刘欣忙着接受电视台的采访，而阿古力整夜睡不着，他带着灭火队日夜检查地况，他甚至还花一大笔钱租了一个卫星监测这个地方的火情。而这一切原本应该是刘欣提前要考虑的问题。刘欣不但没有考虑到，反而还嘲笑阿古力多此一举，劝他回北京休息。阿古力有一段话说得极为沉痛，也是将大自然的力量描述得极为清楚："我说过，在地火面前，你只是个孩子。你不知道地火是什么，在那深深的地下，它比毒蛇更光滑，比幽灵更莫测，它想去哪儿，凡人是拦不住的。这里地下是巨量的优质无烟煤，是魔鬼渴望了上亿年的东西。现在你把魔鬼放出来了，它将拥有无穷的能量和力量，这里的地火将比新疆的大百倍！"

人类在大自然面前是何其渺小脆弱。人类的盲目自大，过于急功近利，导致了灾难的发生，后期灭火时，为了维持所谓的稳定不将事故真相告诉矿区工人，也导致了事故的惨烈程度加大。当地火疯狂蔓延时，地底下矿井中还有八个矿井队在采煤。通知工人撤退时也不告诉原因，爱厂如命的工人把通风设备全都拆了下来，导致之前的封井方案失败，灾难升级。从这些角度来说，作者批评的力度是有着尖锐的锋芒的。

但是作者并不是要批判刘欣和他的科学想象。小说结尾有一章"一百二十年后"，几个初中生到煤炭博物馆来参观，利用全息图像的方式体验百年前的矿工生活，感慨过去的人真笨过去的人真难。在他们的时代，气化煤已经实现。沉舟侧畔千帆过，时间冲刷走了所有的痛苦和灾难，科学实验已经成功改善了矿区人民的生活。得出结论："我们不必留恋所谓过去的好时光，那个时候生活充满艰难危险和迷惘，我们也不必为今天的时代过分沮丧，因为今天，也总有一天会被人们称作是——过去的好时光。"似乎跟前面所讲述的内容关联不大，但表明了作者的一种态度：他并没有针砭科学狂想者的意思，悲剧只是由失误引起的，是李民生的前期勘测工作没有做仔细，他的孩子得了尿毒症，要不停做透析，"这个工作项目的酬金对我太重要了，所以我没有尽全力阻止你。"

《地球大炮》开篇也是一句："随着各大陆资源的枯竭和环境的恶化，世界把目光投向了南极洲。"正面出场的是沈华北，真正的主人公是他的儿子沈渊。八岁的沈渊是个天才神童，曾在跟随父母去参加核武器销毁验收时语出惊人：大爆炸产生的黑洞将把我们吸进去，通过它，我们钻到一个更漂亮的宇宙中。这是沈渊在小说中唯一一次正面亮相，也为后文埋下悬念。他的话就像一个谶语，预言了以后的事情。紧接着科学家发现核弹冲击出的洞已有三万米深，并且还在不断延长。原来核爆巨量的冲击力将包裹其中的糖衣变成了一个新物质。这个新物质后来在沈渊手中造成了地球大炮。

小说的结构是"新固态—苏醒—南极庭院—地狱之门—大隧道—灾难—沈渊之死—南极—尾声"。小说从"苏醒"开始转为沈华北视角，他因患白血病进入冬眠，醒来就发现已经过去了七十四年，他没有看到心心念念的妻子和儿子，而是收到了早已去世的妻子的一封信，在信中她告诉丈夫他们的孩子已经变成了一个无法想象的人，作为母亲她伤透了心以至于觉得自己的一生毫无意义。这如同当头一棒打在沈华北头上，也打在读者心上。那个在第一章里面聪慧异常的八岁小孩到底变成了什么样？小说按下不表，而是又回到沈华北的处境中。他还没从冬眠的眩晕中醒过来就被一群陌生人暴打了一顿，并被粗暴带走，在这个过程中，医生和警察都拦不住，或者说并不想干预，又让疑团加深。到底是什么原因呢？为什么他们都宣称是被沈渊害惨了的人？沈渊到底做了什么罪大恶极的事惹得如此天怒人怨？

沈华北被拖出来后闻到空气中弥漫着一种刺鼻的味道，让人难以呼吸。这里的天空是一层黑灰色的烟尘，人不戴呼吸膜就没有办法生存。必须带上防护帽，否则就会因过于强烈的紫外线得病。沈华北被他们带到地狱之门，被扔进一个深井。直到这时他才知道儿子沈渊组织建设了南极庭院工程，即穿过地心建了一条隧道。而这个超级工程的建设给地球带来了巨大的灾难，首先是生态环境被严重破坏，南极变成了一个巨大的垃圾场。也导致国家经济崩溃。而建设过程中一次意外事故导致数千人死亡，其中包括沈渊的女儿沈静，也在勘测地心时飞船失事掉进了地心，这一情节正是刘慈欣另一部小说《带上她的眼睛》的核心情节。沈渊最后辞掉所有职务，每天跳进这条隧道数次，只为在通过地心时与女儿说几句话。最后他因心脏病发作死在地心，被地心的火烧成了灰。

因医生报警，沈华北逃脱了也被燃成灰的命运，他被安排去未来。对此沈华北非常感激，因为"*我将看到地球隧道再次成为人类的骄傲*"。这里有一段精彩的议论，沈华北认为这是一个伟大的工程。半个世纪后，他从冬眠中再次醒来，果然发现这个原本是灾难的工程变成了造福人类的工程，人们把这个隧道变成了地球大炮，可以随时去太空旅游。

这正是刘慈欣所肯定的地方：科学路上总会有牺牲，勇于探索勇于创新正是最宝贵的品质。刘慈欣重申科学主义立场，坚信科学可以解决一切问题。在他的小说中，反科学的人都是反面角色。而光明结局都是科学进步带来的。《地球大炮》与《地火》有相似之处，都是前卫科学家有一个超越时代的发明，并且给地球带来了灾难。但最后时间证明他们的科技发明是有价值的，正如小说中所说的："长城和金字塔都是完全失败的超级工程，前者没能挡住北方骑兵民族的入侵，后者也没能使其中的法老木乃伊复活，但时间使这些都无关紧要，只有凝结于其上的人类精神永远光彩照人。"

但同时，刘慈欣对这类科学狂人是有含蓄的批评的，他们都是悲剧英雄，有超越时代的科研创新精神，有巨大的能量，这个能量可能创造一个新世界，但若运用不当也能毁掉一个世界。这两部小说的主人公都是给世界带来极大灾难的人，最终他们也死于这份灾难。这是刘慈欣的另一个没有说出来的观点，科学需要大胆想象，科学探索的道路上危机重重，需要理性实践。至少要有周密的计划，反复的论证，之后再小心付诸实践。

《微纪元》有点像《流浪地球》或者《三体3》的续篇。最后一个流浪在宇宙中的人回到地球，发现一种新人类：细菌人。《微纪元》中太阳氦闪，地球已经毁灭，地球生态尽毁，宏人被全部毁灭。人类为了保存人类而采用了基因技术，将人类微缩十亿倍，改造成了这么小，这样才能躲过太阳氦闪的大灾难，他们只需要极为微小的生态系统就能存活下来。小说中先行者从午餐肉罐头里剜出一小块，对于微人来说就是一座高山，可以供给一万多人一起享用。而小瓶盖的酒对于他们来说就是一个浩瀚的湖泊。这里又回到了生态保护的主题，人与大自然同命运，人类在自然系统里面其实是非常脆弱的存在。必须保护生态环境，用科学问题解决生态问题。

细菌人在，人类就在，人类文明就在。在方寸之间的微世界里，可以极为繁盛极为丰富极为宏大，甚至可以极为幸福。在作家看来，已经经过基因改造，缩小了十亿倍的微人所需极少，对世界生态消耗极少，简直就是理想天堂。

174

同时，作家表达了对地球资源紧缺的焦虑，当人类欲望不加节制，资源就会越来越紧缺，人类生存也就可能会到难以为继的地步。当来自宇宙的不可抵御的毁灭地球的大灾难发生时，人类怎么办？寻求逃生的方法只有逃向外星球，或者逃向地层深处。人类把自己变成了细菌人，这样就可以藏起来躲过灾难，而此时所需的资源也大大缩减，人类文明也就还可以延续下去。当这些微人参观先行者的飞船时说了一句话："现在我们知道，就是没有太阳的能量闪烁，宏纪元也会灭亡的。你们对资源的消耗是我们的几亿倍。"

　　当人极为微小，所需要的也会极少，人类就能与自然和谐相处了，那将是一个无忧无虑的时代。小说以先行者作为一个参照物，目睹宇宙中几万年的沧桑变化，之后才看到微人们极为微小的生存状态，毅然决然为微小投赞成票。小说中的微人近乎完美："这个姑娘造得倒是真不错，她那融合东西方精华的姣好的面容露出一副无比天真的样子，仿佛她仰望的整个宇宙是一个大玩具。那双大眼睛好像会唱歌，还有她的长发，好像失重似的永远飘在半空不落下，使得她看上去像身处海水中的美人鱼。"

　　小说对她的用词就是"娇滴滴""带着哭腔""喋喋不休""唱着歌又跳起来"，这些描述中的地球领袖有点像人类眼中的小虫，看上去可爱中有点可笑。而所有的微人"都像最高行政执政官姑娘一样一身孩子气，兴奋地吵吵闹闹"。

　　"我的蓝色水晶球，宇宙的蓝眼珠，蓝色的天使。"先行者经历几万年沧桑，带着眷恋回来时，看到的却是"一个黑白相间的地球。黑色的是熔化后又凝结的岩石，那是墓碑的黑色；白色的是蒸发后又冻结的海洋，那是殓布的白色"。这是进入死亡状态的地球。此时的地球在慢慢重启，但它再也经不起过多的折腾和太多的索取了。微人极为微小的需求正好是此时地球可以承受的。所以先行者毅然毁掉了他飞船上宏人的胚胎，孤独地离开。他不想给这个脆弱的地球留下丝毫的威胁。这一举动与《吞食者》结尾人类牺牲自己供奉蚂蚁的行为有相似之处。他们所保护的是地球。都是人类以牺牲自我为代价完成地球的重生。作家以此告诉读者，人类必须节制自己的欲望，甚至需要作出必要的牺牲。

刘慈欣在作品中反复强调的是人类文明的传承与延续。个体的生命如果是为了文明而牺牲他认为那是无限荣耀的事情。《三体》就不用说了，三部作品一个主题：地球人如何在宇宙中存活下来并延续文明。数代人前仆后继与三体人斗智斗勇，所争夺的就是生存的权利，是人的权利。但他也是极其关注生态的，《三体1》中叶文洁之所以召来三体人很重要的一个原因是她的青春岁月被迫在大兴安岭伐木，她看到原始森林被毁灭，大自然中的生灵遭受涂炭。她把这些内容与她父亲被红卫兵批斗致死的苦难经历联系在一起，她认为人类已经被欲望和权力，被贪婪和自私完全迷住了心智，已经无可救药。

《地火》中的地火蔓延在刘慈欣笔下也是人类自己招来的。刘欣好大喜功，造成的苦难却结结实实背负在老百姓身上。人物苦难与其说是命运造成，还不如说是人类科技造成的生态灾难。当刘慈欣把这些生态灾难展现出来的时候，其实也是在反思科技的有限性，人类的有限性，对世界应该抱有一份敬畏之心，它的神秘和深刻是人类没有勘透的。这正是科幻文学存在的理由之一，人类只要还保留好奇之心，只要还在往前探索，只要还在科技路上前行，就要对科技抱有一份敬畏之心。

《圆圆的肥皂泡》也是温情中藏着生态苦难和个人悲剧。从小酷爱吹泡泡的圆圆出生在干旱的西部城市丝路市，这是圆圆的父亲母亲付出青春的代价在沙漠建设的新城市，然而刚刚建成不久就要因干旱而放弃，"一个现代的楼兰"。圆圆的母亲是一位优秀的农林科学家，她放弃一个月的产假提前进实验室工作，研制出冰炸弹里藏种子的方式在沙漠造林。在圆圆五岁生日那天，她在播种时坠机身亡。圆圆在父亲的关爱下长大，用所学的纳米技术赚了上亿资产，把资产投入到研究如何用泡泡为丝路市运来湿润的空气，最终试验成功，她用泡泡完美解决了丝路市的干旱问题。对圆圆来说，母亲早逝是人生中的巨大缺憾，但妈妈的责任感、使命感和造福人民的精神成为宝贵的精神财富。

如果人类科技真的能自由纵横在宇宙之间，会和小说中呈现的那样最终灭绝吗？《三体》进入下部"黑暗森林"。罗辑从一百八十五年的冬眠中醒来。作者借罗辑的眼睛看到了一个高雅洁净高度科技化的世界。比如衣服可以自我洁净，可以反射人的心情。到处都是显示屏幕，信息化渗透到了人的每一个层面。人类的太空舰队高速发展，食物是合成的，有用不完的电，人们的交通工具是飞行器，绝大多数人住在深约数千米的地底下，房间则是支撑地底的大树上的鸟巢。

跟地下的洁净优美形成对比的是地面，地面上沙土覆盖着一切，太阳只是一轮边缘模糊的物体。街道两边的楼房要么封死了窗子要么就是黑洞，苏醒后的冬眠者在这里建了一块块小绿洲一样的生活区。

进入大低谷后，几千万人大逃荒，人吃人，人口锐减。"怀里**快饿死的孩子和延续人类文明，哪个重要？**"战争，饥荒，瘟疫，都是时代所有的，也是历史上曾出现过的。人类历史就是由它们构成的。短暂的和平之后就又进入历史的轮回。所有这些灾难，与其说是三体人带来的，还不如说是人类自己弄出来的。为了应对三体人，人类急剧发展军工设备，经济发展停滞，生态恶化，人民生活一落千丈，死亡一再上演，到最后，无论是主动应战还是被动被时代潮流挟裹着的芸芸大众，全都难逃一死。如此，何必有这些痛苦的过程呢？如此可见罗辑的高明之处，他瞬间看透本质，明知无可逃避，干脆安然度过几年静好岁月。这实际上是中国传统文化中的哲学。不可改变就安然接受。

人们终于明白"给岁月以文明，给时光以生命"这句话的含义：生命的质量比长短更重要。这一段描写带有现实警告的意思。若世界一味追求太空竞赛，军事战备，对环境置之不理，总有一天环境会狠狠地回报人类。小说中提到的环境恶化，沙漠化，气候异常，不就是现实中一直在发生的事情吗？

刘慈欣小说常常笼罩在一种沉郁的氛围中，有一种失根之痛，失去家园的悲伤弥散在字里行间。地球还是那个地球，但又已经面目全非，是被弄得千疮百孔的地球。死亡如同达摩克利斯之剑时刻悬在人们头顶，除了研究如何逃离这种悲惨的命运之外，什么都不关心了。而逃亡的过程也是生不如死，灾难频发，枯燥板滞。太阳从曾经的温暖壮美变成了狰狞的魔鬼。日月星辰，春夏秋冬，森林草地全都变成了遥远的回忆。和《时间移民》中的一样，当家园失去之后，才发现原来失去的一切是那样美好。刘慈欣说："其实自己的科幻之路也就是一条寻找家园的路，回乡情结之所以隐藏在连自己都看不到的深处，是因为我不知道家园在哪里，所以要到很远的地方去找。在《流浪地球》中所能看到的，就是这样一个行者带着孤独和惶恐启程的情景。"[1]

《人和吞食者》中大牙所在的世代飞船已在宇宙中漂泊了六千万年，靠吞噬其他行星为生，在他们的心灵深处是悲凉的，大牙就这样慨叹："'在我和我的子孙前面，是无尽的暗夜、不休的征战，茫茫宇宙，哪里是家哟。'人们看到他的脚下湿了一片，不知道是不是一滴眼泪。"《流浪地球》中因为太阳氦闪，地球人类不得不撬动地球让它在宇宙中流浪。让生存更有质量，而不仅仅是为了延续文明。

人定胜天吗？也许刘慈欣的科幻小说其实大都有一个光明的尾巴，预示着一切都可以重新开始。太阳氦闪的威力令地球人几个世纪以来流离失所，遭遇各种苦难，小行星、海啸、高温、严寒，哪

① 刘慈欣：《流浪地球：寻找家园之旅》，《我是刘慈欣》，北岳文艺出版社 2019 年，第 28 页。

一种都可以要了人类的命。但是地球人偏偏给地球装上了飞行装置，让它逃离太阳系，重获新生。《时间移民》中的人类熬过万年沉睡，终于等来了地球的自我修复。《三体》中三体世界和太阳系全都毁灭了，宇宙都坍缩了，但程心和关一帆还有他们的小宇宙。《球状闪电》中林云去世后，"我"有了自己的家庭，林云的量子态常来拜访，喻示经历一切劫难，生活还要继续，一切都能重新开始。

科技具有巨大的力量，人类的智慧也具有无穷的潜力，在浩渺的宇宙中，人类虽然微若草芥，但他们也能创造奇迹：缩小十亿倍的细菌人，插上飞行翅膀的地球，自由翱翔太空的恒星际飞船。与此同时，刘慈欣也一直在警告人类不要盲目自大，人类应该知道自己的局囿之所在。因为人类的愚蠢就在于本无知却自以为已知。

第五章　叙事美学

有论者说："写科幻小说是最难的差事，因为写科幻小说需要具备三种能力：一是'科'学知识的深度和广度、历史的认知过程和前瞻性的发展方向；二是要能施展'幻'想的自由和把握住这个'度'的边界；三要具有小说家的想象力和文学气质，引人入胜。"[①]刘慈欣小说中的想象可谓纵横驰骋，千载时光仿若一瞬，万里云天只在咫尺，神奇恢弘，极具幻想的自由。同时，这份自由并没有突破度的边界，原因在于这份幻想的根牢牢地生长在现实的大地上，二者互相映照，彼此支撑，更具深度和力度。同时刘慈欣小说叙事技巧变幻多姿，文学性很强，形成了独特风貌的刘慈欣美学。

第一节　拼贴叙事

一、三体结构

《三体》中三本书是一条主线贯通：发现外星文明，深受"文革"之害的叶文洁向太空中的三体星系发出邀约信，地球危机出现。为了应对数百年后的外星人来袭，地球上各个国家各种机构各

---

① 查紫阳编：《时空和思维——关于〈三体〉的通信（三）》,《宇宙容得下我们吗？——关于〈三体〉争鸣》,南京师范大学出版社 2016 年，第 48 页。

种组织空前团结，纷纷献计献策以期拯救地球人类，面壁者计划应运而生，四个面壁者各出奇招，以惊天想象开创了多种救地球的方法，但其中三人的计划因被破壁人识破而宣告失败，只有罗辑一人的咒语未被识破，三体世界被震慑，暂停移民地球的计划，地球与三体世界处于较量阶段。到《三体3》罗辑虽震慑住了三体世界，但两个星球的科技水平悬殊太大，三体舰队和三体水滴以碾压之势封锁地球，进而趁执剑人换岗之际发动突袭，占领地球，强迫地球人类大迁徙，最终一艘从地球逃跑的星舰启动引力波威慑按钮，地球和三体星系全被更高阶智慧生物毁灭，只剩下云天明、艾ＡＡ、程心、关一帆几个人在宇宙里流浪，他们期望能用一个小宇宙重新开启坍缩的宇宙。

三部曲故事情节非常完整。从发现外星文明到宇宙文明终结，大至宇宙天地中的争战博弈，小至一个个鲜活的人物的命运故事，普通老百姓的生存生活，繁而不乱，丰富却也很细腻。既有瑰丽宏大场面的描摹，也有细微内心活动的传递。正因为刘慈欣所叙故事的时间轴太长，跨越数百年，地域太宽广，直接从宇宙层面展开，所以他采用了拼贴式叙事，在具体的情节组合中刘慈欣采用了板块拼接的模式。方便将不同地域不同时间的故事连缀起来，比如地球和三体星球，比如上世纪六十年代和四百年后，这些不同时段不同区域里的事件各自独立成章，各章节组合起来就像七巧板里面的各个小板块一样很快连成一个整体，衔接非常紧密。要想使拼贴的各个部分都能充分发挥作用，关键在于做到故事针脚的绵密、严实和逻辑的圆融自洽。即各部分之间要有足够的关联度，能形成相互支撑的叙事架构。

《三体》又名《地球往事》，把地球上故事的设定放在宇宙层面予以表现，是站在将来回看过去，而这个过去对读者来说又是将来。因此从时间上来说实现了多次跳跃，这就像站在空中看大地一样，有了一种俯视的了然于胸的观感，同时他写作中用将来视角是为了反思，带有警醒当下的意识。

有论者说：

《三体》是一部多重旋律的作品：此岸、彼岸与红岸，过去、现在与未来，交织成中国文学中罕见的复调。故事的核心竟然是我们既熟悉又陌生的"文革"。当主流文学渐渐远离了这个沉重的话题，大刘竟然以太空史诗的方式重返历史的现场，用光年的尺度来重新衡量那永远的伤痕，在超越性的视野上审视苦难、救赎与背叛。这一既幻想又现实还科学的中国版天路历程，疯狂而冷静，沉重而壮阔，绝望而超脱。"文革"仅仅是《三体》的起点。书中最精彩的部分是以虚拟游戏方式展示的三体世界历史。①

《三体》的整体结构可以套用刘慈欣在小说中评价别的作品的一句话："总体构图的宏大令人窒息，局部的细密又使人迷惑。"《三体》的作品有三部，形成一个三体世界。而每一部又形成了一个独立旋转的小三体。比如《三体1》中表述为红岸往事、三体游戏和汪淼的眼疾之谜三种呈现，《三体2》表述为面壁者、破壁人、三体人之间的斗争。《三体3》表述为云天明程心之恋、时间之外的往事、地球人与三体人的战争，同样也构成了一个科幻小说的三体世界。（见附图1）将现实中的黑暗人性造成的残酷和宇宙层面的黑暗森林猎杀形成互相映照的奇特叙事。使历史现实与科幻形成了一种奇妙的旋转。（见附图1）

《三体1》共分为三十六小节，由三个各自完整的故事穿插交织而成。其外在的框架则由物理学家汪淼所经历的威胁事件展开，汪淼在警察大史的帮助下逐渐揭开谜团，得知地球三体组织的真相，1/2/3/5/6/10/11/17/19/25/31/32/33/34/35/36 等章节。在这个探

---

① 董仁威：《刘慈欣评传》，《流浪地球》，人民邮电出版社2011年，第38页。

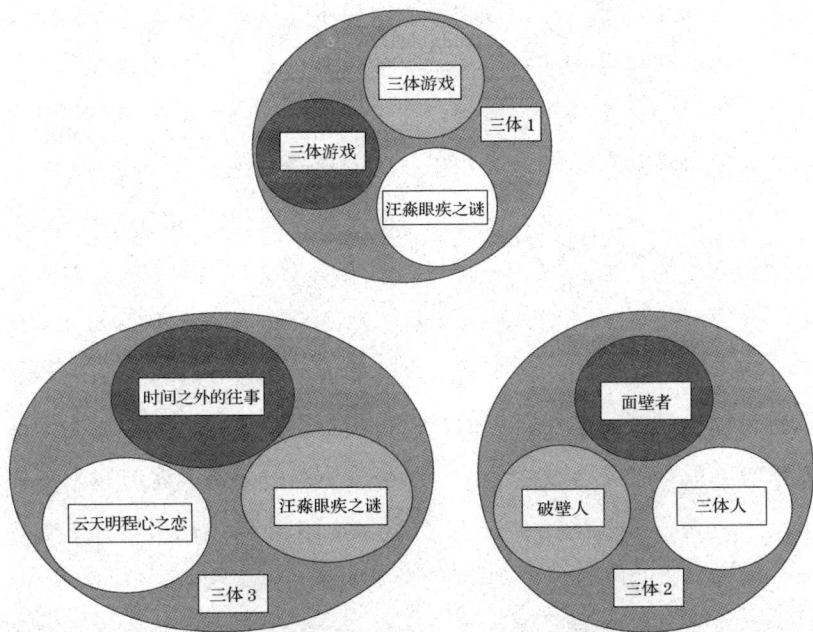

附图 1

查的过程中嵌入了两段内容，一段是叶文洁的红岸往事，7/8/9/13/14/15/23/24/26/27/28/29/30 等章节。另一段则是以虚拟的三体游戏演绎三体星球生存状况，探询三体世界的奥秘，4/12/16/18/20/21/22 等章节。三者又构成了一个自足圆满的小三体世界，互相碰撞，相互支撑，形成了一个内在和谐的运动，巧妙将历史、现实与科幻融合在一起。

《三体1》叙事在历史世界、现实世界与三体世界中依次展开，三个世界互为参照和解释。在现实世界发生的谋杀物理学家的事件背后是三体世界的指令。而距离遥远的三体世界能够实施谋杀则是要依靠以叶文洁为首的地球三体组织进行操作。他们要摧毁地球上的科技人才，封锁地球的科技发展，以便迎接三体人到来。因为三体星球的生存环境极其恶劣，不适宜生命的存活，地球则是他们移民的目标星球。那么三体人又是如何发现地球的呢？原来地球上曾

183

经有一个红岸基地，专门致力于在太空中寻找有生命的星球。地球三体组织的教母叶文洁在"文革"中曾有一段痛苦往事，她又曾经是红岸基地的技术人员，当她发现了三体人发向宇宙的电波时，她相信道德水准跟科技水平是成正比的。这样一来，整个《三体》情节推进的原点就是上世纪六十年代的叶文洁所经历的红岸往事，这是刘慈欣科幻小说从现实走向科幻的支点。她本质上是一个温厚善良的人，和她父亲一样，执着于探究科学真理。在他们眼中，是非要分明，对错要明晰，为了弄清真理可以付出生命的代价。在叶文洁认为人类已经无药可救以后，她下决心召唤三体文明，组建地球三体组织以帮助三体人控制地球科技发展。叶文洁这个人物形象在小说中成为了一个重要的纽结，既连结历史与科幻，又将政治苦难与生态苦难紧密联系在了一起。

刘慈欣非常善于设置悬念，千里灰线，若隐若现，牵动读者的思绪，作品极为好读。《三体 1》从汪淼家中的不速之客写起，一个物理学家为何会被一个秘密的军事部门请去开会，眼前为何会出现神秘字符？营造出一种神秘的氛围，使故事跌宕起伏，随着探寻，汪淼眼中神秘数码渐渐转移为三体游戏和叶文洁的"文革"往事，虚幻与现实交叉推进，将三体世界与地球生活，"文革"历史与莫测未来巧妙衔接在一起，但三体智子也浮现出来，新的较量会如何呢？小说以人类与蝗虫的斗争为比喻，暗示前路漫漫，斗争将长久且酷烈。

整部《三体》从"文革"时的中国写起，不断发生发展，一直到数百年后的宇宙，就像一部人类生存简史，或者说人类在宇宙层面的探索史，对今天的社会发展、科技、国家都有一定的借鉴意义。当今天我们在夜空看见马斯克的星链时，我们还会觉得《三体》离我们很远吗？爱可以解决宇宙间的问题吗？

《三体 1》主要讲述恨，特殊时代的政治斗争使得父女反目，夫妻成仇，十几岁的女红卫兵举起铜扣皮带往死里殴打一位学识渊博的教授。男人栽赃陷害纯真的女人，政工女干部手段娴熟地把一大桶冰水倒在隆冬时分女孩的身上。因为极度的恨，对人性信念的崩塌，叶文洁选择召唤外星人来地球。这是《三体》发生的诱因。

《三体2》的叙述主线是面壁者罗辑如何发现黑暗森林法则建立威慑体系的，而伴随这个过程的则是罗辑的爱情史，他爱上自己小说中的女孩，并在现实生活中找到了她，与她在与世隔绝的雪山下幸福生活了五年，为了庄颜和孩子能一直幸福生活下去，罗辑才履行面壁者责任，并成功威慑了三体世界。在这里，创造奇迹的是爱。

《三体3》叙述者之一是程心，她和云天明的爱情故事则成为小说的重要情节之一。云天明爱程心，答应捐献大脑去三体星舰。在末日之战后借童话故事给地球传递信息，最后程心也是在云天明送给她的那颗星星上找到了云天明为她建造的小宇宙。创造奇迹的依然是爱。

由恨引发灾祸，由爱创造奇迹。《乡村教师》也是同一主题的书写，地球能够幸存下来，是那位无名教师用爱和责任创造的奇迹。

二、《三体2》

《三体2》则由面壁者、破壁者、三体人组成了另一个小三体，面壁者穷尽智慧制造谜题和陷阱，以便地球人类在三体人来临之前能逃过一劫，破壁者则发挥福尔摩斯探案全部想象来破解谜题，以帮助三体人夺得地球，所有战争都是智慧的较量。

《三体2》分为引言、上部"面壁者"、中部"咒语"、下部"黑暗森林"。从这个结构设置可以看出中心线索是罗辑和他所建立的威慑体系。但出现在小说中的线索并不是罗辑这一条线，而是出现了多条线索同时推进，形成了对罗辑这条线索的叙述干预，衬托出罗辑威慑体系建立的困难重重。从内容上而言，《三体2》比《三体1》更杂糅更丰富更广阔，人物也比较繁杂，所以采用了片段组合的写法。一个人物出场讲述一段故事，暂停，另一个人物上场讲述一段故事，暂停，再来一个任务讲述他的故事，暂停。再回头第一个人物登场接着讲他的故事，再暂停，换第二个人物登场。如此循环，形成了一个头绪虽多但并不芜杂的叙述体系。

这些叙述包括：四个面壁者的工作和结局，其中三个面壁者被破壁者揭破真相，使其宏伟计划直接落空。胜利者罗辑的结局也并不美好，他用一句"咒语"使得三体人误将宇宙中另一颗行星毁灭，又用水滴摧毁人类的太空武装防御体系。罗辑最后与三体人对决，以同归于尽的方式威慑三体人。至此，刘慈欣在《三体1》中描述的宇宙公理和猜疑链得到阐释。章北海和他的太空舰队建设；雷德尔和 NMD 美国国家战略导弹防御系统对智子的攻击；普通平民张援朝、杨晋文和苗福全等被战争形势影响的生活；第19页穿插电视整点新闻，第43页穿插报纸新闻，造成一种实录效果。

《三体2》的叙述从几个剖面同时展开：一是章北海和他的光速飞船计划。二是美国国家战略导弹防御系统中心，他们计划用导弹袭击智子，以失败告终。三是几个普通人面对危机纪年的反应和选择，工人张援朝花费一辈子积蓄向史强的儿子史晓明购买逃亡基金，想为张家留个种子，结果被骗。退休教师杨晋文，山西煤老板苗福全，他们的生活状态和选择代表了普通老百姓的选择和状态。通过他们的日常生活可以很大程度去写现实。比如苗福全所讲述的银行"挤兑"风波，以及反映出的高储蓄低社保的社会问题等。四是地球三体组织的生存状态和他们的破壁行动。五是三体游戏，其实也是地球三体组织的另一种呈现方式，为了躲避搜查和打击，他们将自己隐藏在网络信息海洋的角落的角落的角落。此时的三体游戏已经没有《三体1》中升级打怪的激烈场面，仅仅是地球三体组织的一个集会场所。

虽然有叙事主轴，但并不是每一个叙事块都是为主线服务的，很多时候作家故意宕开一笔，制造悬念，或故意留下缺漏和空白，比如云天明是如何被三体星舰捕住，又经历了什么才在三体世界活下来，作者并没有写，留下神秘感。再比如叶文洁是如何组建起庞大的地球三体组织当上三体教母的？庄颜和孩子最后去哪儿了？小说并没有写，所以叙述干预具有了推理小说的神韵。

推理小说"以某种危险的及错综复杂的犯罪秘密为主题，而且他的整个情节全部事态都是围绕着揭示这一秘密的方向展开的"[1]。警察登门，史强粗鲁不讲礼貌，昼夜不停闪烁的数字，都让故事处于一种紧绷状态，读者忍不住想要一探究竟。到底是为什么？之后的叙述里，叶文洁的"文革"经历，三体游戏轮番登场，构成一条条纵横交错的小径，交织成一座悬念丛生的迷宫，也显示了作家超凡脱俗的想象力和叙事能力。

换言之，这种模式里的叙述者是"上帝式"的，其叙述视角能够任意变动。

三、结构和时空观

圆形结构。刘慈欣似乎非常钟情圆形结构，圆形结构是指叙事从某一人某一事开始，小说结尾又回到此人或此事上来，形成一个封闭结构。这样做的好处是使作品结构完整，脉络清晰，主旨鲜明。从叙事内容上说，刘慈欣小说中的圆环结构往往是从现实到科幻再到现实，这样叙述的内容更加丰富，更有纵深感，形成从历史到未来，从地球到宇宙，又以警示的方式回到现实。比如《地火》开头从刘欣父亲去世写起，矿工父亲罹患严重的肺部疾病，临死前要求儿子不要下井，刘欣走到矿井口后折返，发奋读书，取得博士学位后重回矿山，试图以自己的科学知识改造矿山，改变矿工的命运。然而，过于草率上马的工程给矿山带来了更大的灾难。地火蔓

---

① ［俄］阿·阿达莫夫：《侦探小说与我——一个作家的笔记》，杨冬华、春云、苏万巨译，群众出版社 1988 年，第 5 页。

187

延，矿山被摧毁，刘欣穿上父亲曾经穿过的那身满是油垢的矿工服走进了地火深处。从矿井口写到矿井口，从刘欣父亲之死写到刘欣之死。一个完整的圆环。在这个圆环中作家叙写了这对父子近乎宿命般的人生。

《山》的开头是冯帆与蓝水号船长的对话，船长不能理解冯帆为什么几年不下船，冯帆告诉他是因为当年一次登山事故，他要从此远离山。然而很快，地核人的飞船来到这里，用引力制造出一座海水山，冯帆再次登山，并再次面临死亡威胁。从山到山，从"山在那里"到冯帆与泡世界里的外星生命相遇后的顶峰对话，再到外星人对自己所生存的泡世界的回忆，到地核人对哈勃红移和万有引力的逐渐认知，再到地核人对地核世界的突破，在海和星空的自由穿行，回到冯帆的现实与梦想：山无处不在，形成了一个从失梦到梦回的闭环结构。

《赡养上帝》中遥远贫困的山村，为一口吃的拼命劳作的农民，如果把上帝换成村中的老人，这就是一部描写农村养老的现实主义小说。以秋生嫂为例，人性深处的恶和淳朴善良居然可以同时存在在一个人身上，她嫌弃上帝是家庭的累赘的时候每天都在怒骂，而当她看见上帝悲伤离开时又觉得于心不忍。从秋生家又回到秋生家。小说结尾这样写道："'我明白了。'秋生爹说，在这灿烂的星空下，他愚拙了一辈子的脑袋终于开了一次窍，他仰望着群星，头顶着它们过了一辈子，他发现自己今天才真切地看到它们的样子，一种从未有过的感觉充满了他的血液，使他觉得自己仿佛与什么更大的东西接触了一下，虽远未能融为一体，这感觉还是令他震惊不已。"上帝和人类的相遇，使在土里刨食一辈子的老农民也学会了仰望星空。

《微纪元》从先行者知道自己是全宇宙中唯一存在的一个人开始写起，他驾驶宇宙飞船在太空中孤独流浪，他重回地球，发现很多年前的科学家为了保存人类，把人类变成了细菌大小，所以地球人类还存在但已经发生了巨大的变化，在近距离参观了解了细菌人的生活状态和精神状态之后，作为唯一一个存世的地球巨人忽然对细菌人的生活极度向往，他摧毁了飞船中精心保存多年的人类胚胎，以免这些胚胎变成人后带给细菌人困扰。小说结尾先行者还是孤独一人在太空中流浪，直到迎来他的死亡。

在刘慈欣笔下，银河横贯长空，群星灿烂，宇宙如此美好而又神秘，人类是渺小的，人类的科技能解决宇宙间的问题吗？能帮助人类生活得更好吗？《信使》从爱因斯坦在窗前拉小提琴发现一位雨中的倾听者写起，这位忠实的听众每天都来，这引起了爱因斯坦的好奇心，他请那位倾听者来到家中，意外得知这是一个从未来穿越而来的人，目的是告诉像爱因斯坦这样杰出的人一些关于未来的事情。小说结尾未来人完成使命，爱因斯坦心情回归平静，再次来到窗前拉小提琴。爱因斯坦多次出现在刘慈欣小说中，每次出现都是有良知有担当对人类未来身怀忧虑的科学家形象。当绝大多数科学家醉心于新的科学发明之时，他却看到了科技锋刃的寒光，看到科技带给人类命运的负面影响。"*科技进步的最大害处，在于用它来毁灭人类生命和辛苦赢得的劳动果实。*"[1] 现实中的爱因斯坦与科幻小说中的爱因斯坦形象是统一的。无法解决的科学难题只能寄希望于未来。也是乐观地相信在未来能得到妥善的解决。

时间跳跃。刘慈欣特别关注叙事时间和叙事空间，情节的突转或爆发往往就发生在这样一个特殊的节点上，比如《微观尽头》两次击破夸克的瞬间就是叙事的关键点。《坍缩》和《朝闻道》也都是事件突发时的临界点引起了故事的发展。

在刘慈欣笔下，时间常常呈现跳跃的状态，动不动就是数百年、上千年、上万年，甚至光年，或者表述为"时代""纪元"，这使得小说叙述的时间十分广阔。具有高维空间的纵深感和包容性。让人禁不住借《三体》中韦斯特医生的一句话来感叹："什么样的

---

① ［美］爱因斯坦：《爱因斯坦文集》第 3 卷，商务印书馆 1979 年，第 78 页。

心灵才能把握这样的世界啊！"纳须弥于芥子。"刘慈欣的世界涵盖了从奇点到宇宙边际的所有尺度，跨越了从白垩纪到未来亿万年的漫长时光。"①《流浪地球》中的"刹车时代""逃逸时代""流浪时代"，是在"我"这个叙述者一生中发生的事情，也是地球在宇宙亿万年时空中突发变迁的浓缩时段，非常凝练地通过"我"回忆录的讲述呈现出来。《三体3》对时间的表述不再采用连贯的公元纪年，而是由"危机纪元""威慑纪元""广播纪元""掩体纪元"等多个断裂的纪元组成。比如上部《面壁者》标注为：危机纪年第3年，三体舰队距离太阳系还有4.21光年，紧接着小说的每个部分都标注了时间和三体舰队距离太阳系的光年数。比如中部《咒语》：危机纪年第8年，三体舰队距太阳系4.20光年。下部《黑暗森林》，危机纪年第205年，三体舰队距太阳系2.10光年。等等。换言之，时间在人们意识中已经不再是一个连续稳定的轴线，而是在特定的节点上发生了重大的断裂。

时间旅行是科幻作家钟爱的题材，曾经大火的《天才眼镜狗》就是主人公坐上时间机器到达不同时期到达不同地点，参与不同的历史事件，之后又回到现实的故事。《时间移民》也是"沿着时间踏上了逃荒之路"，小说中迫于现实环境不断恶化，人口逐渐增多等压力，地球政府决定进行时间移民。索性来了一场时间穿越。小说结构为："移民—跋涉—第一站：黑色时代—跋涉—第二站：大厅时代—跋涉—第三站：无形时代—跋涉—第四站：回家"。在这个结构里，跋涉部分很短，只有一两行，所列出的是时间。时间跨度从一百二十年到六百二十年到一千年到一万一千年，通过移民大使的眼睛先后看到了黑色时代—大厅时代—无形时代—回归地球到自然状态的时代。

空间蛙跳。而他笔下的空间就更夸张了，恒星蛙跳，降维打击

---

① 严锋：《创始与寂灭——刘慈欣的宇宙诗学》，《南方文坛》2011年第5期。

这几个词就可以看出他关注的空间有多大。由此带来一种恢弘壮丽的审美感受，同时人物性格人物形象因为是在一个巨大的时空里，因而常常产生反转的艺术效果。《地火》原本是批评急躁冒进的科学家不尊重科学规律而给人们带来灾难的主题，然而小说加了一个一百二十年后的尾声，刘欣曾经失败的科学实验给人民生活带来了福音，刘欣也因此成为为科学现身的悲情科学家。《三体1》中遭受劫难的叶文洁，有了三体人的存在，而变成了给地球招来灾祸的罪魁祸首。《乡村教师》中的乡村教师原本是《凤凰琴》中默默为教育事业献出生命的人，但是一场在宇宙中延续了两万年的战争余波震到了地球，在教师临终前听到的三条物理定律让几个孩子变成了文明测试者，也使地球逃过一劫。

《流浪地球》中地球自我驱动进行太空流浪，原本就是一种较大的空间迁移。小说还通过叙事者的两次旅行，上天入地，东半球到西半球，从太阳系到比邻星，通过空间变动展现出一种磅礴的叙述气势，人的生命包括地球的存在在宇宙中都是如此脆弱渺小。第二次旅行时，"我"参加奥运会，驾驭机动冰撬车从上海出发，横穿冰封的太平洋。这个过程中"我"孤身一人在茫茫雪原上，忽然感受到刻骨的孤独，而这种孤独感是以宇宙之广袤相映衬对照出来的，在这个过程中感受大自然、宇宙的神秘而产生敬畏之心。

由此视角来看科幻小说，它似乎又具有了警钟的作用，提醒当下的我们，未来的某种可能性，仿佛是替我们坐上时空穿越车，去看了一眼未来的世界，然后回来告诉我们如何避免某种可怕的结果的产生。也正因此，我们会对人类未来和文明发展有了多维度的思考。《天使时代》《魔鬼积木》从正反两个写作视角提醒我们生物基因工程的可怕后果。《梦之海》《地火》则告诉我们科技过度发展会给地球带来生态灾难。这也让我们更深刻地理解了刘慈欣所说："科幻文学是唯一现实的文学。"

蜷缩叙事。蜷缩叙事其实就是留下空白，形成不说之说。对小说来说，并不需要把每个细节每个人物都交代得清清楚楚，它根据写作目的需要进行裁剪取舍，留下空白召唤读者展开想象，形成自己的审美场，也正是在这种想象中和根据个人经验进行填空补充过程中产生了审美愉悦。

因为他所叙述的人是面壁者，而面壁者必须对世界上所有人隐藏他的真实想法，以达到以假乱真的目的。所以他们所讲述的每一个进程每一个计划每一件事都必须重新斟酌，细加辨别，他的身份决定了他不会说真话，他不但不会说真话，还需要刻意隐瞒自己要做的事情，这就形成了蜷缩叙事。面壁者真正要做的事被有意悬置起来而显得扑朔迷离。

《三体2》叶文洁只出现在了引言部分，虽只出场说了几句话，但对全书情节发展影响深远，可以说在《三体2》《三体3》中都不在而在。罗辑被三体世界视为最危险的人物连下几道追杀令，又被地球世界选为面壁者，追根溯源是因为与叶文洁的相遇。而后两部小说的发展也是与此情节密切相关。

叶文洁在杨冬墓地遇见罗辑，建议他从事宇宙社会学的研究，给他讲了两条宇宙公理和两个概念，其中猜疑链是她对文明之间能否沟通和交流的回答。后来罗辑从她这段话中领悟到了黑暗森林法则，认为整个宇宙就是一座黑暗森林，每个文明都是带枪的猎人，蹑手蹑脚行走着，随时准备开枪干掉其他文明。他因此领悟到要想让对面的猎人不对自己开枪，就要想办法告诉他，若你对我开枪我就向宇宙曝光你，我们同归于尽。他就是用这种方法威慑三体人的，如果三体人入侵地球，他就向宇宙曝光三体星系的位置。

当罗辑提出这个研究缺乏实证材料也很难进行调查和实验时，叶文洁隐瞒了自己已经掌握三体星系丰富资料并已与三体星系建立联系的事实，只让罗辑做理论推导和数学建模。叶文洁为什么要隐瞒呢？如果她真的对地球人类心存愧悔，想要弥补过失，大可将实情和盘托出。但她没有说，反而说："不管是哪种情况，我都尽了责任。"她心中所认为的情况是什么？她认为自己尽到了什么责任？还有她为什么选中这个看起来一事无成懒散颓废的罗辑？三体世界为什么认定罗辑是自己的面壁人？这些都没有讲述，留下了巨大的空白给读者以想象。"某人在某个特定场合出于某种目的对某人讲一个故事。"[1] 小说中叶文洁潜伏者的身份决定了她对每个人所讲的话都有可能带有特定的目的，都是有所保留的。这样读者在阅读中拓展出一个新的意义空间。

还有诸如云天明的大脑是如何被三体舰队截获的，如何将他克隆成人，他又在三体世界经历了什么，他是如何获得三体世界的信任成为三体世界的著名作家的，都是巨大的谜。作者选择隐藏了这些故事，因为这些故事即便写出来对中心主旨也意义不大。小说的重心还是放在地球人类如何殚精竭虑抵抗三体人，云天明在小说中也只是顽强的地球英雄群体中的一个，不适宜再放更多笔墨在他身上。

《三体2》从罗辑开始，以罗辑终结，看似完整，其实也是有一些情节上的疏忽的。比如人类对水滴的过于宽松的心态似乎有些不合情理。即使人类虚荣轻敌，但太空舰队是人类花费了几个世纪才建立起来的心血结晶，怎会突然如此不设防？常伟思在太空军成立会上指出，大规模太空军从建成到形成完整战斗力需要三个世纪的时间。听了常伟思的话，"军人们陷入了长久的沉默，铅色的时光之路在他们面前徐徐展开，在漫长的延伸中隐入了未来的茫茫迷雾中。他们看不清这长路的尽头，但能看到火焰和血光在那里闪耀。人生苦短这一现实，从来没有像现在这样折磨他们，他们的心已飞跃时间之穹，与他们的十几代子孙一起投入到冷酷太空中的血与火里，那是所有军人的灵魂相聚的地方"。然而，花费了人类几个世纪建成的太空舰队却在短短几分钟内全部被水滴摧毁，何等惨烈！

---

① ［美］詹姆斯·费伦：《作为修辞的叙事》，陈永国译，北京大学出版社2002年，第14页。

按照小说中的表述，其实只需要三分之二的舰队提前进入深海状态，大家都有可能逃过一劫。但是天空舰队排列太密，都太悠闲，这才给了水滴偷袭的机会。

《三体3》中人类还是一如既往地愚蠢，小说第二部程心被选中为执剑人，三体世界等待了五十多年的机会来临，在交接后的五分钟后便发起了攻击。美丽善良很有责任感的程心无法应对这种突发的压力，扔掉了手中的威慑开关，灾难降临，地球几乎瞬间被攻击。以罗辑之智慧，他难道看不出程心的不足吗？他为什么没有提出反对意见？是觉得自己已经尽责了，所以地球兴衰已经与己无关了吗？这些都构成了蜷缩叙事，藏在故事里，成了让人深思的留白。

第二节　叙述干预

一、叙述者汪淼

刘慈欣在《三体》中采用了拼贴叙事，即小说中同时展开好几条叙事线索，每条叙事线索形成自己独立的叙事板块，作家将很多叙事板块拼接在一起，就像拼七巧板一样拼接成一个整体，各板块之间的拼接必然有反差、错位和断层，没有严密的逻辑连接和因果关联，但整体上看起来是和谐统一的。这正好形成了干预叙事。围绕一根主线展开的每条线索各自言说自己的故事，使主体叙述减速甚至暂停。以《三体1》为例，小说以汪淼的故事为叙述主线，形成一个安排恰当的板块结构。

为什么以汪淼为叙述者？

小说很有技巧地以个人视角来叙述一段历史中令人惊心动魄的大事件，又有科幻时空发生的事，这不是一件容易做到的事，所有这一切在一部小说中完整呈现出来是需要写作功力的。刘慈欣擅长以悬疑推理的方式铺展他的故事，用一个改变现状的人同时又是一个平凡英雄的遭遇为主轴来串联情节。所有其他故事都来自汪淼的所见所闻，来自他的视角的转述。这样很轻松将许多戏剧手法诸如浪漫多情、幽默风趣、忧伤低调、悬疑探秘等元素融入到故事中，也极大地触动了读者。小说一开始让汪淼亮相就让我们看到他是怎样的一个人，他的身份，性格和处世方式等。这样使科幻小说更具备认知拟真性和**自洽性**，即能自圆其说，把假的说得像真的一样，这里的真不是现实生活之真，而是特定语境里的因果关系和人生情境。这种因果关系并不一定要在现实生活中出现，但在作家叙事中能得到读者的接受和认可，并且这种认可带有一种忘我性，即读者暂时忘记身处的环境，而跟着作者进入到那个虚拟的世界。梁文道在一篇书评中说："如果有所谓现实的话，就是把现实割开一道又一道裂缝，流一些东西出来，使我们看到它原来有那么多的皱褶在里面，有那么多复杂的一层一层的面貌在里面。"又说："(在优秀的小说中，) 每个字词，都是一个故事的'量子模型'。"[1]

科幻小说的本质是虚拟性和科学性，它着眼于未来而不是现实，所以科幻小说的写作往往纵横想象，思绪万千，以最绚丽的想象来构建一个未来世界的模型。

众所周知，《三体》是一部讲述了相当多物理知识的科幻小说，而汪淼在小说中是最年轻的中科院院士，是国家级纳米工程的首席物理学家。他家庭幸福美满，事业成功，科研能力很强，责任心和道德感很正统。可以说经由汪淼之口说出深奥的物理知识不会觉得突兀，经由汪淼去认识了解丁仪、叶文洁、杨冬等人也会合情合理，因为他们是同一领域的研究者。同样，史强带人来请汪淼参加神秘会议，贴身保护他也很自然。也正因为如此，小说中的人物形象人物关系网络也经由汪淼为连接点而建立起来了，也就让科幻小

---

① 梁文道：《给下一轮太平盛世的小说及文学评论》，2015 年 1 月 19 日。

说更具备说服力。

由于汪淼是国家级纳米工程的首席科学家，所以他也是被地球三体组织重点"关照"的人，他所面临的危险与杨冬等已经去世的物理学家是一样的，以汪淼为叙述者方便揭开物理学家接二连三死去之谜。也因此，小说一开始就罩上了一层悬疑的色彩。他是叙述者，但他叙述的是他人的故事。

小说一开头几个警察登门，近乎绑架一样把汪淼拉到一个神秘会议。当时物理学界的科学家先后有数人自杀，汪淼被史强用激将法接受了卧底任务，去勘测科学边界组织，却发现自己早已经被一股神秘力量盯上了，喜欢摄影的他发现自己的胶片上有一串神秘数字一直在闪烁，后来愈演愈烈，在大白天的时候，汪淼也能看见那串闪烁的数字。这让故事一下子变得诡异起来。这使得相信科学的汪淼极为痛苦。

地球三体组织为了警示汪淼，让他停下纳米材料研制项目，竟然动用手段让汪淼到处都能看见倒计时数字闪烁，这原本就属于奇思妙想，非常具有想象力了。现在居然又让整个宇宙为他闪烁，真是令人震撼的图景。而汪淼在宇宙闪烁的同时领悟到宇宙的浩渺和脆弱，人类对宇宙所知的浅薄。这时的文字极为诗情洋溢。

这样的书写将读者带进了一个浩渺时空，或者说浩渺时空外连宇宙都成了一盏风中的孤灯，似乎随时会被吹灭，人类更是渺小如一粒尘埃，任何想要了解宇宙的想法都成为妄想。生命的存在何其偶然何其孤独。

这样的认知对一个物理学家来说是毁灭性的灾难，因为他所固有的理念、信仰、追求全都土崩瓦解，瞬间发现自己只是一只孤单无助的小蚂蚁，所以他哭了。甚至认为"有一点可以肯定，不管幽灵倒计时的尽头是什么，在这剩下的千余个小时中，对尽头的猜测将恶魔那样残酷地折磨他，最后在精神上彻底摧毁他"。如果不是史强出现，汪淼真的很有可能跟杨冬一样被折磨得自杀了。

为了找到原因，他去拜访丁仪、叶文洁和沙瑞山，听到了一个令人感慨的悲剧命运故事。从这个视角展开故事情节类似于悬疑探案故事的架构，一直到小说过了大半，真相才慢慢呈现出来。

　　小说以汪淼的所见所闻所思贯穿全书，是限制视角，但是实际上站在读者角度来看，汪淼是全书中所知最少的人。小说真正的主人公叶文洁这一条线索隐藏在情节中间。汪淼暗恋的物理学家杨冬去世，他前去拜访杨冬的男朋友丁仪，又从丁仪处得知杨冬母亲叶文洁的信息，叶文洁建议汪淼去找她的学生沙瑞山寻找答案。汪淼在沙瑞山所在的射电天文观测基地不仅看到了奇幻的宇宙闪烁，还听到了叶文洁的"文革"往事和红岸经历。

　　汪淼听从申玉菲建议，停下纳米工程，他的飞蚊症立刻痊愈。汪淼因此知道这不是什么神秘主义，而是有人要弄科学骗局。他偶然从申玉菲处看到三体游戏的网站，也登录三体电脑游戏。他发现这个看似简单的游戏实际上包含了极为丰富的内容。在三体游戏中人们致力于解决酷烈的环境问题，但是穷尽东方文明和西方文明的所知所能，均告失败。到小说结尾我们知道，这个三体游戏正是对三体世界生存毁灭的交替演进历程的模拟。

　　这样，以汪淼为中心，连接了三体游戏和红岸往事两条叙述脉络，三线交织，彼此勾连，互相缠绕，共同推进情节的发展。

　　经由汪淼来重新认识叶文洁这个复杂的人物形象，能更清晰地看到叶文洁的两面性和人格复杂化。这个曾经用一根野山参让汪淼感动到泪目的慈祥善良的老科学家，实际上是地球三体组织的精神领袖，是一个冷酷无情的杀人罪犯。这样经由汪淼认识的反转也使人物形象更具可信性。同时汪淼的身份和年龄更接近读者的心理年龄，他和读者一样去回看上世纪特殊时代的政治斗争的目的在于搜索和接触其他宇宙文明的红岸基地。有一种时空的距离审视，也使小说中插叙的故事不仅仅是一段插叙，而是带有历史反思的成分在里面。小说更增添了历史的厚度和文化的深度。

同时汪淼的科学家身份也能使他很轻易地从沉重的现实跳跃开来，进入科学的时空和思维模式中去。使小说与寻常的现实主义小说有了清晰的分界。按照科幻理论家苏恩文对科幻文学的定义，叙事时空体的"离间"与叙述人的"认知"构成科幻文学的文本霸权。

汪淼只知道自己的烦恼和疑惑：他被地球三体组织以数字闪烁的方式威胁，精神接近崩溃。但汪淼并不知道事情的真相。他是随着故事的逐步发展才知道了真相。他知道的事情并不比读者多。在警察史强的帮助下，他们终于查明真相，捣毁地球三体组织。其他大量的叙述内容都是作家设置的叙述干预。即故意制造障碍让汪淼难以查出真相。每当汪淼接近一点真相就会有干预出现，但是并不中断汪淼的查找进程，相反还会有意无意泄漏一些蛛丝马迹让他顺藤摸瓜，以免失去查找方向。

比如汪淼发现自己眼前出现了神秘的数字闪烁，采用各种医治方式都无济于事。他想起科学边界组织，他认识一位女物理学家申玉菲，在申玉菲这里他见到痴迷于数学建模的魏成和环保学家潘寒，还无意中偷看到三体游戏网址。匆匆一面他只得到申玉菲一句话：停止手中的纳米项目工程，否则三天后宇宙将为他闪烁。汪淼当然对这样的要求觉得匪夷所思，这是国家重点项目工程，怎么能想停就停呢？

苦恼中的汪淼想起他看到的三体游戏网址，进入游戏，他发现这个游戏藏着极深的奥秘。三体游戏是按照三体人传递过来的信息建构的，对三体世界生存环境的模拟。三体星系因为有三个太阳，所以分为恒纪元和乱纪元两种，当处于乱纪元时，太阳或长时间不在，行星上一片冰寒。或长时间停留在天空，大地则会被太阳烤焦，甚至会出现三星凌日的极端天气，造成三体文明的一次又一次的灾难。三体人为了应对这种酷烈的生存环境，可以随时选择脱水，把自己变成纤维状物质，等待恒纪元时再泡水复活。他们的文明也是一次次覆灭再一次次重生。

对读者来说最为神秘的三体世界，作家别出心裁采用了三体游戏的讲述方式，接着之后的章节中三体游戏时常出现，比如第4章：三体，周文王，长夜；第12章：三体，墨子，烈焰；第16章：三体，哥白尼，宇宙橄榄球，三日凌空；第18章：三体，牛顿，冯·诺伊曼，秦始皇，三体连珠；第20章：三体，爱因斯坦，单摆，大撕裂；第21章：三体，远征。都是插入的三体游戏。汪淼玩三体游戏是寻找真相无果因而心情郁闷寻找纾解，同时三体游戏又与情节暗中相连，正是通过三体游戏，地球三体组织派潘寒笼络汪淼加入他们的组织。所以汪淼参加了三体组织的线下聚会，史强才得以抓捕了叶文洁及其同伙。情节看似疏离，实则是环环相扣的，有着紧密的内在逻辑勾连。

叙述者还是汪淼，但是他只是游戏中的一个角色，真相既被他的限制视角所锁住了，也同样被游戏的形式所隐藏。读者要想知道真相，要从汪淼所看到的内容中寻觅蛛丝马迹，同样还要从游戏中剥茧抽丝。同时，三体游戏是人类地球三体组织根据三体星系传过来的信息模拟做成的，首先，三体人传过来的信息就是不全面的。其次，地球三体组织为了躲过地球监察设置游戏时有意隐藏或者删改了许多信息，比如游戏中的人名都是东西方历史中的名人，看起来就像是一个普通的游戏。实际上整个游戏的每个部分都是在为三体星球进行建模实验，想帮助三体人实验出一套适合三体环境的生存模式。一直到第32章古筝行动，汪淼和史强等人联手用纳米材料摧毁了审判日号，从伊文斯的电脑里复原了三体人传过来的材料，才较为完整地展示了三体星球和三体人的生存状况。也只有到此时，整个叶文洁故事才完全揭开谜底。

三体游戏不能给汪淼想要的答案，他就需要继续查找真相。还是在那次神秘会议上，他偶然得知自己暗恋的女科学家杨冬自杀身亡。心神震荡之下他去拜访杨冬的男朋友丁仪，丁仪建议他去看望杨冬的寡母叶文洁。叶文洁让他去找她的学生沙瑞山，这样成功把叶文洁的"文革"往事插入了叙事进程。叶文洁的红岸往事是以听故事的方式得来的，讲述叶文洁人生往事的沙瑞山就是第二叙述者，他没有讲完的部分，叶文洁自己又讲给汪淼听了，这些讲述被刻意打断过，比如沙瑞山只讲到叶文洁的"文革"往事，第7章《疯狂年代》，第8章《寂静的春天》，第9章《红岸之一》，沙瑞山只讲述了叶文洁在"文革"中亲眼看到父亲惨死，之后插队被白沐霖背叛险遭不测，被杨卫宁营救上雷达峰就结束了讲述，直接用一句话把中间的二十多年轻松带过，说叶文洁直到九十年代初才回到城市。这是作家有意的叙述干预。主要叙述者是汪淼，如果让沙瑞山一口气把叶文洁的故事全部讲完的话，就会使整体叙述进程发生偏移，而叶文洁是小说中最大的反派，她的故事充满了传奇色彩，慢慢显露才是作家要追求的艺术风格。讲一点之后按下不表，花开两朵各表一枝，正是传统小说叙事的方式。

叶文洁的故事一直到汪淼第二次去拜访叶文洁时，才由她自己讲述了：第13章《红岸之二》，第14章《红岸之三》，第15章《红岸之四》。很明显叶文洁的讲述避重就轻，她当然不可能把全部真话讲给汪淼听，她讲述的内容也是经过了包装打磨修饰的，只讲述了部分的真实。此时的叶文洁就是一个不可靠叙述者，她被要求讲述同时她也希望汪淼相信她的讲述，她希望将汪淼拉进她的地球三体组织里去。因为此时汪淼已经进入三体游戏阵列，这个游戏设置的初衷就是要把那些精英人才拉进地球三体组织。所以在她的讲述里，"文革"部分和她诉说的在雷达峰的个人感觉部分是真实的。

一直到第25章《红岸之五》，才由叶文洁继续把这个故事讲下去，此时的讲述的真实性大大增加了，因为此刻叶文洁跟她的地球叛军聚会，降临派和拯救派发生冲突，因为潘寒杀了申玉菲，所以叶文洁命令手下在众人面前杀了潘寒。此时，叶文洁接着给汪淼讲红岸往事，是为了讲给所有的地球三体组织成员听的，在她看来，那是组织的光辉历史。第23章《红岸之五》，第24章《红岸之六》，这段历史是前面沙瑞山和她自己的讲述中所隐藏的部分，是她内心深处最深的秘密，此刻和盘托出是因为叶文洁认为这是在她自己的地盘，她有手下拿着的原子弹控制局面，她所想的最坏的结局是大不了所有人同归于尽。所以她认为没有什么好隐藏的了。接着叶文洁被捕，她说出了更令人震惊的部分：第26章《雷志成杨卫宁之死》，第27章《无人忏悔》，第28章《伊文斯》，第29章《第二红岸基地》，第30章《地球三体运动》，第31章《两个质子》，到这里，叶文洁的故事才全部讲完，但是她仍然没有说出全部的实话，因为在她心中三体人的到来是地球文明唯一的救星。

《三体1》的叙事总结一下是这样的：

汪淼被"请"到神秘会场，要求他去"科学边界"组织卧底，汪淼拒绝。

汪淼在会场得知杨冬等物理学家死讯，深受震动，前去拜访丁仪，得知叶文洁的存在。

汪淼发现自己眼前数字闪烁，求医无效，"科学边界"成员申玉菲要求他停下纳米工程。

汪淼在申玉菲处看到三体游戏网址，上网后发现迷雾更多，他去拜访叶文洁。

叶文洁要他去找沙瑞山，在沙瑞山那里汪淼听到了叶文洁的"文革"往事。

汪淼与史强联手调查物理学家死亡之谜，三体游戏和红岸往事

讲述人	倾听者	讲述时间	讲述内容
沙瑞山	汪淼	汪淼眼前出现数字闪烁，三体组织威胁要对他进行宇宙广播，他去找沙瑞山验证时	第7、8、9章，叶文洁的"文革"往事
叶文洁	汪淼	汪淼前去拜访叶文洁时	第13、14、15章，叶文洁的"文革"往事
叶文洁	地球三体组织成员	地球叛军组织集会上	第23、24章，叶文洁的"文革"往事
叶文洁	警察	警察局审讯	第26、27、28、29、30、31章，叶文洁的"文革"往事

轮番上演，真相逐渐显现。

三体游戏结束，红岸往事讲完，叶文洁被抓捕，地球与三体之战一触即发。叶文洁的故事在小说中是以插叙的方式完成的，正好与她潜伏者的身份相吻合。

也正因此，汪淼的探寻幽灵数字闪烁真相的进程一再被延宕，而在这被延宕的过程中作家真正想要叙述的故事线索则变得越来越清晰：叶文洁在"文革"中遭遇迫害，愤而向外太空三体人发出邀请，同时她与伊文斯共同组建地球三体组织，以迎接三体人的到来。故事越往后发展，汪淼部分情节的分量也变得越来越无足轻重。作为叙述者的汪淼其实只起到了穿针引线的作用，反而充当叙述干预部分的情节：红岸往事和三体游戏，才是叙事的主轴。

《三体1》"尾声 遗址"中叶文洁重回红岸基地雷达峰，红岸基地所有建筑设施都已经被拆毁，只剩一片荒草萋萋。当年叶文洁被白沐霖陷害入狱，又在寒冷的冬夜被程丽华泼上一桶冷水，濒临死亡之时奇迹般被杨卫宁救到雷达峰，从此在雷达峰生活、工作、结婚、生女，度过了一生中最繁盛的时光。杨卫宁深爱她，救了她的命，她却亲手杀死了自己的救命恩人和丈夫，向三体星球发送邀请函，给地球招来灭顶之灾。如今，她生活了大半辈子的地方如同她的人生一样荒芜，亲人、丈夫、女儿，什么都没有了。红岸基地就像是未来地球的隐喻，而她自己也是未来地球人类的缩影，将失去一切。在临近生命的终点时回望红岸基地和壮丽的落日时说："**这是人类的落日**。"这也是作家借叶文洁之口讲述小说未来人类的结局预言。

二、穿插叙述

刘慈欣科幻小说一般被认为是硬科幻，即注重对科学知识的准确传递，因而更注重作品的科学性和准确性。但是刘慈欣小说其实往往都有一条隐形的抒情结构，采用歌曲、诗歌、绘画等艺术方面的书写带给人情韵悠长的诗意感受和哲理思考。

首先从叙事方法来看，刘慈欣小说大多采用全聚焦叙事，即"叙述者所掌握的情况不仅多于故事中的任何一个人物，知道他们的过去与未来，而且活动范围也异常之大……既在人物之内又在人物之外，知道人物身上所发生的一切但又从不与其中任何一个人物认同"①。这种叙事的缺点是直接讲述一个故事，情节会流于简单化。

刘慈欣用以改变的方法是在小说叙述中采用了叙述干预，即用一本书、一首诗、一首歌、一段新闻等内容使叙述中断，人为地打断叙述进程。作家插入的部分貌似宕开一笔转而叙述别的事件，但站在文本整体的角度来看的话，这部分则是一个不断丰富填充叙事内容的过程。因为原有的叙述进程不断被打断，也给阅读制造了障碍，读者在阅读的过程中会增加更多的疑惑和不解，这实际上又增添了叙述的悬疑色彩和意境的拓展。

这些叙述干预成为推动情节发展的一个关键因素，使刘慈欣小说呈现出欲说还休、欲扬先抑的艺术效果，实则是作家故意设置叙述障碍，然后抽丝剥茧，将前文设置的伏笔又一点点展开，使故事叙述变得一波三折，引人入胜，读者的阅读在不断的期待和受挫中进行，增添了阅读的趣味。刘慈欣小说往往呈现出这样一种叙事结构：设谜—迷雾重重—寻找真相—困难重重—解谜—出乎意料。比如《三体》三部曲中的每一部其实都是没有结尾的，这是小说结构的未完成性和开放性。《三体 1》结尾逮捕叶文洁，摧毁地球三体组织，积极备战三体战争。但此时三体智子密切监控地球，三体舰队已在路上，结果会怎样？未知。《三体 2》结尾罗辑悟出黑暗森林法则，建立威慑体系，三体与地球暂时和平相处。但是三体入侵的威胁仍在，战争仍然可能一触即发。《三体 3》中太阳系和三体星系先

---

① 徐岱：《小说叙事学》，商务印书馆 2010 年，第 209 页。

后被高阶文明摧毁，程心和关一帆从黑域中出来后将小宇宙还归太空，他们坐上飞船在太空流浪。故事会怎样？还会有《三体4》吗？都是未知的。

《三体2》中提到一首俄罗斯老歌《山楂树》，小说中地球人从对罗辑的顶礼膜拜变成失望透顶，他们在一个雨夜把他从居住的小区赶出来，罗辑搭上一辆便车，车里放着俄罗斯音乐，一路上罗辑听了五六首，其中有《卡秋莎》和《红梅花儿开》，

> 于是他满怀希望能听到《山楂树》，这是两个世纪前他在那个村前的大戏台上为想象中的爱人唱过的，后来，在那个北欧的伊甸园中，在倒映着雪山的湖边，他也和庄颜一起唱过这首歌。这时，一辆迎面开来的车的车灯照亮了后座，孩子无意中回头看了一眼，然后转身盯着罗辑叫道："呀，他好像是面壁者呀！"孩子的父母于是也都回头看他，他只好承认自己就是罗辑。这时，车内响起了《山楂树》。车停了下来，"下去。"孩子的父亲冷冷地说，母亲和孩子看他的眼光也如外面的秋雨般冰凉。罗辑没有动，他想听那首歌。"请下去。"那男人又说，罗辑读出了他们目光中的话：没有救世的能力不是你的错，但给世界以希望后又打碎它就是一种不可饶恕的罪恶了。罗辑只好起身下车，他的旅行包随后被扔了出来，车启动时他跟着跑了几步，想再听听那首歌，但还是无奈地听着《山楂树》消失在冰冷的雨夜中。

这一段写出了平庸之恶，人们对待面壁者罗辑的态度是欲杀之而后快，写出了英雄末路的凄惨境况。

为什么强调罗辑偏爱这首歌呢？《山楂树》是一首苏联的爱情歌曲，原名《乌拉尔的花楸树》，诞生于1953年，描写工厂青年的

生产生活和爱情，曲调悠扬潺潺，歌词意境深绵。讲述被两个男孩子喜欢的女孩的烦恼，她不知如何做出抉择："秋天大雁的歌声已消失在远方，大地已经盖上了一片白霜。但是在这条崎岖的山间小路上，我们三人到如今还徘徊在树旁。哦最勇敢最可爱呀到底是哪一个？亲爱的山楂树呀请你告诉我。他们谁更适合于我的心愿？我却没法分辨我终日不安。"罗辑唱给想象中的爱人时是因为那份爱情根本不可能来到现实，而唱给庄颜是因为他清楚这份幸福是他从漫长的命运苦难中抢来的，他一定会担负起面壁者的责任但是又不舍得这份爱情，因此他的心中饱蘸忧伤和患得患失的惆怅。而在搭乘的车上他心中充满对未知的迷惘，他不愿意以同归于尽的方式威胁三体世界，但他又不得不这样做。他心存取舍得失之间的矛盾，所以钟爱这一首歌。

类似的还有《带上她的眼睛》中写她一直在小声哼唱德彪西的《月光》，在她长久封闭在地心的岁月里，她最盼望的就是看看地面的世界，当她的眼睛被带到草原的时候，她迷恋每一朵花每一棵草每一朵云每一阵风，宁静的月光让她陶醉。这首乐曲的插入就成为了作品的背景音乐，始终回荡在读者心中。使作品的艺术韵味更加浓郁。更重要的是对人物命运遭遇的深切情感也有了一些回响般的声音。

绘画在《三体2》中提到最多的是世界名画《蒙娜丽莎》，这幅画在小说中有两点被提及的地方，一个是蒙娜丽莎的微笑与对面壁者的微笑有类似的神秘感。罗辑和庄颜在这幅画前定情相爱，一直到罗辑人生终点的时候，他最舍不得的还是这一幅画。写出了罗辑爱的深沉和执着。罗辑已经是百岁老人了，是他特意约见了程心，罗辑决心与地球共存亡之时，他让程心带走冥王星上面的大部分艺术品后，特意留下那幅《蒙娜丽莎》。因为他和庄颜定情就是在这幅画面前，在那时罗辑心中庄颜就是一个走进他生命的惊喜，在蒙娜丽莎的神秘微笑前，两人玩用眼神说话的游戏，不经意间沉入爱河。对罗辑来说，他本就深爱，从白日梦到现实几乎是无缝对接。他们一起参观卢浮宫，在那里定情，小说这部分描写极美：

> 面壁者和少女就这样相互凝视着，在深夜的卢浮宫，在蒙娜丽莎的微笑前。罗辑心灵的堤坝上渗出了涓涓细流，这细流冲刷着堤坝，微小的裂隙渐渐扩大，细流也在变得湍急，罗辑感到了恐惧，他努力弥合堤坝上的裂隙，但做不到，崩溃是不可避免的。

> 此时，罗辑感到自己站在万仞悬崖之巅，少女的眼睛就是悬崖下广阔的深渊，深渊上覆盖着洁白的云海，但阳光从所有的方向洒下来，云海变成了绚丽的彩色，无边无际地涌动着。罗辑感到自己向下滑去，很慢很慢，但凭自己的力量不可制止。他慌乱地移动着四肢，想找到一个可以抓踏的地方，但身下只是光滑的冰面。下滑在加速，最后在一阵狂乱的眩晕中，他开始了向深渊的下坠，坠落的幸福在瞬间达到了痛苦的极限。

有了这幅画本身美的映衬和画中意境的拓展加深使爱情的描写写得太美了，用的是宇宙语言，罗辑感受到的是无法抗拒的吸引，内心无数的情感如河流般奔涌，突破理智的堤坝，明知这份爱情来得太快，有如深渊，却又被深渊上绚丽的色彩牢牢吸引，在狂乱的眩晕中往下坠落。"蒙娜丽莎在变形，墙壁也在变形，像消融的冰。卢浮宫崩塌了，砖石在下坠的途中化为红亮的岩浆，这岩浆穿过他们的身体，像清泉般清凉。他们也随着卢浮宫下坠，穿过熔化的欧洲大陆，向地心坠去，穿过地心时，地球在周围爆发开来，变成宇宙间绚烂的焰火；焰火熄灭，空间在瞬间如水晶般透明，星辰用晶莹的光芒织成银色的巨毡，群星振动着，奏出华美的音乐；星海在变密，像涌起的海潮，宇宙向他们聚集坍缩，最后，一切都湮没在爱情的创世之光中。"把爱情写得像宇宙诞生般华美壮丽，宏阔激昂。

如今庄颜和他们的女儿已不知魂归何方，而这幅画依然存在。罗辑坐在蒙娜丽莎旁边，"一只老手抚摸着古老的画框，喃喃自语：我不知道你在这，知道的话我会常来看你的。他的双眼平视着前方，像是看着时光的深处。不知是不是错觉，程心看到那双深陷的老眼中有了泪光。在冥王星地下的宏伟墓室中，在昏暗的能亮十万年的灯光中，蒙娜丽莎的微笑若隐若现，这个微笑使人们困惑了九个世纪，现在则显得更加神秘诡异。似乎包容一切，又似乎一无所有，像正在逼近的死神。"

罗辑又变回当年那个痴情执着的罗辑了。庄颜在他的生命中只出现了短暂的五年多时间，这份爱却绵延了几个世纪，一直是他心中那块最重的砝码，他之所以同意做面壁者、执剑人、守墓人，或者说能够忍受这些身份所带给他的非人的折磨，极度的孤寂荒凉，都根植于这份爱。这份爱太过饱满，深厚甜蜜，足以滋养他几个世纪的孤单荒凉。而如今在他二百岁的年龄，他要抱着这幅画，这份爱，回归庄颜和孩子一起的地方。

《三体》中维德办公室挂的画很有意思。程心第一次见维德，最先被他办公室里的油画所吸引：布满铅云的天空和晦暗的雪野，在云与雪原的交汇处有一片肮脏低矮的板房。他为什么挂这样一幅画呢？是他以前的生活环境吗？还是他为人类未来画的前景图？他早就看到了三体战争的未来？但即使悲观，他选择的依然是战斗。

另一幅画画的是一只套着青铜盔甲的手握着的一把古典式样的宝剑，剑锋雪亮，正从蓝色水面捞起一个红白黄三色鲜花编成的花冠，花瓣上还有血迹。这一幅比较好理解，这些画中意思的传递也是对维德性格和偏执理想的解读，更鲜明呈现出他的冷酷无情、残酷嗜杀、理性。

《赡养人类》中通过滑膛眼睛看到的三个流浪者不肯接受富人钱财，一个是与果儿长得很像的拾荒女。另一个是在垃圾堆吃饭还讲究仪式的流浪者。另一个是有自己追求的画家，他专门画底层贫瘠的生活，认为如果有钱了就再也画不出这样的画了，"如果一夜之间成了百万富翁，我的艺术就死了。"小说借滑膛的眼睛非常细致描绘了一幅叫《贫瘠》的油画："占满整幅画面的是一片干裂的黄土地，从裂缝间伸出几枝干枯的植物，仿佛已经枯死了几个世纪，而在这个世界上，水也似乎从来就没有存在过。在这干旱的土地上，放着一个骷髅头，它也干得发白，表面布满裂纹，但从它的口洞和一个眼窝中，居然长出了两株活生生的绿色植物，它们青翠欲滴，与周围的酷旱和死亡形成鲜明对比，其中一株植物的顶部，还开着一朵娇艳的小花。这个骷髅头的另一个眼窝中，有一只活着的眼睛，清澈的眸子瞪着天空，目光就像画家的眼睛一样，充满惊奇和迷惘。"死亡与生机，酷旱与活的植物，形成一种令人惊异的参差对照的美。小说中嵌入这些绘画作品，使作品更具艺术韵味，同时画作内的意蕴也深刻入作品的内涵之中，形成多重意蕴的交融。

《三体3》中刘慈欣非常详细地描写了太阳系中行星二维化的过程。惨烈却又无比壮丽，最后的天空呈现的图景竟然与凡·高的《星空》几乎完美地重叠在一起，

> 太空中充满了巨大的星体。这些星体所占的面积甚至大于它们之间空间的面积。但星体的巨大并没有给它们带来实在感，它们像是时空的漩涡，宇宙中空间的每一处微小的部分都在惊惧和疯狂中流动着，翻滚着，颤抖着，像燃烧的火焰，却只散发出酷寒。太阳和行星，所有的实体和存在，只是这时空乱流产生的幻象。
>
> 程心现在回想起两次看到的《星空》时奇怪的感觉：画面中星空之外的部分，那火焰一般的树，暗夜中的村庄和山脉，都呈现出明显的透视和纵深；但上方的星空却丝毫没有立体感，像挂在夜空中的一幅巨画。

整个太阳系的毁灭呈现出一种极致之美，这样的手笔让太空更多了几分神秘和幽邃。

这样写作的好处是画面感极强，对名画的引入也使作品更具艺术气质，其实刘慈欣十分强调艺术的重要性，他写有艺术三部曲《诗云》《梦之海》《欢乐颂》，分别写的是诗歌、冰雕和音乐。在《梦之海》中借人物之口说艺术重于一切，他把地球上所有的水都运到天上，变成了一件艺术品。在《诗云》中，外星人可以拆毁太阳系全部物质造出一片诗云，却找不出一首可以匹敌李白的诗歌。就连《赡养人类》中那个冷血杀手都会喜欢一幅画，因为一幅画而答应画家一个要求。而他在杀手学校居然有一年的时间在学习文学，他读《荷马史诗》，背莎士比亚，读很多经典和现代名著。

下雨天是刘慈欣比较偏爱的天气，云天明初次萌发对程心的爱就是在一个下雨天，那个美丽温暖的女孩子主动跟这个孤独忧郁的男孩说话，随手叠了一只纸船让它随水漂去，从此那蒙蒙细雨便刻印在了云天明心中，这符合这个人物的性格，他本就是一个忧郁敏感情感细腻的人。

营造氛围。罗辑用想象塑造了一个理想爱人，等她到来那一天就是一个细雨连绵的天气，后来史强给他找来真人版的梦中情人庄颜，她的到来也在一个下雨天。雨丝飘拂让这份感情多了几分缠绵悱恻。同时因雨也常常蕴含惆怅忧伤，故而也暗示了这份感情的悲剧结局。

中国传统文化对雨情有独钟。很多诗词中都有对雨的描述，诸如："雨打梨花深闭门，忘了青春，误了青春。"（唐寅《一剪梅·雨打梨花深闭门》）"林花谢了春红，太匆匆。无奈朝来寒雨，晚来风。"（李煜《相见欢·林花谢了春红》）"自在飞花轻似梦，无边丝雨细如愁。"（秦观《浣溪沙·漠漠轻寒上小楼》）"一寸柔肠情几许？薄衾孤枕，梦回人静，彻晓潇潇雨。"（惠洪《青玉案·丝槐烟柳长亭路》)"满目山河空念远，落花风雨更伤春。"（晏殊《浣溪沙·一向年光有限身》)"风淅淅，雨纤纤。难怪春愁细细添。"（纳兰性德《赤枣子·风淅淅》)"梧桐叶上三更雨，叶叶声声是别离。"（周紫芝《鹧鸪天·一点残红欲尽时》）等等。雨的缠绵空灵的特点使它自带清愁忧伤，有一种凄清落寞的情绪。所有的景物描写都与人物情感相关联，所以雨的出现不是单纯的自然现象而是具有特殊的渲染作用。云天明与程心在细雨中聊天，对于云天明来说那毛毛细雨就如同他心中生长的爱恋，丝丝缕缕都带着喜悦。而当云天明孤身一人重病缠身的时候，细雨带给他的就是伤感悲凉。罗辑梦中心上人来到他的身边都是在蒙蒙细雨的时候，营造了一种缠绵悱恻的情调，他等待着，似乎每片雨丝都是他的心跳。

《球状闪电》中两次提到美国诗人弗罗斯特的诗《未选择的路》："金黄色的树林里分出两条路，可惜我们不能同时涉足，但我们选择了人迹罕至的那一条，这从此决定了我们的一生。"诗中有遗憾有倔强。人生道路在于个人的选择，不同的选择导向了不同的命运。小说中两次提到这首诗都是林云吟诵的。

一次是林云和丁仪前去祭拜张彬，在他的墓前，当时正是秋天的黄昏，夕阳下满地黄叶，林云此时遭受到人生中两个重大打击：未婚夫江星辰去世，他的珠峰号被敌人用人造龙卷风击沉。林云率领她的晨光部队复仇，但是他们的球状闪电武器早已泄露，敌人采用了电磁屏障，行动失败，全军覆没。她第一次在丁仪面前露出脆弱的一面，痛哭失声。因此她在张彬墓前念出这首诗一方面是悲悯张彬的悲剧人生，同时也对自己的人生选择产生了怀疑，不知该何去何从。这时丁仪向林云建议走另一条路，其实也是一次委婉的求爱，他让林云离开部队，跟他一起去研究宏电子，一个创设理论，一个负责实验，以他们的实力，这很可能会实现物理学的伟大突破。但是林云拒绝了他："我是在军队中长大的，除了军人，我真的不知道自己能全身心地属于别的什么地方和什么别的人。"

正在这时，球状闪电研究新的转机出现，丁仪在张彬墓碑上发现了郑敏留下的量子态的数学建模，因此发现了球状闪电原子核的秘密，发现了弦。林云的战斗激情再次被激发，他们费尽艰辛捕捉弦，发现核聚变。林云强制进行核聚变实验，牺牲了。

这首诗第二次出现就在这时，林云的量子态出现在父亲和丁仪等人面前，她讲述了自己这么多年的心路历程，等她离开的时候再次吟诵了这首诗，带着无尽的怅惘和感慨。人生的路一旦选择就是无法回头的一生。林云是一个非常优秀的女孩子，有女性的温柔细腻，也有男性的果决刚毅，她虽然母亲早逝，但是父亲非常爱她。她美丽博学，前程似锦。可是母亲的惨死给她留下的印痕太深，她视为母亲一样的异国知己居然是杀害她母亲的元凶，这样的了解太痛苦，所以她失去了对人生的信任，失去了爱的能力。她选择了人迹罕至的那条路，违背父亲的心意，拒绝爱她的人，一意孤行进行新武器研制，最终因为强行实验新武器而献出了生命。这首诗在小说中的重复出现仿佛一首略带忧伤的旋律在反复播放，成为林云形象的背景音乐，让人物的形象更立体更复杂，这是去掉这首诗后，所难以传递的。它让林云不再是一味追求制造新武器的狂热者，而是一个内心丰富细腻，有着隐秘伤痛和泪水的女人。

故事和小说的点缀。有趣的是，这种困难和迷雾不仅局限于小说的整体结构，还体现在作品中有意插入的一个个小故事。这些插入的内容或者是一本书中的情节，或者是整篇故事的引入，或者是一首诗一首歌曲，或是一幅画一部作品的名称等。这些内容不是简单的引用，而是这些作品本身具有多重内容与独特意蕴，附着在作品中是对作品内涵的进一步延伸与拓展。

科幻小说本质上有一种很天真很单纯的东西，这才是它的魅力之所在。它所关心的所执着的是人类科学技术所不能达到的地方。《星际旅行》《星球大战》《火星救援》《三体》所催生的星球迷星际迷，唤起的是人类的好奇心，把人们从庸庸碌碌的日常生存中提溜出来，延展了我们生命的宽度和长度。而作家在作品中插叙进一些小故事也让故事情节的层次更加丰富，也更加增添了趣味。

插叙使作品内容看上去更真实，所表述的内涵也更加富有哲理。

《三体3》让刘慈欣的写作才华得到了更为惊艳的展示，他在小说中采用了多种叙述文体，结构最先锋，把板块结构的特点发挥到极致。很多条线索同时推进，杂而不乱，三个童话如同枝头绽放的三朵鲜艳的花。《时间之外的往事》则是花枝最遒劲的枝条，铺设了暗沉但硬朗的底色。这株树长得太过高大，宇宙空间的个体，绵延数百年。可以毫不夸张地说，每一种叙述文体都可以独立成章，成为独立的文学作品。比如云天明所讲的三个童话故事分明就是非常精彩的童话。

歌者对太阳系的打击正是三体星系传给地球人类的信息，所有的黑暗森林打击都是随机的，来自不同的地方。而歌者与长老的谈话中透露出的消息，歌者的世界在战争中失败也将二维化了。他所唱的那首古老的歌谣极有韵味，张力十足："我看到了我的爱恋，我飞到她的身边，我捧出给她的礼物，那是一小块凝固的时间，时间上有美丽的条纹，摸起来像浅海的泥一样柔软，她把时间涂满全身，然后拉起我飞向存在的边缘，这是灵态的飞行，我们眼中的星星像幽灵，星星眼中的我们也像幽灵……"

"我"奔向空间存在的边缘，在时空中的飞行，在宇宙中的飞翔和星星互看都是幽灵。如果有居民来绘画，一定是一幅黯然的布满闪光星星背景的画。一对男女手牵手飞翔在天空，有说不出的诡异的美。

云天明的大脑被三体舰队捕获，被克隆还原成一个健康完整的人，他在三体世界生活了很多年，还成为了一个著名的作家。而他也一直在密切关注地球人类尤其是程心的生活动态，在三体星系毁灭地球，人类陷入迷惘时，云天明要求见程心并给程心讲了三个在情节上具有连续性的故事，也是他送给地球人类的三个童话：《国王的新画师》《饕餮海》《深水王子》。讲述无故事王国里的王位争权的故事，需要不停转动的黑伞，针眼画师，饕餮鱼，让鱼舒服地沉睡的香皂泡沫，充满了神奇的想象和深长的意味。

云天明从出场时的一无所有身患绝症即将离世，到与程心再次见面时，身披金色阳光出现在成熟的稻田旁，讲述三个暗藏玄机的童话故事，使人物的睿智从容胸怀韬略的形象跃然纸上，三个故事不仅仅是故事，这三个童话具有典雅的冷酷，精致的残酷和唯美的死亡，从叙事技巧来说含有双层隐喻和二维隐喻，是谜中藏谜，隐喻中含有隐喻，故事中套着故事，体现了精湛的叙事能力和神奇的想象能力。即使单独成篇也是毫不逊色的优秀文学作品。更重要的是童话中隐藏的机锋暗示了地球的未来。若能成功解谜，地球人类便能从注定被灭绝的命运中挣脱出来。它们让云天明变得深不可测。读者在读这些作品时就像在进行智商检测，是对自己智力的一次次考验。同时又像侦探在破案，一点点寻觅蛛丝马迹，一点点破解真相。这样一来，小说的独特性和神秘性更加突出。好奇心是人所共有的，科幻小说在某种程度上也是对人类这种猎奇心理的满足。

这样的故事在三体世界早已广泛传播，所以不会引起三体人的怀疑，可以说，这一次人类的智慧再次闪耀光芒，这种韬光养晦，明修栈道暗度陈仓的本事是三体人学了几个世纪也未曾学会的。也正是这份智慧再次战胜了三体人，得以顺利传送情报，这是不是有点像谍战片了呢？云天明原本就是阶梯计划打入三体世界内部的谍报人员，他不仅得以恢复肉身，还在飞船上种植养活自己的植物，创作了上百个童话故事，讲给程心听的三个故事就藏在其中，成了三体世界的文学家，在三体世界里是一个很重要的人物。由此可知云天明是一个智商极高的人，是一个极善于隐藏自己真实想法的人。从某种意义上说，他也是一个面壁者，他面壁的意义就是有一天有机会向地球人类传递这三个童话故事中的机密。

程心在这次会面中表现极佳，她先是鼓足勇气提问，想从云天明那儿获知有用的信息，因为一旦说错话就会有生命危险。但当云天明开始讲故事时，她一下子就明白了对方的用意，用心听专注记，整个会面过程中都镇定自若，目光清澈宁静，只有当她回到地球，在智子盲区室重复讲了五遍会面过程后，回到返回舱，"大脑里的记忆机器才关上，她变回了一个女人。极度的疲惫和情感的浪潮同时淹没了她，面对着下方越来越近的蓝色星球，她哭了起来。这时，她的脑海中只剩下一个声音反复回荡：我们的星星，我们的星星……"三个世纪的别离，短短一个多小时的会面，然后又是漫长得不知何年何月再相见的别离，实际上这一次见面之后他们再也没有机缘相见。爱得越深刻，这别离的痛苦就越噬心。

云天明在故事讲述中采用了谜中藏谜，隐喻中有隐喻的写作手法，因此解开他童话故事中的谜就颇费心思，其中有一个词"赫尔辛根莫斯肯"解读起来颇费周折。"赫尔辛根莫斯肯"在云天明三个童话中出现的频率非常高，它被反复提起，却又没有任何具体描写。人们为了解读它的含义绞尽脑汁，终于在一个极偶然的情况下发现这是两个地名的合称。位于挪威的赫尔辛根山和莫斯肯岛，那里的山崖和海都是黑色的，在莫斯肯岛旁有一个巨大的漩涡，那就是这个地名的暗示：黑洞或者说黑域，以此来发布安全声明。地球人类以此暗示来实施计划时，将太阳系藏起来，把太阳系变成一个黑域，不让外面的文明发现人类文明的存在。

在这个神秘地方，他们见到一位八十多岁的老人杰森。他对待生命的豁达与乐观与弗雷斯十分相像。他们对待生命和自然都有属于自己的独特理解和热爱。弗雷斯孤身一人住在澳大利亚沙漠中的丛林里，杰森独自一人住在挪威北极圈的莫斯肯岛上，当他们的船冲进大漩涡，生死一线时，杰森从船舱拎出一条刚打上来的鳕鱼，请大家喝酒吃烤鱼。单是这份对生命的安之若素就让人敬佩。他对程心说："要淡定，淡定，既然末日躲不掉，就应该享受现在。"他是四十多岁患上绝症后被动冬眠的，醒来时领悟到："死亡是唯

——座永远亮着的灯塔，不管你向哪里航行，最终都得转向它指引的方向。一切都会逝去，只有死神永生。"

刘慈欣借杰森之口点出《三体3》的标题是耐人寻味的，虽然死神不死是人类不变的归宿，但是通往死亡的道路人类该怎样度过呢？对酒当歌、洒然面对、从容生活。在漩涡深处看见彩虹，杰森老人说："记得爱伦坡也描写过漩涡中的彩虹，好像是在月光下出现的，他说那是连接今生与来世的桥。"真是一个诗情浓郁的人。

小说对莫斯肯大漩涡的描写也非常绚丽，这个被云天明赋予了特别寓意的漩涡位于北极圈内，岛屿是冰川蚀刻而成，有着世界尽头一样的荒凉和肃杀。当阳光略闪现几分钟时，又让这阴冷的世界变得充满温暖和希望，如云天明故事中的一句描写："仿佛绘制这幅画的画师抓起一把金粉豪爽地撒向整个画面。"

当杰森老人的小艇驶进漩涡带后，他们发现在大自然面前，人类是如此脆弱与渺小，而程心眼中，由一千亿颗恒星组成的银河系是另一个大漩涡，地球在其中连一粒灰尘都算不上。而紧紧吸附住他们的小艇，把他们越卷越深，想要毁灭他们的莫斯肯漩涡又只是地球上的一粒灰尘。与恢弘强大的宇宙世界相比，地球和地球人类是多么渺小的存在。

这段描写写得惊心动魄，大自然向这些有着最优秀大脑的人展示出吞噬一切碾碎一切的力量，也让他们瞬间领悟到云天明童话中的关于宇宙安全声明的隐喻意义。几个人的头脑风暴马上铺开了地球人类保卫地球拯救人类的另一幅画卷。人类对此展开艰苦卓绝的研究，推出了三条生路：掩体计划、黑域计划、光速飞船计划。

对云天明童话的理解只剩下针眼的画，"这个情节构成了三个故事的基础，从它所显现出来的典雅的冷酷，精致的残忍和唯美的死亡来看，可能暗示着一个生死攸关的巨大秘密。"

被画进画里的自然就是后来地球所遭遇的降维打击了。云天明童话里很多物品都与程心有关，比如有白帆的船，他们初识的大学里，那个细雨蒙蒙的下午，她曾为他叠过一只纸船，所以云天明故事中露珠公主在饕餮海中航行的船是靠香皂迷惑海中的饕餮鱼，顺利到达墓岛并返回无故事王国的，这里的真正暗示在于香皂所暗示的空间曲率驱动飞船的行驶。这样一个关键的技术被解读出来了。

程心和艾 AA 这次的成功解读也揭秘了云天明在故事中隐藏情报的模式：双层隐喻和二维隐喻。故事中的隐喻不是直接指向情报信息，而是指向另一个更简单的事物，通过这个事物的解读才能发现情报信息，比如公主乘坐的小船，赫尔辛根莫斯肯香皂盒和饕餮海，都在隐喻肥皂驱动的纸船，肥皂船的隐喻目标是空间曲率驱动。二者组合，形成了一个非常精妙的系统。"程心的眼睛却湿润了。她想到了云天明，想象着这个在外太空的漫漫长夜和怪异险恶的异族社会中孤军奋战的男人，为了向人类传递情报，如何殚精竭虑，设计了这样一个隐喻模式，再在漫长的孤独岁月中创作出了上百个童话故事，最后精心地把情报隐藏在其中的三个故事中。三个世纪前他送给了程心一颗星，三个世纪后他又带给人类一个希望。"

这样的书写中，罗辑和云天明的形象近乎完美，他们把海样深情变成守护行动，用全部的智慧和坚韧不拔的毅力为所爱的人撑起一片天空，不求任何回报，庄颜还为罗辑生了一个孩子。程心几乎什么都没为云天明做过，但云天明依然执着地爱着程心，护着程心，为她做了自己所能做的一切。可算是自古至今文学史上的痴情浪漫男子排行榜中第一名了。

三、虚拟实录

《三体》与《黑暗森林》《死神永生》被称为"地球往事"系列三部曲，俗称《三体》，是站在未来立场所讲述的关于地球的历史故事。三本书可以视为一个整体，就像三个旋转的小星球，构成一个科幻的小宇宙。

这是刘慈欣刻意为之的实录笔法，他认为"好看的科幻小说应该是把最空灵最疯狂的想象写得像新闻报道一般真实。往事的回忆总是真实的，自己希望把小说写得像是历史学家对过去的真实记叙"[1]。他花了很大精力在小说中营造这种真实的氛围，《地火》末章"120年后的初中生日记"，用日记体强调真实。《超新星纪元》的"后记"是一位超新星纪元的历史学家回顾历史的学术作品，当他开始写作时，人类已经移居火星，地球已经不适合人类居住了。《三体1》中对叶文洁的庭审记录和假借沙瑞山之口讲述叶文洁"文革"往事。

《三体2》是三体人侵略地球的末日之战，真正的战斗不到一个小时就结束了，推进叙事进展的是地球人类应对三体人来袭的各种布防措施，而延缓叙事节奏的就是各种形式的叙述干预：1. 评论式干预。2. 原文引用式干预。

比如庭审记录。《三体2》青铜时代号的船员被捕后，作者刻意穿插进去一段庭审记录（这种庭审记录在《三体1》中审讯叶文洁时也引用过。类似的还有报纸新闻和电视新闻的直接引用），目的是增加小说文本的多样性和渲染内容的真实性。同时这些内容是在小说正常进程叙事中被有意省略掉的，因为如果按照叙述顺序写的话会让叙事变得冗赘，挤占主要叙事线索的推进，放在庭审时讲述，一方面增添真实性，类似于口述实录一样。同时也增加神秘度，当时的太空中到底发生了什么？为什么会发生？一直是横亘在读者心中的悬疑问题，此时解答符合阅读期待。尼尔·斯科特舰长本想以一己之力承担下所有罪名但不被允许。他被威胁若不说出实话将对全舰队人员施以最严重的惩罚，为保护普通舰员，他选择说实话。小说用庭审记录的方式详细回顾了太空战舰之间战争爆发的原因以及结果。在太空流浪中的战舰因为能源的匮乏和食品短缺，在战舰内部建立了另一套与地球价值观相背离的价值体系。他们发

---

① 刘慈欣：《三体1·后记》，重庆出版社2008年，第302页。

动战役，袭击了自己的同伴量子号，掠夺他们的资源，是宇宙黑暗森林法则的再现。副舰长鲍里斯·洛文斯基则交代出量子号上面的军官遗体全部被做成了食品补给。

他在法庭上说过一段发人深省的话：生命从海洋登上陆地是地球生物进化的里程碑，但那些上岸的鱼不再是鱼了。同样进入太空的人也不再是人了。当人类从温暖的母星奔进漆黑寒冷的太空，在这里，人类如同一片风中的枯叶，完全无法把握自己的命运。地球也一样，脆弱孤独朝不保夕，资源缺乏，都会使人变态。

舰上被捕军官塞巴斯蒂安·施耐德则提出了另一个重要观点，*"太空本身就是一个思想钢印……总之那一瞬间我就放弃了自我，成了集体的一部分，成了集体的一个细胞，一个零件——只有集体生存下来，自己的存在才有意义……"* 在这里所说的思想钢印是说当人认为自己可能将无限期留在太空中所有一切都变得不可掌控时，个体的人只有融入集体才能生活下去，此时集体和极权制度，对人的思想到肉体的高度控制就会变成必要且能很快实现。他提到一本书《极权只需五天》，这本书讲述的是一个中学教师的实验，在班级中模拟极权社会，结果，仅仅五天时间，他的班级就变成了一个微型纳粹德国。*"每个学生自愿放弃了自我和自由，融入至高无上的集体。并对集体的目标充满宗教般的狂热。"* 青铜时代号正是在得知自己将永远流浪太空的命运之后，仅用五分钟就建立了一个极权社会，有百分之九十四的支持率支持舰队出手打击量子号。这些行为打破了人类的道德底线，但是符合当时的星舰情况。刘慈欣在这里深蕴了对人性和社会的哲理思考。

新闻报道（多次穿插电视新闻报道，报纸新闻等），解密文件（程心所写作的《时间之外的往事》）等，这种模拟度极高的材料的引入，给读者造成一种幻觉，以为这些都是实录。而这种书写特意指向真实性。

引入历史中真实出现过的人物或者事件来干预小说的虚构性，

营造出一种真实感和历史感。比如三体游戏中的玩家大多以真实的历史人物命名：牛顿、周文王、墨子、哥白尼、冯·诺伊曼、秦始皇、爱因斯坦等。借用了博尔赫斯的"骗局创作法"，即在故事中糅进真实或貌似真实的文献材料，目的是营造出一种貌似真实的故事存在语境。以告诉读者：你看，我讲的都是真的，有这么多报纸新闻、电视新闻、当事人回忆录为证。

《三体3》中插叙的《时间之外的往事》系列共计二十一篇，假借程心所写，那时的她已和关一帆一起掉进光幕，并找到了云天明送给他们的小宇宙，她开始写回忆录，记录她所知道的地球历史。这些文字贯穿《三体3》始终，就像影片放映过程中出现的画外音，声音略微沧桑低沉，对过往发生的很多事进行回顾、反思、点评，这是属于跨越历史的他者的眼光，也是自我成长后反思的声音。就像一个步入老年的人回顾自己的人生，有欣悦有懊悔有妥协有理解，有难以释怀的眷恋，有对曾经被遮蔽的事件的敞亮和了然于胸的释怀。从写作内容上来说是一种极大的丰富和补充，这些穿插在其中的很多说明性叙事，对科技部分予以补充解说。相当于一个个补丁，把故事叙述中刻意遗漏或不方便言说或加进去会影响叙事节奏或对专业晦涩难懂的科技解说部分补充完整。这种穿插是对背景资料的补充，同时它又是时空上的拓展和深化，将小说叙述中难以交代或为制造悬念而故意缺漏的部分一一交代出来，延展了时间的纵深。我们常说交给时间来评价，作家正有此意来叠加小说意蕴的深度。既像黏合剂将原本不太紧密的板块粘得更紧密一些，更是给读者制造了一种强烈的心理暗示：这一切都是真实发生过的。另外插叙部分对天文学、物理学和各种机器的细致解说，也更加夯实了小说作为硬科幻的基础。

这些解说煞有介事对危机元年之后的国际事务进行说明，从罗辑威慑三体世界开始写起，极简版人类历史。仅有程心、艾AA、关一帆逃出来外太空，回忆地球往事，所以称为时间之外。它的每一次插入既像是解释说明，对某些复杂问题进行注解，比如何为群星计划，比如阶梯计划出炉的政治背景，决策原因，正反方面的意见如何，对后世带来什么影响等。又是对硬科幻部分的科学技术相关术语名词的解读。同时像书签具有清晰的标签作用，使小说的叙述风格变得摇曳多姿，在某处涂抹一点彩色，提醒读者，这里有需要注意的地方。这些内容让真实与虚构相互杂糅在一起，真伪难辨，让读者陷入迷宫般的阅读效果之中。

以节选《时间之外的往事：对无边暗夜的恐惧》为例，这段叙述里作者用近乎雄辩的语言解释人类为什么做出了放弃光速飞船的选择，正反两方面支持的理由是什么。这部分的语言比较哲理化，抽象化，但也是极为精彩的，思辨的火花闪烁其间。是向内延伸至人类历史人类灵魂的考问。以时间之外地球之外的上帝视角来看待这段时期中地球人类的躁动与迷惘，他们深陷不可能突破的困境，却拼尽全力去冲啊撞啊跳啊，类似陷阱中的小兔子一样做着徒劳无功的努力。这时的插入叙事既避免了叙述上的平铺直叙的单调，同时也因作者有意地拉远距离，跳出当下叙事，从终点看起点的哀婉和悲悯，人类在浩渺的宇宙时空中其实也是蝼蚁一样的存在，怎么挣扎都无济于事。

再以《宇宙安全声明——孤独的行为艺术》为例，这篇插叙用带点调侃的语气描述了地球人类对宇宙安全声明的理解和由此做出的各种可笑行为，插叙文章称为"孤独的行为艺术"。人类发布的方案分两大类：声明派和自残派。人们想出了非常多的办法，但是无一例外地碰到了铁壁。声明派的铁壁是如何让宇宙中的所有文明都相信你是安全的。自残派主张人类文明自残或者智力自残，甚至真有极端组织在城市自来水系统中放置让人变笨的药。然而，"在已经提出的所有方案中，人类只是在表演着没有观众的行为艺术，不管做得多么诚心，除了自己外没人能看见。"因安全声明实质上是一种宇宙广播，"有一颗遥远的星星，是夜空中一个隐约可见的光点，所有随便望了它一眼的人都说，那颗星星是安全的"。这几乎是一件不可能做到的事。

《三体3》以《时间之外的往事：漫长的阶梯》讲述有关云天明的故事，用未来者的目光来审视当年的阶梯计划和被这个阶梯计划彻底改变了命运的云天明。当站在未来视角来审视阶梯计划时就有了历史的厚重感，这些插叙无一例外地带有浓浓的反思意味，比如阶梯计划在它发射的那个时代甚至之后很长一段时间被认为是"典型的危机初期激情和冲动的产物，是一次没有经过周密计划就草率进行的冒险。除了结局的完全失败，在技术上也没留下什么有价值的东西，后来的宇航技术完全是朝着另一个方向发展的"。但站在未来视角之后，发现此前完全是错误的判断，阶梯计划取得了巨大的成功。从这个角度来看阶梯计划，当然是一个有着大格局广阔视野的计划。也暗示刘慈欣对待科学实验的观点：要大胆地去想象去实践，不断尝试，不要轻易对科学路上的实验下结论，一切得失成败，可能需要时间的检验。

像一个历史学者在做历史研究和历史文献的总结，这些文字是小说叙述的补充和反思，用另一套笔墨来使故事更丰富更全面。

我认为零道德的宇宙文明完全可能存在，有道德的人类文明如何在这样一个宇宙中生存？这是我写地球往事的初衷。[1]

----

[1] 刘慈欣：《三体1·后记》，重庆出版社2008年，第301页。

第六章 "道"与道路

　　刘慈欣小说中自始至终都贯穿了对人类命运的深切思考和深沉的社会责任意识。正如韩松说："*我觉得无时无处，他都在探讨两个问题：头顶的星空与心中的道德。*"[①] 不管是写灾难还是拯救，他都在思考一个问题：地球人类将会遇到哪些宇宙问题？他们将如何在宇宙中生存下去？为此，他提出了各种令人匪夷所思的解决方案，而这些方案中最令人瞩目的则是其中所蕴含的对现实问题的深切思考。他将这种"道"寄存在作品中的人物身上，在刻画人物形象时有意识地突出了对道的强调。

　　刘慈欣在小说《乡村教师》中说："*他们有一种个体，有一定数量，分布于这个种群的各个角落，这类个体充当两代生命体之间知识传递的媒介。*"这类个体成为一种献身精神的象征，因为科学家执着于探寻世界真理的过程，就是一个艰难的朝圣过程。几乎他的每一部科幻小说中都有一批人为了地球人类的福祉，为了探寻宇宙真理而奉献自己全部的智慧甚至生命。前仆后继，形成一条独特的科学家长廊。这些人物身上有理想家的明亮气质和远高于普通人的道德品质，他们把自己燃烧成火把，点燃了一个又一个的科学奇观。

　　他们身上体现出来的是顽强的英雄主义和家国情怀，雄浑、悲壮、崇高、大无畏，是一种可以从中国古典意境中找到色彩的崇高

---

① 韩松：《刘慈欣漩涡——读〈三体〉有感》，《为什么是刘慈欣》，北岳文艺出版社2016年，第33页。

之美。所谓崇高，在刘慈欣这里，宇宙是冷酷而铁血的，到处是死亡陷阱，是弱肉强食，是侵略和战争。英雄则是要在这样恶劣的环境中保护地球和地球人类，他们肩负起天大的责任，却很难被自己所保护的人所理解，甚至还要遭受天大的委屈。但他们并不妥协，也从不放弃责任。正如刘慈欣在《三体》中塑造的程心一样，"我的一生，就是在攀登一道责任的阶梯。"她一直自觉肩负着拯救地球的责任。他们因坚韧不拔的奋斗而崇高，因努力奋斗过却遭遇失败而悲壮，因光荣与梦想而极具恢弘气度。他们的精神气质中燃烧着人类文明中最明亮的理想主义的璀璨的光芒。

刘慈欣并不过多关注凡俗生存，人间烟火。相反，因为刘慈欣所写的故事大多是跨越较大时空，数十年，上百年，甚至数百年，空间上则上可至宇宙恒星，下可至地心深处，面对浩瀚宇宙，现实中的功名利禄的追求如同尘埃般渺小。他们因信仰而倾尽一生的智慧，付出生命的代价也在所不惜。有一种献祭般的悲情和执着。即便是反面人物形象如叶文洁、伊文斯，他们的所作所为都不是为了个人私利，都是有一个相对崇高的目标追求，即以建造天堂的名义，给人类招来了枷锁。

《三体》就是一首人类的悲壮史诗。而《山》中从泡世界冲出来了探索精神。地球何尝不是这样一个小小的时空泡？孤独脆弱，在浩渺宇宙中时刻面临着被毁灭的风险。这个冲出泡世界的历程带给读者涤荡灵魂的崇高之美。山在那里，是梦想，是信仰，是突破茧裹的勇气和努力。

第一节　生命与真理

刘慈欣是一个比较"懒"的作家，他懒得费心思给人物取名字，所以他的作品中很多人物重名，比如丁仪的出镜率就非常高。

似乎是有意安排的一种联系，把各个原本孤立的小说用一根暗线联系在了一起。丁仪在刘慈欣小说中无一例外地都是天才级别的物理学家，性格有些古怪。在《坍缩》中他被称为"丁老"，是"**经常地目空一切，没有同任何人打招呼**"的物理学泰斗，他是小说中最早洞察宇宙坍缩真相的人，小说中的科学知识大多是他来解说的。在《球状闪电》中是林云的爱人，一个有怪癖的天才物理学家，小说的后半部分的许多篇章都是围绕丁仪来写的，他善于另辟蹊径，有独到的发现和见解，常常使陷入山重水复疑无路的困境出现柳暗花明又一村的转机。在《三体1》中是自杀而死的天才物理学家杨冬的男朋友，杨冬自杀死后汪淼前来拜访丁仪，想从他那里得到一些关于杨冬之死的事情，以揭开他眼前总是有虫蚁一样的数字飞舞的秘密。丁仪出现在汪淼面前时是忧郁深情的，他对杨冬之死有自己的结论，但他并不愿意说出来，而是指引汪淼去杨冬的母亲叶文洁处寻找答案。他的直觉惊人地准确，杨冬的母亲叶文洁就是这一切事情的幕后主使。丁仪在《三体3》中也出现了，小说特意让泰勒前去找丁仪帮助，他意图用球状闪电把地球上最精锐的军队变成量子态后再与三体人作战。丁仪一直活到了末日之战，满头白发的他坚持要亲自查看三体水滴，结果死于此次太空勘测，为心爱的物理事业献身。而正是他在勘测过程中敏锐发现水滴不寻常，要求舰队进入深海状态，结果，只有四艘听从他的建议的舰队逃过水滴的攻击。《微观尽头》中丁仪是当前世界上最杰出的物理学家之一，他们正在进行一个击破夸克的科学实验。结果宇宙发生反转。丁仪果断下令再次击破夸克，宇宙恢复常态。在这个过程中，其他人惊慌失措，唯有丁仪睿智从容，几乎瞬间就领悟到了关键。这种富有远见卓识勇于探索的冒险精神是他身上最可贵的品质。

《朝闻道》一开头，丁仪和妻女坐着自动行驶的小车穿过世界上最大的粒子加速器"爱因斯坦赤道"环游世界一周。然而一夜之间，这个人类铺设的环绕地球的加速器全都变成了青草。一个自称宇宙排险者的外星人出现，宣称自己是更高级别文明的代言人，职责就是一发现宇宙中的危险苗头就马上扑灭。若是加速器建成将会导致真空衰变，届时地球银河系，乃至宇宙都将毁灭。

他所提出的"知识密封法则"是作品有意设置的情节梗。它的设置者是一个宇宙排险者，拥有更为高级的文明知晓更多的宇宙奥秘。他们在宇宙中到处设置监控，限制其他文明的发展。排险者给丁仪等物理学家看远古时代的监控画面，这些画面都是呈现在天空中的，是以天空为显示屏显示出来的。特写中：

　　地球表面的影像停止了移动，那双眼睛的视野固定在非洲大陆上，这个大陆正处于地球黑夜的一侧，看上去是一个由稍亮些的大洋三面围绕的大墨块。显然大陆上的什么东西吸引了这双眼睛的注意，焦距拉长，非洲大陆向前扑来，很快占据了整个画面，仿佛观察者正在飞速冲向地球表面。陆地黑白相间的色彩渐渐在黑暗中显示出来，白色的是第四纪冰期的积雪，黑色部分很模糊，是森林还是布满乱石的平原，只能由人想象了。镜头继续拉近，一个雪原充满了画面，显示图像的正方形现在全变成白色了，是那种夜间雪地的灰白色，带着暗暗的淡蓝。在这雪原上有几个醒目的黑点，很快可以看出那是几个人影，接着可以看出他们的身形都有些驼背，寒冷的夜风吹起他们长长的披肩乱发。图像再次变黑，一个人仰起的面孔充满了画面，在微弱的光线里无法看清这张面孔的细部，只能看出他的眉骨和颧骨很高，嘴唇长而薄。镜头继续拉近，这似乎已是不可能再近的距离，一双深陷的眼睛充满了画面，黑暗中的瞳仁中有一些银色的光斑，那是映在其中的变形的星空。

　　图像定格，一声尖厉的鸣叫响起，排险者告诉人们，预警系统报警了。

"为什么?"总工程师不解地问。

"这个原始人仰望星空的时间超过了预警阀值,已对宇宙表现出了充分的好奇。到此为止,已在不同的地点观察到了十例这样的超限事件,符合报警条件。"

这是个很有趣的设定,当这个原始人开始仰望星空开始思考的时候,警报就响了,因为排险者说:"当生命意识到宇宙奥秘的存在时,距离最终解开这个奥秘就只有一步之遥了。"这句话应是这部作品的哲理核心。发现疑惑并追问是一切真理之源。抬头看天是摆脱蒙昧,是脱离世俗纷扰的象征,是有智慧生活的开始。

当科学家们得知自己此生都无法探知大统一模型时:"科学家们沉默了,在他们眼中,已升得很高的太阳熄灭了,一切都陷入黑暗之中。整个宇宙顿时变成一个巨大的悲剧,这悲剧之大之广他们一时还无法把握,只能在余生细水长流地受其折磨,事实上他们知道,余生已无意义。"

丁仪突然打破沉默:"我有一个办法,既可以使我得到大统一模型,又不违反知识密封准则。你把宇宙的终极奥秘告诉我,然后毁灭我。"

这一情节成为小说的高潮,无数的科学家跟随丁仪做出了同样的选择,用生命换取宇宙的终极奥秘。在他们眼中,与其在懵懂无知中活着,还不如死去。此时,不管是女儿的苦苦哀求,还是妻子的以死相逼,还是功名利禄,都无法阻止他们。"真理祭坛"在这里更像是一个隐喻,科学家们前仆后继探寻真理,为真理献身。小说开头丁仪出场,明确告诉妻女,在他的生命中,"大部分都被物理学挤满了,只能努力挤出一个小角落给你们,对此我心里很痛苦,但也实在是没办法。"对此,他的妻子女儿都已接受现实,但她们仍然没有想到丁仪会为了知道一个物理问题的答案而甘愿献出

226

生命。在她们看来这是极度不负责任的做法。

借排险者之口说："当生存问题完全解决，当爱情因个体的异化和融合而消失，当艺术因过分的精致和晦涩而最终死亡，对宇宙终极美的追求便成为文明存在的唯一寄托。"并认为这才是整个世界的基本价值观。当排险者站在宇宙兴亡的尽头谈论这个话题时认为它是如此合情合理，因为他们现在所掌握的大统一模型是上一次宇宙毁灭前的文明在自己灭亡之前传递给未来文明的数据，令人震撼的一幕上演，那些地球上最聪明最理性的科学家心甘情愿走上祭坛，问出一个自己想知道的问题，获知答案，然后变成火球飞升。

对这些愿意为科学为终极真理殉道的科学家来说，朝闻道夕死可矣。作家描写那些科学家"像是一群在黑暗的隧道中跋涉了一年的人突然看到了洞口的光亮"。面临死亡他们是宁静而欣悦的，他们真诚地表达谢意，然后从容离去。非常壮丽的景观："人类在经历着一场有史以来最大的灵魂洗礼。"

韩松曾在《我为什么欣赏刘慈欣》一文中这样写道："他（刘慈欣）写一些技术味道很浓的科幻，但是，后面的东西，骨子里的东西，其实是形而上的。在《朝闻道》中，这种情感表露得最无遗的了。也就是有一种哲学上的意味，宗教上的意味。"[1] 在这里，"宇宙"是一个立体化的形象，或许是排险者以外更为高级的文明，或者是排险者背后的势力，这样小说的视角有了上帝的意味。

小说中让各国总统与排险者辩论，让丁仪和妻子方琳辩论，让松田诚一与妻子泉子辩论，让霍金与排险者交锋，让女儿和方琳辩论，通过排险者之口长篇大论讲述密集的物理知识天文知识，进行历史推演，展现了至为宏阔壮丽的宇宙图景和令人眼花缭乱的文明世界。都极富想象力，极具美感。都是在对这样一些哲学问题进行追问和思考：以生命来换取宇宙的终极奥秘，值得吗？人类上下求索究竟是为的什么？"闻道赴死"是对还是错？宇宙的目的又是什么？

---

[1] 韩松：《我为什么欣赏刘慈欣》，《异度空间》2004年第2期。

刘慈欣其实在很多作品中进行了这样的追问，虽然他让自己作品中的人物选择了真理，但其实他也不是很确定这种选择到底是不是正确的。人性与科学之间一定要对峙吗？这与我们在其他作品中读到的价值观伦理观也是有分歧的，我们习惯于认可敬畏生命的终极道德。每一个个体生命都是珍贵的。但刘慈欣在很多小说中提出质疑，当地球面临超级灾难时，如何拯救每个个体的生命？《三体》花了很大篇幅讨论逃亡主义其实就是在讨论是否该牺牲一部分人去救另一部分人。刘慈欣自己也说："写科幻的人应该让自己的世界观处于一种飘忽不定的状态，要是太坚定什么都看清了，写什么小说都很难出彩，尤其是科幻文学，写的就是人类的迷茫和探索。至于我自己，对人类社会并没有板上钉钉的看法，可能在这本书里是这样，在另外一本书里又是那样。"[1] 或许刘慈欣所追求的就是写出这种飘忽不定的虚幻玄空的意境美。

很多年后，丁仪的女儿长大了，也要从事天体物理研究，在她的母亲劝阻她时，她问妈："人生的目的是什么？"是啊，人生的目的是什么呢？是探寻真理还是仅仅活着？宇宙光点明灭间似乎个体的生命甚至地球的陨灭都是很渺小的事情，而探寻宇宙真理成为最神圣的美和目标。

小说中另一个个性鲜明的形象是日本物理学家松田诚一。他在小说中三次出场，第一次是发现加速器消失去通知睡梦中的丁仪。他脸色苍白，抓着丁仪的手在微微颤抖："我们现在可能在梦中？"第二次是从外星排险者口中得知知识密封法则时：

> 松田诚一瘫坐在草地上，说了一句后来成为名言的话："在一个不可知的宇宙里，我的心脏懒得跳动了。"他的话道出了所有物理学家的心声，他们目光呆滞，欲哭无泪。

---

[1] 刘慈欣：《我知道，意外随时可能出现》，《新发现》2011年第1期。

第三次是物理学家们排队走上真理祭坛时，他的妻子泉子把一支银色的小手枪顶在自己的太阳穴上。

> 松田诚一从那群物理学家中走了出来，走到姑娘的面前，直视着她的双眼说："泉子，还记得北海道那个寒冷的早晨吗？你说要出道题考验我是否真的爱你，你问我，如果你的脸在火灾中被烧得不成样子，我该怎么办。我说我将忠贞不渝地陪伴你一生。你听到这回答后很失望，说我并不是真的爱你，如果我真的爱你，就会弄瞎自己的双眼，让一个美丽的泉子永远留在心中。所以，亲爱的，你深知美对一个人生命的重要。现在，宇宙终极之美就在我面前，我能不看她一眼吗？"
>
> 松田诚一转身和其他物理学家一起沿坡道走向真理祭坛。身后的枪声和柔软的躯体倒地的声音，都没使他们回头。

即使爱人的死也阻挡不了松田诚一的脚步。这样的冷酷无情让人记忆深刻。面对物理面对真理，他们就是最狂热的信徒，是最忠贞的殉道者。在他们心中，宇宙的壮丽和神秘才是他们最关心的问题，而人类是渺小不足道的，是终究会死的，至于怎样死他们并不关心。

这种对真理执着追求的精神成为刘慈欣科幻小说的一种理想主义气质。几乎每部作品中都有类似的醉心于科学技术进步的人，比如《球状闪电》中的郑敏、张彬、丁仪、林云、"我"，《三体》中的丁仪等。

《朝闻道》中科学家可以不顾妻子儿女，不惜献出自己的青春健康，乃至生命，只为"闻道"。所以他们明知上祭坛获知某一真理很可能是外星人的一个大阴谋——灭绝地球上的物理学家，但他们仍然甘之如饴，毅然决然登上祭坛，在获知这一生孜孜以求的某个物理问题的答案之后，欣然赴死。这一类特性在刘慈欣绝大多数小说中的科学家身上都能看到。对他们来说，获取真知，取得科学上的突破是人生最重要的目标，为此可以不惜一切代价。

《朝闻道》中结尾处霍金的出场有点神秘主义色彩。来到了真理祭坛，他的问题是："宇宙的目的是什么？"排险者无法回答，同时将小说引向了哲理思考。同时也突出了思想的重要性。霍金的肉体完全无法自由移动，然而他用思想击败了外星排险者：

> 最后一个上真理祭坛的人是史蒂芬·霍金，他的电动轮椅沿着长长的坡道慢慢向上移动，像一只在树枝上爬行的昆虫。他那仿佛已抽去骨骼的绵软的身躯瘫陷在轮椅中，像一支在高温中变软且即将熔化的蜡烛。轮椅终于驶上了祭坛，在空旷的圆面上驶到了排险者面前。这时，太阳落下了一段时间，暗蓝色的天空中有零星的星星出现，祭坛周围的沙漠和草地模糊了。"博士，您的问题？"排险者问，对霍金，他似乎并没有表示出比对其他人更多的尊重。他面带着毫无特点的微笑，听着博士轮椅上的扩音器中发出的呆板的电子声音："宇宙的目的是什么？"天空中没有答案出现，排险者脸上的微笑消失了，他的双眼中掠过了一丝不易觉察的恐慌。
>
> "先生？"霍金问。
>
> 仍是沉默，天空仍是一片空旷，在地球的几缕薄云后面，宇宙的群星正在涌现。
>
> "先生？"霍金又问。
>
> "博士，出口在您后面。"排险者说。
>
> "这是答案吗？"
>
> 排险者摇摇头："我是说您可以回去了。"

"你不知道？"排险者点点头说："我不知道。"这时，他的面容第一次不仅是一个人类符号。一阵悲哀的黑云涌上这张脸，这悲哀表现得那样生动和富有个性，这时谁也不怀疑他是一个人，而且是一个最平常因而最不平常的普通人。

　　"我怎么知道。"排险者喃喃地说。

　　外星排险者为什么惊慌？是因为真的不知道，还是美国总统所猜测的那样："我们的世界里最出色的科学家都在这里了，您真的想毁灭地球的科学吗？"这种对知识的密封极像《三体》中智子对地球人类物理学发展的封锁，三体人害怕地球科学发展过快后他们无法掌控。

　　这里的排险者或许类似于《三体》中的智子，他只是一个声音传送器，而他的大脑和思想是被遥远太空中某一个智慧生命控制。排险者说："当宇宙的和谐之美一览无余地展现在你面前时，生命只是一个很小的代价。就是没有这十分钟，仅仅经历看到那终极之美的过程，也是值得的。"

　　在《三体》中前去购买星星的云天明跟接待他的天文学博士之间有一段对话。

　　天文学博士说："你很幸运，和你赠予星星的那个女孩一样幸运。"

　　云天明说："我不幸运，我快死了。"

　　天文学博士说："真那样的话，你仍然很幸运，大多数人到死都没有向尘世之外瞥一眼。"这段话颇有禅机，一个在说现实的悲哀，一个是在说精神的彼岸世界。

　　《三体3》中痴迷于降低真空光速研究的高 way，是地球三条逃生路中的黑域计划的重要部分，高 way 是黑洞项目的首席科学家，同是科学家的曹彬评价他说：这人有很严重的自闭症，他极端孤僻，与任何人都没有交流，也从来没有与异性交往过，人家只是拿他当高智力电池使用而已。他一直从事降低光速的理论研究，很投入，以至于产生了一种奇怪的感情，他感觉光速就是自己的性格，只要能够改变光速，也就能改变自己。他对黑洞的痴迷已到了疯魔的程度："高 way 常常趴在防护网上，连续几个小时盯着五千米深处的黑洞看，看着它像现在这样幽幽地闪亮。有时他声称黑洞在说话，他从闪光中看出了什么信息。"后来他竟然进入了黑洞，"他可能只是想近距离看看这个让自己迷恋的东西，也可能是决定进入那个宇宙规律不起作用的奇点来逃避这一切。"

高 way 被吸入后，人们用遥控显微镜观察黑洞，发现在那个半径仅二十一纳米的微小球面上有一个人影，正是正在通过视界的高 way，科学家认为，尽管他被压缩得如此微小，但他还活着。

但在现实的世界里，保险公司拒绝支付死亡保险金，因为高 way 仍在黑洞坠落中，事故没有结束。有个爱上高 way 的女人提出法庭诉讼，要求中止黑洞研究，因为有可能伤害高 way 的生命。程心看着废墟的黑暗深处那团幽幽蓝光，她现在知道那里可能有一个人，正在时间停滞的界面上永恒地坠落着。这样一个人，在这个世界的视角中他还活着，在他自己的世界他却已经死了……有多少奇怪的命运，又有多少不可想象的人生……她这时也感觉黑洞洞的幽光似乎真的传递出某种信息，更像一个人在眨眼。

高 way 的命运其实是刘慈欣科幻小说中所有科学家命运的简写版，沉迷于球状闪电的丁仪，痴迷于光速飞船的维德，几世纪投入环日加速器研究的毕云峰，执着于拯救人类命运的程心，集面壁者、执剑人、人类文化守墓人于一身的罗辑，一心报复人类的叶文洁、伊文思……他们哪一个不是如此呢？从某种意义上说关一帆也是这样的科学家，当蓝色空间号闯入思维碎片区遇见魔戒的时候，他就一心要去勘测。当褚岩下令飞离思维碎片区时他暴跳如雷："宇宙最大的秘密就在眼前，这里可能隐藏着宇宙学一切问题的答案，我们怎么能离开？"最终得到允许，组成一支三人探险队前去接触魔戒，并成功与魔戒对话，得知同维之间存在黑暗森林等信息。让人想到丁仪，三体水滴来到太阳系时，美得如同一滴眼泪，已经古稀之年的丁仪自告奋勇前去勘测，结果死于这次探险。对他来说这是死得其所，是为科学献身。

他们最后其实也是飞蛾扑火一样扑入了黑洞一样的命运结局。在这种痴迷和投入之中没有功名富贵，只有绝对的带着燃烧生命的热情投入，百折不悔，万死不辞。让人肃然起敬，也间接呈现了科学探索路上的艰苦卓绝。正是这些具有献身精神的科学家们前仆后继的牺牲和孜孜不倦的探索，才有科学的不断发展。

第二节　爱国之道

《天使时代》更像是一个凄厉的惨笑，在极端情境下找不到出路的非洲穷国桑比亚被逼至穷巷拼死一搏，在生与死的边缘处人类道德、人类伦理都成为奢侈品，所做的一切都是为了活着。《天使时代》讲述了非洲最贫穷的国家桑比亚国地理环境极其恶劣，长年干旱再加上战争，使人民长年处于饥饿状态，为改善民生，诺贝尔奖获得者伊塔博士主持了一项科研实验并付诸实践，他们倾一国之力用计算机编程来改造国民的基因，让近四万名桑比亚儿童能以吃草生存，想用这种方式拯救深陷饥饿泥淖的桑比亚人。但是基因改造人类是违反国际伦理规定的，这个实验也给桑比亚人带来塌天大祸，以美国为首的国家对桑比亚国发起"第一伦理"攻击行动，逼迫桑比亚国交出四万被改造过基因的"个体"和参与科学实验的科研人员。战火蔓延，人们陷入水深火热之中。桑比亚国交出来两万多"个体"，仍不能得到赦免。于是伊塔博士和他改造过的飞人发起反攻，毁灭了敌国战舰。此时，从身上长出翅膀更像是一个神话，更像是一个脆弱的梦，一个不切实际的想象，一份温暖的慰藉，一个对正义和邪恶的回答。它的象征意义大于科幻意义。

伊塔博士是作家重点塑造的人物形象，"这位年过五十的黑人穿着桑比亚的民族服饰，那实际上就是一大块厚实的披布，他骨瘦如柴的身躯似乎连这块布的重量都经不起，像一根老树枝似的被压弯了。他更深地躬着腰，缓缓向圆桌的各个方向鞠躬，他的眼睛始终看着地面，动作慢得令人难以忍受，使这个过程持续了很长时间。印度代表低声地问旁边的美国代表："您觉得他像谁？"美国代表说："一个老用人。"印度代表摇摇头，美国代表看了看他，又看了看伊塔，"你是说……像甘地？哦，是的，真像。"伊塔这个人物形象的塑造带有老庄色彩，他的形容如同枯木，常常处于一种对外界不闻不问无知无识的状态，他有超越凡俗的智慧和定力，面对世界各国来使的刁难，他置若罔闻，镇定从容，即便是亲眼目睹自己孙子的死亡，他也只是微露悲伤，他将一切情感都藏在了内心深处。他身上有一种雍容大气的超凡气度，爱国忧民是他身上最重要的品质和最明亮的气质。也有睿智精明运筹帷幄的军事才干。就像是一个高明的棋手，在走出第一步的时候，早已准备下了好几步后手，等待对手出招，关键时刻亮出绝招，一招毙命。用大智若愚来形容伊塔是合适的。

对他的外貌的描述似乎又借鉴了甘地，极度自制，理性，善于隐忍，忍辱负重，因为他们所肩负的责任非常重大，他身负的是一国的子民，是这个民族的存亡兴替，正因为责任太重大，所以他把什么都埋在心里，表现出来的反而是木头一样的呆滞。"眼睛始终看着地面。"眼睛是心灵的镜子，不与别人对视，别人就无法窥探他心中所想，这一点与《镜子》中的首长是一样的，他们都有许多埋得很深的想法，除了他自己谁也不知道。

一位美国代表质疑他："作为一位从事基础研究的科学家，过分的责任心会影响您的研究，结果反而不能够尽到自己的责任。"伊塔是麻省理工的计算机科学博士，回国后从事软件研究却突然转向分子生物学研究，经过十多年的努力，获得诺贝尔奖，创立基因软件工程学。这样杰出的成就让世界都尊敬他。但是伊塔对自己的评价却是"一事无成"："想当初桑比亚独立之时，我们曾想在祖先的土地上建起天堂，但后来知道，在这样一块苦难深重的土地上，对生活的期望是不能太高的。我们理想的底线在不断后退，我们不要工业化了，我们不要民主了，我们甚至可能连国家和个人的尊严都不要了，但桑比亚人对生活的要求不可能再后退，我们不能不吃饭。这个国家仍然有三分之二的人在挨饿，我们必须想出办法。"因为他的祖国还深陷在饥饿之中，他的科技文明即便赢得了世界最高奖，也不能让他觉得荣耀。解决实际问题，解决本国人民的饥饿问题是他的人生目标。

伊塔向联合国生物安理会提交要审查的研究成果时是很讲究策略的，他先讲了一个悲惨的童年故事：

"那也是一个大旱之年，大地像一个满是裂缝的火炉子，地上被渴死的蛇又被烈日烤干，脚一踏就碎成了末……当时桑比亚正在连年的内战中，就是那场由东方政治集团操纵的推翻布萨诺政权的战争。我们的村子被遗弃了，什么吃的都没有了，雅拉就去吃干草和树叶，哦，雅拉是我的小妹妹，刚懂事，大大的眼睛……她去吃干草和树叶……"伊塔的声音平缓而单调，像是早期的语音软件在读一个文本文件，"她吃得浑身浮肿，肠道也堵塞了……那天晚上，她嘴里含了什么东西，碰着牙喀啦啦响，我问她含着什么，她说在吃糖……她以前只吃过一块糖，是一年前一个来村里招募游击队员的苏联顾问给的。我看到一道血从她嘴里流出来，就掰开她的嘴看，雅拉含的不是糖块，是一个箭头，一个涂着响尾蛇的毒液，用来射杀豺狗的箭头。她最后对我说：雅拉难受，雅拉不想再活了，雅拉死后哥哥把雅拉吃了吧，然后哥哥就有劲儿走到城里去，听说那里有吃的……我还记得那天晚上的月亮，从干旱的大地尽头升起来，昏红昏红的……我没吃小妹妹，但那年在村子里，确实发生了人吃人的事，有些老人立下遗嘱，饿死后让孩子们吃……"

　　桑比亚大地上的旱灾，内战，饥饿，他的小妹妹的惨死，要求哥哥吃了自己，然后哥哥就有力气到城里去找吃的了。伊塔所讲述的故事如同人间地狱，如此凄惨。与文明世界里的幸福生活形成截然不同的图景，让人怀疑他们并不是生活在同一时空中。"会场陷入长久的沉默。"但仅仅是沉默。至为真诚至为悲怆的声音，但在政治游戏的国际舞台上，这些都只是让他们沉默而已，并不能真正打动那些铁石心肠。

　　然后他让卡多当着众人吃草，卡多是个健壮漂亮的十二岁男孩。小说描写他的美："他赤裸着上身，肌肉饱满，皮肤光亮，浓密鬈发下的一双大眼睛闪闪有神，他用强健而轻快的脚步，把一股旺盛的生命力带进了会议大厅。"众人赞叹"好一个奥赛罗"，他的健壮漂亮与桑比亚其他处于饥饿中的孩子形成对比，"那些饥饿中的孩子都是细细的脖颈撑着大大的脑袋，四肢像树干般枯瘦，肚子因积水而鼓起，脸上落着苍蝇，身上生着疮……所以大家都看到了。只要吃饱了饭，任何民族的孩子都能变得像天使般高贵"。有桑比亚随行官员拔来青草、松针和落叶，他们还故意惊动一名警察，由他陪着进来，以证明青草的真实性。卡多大口吃着青草和松针，还赞美没有污染的草比家乡的草美味得多。"由于盲目地引进高污染的工业，桑比亚已经成了西方的垃圾倾倒场。"这样有直观表现的场面比用文字表述更有冲击力，众人已无法表述自己看到和听到的内容，会议大厅陷入"地狱般的寂静"。这就是伊塔提交的审查内容：用基因工程来改造人类自身，给卡多这样的孩子的消化系统重新编程。"我们既然可以用基因工程来改造农作物，为什么不能用它来改造人自身呢？比如说这个桑比亚孩子，他的消化系统经过了重新编程，使他的食物范围大大扩展。对于这样的新人类，农作物完全可以改种一些速生或抗旱的植物，那些以前让我们头疼的疯长的野草对他们来说就是万顷良田。即使是种植传统作物，他们从土地中收获的粮食也要比我们多十倍，比如对于小麦来说，麦秸秆甚至根系他们都能食用。粮食对于他们，将真的如空气和阳光一样随手可得了。"

这听起来非常美好。尤其是与伊塔所讲述的那个悲伤的童年故事首尾相连，他想先唤起安理会成员的同情，然后用事实告诉他们这个研究是能解决实际问题的，能救许多人的命。可以说伊塔非常智慧，口才也非常好，他善于营造氛围，勾起人们的好奇心，善于说服人，然而他也失败了。听到这次实验的生物学家们晕倒、发疾病，骂他是魔鬼，就连生物学安理会主席也眼含热泪地说："博士，您和您的国家可以违反联合国生物安全条约的最高禁令，对人类基因进行重新编程，但你们不该如此猖狂，竟到这个神圣的地方来向全人类的脸上泼粪！你们违反了第一伦理，你们抽掉了人类文明的基石！""人类文明的基石是有饭吃，桑比亚人只是想吃饱饭。"

大家并不会因为同情和怜悯而放过伊塔的基因改造工程，伊塔也明白这一点，所以他来到安理会的目的是什么呢？只是一种告知？或者存有一线侥幸心理，希望能通过安理会的审查，保家国平安？

然而伊塔和卡多得到的只有恐惧和憎恨，监督他们把青草拿进来的警察阴沉沉地盯着孩子的背影，按着屁股上的左轮手枪说："真该崩了这个小怪物。"伊塔博士耗尽毕生所学，投入大半生的精力，想要拯救包括自己孙子在内的国民，后文证明卡多就是他的亲孙子，明知来到安理会就是龙潭虎穴，凶多吉少，他还是带来了他的亲孙子，而不是其他哪个做基因编码的孩子，足以说明他的真诚和为这个国家做出的巨大牺牲。然而，他的牺牲毫无成效，仇恨和恐惧包围了他们，他们被视为魔鬼，在仇视的目光中，他有着"**魔鬼的灵敏**"，当他抬头凝视异常出现的方向时，"**他的眼窝很深，整个眼睛都隐没于黑暗中。活脱脱的魔鬼。**"

世界各国要求就地逮捕他们的呼声日益高涨，联合国大厦前每天人山人海的抗议游行队伍，对伊塔和卡多构成的人身威胁层出不穷。一位看上去美丽真诚的金发碧眼的欧洲空姐，用她"**真诚的微笑**"温暖了桑比亚人那已凉透的心，然后掏出枪一枪打死了卡多。黛莉丝这样的空姐当然不是彻底的坏人，相反她认为自己维护了正义，在她眼中卡多是人类制造出来的怪物。她被法庭宣判无罪，被媒体炒成捍卫人类尊严的英雄。而伊塔含泪控诉："**他是人，是我的孙子，一个能吃饱饭的孩子。**"

联合国向桑比亚政府发出最后通牒：交出境内所有生物学家和相应的技术人员，交出所有经过重新编程的个体，销毁所有基因工程设施，该国元首到特别法庭同其他主犯和从犯一起接受审判。

桑比亚国拒绝了最后通牒。文明世界向非洲开始了二十一世纪的十字军东征。西方文明世界展示的战争实力是令人惊悚的，

对桑比亚的"外科手术"已持续了二十多天。这个非洲穷国实在剩不下什么了。他们那只有二十几架老式米格机的空军和只有几艘俄制巡逻艇的海军，在二十天前就被首批发射的巡航导弹在半小时内毁灭，而桑比亚陆军的二百多辆老式坦克和装甲车也在随后的两三天内被来自空中的打击消灭干净。随后，攻击转向了桑比亚境内所有的车辆、道路和桥梁，而摧毁这些也用不了多长时间。现

在，桑比亚国已被打回到石器时代。

但是在这场实力悬殊的战争中，伊塔和他的国家居然打赢了。他们的战术很明显采用了孙子兵法，先是输，输到一无所有，当对手认为战局已定时，放松了警惕，这正是伊塔的哀兵之计，麻痹敌人，趁敌人松懈之时出奇兵袭击，一举打败对手。伊塔率领手下前来林肯号递投降书。伊塔**"仍穿着那身民族服装，像一根披着一块大布的老树枝"**。他仍是眼睛朝下看着，似乎入定老僧，又似乎在冥想沉浸在自己的内心世界里。伊塔非常善于迷惑对手，装出很弱很卑微很哀恳的样子。

> "我们明白，在文明世界的上帝面前我们跪下，我们
> 认罪，但将军，人要是饿得厉害，就顾不得什么廉耻了。"
> 伊塔深深地鞠躬说。
> 周围一群年轻的参谋都用鄙夷的目光看着面前这根老
> 干柴。"博士？"一直没说话的布莱尔舰长喊了一声，伊塔
> 微微抬头，被舰长呸的一口吐在脸上，他仍石雕般一动不
> 动地立着，任白色的唾液顺着他那深纹密布的脸流到纷乱
> 的胡子上。

他并不义正词严地驳斥对方，在绝对实力面前，无需做无谓的口舌之辩，吐痰之类的羞辱在他看来不过是小孩子一样的行径，根本无需理会。相反他礼仪周全送给菲利克斯一匹小马：**"它只有小猫大小，但在地毯上奔跑起来矫健灵活，雪白的鬃毛在飘荡，明亮有神的眼睛惊奇地看着这个世界，然后发出了一声清脆悠扬的嘶鸣。更奇怪的是，小马居然长着一对雪白的翅膀！他们仿佛看到了从童话中跑出来的精灵！"**同样是基因软件编辑的作品，长翅膀的马被赞不绝口，欣然笑纳。

那么作者的观点是什么呢？那匹天使马和长翅膀的人的出现或者可以看作科学迷刘慈欣的伦理态度。他是以欣赏和同情的口吻来描写他们的。他同情那些被用作实验的孩子，同情他们活在贫瘠的土地上，仅有的可以改变命运的路径被斩断，不仅如此，还给这个苦难的国家惹来了塌天大祸，各国的炮火攻击让这个贫弱的国家陷入到了更深的苦难之中。

伊塔博士指出上上世纪非洲黑奴与两万个桑比亚个体都是一样的遭遇，他们都被林肯号运送到了不知名的地方。在这些自命文明世界的人眼中，黑人和这些个体和野生动物没有什么区别。

菲利克斯指挥部通过伊塔方采购治疗皮肤病的药品数量推测出，桑比亚国只交出了一半的个体。实际上进行基因编程的数量是四万个。这剩下的两万个，是以交出两万个体和总统以及所有生物基因科学家包括伊塔自己为代价，保存下来的种子和桑比亚国的未来。当然这也是桑比亚国最厉害的秘密武器，不到万不得已，他们是不会让这些飞人亮相的。这次追讨让双方再次对峙。

菲利克斯将军其实代表了很多西方人对待基因编程的态度，他并不认为对人类基因编程是什么大不了的事情，认为国际社会在大惊小怪，有点矫情。各个文化有不同的信仰和伦理体系，当代文化里面的克隆人，试管婴儿等也是基因改造，但是西方世界里的法制和伦理体系并没有因此崩溃。早在十多年前，菲利克斯也曾说过"基因工程能为美国创造出合格的士兵"之类的话，所以他们在对待基因工程的问题上其实是两套标准，即菲利克斯所说的："只要有需要，伦理终究是第二位的。"

但是当伊塔像一个老乞丐一样对"第一伦理"行动的指挥官连连鞠躬，请求他们放过那两万个桑比亚人时，菲利克斯坚定地摇摇头："博士，我是军人，在执行使命，这与我对基因工程的看法没有关系。再说一遍：把那两万个个体交出来，即使您认为他们是桑比亚的未来。"

"如果你们拒绝交出，我们只能轰炸那些丛林。"被逼入绝境的伊塔不再伪装，"美国人惊奇地发现他的腰不驼了，现在站得挺直，这才可以看到他原来是那么高大的一个人。他那双隐没于眼窝中黑影中的眼睛，自那仿佛看不见底的黑潭中射出两道冷光，令在场所有人打了个寒战"。

这才是真实的伊塔，顽强、悍勇、绝不屈服，刀锋一样锐利，睿智机敏。他留给菲利克斯四个字："'离开非洲。'伊塔说。'您说什么？'布莱尔舰长问。伊塔没有理会，转身迈着大步走出去，那步伐之强健有力也与以前判若两人。"翻译成他内心的真实情感应是：你们这帮垃圾赶快滚出非洲。

当桑比亚飞人到来的时候，这个星球上最强大的舰队林肯号的噩梦也到了。在这些有翅膀拿着原始武器的战士面前，"人工智能再一次变成了人工愚蠢"。航空导弹和像素导弹都无法打击这些飞鸟一样的人。

第一个飞人在林肯号的飞行甲板上着陆了，他那雪白的双翅轻盈地抖动，双脚接触到甲板时没发出一点声音。这时谁也不会认为他是魔鬼，这是希腊神话中才有的人物，是神灵的化身，他来自远古的梦幻，如同一个美丽的幻影降落到人类这粗陋的钢铁世界中。甲板上的陆战队员被他那惊人的美震撼了，很多人呆呆地站着，忘了开枪。

在这场战争中，高科技完全占不到便宜，反而是身体的强壮、飞行能力发挥出绝对优势。

飞人们使用的武器还是几十年前华约国的制式武器，但他们健壮灵活的身体和飞行的翅膀让他们在战斗中逐渐占据上风。林肯号虽然极为先进庞大，但也有命门：弹药库、航空油库、核反应堆。飞人只需找到其中任何一样即可摧毁林肯号。"飞人战士像进入林肯号这只飞兽体内的无数只蚂蚁，正在吞食着它的内脏。"随着舰体核反应堆被引爆，林肯号宣告完结。伊塔再次与菲利克斯见面，两人的地位局面完全颠倒，并给菲利克斯描述了一幅未来图景："您是个聪明人，正如您所说，即使在所谓的文明世界，只要有需要，伦理是第二位的。那里的人们当然不需要吃野草和树叶，但他们肯定需要飞翔，这是人类最古老的梦幻，没人能抵挡它的诱惑。您将会看到，想象中的魔鬼并不存在，天使时代即将到来。"

作家在此篇小说中提出了极为尖锐的问题：科学家的责任与良知，哪一个更可贵？如果基于现实困境，人类能否造新人类？文明大国与贫困小国之间如何平衡国际政治关系？这个问题其实在刘慈欣很多小说中都追问过：在人类文明存续危亡之际，有无必要坚守人类社会的道德法则？桑比亚人已经活不下去了，给他们进行基因编程让他们吃草行不行？类似这样的道德难题还有：假如地球只剩下三个人，必须吃掉一个才能活下去，才能保存人类文明，吃不吃？[1] 如果大灾难来临，必须毁灭一部分人才能让另一部分人活下去，能不能牺牲？[2]

当然这样的困境思考并不是刘慈欣的独创。早在英国科幻作家阿瑟·克拉克《冷酷的方程式》中就出现过，是让一个小女孩死，还是八个人一起死。

> 《冷酷的方程式》更多具有的是象征意义，只要把这个世界设定向前稍推一步，一切将变得真正冷酷起来。试着用科幻方式思维：假如飞船后面的地球不存在了，全人类只剩下飞船上的宇航员、偷乘的小女孩和目标星球上那些生命垂危等待救援的探险队员，他们是人类文明的全

---

[1] 刘慈欣：《为什么人类还值得拯救》，《新发现》2007年第11期。

[2] 刘慈欣：《从大海见一滴水——对科幻小说中某些传统文学要素的反思》，《科普研究》2011年第3期。

部，该怎么办？或换一个更宏伟也更有可能成为现实的设想：让地球上一亿人死，否则全人类六十亿一起死。当然也可以做道学家的选择，但问题是选择后人性的光辉同样消失，因为此后宇宙中没有人了。事实上，有大量的科幻作品涉及到后一个设定。

这是一个只有用科幻文学的思维方式才能产生的思想实验，这就是科幻的"末日体验"。事实上，自人类诞生至今，人类文明作为一个整体从未遭遇过灭顶之灾，所以末日体验对我们是一种十分珍贵的东西，正像一个被误诊为癌症的病人知道正确结果后的感受，生活对他显然有了新的意义。而全人类的末日体验，只能由科幻文学产生。[1]

理智与感情的博弈，生存与道德的困境，科学技术要不要受到人类伦理的规约？伊塔博士悲怆地描述童年时妹妹因饥饿惨死的一幕，描述桑比亚国民在饥饿中绝望挣扎的情景时，他说："计算机是穷人的假上帝。"实际上在说西方文明世界规定第一伦理，工业化、民主、尊严等这些代表文明的词语对于连肚子都填不饱的穷人来说是无用的、奢侈的，救不了他们。

生存才是最高伦理，这是刘慈欣科幻小说的主要观点之一。小说一开始就提到"文明世界向非洲开始二十一世纪的十字军东征"，其实是有意将这两次战争折叠在一起。作家将十三世纪欧洲在罗马天主教教皇准许下，对地中海东岸国家以清除异端的名义发动的十字军东征，与这次战争联系在一起，也是排除异端。而小说中菲利克斯将军不断回忆起他四十多年前参与的越南战争，从飞人手中的武器到身边战士阵亡，在他的回忆中，都与当年的战争极为相似。小说不断把历史与现实映照在一起形成一种重叠，让读者恍惚觉得

---

[1] 刘慈欣：《超越自恋：科幻给文学的机会》，《我是刘慈欣》，北岳文艺出版社 2019年，第88页。

这些发生在不同时期的战争并没有本质上的区别。

被编辑基因的两万个桑比亚儿童将被航母送到不知名的地方的情景，让人想起了黑奴被虏获到美洲的场景。这使小说在科幻外衣下也隐含了作家对历史、政治、世界局势、战争与和平、文明与野蛮、生存与道德、科学责任与民族责任等之间的思考与考问。

同一个地球上，桑比亚国儿童连吃草生存这样卑微的愿望都无法达成，要因此承担灭国大祸，这样的文明差异自然会唤起读者对种族歧视和虚伪的道德的思考。

《魔鬼积木》在情节设置上与《天使时代》很相似，里面也有一个名叫菲利克斯的将军，基因编程的科学家奥拉博士也是非洲桑比亚国人，也曾获得诺贝尔奖提名，他从事的也是基因编辑，服务于一个创世工程的项目。当事情暴露之后，要清理一号基地，关掉这些生物的生命保障系统。清理之前，这些组合体叛乱，当成千上万的马人、蛇人、蜥蜴人冲过来的时候，这边对峙的是枪炮弹药，尽管射杀了这些组合体，那些参与剿杀的兵士们也受到了极大的刺激。一个漏网的蛇人去约奥拉的女儿黛莉丝见面，希望她能把真相公布于天下，谁知记者黛莉丝被这恐怖的生物活活吓死了。

菲利克斯也受到极大的惊吓，想说服一个蜘蛛人杀死奥拉，但蜘蛛人被奥拉的口才说服，奥拉提出物种平等的观念，蜘蛛人放走了奥拉。奥拉事实上制造出的组合体多得多，在桑比亚丛林里还生活着三万多个飞人，他们跟《天使时代》中的飞人一样是人与鸟的组合体。不但有人的思想还有鸟的飞行功能，他们作战悍勇，行动敏捷，用手榴弹、手枪等落后的作战工具，攻击菲利克斯的林肯号航空母舰，引爆舰体的核反应堆，取得胜利。

同样的科技在两部小说中呈现两种方式，在《天使时代》中是伊塔博士用来救深陷饥饿中的桑比亚百姓的命，而在《魔鬼积木》中则是走入邪途。一个天使一个魔鬼，很好印证了科技是一把双刃剑，科技可以使社会变得更好，也可能带来毁灭性结局。

两篇小说具有互文性，无论是主题、故事架构、人物形象、科幻创意都很相似。具有孤独气质的科学家，具有非常高超的生物科学技术，都是诺奖级别的顶级研究者，他们都沉浸于基因改造计划，造出了种种人类与动物的组合体，一些无法想象的新人类。伊塔博士从食草动物身上提取基因后经过优化组合，植入人类受精卵的基因中编码产生的人类，他们可以吃草，如同改造那匹天使马一样，伊塔博士又将飞翔动物植入人类。他们有了一双可以飞向千米高空的翅膀，可以避开雷达的攻击，比在现实苦难中挣扎的人类有了更多自由度和生存能力。为了反抗西方文明大国，伊塔博士他们早有预谋，不光是给他们食草和飞翔的基因，还将他们训练成为骁勇善战的战士。他们看起来是那么完美，简直就是全人类的未来。从某种意义上说，桑比亚儿童也可以被称为"新人类"。奥拉博士将人的基因——他和菲利克斯的基因与马、蛇、狮子、蚂蚱、螃蟹、蜥蜴、壁虎、鱼等组合编辑，做成了各种奇形怪状的马人、蛇人、狮子人、鱼人、壁虎人、螃蟹人、蜥蜴人等。小说描写的情景非常吓人：马身上顶个人头，巨蟒身上顶个人头，极为恐怖。

　　奥拉博士的一号基地，伊塔博士的桑比亚丛林，几万个个体被运走，整个桑比亚国被轰炸回石器时代，最后伊塔博士动用暗军，两万飞人炸毁林肯号飞回丛林。而《魔鬼积木》结局奥拉博士也和他苦心孤诣缔造的野兽人回到了丛林。

　　科技的发展必然会撼动人类伦理，此时是人类生存需要放在首位，还是道德伦理呢？由此而带来的社会变革，秩序更迭，该如何评价呢？

　　人能造人吗？人可以履行上帝的职责吗？新人类受人类法律的制约吗？他们是否违背人类伦理道德？违反自然法则，会不会有不可预期的灾难发生？兽人如何平衡兽性与人性？他们还有没有国族观念？如果仅仅把活着视为最高标准，是否又回到了石器时代？

　　奥拉博士"想用基因技术来帮助出生的那块贫穷的大陆"，另外，"还有一个更深刻更远大的目标，要实现所有物种平等的超大同世界"。而伊塔博士则幻想"天使时代即将到来，在那个美好的时代里，人类在城市和原野上空飞翔，蓝天和白云是他们散步的花园，人类还将像鱼一样潜游在海底，并且以上千岁的寿命来享受这一切。将军，您已经看到了这个时代的曙光"。

听起来很伟大崇高，实则不可仔细推敲。文明世界难道要重回兽人的野蛮时代？奥拉和伊塔都说过一句同样的话："我们的血也是红的。"他们都有着超越种族肤色甚至物种的人类观，所以他们敢冒天下之大不韪进行基因编程，创造人马、人蜘蛛、人鸟等的组合体。他们心中既没有伦理标准，也没有人性兽性的清晰分界，他们看到的只是生命，比较而言，伊塔看起来目标更高尚一些，他是为了拯救饥饿的国民而从事实验的，且实验看起来很成功很完美，他改造的食草儿童漂亮得像天神，而那些飞人战士骁勇善战，比林肯号上真正的人类战士强了许多。

但奥拉的实验则更黑暗恐怖，在他的基地里有非常多的废品，正如菲利克斯所见到的那些大肉团，它们被关在笼子里，形态极为可怖。它们中很多具备了人的部分思维，能认出先祖和创造者，他们非常仇恨这些不负责任把它们带到这个世界上来的人。"如果我有手我就掐死他们。"刚烈的蜥蜴人当着菲利克斯和奥拉的面自己斩断了自己的人头。动物的身体和人类的灵魂合在一起使它们找不到自己在世界的位置。后来这个组合体的队伍越来越大，在面临被毁灭的命运时，它们选择起义，争取自己做人的权利。小说中借助菲利克斯的眼睛看到的全是恐怖的怪物，它们身体的大部分是动物，却长着人头，有人的思维和情感。当这样的实验打破自然法则人与兽的界限，无异于打开了潘多拉的魔盒，带给世界的更多的是邪恶。

第七章　爱之殇

第一节　无爱的婚姻

刘慈欣在小说中写了很多没有爱情的婚姻。《三体1》叶文洁与杨卫宁。当叶文洁的父亲被母亲背叛被红卫兵打死之后，她孤身一人去了大兴安岭插队做知青，在这里，一个她刚刚建立信任刚刚有点喜欢的男人把她的命运推入深渊，她被关进看守所，被程丽华泼了一身的水，快要被冻死的时候，杨卫宁救了她。杨卫宁是叶哲泰的研究生，一直以来他就有点喜欢这个女孩子。他以红岸基地急需叶文洁这样的人才为理由将叶文洁救出来。但他并不以此事要求她留在红岸基地，而是反复询问叶文洁自己的想法，告诉她留在这里就一辈子出不去了。但是叶文洁选择终身留在雷达峰的红岸基地，也选择了与仇恨相伴终生。杨卫宁是一个真正的君子，是个世上少有的好男人。若是叶文洁敞开胸怀接纳他，爱他，也一定能收获幸福。

叶文洁嫁给杨卫宁不是因为爱情，很大程度是为了报恩。同时作为一个生活在男性阵营里的成分不好的女性，嫁人是对她最好的保护。而杨卫宁深知她的不幸更是深爱于她，包容她的一切，包括她对他的不爱。他为了娶她却是放弃了自己的前途，从总工程师变成了普通技术员。但是这并不能感动叶文洁，黑暗和对人的不信任已经渗透进了她的灵魂。当她收到三体人回复时，完全忽视了善良三体人的警告，毫不犹豫向三体人发出邀请："到这里来吧，我将帮助你们获得这个世界，我的文明已无力解决自己的问题，需要你们的力量介入。"

进入红岸基地四年后，叶文洁和杨卫宁组成了家庭。杨卫宁是真心爱着叶文洁的，为了爱情，他放弃了自己的前途。这时，"文革"最激烈的时期已经过去，政治环境相对温和了一些，杨卫宁没有因为自己的婚姻受到迫害，但因为娶了一个戴着反革命帽子的妻子，被视为政治上不成熟，丢掉了总工程师的职位。他和妻子能够作为普通技术人员留在基地，也仅仅是因为技术上离不开他们。对于叶文洁来说，接受杨卫宁的爱情主要是出于一种报恩的心理，在那最危难的时刻，如果不是他将自己带进这个与世隔绝的避风港，她可能早已不在人世了。杨卫宁很有才华，风度和修养俱佳，不是一个让她讨厌的人，但她自己已心如死灰，很难再燃起爱情的火焰了。

杨卫宁爱着这个清冷而又孤独自闭的叶文洁，想要给她温暖，他们之间的爱情是不对等的。而杀害杨卫宁的人正是叶文洁。当雷志成发现叶文洁与外星人联系的事之后，只为保住有关三体的秘密，她就开始冷静地谋划怎样不露痕迹地杀人。只是她没有想到自己的丈夫杨卫宁会去救人。叶文洁还怀着杨冬的时候亲手割断了丈夫杨卫宁和雷志成在悬崖下向上攀爬的绳索。她将两人一起杀害后，没事人一样生活了几十年。女儿长大后跟她感情淡漠，小说甚至暗示杨冬之死也是叶文洁的手笔。她终其一生背负着父亲被杀的仇恨，与外星人联系，建立三体组织，都是为了报复当年的杀父之仇。审讯者审讯叶文洁时，问她杀害自己丈夫时的感受，她淡淡答道："冷静，毫不动感情地做了。我找到了能够为之献身的事业，付出的代价，不管是自己的，还是别人的，都不在乎。同时我知道，全人类都将为这个事业付出史无前例的巨大牺牲，这仅仅是一个微不足道的开始。"叶文洁一直到生命的终结都没有丝毫忏悔之心，她始终认为自己在做一件伟大的事业，那些被杀害的人都是事业必须付出的代价。这一点与那四个当众打死叶哲泰的女红卫兵一模一样。

林云也是这样的女人，哪怕父亲再爱她，男朋友对她无微不至地好，都温暖不了她。她从小对杀伤性武器近乎偏执的热爱，对父亲的疏远，对男朋友和"我"这个暗恋她的男人的冷酷无情，都源自母亲惨死，而当她得知这个导致母亲凄惨离世的武器居然是自己的忘年交女友研制出来的时候，她就彻底疯了。这两件事摧毁了她心中的善与美，所以最后她选择以身殉科学。

叶文洁的父亲叶哲泰与邵琳的婚姻也是一场悲剧。叶哲泰与邵琳在"文革"前应是很恩爱的一对，邵琳父亲是他的恩师，对他比对自己女儿还好。他们有一对女儿叶文洁和叶文雪，"文革"批斗现场，邵琳站在敌对一方批判叶哲泰反动透顶，提供知识证据帮助红卫兵批斗丈夫，致使丈夫被毒打而死。

邵琳是那种心中只有自己的聪明人，对政治局势有本能的敏感。叶哲泰惨死后，她有过短暂的疯癫，之后很快清醒，嫁给一个落难高干，"文革"结束后，高干官复原职，邵琳也成了一所大学里的副校长。她一生顺风顺水，与她这种精致的利己主义的思维是分不开的。

多年来，邵琳从来没有主动寻找过叶文洁，她希望和过去断得一干二净。再次出现在叶文洁面前时，是一个保养得非常好的知识女性形象，表面上她对待叶文洁母女得体、热情、恰到好处。一转身，她让现任丈夫转达她的意思："以后欢迎你带着孩子常来，但有一条，不要来追究历史旧账。对于你父亲的死，你母亲没有责任，她也是受害者。倒是你父亲这个人，对自己的那些信念的执着有些变态了，一条道走到黑，抛弃了对家庭的责任，让你们母女受了这么多苦。"这些话里没有一点点愧疚自责或者反思，相反把罪责都推到叶文洁父亲对信念的执着上面。怎么能不叫叶文洁愤恨呢？从此母女俩成为陌路人。

魏成与申玉菲的婚姻是虚有其名，各取所需。魏成需要一个安静的有大型计算机的地方从事他的数学建模。申玉菲是一个"说话如电报般精简的女人，给他唯一的印象就是冷，从里到外冷透了"。她嫁给魏成当然不是为了爱情，她是地球三体组织里的拯救派，想帮助三体星系重建星系平衡。所以看上了魏成的三体数学建模，她为魏成提供所需要的科研条件。他们是以夫妻名义生活在一起的合作者，而不是夫妻。

魏成的自述自成体系，构成一个大故事中的小故事。魏成是一个带有自闭特点的天才数学家，无法适应现实中人与人之间的交往，处处碰壁，这一点与云天明极为相似。对魏成来说，只要有口饭吃，能让他全心全意从事数学研究就是最幸福的事情。他在现实生活里过得一塌糊涂，不得已避到一所山里的寺庙研究他的数学模型。在这里有一个懂他的僧人给他提供了避世所需的宁静处所，他可以不用应付人际交往，心无旁骛地从事研究。申玉菲偶然来到这座寺庙，发现魏成的研究跟她的三体组织对三体星系的研究关联极大，她把魏成弄出寺庙，与他结婚，给他提供舒适的生活和好的研究条件，目的只有一个，利用魏成的数学天才为地球三体组织研究数学建模。最终申玉菲被更极端的降临派潘寒杀死，魏成一点也不悲伤，他只担心自己的安危。

《三体2》中希恩斯与山杉惠子原本是一对恩爱的夫妻，他们都是杰出的科学家，事业上互相扶持，生活中志趣相投，但实际上他们的信仰和价值观南辕北辙，他们分别是面壁者与破壁人。在小说中他们是你死我活的对立关系，有点像叶哲泰和邵琳之间的关系，本来夫妻应是最亲密的爱人，却有一个人日夜竖起耳朵睁大眼睛在寻找另一个人的漏洞，以便发起攻击。不一样的地方是，邵琳是为形势所迫，不得已背叛揭发丈夫，她是为了保全自己。山杉惠子则是主动的选择，当希恩斯绞尽脑汁思考如何担当起面壁者责任时，他的枕边人正在日夜监视着他，费尽心机破解他内心的隐秘。所谓同床异梦不过如此。也正是希恩斯最爱的女人宣读出他的破壁计划，宣称她是他的破壁人，是不是很有戏剧性呢？哪怕她明知此刻是联合国终止面壁计划之时，她的揭发并没有太大意义，同时还会将丈夫和自己置于死地，但她义无反顾，义正词严。因为她自认为自己代表真理，而丈夫是仇敌，所以要灭之而后快。而她自己哪怕玉石俱焚，也要为她信仰的三体世界做出贡献。在她心中，没有丝毫的夫妻情分，没有半点后悔和犹豫。

但同时，刘慈欣笔下的爱情又特别古典纯粹，唯美中有一点忧伤。将古典的浪漫爱情与冷血无情的理性博弈并置在一起。比如杨卫宁对叶文洁发自肺腑的心疼和保护。汪淼对杨冬美的珍惜。"我"对林云的不掺杂任何功利色彩的仰望。

第二节　古典的暗恋

回溯杨冬的生长史，你会发现这是一个极度缺乏爱和安全感的孩子，父亲早逝，与母亲相依为命，而母亲心在宇宙。叶文洁执着于她的三体事业，从叶文洁谈到杨冬时的语气和她可能做的事情可以看出，她对自己的孩子，尤其是这个不是因为爱情到来的孩子是没有多少爱的。她一见到杨冬就会想起被她杀害的杨卫宁，即便是愧疚也会让她的母爱发生变化。所以杨冬就像是废墟中生长的小花。她越聪明就越是无法理解母亲也就会越孤独越忧伤。所以汪淼和丁仪所看到的杨冬是一个孤僻自闭的女孩子，她与所有人都似乎隔着厚厚的墙壁，是不交心的。就连她的男朋友也觉得杨冬"像一颗星星，总是那么遥远，照到我身上的光也总是冷的"。这样的女孩子是只能仰望和倾慕的。

小说中杨冬并未正面出现，她出现时就服过量安眠药自杀了。把杨冬带入读者视野的是汪淼的回忆。

物理学家汪淼第一次见到杨冬，是在一个投资二百亿的加速器工地上，在汪淼的那一眼中，杨冬是美神和生命之神。"构图的主体就是他们正在安装的超导线圈，那线圈有三层楼高，安装到一半，看上去是一个由巨大的金属块和乱麻般的低温制冷剂管道组成的怪物，仿佛一堆大工业时代的垃圾，显示出一种非人性的技术的冷酷和钢铁的野蛮。就在这金属怪兽前面，出现了一个年轻女性纤细的身影。这构图的光线分布也很绝：金属怪兽淹没在临时施工顶棚的阴影里，更透出那冷峻、粗糙的质感；而一束夕阳金色的光，透过顶棚的孔洞正好投在那个身影上，柔和的暖光照着她柔顺的头发，照着工作服领口上白皙的脖颈，看上去就像一场狂暴的雷雨后，巨大的金属废墟上开出了一朵娇柔的花……"遭受残酷打击之后在废墟上生长出来的小花，纤弱，不合情理，似乎转瞬间就会被恶劣的环境夺去生命。同时又具有顽韧的生命强力。非常矛盾且反差强烈的美。这段描写像是在描述一幅摄影图像，又像一幅色彩灰冷的油画，极具视觉冲击力，钢筋水泥的金属怪物，美得令人窒息的女人，暖暖的阳光下映照出炫目的光芒。

当天晚上的幻觉中，汪淼在自己最得意的风景摄影图上看到了杨冬的身影，那些荒凉的图画因为有想象中杨冬的身影而"苏醒过来"，"仿佛照片中的世界认出了那个身影，仿佛这一切本来就是为她而存在。他又依次在想象中将那个身影叠印到另外几幅作品上，有时还将她那双眼睛作为照片上空旷苍穹的背景，那些画面也都苏醒过来，展现出一种汪淼从未想象过的美。以前，汪淼总觉得自己的摄影作品缺少某种灵魂；现在他知道了，缺的是她"。

这是很有趣的事。汪淼这是第一次见杨冬，且只是远远看了一眼，连话都没有说。但杨冬俨然已成为他的女神。此时汪淼已经娶妻生子，至少他的妻子很关心他。但是汪淼在发现自己身体出现异象时并没有告诉妻子。而见到杨冬一面立刻在心中为她留下一个位置，为她心疼为她惆怅许久。由此可见杨冬之美，也可以推想叶文洁之美。不同的是，杨冬给人一种脆弱之美，孤独忧伤，似乎在禁锢中逐渐绝望。而叶文洁是顽韧的，执着的，她是黑暗深处生长出的彼岸花，她掩饰住自己的光芒，比如她在雷达峰写的论文大多被雷志成窃为己有，但她并不在意，或者说人类的卑劣行径她见得太多了，早已习以为常。自己的名声地位利益得失，她从不在乎。她沉默地做自己该做的事情，她的心在宇宙。

一年后当汪淼听说杨冬自杀的消息时如遭晴天霹雳，"汪淼的大脑一片空白。后来这空白中渐渐有了图像，那是他那些黑白风景照片，照片中没有了她的身影，天空抹去了她的眼睛，那些世界死了。"这将杨冬的重要性一下子提得非常高。杨冬也是叶文洁在地球唯一的留恋和温暖，是这个废墟上的唯一生机，当她死去，一切都变得荒凉了。

当汪淼去见叶文洁，走到杨冬卧室门口时，他停住了，"突然被一种奇异的感觉所淹没，仿佛回到了少年多梦的时节，一些如清晨露珠般晶莹脆弱的感受从记忆的深处浮起，这里面有最初的伤感和刺痛，但都是玫瑰色的"。这样美的感受和语言是属于初恋的，但刘慈欣把它给了年纪已然不再年轻的汪淼（汪淼在小说中被称为教授，院士，孩子已经上学，约四十岁以上）。这份旖旎的柔情似乎有些牵强、生硬。但如果把杨冬视为物理学界的女神，一种汪淼一直在追寻的美，就可以理解了。

杨冬的房间里充满森林的气息，墙上贴着棕色树皮，凳子和桌子都是树桩，床上铺的是乌拉草，写日记用的是桦树皮，摆在桌上的照片是幼时的自己和妈妈在雷达峰的合影。这就是说杨冬最怀念的其实是在雷达峰村庄中度过的岁月。那些温馨淳朴的生活不仅是叶文洁曾感动过的，也是杨冬所深深怀念的。在杨冬心中，只有在那段森林小屋中生活过的日子才是真正幸福的日子，那个时候的母亲才是一个女人，一个母亲，一个有温暖和爱的人。

《思想者》中去掉关于宇宙的哲思部分就是一个唯美的爱情故事，漫长的三十四年里，他和她只见过四次面，匆匆一晤转眼各自天涯。第一次见面时他们都很年轻，还是见习医生的他在一次救人行动中偶遇夜观天象的她，产生了特殊的感觉，但马上分开。十年后已经结婚的他偶然再次遇见她，因为谈到一个闪烁轨迹，两人相约七年后再来验证这个发现。又再次相约十七年后。这一次他带来了人的大脑神经元闪烁模拟图，她发现这与天空的闪烁极为相似。人的大脑也是一个复杂的宇宙。人生苦短，而时空浩渺。小说结尾，她问他有没有过一次完整的大脑闪烁体验。他想起了三十四年前初见她的那个宁静的月夜，他看见一个月光中羽毛般轻盈的身影，一双仰望星空的少女的眼睛，那次闪烁传遍了他整个的心灵宇宙，而在以后的岁月中，这闪烁一直没有消失。

小说也暗合了秦观的词的意境："纤云弄巧，飞星传恨，银汉迢迢暗度，金风玉露一相逢，便胜却人间无数。"年轻时遇见一个人，为之心动，暗生情愫，相思，却因现实的原因无法走到一起，这样即使过去很多年，那个人始终在你心里，是一片清幽的月光。他的爱就是这样一种藏在心底的想念。"他这十年中从记忆深处无数次浮现的那月光中的笑容。"他们就像夜空中的两颗星，偶尔一次闪烁传递到对方那里需要花费漫长的时间才能超越距离的阻隔。人生苦短，仅有的一次传递就耗费了无数时光，所以他们只能在这暗夜中彼此遥望。"这种美就像水晶，很硬很纯很透明。"也像他们之间的这种隐秘的情愫。

第一次见面后的十年里，他把她送给他的雨花石镶嵌画挂在墙上，每天晚上细细观看，"在梦中继续沿着那条来自太阳的曲线漫步，像踏着块块彩石过一条永远见不到彼岸的河"。之后是七年、十七年，他们默契地遵守那份相约。对他们来说漫长的三十四年，对宇宙来说其实仅仅传递了三次闪烁而已。人生苦短，多少遗憾多少梦来不及去追就这样过去了，"宇宙的广漠时光都慢得像蜗牛，生命更是灰尘般微不足道。""耗尽整个人类文明的寿命，可能也看不到他的一次完整的感觉。"宇宙浩渺、人生苦短的感慨其实在中国古典文学中是很常见的，如苏轼在《赤壁赋》中叹曰："寄蜉蝣于天地，渺沧海之一粟。哀吾生之须臾，羡长江之无穷。"人生天地间，如远行客，如白驹过隙，如朝露瞬逝，这些感慨让人怅然若失。然而科幻小说中生命短暂的书写并不给人这种感慨。反而更加增添对宇宙的好奇。

在《带上她的眼睛》中作家也表达过类似的观点，那个被永远囚困于地心深处的她借助"我"戴上的传感器看到地球上的景物，闻到花香，她陶醉地说真像一首隐隐传来的小夜曲。她给每朵花取名字，记住它们的形状，像背一本美丽的童话书。她提到海伦·凯勒的那本《假如给我三天光明》，以表达她对这一次看风景的时光的珍惜和对光明对地球的渴望。玩笑中"罐头里的肉"的比喻在她是一种真实的处境。所以当她的眼睛来到地面时，她说"我现在就像从很深很深的水底冲出来呼吸到空气，我太怕封闭了。"她近乎贪婪地看每一朵花每一朵云呼吸每一口空气，听每一声鸟鸣。因为这样的机会对她来说是极其珍贵的，这一次之后她永沉地心，与地表失去了联系。假如我们每一个人对待地球上的生物都用这种珍爱的态度，那怎么会有生态灾难发生呢？

而"我"呢，灰色的生活磨钝了我的感觉，而这一段特殊的同行的经历也使"我"开始懂得了观察自然爱自然。如同一粒小小的种子在心中发芽生长，"我"开始留意生活中的点滴诗意。

小说用设谜的方式开头，一直到小说过半才道出她的身份和处境，"我"得知落日工程得知她的悲惨遭遇，她是落日六号的导航员，因为飞船失事，同伴去世，她将独自在地心深处度过漫长的岁月。她柔弱又十分坚韧。即便最后只剩下她一个人，她仍然在坚持工作，使小说更具有了一种震撼人心的力量。"我"对她的感情有点类似于《思想者》中他对她的感情，不是爱情但又高于友情，有一种绵长的怀念和深深的眷念。

> 在以后的岁月中，我到过很多地方，每到一处，我都喜欢躺在那里的大地上。我曾经躺在海南岛的海滩上、阿拉斯加的冰雪上、俄罗斯的白桦林中、撒哈拉烫人的沙漠里……每当此时，地球在我脑海中就变得透明了，在我下面 6000 公里深处，在这巨大的水晶球中心，我看到了停泊在那里的"落日六号"地航飞船，感受到了从几千公里深的地球中心传出的她的心跳。我想象着金色的阳光和银色的月光透射到这个星球的中心，我听到了那里传出的她吟唱的《月光》，还听到她那轻柔的话音：……多美啊，这又是另一种音乐了……有一个想法安慰着我：不管走到天涯海角，我离她都不会再远了。

刘慈欣笔下的这种爱情爱得深沉热烈久远，为爱而爱。纯净、轻盈、柔美。

第三节　罗辑的爱情

刘慈欣在回答最想和书中哪个人物做朋友的时候，他说："和《三体》中的罗辑，因为他是一个生活随心所欲的普通人，但能够在需要时承担起自己的责任。"[1] 罗辑很明显是逻辑的谐音，他之所以能接收到叶文洁的暗示，从而悟出宇宙黑暗森林法则，是因为他

---

[1] 张弘、刘慈欣：《我面对着多血的史诗和悠远的大火》，《我是刘慈欣》，北岳文艺出版社 2019 年，第 169 页。

具有强大的逻辑思考能力。

如果要给刘慈欣笔下的浪漫者排个榜单的话，云天明毫无疑问位居榜首，第二名就要算是罗辑了。从某种意义上说，罗辑和云天明都是刘慈欣的某个侧面，他们入世很深，对人间烟火都有悠长的眷恋，对待爱情有一种赤子之心，深情、执着、专一，他们内心极为丰富细腻，有极强的感受能力，为了爱情他们可以付出所有。

罗辑有一段特别金色的爱情是他自己虚构出来的，与罗辑谈恋爱的女作家白蓉要求他写一本小说送给自己当生日礼物，她要求罗辑写出自己心中最美的女性。

刚开始是不情愿的领命之作，后来罗辑迷上了这个自己想象中创造出来的女子，他无时无刻不在想象这个女孩，她的生活她的成长她的一举一动一言一行，似乎女孩一直就在他的身边，陪伴他的寒夜和孤独。想见她她就来了，又温柔又体贴又富含诗意，即使最琐碎的话题他们也能聊得很开心。罗辑爱上了这个最完美的情人，为此他毫不留恋地与现实中的情人白蓉分手。

小说从罗辑的浪荡生活写起：他身边的女人换来换去，勤到连她们的名字都不记得。这种颓废的生活与他对生活的看法是相关联的。

罗辑此时已经是地球三体组织的追杀目标了，而且是三体人直接下令追杀的第一人。史强奉命来带走罗辑，但是他也不知道接下来要去哪里要做什么。罗辑表面上满不在乎，其实思绪翻滚，作家此时有一大段插叙：罗辑和自己小说中的女孩儿的恋爱故事。这个故事解释了罗辑花天酒地的原因，他其实是一个至情至性的男子，颇有理想主义气质，对爱情有自己的独特理解，他在现实中没有找到理想的女孩，所以选择放浪。看那一长段沉浸在幻梦中的爱情故事你会有一种恍惚，是不是刘慈欣写着写着写得太忘形了，以为自己在写一部爱情小说？那么这段插叙是不是有些冗赘呢？从第62页到第75页整整占据了13页的篇幅，之后写罗辑与庄颜的爱情故事

30 页。刘慈欣为什么花费这么多笔墨来书写一个爱情故事？自然是他认为这是一个重要的铺垫：

一是用来说明罗辑这个人是情极深爱极忠极为真诚的一个人。罗辑爱上自己想象中的女孩时变得十分浪漫多情，他爱独处，因为独处时想象中的女孩才会到来。他与她说话，烛光晚餐，陪她开车在雪中远行，做了很多在旁观者看来十分荒唐的事情，比如专门选择荒僻的小路，故意迷路，给她唱歌，在山中燃起篝火，在大雪中的夜里等修车的人到来。他沉浸在自己的幻梦中无法醒来。当那位半夜赶来的修理工看见坐在寒夜里的罗辑时，大吃一惊："先生，你可真禁冻啊，引擎又没有坏，到车里开着空调不比这么着暖和？"然而小说中是这样描写罗辑的感受的："罗辑再一次被火光中的她迷住了，他被一种从未有过的柔情所淹没，感觉自己和这篝火一样，活着的唯一目的就是给她带来温暖。"甚至狼来了可以为她献出生命。

小说用非常诗意的描述结束了这一段存在于想象中的爱情："这就是罗辑最投入的一次爱情经历，而这种爱一个男人一生只有一次。以后，罗辑又开始了他那漫不经心的生活，就像他们一同出行时开着的雅阁车，走到哪儿算哪儿。……但罗辑知道，自己心灵中最僻静的疆土已经属于她了，她将在那里伴随他一生。他甚至能清晰地看到她所在的世界，那是一片宁静的雪原，那里的天空永远有银色的星星和弯月，但雪也在不停地下着，雪原像白砂糖般洁白平润，静得仿佛能听到雪落在上面的声音。她就在雪原上一间精致的小木屋中，这个罗辑用自己的思想的肋骨造出的夏娃，坐在古老的壁炉前，静静地看着跳动的火焰。"一个洁白冰寒的雪国，一个美丽的爱人，这是他给自己塑造的理想国。

一旦爱上就是全力以赴天荒地老。正因为爱得极为深刻，所以他才会义无反顾成为面壁者和执剑人，他要保护自己所爱的人。为爱而战斗总比为政治口号为空洞的理论斗争来得踏实。

二是情节需要。罗辑被选上面壁者之后百般表示不情愿，要退出，退不了就变着花样要福利：价格昂贵的古酒；难找的住所；美丽的女孩子。未尝不是他刻意为之。潜意识中他把这些当作保护色，让三体世界不理睬他、轻视他、忽略他，他才有时间坐下来认真思考。否则他会一直处在被追杀的过程中，或者常年躲在几千米深的地底下。那都不是好的生活状态，更不是他想要的生活状态。罗辑就像武侠小说中那种有极大抱负的武者极善于伪装与隐匿，或者是谍战小说中的潜伏者，他藏起了自己。所以这段插叙也是罗辑作为面壁者的一部分。

这里的描写唯美至极。当他成为面壁者后，他要求行星防御组织为他找到他幻想中的情人。史强真的为他找到了庄颜送到他的身边，庄颜和他一起生活了五年，为他生了一个天使一样可爱的女儿。可以说庄颜就是他那个从梦中走到了现实的爱人，也可以说罗辑爱上的仍然是自己用梦想塑造的女人。罗辑和庄颜的生活就像是在伊甸园里面，"有几座雪山，很险峻的那种，像天神之剑，像地球的长牙，在蓝天的背景上，银亮银亮的，十分耀眼，雪山下面是亚热带气候，在雪山的前方有一片广阔的湖泊，水是比天空更深的蓝色，湖的周围有大片的森林和草原。"雪山、湖泊、森林、草原，这一切都处在纯净的原生态。"当您看到这个地方时，会幻想地球上从来没有出现过人类。"湖边的草地上有一个现代化设施一应俱全的庄园。

一切都跟他的描述一模一样，"一切像是刚从童话中搬出来一样，清新的空气有淡淡的甜味，连太阳都似乎小心翼翼，把它的光芒中最柔和最美丽的部分洒向这里"。有这么美的风景，有现代化设施齐全的别墅。他在森林中散步，泛舟湖上。而此时，整个世界处于备战状态，其他三个面壁者殚精竭虑与地球三体组织斗智斗勇的时候，罗辑却在优哉游哉地饮酒划船读书看景。远离尘世喧嚣，生活恬静富足，有世界上最纯净的空气和水，有世界上最醇厚的爱恋。当是时，地球上灾难频仍，为三体人来袭而忧心忡忡。只要把罗辑和那三个面壁者放在一起对比就可看出不同，他们的生活简直是天壤之别。

庄颜是在一个细雨飘飞的黄昏来到罗辑身边的，跟罗辑在白日梦中出现的时间、场景和对话都极为相似。这当然不是巧合。而是史强把罗辑说过的话都记住了，他推动情节向前发展。

看看这部分描写，很生动：

> 这天傍晚下起了雨，这是罗辑到这里后第一次下雨，客厅里很阴冷。罗辑坐在没有火的壁炉前，听着外面的一片雨声，感觉这幢房子仿佛坐落在阴暗海洋中的一座孤岛上。他让自己笼罩在无边的孤独中，史强走后，他一直在不安的等待中度过，感觉这种孤独和等待本身就是一种幸福。就在此时，他听到汽车停在门廊的声音，隐约听到几声话语，其中一个轻柔稚嫩的女声说了谢谢再见，这声音令他触电般颤抖了一下。
>
> 两年前，在白天和黑夜的梦中他都听到过这声音，很缥缈，像蓝天上飘过的一缕洁白的轻纱，这阴郁的黄昏中仿佛出现了一道转瞬即逝的阳光。

很细腻很生动的描写，罗辑性格的丰富和复杂在很大程度上就是他的情感的丰富和复杂，他专情于想象中的这份爱情，当梦想成真，这个自己用思想塑造的女孩来到他的身边时，非常复杂的情感即刻涌现。

他点燃了壁炉，"感觉自己点燃了一个太阳，照亮了已变为现实的梦中的世界。外面的那个太阳就永远隐藏在阴雨和夜色中吧，这个世界只要有火光和她就够了"。

罗辑带庄颜去看雪山，有这样一段描写："这时太阳已经西斜，周围的雪坡处于阴影中，纯净的雪呈现一种淡蓝色，似乎在发着微弱的荧光，而远方如刀锋般陡峭的雪峰仍处于阳光中，把灿烂的银光洒向四方，这光芒完全像雪自己发出的，仿佛照亮这世界的从来就不是太阳，而只是这座雪峰。"这是对大自然环境的描写，也是罗辑此刻的心灵写照，因为梦想成真而满溢幸福的光芒。同时也是罗辑看世界的方式，是他的宇宙观。

世界的样子就是一个人内心的投射，你如何看待世界，世界就是什么模样。若内心散发光芒，那么这光也必然映照世界，若内心有爱，这爱也必然照亮世界。所以庄颜爱不爱他，他似乎并不怎么在意。他只要自己有爱，爱能照亮他的世界就够了。

云天明也是如此，他的爱情其实自始至终都只是他的单恋。没有半分回应，更没有品尝到一丁点儿爱的甜蜜。他之所以能将这份爱延续下去，是因为很大程度上他已将这份爱变成了自己的信仰。因为从未期待回报，所以从未抱怨。他在地球上短暂的岁月和他在三体星球被克隆后的漫长的岁月，他都是为程心而活的，他绞尽脑汁写作的几百个童话故事和他所做出的小宇宙，都是爱的光芒与奉献。这一点上这两个男人是极相似的。

罗辑后来确实为庄颜和孩子奉献了一生。庄颜离开后的岁月里，罗辑清心寡欲，做面壁者和执剑人，几个世纪的岁月都奉献给了生命中的这点柔情，这是真正的硬汉柔情。或者可以说，正因为罗辑是一个深情者，所以才能保持初心，坚定不移地成为面壁者和执剑人，他是为了守护心中的爱人而战。

那么，庄颜是个怎样的女子？她在小说中的意义仅仅是为了完成面壁工作吗？我倾向于庄颜对于罗辑的再塑造之功。爱情的力量把一个情场浪子变成了一个痴情的守护者。这份爱情是罗辑白日梦中爱情的延续和升华。梦中更多的是罗辑爱她，而现实生活中，百合花一样纯洁善良的女孩庄颜用她的温柔善良和爱补偿了罗辑的缺失。有了庄颜和孩子，罗辑对地球的爱才有了具体的目标，才有了最真实的守护对象。

　　史强帮罗辑找到的庄颜，是完全按照罗辑虚构中的爱人的特征寻找出来的女子，她出身于知识分子家庭，从小到大父母给了她充分的爱，她爱穿素雅的衣服，尤其喜欢白色，美得不像是人间的女孩儿。她是中央美术学院刚刚毕业的大学生，国画专业，身材纤细，一双眼睛清澈如水，喜欢雪和空白之美。在罗辑眼中，"她来到这个世界，就像垃圾堆里长出了一朵百合花"。

　　见面的一瞬间，罗辑就爱上了现实中的庄颜，"整个世界到处都潜伏着对她的伤害，只有这里没有，她需要这里的呵护，这是她的城堡。"庄颜的美和纯洁唤起了罗辑的保护欲和责任感，"让她免受这粗陋野蛮的现实的伤害，你愿意为此付出一切代价。"

　　但庄颜其实是奉命而来，是史强按照罗辑的需要寻找甚至可能点化过的，所以庄颜很可能并不是那么爱罗辑。小说中说史强告诉她，罗辑此刻在干世界上最重要的事情，让她来帮他，庄颜转述这句话时，"庄颜的眼中这时透出一丝忧郁，甚至觉察出她的一声轻轻的叹息。"

　　从后文得知，庄颜来到罗辑身边时是知道自己的使命的，所以当罗辑告诉她，她的工作就是"成为世界上最幸福最快乐的女孩儿，是面壁计划的一部分"。庄颜的反应很奇特，"庄颜的双眸中映着那照亮世界的雪峰的光芒，在她纯净的目光中，种种复杂的感情如天上的浮云般掠过。雪山吸收了来自外界的一切声音，寂静中罗辑耐心地等待着，终于，庄颜用来自很远的声音问道：'那……我该怎么做呢？'"

　　罗辑告诉她，她可以去任何想去的地方，做任何想做的事情，比如开个人画展等。但庄颜都否决了，她不是一个追逐名利的人。

　　罗辑说那你就寻找爱情吧。"夕阳正在从雪峰上收回它的光芒，庄颜的眸子暗了一些，目光也变得柔和起来，她轻声说：罗老师，那是能找来的吗？"这句问话意味深长，其实是问罗辑的。因为罗辑让史强费尽周折找来庄颜，不就是想寻找梦中的爱情吗？那只是罗辑的一厢情愿，不代表庄颜也有同样的感情。

但是，庄颜既然来了，必然是 PDC 和史强用各种方式说服了的，不管她爱不爱，她都会接受这份感情。这是她的奉献和牺牲，也是她人格高尚美的一部分。

罗辑和庄颜的这份爱情注定是会有遗憾的，因为这份爱情是罗辑用面壁者的身份换来的，或者说掠夺来的也未尝不可。如果没有面壁者的身份，他自己根本不可能找到庄颜。而面壁者的身份和所要肩负的责任恰恰是要求面壁者抛弃个人的情感和需求的，所以罗辑必须抛弃他的爱情。五年的婚姻生活如同一个美妙如泡影的梦，闪现在《三体》的长达几个世纪的时间长河中，更是短暂得让人心疼。

五年后的一个晚上，庄颜带着孩子一起消失，只留下一幅画，画上用极为细小的文字写着："亲爱的，我们在末日等你。"萨伊告诉罗辑残酷真相，当年庄颜来到罗辑身边和这次离开都是 PDC 的命令，是刺激罗辑启动面壁计划的行为。

太阳系被二维化时，程心见到了罗辑，那时罗辑完成了执剑人的任务后来到冥王星，自愿担任地球守墓人，他看守的是地球的文明和文化成品。在昏暗的灯光中，长长的白发和白须在低重力下飘散开来像是自己发光似的，走近后看到罗辑拄着拐杖穿着中式白色长衫，背有点驼但声音响亮，语言幽默。他又变回了当面壁者之前那个玩世不恭自由不羁的罗辑。随后不久冥王星被二维化，罗辑拒绝跟随程心一起坐飞船逃走。他选择和地球文明一起二维化。

第四节　云天明的爱

在刘慈欣小说中写爱情的部分并不多，但在《三体》中他用浓墨重彩叙写了两段荡气回肠的爱情故事:《三体2》中罗辑与庄颜,《三体3》中云天明与程心。深情的主人公都是男性,他们为了心中的爱情可以付出全部,他们有山一样的担当,有海一样的深沉执着,不论时光流逝多少个世纪,那份挚爱浓郁如初。

> 从《三体》开始,大刘越走越远,但他并非一去不回,即使在最远的地方,我们也能看到他对人类的关爱。《三体3》始于一个近乎琼瑶式的爱情故事,一个人为自己暗恋的对象买一颗遥远的星星,这故事是如此的寂寞无助,浪漫彻骨。最终,这颗星星将为无尽的黑暗森林带来一丝光亮,卑微绝望的单恋也将成为播撒宇宙的大爱。①

云天明痴情了几个世纪,送星星,送小宇宙,送故事中蕴含的机密,到三个世纪后在太空中再次相见,相约在他们共同的星星上见面。这份爱情自始至终都洋溢着浪漫色彩,都是云天明在无私地付出。程心顶多是被感动,对云天明心存愧疚,也许有爱但一定比不上云天明的深情之万分之一。庄颜对罗辑的爱同样是先天不足的,她是奉命来爱,被罗辑感动而爱,而不是因爱而爱。所以当国际组织需要她撤离时,她果断轻松地离开。在走之前还能画上一幅画可见心情之平淡宁静。爱得并不深刻。

为了送出这三个童话故事,云天明可以说调用了自己全部的智慧,从被三体人捕获,重新获得肉身之后就开始酝酿,依据就是云天明从那时就开始给三体人写童话故事,用的是他和程心两个人的名字。这次他讲给程心听的故事就是用程心的名字编写的。可见云天明布局之深。他并不知道藏有自己编写秘密的故事能否送到地球,也不知地球人是否能够解读出他在故事中所藏的信息。但他尽

---

① 严锋:《心事浩茫连广宇:〈三体3〉序》,《为什么是刘慈欣》,北岳文艺出版社2016年,第35页。

他所有智慧在履行他的职责，尽管离开地球时他说他并不保证对地球尽忠。实际上他所做的一切都是在保护地球，是一个完美的面壁者。就像他对程心的爱，不管程心爱不爱他，他都竭尽所能去为程心付出，无怨无悔。

云天明的一生可以孤立地抽取出来当作一个短篇小说，它讲述命运如何诡谲地改变了一个人的人生际遇，人在时间洪流中挣扎的无奈，残酷多过幸福的生活真相。云天明刚开始出场的时候还很年轻却已是肺癌晚期，不久之后就要去世。因为生病花费太多，他姐姐希望他能安乐死以免拖垮了原本清贫的家庭。这原本是一个浸透着辛酸血泪的现实悲剧故事，亲情割裂，病痛折磨，理想前途将随着生命之火的暗淡而熄灭。此时，云天明一个大学同学来看望他，并赠送他一大笔钱以感谢当年启发他的创业灵感。云天明有了这笔钱才得以购买了一颗群星计划中的星星，送给程心。

云天明的人生就是他梦中所显示的那样，始终是灰色的天空，他坐在一艘没有桨的小船上，小船是白纸叠成的，浮在宁静的水面上，天上下着毛毛细雨，而水面如同镜子一般没有一丝波纹。这既像是一个预言又是一个隐喻。这个梦后不久，云天明的大脑被装在一个冷冻舱里被发射到太空，被三体舰队捕获克隆成人后留在那里。也就是说他之后的生活就像生活在一艘没有桨的小船上，而那里的天空永远是一样的暗灰色。永远灰暗的天空既是云天明对自己人生的看法，也是他到了三体星舰之后的居住环境。没有桨的小船暗示他的人生始终是在命运之河中沉浮，他自己没有左右命运的能力。白纸叠的小船既是对当年云天明与程心相处时叠纸船的回忆，也是暗示他生存处境的险恶和孤独。不知道要漂向哪里，看不到岸，看不到希望和明天。

二十八岁的云天明选择安乐死的时候非常平静理性，他收到胡文感谢他提供创意的三百万，没有过多推辞，先去询问医院资深医生关于自己的病情，得知已经回天无力之后，他也没有太多伤心，没有怨天尤人，甚至没有太多犹豫，他就决定用这笔钱买一颗星星送给程心。看见星星时当陪伴他的何博士称赞他幸运时，只有一句话泄露了他内心的秘密："我不幸运，我快死了。"

在云天明心中的程心是一个阳光般温暖，春天般美丽，月亮般善解人意，待人真诚，善良的完美女孩。他不敢奢望得到程心的爱，但一直以仰望女神的心态暗恋着她。他的人生就像中了俄狄浦斯的诅咒一样，先是被恶疾缠身，在选择安乐死时又被 PIA 组织选中，成为那个要将大脑送到三体星舰的人。在三体星舰里他就像经历重重苦难破茧成蝶的英雄一样，也让自己脱胎换骨，成为了一个孤独的宇宙人。一个三体世界的作家，一个最终把三体世界的秘密藏在童话里送回地球的间谍。他一生最贴近的词语是孤独。在地球上是灵魂的孤独，到三体星舰后又加上身体的孤独。他的孤独是一颗星星闪耀在夜空的孤独。

他用所有的钱买了一颗星星匿名送给了程心。小说中云天明家中还有老病的父亲和挣扎在困窘中的姐姐一家。因为帮他治病，那两个家都在苦苦支撑。他完全可以把三百万给他们，让他们过上好日子。但是他不愿意，他觉得姐姐希望他死那么他就去死，两个人的感情也就两清了。从一开始云天明和程心的爱情就是悲剧，同罗辑庄颜的爱情一样，都被三体世界即将入侵的大势所左右，为人类文明而牺牲。程心只好收集了一些种子要求给云天明带入太空，她也因此接受协议，冬眠后担任阶梯计划的联络者。在程心活着的日子里她就生活在愧悔中。

程心冬眠苏醒后不久被推选为执剑人，但是她的善良让她没有按下威慑按钮，三体人攻占地球。逃离的蓝色空间号启动了威慑信号，三体人逃离地球，云天明要求约见程心。两个人在经历无数苦难后终于见面，云天明给她讲述了三个童话故事，内藏玄机。两人约定在云天明送给程心的那颗星星上见面。但是，由于程心放弃恒星际飞船的建造，人类失去了拯救自己的机会。程心和艾 AA 坐着最后一艘恒星际飞船来到约定见面的星星，却又遭遇黑域，结果艾AA和云天明在一起，而程心和关一帆在一起。两个人永远迷失在宇宙。

云天明，拨开乌云见到光明，地球人类的两次逃命希望都来自云天明，是他送给程心的礼物。第一次答应程心去捐出身体，大脑被送到外天空，他在三体世界悟出宇宙的奥秘，并把奥秘藏在三个童话故事里讲给程心听，借助故事告诉地球人类该如何避免降维打击，以及如何建造恒星际飞船，可惜的是直到太阳系被二维化地球人类也没能完全参透云天明的故事里面的玄机，他为了避开三体人的审查，把故事奥秘埋藏得太深了。第二次是送给程心一个小宇宙，在整个宇宙坍缩之后，程心和关一帆还可以借助这个小宇宙活下去，为地球文明保存了种子，这个小宇宙还有可能重启宇宙。所以说云天明带给地球的都是光明和希望。

程心收到云天明赠送的星星证书时，虽然不知道是谁送的，也陷进了从未有过的幸福中："那是一个巨大的惊喜，使她陷入一种从未有过的幸福感，一时晕头转向。一整天，她都在心中不停地对自己说：有人送我一颗星星，有人送我一颗星星，我有了一颗星星……"与她平时工作中的沉稳、冷静截然不同，此时的她是感性的，女性的，是一个渴望宠爱的小女孩。

她迫切想要看到那颗星星，"她梦到那颗星星，梦中她在恒星的表面飞翔，那是一颗玫瑰色的星球，没有灼人的烈焰，只有春风般的清凉，恒星表面是清澈的海洋，能清晰地看到水中玫瑰色的藻群……"她一个个猜测是谁送她这样传奇的礼物，她开心地告诉身边的每一个人，受到维德的冷嘲热讽也毫不在意。她被幸福淹没了。这个时候的程心就是一个天真的小女孩，一个渴望爱相信爱会被爱深深感动的邻家女孩。当云天明被取走大脑后，程心才得知那颗星星是云天明所赠。而正是她向 PIA 向维德推荐了云天明。此时她非常懊恼，因为她非常清楚被送进太空后将面临怎样凄惨的境遇。一个陌生人尚且让她的心"就像被一只同样处于零下两百多摄氏度超低温的手攥紧了",更何况是一个深爱着她刚送了一颗星星给她的人。"程心扑到工作台前,她带来的气流冲散了低温白雾,她感到被一阵寒气拥抱,但寒气立刻消失了,她仿佛是同自己追赶的东西短暂地接触了一下,那东西随即离开她,飘向另一个维度的时空,她永远失去了它。程心伏在液氦容器前痛哭起来,悲伤的洪流淹没了手术室,淹没了整幢大楼,淹没了纽约,在她上方成了湖成了海,她在悲伤之海的海底几乎窒息。"

程心对世界的认识是以爱为前提的,她认为爱并不是抽象宏大的符号,而是具体的可视的。不是爱人类而是爱人。在瓦季姆自责自己是阶梯计划的最佳人选,但因为留恋妻儿不敢自杀,未能为人类未来勇敢牺牲时,劝慰他:"人类不是一个抽象的概念,对人类的爱是从对一个个人的爱开始的,首先负起对你爱的人的责任,这没什么错,为这个自责才荒唐呢。"

这与她之后的行事方式是一致的,她会因一个婴儿的笑而毅然担起执剑人责任,也会因见到人类被三体人凌虐而哭瞎双眼。她所做的每件事都是因为爱。

那个携带着云天明大脑和程心为他准备的种子的球形舱飞上太空,又因中途巨帆出现故障,而不知被送到了何方。阶梯计划似乎失败了。然而千秋功罪真得要时间来验证。在时间的长河中,个人的命运,爱恨悲欢,理想希冀似乎不值一提。然而在某个至为关键的时刻,正是某个关键人物的爱恨悲欢起到了决定作用。比如罗辑因对庄颜和孩子的爱一次次毅然决然承担起面壁者的责任。比如云天明因为对程心的牵挂,数百年来在三体世界思考如何向人类传递有用的信息,在与程心会面的有限时间里给她讲了三个包含丰富信息的童话。这里蕴含着的个人与历史,个体与整体的辩证关系极有深意,包含着作家的哲学思考。

当然,和烟火气很重的罗辑相比,云天明更近似于神、上帝的存在。他只有付出没有索取。而每次给与都是浪漫到极致美到极致。他讲的三个童话故事谜中套谜，故事中套故事，隐喻中有隐喻，极其精妙丰富，又充满诡谲悬疑。

云天明出现在小说之初是一个如此卑微的小人物，但这颗行星给他蒙上了一层炫彩光环，让他脱下了凡俗庸滞和琐碎，而带有一种别样的浪漫飘逸。送完星星后，二十八岁的云天明接受安乐死，五次选择按键的间隙云天明用意识流的方式回顾了自己短暂的一生，回忆他的父母对他进行的失败的贵族教育以及他们离婚带给云天明的伤害。越来越孤僻的性格和离群索居的生活方式就起源于这里。灰色的童年和少年时代，大学里最温暖的记忆是程心，那个春天般美丽阳光般温暖的女孩带给他一段甜蜜的但也没有结果的暗恋。这也是程心首次在小说中亮相，她美丽却不多言，善于倾听，能关怀那些容易被他人忽视的同学，甚至一条小虫的生死她都会去关心。这一段回忆是云天明一生中最美的时光。

在他和程心的有限的几次交谈中，有一次坐在密云水库的边上，天上下着毛毛细雨，程心顺手折了一只小纸船放入水中，微风吹送下，小纸船漂向远方。云天明爱上了那个主动走到他身边的女孩程心，云天明出场在《三体2》中云天明的暗恋里，当程心出现，"他感到周围陌生冰冷的一切突然都充满了柔和温暖的阳光。""程心最初留给云天明的印象是话不多，美丽而又低调沉静的女孩。她说话不多但愿意倾听，带着真诚的关切倾听，她倾听时那清澈沉静的目光告诉每一个人，他们对她很重要的。"

他刻骨铭心地爱她，记得她说过的每一个字，做过的每一个动作，和程心聊天的那一天成为云天明大学生活或者说人生里最明媚的一天。从那以后，"云天明就爱上了雨天，爱上了湿地的气息和湿漉漉的小石子，还常常叠一只小纸船放在自己的案头"。

路越走越窄的职业生涯，使云天明面临既无法入世又无法出世的困窘状态。他被确诊为癌症晚期，他疯狂地想见程心一面，他坐飞机来到程心曾经读书的地方却想起程心早已经毕业多年，即使她还在那里，这种古老的等待方式又怎么可能等到她？而且，见到了又如何呢？他对这个世界已没有留恋之心。他按下了按钮，也按下了对世界的绝望。在心中给自己撰写了一个墓志铭：来了，爱了，给了她一颗星星，走了。很唯美很浪漫很云天明的风格。

然而千钧一发之际，程心赶到了，云天明产生了一个美丽的误解，以为她是为自己而来。然而程心却是为云天明的大脑捐献而来。她根本不知道云天明送了她星星，甚至不知道云天明爱她。

瓦季姆评价云天明："此人文化程度很高，是一个在精神修养上极不寻常的人。""浪漫到这个程度，即使是在爱情小说和电影中，我他妈都从来没见过。""她让全世界的女孩都嫉妒，包括所有活着的女孩和所有死去的公主，因为可以肯定，她是人类历史上第一个得到一颗星星的姑娘。试问，对于一个女人，还有什么比爱她的人送她一颗星星更幸福呢？"这代表的是普通人的观点，他们对待送星星之举的态度，是浪漫的传奇，是极致的玫瑰梦。

云天明其实是一个非常内秀智慧的人，他有着极为丰富的内心世界，非常敏感深情，他觉得程心的到来照亮了他的世界，却听到那个天使一样美的女孩子非常严肃地对他说："你愿意尽一个人类公民的责任，接受这个使命吗？这完全是自愿，你可以拒绝。"

因为他那份隐秘的深情，还因为去天空的严酷后果，程心此举也就更显得残酷。"姐姐让他死，只是怕他白花钱，这完全可以理解，况且她是真心想让他死得安乐。但程心，却想让他成为死得最惨的人。云天明惧怕天空，同每一个学航天的人一样，他比别人更清楚太空的险恶，知道地狱不在地下而在天上。而程心，想让他的一部分，承载灵魂的那一部分，永远流浪在那无边无际无限寒冷的黑暗深渊中。"这还是最好的结果。更糟糕的自然是被三体人酷刑折磨。

"看她圣洁的庄严，看她殷切的期待，她在为人类文明而战，她在为保卫地球……周围怎么是这样，看这束夕阳透进窗里的余晖，投在白墙上如一摊肮脏的血，外面孤独的橡树，不过是坟墓上伸出的枯骨……"这是非常凄惨的一幕。云天明一片痴心错付。他的隐忍，他的自我压抑，对世界的绝望，几乎都在他那一抹凄惨的微笑中。这个世界他什么都没有，什么都不留恋。人类世界抛弃了他，他也放弃了一切。那好吧，去哪儿都无所谓。

刘慈欣是科幻作家，但他手下的笔总是有意无意刺进现实，每一笔都不太用力，但如寸铁杀人，刀刀见血，刺中人性中的黑暗和社会的不公平。云天明之所以选择安乐死，是因为他的亲姐姐希望他死。他姐姐的日子过得紧巴，所以一直住在娘家，照顾着身体不好的父亲。不希望父亲把钱花在分明已经治不好了的云天明身上。"大病保险那点钱根本不够，而且这病越往后越花钱，父亲不断地把积蓄拿出来，可姐姐一家买房没钱父亲并没有帮忙，这是明显的偏心眼。而现在对姐姐来说，花父亲的钱就等于花她的钱了，况且这钱都花在没有希望的治疗上，如果他安乐了，姐姐的钱保住了，他也少受几天罪。"小时候姐弟在一起的快乐时光在现实的困窘面前不值一提。姐姐让自己的高中同学云天明的主治医生张医生来劝他安乐死。对张医生来说，他认为云天明自己选择安乐死是最好的选择，反正时日不久了，早日脱离苦海，也不再拖累家人，他的姐姐也是这样认为的。此时，作为 PIA 代言人的程心也赶到医院，她阻止云天明安乐死是为了劝他捐献大脑去外太空。

这分明是穷人的悲哀，是现实的苦痛，是对现行医疗体制的讽刺，是对亲情凉薄和人性黑暗的抨击。你看，他这样不经意的一笔，寥寥数语就揭开了一个现实的大盖子，将盖子下的龌龊和污渍掀给你看，人生就是这样灰暗无情。

刘慈欣写到这里，插入了一个卡夫卡的小说，"这时，云天明想起了卡夫卡的一篇小说，里面的主人公与父亲发生了口角，父亲随口骂道'你去死吧'，儿子立刻应声说'好，我去死'，就像说'好，我去倒垃圾'或'好，我去关门'一样轻快，然后儿子跑出家门，穿过马路，跑上一座大桥，跳下去死了。卡夫卡后来回忆说，他写到那里时有一种'射精般的快感'。现在云天明理解了卡夫卡，理解了那个戴着礼帽夹着公文包、一百多年前沉默地行走在布拉格昏暗的街道上、与自己一样孤僻的男人。"

里面儿子与父亲发生口角，父亲说你去死吧。儿子说好，真的跳下桥死了。"现在云天明理解了卡夫卡，理解了那个戴着礼帽夹着公文包，一百多年前沉默地行走在布拉格昏暗的街道上，与自己一样孤僻的男人。"这里的"理解"有一种自我放逐的快感，以自己的性命来报复亲人，或者自己所爱的那个人。云天明后来答应程心献出去做阶梯计划的那个大脑，也应是同样的想法：好吧，你让我去我就去，如你所愿。对自己那份痴傻的爱的嘲讽和献祭，以及对自己被人嫌弃的悲凉。

在最后的宣誓效忠地球的仪式上，云天明说："我不宣誓，在这个世界里我感到自己是个外人，没得到多少快乐，也没得到多少爱，当然，这都是我的错。"这其实是他的心里话。他跟卡夫卡小说中那个儿子一样有一种自毁气质，性格忧郁，易于自我否定自我放弃，并在这种自我放弃中获得一种快感。逐穴而居的男人与放逐在四光年外的敌国星球之上的男人在此时合二为一。

卡夫卡一生未婚，善于深思，喜欢离群索居，孤僻而又深情。所有深情付与文字。云天明也是孑然一身，将深情变成了三篇包含秘密的童话。当所爱的人抛弃了他们，他们也便以死来报复。残忍至极的一个小故事。云天明的两次选择与故事中的主人公一模一样，姐姐要求他安乐死是通过她的高中同学云天明的主治医生来暗示他的。他很快就选择了安乐死，这是他对姐姐要求的回复。程心让他捐出大脑送到三体星舰，他一阵心酸的狂笑之后说：好的，我接受。他的姐姐是否后悔小说没有写，但是程心得知云天明就是那个送自己星星的人之后，痛彻心扉，曾想努力撤回这个捐献，但是云天明在测试过程中的表现实在太优秀了，最后还是被送进了太空。两个人的命运就此全部改变。

小说中云天明的再次出场颇有剧场效应，与他刚在小说中露面时的衰弱、自卑、颓废完全不一样。此时在智子展开的镜像中，是"一片阳光下的金色麦田，麦子长势很好，该收割了，麦田旁的黑土中插着一把铁锹，铁锹上挂着一顶用麦秸秆编织的旧草帽，然后云天明从麦田深处走来，身穿银色夹克，看上去很年轻很健康，他从麦穗上拔下一穗麦子，吹去麦壳，边走边把麦粒扔到嘴里吃，当他看见程心时，微笑挥手：程心，你好！"

这段描写太美了，一幅绝妙的油画，色彩温暖厚重，仿佛流光溢彩，人物从金黄的麦子中走来，从金色的阳光中走来，静谧中满满都是安之若素的沉着闲适。又像一首韵味悠长的诗，每个韵脚都回荡着爱的节拍，每一个镜头的闪现似乎都伴奏着两颗心的激越跳动。三个世纪的漫长离别对他们来说也是漫长的成长期。云天明还是那个云天明，但又是一个全新的云天明。

小麦是他自己种植的，也是程心用辞职作威胁让维德同意带上太空舱的。云天明在三体星舰就靠这些植物种子活着，因为三体人是不需要吃这些食物的。那个旧草帽很显然也是他自己编织的，包括农具，虚拟的太阳系环境，都是他自己一手完成的。这真的是一个奇男子。多么智慧多么能干多么洒脱多么深情而又多么不幸的男人啊。

非常自然地打招呼，非常自然的喜悦，此时的云天明就像一个返璞归真的得道高人一样，浑身上下都洋溢着自然的光芒和成熟的魅力。小说中借程心之口写了这样一段议论："云天明在程心的记忆中是另一个样子。在阶梯计划的那段时间，一个憔悴虚弱的绝症病人；再早些时候，一个孤僻离群的大学生。那时的云天明虽然对世界封闭着自己的内心，却反而把自己的人生状态露在外面，一看就能大概知道他的故事。但现在的云天明，所显露出来的只有成熟，从他身上看不到故事，虽然故事肯定存在，而且一定比十部奥德赛史诗更曲折、诡异和壮丽，但看不到。三个世纪在太空深处孤独地漂流，在异世界那难以想象的人生旅程，身体和灵魂注定要经历的无数磨难和考验，在他的身上都没有丝毫的痕迹，只留下成熟，充满阳光的成熟，像他身后金黄的麦子。"当初程心初见到的云天明是一个忧郁内向的大学生，他内心敏感，郁郁寡欢，总喜欢一个人待着。隔了多年后再见到他是正躺在安乐死的病房中，再慢一两秒他就死了。这时他身患绝症，又被姐姐嫌弃，主动选择安乐死。

站在天之宠女程心的立场上看，这两个形象里的云天明都没有多少值得爱的成分。程心人长得极美，又极聪慧善良，待所有人都有一份发自内心的诚意和关怀，她虽是母亲收养的孩子，但从小得到了丰沛的爱，受到了优良的教育，所以这样的女孩是不会轻易爱上云天明那样的男孩子的。而云天明的爱一直压抑在心间，并没有向程心吐露，包括送她星星，也是在云天明的大脑被取下来之后，程心才得知真相的。

所以此刻云天明的出场非常惊艳。带给程心的冲击力也是惊雷级别的，一个以为早已不知所终的人突然回来了，一个只有大脑被送进外太空的人突然完整健康地出现了，一个带给自己无穷悔恨与愧疚的人，原来三个世纪以来一直在默默陪伴着自己。自己所经历的所有苦难悲喜他都与自己一起体验度过。此时升华成爱也是必然的。所以离别时才有那一个关于"我们的星星"的约定。一份爱的承诺与约定。

云天明所讲的那三个童话是天才级别的创造，仅仅这三个故事就是独立的优秀篇章。三个寓言故事中，露珠公主是程心，卫队长长帆是关一帆，他们最后乘坐帆船远走他乡了。有点神话中诺亚方舟的影子，最后的时刻到来，地球在劫难逃，只剩下关一帆和程心两个人逃出了地球，孤单生存在他们的宇宙中。

第八章　女性的力量

　　刘慈欣小说中最有能力的是女性，最冷血无情的人也是女性，让人忍不住想起红颜祸水、红颜薄命之类的词语。她们大多数是女科学家，这些女性无一例外地集美貌与才干于一身，聪慧绝顶但性格上都多多少少有一些偏执，自带一种凛冽和决绝。

　　她们都不是彻底的坏人，甚或在她们自己看来，她们代表着正义和光明。打死叶哲泰的四个女红卫兵在挥动皮带的时刻认为她们摧毁的是邪恶的敌人。制造毒蜂的俄罗斯女科学家认为她是在帮助战争中的正义一方。叶文洁一直认为自己是在拯救地球。但是，恰恰是她们的行为给他人给社会给国家带来无尽的灾难。在《三体》三部曲中，叶文洁决定了小说的进程，而程心决定了小说的结局。担任执剑人的程心在小说中是美和善的象征，但是两次陷地球于绝境的正是她。

　　就连三体世界派到地球的智子化为人形后也是一个女性形象。求人时柔美舒雅，一旦掌权则是黑衣杀手的模样。《球状闪电》中发明毒蜂杀人的是俄罗斯女科学家，执着研究球状闪电做杀人武器的是林云。《微纪元》中细菌人的最高统帅是一个二十多岁的女孩子。《中国2185》中最高执政官也是一个二十九岁的女性。

　　《球状闪电》中的恐怖分子是一个女科学家，这个名叫伊甸园的跨国恐怖组织劫持了一辆入场参观的小学生的大客车，打死了六名发电厂保卫处的警卫，控制着包含有二十七名小学生和八个发电厂工程师的人质。恐怖分子"三十多岁，穿着素雅，清瘦的面容上，那副精致地戴着下垂金链的眼镜显得很大，镜片后的眼睛透着智慧的光芒，她的声音柔和温暖，听到它，处于紧张惊恐中的我也得到了安慰。我的心中立刻充满对这位女教师的敬佩，她带着自己的学生来参观核电厂，身陷险境而从容自若，以崇高的责任心安抚着孩子们"。

下一秒，"我"被告知，她就是伊甸园组织亚洲分支的头目，这次恐怖行动的主要策划者和指挥者。去年三月她在北美一天内刺杀了两名诺贝尔奖获得者并成功逃脱，在各国通辑的要犯中排名第三。这位语言柔美温和的"教师"用手枪打碎一个孩子的头，仅仅因为那个孩子说自己想当科学家。她装腔作势地对其他的孩子说："我们要让被科学搅得复杂的世界重新简单起来，让被技术强奸的生活重新纯洁起来。谁见过原子，它与我们有什么关系？不要受了那些科学家的骗，他们是这个世界上最愚蠢最肮脏的人。"

她对孩子们说科学把什么都污染了："咱们永远不要长大。咱们都是小牧童，坐在大水牛背上吹着竹笛，慢悠悠地走过青草地，你们骑过水牛吗？你们会吹竹笛吗？你们知道还有那么一个纯洁而美丽的时代吗？在那时，天是那么蓝，云是那么白，草地是那么绿得让人流泪，空气是甜的，每一条小溪都像水晶般晶莹，那时的生活像小月曲般悠闲，爱情像月光一样迷人。可是科学和技术剥夺了这一切，大地上到处都是丑陋的城市，蓝天没了，白云没了，青草枯死，溪水发黑，牛都被关进农场的铁笼，成了造奶和造肉的机器，竹笛也没了，只有机器奏出的让人发疯的摇滚乐。"

单从这些讲述中你也会认同"教师"所讲的内容多么正确，大自然中的美与和谐任何时候都具有极大的吸引力。她也坚信自己的所作所为是为了地球的清洁，生态的和谐美好，是对田园牧歌式的乌托邦的追求。但是这位"教师"声情并茂地讲述着对自然纯真的热爱，却挟持着近三十个小学生。

276

后来林云下令用球形闪电攻击，从决策上说是正确的，因为那个女人手中的红药片是用纳米材料包裹着的浓缩铀，一旦打响能引起核爆炸，这座核反应堆将被引爆，方圆几百公里将变成无人区，可能有几十万人死于核辐射。而以球状闪电一举摧毁女人和那些孩子们，算是以小的牺牲换取更大的和平。但是，作家描述中那些天真的孩子和他们死去时的凄惨场景，可谓惊心动魄。这样残忍的画面已超出了人心良知心理底线。

在这些女性身上，正义与邪恶、光明与黑暗、对与错、是与非都卷裹在一起，难以分辨。她们是深情的、执着的，但同时她们又是极为冷酷的、不近情理的。叶文洁和林云心中一直铭记着亲人的惨死，随着时间的推移，这份爱逐渐变成了肉中之刺，血中毒瘤，将她们的性格也变成了病态人格。

第一节　三体教母叶文洁

如何理解叶文洁对地球的背叛？这是一个非常重要的问题，也是理解《三体》的核心问题。这个在小说过半时才冒出来的物理学家才是《三体1》真正的主人公，是整部《三体》里面的反面角色。叶文洁把汪淼支到她的学生沙瑞山所在的射电天文观察基地，目的是用宇宙闪烁恐吓他，让他乖乖停下纳米材料的实验项目。

从叶文洁的学生沙瑞山那里，汪淼得知了叶文洁历经风霜的前半生，于是，叶文洁的红岸往事有效插进小说，成为小说不可分割的一部分，也将历史与科幻，现实与未来进行了无缝对接。

讲述从1967年的一场武斗开始，真枪实弹，十几个大铁炉里堆满了炸药。当年的年轻人"像火炭上的狼群，除了疯狂还是疯狂"。叶文洁十五岁的妹妹叶文雪冒着枪林弹雨挥舞着旗帜在顶楼上奔跑，"她挥舞着战旗，挥动着自己燃烧的青春，敌人将在这火焰中化为灰烬，理想世界明天就会在她那沸腾的热血中诞生。"然而子弹打中了她，"年轻的红卫兵同她的旗帜一起从楼顶上落下，她那轻盈的身体落得甚至比旗帜还慢，仿佛小鸟眷恋着天空"。

叶文雪是那个疯狂时代中年轻人的缩影。"这样的热点遍布整座城市，像无数并行运算的 CPU，将'文化大革命'连为一个整体。疯狂如同无形的洪水，将城市淹没在其中，并渗透到每一个细微的角落和缝隙。"

小说的节奏很紧凑，从叶文雪的死马上跳到叶哲泰的批斗现场。二者是互为因果的。十五岁的叶文雪告发父亲，脱离反动家庭，加入革命阵营。叶哲泰因为女儿和妻子的揭发而遭到残酷批斗，被四个十几岁的女红卫兵活活打死，这样的历史场景的书写我们在上世纪八十年代的伤痕小说和反思小说中读到过，甚至小说中所用的词语，情感的表述都让人觉得很熟悉。他的另一个女儿叶文洁亲眼目睹了这一切，那"没有哭出和喊出的东西"是仇恨、绝望和荒芜，仿佛在那之后她就成了无父无母无信仰无爱什么也没有了的孤儿，世界一片荒凉。

她对人性彻底失望，选择请外星人来改造地球，从而给地球招来覆灭之灾。这样的因果链是科幻的也是现实的，既是对历史的反思，也是对人性的批判，极具厚度。

小说对叶文洁的塑造是成功的，也是倾注了感情的。在她身上，所有的遭遇，遇见的每一个人每一件事都在加重她内心的黑暗和冷酷。即便是杨卫宁的爱情，即便是杨冬的降生，都换不回她的柔情。

叶文洁首先是一个执着的理想主义者，如果走正途，她一定能成为历史上那些杰出的女性中的一个，她和父亲叶哲泰一样具有极高的科学天赋，她身上具有现代知识分子品格：具有道德反思和牺牲精神。对时代对社会，她都有敏锐的观察和独立的思考，尽管有些思考是偏激的，不合时宜的，但足可见她的与众不同。

她善于捕捉信息，也善于思考，所以在红岸是她这个被限制行动的编外工程师察觉到了外星人的来信。在之后的一系列行动中，她都是反应敏捷，手段毒辣，心机深沉的，每一个判断都精准，布置的每一步行动都很谨慎，布局缜密。比如杀害雷志成，几乎可称为算无遗策，从松动一颗螺丝钉开始，每一步行动都带有预测性和对雷志成性格生活规律的了解，可见她杀人决心之大，行动之迅速，做决断之狠辣。只是她没有想到深爱她的丈夫杨卫宁也会到山崖下去帮助雷志成，当两个人顺着一根绳索往上爬时，叶文洁几乎没有太多犹豫就拿出小刀，割断了绳索，亲眼看着这两个人摔死。而她的这份冷酷也是她作为理想主义者的一部分，她坚定地守护着外星人的秘密。做这些事情的时候，她如同一个心理素质极好的特工，冷静、机智、干脆利落，毫不迟疑，连一点心理挣扎都没有就完成了谋杀。

叶文洁没有妻性，她自始至终都没有爱过杨卫宁，嫁给他只是因为她想待在红岸基地，而杨卫宁爱她，即便牺牲很多也要娶她。

叶文洁没有母性，对汪淼说杨冬的时候，只在反思自己的教育方式，让孩子过早接触了物理，而没有一句话提到失去孩子的痛苦，甚至眼泪都没有一滴。还有一种邪恶的可能，杨冬就是被她杀害的。后来汪淼质问她："你女儿是怎么死的？"叶文洁的反应让人心生沉郁："这个问题令叶文洁沉默了几秒钟，汪淼注意到，她的眼神几乎不为人觉察地黯淡了一下，但旋即接下了刚才的话题。"女儿在她心中的位置也仅仅是眼神黯淡了一下而已。她的心性之坚韧已到了百炼成钢的地步。

事实上也可以这么认为，是叶文洁领导的地球三体组织逼迫杨冬的粒子实验停止，毁掉了她在物理学上有所成就的可能，这差不多就毁掉了她的半条命。而杨冬又从叶文洁删除的文件中发现了叶文洁最大的秘密。她的信仰，她的亲情，她对母亲的信任全部崩塌。

第27章"无人忏悔"是一个重要章节,对多角度理解叶文洁具有重要意义。同时作者在这一章里也对"文革"和"文革"之后的人性进行了深刻的反思。在这一章里,杨卫宁去世后,一个偶然的机缘,叶文洁辅导附近村庄的孩子学习,孩子们在除夕的寒夜里给她送来饺子。当她难产大出血,附近的村民纷纷为她献血。生孩子后又是村民把她接到家中照顾。这份救命之恩和照顾之情也曾带给叶文洁以安慰。杨冬为什么那么迷恋桦树皮之类的森林原始物品?就是童年的这份美好的记忆太过深刻。那时的妈妈才像一个妈妈,那时的叶文洁才是一个女人。

> 在叶文洁的记忆中,这段日子不像是属于自己的,仿佛是某片从别的人生中飘落的片段,像一片羽毛般飞入自己的生活。这段记忆被浓缩成一幅欧洲古典油画,很奇怪,不是中国画,就是油画。中国画上空白太多,但齐家屯的生活是没有空白的,像古典的油画那样,充满着浓郁得化不开的色彩。一切都是浓烈和温热的;铺着厚厚乌拉草的火炕,铜烟锅里的关东烟和莫合烟,厚实的高粱饭,六十五度的高粱酒……但这一切,又都在宁静与平和中流逝着,像屯子边上的小溪一样。

这段描写极有诗意,如果说叶文洁来大兴安岭之前的记忆是血色的,那么在那里伐木的岁月则是灰色荒芜的,而被杨卫宁救到雷达峰之后的她的内心仍是一片冷寂荒芜的雪原,只有在齐家屯,她才感受到了纯粹的爱与关怀,感受到了人间的气息,在这些最底层的农民那里,她感觉自己的生活如同油画一样鲜亮,色彩缤纷。

当她睡在火炕上时,"她常常感觉自己变成了婴儿,躺在一个人温暖的怀抱里,这感觉是那么真切,她几次醒后都泪流满面——但那个人不是父亲和母亲,也不是死去的丈夫,她不知道是谁。"

她在这个贫寒简陋的乡村找到了归属感，似乎这里是她精神的故乡。这个小山村以它的质朴友善在叶文洁心中建立了一个小宇宙，它是属于美和善的，她心中的坚冰也融成了一池清澈的湖泊，甚至是子宫一样对她有一个温暖的孕育。

其实叶文洁是一个充满悲剧色彩的女人，传统中国女性的悲剧她都经历了：少年丧父，中年丧夫，晚年丧女。当年父亲和妹妹的惨死，母亲的背叛使叶文洁对这个家彻底失望，背着一个小包袱远走天涯。她去了偏远的大兴安岭。从她下乡以后母女俩就一点联系都没有。她也只当没有这个母亲的存在。从自私和冷酷这个角度来看的话，叶文洁和她的母亲非常相似。随着时代巨变，叶哲泰和叶文洁的案件得到平反，叶文洁回到母校工作。回去后她去看望了母亲邵琳，却发现母亲丝毫没有忏悔之意，仍是那样地冷酷自私。她和母亲从此不相往来。

这样，叶文洁无父无母无夫无亲戚朋友，单身带着女儿长大。按道理说，女儿杨冬应是她生命的全部，应给予她超倍的爱才对。但是通过汪淼的眼睛，我们看到的杨冬是一个极度缺乏爱的孩子。

叶文洁的冷酷虚伪早已经渗进了血液里，已不能以正常人的情感和思维来判断，当她发现女儿知晓她的秘密，为了她所谓的三体大业，她是一定狠得下心跟杀杨卫宁一样杀了杨冬的。在她心中，感情这件事似乎抹去了，柔软的部分早已坚硬如铁。

之后叶文洁约见当年打死父亲的四个女红卫兵，"*叶文洁并没有什么复仇的打算。在红岸基地的那个旭日初升的早晨，她已向包括她们在内的全人类复了仇，她只想听到这些凶手的忏悔，看到哪怕一点点人性的复归*"。

然而，她注定要对人性失望。当年十几岁的女红卫兵已经都变成了三十多岁的中年妇女，竟然还穿着当年的红卫兵服装来了。可见她们把叶文洁的邀约当成了一场决斗。经过岁月的磨蚀，她们也与当年判若两人。但她们面对叶文洁时还是站成了一排，和当年面对叶哲泰一样。她们"试图再现那早已忘却的尊严，但她们当年那魔鬼般的精神力量显然已荡然无存。瘦小女人的脸上有一种老鼠般的表情，粗壮女人的脸上只有麻木，独臂女人的两眼望着天空"。

当叶文洁要求她们忏悔时，她们反问道："那谁对我们忏悔呢？"她们讲述自己的经历：武斗，被碾断手臂。到偏僻的贫穷的地方插队，繁重的劳动，漏雨的房屋，被欺凌的处境。其中那个第一皮带抽中叶哲泰的女孩为救队里的羊，跳进冰河里冻死了。她们回城后，没有工作没有钱没有前途，什么也没有。在她们心里，她们也是受害者，因为她们也吃尽了苦头。要怪的话，只能怪历史。

邵琳和那几个女红卫兵是叶文洁生命中印痕最深的人，可以说她们从精神层面重塑了叶文洁。是邵琳的背叛导致了女红卫兵对叶哲泰的毒打，正是女红卫兵恶毒的殴打导致了叶哲泰的惨死。而现在，时光似乎真的抹平了一切血腥和丑恶，大家都忘记了。邵琳光鲜地做着她的部长夫人和副校长，再也不愿提起她的前夫。女红卫兵死的死，残的残，落魄潦倒，也没人愿意提起前尘往事。

> 在她的心灵中，对社会刚刚出现的一点希望像烈日下的露水般蒸发了，对自己已经做出的超级背叛的那一刻的那一丝怀疑也消失得无影无踪，将宇宙间更高等的文明引入人类世界，终于成为叶文洁坚定不移的理想。

叶文洁认为没有反思和忏悔的人性是不可救药的。此时，她引出了一个重要的伦理问题：科技发达等于文明程度高吗？她所心心念念向往的三体世界科技程度大大超越地球，而两百多次文明的毁灭与重启也足可见这个文明种族的坚韧不拔和自强不息。然而，三体世界是一个掠夺的邪恶种族，他们对待地球人类并无一丁点儿的仁慈友善，他们是以灭绝和占领为目的的。不仅仅是因为父亲叶哲泰在"文革"中被迫害致死，她自己又被初有好感的男人白沐霖背叛出卖，更重要的原因是她发现这些造下罪孽的人没有丝毫的忏悔意识，从不反思自己的错误，把一切过错和罪恶都推给历史。这才是叶文洁对人性绝望的根本原因。她不认为人性会主动改善，她寄希望于更高的文明降临地球，来改造人性之恶。

平静之后，一直被紧张和恐惧压抑着的记忆开始苏醒。叶文洁发现，真正的伤痛才刚刚开始。噩梦般的记忆像一处处死灰复燃的火种，越烧越旺，灼烧着她的心灵。对于普通的女性，也许时间能够渐渐愈合这些创伤。但叶文洁是一位科学女性，她拒绝忘却，而且是用理性的目光直视那些伤害了她的疯狂和偏执。

叶文洁对人类恶的一面的理性思考，从她看到《寂静的春天》那天就开始了。随着与杨卫宁关系的日益密切，叶文洁通过他，以收集技术资料的名义，购进了许多外文的哲学和历史经典著作，斑斑血迹装饰着的人类历史令她不寒而栗，而那些思想家的卓越思考，将她引向人性的最本质也是最隐秘之处。

其实，就是在这近乎世外桃源的雷达峰上，人类的非理性和疯狂仍然每天都历历在目。叶文洁看到，山下的森林每天都在被她昔日的战友疯狂砍伐，荒地面积日益扩大，仿佛是大兴安岭被剥去皮肤的部分，当这些区域连成一片后，那幸存的几片林木倒显得不正常了。烧荒的大火在那光秃秃的山野上燃起，雷达峰成了那些火海中逃生的鸟儿的避难所，当火烧起来时，基地里那些鸟凄惨的叫声不绝于耳，它们的羽毛都被烧焦了。

在更远的外部世界，人类的疯狂已达到了文明史上的顶峰。那段时间，正是美苏争霸最激烈的时期，在那分布在两个大陆上数不清的发射井中，在幽灵般潜行在深海下的战略核潜艇上，能将地球毁灭几十次的核武器一触即发，仅一艘"北极星"或"台风"级潜艇上的分导核弹头，就足以摧毁上百座城市，杀死几亿人。但普通人对此仍然一笑置之，似乎与己无关。作为天体物理学家，叶文洁对核武器十分敏感，她知道这是恒星才具有的力量。她更清楚，宇宙中还有更可怕的力量，有黑洞，有反物质，等等，与那些力量相比，热核炸弹不过是一根温柔的蜡烛。如果人类得到了那些力量中的一种，世界可能在瞬间被汽化，在疯狂面前，理智是软弱无力的。(《三体1》)

人性邪恶和非理性的疯狂历历在目，父亲的惨死，大兴安岭原始森林的被砍伐，使她变成了三体组织的精神领袖。

叶文洁认为"如果他们能够跨越星际来到我们的世界，说明他们的科学已经发展到相当的高度，一个科学如此昌明的社会，必然拥有更高的文明和道德水准"。同时她认为"人类真正的道德自觉是不可能的，只有借助人类之外的力量"。她寄望于三体文明能够拯救地球。

叶文洁的红岸往事实际上透过了历史审视与现实考问的双重凝视，读来仍然让人无限感慨。或许正因为这样深的痛楚，在与三体世界对接时才显得尤为轻松，读者心中已携带了对她的无限同情故而有意无意忽略了三体世界接收到信息的真实性。这里其实也是有叙述缝隙的，为什么只有三体人收到了叶文洁发送的信息？如果还有其他文明接收到信息，故事就不会只有两个世界的对峙了。

伤痕小说反思小说出现在上世纪八十年代初期的文学思潮中，以《伤痕》《班主任》《芙蓉镇》等为代表作品，重在叙写无序使用权力给普通老百姓带来的痛苦和伤害，往往以血淋淋的肉体残害和精神伤害为主要书写内容，想要揭开伤疤引起关注，找到疗救的药方，以避免这样的事情再次发生，所以作家们深挖人性的劣根性，文化的劣根性，制度的不完善，想要寻找出苦难发生的源头，以便追责和谏未来。

但是刘慈欣显然意不在此。虽然客观上刘慈欣用冷峻的笔触书写了那个时代的乖戾和人性的丑陋，但是刘慈欣讲述"文革"往事只是把它们归入历史，主要目的还是把它当作科幻叙事的起点，要有一个充分的理由使得叶文洁背叛地球，当然是让她的人生经历越凄惨越好。"文革"叙事无疑具有阐释的独特性和丰富性，将它们作为科幻叙事的起点是具有合理性的。科幻真实性的基础不再只建立在科学和技术上，而是建立在历史真实之上。《三体》中很多对宇宙的瑰丽想象和对未来科技的描写带给读者神话的幻觉。而历史的厚重则会降低这种过于轻灵的部分。更增加了小说情节的张力，让作品更富有文学性和现实感，增添了社会道德感和责任感，使科幻写作不再局限于美国当代科幻创始人雨果·根斯巴克斯概括的科幻写作的意义："用幻想去发掘科学能够带来的可能性。"[①] 而是更丰富更厚重，有了社会学、心理学、政治学，甚至生态美学、宗教学等相关因素的加入。

这样的科幻起点在一定程度上冲淡了小说的悲剧色彩，使叶文洁从悲剧主角摇身一变成了科幻小说中的头号反面角色。她从身世悲苦孤凄隐忍的被迫害者变成了阴狠毒辣心机缜密的坏女人。你看她冷静理性地给三体文明发信息，果断无情地杀掉可能威胁她事业的雷志成和深爱她的丈夫杨卫宁，然后独自把女儿养大成人，还把女儿培养成了优秀的物理学家。她面目慈祥毫无破绽地生活了几十年，成为人人尊敬的奶奶级科学家。然而正是她，建成了遍布全地球的地球三体组织，成为这个组织里的精神领袖，铁腕才是她的真面目。

叶文洁在《三体2》的引言中出现，而这个引言至关重要，是整本《三体2》的伏笔，伏罗辑在这场末日之战中不可替代的作用，

---

① 　吴岩主编：《科幻文学理论和学科体系建设》，重庆出版社 2008 年，第 29 页。

同时与《三体1》相勾连。引言中,《三体1》中叶文洁已走到了人生的终点,她挣扎着去墓地看女儿,在这里遇见了罗辑,告诉他关于宇宙的一些思考。这是一场影响深远的会面,直接改变了罗辑、地球人和三体人的命运结局。

整部《三体2》其实就在绘声绘色描写四位卓越的面壁者和他们各自石破天惊的战三体计划。结尾处同样留下悬念,面壁者罗辑从叶文洁留给他的几句话中悟出了宇宙文明存在的真相,是彼此猜疑,相互掠夺的黑暗森林法则,他构建了引力波威慑体系,暂时阻止了三体人侵略的脚步。但此时三体人已有大批三体水滴布阵太阳系附近,也有更先进的恒星际飞船正在行进的路上。

叶文洁在《三体3》中并没有真实出现,她出现在杨冬自杀前的自我怀疑和对母亲的质疑中。《三体3》一开始讲述了1453年发生在君士坦丁堡的一件魔法故事,君士坦丁十一世和他的国家的灭亡,看似前后并不勾连,甚至连引子都称不上的一个古代故事,埋下的是一个伏笔:四维甚至更高维空间的存在。故事的主角是一个妓女狄奥伦娜,她声称自己拥有魔法可以帮助陷入绝境的君士坦丁十一世。实际上她是在偶然间发现了高维碎片的存在,也即在后文中出现的四维空间。她的失败也是高维空间的突然消失。预示的是地球和三体世界的覆亡。

接着笔头一转,转到杨冬自杀前的心理活动,她所倾注情感正在研究的加速器项目被地球三体组织以威胁的方式停止。与此同时,她发现了相依为命的母亲叶文洁所隐藏的惊天秘密,支撑她的精神世界的力量全部崩塌。《三体1》中杨冬是一个过场人物,但仅仅一个露面就很惊艳。她很美,美得仅一面之缘就让汪淼念念不忘。但是她究竟是怎么死的,为什么死,小说并没有交代清楚。

叶文洁不能理解女儿的自杀,她将女儿的死归结为自己教育的失败,太早让女儿接触那些太抽象太终极的东西,故而当理论崩溃就失去了活下去的支撑。在叶文洁的理论里:"女人应该像水一样的，什么样的地方都能蹚得过去。"她自己就是这样的人，母亲对父亲的背叛，父亲的惨死，白记者对她的背叛，丈夫的死，女儿的死，她都用水的柔韧蹚过来了。她有着魔鬼一样坚韧的意志力，有极为深沉的心机，有面对大事的沉稳冷静，做事思考缜密，善于伪装。可以说在《三体1》中智商最高、谋略最厉害的人就是叶文洁。

叶文洁是矛盾的，一方面她对这些善良的人们流露出温情和关爱。面对汪淼时，叶文洁是多么温和慈祥啊。叶文洁的形象是借助汪淼的眼睛看到的："汪淼看到一位六十岁左右的头发花白，身材瘦削的女性，戴着眼镜，提着一个大菜篮子吃力地走上楼梯。""她是汪淼常见到的那种老知识分子，岁月的风霜已削去了他们性情中所有的刚硬和火热，只剩下如水的柔和。"她帮邻居照顾孩子，这一刻她是真挚地发自内心地喜欢这些孩子的。早在雷达峰的时候，她也是主动给附近村民的孩子补课，也正是她无私的帮助感动了附近的村民，在她生孩子的时候，他们不仅把她送到医院，还接她到雷达峰村民家中坐月子。他们细心体贴地照顾她，让她第一次感受到家的温暖和爱。叶文洁送给汪淼昂贵的人参，嘱咐他保重身体，"汪淼心中涌起一股潮流，双眼潮湿了，他那颗两天来绷得紧紧的心脏像被放到了柔软的天鹅绒上。"

但是另一方面，她又是冷酷无情的。二者放在一起来看的时候就会觉得她的如水的柔和全是假象，她露出来的温柔和善良都是伪装。在她和三体组织的人一起露面时的锋利、权威才是真正的她，冷硬如铁，弹指之间即可命令手下人用核弹毁掉一座城市。

刘慈欣更关心的是现实与科幻的连接点，即如何让现实小说瞬间变成科幻小说。为此，刘慈欣煞有介事地安排了一个生活条件极其恶劣但科技文明水平发展极高的三体星系。这里自然是刘慈欣对文明和科技关系的看法，他认为科技水平的高低并不必然与文明程度对应。拥有极高科技水平的三体人就像流氓无赖一样一心只想着侵占和掠夺。他们中间有一个善良的三体人监听到了叶文洁的来信，第一个回复她："这个世界收到了你们的信息。我是这个世界的一个和平主义者，我首先收到信息是你们文明的幸运，警告你们：不要回答！不要回答！不要回答！！！你们的方向上有千万颗恒星，只要不回答，这个世界就无法定位发出源。如果回答，发射器将被定位，你们的文明将遭到入侵，你们的世界将被占领！不要回答！不要回答！！不要回答！！"

但是叶文洁并没有接受警示，反而为得到外星人的回答而欣喜若狂，她再次回答三体人："到这里来吧，我将帮助你们获得这个世界，我的文明已无力解决自己的问题，需要你们的力量来介入。"她的回复暴露了地球所在的坐标，引发之后长达数百年的星际战争。

第二节 地球圣母程心

程心，即诚心，她能守住自己的本心，不肯违背道德和良知。程心有着女性的柔软和待人的真挚。程心很美，圣母一样优雅圣洁，有限的几次在公众场合现身，都会有无数的人膜拜于她的美，而她五官长什么样，身材如何，作家并没有写，只是通过其他人对待她的态度侧面写出程心超凡脱俗的美丽。她太过美丽，所以被云天明爱慕。云天明先后送给她一颗星星，一份拯救地球的秘籍，一个微型宇宙。但这份过于浪漫且沉重的爱带给她的更多的是不幸。

程心很聪明，在众人束手无策的时候，好几次都是她的奇思妙想推进了事物的发展。比如阶梯计划中的帆阵推进法和不一定送活人的设想等都是程心提出来的。程心很善良，小说中程心其实是一个身世凄凉的姑娘，刚一生下来她就被父母抛弃，是养父母把她养大成人，费尽心血栽培她。但她后来被选进 PIA 组织的时候，跟养父母连个正式的告别都没有就走了，此后她在地球上生活了四百多年，但一直是孤儿一样。她是感性的，易被感动的，当云天明被取走大脑后，程心才得知那颗星星是云天明所赠。她非常痛苦："她仿佛同自己追赶的东西短暂地接触了一下，那东西随即离开她，飘向另一个维度的时空，她永远失去了它。程心伏在液氮容器前痛哭起来，悲伤的洪流淹没了手术室，淹没了整幢大楼，淹没了纽约，在她上方成了湖成了海，她在悲伤之海的海底几乎窒息。"这是故事的转折点，也是程心命运的转折点，从得知她亲手把深爱她的云天明送上太空时起她就回不到原来的生活状态了。她的人生也被一种莫名的力量改变，一再冬眠，莫名其妙成为执剑人，最后战斗到宇宙坍缩。这里的果是从推荐云天明的因开始的。而当她不忍心毁灭两个文明放弃执剑人职责，人类遭受驱逐圈禁时，她干脆失明，不忍心看这一切。

毫无疑问这是地球上最完美的女人。但是事情的吊诡之处就在于此，地球的几次大的灾难都因她的善良而起，一次直接导致了三体人占领地球，把地球人类变成了囚徒，造成这一切的正是程心的圣母之爱。另一次则干脆断送了地球人类的逃生之路，整个太阳系被二维化，地球自然难逃劫难，而没有恒星际飞船的地球人类只能眼睁睁看着被二维化。

站在上帝视角，刘慈欣对很多人类公认的法则和伦理进行了改写，比如黑暗森林法则，当超级灾难来临之时，可以牺牲一部分人以拯救另一部分人。当地球文明遭遇威胁时，人道主义、善良、平等、爱、生命至上，反而成为灾难的源头。因为上帝视角，这种改写竟然具有合理性，在外星人来袭时，所有地球人都变成囚徒，而造成这一切的正是程心的圣母之爱，她不忍心按下按钮，启动防御机制。因为她一旦按下去，地球和三体星系将同归于尽。她的爱站在人类伦理角度是神圣的，无私的，但在上帝视角则是愚不可及，三体文明不费吹灰之力占领地球，逼迫人类大迁徙，把地球人类推向死亡边缘，也使得罗辑五十四年的执剑守护变成一场空。程心因此被地球人类抛弃辱骂，她失明，陷入颓废。在光速飞船的研制中，也是程心只看到维德和他的支持者的危险所在，没有看到光速飞船是地球人类的唯一逃生之路，程心利用维德的承诺逼迫他放弃星环，也就放弃了地球人类唯一逃脱降维打击的机会。如何衡量程心的行为的对错成为一个难题，也给读者一个从未有过的角度来审视人类文明。因此，如何看待程心和程心做出的选择是《三体3》的重要题旨，包含了刘慈欣对宇宙对人类伦理对人类未来的深刻思考。刘慈欣其实也是矛盾的，一方面他承认宇宙是黑暗的，宇宙不相信童话，宇宙没有仁慈和友爱，人类的善良只会给自己带来灾难。但是同时，刘慈欣又不忍心丢弃这份爱和善良，所以他把程心留到了小说最后，当地球毁灭、宇宙坍缩，这份爱与美仍然在，并有可能重启宇宙。他给了程心最美的容貌和永远三十岁的年轻，就连心肠最为狠厉的维德也欣赏程心，在关键时刻心甘情愿放弃所有，信守承诺，他是为了成全程心的善良。刘慈欣让云天明历经四个世纪仍然深爱着程心，刘慈欣让艾AA保镖一样守护在程心身边，陪她度过漫长的岁月。刘慈欣让程心经历无数磨难经过岁月的洗涤仍然保留着一颗真诚纯净的心，可见刘慈欣有多爱程心。毫无疑问，刘慈欣很喜欢程心，他毫不吝啬地把女性最好的品德全都给了程心，并赋予她不可思议的力量。小说中程心似乎是开了金手指的女主角，具有可以轻松获得一切的能量，能随心决定一切事物的发展。

　　如果程心没有那些奇特的际遇，很有可能她只是一个平凡的女人，该恋爱时恋爱，该结婚时结婚，该生孩子时就生孩子，虽然一生短暂，但要幸福得多。而事实上程心一生都在背负不属于她的责任，最后空荡荡的宇宙只剩下她和关一帆，作家显然是需要程心担负起生育的责任，为地球人类留下希望的种子，繁衍后代，延续地球文明。这无关爱情，无关幸福，也不可能有其他的选择。她是被莫测的命运选中的人。

　　当冬眠了二百六十四年的程心被唤醒，当年云天明送给她的那颗星星竟然拥有了两颗行星（又一个三体星系），而且极有可能与地球上的生存状况十分相似，因此联合国和太阳系舰队找到它的主人，想收回这颗星星的所有权。群星计划的效果开始得到呈现，至少对程心来说是这样，这颗星星和它的行星给程心带来了巨大的收入，于是程心的公司成立，为下一个宇航计划又埋下伏笔。

程心被选为执剑人，正如程心自我解剖时所说的，这一切之所以会发生，是因为她自己犯了一个非常可怕的错误："**她在潜意识中不相信现在的事会发生。**"地球上所有人其实都不相信三体水滴会真的进攻地球。程心做好的全部准备就是做圣母玛利亚，是不让她认为特别危险让她心底里冒寒气的人当上执剑人。小说用了一个很有趣的比喻来形容这一刻，说程心没有感觉到这是一场生死决斗，只感觉这是一盘棋，她平静地在棋盘前坐下，想好了各种开局，假设了对方的各种棋路并一一想好了应对的方法，她说她准备用一生的时间下这盘棋。但对方没有移动一颗棋子，而是抓起棋盘向她劈头盖脑砸过来，然后她就蒙掉了。

对方一分钟也没有耽搁，在程心接过红色开关的一瞬间，潜伏已久的六个水滴立马冲杀过来，毁掉人类的威慑设备，强弱立马见分晓。

开局便输。

一着不慎满盘皆输。

在引力波威慑控制器的倒计时里，程心茫然不知所措，陷入一种迷乱的思绪里。小说此时便是以程心的心理活动展开。这一部分的描写十分精彩。程心大脑一片空白。此时小说以蒙太奇镜头闪过了程心接受执剑人任务的经过，和她所了解的各种情况，参谋组制订的各项对策。所有的了解其实都是不了解，所有的对策都没有用，敌人一出手就砸了她一个四脚朝天，动弹不得。宇宙中从无到有的地球，从一片蛮荒到生机勃勃，全都镜头般闪现在她眼前。漫长的进化历史，漫长的文明发展，无数的生命的眼睛，那个天使一样美好的婴儿的脸……她做不到维德、罗辑那样的冷情理性，她无法按下灭绝两个星球的按钮。她是因为爱而选择做执剑人，她心心念念想要做的是保护地球。而执剑人的职责是威慑，即你若进攻那我们便同归于尽。看谁豁得出去。所以她输掉了这场在三体星球和地球之间的关键战役。

智子是三体世界的代言人，她是机器人的外壳，由三体人控制思想。所以她一人即代表所有的三体人。《三体3》的核心情节就是以程心的圣母之爱与智子形成对比，以爱来对抗智子的恶。三体水滴进攻地球没有片刻的犹豫，首先将地球的地面引力波设备全都摧毁，地球人再也没有威慑对方的能力，紧接着智子出场，此时的她已经与之前判若两人。她脱掉和服，穿上迷彩军装，头上短发，脖子上围着忍者黑巾，背后插着一把长长的武士刀，英姿飒爽中"融入了一股美艳的杀气，如一条柔软而致命的绞索，巨坑中涌出的热浪也驱不散她带来的寒气"。

当程心质问智子这一切都是为什么的时候，智子只有一句简洁的回答："因为宇宙不是童话。"没有爱与善，奉行的是黑暗森林法则，是猜疑链和技术性爆炸，谁掌握了顶尖的技术谁就握住了主动权。

在绝对强者面前，人类如同蚂蚁爬到了人的脚旁，轻轻一踩就会毁灭。程心万念俱灰，想要跳进地球深坑自杀。

同人类世界越来越单纯越来越女性化不同，三体世界则越来越有谋略，越来越崇尚强者，智子让程心转达给罗辑和维德的敬意就是表征之一。他们认为程心的威慑度曲线就像一条爬行的蚯蚓，罗辑则像是一条凶猛的眼镜蛇，而维德则让三体世界恐惧，"如果他成为执剑者，这一切都不会发生，和平将继续，我们已经等了六十二年，但不得不继续等下去，也许再等半个世纪或更长。那时，三体世界只能同在实力上已经势均力敌的地球文明战斗，或妥协……但我们知道，人们肯定会选择你的。"这句话意味深长，人类不敢选维德，因为他太强硬，而程心则是那么美那么有爱心。人类一直渴求圣母玛利亚或者耶稣，以爱或牺牲自己的方式来拯救他们。

来到地球的三体人人数是有限的。先是宣称和平共处，让人类移居澳大利亚和火星。然后强制解除人类的武装。在人类不愿意移居时，恩威并施，一方面以水滴攻击城市，另一方面让智子出面宣称三体世界对人类的热爱和敬意，以蒙蔽人类。这一幅图多像日本侵华啊。

在这里，作者插进去一段欧洲人侵略杀戮澳大利亚土著的历史，欧洲人宣称那些土著是野兽而不是人，所以拼命剿杀。也从另一个角度印证了，无论是在历史、现在还是未来，地球还是宇宙，弱肉强食，适者生存的基本生存法则一直都存在，没有虚幻的爱与和平。

这次移民大迁移因为有联合国和各国的帮助，有地球治安军的武力协助，是按时高效完成的。这就非常可笑，在敌军还没入境之前，仅六个水滴和一个智子就完美操控了地球人类，将之玩弄于股掌之间，威胁加利诱，画上一个美丽的未来图景，人类就信以为真，忍受苦难，一心一意盼着三体太空舰队到来，认为它们到来后就是两个文明世界和平共处的好时代的开启。人类驯服如待宰的羔羊。

大移民结束后，大屠杀也紧接着来了。智子将全部人类驱逐到澳大利亚，然后用武力摧毁了所有发电设施，让人类重回农业社会。智子圈了一块地给他们，重回刀耕火种的原始时代，大饥饿即将到来。智子也不介意将人类灭绝计划和盘托出："在即将到来的生存竞争中，大部分人将被淘汰，三个月后舰队到达之时，这个大陆上将剩下三千万至五千万人，这些最后的胜利者将在保留地开始文明自由的生活。地球文明之火不会熄灭，但也只能维持一个火苗，像陵墓中的长明灯。"这是一个温水煮青蛙的过程，智子对地球人不断哄骗，给出一点小利益诱惑人类，等人类接受了又开始收网，一点点将人类捆得死死的。

程心沉浸在痛悔和自责中不能自拔。超大规模的人口迁移和聚集，各种困难和危险都浮现了出来。住房问题、粮食短缺、社会秩序的失控，因资源匮乏而滋生的各种犯罪问题，智子的杀戮本性暴露无遗。大饥饿，密集居住的人们，极度缺乏的物质，人类将自己毁灭自己。"在回沃伯顿的路上，程心看到了密集得望不到边的简易房，看到了在房屋之间的空地上忙碌的密密麻麻的人群。突然，她感到自己的视角发生了变化，像从世界之外看着这一切，而这一切也突然变得像一个熙熙攘攘的蚁窝。这个诡异的视角使她处于一种莫名的恐惧之中，一时间，澳大利亚明媚的阳光也带上了冷雨的阴森。"这是宇宙视角，或者说俯视人类的视角。与程心的痛苦形成对比的是三体人的冷漠，他们此时眼中的地球人是灭绝的对象，没有丝毫同情和悲悯。与之形成对比的还有民众的愚昧和忍辱负重。为了活着他们什么都能忍受。

　　五百万"地球治安军"就有点像日军侵华时期的汉奸军。他们是智子从地球人类中层层选拔上来的，报名的人数非常多，绝大多数人都是怯懦的，在十字路口时选对自己最有利的那一条路，拥有精良的武器装备和不移民的特权，听从智子的命令管理并屠杀移民中不听话的人类。

　　当三体人撤走时，地球治安军也遭到了最严厉的制裁。而制裁他们的人中间很多是当年想参加治安军却没被选上的。加入治安军不用移民，不用遭受移民的饥寒困顿之苦，可以保护自己的家人朋友依旧过着过去那种舒适的生活，他们用三体人装备给他们的精良武器围剿地球抵抗组织，枪杀那些不听话的地球人，驱赶他们去三体人想让他们去的地方。

　　智子留给人类的这段话极为嚣张也意味深长："生存本来就是一种幸运，过去的地球上是如此，现在这个冷酷的宇宙中也到处如此。但不知从什么时候起，人类有了一种幻觉，认为生存成了唾手可得的东西，这就是你们失败的根本原因。进化的旗帜将再次在这个世界升起，你们将为生存而战，我希望在座的每个人都在那最后的五千万人之中，希望你们能吃到粮食，而不是被粮食吃掉。"

将人类圈养在一个盆里，让其自相残杀，不仅是要毁灭人类，更是要毁灭文明精神。在人吃人的环境中存活下来的人还能叫人吗？这也是小说在前文中讨论过的一个问题，青铜时代号和蓝色空间号在太空中袭击了其他太空舰队并将舰中尸体当作食品食用了。这也是对人类道德伦理底线的一次挑战，人若吃人，那是异化的人。程心明白这一切后瞬间失明，她宁愿永远沉浸在黑暗中也不愿看这凄惨的一幕。即便是万有引力号催动引力波广播，三体人撤出地球后，程心仍然深陷在愧疚痛苦之中。

程心的形象在这一章里得到更丰富更复杂的展示，之前的篇章里她其实是单面人，小说描写了她动人心魄的美丽，博大温暖的仁爱之心。在科学研究中睿智灵慧，从一开始出场她就是云天明的梦中情人，美丽善良，她又是被选进国际组织的科研人员，睿智干练，在众人一筹莫展时，她所提出的阶梯计划的实施方案，解决了一个重大难题。

程心的痛苦在小说中是非常精彩的一笔，她原本是一个非常阳光温暖的女孩，在云天明暗恋的眼中那是一个阳光般温暖的女孩，他只敢偷偷喜欢，不敢靠近。但是在小说中她越来越忧郁。她推荐了云天明，也把自己推进了第一个深渊，当云天明的大脑被发送进外太空时，她也得知云天明曾送给了她一颗星星，从此她陷进无休无止的痛苦自责中，也因这件事她同意冬眠到末日之战时。当她从冬眠中醒来时又莫名其妙被誉为圣母，当选为执剑人，灾难性的事故再次发生，当她接手执剑人一职五分钟后，水滴攻击地球而她未能开启引力波宇宙广播。三体人侵占地球，程心彻底坠入愧疚和自责的深渊，她选择和移民一起吃苦受累来赎罪，在得知三体人的灭绝计划时，她竟痛苦至失明。程心在还不完全明白执剑人是什么样的责任时，就仅凭一片爱心接掌了这样重大的职责。而人类世界的联合国、舰队、PDC 组织以及当时代的国民也同《三体 2》中的地球人类一样被几十年和平麻木了神经，对危险丧失了应有的警惕，选择了这样一个并不合格的执剑人。地球因此付出了惨重的代价。

三体人撤走之后，程心进入短期冬眠治好了眼睛，但仍患了深度的抑郁症。刚刚从冬眠中醒来想要平凡地生活下去，却一再被公众奉为圣母。"对程心来说，这断绝了她活下去的最后希望。生活对于程心早就成了负担和折磨。她之所以选择活着，是不想逃避自己应该承担的东西，活下去就是对自己那巨大失误的最公平的惩罚，她必须接受。但现在，她已经成了一个危险的文化符号，对她日益增长的崇拜，将成为已经在迷途中的人们眼前的又一团迷雾，这时，永远消失就是她最后应尽的责任了。"她准备自杀，却又因接到弗雷斯和艾 AA 两位朋友关心的电话而犹豫了。"如果一个世界都能在弹指一挥间灰飞烟灭，一个人的终结也就应该如露珠滚下草叶般平静淡然。"

弗雷斯这个人物形象的设定也是很有意思的，他是公元人，一个牙医，澳大利亚土著后裔，是澳大利亚土著民俗文化的收藏者和狂热爱好者。程心移民到澳大利亚时受到普通民众的攻击，弗雷斯把她和艾 AA 接到了自己居住的土著屋。程心因此在那里度过了一段平静时光。不仅仅是物质环境的，也是精神上的巨大安慰和支持。通过弗雷斯，程心了解了澳大利亚土著的艰辛。弗雷斯存在的意义是什么？澳大利亚被侵略的历史同地球人类被三体人侵略的现实几乎重合了。形成了一个尖锐的质询：为什么现实与历史如此相似？

三体人撤走之后，程心回到自己的城市，也曾提出让弗雷斯一起搬出来，但弗雷斯拒绝了，他喜欢那种土著的生活方式，他每天都给程心打几次电话，话很简单，也就告诉程心几句澳大利亚的自然景象，比如："孩子，这里月亮升起来了。""孩子，这里晚霞很美。"

这些话有一种神奇的治愈作用，让程心感觉自己还生活在那个遥远沙漠中的树林里，被与世隔绝的宁静笼罩着。那个老人视她为孩子，说给她们的那些话虽然简短，却带着极为生动的生命的气息。带给程心以心灵的安慰。

程心此时在死与不死之间犹豫，但她可以说死志已坚决，因为她已别无选择。她现在所做的一切都能被云天明看见，因此云天明托智子捎话，要见程心。这真是一个巨大的响雷，一个盛大的欢喜。

智子再次请程心喝茶，别墅之外聚集了人海，却有一种诡异的静寂，并以这种寂静带给三人会谈的压抑。"但智子的动作仍那么轻柔曼妙，细瓷茶具相碰都不发出一点声音，智子似乎在用轻柔和飘逸对抗这凝重的时空。"智子送给程心的话是："宇宙很大，生活更大，也许以后还有缘相见。"程心不久后又将这句话送给了云天明。小说此时有一句非常诗意的表达："寂静中，程心抿了一小口绿茶，闭起双眼品味着，一阵沁人心脾的清苦，像饮下了冷寂的星光。"刘慈欣小说中常有这样的神来之笔，诗情浓郁，带给阅读以清新悠长的美。分别时智子告诉程心，云天明要见她。

程心独自坐上 AI 驾驶太空舱去见云天明，这一过程写得十分细致。小说从程心坐上运载舱开始写起，把太空航行的相关设备、技术、飞行感受写了一个遍。尤其细腻描述了程心在太空飞行中的所见所思。这既呈现宇宙的浩大神奇，同时也展现了太空科技的奇妙，也将程心的内心世界作了充分的展示。她本质上是一个情感丰富细腻的女子，在飞行途中似梦非梦中她似乎回到了大学，听见了一个男声在唤她的名字。虽然没有明确写出来，但根据程心内心的激动和眷念，此时此刻她其实是在思念云天明。

三个世纪前她因是自己推荐云天明而将他送入太空进而悔恨悲伤。当得知云天明还活着时，她非常激动和快乐。但她成功地掩饰下了这份激动，小说借她的梦境作了小小的提点。他们这次见面是云天明努力的结果，他展示了高超的能力在三体世界活下来并成为童话作家，赢得三体人的信任，所以得到了这次见面机会。

程心同时是一个非常理性冷静的人，她深知自己与云天明的会面不是两个有情人爱的相逢，而是作为地球人的代表从云天明那里探知宇宙的秘密，或者说地球人类自救的秘密。

程心出发前被智子告知，如果被三体人认为她知道了不该知道的信息，就会直接启动爆炸模式，消灭她。但地球人类和程心都抱有一个坚定的目标，一定要获知有用的信息。"在即将到来的会面中，即使双方都忠实地遵守谈话的规则，那个遥远的世界可能也不会让她活着返回，而她不打算遵守规则。但她感觉一切都很完美，没有什么遗憾了。"那个圣母程心又回来了，她骨子里蕴藏着对世界的仁爱，似乎随时准备为这份仁爱而牺牲。她注定是地球的救世主，这是她的高贵的品格所决定的。

为了带回有效信息，她强制性赶走纷繁的情感，让大脑处于空寂状态，以便记忆和吸纳。

程心在《三体3》第四部的形象似乎有些单薄化了，原本在前三部里面她的形象渐渐血肉丰满了，有丰富细腻的内心世界，有深刻且鲜明的爱憎，尤其是当她得知她亲手送入太空的云天明就是送她星星的那个人，和放弃执剑人责任后地球人类遭受疯狂打击之时，她是丰富的，当她沉浸在追悔莫及的痛楚之中时，她甚至是圣洁美丽的，然而第四部开始她似乎又回到了当选执剑人的程心，自以为是，虚幻的圣母情结，莫名其妙的拯救意识。

为什么冬眠了一场之后就会觉得不能造光速飞船了呢？这其实是前后矛盾的。当然也有不太矛盾的地方，程心性格中的游移，感情用事，缺乏理性的果断是一以贯之的。她当选为执剑人很大程度上是公众对她的虚幻解读，而她对自己和自己所要肩负的责任，也缺乏清醒的认知。包括她的愧悔，她的自虐式的受罪其实也是这种性格的延续。她因为有了这些缺点而变得血肉丰满。

反而是程心身边的人几乎都比她睿智、清醒，比如艾 AA，发现行星的艾 AA 出现在程心身边，这个小鸟一样活泼的女孩子带给程心很多崭新的价值理念，她认为程心是被良心和责任绑架的人，同性的友谊是最坚定的支持，她真诚地欣赏并喜爱程心，所以甘心情愿为她做一切事。在程心自虐式赎罪时，又是艾AA一直守在她身边保护她，开解她，她既是程心唯一的同性朋友，又是程心的保护者和生活秘书，可以说遇见程心后，程心的存在就成为了艾AA的目的，她为程心而活，甘心情愿做程心公司的经营人，把公司做大做强成星环公司。在维德向程心要求这个公司造光速飞船时，程心内心是犹豫不决的。她此时对维德的感情很复杂，是既敬佩又害怕。艾AA毫不犹豫地回答："照他说的做，把他要的都给他。"艾AA很轻松就看出造光速飞船这件事不是有决心就可以做到的，按照程心的性格和能力是做不了的，而维德行。"他有干这事的精神力量和本事，让他去做好了，这是地狱，就让他跳进去吧。"

程心最大的魅力就在此，她可以轻松获得许多人的尊重和爱。艾AA是各方面都与程心不一样的女孩子，她开朗热情精明理性，对社会对生活对一切事物都有自己独到的看法，与艾AA比起来，程心就像是生活在古老时代，传统、保守、富有责任感，而二百六十四年后生活着的艾AA则代表新时代的道德观价值观，她说："在这个时代，良心和责任可不是褒义词，这两种东西表现得太多会被视为心理疾病叫社会人格强迫症，要接受治疗的。"然而程心身上最闪亮的品质其实就是良心和责任。

第四部直接进入掩体纪元11年，程心冬眠了六十二年后被唤醒，在她醒来时，全地球人类的命运再次押到程心的手上。这与她当选执剑人五分钟后即遭遇三体水滴袭击何其相似。没有理性准备只有本能反应。而程心的本能就是那个爱很多理性缺失的程心。当然，责任并不能全部推给程心，而应是将程心推选为执剑人的国际政府和公众，他们对未来的盲目导致了错误的选择，继而形成了错误的结局。此次维德领导的星环集团与国际政府的对峙同样是国际政府的短视。国际政府更多是以政治角度考虑这个问题，害怕引起地球社会动荡，其实是一种自私和短视的表现。因此星环城宣布独立，这才引起了战争对峙。

在程心心中她是一直惧怕和反感维德的，因为他试图杀自己和曾杀了瓦季姆，他对目标狂热追逐："前进，前进，不择手段地前进！"在她心目中："这个人精神的核心，就是极端理智带来的极端冷酷和疯狂。"所以她要制止他。

一名自卫队队员对自由的发言和维德展示给她看的反物质子弹，使"她感到天昏地暗，陷入深深的恐惧中。她突然又有了一百三十年前在联合国大厦前怀抱婴儿的感觉，现在，她感到自己怀抱着婴儿面对一群恶狼，只想尽自己的力量保护怀中的孩子"。感性使她做出错误的判断。

第五部开启，银河系猎户旋臂的歌者发现了地球坐标，发来一张二向箔，黑暗森林打击来临。程心和艾 AA 坐上星环号去了冥王星，罗辑在那里建有一个巨大的地球文明博物馆，已经二百多岁的罗辑告诉了程心她们一个真相，真正黑域建成是需要光速飞船的，一千多艘曲率驱动飞船在太阳四周加速到光速，产生的航迹连成一体，形成一个低光速黑洞，就是黑域。然而环城事件中，程心把这条路堵死了。如果她没有制止维德，地球还是极有可能得救的，"她两次处于仅次于上帝的位置上，却两次以爱的名义把世界推向深渊，而这一次已没人能为她挽回"。

她代表的是人类中的那一类人，遵守规则、秩序，善良，有仁爱之心，待人真诚，也能自我牺牲，有较强的道德观念，但她也缺乏创新，对个体独特或性格另类的人抱有反感，一旦这一类人当权，世界或许和平规整，但也凡庸无奇。

第五部太阳系被降维打击写得很细致很壮观，二向箔跟水滴初现时一样看上去就是一张无害的小纸条，"长八点五厘米，宽五点二厘米，比一张信用卡略大一些，极薄，看不出任何厚度，表面呈纯白色，看上去就是一张纸条。"然而当它发力的时候，整个世界为之坍塌。它们接近的每一寸空间都变成一幅巨画中的一部分，而地球，天王星上的海洋都变成大朵大朵的雪花在宇宙中飘落。

这才是一个超级英雄该有的形象。

她在瓦季姆自责自己是阶梯计划的最佳人选，但因为留恋妻儿不敢自杀，未能为人类未来勇敢牺牲时，劝慰他："人类不是一个抽象的概念，对人类的爱是从对一个个人的爱开始的，首先负起对你爱的人的责任，这没什么错，为这个自责才荒唐呢。"

也因此，当维德用阴谋手段让瓦季姆患上白血病死亡后，从此对维德有了一种发自灵魂的反感。然而此时一切已成定局。所以从一开始云天明和程心的爱情就是悲剧，同罗辑庄颜的爱情一样，都被三体世界即将入侵的大势所左右，为人类文明而牺牲。

程心这次苏醒过来的城市描述也颇为有趣，是罗辑所见到的穴居时代的地面版，人们把地下的大树和树叶建到了地面。程心发现自己和艾 AA 就像站在一棵发光圣诞树上的两只小蚂蚁，周围是圣诞树的森林，光辉灿烂的大楼像叶子般挂满了每根树枝。"她们沿着这根树枝走去，每根树枝都是一条大街，路面漂浮着许多信息窗口，使得街道像一条五光十色的河流。……属于这条街的建筑都挂在下面。这是最高的树枝，上面就是星空。如果走在下面的树枝大街上，就会被挂在周围和上方树枝的建筑所环绕，自己仿佛是一只小虫子，飞行在树叶和果实都发出绚丽光芒的梦幻森林中。"真是非常绚丽的想象和描写，这是刘慈欣心中的未来街市，就像郭沫若诗中的"天上的街市"。

程心成功被选为执剑人，执剑交接仪式完成五分钟之后，三体水滴发动对地球的攻击，摧毁地球的引力波设备，随后用水滴胁迫人类全部迁居澳大利亚。此时的智子变身为屠杀之神，手执长剑，杀人如麻，再也没有当初的柔美的女人味。

第六部进入银河纪元 409 年，装备有曲率引擎的星环号载着程心和艾 AA 逃离被降维打击的太阳系，来到当年云天明送给她的那颗星星，DX3906 恒星和它的两颗固态行星。四个世纪之前的博士论文就是研究这几颗星星，并因此认识程心，结下了深厚的情谊，现在她们又机缘巧合来到了这两颗星星上。不过不得说刘慈欣的确够浪漫。

在这里她们遇见了关一帆。三十三岁的美丽的程心，四十岁的英俊的关一帆，这是刘慈欣为人类未来设置的最佳男女组合。活泼聪慧的艾 AA 和成熟睿智的云天明成为另一对 CP。

小说中描写关一帆："这人看上去四十岁左右，东方面孔，长得确实比云天明帅，额头宽阔，有一双睿智而温和的眼睛，那目光让人感觉他时时刻刻都若有所思，仿佛包括新环号在内的任何东西都永远引不起他的惊奇，只会使他思考。"他收到了星环号引力波信息后知道他们要来。他是和一支考察队过来的，专门等她们。从关一帆处得知，当年的"蓝色空间号""万有引力号"已经成为古董，他们的后代在宇宙中建造了四个世界，这样三个四个世纪之前的古人，还都是中国人，聚集在了蓝星上面。在这段时间里，艾 AA 爱上了关一帆，这个来自威慑纪元的宇宙学家。

但是造化弄人，正当程心艾 AA 决定跟随关一帆去他们的世界的时候，意外发生。有来历不明的宇宙飞行器在灰星降落。关一帆所在的考察队的任务就是寻找并研究外星文明在这个星系上留下的踪迹，所以他决定前去探查。程心强烈要求同行，她想知道这一个宇宙飞行器是否与云天明有关。结果这一去她就与云天明永别了。她和关一帆的宇宙飞船在灰星上发现飞走的宇宙飞船留下的死线。也就是黑洞，任何东西进去后就不可能再出来，而它若被扰动则会出现死线破裂形成黑域。不巧的是，正在此时云天明也收到引力波消息，前来蓝星，他的飞船扰动了死线，关一帆和程心的穿梭机掉进黑域，十六天后，他们从黑域中挣脱出来，在另一个参照系中，"时间正以千万倍的速度闪电般流逝，像程心的心里流出的血"。已经过去了 18903729 个地球年。

沧海桑田，无论是艾 AA 与关一帆，还是程心与云天明都已经完美错过。他们找到了云天明留给她的小宇宙，并在小宇宙里遇见了智子。为了拯救正在坍缩的大宇宙，他们又把小宇宙送还给了太空。最后他们三人乘坐飞船飞进了茫茫的太空。这就是结局。一个余音袅袅，还可能会发生无数个太空故事的结局。也许大宇宙会因为他们和更多小宇宙的归还而避免坍缩，重建新世界。也许他们只是做出了无谓的牺牲，那些小宇宙的建造者并不愿归还，大宇宙最终坍缩。也许程心关一帆的宇宙飞船在太空中还会遭遇各种各样的惊险故事，就像《星际迷》《银河护卫队》等影片中所描述的故事那样，谁知道呢？宇宙还是那样浩渺，一切都有可能。

后记 归零。重启

从 2017 年开始，这本书断断续续写了五年。

五年的时间，足够我对自己的人生进行归零和重启。

回看过去的几年，朝来暮往，春去秋至，

有过有山重水复的困顿，也有柳暗花明的惊喜。

有一天忽然明白，物随心转，境由心造。

当你足够渴望，当你足够勇敢，当你足够坚持。

这个世界没有你打不开的门。

我非常感谢自己选择了写这本书。

我更感谢给了我这个题目的老师和朋友。

这本书让我沉静下来，从一地鸡毛的琐屑中挣脱出来。

从一大堆蝴蝶般的纸片到三十多万字的文稿，整整五年的时间，我告诉自己：什么都不要想，努力沉浸书中，沉浸自己的写作中，把写作当成生命中最重要的事情。

你只有拼尽全力，你才能把那些浪费的时光打捞回来，你才能把那个旧日的自己找回来。

《三体 3》临近结尾处，宇宙即将陨灭，程心把自己的小宇宙还归太空，此时：

> 小宇宙中只剩下漂流瓶和生态球。漂流瓶隐没于黑暗
> 里，在一千米见方的宇宙中，只有生态球里的小太阳发出

一点光芒。在这个小小的生命世界中，几只清澈的水球在零重力环境中静静地飘浮着，有一条小鱼从一只水球中蹦出，跃入另一只水球，轻盈地穿游于绿藻之间。在一小块陆地上的草丛中，有一滴露珠从一片草叶上脱离，旋转着飘起，向太空中折射出一缕晶莹的阳光。

这本书就是我的小宇宙，我将它还归太空，然后将一切清零。重启。

图书在版编目（CIP）数据

刘慈欣论 / 文红霞著 . -- 北京：作家出版社，2022.12
（中国当代作家论）
ISBN 978 - 7 - 5212 - 1609 - 7

Ⅰ. ① 刘…　　Ⅱ. ① 文…　　Ⅲ. ① 刘慈欣 – 作家评论
Ⅳ. ① I206.7

中国版本图书馆 CIP 数据核字（2021）第 231628 号

刘慈欣论

总 策 划： 吴义勤

主　　编： 谢有顺

作　　者： 文红霞

出版统筹： 李宏伟

责任编辑： 田小爽

装帧设计： ⬤|合|和|工作室

出版发行： 作家出版社有限公司

社　　址： 北京农展馆南里 10 号　　　**邮　　编：** 100125

电话传真： 86 – 10 – 65067186（发行中心及邮购部）
　　　　　　 86 – 10 – 65004079（总编室）

E – mail: zuojia@zuojia. net. cn

http: // www. zuojiachubanshe. com

印　　刷： 唐山嘉德印刷有限公司

成品尺寸： 152 × 230

字　　数： 252 千

印　　张： 19.75

版　　次： 2022 年 12 月第 1 版

印　　次： 2022 年 12 月第 1 次印刷

ISBN 978 – 7 – 5212 – 1609 – 7

定　　价： 50.00 元

中国当代作家论

第一辑

阿城论	杨　肖　著	定价：39.00元
昌耀论	张光昕　著	定价：46.00元
格非论	陈斯拉　著	定价：45.00元
贾平凹论	苏沙丽　著	定价：45.00元
路遥论	杨晓帆　著	定价：45.00元
王蒙论	王春林　著	定价：48.00元
王小波论	房　伟　著	定价：45.00元
严歌苓论	刘　艳　著	定价：45.00元
余华论	刘　旭　著	定价：46.00元

第二辑

北村论	马　兵　著	定价：48.00元
陈映真论	任相梅　著	定价：58.00元
陈忠实论	王金胜　著	定价：68.00元

二月河论　郝敬波 著　　定价：45.00 元

韩东论　张元珂 著　　定价：50.00 元

韩少功论　项　静 著　　定价：48.00 元

刘恒论　李　莉 著　　定价：45.00 元

莫言论　张　闳 著　　定价：52.00 元

苏童论　张学昕 著　　定价：46.00 元

于坚论　霍俊明 著　　定价：55.00 元

张炜论　赵月斌 著　　定价：46.00 元

第三辑

阿来论　王　妍 著　　定价：49.00 元

刘慈欣论　文红霞 著　　定价：50.00 元

舒婷论　张立群 著　　定价：46.00 元

徐小斌论　张志忠 著　　定价：52.00 元

张大春论　张自春 著　　定价：68.00 元